Die Frauen, die er kannte

© Cato Lein

MICHAEL HJORTH, geboren 1963, ist ein erfolgreicher schwedischer Produzent, Regisseur und Drehbuchautor. Er schrieb u.a. Drehbücher für die Verfilmungen der Romane von Henning Mankell.
HANS ROSENFELDT, Jahrgang 1964, schreibt ebenfalls Drehbücher, zuletzt für die ZDF-Koproduktion *The Bridge,* und ist in Schweden ein beliebter Radio- und Fernsehmoderator.
Die Frauen, die er kannte ist der zweite Band in der Reihe um den Stockholmer Kriminalpsychologen Sebastian Bergman, die von Sveriges Television in Kooperation mit dem ZDF verfilmt wird.

«Ein schrecklich spannender neuer Thriller von Schwedens heißestem Duo.» AFTONBLADET

«Dieser Krimi ist unglaublich gut, unglaublich spannend, und das Klischee, dass man ihn nicht wirklich aus der Hand legen kann, passt hier wirklich.» VÄRMLANDS FOLKBLAD

HJORTH & ROSENFELDT

DIE FRAUEN, DIE ER KANNTE

EIN FALL FÜR SEBASTIAN BERGMAN

KRIMINALROMAN

Aus dem Schwedischen von
Ursel Allenstein

Weltbild

Die schwedische Originalausgabe erschien 2011 unter dem Titel
Lärjungen bei Norstedts Förlagsgrupp AB, Stockholm.

Besuchen Sie uns im Internet:
www.weltbild.de

Genehmigte Lizenzausgabe für Verlagsgruppe Weltbild GmbH,
Steinerne Furt, 86167 Augsburg
Copyright der Originalausgabe © 2011 by Michael Hjorth & Hans Rosenfeldt
Copyright der deutschsprachigen Ausgabe © 2012 by Rowohlt Verlag GmbH,
Reinbek bei Hamburg
Übersetzung: Ursel Allenstein
Umschlaggestaltung: Johannes Frick, Neusäß/ Augsburg
Umschlagmotiv: Trevillion Images, Brighton (© Lee Avison)
Gesamtherstellung: CPI – Clausen & Bosse, Leck
Printed in the EU
ISBN 978-3-86365-600-3

2016 2015 2014 2013
Die letzte Jahreszahl gibt die aktuelle Lizenzausgabe an.

Als das Taxi am Abend um kurz vor halb acht in den Tolléns Väg abbog, hätte Richard Granlund nicht geglaubt, dass dieser Tag noch schlimmer werden könnte. Vier Tage in München und Umgebung. Auf Vertreterreise. Die Deutschen arbeiteten auch im Juli weitgehend Vollzeit. Kundengespräche von morgens bis abends. Fabriken, Konferenzräume und unzählige Tassen Kaffee. Er war müde, aber zufrieden. Das Fachgebiet Transport- und Prozessbänder war vielleicht nicht unbedingt sexy, und sein Job weckte nur selten Neugier und wurde bei Abendessen oder anderen Zusammenkünften nie selbstverständlich thematisiert. Aber sie verkauften sich gut, die Bänder. Richtig gut.

Das Flugzeug hätte in München um 9.05 Uhr starten und er um 11.20 Uhr in Stockholm sein sollen. Dann hätte er kurz im Büro vorbeigeschaut und gegen eins zu Hause sein können. Ein spätes Mittagessen mit Katharina und den Rest des Nachmittags mit ihr zusammen im Garten. Das war sein Plan gewesen – bis er erfahren hatte, dass sein Flug nach Arlanda gestrichen worden war.

Er stellte sich am Lufthansa-Schalter in der Schlange an und wurde auf den Flug um 13.05 Uhr umgebucht. Noch vier weitere Stunden am Franz-Josef-Strauß-Flughafen. Seine Begeisterung hielt sich in Grenzen. Mit einem resignierten Seufzer zog er sein Handy aus der Tasche und schrieb Katharina eine SMS: Sie musste ohne ihn essen. Aber die Hoffnung auf ein paar Stunden im Garten war noch nicht gestorben. Wie war das Wetter? Vielleicht würden sie ja später noch einen Drink auf der Terrasse nehmen? Jetzt, da er Zeit hatte, konnte er auch noch eine Flasche besorgen.

Katharina antwortete sofort. Dumm mit der Verspätung. Sie vermisse ihn. Das Wetter in Stockholm sei fantastisch, ein Drink wäre super. Er solle sie überraschen. Kuss.

Richard ging in einen der Läden, die noch immer mit dem Schild »Tax free« warben, obwohl das sicher für den Großteil der Reisenden keine Bedeutung mehr hatte. Er fand das Regal mit den fertiggemixten Getränken und wählte eine Flasche, die er aus der Werbung kannte. Mojito Classic.

Auf dem Weg zum Zeitschriftenladen kontrollierte er seine Flugdaten auf der Anzeigetafel. Gate 26. Er schätzte, dass er bis dorthin ungefähr zehn Minuten brauchte.

Nach dem Einkauf setzte sich Richard mit einem Kaffee und einem Sandwich in ein Café und blätterte in seiner gerade erstandenen Ausgabe des *Garden Illustrated*. Die Zeit kroch nur langsam vorwärts. Eine Weile verbrachte er mit einem Schaufensterbummel entlang der vielen Flughafenboutiquen, kaufte noch eine Zeitschrift, diesmal ein Lifestyle-Magazin, zog dann in ein anderes Café um und trank eine Flasche Mineralwasser. Nach einem Gang zur Toilette war es endlich Zeit, zum Gate aufzubrechen. Dort erlebte er eine böse Überraschung: Der Flug um 13.05 Uhr war verspätet, neue Boardingzeit war 13.40 Uhr. Voraussichtliche Abflugzeit 14.00 Uhr. Richard griff wieder zu seinem Handy, informierte Katharina über die neuerliche Verspätung und empörte sich über das Fliegen im Allgemeinen und die Lufthansa im Besonderen. Dann suchte er sich einen freien Platz und setzte sich. Es kam keine SMS zurück.

Er rief sie an, aber sie hob nicht ab.

Vielleicht hatte sie jemanden gefunden, der mit ihr in der

Stadt essen ging. Er steckte das Handy ein und schloss die Augen. Es bestand kein Anlass, sich über die Verspätung aufzuregen, er konnte ohnehin nichts daran ändern.

Um kurz vor zwei öffnete eine junge Frau den Schalter und bat die Fluggäste um Entschuldigung für die Verspätung. Als alle im Flugzeug Platz genommen hatten und das Personal gerade routiniert die Sicherheitshinweise erklärte, denen sowieso niemand lauschte, meldete sich der Flugkapitän zu Wort. Eine Kontrolllampe des Flugzeugs blinke. Vermutlich handele es sich nur um einen Defekt der Lampe, aber man wolle kein Risiko eingehen, weshalb ein Techniker unterwegs sei, um die Sache zu überprüfen. Der Pilot entschuldigte sich für die Verspätung und erklärte, er hoffe auf das Verständnis der Passagiere. Im Flugzeug wurde es bald stickig. Richard spürte, wie seine Verständnisbereitschaft und seine trotz allem relativ gute Laune im gleichen Takt verflogen, wie sein Hemd am Rücken und unter den Armen feuchter wurde. Dann meldete sich der Pilot erneut mit zwei Nachrichten. Die gute: Der Fehler sei behoben. Die schlechtere: Inzwischen hätten sie ihre Startposition verloren, weshalb nun noch etwa neun Flugzeuge vor ihnen starten würden, aber sobald sie an der Reihe seien, würden sie ihren Flug nach Stockholm antreten.

Er bat um Entschuldigung.

Sie landeten um 17.20 Uhr in Arlanda, mit zwei Stunden und zehn Minuten Verspätung. Oder sechs Stunden, je nachdem, wie man die Dinge sah.

Auf dem Weg zur Gepäckausgabe rief Richard wieder zu Hause an. Katharina meldete sich nicht. Er versuchte es auf ihrem Handy, doch nach dem fünften Klingeln sprang die Mailbox an. Vermutlich war sie draußen im Garten und hörte das Telefon nicht. Richard betrat die große Halle mit den Gepäckbändern. Dem Monitor über Band 3 zufolge sollte es acht Minuten dauern, bis die Koffer des Fluges 2416 eintreffen würden.

Es waren zwölf Minuten.

Und weitere fünfzehn Minuten vergingen, bis Richard begriff, dass sein Koffer nicht dabei war.

Wieder musste er warten, diesmal in der Schlange vor dem Serviceschalter, um der Lufthansa den Verlust zu melden. Nachdem er seinen Gepäckabschnitt, seine Adresse und eine möglichst genaue Beschreibung seines Koffers hinterlassen hatte, durchquerte Richard die Ankunftshalle und passierte die Schiebetür, um sich ein Taxi zu nehmen. Die Wärme schlug ihm entgegen. Jetzt war der Sommer wirklich da. Katharina und er würden einen schönen Abend verbringen. Er spürte, wie sich seine gute Laune bei dem Gedanken an einen Rum-Cocktail in der Abendsonne auf der Terrasse zurückmeldete.

Er reihte sich in der Warteschlange für ein Taxi ein. Als sie in Richtung Arlandastad abbogen, erklärte der Taxifahrer, dass der Verkehr in Stockholm heute völlig verrückt gewesen sei. Und zwar so was von verrückt! Gleichzeitig bremste er auf unter fünfzig Stundenkilometer ab, und sie wurden von der scheinbar unendlichen Blechlawine auf der E4 in Richtung Süden eingesaugt.

Aus all diesen Gründen hätte Richard Granlund nicht geglaubt, dass dieser Tag noch schlimmer werden könnte, als das Taxi endlich in den Tolléns Väg einbog.

Er zahlte mit seiner Kreditkarte und ging durch den blühenden, gepflegten Garten zum Haus. Im Flur stellte er seine Aktentasche und die Plastiktüte ab.

»Hallo!«

Keine Antwort. Richard zog seine Schuhe aus und ging in die Küche. Er warf einen Blick durch das Fenster, um zu sehen, ob Katharina draußen war, doch der Garten war leer.

Genau wie die Küche. Kein Zettel an der Stelle, wo er gelegen hätte, wenn sie ihm einen hinterlassen hätte. Richard nahm sein Handy und warf einen prüfenden Blick darauf. Keine entgangenen Anrufe oder SMS. Im Haus war es stickig, die Sonne brannte direkt darauf, aber Katharina hatte die Markisen nicht heruntergekurbelt. Richard schloss die Terrassentür auf und öffnete sie weit. Dann ging er die Treppe hinauf. Er wollte duschen und sich umziehen. Nach der langen Heimreise fühlte er sich durchgeschwitzt bis auf die Unterhose. Bereits auf dem Weg nach oben nahm er die Krawatte ab und knöpfte sein Hemd auf, hielt jedoch inne, als er die geöffnete Schlafzimmertür erreichte. Katharina lag auf dem Bauch. Das war das Erste, was er feststellte. Dann hatte er drei schnelle Einsichten.

Sie lag auf dem Bauch. Sie war gefesselt. Sie war tot.

Die U-Bahn ruckelte beim Bremsen. Eine Mutter, die mit ihrem Kinderwagen direkt vor Sebastian Bergman stand, umklammerte die Haltestange und sah sich nervös um. Schon seit sie am St. Eriksplan eingestiegen war, wirkte sie angespannt, und obwohl ihr weinender Junge schon nach wenigen Stationen eingeschlafen war, schien sie nicht ruhiger zu werden. Es gefiel ihr ganz eindeutig nicht, mit so vielen Fremden auf engstem Raum eingesperrt zu sein. Sebastian beobachtete mehrere Anzeichen dafür. Ihre offensichtlichen Versuche, die minimale Privatsphäre zu wahren, indem sie ständig ihre Füße bewegte, um an niemanden zu stoßen. Die Schweißperlen auf der Oberlippe. Der wachsame Blick, der keine Sekunde innehielt. Sebastian lächelte ihr beruhigend zu, doch sie sah nur hastig zur Seite und musterte weiter ihre Umgebung, alarmbereit und gestresst. Also sah sich Sebastian in dem überfüllten Wagen um, der kurz hinter der Station Hötorget erneut unter metallischem Knirschen zum Stehen gekommen war. Nach einigen Minuten Stillstand in der Dunkelheit ratterte die Bahn langsam weiter und kroch bis zum T-Centralen.

Normalerweise fuhr er nicht mit der U-Bahn, schon gar nicht im Berufsverkehr oder während der Touristensaison. Es war ihm zu unkomfortabel und zu chaotisch. Er würde sich nie an die dicht gedrängten Menschen mit all ihren Geräuschen und Gerüchen gewöhnen können. Meistens ging er zu Fuß oder nahm sich ein Taxi. Um Distanz zu wahren. Ein Außenstehender zu bleiben. So hatte er es bisher immer gehalten. Aber nichts war mehr so wie bisher.

Nichts.

Sebastian lehnte sich gegen die Tür am Ende des Wagens und warf einen Blick in den nächsten Waggon. Er konnte sie durch das kleine Fenster beobachten. Das blonde Haar, das Gesicht, über eine Tageszeitung gebeugt. Ihm wurde bewusst, dass er vor sich hin lächelte, wenn er sie sah.

Sie stieg wie immer am T-Centralen um und lief mit schnellen Schritten die Steintreppe zur roten U-Bahn-Linie hinunter. Er konnte ihr leicht folgen. Solange er nur genügend Abstand hielt, wurde er von den vielen herbeiströmenden Pendlern und stadtplanlesenden Touristen verdeckt.

Und er hielt Abstand.

Er wollte sie nicht aus den Augen verlieren, durfte aber auf keinen Fall entdeckt werden. Es war eine schwierige Balance, aber er schlug sich immer besser.

Als die U-Bahn der roten Linie zwölf Minuten später bei der Station Gärdet hielt, wartete Sebastian einen Moment, ehe er den hellblauen Waggon verließ. Hier war größere Vorsicht geboten. Auf dem Bahnsteig waren weniger Menschen unterwegs, die meisten waren schon eine Station früher ausgestiegen. Sebastian hatte den Wagen vor ihr gewählt, damit sie ihm nach dem Aussteigen den Rücken zukehrte. Sie ging jetzt noch schneller und war bereits auf halber Höhe der Rolltreppe, als er sie wieder sehen konnte. Offenbar war Gärdet auch die Zielstation der Frau mit dem Kinderwagen, und Sebastian beschloss, sich hinter ihr zu halten. Die Frau schob ihren Kinderwagen gemächlich hinter den Menschen her, die zu den Rolltreppen strömten, vermutlich in der Hoffnung, nicht ins Gedränge zu geraten. Als er hinter der Mutter herging, fiel Sebastian auf, wie ähnlich sie beide sich waren.

Zwei Menschen, die immer Abstand halten mussten.

Eine Frau war tot zu Hause aufgefunden worden.
Normalerweise war das kein Grund, gleich die Reichsmordkommission und Torkel Höglunds Team hinzuzuziehen.

Meistens handelte es sich um das tragische Ende eines Familienstreits, eines Sorgerechtskonflikts, Eifersuchtsdramas oder eines alkoholseligen Abends in – wie sich erst im Nachhinein herausstellte – falscher Gesellschaft.

Jeder Polizist wusste, dass man den Täter am häufigsten unter den nächsten Angehörigen fand, wenn eine Frau zu Hause ermordet worden war. Deshalb war es nicht weiter verwunderlich, dass Stina Kaupin überlegte, ob sie gerade mit einem Mörder sprach, als sie um kurz nach halb acht Uhr abends den Notruf entgegennahm.

»SOS 112, was ist passiert?«

»Meine Frau ist tot.«

Was der Mann noch sagte, war nur schwer zu verstehen. Seine Stimme klang gebrochen von Trauer und Schock. Er machte immer wieder so lange Pausen, dass Stina mehrmals glaubte, er hätte aufgelegt, bis sie hörte, wie er seine Atmung zu kontrollieren versuchte. Stina hatte Probleme, ihm eine Adresse zu entlocken. Der Mann am anderen Ende der Leitung wiederholte nur ständig, dass seine Frau tot sei und alles voller Blut. Überall Blut. Ob sie kommen könnten? Bitte?

Stina stellte sich einen Mann mittleren Alters mit blutigen Händen vor, dem langsam, aber sicher bewusst wurde, was er angerichtet hatte. Schließlich nannte er doch eine

Adresse in Tumba. Sie bat den Anrufer – der vermutlich der Mörder war – zu bleiben, wo er war, und nichts im Haus anzurühren. Sie würde Polizei und Krankenwagen zu ihm schicken. Dann legte sie auf und gab die Angelegenheit an die Södertorn-Polizei in Huddinge weiter, die wiederum einen Streifenwagen losschickte.

Erik Lindman und Fabian Holst hatten gerade ihr Fastfood-Abendessen im Polizeiauto verschlungen, als sie den Auftrag erhielten, in den Tolléns Väg 19 zu fahren.

Zehn Minuten später waren sie vor Ort. Sie stiegen aus dem Wagen und sahen zum Haus hinüber. Obwohl sich keiner der beiden Beamten besonders für Gartenpflege interessierte, fiel ihnen auf, dass hier jemand unzählige Stunden und Kronen investiert hatte, um die fast perfekte, prunkvolle Pflanzenpracht anzulegen, die das gelbe Holzhaus umgab.

Als sie den Gartenweg zur Hälfte zurückgelegt hatten, wurde die Haustür geöffnet. Beide griffen reflexartig zum Holster an ihrer rechten Hüfte. Der Mann in der Tür trug ein halb aufgeknöpftes Hemd und starrte die uniformierten Polizisten geistesabwesend an.

»Ein Krankenwagen ist nicht nötig.«

Die beiden Beamten wechselten einen kurzen Blick. Der Mann in der Tür stand eindeutig unter Schock. Und Menschen unter Schock reagierten oft nach ganz eigenen Regeln. Unvorhersehbar. Unlogisch. Der Mann wirkte zwar ziemlich niedergeschlagen und kraftlos, aber sie wollten auf keinen Fall ein Risiko eingehen. Lindman setzte seinen Weg fort, Holst verlangsamte seine Schritte und behielt die Hand an der Dienstwaffe.

»Richard Granlund?«, fragte Lindman, während er die letzten Schritte auf den Mann zu tat, der einen Punkt irgendwo schräg hinter ihm fixierte.

»Ein Krankenwagen ist nicht nötig«, wiederholte der Mann mit tonloser Stimme. »Die Frau am Telefon hat gesagt, sie würde einen Krankenwagen schicken. Das ist nicht nötig. Das hatte ich vorhin vergessen zu sagen...«

Jetzt war Lindman bei dem Mann angekommen. Er berührte ihn leicht am Arm. Der Körperkontakt ließ den Mann zusammenzucken, dann wandte er sich dem Polizisten zu und blickte ihn mit erstauntem Gesichtsausdruck an, als sähe er ihn gerade zum ersten Mal und wundere sich darüber, wie er ihm so nah hatte kommen können.

Kein Blut auf Händen oder Kleidung, registrierte Lindman.

»Richard Granlund?«

Der Mann nickte.

»Ich kam nach Hause, und sie lag da...«

»Wo sind Sie denn gewesen?«

»Bitte?«

»Von wo kamen Sie? Wo sind Sie vorher gewesen?« Vielleicht war es nicht der richtige Zeitpunkt, um den Mann zu befragen, da er so offensichtlich unter Schock stand. Aber es konnte hilfreich sein, wenn man die Aussagen bei der ersten Begegnung mit jenen aus einem möglichen späteren Verhör vergleichen konnte.

»Deutschland. Geschäftlich. Mein Flug hatte Verspätung. Beziehungsweise... der erste wurde gestrichen, der zweite war verspätet, und dann kam ich sogar noch später, weil mein Gepäck...«

Der Mann verstummte. Anscheinend war ihm ein Gedanke gekommen. Er sah Lindman mit einer plötzlichen Klarheit in den Augen an.

»Hätte ich sie retten können? Wenn ich pünktlich gekommen wäre, hätte sie dann noch gelebt?«

Diese Was-wäre-wenn-Überlegungen waren eine natürliche Reaktion bei Todesfällen. Lindman hatte sie schon oft gehört. Er hatte häufig erlebt, dass Menschen starben, weil sie zur falschen Zeit am falschen Ort waren. Sie liefen genau in dem Moment auf die Straße, in dem ein betrunkener Autofahrer heranraste. Sie schliefen genau in jener Nacht im Wohnwagen, in der die Gasflasche zu lecken begann. Sie überquerten in dem Augenblick die Gleise, in dem der Zug kam. Herabfallende Stromleitungen, alkoholisierte Schläger, Autos auf falschen Straßenseiten. Höhere Gewalt, Zufälle. Durch einen vergessenen Schlüsselbund konnte man sich exakt um jene Sekunden verspäten, deretwegen man dann den unbewachten Bahnübergang überquerte. Und wegen eines verspäteten Fluges konnte es sein, dass die Frau lange genug allein zu Hause war, damit der Mörder zuschlagen könnte. Die Was-wäre-wenn-Überlegungen.

Ganz natürlich bei Todesfällen, aber schwer zu beantworten.

»Wo ist Ihre Frau, Herr Granlund?«, fragte Lindman also stattdessen mit ruhiger Stimme. Der Mann in der Tür schien über die Frage nachzudenken. Er war gezwungen, sich von den Reiseerlebnissen und der eventuellen Schuld, die ihm so plötzlich auferlegt worden war, ins Hier und Jetzt zurückzubegeben. Dem Grauen ins Auge zu sehen.

Dem, was er nicht hatte verhindern können.

Schließlich war er so weit.

»Da oben.« Richard zeigte schräg hinter sich und brach in Tränen aus.

Lindman bedeutete seinem Kollegen mit einem Nicken, dass er nach oben gehen solle, während er selbst dem weinenden Mann ins Haus folgte. Natürlich konnte man nie sicher sein, aber Lindman hatte das Gefühl, dass der Mann, den er gerade an den Schultern fasste und in die Küche schob, kein Mörder war.

Am Fuß der Treppe zog Holst seine Dienstwaffe und hielt sie mit ausgestrecktem Arm nach unten. Wenn der gebrochene Mann, um den sich sein Kollege kümmerte, nicht der Mörder war, bestand immerhin ein geringes Risiko, dass sich der wahre Täter noch im Haus aufhielt. Oder die Täterin – auch wenn das eher unwahrscheinlich war.

Die Treppe führte in einen kleineren Raum. Dachfenster, ein Zweisitzer, Fernseher und Blu-Ray. Regalwände mit Büchern und Filmen. Von dort gingen vier Türen ab, zwei davon standen offen, zwei waren geschlossen. Von der obersten Treppenstufe aus erblickte Holst ein Bein der toten Frau im Schlafzimmer. Im Bett. Das bedeutete, dass sie die Reichsmordkommission informieren mussten, dachte er und ging schnell durch die zweite geöffnete Tür, die zu einem Arbeitszimmer führte. Leer. Hinter den geschlossenen Türen befanden sich eine Toilette und ein begehbarer Kleiderschrank. Beide leer. Holst steckte seine Waffe wieder weg und näherte sich dem Schlafzimmer. Im Türrahmen blieb er abrupt stehen.

Seit etwa einer Woche lag ihnen eine Aufforderung der Reichsmordkommission vor. Die Kollegen wollten über Todesfälle informiert werden, bei denen folgende Kriterien zutrafen:

Das Opfer wurde im Schlafzimmer gefunden.

Das Opfer war gefesselt.

Dem Opfer war die Kehle durchgeschnitten worden.

Torkels Handy übertönte die letzte Strophe von »Hoch soll sie leben«, und er nahm das Gespräch an und zog sich in die Küche zurück, während im Hintergrund gerade ein vierfaches »Hoch! Hoch! Hoch! Hoch!« gerufen wurde.

Vilma hatte Geburtstag.

Sie war dreizehn geworden, ein Teenie.

Eigentlich schon am Freitag, aber da hatten ein Abendessen mit ihren Freundinnen und ein anschließender Filmabend auf dem Programm gestanden. Ältere, langweilige Verwandte wie beispielsweise ihr Vater mussten an einem Wochentag kommen. Gemeinsam mit Yvonne hatte Torkel seiner Tochter ein Handy geschenkt. Ein nagelneues, eigenes. Bisher hatte Vilma immer das abgelegte Handy ihrer großen Schwester übernehmen müssen oder die alten Diensthandys von ihm oder Yvonne. Jetzt hatte sie also ein neues. Eines mit Android, wenn er sich richtig erinnerte, so wie es Billy ihm geraten hatte, als Torkel ihn bei der Auswahl von Modell und Marke um Hilfe gebeten hatte. Yvonne hatte erzählt, dass Vilma das Handy seit Freitag am liebsten jede Nacht mit ins Bett nehmen würde.

Der Küchentisch war für den Abend zu einem Gabentisch umfunktioniert worden. Die große Schwester hatte Vilma Mascara, Lidschatten, Lipgloss und eine Foundation gekauft. Vilma hatte die Sachen schon am Freitag bekommen, aber jetzt dazugelegt, um die ganze Fülle an Geschenken zu präsentieren. Torkel nahm die Mascara in die Hand, die bis zu zehnmal mehr Wimpernvolumen versprach, während er den Informationen am Telefon lauschte.

Ein Mord. In Tumba. Eine gefesselte Frau mit durchgeschnittener Kehle in einem Schlafzimmer.

Eigentlich war Torkel der Meinung gewesen, Vilma sei viel zu jung für Schminke, hatte jedoch zu hören bekommen, dass sie weit und breit die Einzige in der sechsten Klasse sei, die sich noch nicht schminke, und dass es in der Siebten ganz und gar undenkbar war, ohne Make-up in die Schule zu kommen. Torkel kämpfte nicht lange dagegen an. Die Zeiten änderten sich, und er wusste, dass er froh sein konnte, weil er diese Diskussion nicht schon hatte führen müssen, als Vilma in der vierten Klasse war. Denn so war es anderen Eltern auf Vilmas Schule ergangen, und sie hatten sich ganz offensichtlich nicht durchsetzen können.

Torkel beendete das Gespräch, legte die Wimperntusche zurück auf den Tisch und ging wieder ins Wohnzimmer.

Alles deutete darauf hin, dass dies das dritte Opfer war.

Er rief Vilma zu sich, die sich gerade mit ihren Großeltern unterhielt. Sie schien nicht besonders traurig darüber zu sein, das Gespräch mit den alten Verwandten unterbrechen zu müssen. Mit erwartungsvollem Blick kam sie Torkel entgegen, als glaubte sie, er hätte in der Küche heimlich eine Überraschung vorbereitet.

»Ich muss los, Liebes.«

»Ist es wegen Kristoffer?«

Es dauerte einige Sekunden, bis Torkel die Frage verstand. Kristoffer war der neue Mann in Yvonnes Leben. Torkel wusste, dass sie sich schon seit einigen Monaten kannten, aber er war Kristoffer an diesem Abend zum ersten Mal begegnet. Ein Gymnasiallehrer. Knapp fünfzig Jahre alt. Geschieden. Kinder. Er schien ein netter Kerl zu sein. Torkel war überhaupt nicht auf die Idee gekommen, dass man ihre Begegnung als angespannt, unangenehm oder in irgendeiner Weise problematisch hätte auffassen können. Deshalb hatte er im ersten Moment nichts mit der Frage seiner Tochter anfangen können. Vilma dagegen nahm die kurze Bedenkzeit sofort als Beweis dafür, dass sie ins Schwarze getroffen hatte.

»Ich habe ihr gesagt, dass sie ihn nicht einladen soll«, erklärte sie und zog einen Schmollmund.

In diesem Moment verspürte Torkel große Zärtlichkeit für seine Tochter. Sie wollte ihn beschützen. Dreizehn Jahre alt, wollte sie ihn vor Liebeskummer bewahren. In ihrer Welt war diese Situation vermutlich auch schrecklich unangenehm. Sicher wollte sie ihren Exfreund auf keinen Fall mit seiner Neuen treffen. Falls sie überhaupt schon mal einen Freund gehabt hatte, da war sich Torkel nicht sicher. Er strich ihr sanft über die Wange.

»Nein, ich muss arbeiten. Es hat nichts mit Kristoffer zu tun.«

»Sicher?«

»Ganz sicher. Ich müsste auch dann fahren, wenn wir beide allein hier wären. Du weißt doch, wie das ist.«

Vilma nickte. Sie hatte lange genug mit ihm zusammengelebt, um zu verstehen, dass er verschwand, wenn er dazu gezwungen war, und so lange fortblieb, wie es nötig war.

»Ist jemand gestorben?«

»Ja.«

Mehr wollte Torkel nicht erzählen. Er hatte schon früh beschlossen, sich bei seinen Kindern nicht interessant zu machen, indem er spannende und groteske Details von seiner Arbeit erzählte. Das wusste Vilma. Also fragte sie nicht weiter, sondern nickte nur noch einmal. Torkel sah sie ernst an.

»Ich glaube, es ist gut, dass Mama wieder jemanden kennengelernt hat.«

»Warum denn?«, fragte sie.

»Warum nicht? Nur, weil sie nicht mehr mit mir zusammen ist, muss sie ja nicht allein bleiben.«

»Hast du auch jemanden kennengelernt?«

Torkel zögerte kurz. Hatte er das? Er hatte lange Zeit eine Affäre mit Ursula, seiner verheirateten Kollegin, gehabt. Aber sie hatten nie definiert, was für eine Art von Beziehung das eigentlich war. Sie waren miteinander ins Bett gegangen, wenn sie beruflich unterwegs waren. Nie in Stockholm. Keine gemeinsamen Abendessen oder alltäglichen Gespräche über Persönliches und Privates. Sex und berufliche Themen, das war alles. Und jetzt war es nicht mal mehr das. Vor einigen Monaten hatte er seinen alten Kollegen Sebastian Bergman bei einer Ermittlung hinzugezogen, und seither hatten Torkel und Ursula nur noch miteinander gearbeitet. Das störte ihn mehr, als er sich eingestehen wollte. Weniger die Tatsache, dass ihre Beziehung, oder wie auch immer man es nennen wollte, so eindeutig nach Ursulas Bedingungen ablief. Damit konnte er leben. Aber er vermisste sie. Mehr, als er gedacht hätte. Das ärgerte ihn. Und als wäre das nicht schon schlimm genug, schien sie sich neuerdings wieder Micke, ihrem Mann, anzunähern. Sogar einen Wochenendtrip nach Paris hatten die beiden vor ein paar Wochen unternommen.

War er also mit jemandem zusammen?

Wohl eher nicht, und die Komplexität seiner Beziehung mit Ursula gehörte garantiert nicht zu den Dingen, die er einem frischgebackenen Teenie erklären wollte.

»Nein«, antwortete er, »ich habe niemanden kennengelernt. Aber jetzt muss ich wirklich los.«

Er umarmte sie. Fest.

»Alles Gute zum Geburtstag«, flüsterte er. »Ich liebe dich.«

»Ich liebe dich auch«, antwortete sie, »und mein Handy.«

Sie drückte ihren frisch bemalten Glanzmund auf seine Wange.

Als er sich ins Auto setzte und nach Tumba fuhr, hatte Torkel noch immer ein Lächeln auf den Lippen.

Er rief Ursula an. Sie war bereits unterwegs.

Torkel hatte sich im Auto selbst dabei ertappt, dass er hoffte, diesmal würde es keinen Zusammenhang zu den anderen toten Frauen geben. Aber so war es nicht. Das musste er sofort einsehen, als er ins Schlafzimmer blickte.

Die Nylonstrümpfe. Das Nachthemd. Die Lage.

Sie war die Dritte.

»Von einem Ohr zum anderen« genügte nicht, um die klaffende Wunde am Hals zu beschreiben. Sie reichte eher von der einen Seite der Halswirbelsäule zur anderen. Wie wenn man eine Konservenbüchse öffnete und ein kleines Stück übrig ließ, um den Deckel nach hinten biegen zu können. Man hatte der Frau fast komplett den Hals abgeschnitten. Es musste eine enorme Kraft gekostet haben, ihr solche Verletzungen zuzufügen. Überall war Blut, die Wände hoch und auf dem ganzen Fußboden.

Ursula war schon dabei, Fotos zu machen. Sie ging vorsichtig im Zimmer umher und achtete darauf, nicht ins Blut zu treten. Sie war immer die Erste vor Ort, wenn sie konnte. Jetzt sah sie kurz auf, nickte zum Gruß und setzte ihre Arbeit fort. Torkel stellte die Frage, deren Antwort er bereits kannte.

»Derselbe?«

»Auf jeden Fall.«

»Auf dem Weg hierher habe ich noch mal in Lövhaga angerufen. Er sitzt noch immer da, wo er sitzt.«

»Das wussten wir doch aber schon?«

Torkel nickte. Dieser Fall gefällt mir nicht, dachte er, während er in der Schlafzimmertür stand und die tote Frau betrachtete. Er hatte bereits in anderen Türen gestanden, von anderen Schlafzimmern, und andere Frauen im Nachthemd gesehen, die man an Händen und Füßen mit Nylonstrümpfen gefesselt, vergewaltigt und nahezu enthauptet hatte. 1995 hatten sie die erste gefunden. Es folgten weitere drei, ehe sie im Frühsommer 1996 den Mörder fassen konnten.

Hinde war zu lebenslanger Haft verurteilt worden und in die Justizvollzugsanstalt Lövhaga gekommen.

Er hatte nicht einmal Berufung eingelegt.

Und er saß dort noch immer ein.

Die neuen Opfer sahen allerdings wie identische Kopien seiner Opfer aus. Hände und Füße waren auf dieselbe Weise gefesselt. Extreme Gewalteinwirkung am Hals. Sogar der blaue Farbstich der weißen Nachthemden war derselbe. Was bedeutete, dass die gesuchte Person nicht nur ein Serienmörder war, sondern auch ein Nachahmungstäter. Jemand, der aus irgendeinem Grund fünfzehn Jahre alte Morde kopierte. Torkel warf einen Blick auf seinen Notizblock und wandte sich dann erneut Ursula zu. Auch sie war damals in den Neunzigern bei den Ermittlungen dabei gewesen. Sie, Sebastian und Trolle Hermansson, der später in den unfreiwilligen Vorruhestand versetzt wurde.

»Ihr Mann hat gesagt, dass sie ihm heute Vormittag gegen neun auf eine SMS geantwortet hat, um eins aber nicht mehr«, sagte er.

»Kann stimmen. Sie ist mehr als fünf Stunden tot, aber weniger als fünfzehn.«

Torkel nickte nur. Er wusste, dass Ursula recht hatte. Hätte er nachgefragt, hätte sie auf den Rigor hingewiesen, der das Bein noch nicht erreicht hatte, auf den Mangel an Autolyse, den Tache noir und anderes Pathologenlatein von sich gegeben, das zu lernen er sich nie bemüht hatte, trotz all seiner Jahre bei der Polizei. Fragte man ihn, bekam man die Antwort in normalem Schwedisch.

Ursula wischte sich mit dem Handrücken den Schweiß von der Stirn. Im Obergeschoss war es mehrere Grad wärmer als im Parterre. Die Julisonne hatte den ganzen Tag auf das Haus heruntergebrannt. Fliegen schwirrten im Zimmer umher, angelockt vom Blut und von der für das menschliche Auge noch unsichtbaren, aber bereits einsetzenden Verwesung.

»Das Nachthemd?«, fragte Torkel, nachdem er seinen Blick ein letztes Mal über das Bett hatte schweifen lassen.

»Was soll damit sein?« Ursula senkte ihre Kamera und nahm das unmoderne Bekleidungsstück aus Baumwolle in Augenschein.

»Es ist nach unten gezogen.«

»Das kann ihr Mann gewesen sein. Vielleicht wollte er ihre Blöße ein wenig bedecken.«

»In Ordnung. Ich frage ihn, ob er sie berührt hat.«

Torkel verließ seinen Platz an der Tür. Er musste zu dem untröstlichen Mann in der Küche zurück. Dieser Fall gefiel ihm wirklich ganz und gar nicht.

Der große Mann hatte einige Stunden geschlafen. War nach Hause gekommen und sofort ins Bett gefallen. Das tat er immer. Rituale. Das Adrenalin war durch seine Adern gerauscht. Er wusste nicht, was genau in seinem Körper passierte, aber danach hatte er immer das Gefühl, dass er innerhalb der kurzen Zeit, in der er aktiv gewesen war, die Energiereserven einer ganzen Woche aufgebraucht hatte. Aber jetzt war er wieder wach. Der Wecker hatte geklingelt. Es war an der Zeit, erneut tätig zu werden. Er stieg aus dem Bett. Es blieb noch so viel zu tun, und alles musste ganz exakt ausgeführt werden. Zum richtigen Zeitpunkt. In der richtigen Reihenfolge.

Rituale.

Ohne sie wäre alles Chaos. Chaos und Angst. Rituale schafften Kontrolle. Rituale ließen das Böse weniger böse erscheinen. Den Schmerz weniger schmerzhaft. Rituale hielten die Dunkelheit fern.

Der Mann schloss die Nikon-Kamera an den Computer an und lud schnell und routiniert die sechsunddreißig Bilder auf die Festplatte.

Die ersten zeigten die weinende Frau, wie sie mit verschränkten Händen über der Brust dastand und darauf wartete, dass er ihr das Nachthemd überzog. Aus ihrem einen Nasenloch rann Blut auf die Unterlippe. Zwei Tropfen hatten ihre rechte Brust gestreift und rote Spuren hinterlassen. Zuerst hatte sie sich geweigert, sich auszuziehen. Geglaubt, ihre Kleider könnten sie vielleicht schützen. Sie retten.

Auf dem sechsunddreißigsten und letzten Bild starrte sie

mit leeren Augen direkt in die Kamera. Er hatte sich neben das Bett gekniet und so nah zu ihr heruntergebeugt, dass er fast die Wärme des Blutes gespürt hatte, das nun nur noch langsam aus dem klaffenden Spalt in ihrem Hals sickerte. Das meiste Blut hatte ihren Körper zu dieser Zeit schon verlassen und war mehr oder weniger vom Bettzeug und von der Matratze aufgesaugt worden.

Schnell kontrollierte er die Fotos dazwischen. Nachthemd an. Nylonstrümpfe. Die Knoten. Slip aus. Vor dem Akt. Nach dem Akt. Das Messer und sein Werk.

Die Angst.

Die Einsicht.

Das Ergebnis.

Alles sah gut aus. Er würde alle sechsunddreißig Fotos verwenden können. Das war das Beste. Trotz der unbegrenzten Kapazität der Digitalkamera wollte er im Rahmen einer altmodischen Filmrolle bleiben. Sechsunddreißig Bilder. Nicht mehr. Nicht weniger.

Das Ritual.

Als Torkel die Treppe herunterkam, kniete Billy vor der Haustür und untersuchte das Schloss. Er wandte sich seinem Chef zu.

»Soweit ich sehen kann, gibt es an der Tür keine Einbruchspuren. Vieles deutet darauf hin, dass sie ihn hereingelassen hat.«

»Die Terrassentür stand offen, als wir eintrafen«, sagte Torkel.

Billy nickte. »Der Mann hat sie geöffnet, als er nach Hause kam«, erklärte er.

»Ist er sich sicher? Er wirkte ziemlich verwirrt durch den Schock.«

»Er klang so, als wäre er sicher.«

»Ich frage ihn noch mal. Wo ist Vanja?«

»Draußen. Sie ist gerade angekommen.«

»Oben im Arbeitszimmer steht ein Computer.« Torkel machte eine Kopfbewegung in Richtung Treppe. »Nimm ihn mit und sieh nach, ob du was findest. Idealerweise etwas, das sie mit den anderen Frauen in Verbindung bringt.«

»Also ist sie die Dritte?«

»Das ist gut möglich.«

»Holen wir jemanden ins Team oder ...?«

Billy ließ die Frage im Raum stehen. Torkel verstand, dass er eigentlich sagen wollte: Holen wir Sebastian Bergman ins Team? Torkel war dieser Gedanke auch schon gekommen, aber er hatte ihn sofort wieder verworfen. Die Nachteile lagen auf der Hand und überwogen eindeutig die Vorteile.

Das war allerdings vor dem heutigen Abend gewesen.

Vor der dritten Toten.

»Wir werden sehen.«

»Ich meine, in Anbetracht dessen, wen er kopiert ...«

»Wir werden sehen, habe ich gesagt!«

Torkels Tonfall signalisierte Billy, besser nicht weiterzufragen. Er nickte und stand auf. Billy konnte Torkels Frustration verstehen. Sie hatten keine konkrete Spur, obwohl es eigentlich mehr als genug Spuren gab: Schuh- und Fingerabdrücke, Sperma und Haare. Und dennoch waren sie einem Durchbruch nicht einen Schritt näher als vor neunundzwanzig Tagen, als sie die erste Frau gefunden hatten, auf dieselbe Weise gefesselt und ermordet. Da dieser Täter mit einer geradezu nonchalanten Art Beweise hinterließ, wusste er vermutlich, dass er in keinem Register zu finden war. Er war viel zu organisiert, um einfach nur nachlässig zu sein. Demnach handelte es sich nicht um jemanden, der bereits verurteilt worden war, jedenfalls nicht für ein schwereres Verbrechen. Aber er schien gewillt, Risiken einzugehen. Oder gezwungen, sie auf sich zu nehmen. Beide Möglichkeiten waren beunruhigend, denn sie bedeuteten, dass er mit größter Wahrscheinlichkeit erneut zuschlagen würde.

»Nimm Vanja mit zurück ins Präsidium, und dann geht ihr alles noch mal von vorn durch.«

Wenn sie einen Zusammenhang zwischen den Opfern herstellen konnten, wäre schon viel gewonnen. So könnten sie mehr über den Täter erfahren und ihn allmählich einkreisen. Am schlimmsten wäre es, wenn der Mörder seine Opfer willkürlich auswählte; wenn er einer Frau in der Stadt folgte, sie ausspionierte, seine Tat plante und den richtigen Moment abwartete. Wäre das der Fall, würden sie ihm so lange nicht auf die Schliche kommen, bis er einen Fehler beging. Und bisher hatte er sich keinen einzigen geleistet.

Billy sprang mit schnellen Schritten die Treppen hinauf, warf einen kurzen Blick in das Schlafzimmer, in dem Ursula immer noch arbeitete, und ging dann ins Arbeitszimmer. Es war ziemlich klein, vielleicht sechs Quadratmeter. In der einen Ecke stand ein Schreibtisch mit einem Bürostuhl, darunter lag eine Plexiglasscheibe, damit die Rollen das Parkett nicht zerkratzten. Daneben eine Ablage, darauf der Drucker, Modem, Router, Papiere, Akten und Büromaterial. An der Wand über dem Schreibtisch hing ein länglicher Rahmen mit Platz für acht Fotos. Auf einem Bild war das Opfer – Katharina hieß sie, mit »th«, wenn Billy sich recht erinnerte – allein zu sehen, in einem weißen Sommerkleid vor einem Apfelbaum, in die Kamera lächelnd, einen Strohhut auf den dunklen Haaren. Es wirkte wie ein Werbefoto für den schwedischen Sommer. Österlen vielleicht. Auch der Mann – Richard – war auf einem der Bilder allein zu sehen. Achtern auf einem Segelboot. Mit Sonnenbrille, braun gebrannt, konzentriert. Auf den anderen sechs Bildern waren die beiden zusammen. Immer eng nebeneinander, sich umarmend, lächelnd. Sie schienen viel zu reisen. Eine der Aufnahmen war an einem kreideweißen Strand mit Palmen im Hintergrund aufgenommen worden, und auf zwei anderen Bildern konnte Billy New York und Kuala Lumpur erkennen. Kinder hatten sie anscheinend keine.

Also hatte diesmal wenigstens niemand seine Mutter verloren.

Billy blieb vor den Fotos stehen und betrachtete das liebevolle Lachen des Paares. Auf allen Bildern umarmten sie einander. Vielleicht posierten sie vor der Kamera immer so. Vielleicht war es nur gespielt, um der Umgebung zu zeigen, wie prächtig es ihnen zusammen ging. In diesem Fall sah man ihnen das aber nicht an, sie schienen beide aufrichtig verliebt, wie sie da so ineinander verschlungen standen.

Billy konnte sich nicht so recht von den Bildern losreißen. Es hatte etwas mit dem darauf eingefangenen Glück zu tun, das ihn mit voller Wucht traf. Sie sahen so glücklich aus. So verliebt. So lebendig. Normalerweise war Billy nie derart berührt und konnte ohne Schwierigkeiten einen professionellen Abstand zwischen den Opfern und sich selbst wahren. Natürlich war er jedes Mal bewegt und litt mit den Angehörigen, aber die Spitze der Trauer drang nie ganz so tief in ihn ein. Er wusste genau, was diesmal anders war. Er hatte gerade eine Frau kennengelernt, deren Blick und deren offenes Lachen ihn an die Frau auf den Fotos erinnerte. Das machte die Tragödie dreidimensional und wirklich. Er dachte an My. Heute Morgen hatte sie sich die Decke über die Ohren gezogen und ihn schlaftrunken umarmt. Sie hatte versucht, ihn zum Bleiben zu bewegen, noch ein bisschen und noch ein bisschen und noch ein bisschen länger, bis irgendwann der ganze Vormittag verflogen war. Das Bild von der lächelnden My passte mit den Bildern dort an der Wand zusammen, aber auf keinen Fall mit der grotesk verrenkten, gefesselten und vergewaltigten Frau im Zimmer nebenan. Und dennoch war es dieselbe Frau. Für eine Sekunde sah er My vor sich, wie sie dort in der großen Blutlache lag. Er wandte den Kopf ab und schloss die Augen. Eine solche Furcht hatte ihn noch nie zuvor heimgesucht. Nie.

Und er durfte sie nicht wieder nahekommen lassen. Das wusste er. Er durfte die Gewalt und den Schrecken nie an sich heranlassen, sich nie davon vergiften lassen. Das würde die Liebe zerstören, sie angstvoll und unsicher machen. Das Bedürfnis, Privatleben und Arbeit voneinander zu trennen, wurde ihm mit einem Mal glasklar bewusst, denn ohne diese Distanz konnte er alles verlieren. Er konnte My umarmen, sie an sich drücken, aber dieses Gefühl würde er nicht mit ihr teilen können. Es war zu dunkel und abgründig, um es in ihre Beziehung zu lassen, Er würde My lange umarmen, wenn er nach Hause kam. Sehr lange. Sie würde fragen, warum. Und er würde lügen müssen. Leider. Aber die Wahrheit wollte er ihr nicht zumuten. Billy wandte sich um, nahm den Laptop vom Schreibtisch und ging nach unten, um Vanja abzuholen.

Der große Mann erteilte seinem Computer den Befehl, alle Bilder auszudrucken, und der Drucker reagierte sofort mit einem effektiven Surren. Während das Gerät die Bilder im Format 10 × 15 Zentimeter auf Hochglanzfotopapier auswarf, legte der Mann auf dem Desktop einen neuen Ordner für die Fotos an, kopierte ihn, loggte sich auf einer geschützten Website ein, meldete sich als Administrator an und speicherte den Ordner dort ab. Die Seite hatte die nichtssagende Adresse »fyghor.se«. Eigentlich war dieser Name nur eine willkürliche Buchstabenkombination, deren einziger Sinn darin bestand, von keiner Suchmaschine auf den ersten Plätzen gelistet zu werden. Sollte irgendjemand, der nichts auf der Seite zu suchen hatte, trotzdem darauf stoßen, würde er lediglich Textblöcke in miserablem Layout vorfinden, die vor dem grellbunten und flimmernden Hintergrund kaum lesbar waren. Die Texte, die sowohl ihre Schriftart als auch die Farbe sporadisch wechselten, waren Auszüge aus Büchern, staatlichen Untersuchungen, Abhandlungen, anderen Internetseiten oder auch reiner Nonsens, ohne Absätze und teils sogar ohne Leerzeichen, lediglich hin und wieder von merkwürdigen Bildern oder Zeichnungen ohne erkennbare Logik unterbrochen. Die Seite sah aus, als hätte sich jemand nicht zwischen den vielen grafischen Möglichkeiten, die ein Computer bot, entscheiden können und deshalb alle auf einmal ausprobiert. Von den dreiundsiebzig Personen, die aus unerfindlichen Gründen auf die Seite gelangt waren, hatte es der geduldigste Besucher gerade mal eine Minute und sechsundzwanzig Sekunden dort ausgehalten. Genau das hatte der große Mann bezweckt. Niemand hatte sich bis zur fünften Seite vorgeklickt oder den kleinen roten Punkt entdeckt, der mitten in einem Textausschnitt über ein Baudenkmal in der Kommune Katrineholm saß. Wenn man darauf klickte, öffnete sich eine neue Seite, die nach einem Kennwort und einer Benutzer-ID fragte. Erst danach gelangte man zu dem Ordner mit den Bildern, den er soeben dort abgelegt hatte. Er trug den nichtssagenden Namen »3«.

Mittlerweile war der Drucker mit seiner Arbeit fertig. Der Mann nahm die Seiten, blätterte sie durch und zählte. Alle sechsunddreißig. Er nahm eine große Papierklammer und heftete die Bilder damit zusammen. Dann ging er zum anderen Ende des Raums, wo eine Masonittafel an die Wand genagelt war, und hängte die Klammer mit den Bildern an einen Nagel in der rechten oberen Ecke der Tafel. Über dem Nagel stand mit schwarzem Filzstift die Nummer 3 geschrieben. Er warf einen kurzen Blick auf die darüberhängenden Fotos, die an Nagel »1« und »2« hingen. Frauen. In ihren Schlafzimmern. Halb nackt. Weinend. Außer sich vor Angst. Die Klammer links enthielt nur vierunddreißig Bilder. Zwei waren ihm misslungen. Vor dem Akt. Er war übereifrig gewesen. War vom Ritual abgewichen. Danach hatte er sich selbst verflucht und sich hoch und heilig geschworen, dass so etwas nie wieder vorkäme. Das zweite Bündel mit Fotos war hingegen vollzählig. Jetzt nahm er die Kamera erneut zur Hand und fotografierte die Masonittafel mit ihren makabren Objekten. Die erste Phase war überstanden. Er legte die Kamera auf den Schreibtisch, nahm die schwarze Sporttasche, die auf dem Boden neben der Tür stand, und ging in die Küche.

Der Mann stellte die Tasche auf den leeren Küchenboden, öffnete den Reißverschluss und nahm die Zellophanhülle und den Karton heraus, in die die Nylonstrümpfe, die er verwendet hatte, verpackt gewesen waren. Philippe Matignon Noblesse 50 Cammello Beige.

Wie immer.

Er öffnete den Schrank unter der Spüle, warf die Verpackung weg und schloss den Schrank wieder. Dann widmete er sich erneut der Tasche, holte die Plastiktüte mit dem Messer hervor, nahm es heraus, legte es in die Spüle und öffnete erneut den Unterschrank, um die blutige Tüte zu entsorgen. Er schloss die Schranktür, drehte den Hahn auf und ließ lauwarmes Wasser über die breite Klinge rinnen. Das geronnene Blut löste sich vom Metall und verschwand in einem kleinen Linksstrudel im Ausguss. Dann nahm er den Schaft und drehte das Messer unter dem Strahl. Als sich das restliche Blut nicht von selbst löste, griff er zu Spülmittel und Bürste. Anschließend trocknete er die Waffe behutsam ab, ehe er sie zurück in die Tasche legte. Er öffnete die dritte Schublade von oben im Schrank links neben dem Herd und holte eine Rolle mit Drei-Liter-Gefrierbeuteln heraus. Er riss eine Tüte ab, legte die Rolle zurück, schob die Schublade wieder zu und steckte die Tüte zu dem Messer in seine Tasche. Danach verließ er die Küche.

Billy ging suchend im Haus umher und fand Vanja schließlich im Garten. Sie stand mit dem Rücken zur Terrasse und den großen Glasfenstern. Vor ihr erstreckte sich der gepflegte Rasen und mündete in zwei blühende Beete. Billy hatte keine Ahnung, um welche Pflanzen es sich handelte, und vermutete, dass auch Vanja nicht von der Blütenpracht hierhergelockt worden war.

»Wie läuft's?«

Vanja zuckte zusammen, sie hatte ihn nicht kommen hören.

»Er hat keine Visitenkarte hinterlassen, falls du das meinst.«

»Okay ...« Billy trat einen Schritt zurück. Vanja sah ein, dass ihre Antwort unnötig pampig gewesen war. Vielleicht hatte sich die Frage ihres Kollegen nicht einmal auf die Arbeit bezogen. Schließlich kannte er sie. Und zwar gut. Er wusste, wie sehr sie diese Art von Verbrechen hasste. Nicht wegen des Blutes oder der sexuellen Gewalt, sie hatte schon Schlimmeres gesehen. Aber das Opfer war eine Frau. Ermordet. In ihrem eigenen Haus.

Frauen sollten nicht auch noch zu Hause vergewaltigt und umgebracht werden. Sie waren ohnehin schon überall und ständig in Gefahr. Wenn sie aus einer Kneipe oder Disco nach Hause gingen, sollten sie sich möglichst unauffällig kleiden. Sie sollten Unterführungen, Parks und einsame Wege meiden und abends keine Musik auf dem iPod hören. Ihre Bewegungsfreiheit war eingeschränkt, ihre Möglichkeiten waren begrenzt. Wenigstens in den eigenen vier Wänden sollten sich Frauen sicher und unbehelligt fühlen können.

»Aber ich habe das hier gefunden«, sagte Vanja, drehte sich um und ging zurück zur Terrasse. Billy folgte ihr. Sie betraten die versiegelten Holzdielen und gingen, vorbei an dem Ensemble aus vier Korbstühlen und einem Tisch mit eingeklapptem Sonnenschirm, das Billy eher an ein Eiscafé als an Terrassenmöbel erinnerte, zu den beiden weißen Liegestühlen aus Holz, in denen man sich die Hausbewohner mit einem Drink in der Abendsonne vorstellen konnte.

»Da.« Vanja zeigte auf das Fenster ganz links. Billy schaute hindurch. Von hier aus sah man einen Großteil des Untergeschosses. Er beobachtete, wie Torkel mit Richard Granlund sprach und die Spurensicherung den Rest des Hauses untersuchte, aber das hatte Vanja ihm wohl kaum zeigen wollen.

»Was denn?«, fragte er.

»Da«, sagte sie wieder und zeigte darauf. Diesmal etwas präziser, und jetzt erkannte er, was sie meinte.

Im Prinzip war es direkt vor seinen Augen: ein Abdruck auf der Scheibe, fast quadratisch und einige Zentimeter groß, darunter war ein kleiner Punkt zu sehen. Beides wurde rechts und links von zwei halbmondförmigen Abdrucken umrahmt. Billy erkannte sofort, was er vor sich hatte. Jemand – vermutlich der Mörder – hatte durch das Fenster gespäht, die Stirn und die Nase dagegengelehnt, das Gesicht mit den Händen abgeschirmt und fettige Abdrücke an der Scheibe hinterlassen.

»Er ist groß«, stellte Billy fest und beugte sich vor. »Größer als ich.«

»Wenn er derjenige war, der den Abdruck hier hinterlassen hat, muss er von dem Haus dort drüben zu sehen gewesen sein.« Vanja deutete auf das Nachbarhaus hinter den Beeten. »Jemand könnte ihn beobachtet haben.«

Billy bezweifelte das. Mitten am Tag, einem Werktag im Juli? Die Häuser ringsherum wirkten, als wären ihre Bewohner den Sommer über verreist. Es hatten sich nur wenige Schaulustige auf der Straße versammelt oder vermeintlich unauffällig in ihren Gärten gewerkelt, als die Polizeiwagen kamen. Dies war eine der Gegenden, die im Sommer mehr oder weniger verlassen waren. Hier hatten die Leute Geld, in ihre Sommerhäuser zu fahren, segeln zu gehen oder ins Ausland zu reisen. Hatte der Täter das gewusst? Es einkalkuliert?

Vermutlich.

Natürlich würden sie die Nachbarn befragen. An vielen Türen klingeln. Wenn das Opfer den Mörder hereingelassen hatte, so wie Billy vermutete, dann musste der sich dem Haus von der Vorderseite her genähert haben. An die Terrassentür zu klopfen erregte eher Angst und Misstrauen und hätte seine Chancen, ins Haus gelassen zu werden, erheblich vermindert. Also musste er von vorn gekommen sein und hatte den Weg durch den Garten genommen, der gut einsehbar war. Genau wie bei den anderen beiden Tatorten. Doch auch da hatte sie die Befragung der Nachbarn nicht weitergebracht. Keiner hatte etwas oder jemanden gesehen. Kein Auto, kein Fahrrad, niemand, der nach dem Weg gefragt oder ein merkwürdiges Angebot gemacht hatte, der herumgeschlichen oder sonst durch verdächtiges Verhalten aufgefallen wäre.

Nichts und niemand.

Alles in der Siedlung war gewesen wie immer, mit der kleinen Ausnahme, dass eine Frau brutal ermordet worden war.

»Torkel will, dass wir zurückfahren«, sagte Billy. »Wenn

wir Glück haben, finden wir jetzt einen gemeinsamen Nenner.«

»Das Glück haben wir dringend nötig. Der Kerl erhöht seinen Takt.«

Billy nickte. Zwischen dem ersten und dem zweiten Mord waren drei Wochen vergangen. Zwischen dem zweiten und dem dritten nur acht Tage.

Zusammen überquerten sie die fast wie ein Golfrasen gestutzte Grünfläche, die trotz der anhaltenden Trockenheit und Hitze nicht einen einzigen gelben Fleck hatte. Vanja sah ihren Kollegen an, der in seinem dunkelblauen Kapuzenpulli und mit dem Laptop unter dem Arm neben ihr hertrottete.

»Entschuldige, dass ich vorhin so wütend geklungen habe.«

»Kein Problem. Wahrscheinlich warst du in dem Moment einfach wütend.«

Vanja lächelte vor sich hin.

Es war so schön unkompliziert, mit Billy zusammenzuarbeiten.

Das Schlafzimmer.

Mit der Tasche in der Hand ging der große Mann direkt zu der Kommode, die an der Fensterseite stand. Er stellte die Sporttasche auf der Kommode ab und zog die oberste Schublade auf. Dann hob er ein sorgfältig zusammengelegtes Nachthemd vom rechten Stapel und stopfte es in die Tasche. Vom linken Stapel nahm er eine eingepackte Philippe Matignon Noblesse 50 Cammello Beige und ließ auch sie in der schwarzen Sporttasche verschwinden. Er zog den Reißverschluss wieder zu und legte die Tasche in die Lücke zwischen den beiden Stapeln. Sie passte genau hinein.

Natürlich.

Dann schob er die Schublade wieder zu.

Er ging zurück in die Küche.

Dort nahm er eine penibel zusammengelegte Papiertüte aus dem Besenschrank und faltete sie auf, während er zum Kühlschrank ging. In der Kühlschranktür standen Limonade – Fruchtsoda – in einer Dreiunddreißig-Zentiliter-Glasflasche und eine Rolle Kekse der Marke »Marie«. Im Gemüsefach lagen Bananen. Er nahm zwei heraus und legte sie in die Tüte, zusammen mit der Limonade, den Keksen und einer Keksschokolade, die er von der oberen Ablage holte. Zum dritten Mal öffnete er die Tür des Unterschranks und griff eine leere Plastikflasche, die einmal Chlorin enthalten hatte. Er nahm den schwachen Geruch von Desinfektionsmittel wahr, als er die Flasche ebenfalls in die Papiertüte steckte und diese dann in den Flur rechts neben die Eingangstür stellte.

Er drehte sich um und ließ den Blick durch die Wohnung schweifen. Stille. Zum ersten Mal seit vielen Stunden. Das Ritual war ausgeführt. Er war fertig – und bereit.

Für die Nächste. Die Vierte. Jetzt musste er nur noch abwarten.

Es war kurz nach Mitternacht, als Vanja in den Besprechungsraum kam. Sechs Stühle, gruppiert um einen ovalen Konferenztisch, der in der Mitte auf dem graugrünen Teppichboden stand. Ein Bedienpult für Gruppengespräche, Videokonferenzen und den Projektor war direkt über dem Tisch angebracht, der bis auf einige Flaschen Mineralwasser und vier Gläser leer war. Keine Glaswände zu den anderen Arbeitsplätzen. Keine Einblicke. An einer Wand hing das Whiteboard, das Billy ständig mit neuen Materialien zu dem aktuellen Fall bestückte. Als Vanja hereinkam, hängte er gerade ein Foto von Katharina Granlund auf. Sie setzte sich auf einen der Stühle und legte drei Akten vor sich auf den Tisch.

»Und, was hattest du heute Abend vor?«

Billy war etwas überrascht von der Frage. Er hatte erwartet, dass sie ihn etwas zum Fall fragen würde. Ob er eine Verbindung zwischen den drei toten Frauen gefunden hätte. Ob sie weitergekommen seien. Es war zwar nicht so, dass Vanja sich nicht für ihre Kollegen interessierte, aber sie war die zielstrebigste Polizistin, die Billy kannte, und normalerweise vermied sie Geplauder oder persönliche Gespräche bei der Arbeit.

»Ich war im Parktheater«, antwortete Billy und setzte sich zu ihr. »Musste direkt nach der Pause gehen.«

Vanja sah ihn mit einer Mischung aus Verwunderung und Misstrauen an. »Du gehst doch nicht ins Theater?«

Sie hatte recht. Wenn er und Vanja ausnahmsweise einmal nicht über den Job sprachen, hatte Billy das Theater schon oft als »tote Kunstform« bezeichnet und die Meinung vertreten, es hätte nach der Geburt des Films friedlich und würdevoll dahinscheiden sollen, genau wie man nach der Erfindung des Automobils Pferd und Kutsche aufgegeben hatte.

»Ich habe eine Frau kennengelernt, und sie wollte gern hingehen.«

Vanja lächelte. War ja klar, dass eine Frau dahintersteckte. »Was hat sie denn gesagt, als du dich davongeschlichen hast?«

»Ich weiß nicht, ob sie mir geglaubt hat. Sie musste mich schon während des ersten Akts einmal wachrütteln ... Und du, was hast du gerade gemacht?«

»Nichts, ich war zu Hause, habe etwas über Hinde gelesen.«

Was sie zu dem eigentlichen Grund zurückführte, warum sie in diesem ziemlich leeren Gebäude auf Kungsholmen herumsaßen, obwohl der neue Tag erst wenige Minuten alt war.

Eine Dreiviertelstunde vorher hatten sie einsehen müssen, dass sie mit den Ermittlungen nicht einen Schritt weitergekommen waren. Es gab keinen gemeinsamen Nenner zwischen den drei Opfern. Sie waren unterschiedlichen Alters, zwei von ihnen verheiratet, eine geschieden, eine hatte Kinder. Sie waren nicht im selben Ort aufgewachsen, nicht auf dieselbe Schule gegangen, arbeiteten nicht in derselben Branche. Sie waren nicht in denselben Vereinen oder Organisationen, hatten keine gemeinsamen Hobbys, zwischen ihren Männern und Exmännern gab es keine sichtbaren Verbindungen, und sie waren weder bei Facebook noch bei anderen sozialen Netzwerken miteinander befreundet.

Sie kannten einander nicht.

Hatten keinerlei Gemeinsamkeiten.

Oder zumindest keine, denen Billy und Vanja auf die Spur gekommen wären.

Enttäuscht klappte Billy seinen Laptop zu und lehnte sich müde im Stuhl zurück. Vanja stand auf, durchquerte den Raum und stellte sich vor die Tafel. Sie betrachtete die Fotos von den drei Frauen. Auf je einem Bild waren sie lebendig, auf den anderen tot. Ganz rechts hingen, in einer senkrechten Reihe, auch Fotos der Opfer aus den neunziger Jahren. Sie waren den neuen Bildern auf erschreckende Weise ähnlich.

»Er kopiert sie exakt.«

»Ja, darüber habe ich auch nachgedacht. Wie gelingt ihm das?« Billy erhob sich ebenfalls und ging zu seiner Kollegin. »Glaubst du, die beiden kennen sich?«

»Nicht unbedingt, die alten Bilder sind ja veröffentlicht worden.«

»Wo das denn?«, fragte Billy verwundert. Er konnte sich nur schwer vorstellen, dass eine Zeitung diese makabren Fotos abgedruckt hatte, und 1996 war das Internet bei weitem noch keine so unerschöpfliche Informationsquelle gewesen wie heute.

»Unter anderem in den beiden Büchern, die Sebastian geschrieben hat«, fuhr Vanja fort und wandte sich Billy zu. »Hast du sie gelesen?«

»Nein.«

»Solltest du aber. Sie sind wirklich gut.«

Billy antwortete nicht, sondern nickte nur. Angesichts dessen, was Vanja über Sebastian dachte, war diese Feststellung vermutlich das einzig Positive, was sie über ihn zu sagen hatte. Billy zögerte, die Frage zu stellen, immerhin war es spät, und Vanja hatte bereits den ganzen Abend über gereizt gewirkt. Aber dann hörte er sich selbst sagen: »Glaubst du, Torkel zieht ihn hinzu?«

»Sebastian?«

»Ja.«

»Das will ich wirklich nicht hoffen.«

Vanja ging zu ihrem Platz zurück, suchte ihre Akten zusammen und ging dann zur Tür. »Aber wir sollten unbedingt nach Lövhaga fahren und Hinde einen Besuch abstatten.« Sie öffnete die Tür, blieb aber noch stehen. »Wir sehen uns morgen. Rufst du Torkel an und erzählst ihm, wie wenig wir herausgefunden haben?«

Ohne seine Antwort abzuwarten, verschwand sie und ließ Billy allein zurück. Also musste er es wohl oder übel auf sich nehmen, die schlechten Nachrichten zu überbringen. Wie immer. Er warf einen Blick auf die Uhr. Kurz vor eins. Mit einem Seufzer griff er nach seinem Handy.

Sebastian wurde davon geweckt, dass jemand sein Gesicht berührte. Er schlug die Augen auf, schaute sich rasch in dem unbekannten Schlafzimmer um und drehte sich auf die linke Seite, während er im Kopf den gestrigen Abend rekapitulierte, der ihn hierhergeführt hatte. Er war Vanja bis zu ihrer Wohnung gefolgt. Hatte sie hineingehen sehen. Aber als er sich gerade auf seinen gewohnten Beobachtungsposten zurückziehen wollte, war sie plötzlich wieder herausgekommen. Wenige Sekunden später tauchte ein Streifenwagen auf, und sie sprang hinein. Irgendetwas war passiert.

Vanja wurde vor Ort gebraucht.

Er wurde nirgends gebraucht.

Müde war er in seine viel zu große Wohnung zurückgekehrt, hatte dort aber schnell eine enorme Rastlosigkeit verspürt. Es gab nur einen Weg, die Unruhe und Unlust loszuwerden. Also hatte er die Veranstaltungshinweise in der Lokalzeitung überflogen und sich für einen Vortrag im Volksbildungswerk entschieden: »Jussi Björling: ein unvergesslicher Tenor«. Interessierte ihn nicht die Bohne, aber bei Kulturveranstaltungen bestand das Publikum gewöhnlich vorwiegend aus Frauen.

Nach kurzer Überlegung hatte er sich in der dritten Reihe neben eine Frau Mitte vierzig ohne Ehering gesetzt, die allein gekommen war. In der Pause hatte er ein Gespräch begonnen. Anschließend einen alkoholfreien Drink genommen. Das Gespräch wiederaufgenommen. Ein gemeinsames Abendessen verabredet. Einen kurzen Spaziergang zu ihrer Wohnung in Vasastan gemacht. Und Sex gehabt.

Jetzt hatte sie ihn geweckt. Ellinor Bergkvist. Verkäuferin im Kaufhaus Åhléns. Haushaltswarenabteilung. Wie viel Uhr es wohl sein mochte? Draußen war es hell, aber das hatte nichts zu sagen, es war ja Hochsommer. Ellinor lag auf der Seite, ihm zugewandt, mit dem Ellbogen auf dem Kissen, den Kopf auf die Hand gestützt. Mit dem Zeigefinger der anderen Hand strich sie über sein Gesicht. Eine Pose, die sie sich möglicherweise in einer romantischen Komödie abgeschaut hatte. Im Film charmant, im wahren Leben extrem nervtötend. Eine zerzauste Strähne ihres rotblonden Haares hing ihr über das eine Auge, und sie schenkte Sebastian ein Lächeln, das vermutlich »verwegen« wirken sollte, während sie den Zeigefinger auf seiner Nase verharren ließ und den Druck leicht verstärkte.

»Guten Morgen, mein kleiner Siebenschläfer.«

Sebastian seufzte. Er wusste nicht, was schlimmer war: nach dringend benötigtem Schlaf wie ein Baby angesprochen zu werden oder aber der Anblick dieser Aura von romantischem Zusammengehörigkeitsgefühl, die sie ausstrahlte. Wahrscheinlich Letzteres.

Schon bei dem kurzen Spaziergang zu ihrer Wohnung hatte er geahnt, dass es so enden würde. Sie hatte seine Hand genommen – und sie festgehalten. Den ganzen Weg über. Sie mussten ausgesehen haben wie das Klischee eines verliebten Paares auf den nächtlich-sommerlichen Straßen Stockholms. Fünf Stunden nachdem sie sich kennengelernt hatten. Es war einfach schrecklich. Sebastian hatte überlegt, das Ganze abzublasen und sich einfach zu verabschieden, war dann aber doch der Meinung gewesen, dass er bereits zu viel Zeit und Energie vergeudet hatte, um auf das, worauf er aus war, was er so dringend brauchte, zu verzichten.

Der Sex war langweilig gewesen, und er hatte sich wenig

Mühe gegeben, aber immerhin hatte er danach einige Stunden schlafen können. Wenigstens etwas. Sebastian drehte seinen Kopf weg, um seine Nase von ihrer Fingerspitze zu befreien, und räusperte sich.

»Wie viel Uhr ist es?«

»Halb sieben. Jedenfalls beinahe. Was hast du heute noch vor?«

Sebastian seufzte erneut.

»Ich muss leider arbeiten.«

Eine Lüge. Er arbeitete nicht. Hatte es viele Jahre schon nicht mehr getan, seinen kurzfristigen Einsatz bei der Reichsmordkommission in Västerås vor einigen Monaten nicht mitgerechnet. Jetzt tat er gar nichts. Und so sollte es auch bleiben. Es gab nichts, wozu er wirklich Lust hatte, und schon gar nicht zusammen mit Ellinor Bergkvist.

»Wie lange, glaubst du, hättest du wohl geschlafen, wenn ich dich nicht geweckt hätte?«

Was war das bitte für eine bescheuerte Frage? Wie sollte er das wissen? Vermutlich hätte der Traum ihn geweckt, es gab nur wenige Nächte, in denen er ihm entkam – aber welche es waren, konnte er unmöglich voraussagen. Er hatte auch nicht vor, ihr davon zu erzählen. Er hatte vor zu gehen. Die Wohnung und Vasastan zu verlassen, so schnell er konnte.

»Ich weiß nicht, bis neun vielleicht. Warum?«

»Zweieinhalb Stunden.« Schon war der Zeigefinger wieder da und strich über seine Stirn, den Nasenrücken, die Lippen. Eine Berührung, die viel intimer war als das, womit sie einige Stunden zuvor beschäftigt gewesen waren. Sebastian ertappte sich dabei, wie er seine bereits begonnene Flucht aus dem Bett unterbrach.

»Wenn du also nicht weiterschlafen willst«, fuhr Ellinor fort, »haben wir noch ganze zwei Stunden für etwas anderes

Zeit, bevor du zu deiner wichtigen Arbeit musst.« Der Finger setzte seinen Weg nach unten fort, über das Kinn, den Hals, den Brustkorb bis unter die Bettdecke.

Sebastian begegnete ihrem Blick. Ihren grünen Augen. Das linke hatte einen braunen Fleck in der Iris. Einen Fleck, der ihre Pupille aussehen ließ, als würde sie lecken und auslaufen. Die Hand wanderte weiter abwärts.

Wie sich herausstellte, gab es doch etwas, wozu Sebastian mit Ellinor Bergkvist Lust hatte.

Frühstück.

Wie hatte sie ihn bloß dazu gebracht?

Zu diesem unbedachten, beiläufig ausgesprochenen postkoitalen Versprechen?

In der Küche war ein Fenster zum Innenhof geöffnet, aber es war trotzdem warm in der Wohnung. Draußen hörte man ein Motorrad vorbeidonnern, sonst war es ruhig. Sebastian überlegte, was für ein Wochentag heute war, während er seinen Blick über den gedeckten Tisch wandern ließ. Joghurt, zwei Sorten Cornflakes, Müsli, frischgepresster Saft, Käse, Schinken, Mettwurst, aufgeschnittene Gurke, Tomaten, Paprika, Wassermelone. Mittwoch, konnte das sein? Dienstag? Der Duft von Gebackenem erfüllte die Küche, als Ellinor das Blech aus dem Ofen zog und die fertigen kleinen Baguettebrötchen auf ein Küchenhandtuch schüttete, das sie wiederum in einen geflochtenen Brotkorb legte. Mit einem Lächeln stellte sie ihn auf den Tisch, bevor sie sich wieder der Kücheninsel in der Mitte des großzügig geschnittenen Raums zuwandte. Sebastian hatte keinen Hunger. Der Wasserkocher klickte, und Ellinor kam herbei und goss heißes Wasser in die Tasse, die vor ihm stand. Sebastian sah zu, wie sich das Wasser sofort dunkelbraun färbte, als es mit dem gefriergetrockneten Pulver in Berührung kam. Seinen Blick fasste Ellinor offenbar als Kritik auf.

»Es tut mir leid, dass ich bloß Instantkaffee habe, aber ich trinke nur Tee.«

»Das ist schon in Ordnung ...«

Sie füllte auch ihre eigene Tasse mit Wasser und wollte den Wasserkocher zurückstellen. Auf halber Strecke hielt sie inne.

»Nimmst du Milch?«

»Nein.«

»Ich kann sie auch aufwärmen, wenn du willst. Wie in einem Latte?«

»Nein, nicht nötig, danke.«

»Sicher?«

»Ja.«

»Okay.«

Sie lächelte, setzte sich ihm gegenüber, nahm einen Teebeutel – Zitrone-Ingwer –, hängte ihn in das heiße Wasser, zog ihn einige Male hoch und tauchte ihn wieder ein. Erneut suchte sie Sebastians Blick und lächelte. Er rang sich etwas ab, das sich mit einem gewissen Wohlwollen als Lächeln interpretieren ließ, und wandte sich dann schnell wieder ab. Er wollte nicht hier sein. Normalerweise vermied er solche Situationen. Und jetzt erinnerte er sich auch daran, warum. Er konnte dieses falsche Gefühl der Zusammengehörigkeit einfach nicht ertragen, diese Illusion von Gemeinsamkeit, obwohl sie sich nie wiedersehen würden – jedenfalls, wenn es nach ihm ging. Er fixierte einen Punkt auf dem Kühlschrank und ließ seine Gedanken abschweifen, während Ellinor schweigend einen Löffel Honig in ihren Tee rührte. Sie nahm ein Baguettebrötchen aus dem Korb, schnitt es der Länge nach durch, schmierte Butter darauf, belegte es mit Käse, Schinken und zwei Ringen gelber Paprika. Dann biss sie ab und betrachtete Sebastian kauend. Der starrte noch immer auf den Raum hinter ihr.

»Sebastian?«

Er zuckte zusammen und sah sie fragend an.

»Woran denkst du?«

Er war wirklich weit weg gewesen. Schon wieder. Dort, wohin er immer abtauchte. Zu dem Gedanken, der momentan all seine wache Zeit in Anspruch nahm. Das war ein beinahe unbekanntes Gefühl für Sebastian: Besessenheit. Nicht einmal zu jenen Zeiten, als er beruflich extrem engagiert und erfolgreich gewesen war, war es ihm schwergefallen, unwillkommene Gedanken beiseitezuschieben. Wenn ein Fall sein Leben stärker beeinflusste, als es ihm lieb war, dachte er ganz einfach ein paar Tage lang nicht mehr daran. Tat andere Dinge. Um sich anschließend wieder effektiv in die Arbeit zu stürzen.

Sebastian Bergman war ein Mann, der nie die Kontrolle verlor. Nicht wegen irgendeiner Sache, nicht wegen irgendjemandem. Jedenfalls war es bisher so gewesen.

Jetzt hatte er sich verändert.

Das Leben hatte ihn erschüttert. Ihm geschadet.

Nicht nur einmal, sondern nun schon zum zweiten Mal.

Er hatte die Katastrophe in Thailand am zweiten Weihnachtstag noch lange nicht verwunden, als er vor drei Monaten nach Västerås kam. Sein eigentliches Ziel war es gewesen, das Haus seiner Eltern zu verkaufen, und bei der Entrümpelung war er schließlich auf einige Briefe gestoßen. Briefe aus dem Jahr 1979, die an seine Mutter adressiert waren – von einer Frau, die mit seinem Kind schwanger war. Briefe, die er nie erhalten hatte. Doch als er sie entdeckt hatte, hatte er alles getan, um die Absenderin ausfindig zu machen. Sebastians alte Kollegen von der Reichsmordkommission hatten sich zu dieser Zeit gerade in Västerås befunden, und er hatte sich in die Ermittlungen eingeschlichen, um Zugriff auf alle der Polizei zugänglichen Register zu haben. Er wollte ein Gesicht. Eine Adresse. Gewissheit.

Und tatsächlich hatte er all das auch bekommen. Eine Frau hatte ihm in der Storskärsgatan 12 die Tür geöffnet. Ein Gesicht. Anna Erikssons. Da hatte er Gewissheit. Ja, er hatte eine Tochter, aber diese sollte nie erfahren, dass Sebastian ihr Vater war. Denn sie hatte bereits einen Vater. Valdemar Lithner. Der hingegen wusste, dass Vanja nicht sein leibliches Kind war.

Deshalb sollten sie sich nie kennenlernen, Sebastian und seine Tochter. Das würde zu viel zerstören. Alles zerstören. Für alle. Also musste Sebastian versprechen, dass er sie nie aufsuchen würde.

Das Problem war nur, dass sie sich bereits begegnet waren. Mehr als das: Sie hatten zusammengearbeitet.

In Västerås. Er und Vanja Lithner. Ermittlerin bei der Reichsmordkommission. Smart, energisch, effektiv, stark.

Seine Tochter.

Er hatte wieder eine Tochter.

Seither hatte er sie sozusagen verfolgt. Den Grund dafür konnte er nicht erklären, nicht einmal sich selbst. Er musste sie einfach sehen, aber dabei beließ er es auch. Er gab sich nie zu erkennen. Was sollte er auch sagen? Was konnte er sagen?

Jetzt sah er zu Ellinor, die ihn freundlich gefragt hatte, woran er denke, und antwortete das, was vermutlich die wenigsten Konsequenzen hatte, nämlich: »Nichts.«

Ellinor nickte, anscheinend war sie mit seiner Antwort zufrieden oder wenigstens damit, dass sie seine Aufmerksamkeit wiedererlangt hatte. Sebastian reckte sich nach einer Melonenspalte. Die würde er wohl irgendwie runterwürgen können.

»Woran arbeitest du eigentlich gerade?«

»Warum?«

Eine unfreundliche, um nicht zu sagen abweisende Gegenfrage, aber er konnte der Sache schließlich auch gleich ein Ende setzen. Sebastian wollte auf keinen Fall, dass diese ohnehin schon anstrengende Frühstücksveranstaltung nun auch noch zu einem gegenseitigen Kennenlernen wurde. Sie wussten genug voneinander. Sie wusste bereits, dass er Sebastian Bergman hieß, Psychologe war und Bücher schrieb. Weiteren privaten Fragen war er effektiv ausgewichen und hatte stattdessen ohne große Schwierigkeiten das Gespräch umgedreht und Interesse an Ellinor vorgeheuchelt.

»Du hast gesagt, du müsstest arbeiten«, fuhr sie fort. »Aber es ist mitten im Juli, und die meisten Menschen haben frei, also habe ich mich eben gefragt, woran du gerade arbeitest.«

»Ich schreibe eine Art ... Bericht.«

»Worüber?«

»Es ist eine ... Nachfolgeuntersuchung. Für die Polizeihochschule.«

»Ich dachte, du wärst Psychologe?«

»Das bin ich auch, aber hin und wieder arbeite ich für die Polizei.«

Sie nickte. Nahm einen Schluck Tee und streckte sich nach einer Brotscheibe.

»Wann muss er fertig sein?«

Meine Güte, was für eine elendige Fragerei.

»In zwei Wochen ungefähr.«

Diese grünen Augen. Sie wusste genau, dass er log. Eigentlich kümmerte ihn das wenig. Es war ihm mehr als egal, was sie von ihm dachte, aber es war ihm unangenehm, so völlig normal mit ihr zu frühstücken, obwohl beide wussten, dass dies nur eine Inszenierung war. Eine Chimäre. Aber jetzt war es genug. Er schob seinen Stuhl zurück.

»Ich muss gehen.«

»Ich rufe dich an.«

»Klar ...«

Die Tür fiel hinter Sebastian ins Schloss. Ellinor blieb sitzen und lauschte seinen Schritten. Er nahm die Treppe. Sie lächelte vor sich hin. Ihr war klar gewesen, dass er zu Fuß nach unten gehen würde. Sie blieb sitzen, bis sie ihn nicht mehr hörte, dann stand sie auf und ging wieder ins Schlafzimmer. Zum Fenster. Wenn er die Straße überquerte und nach links lief, würde sie ihn sehen können. Aber er tat es nicht.

Ellinor sank auf das zerwühlte Doppelbett. Sie legte sich auf seine Seite. Zog seinen Bettbezug über sich, drückte die Nase in sein Kissen und atmete tief ein. Dann hielt sie den Atem an, um seinen Duft möglichst lange in sich zu behalten.

Ihn zu behalten.

Vanja wohnte in einer Wohnung auf der Anhöhe gegenüber dem Frihamnen. Sebastian war sich ziemlich sicher, dass es eine Dreizimmerwohnung war. So sicher man eben sein konnte, wenn man eine Wohnung von einem kleinen, hundert Meter entfernten Fels aus beobachtete. Sie lag in einem hellgelben Wohnblock im funktionalistischen Stil. Sieben Stockwerke. Vanja wohnte im vierten. Soweit er sehen konnte, rührte sich nichts in der Wohnung, vielleicht schlief sie noch. Oder sie war arbeiten. Aber es machte ihm nicht viel aus, dass er sie gerade nicht sehen konnte. Eigentlich war er vor allem deshalb gekommen, weil er nicht wusste, wohin er sonst gehen sollte.

Das war vor einigen Wochen noch anders gewesen.

Da hatte er sich in den Kopf gesetzt, er müsste sie unbedingt sehen. Er müsste sehen, was sie tat. Deshalb hatte er beschlossen, sich einen besseren Überblick zu verschaffen als jenen, den er von dem Felsen aus hatte. Also hatte er versucht, einen der größeren Laubbäume zu erklimmen, die in der Senke unterhalb der Klippen wuchsen. Die ersten Meter kam er erstaunlich gut voran. Er fand in einigen Ästen über ihm einen festen Halt und kletterte weiter. Sah daher die Möglichkeit, noch höher zu gelangen, entdeckte nach einigen tastenden Versuchen mit der Hand einen stabilen Ast und zog sich weiter empor. Die Sonne drang durch das Laub, und die Blätter verströmten einen angenehm frischen Duft. Plötzlich fühlte er sich wie ein kleiner Junge auf Abenteuer. Wie lange war es her, seit er das letzte Mal auf einen Baum geklettert war? Viele, viele Jahre. Aber er war gut darin gewesen.

Gelenkig.
Flink.

Sein Vater hatte ihn nicht dazu ermutigt, er war immer der Meinung gewesen, Sebastian solle sich lieber intellektuellen Herausforderungen stellen, seine Musikalität und seine künstlerischen und kreativen Fähigkeiten weiter ausbauen. Seine Mutter hatte sich um seine Kleidung gesorgt. Keinem der beiden hatte seine Kletterei also gefallen, weshalb er oft geklettert war. Sooft er konnte. Und auch jetzt genoss er wieder das Gefühl, etwas Waghalsiges und Verbotenes zu tun.

Nach einiger Zeit sah er nach unten und begriff, dass es ihm schon von dieser Höhe aus schwerfallen würde, wieder auf den Boden zu gelangen. Jedenfalls unbeschadet. Gelenkig und flink waren nicht mehr unbedingt die ersten Eigenschaften, die man mit Sebastian in Verbindung brachte. Kaum war ihm diese schwindel- und furchterregende Einsicht gekommen, verhedderte sich sein Jackett in einem spitz abstehenden Zweig, und er verlor das Gleichgewicht. Und plötzlich war der kleine Junge auf dem Weg zu neuen Abenteuern wieder zu einem unsportlichen Mann mittleren Alters geworden, der mit rasch ansteigendem Milchsäurepegel in den Armen in einigen Metern Höhe in einem Baum hing. Sebastian sah sich gezwungen, sowohl Jungenabenteuer als auch Jackett aufzugeben und sich mühsam zum Stamm vorzutasten, an dem er nach unten glitt oder besser unkontrolliert rutschte, bis ihn die unteren Zweige ziemlich schmerzhaft bremsten. Auf zitternden Beinen erreichte er schließlich wieder sicheren Boden, mit einem zerrissenen Jackett und langen, brennenden Schürfwunden an den Beininnenseiten.

Nach diesem Erlebnis begnügte er sich damit, auf dem gewohnten Fels zu stehen und Vanjas Wohnung zu beobachten.

Das war ausreichend.

Ausreichend geistesgestört.

Nicht auszudenken, was passiert wäre, wenn Vanja in dem Moment hinausgeschaut und ihn in einem Baum vor ihrem Fenster hängen sehen hätte.

Von außen machte ihre Wohnung einen gemütlichen Eindruck. Moderne Gardinen. Rote und weiße Blumen auf dem Fensterbrett. Fensterlämpchen mit Dimmer. Ein kleiner Balkon nach Nordosten, auf dem sie an schönen Tagen morgens zwischen 7.20 und 7.45 Uhr ihren ersten Kaffee trank. Dann war Sebastian jedes Mal gezwungen, sich hinter einige Wacholdersträucher zu ducken, mit denen er inzwischen so vertraut war, wie er es nie für möglich gehalten hätte. Seine Tochter war ganz eindeutig eine Frau mit festen Routinen. Sie stand jeden Morgen um sieben Uhr auf, am Wochenende erst gegen neun. Dienstags und donnerstags ging sie vor der Arbeit joggen. Sechs Kilometer. An Sonntagen lief sie die doppelte Strecke. Oft arbeitete sie lange und kam nicht vor acht Uhr abends nach Hause. Sie ging selten aus, und wenn, dann nur etwas trinken. Ein-, höchstens zweimal im Monat, mit ein paar Freundinnen. Soweit Sebastian beobachten konnte, hatte sie keinen Freund. Jeden Donnerstag aß sie bei ihren Eltern in der Storskärsgatan zu Abend. Sie ging allein dorthin, aber auf dem Rückweg wurde sie meistens von Valdemar Lithner begleitet.

Dem Papa.

Sie standen sich sehr nahe, das konnte man schon von weitem sehen, wenn sie dahergeschlendert kamen. Sie lachten viel zusammen, und alle Spaziergänge wurden mit einer innigen Umarmung beendet. Bevor sie ins Haus ging, bekam sie einen Kuss auf die Stirn. Immer. Das war die Signatur ihrer Beziehung. Es hätte ein schönes Bild sein können, wenn man von einer Sache absah: Ihr richtiger Vater stand ein Stück entfernt und schaute zu. Diese Momente schmerzten Sebastian am meisten. Es war ein merkwürdiger Schmerz.

Schlimmer als Eifersucht.

Größer als Eifersucht.

Schwerer zu ertragen als alles andere.

Es war der Schmerz über ein Leben, das er nie gelebt hatte.

Vor vierzehn Tagen, als Sebastian Vanja und Valdemar in einem italienischen Restaurant in der Nähe vom Polizeipräsidium beim Essen beobachtet hatte, war ihm eine Idee gekommen. Es war nicht gerade ein sympathischer Einfall gewesen. Ganz im Gegenteil. Aber er hatte sich gut angefühlt. Zumindest in genau diesem Moment.

Mit der Zeit hatte sich seine Eifersucht auf Valdemar zunehmend in eine Wut verwandelt, die sich inzwischen nur noch als Hass beschreiben ließ. Hass auf diesen großen, schlanken, stilvollen Mann, der Sebastians Tochter so nahe sein durfte. Seiner Tochter! Eigentlich würden Sebastian diese Umarmungen, diese Zärtlichkeit zustehen. Er müsste von ihr geliebt werden.

Er!

Niemand sonst!

Sebastian hatte schon mehrfach mit dem Gedanken gespielt, sich zu erkennen zu geben, mit ihr über alles zu sprechen, sich aber stets in letzter Sekunde dagegen entschieden. Insgeheim hegte er den Plan, Vanja auf irgendeine Weise näherzukommen, um ihr dann später, wenn sie eine Form von Beziehung aufgebaut hatten, alles zu berichten. Dann würde er zumindest eine Zeit lang in ihrer Nähe sein dürfen. Sie kennenlernen. Vielleicht wäre sie der Meinung, er hätte sie betrogen, aber das war es nicht, was Sebastian daran hinderte, diese Idee in die Tat umzusetzen. Sein großes Problem war vielmehr, dass er ihr Verhältnis zu Valdemar zerstören würde, egal, wann und unter welchen Umständen er die Wahrheit erzählte. Und dafür würde sie ihn hassen. Schon jetzt hatte sie keine besonders gute Meinung von ihm.

Nichts war einfach, wenn es um Vanja ging.

Es sei denn, sie würde selbst anfangen, an ihrem falschen Vater zu zweifeln... Dieser Weg konnte zum Erfolg führen. Es müsste Sebastian gelingen, Vanja dazu zu bringen, Valdemar eigenhändig von dem Podest zu stoßen, auf das er sich so frech gestellt hatte. Das dürfte doch nicht unmöglich sein. Was, wenn sie auf einmal gewisse Wahrheiten über Valdemar erführe, also von der schmutzigen Sorte. Geheimnisse, die seine weiße Weste befleckten und seinen Glorienschein ramponierten. Es gab nichts, was ein vorgefertigtes Weltbild so sehr aus den Angeln heben konnte wie die eigenen Entdeckungen und Erfahrungen, das wusste Sebastian. Deshalb waren Taten immer mehr wert als Worte, und selbsterlebte Taten waren am allerwertvollsten.

Und durch eine solche eigene Entdeckung sollte auf natürliche Weise das Infragestellen von Valdemar geweckt werden.

Ob er vielleicht doch nicht der perfekte Vater war, sondern etwas anderes. Viel Schlimmeres.

Wenn Sebastian Vanja zu dieser Einsicht verhelfen könnte, würde das Verzweiflung und Verwirrung mit sich bringen. In dieser Situation würde Vanja sich einsam und enttäuscht fühlen und zugänglich sein für Einflussnahme, für die Wahrheit, sie insgeheim vielleicht sogar begrüßen. Eine Vaterfigur begrüßen, die auf sie wartete und die ihr bisher nur heimlich nahe gewesen war. Dann, in diesem Moment, würde sie ihn vielleicht sogar umarmen, ihn brauchen. Wenn sie verletzt war und den Boden unter den Füßen verloren hatte. Wenn sie ganz einfach bereit war.

Der Plan erschien ihm richtig gut. Durchtrieben, kompliziert in der Durchführung, aber lebensverändernd, wenn er gelang.

Aber dazu war Recherche notwendig. Niemand war perfekt, alle Menschen hatten etwas zu verbergen. Man musste es nur ans Licht fördern. Um es dann auf ideale Weise zu präsentieren.

Gleichzeitig war Sebastians Plan so böswillig, dass sogar er selbst eine Sekunde lang gezögert hatte. Denn sollte jemals herauskommen, dass er daran beteiligt gewesen war, Valdemar zu verleumden, wäre Sebastians Chance auf eine Beziehung zu Vanja für immer zerstört. Gelänge der Plan, wäre das jedoch der Wendepunkt, nach dem er so lange gesucht hatte.

In der Hofeinfahrt gegenüber dem italienischen Restaurant hatte er beschlossen, dass sie es wert war. Sie war es wert, um sie zu kämpfen.

Und er hatte ohnehin kein Leben.

Also hatte er die Zweifel beiseitegeschoben und war direkt nach Hause gegangen, um eine Telefonnummer herauszusuchen, die er schon seit Jahren nicht mehr gewählt hatte. Die Nummer des ehemaligen Kommissars, der das genaue Gegenteil von Torkel war: impulsgesteuert, skrupellos, bereit, über Leichen zu gehen.

Er war aus der Reichsmordkommission entlassen worden, als sich herausgestellt hatte, dass er seiner Exfrau privat hinterherspioniert und falsche Beweise platziert hatte, um ihren neuen Mann wegen Verstößen gegen das Betäubungsmittelgesetz hinter Gitter zu bringen – mit dem Ziel, das alleinige Sorgerecht für das gemeinsame Kind zu bekommen. Er war genau die Person, die Sebastian jetzt brauchte.

Trolle Hermansson.

Trolle meldete sich nach dem neunten Klingeln. Sofort wollte er in alten Erinnerungen schwelgen, aber Sebastian zeigte sein Desinteresse deutlich und erzählte dann kurz, was er von ihm wollte. Er beendete seine Ausführung damit, ihm einige Tausender als Bezahlung anzubieten, aber Trolle winkte ab. Er schien aufrichtig froh darüber, etwas zu tun zu haben. Sebastian solle ihm nur einige Tage Zeit lassen.

Das war nun zwei Wochen her.

Seither hatte Trolle mehrmals versucht, Sebastian zu erreichen, aber Sebastian hatte seine Anrufe jedes Mal ignoriert. Hatte reglos in seiner Wohnung gesessen und das Telefon läuten und läuten und läuten hören. Nur Trolle ließ es so oft klingeln, das wusste er. Aber Sebastian war sich nicht mehr sicher, ob er das Ergebnis von Trolles Recherchen wirklich wissen wollte. Wenn er diese Sache tatsächlich weiterverfolgte, blieben dann überhaupt noch Grenzen, die er noch nicht überschritten hatte?

Doch jetzt spürte er, wie sich die Resignation breitmachte. Die Stunden auf dem Fels vor Vanjas Wohnung. Der Sex. Heute mit Ellinor, gestern und morgen mit einer anderen. Die leere Wohnung. Das leere Leben. Er war gezwungen, etwas zu unternehmen. Was auch immer. Er brauchte Veränderung. Also holte er sein Handy aus der Tasche und wählte die Nummer.

Trolle ging schon nach dem dritten Klingeln dran.

»Ich habe mich gerade gefragt, wann du anrufen würdest«, sagte er mit verschlafener Stimme.

»Ich hatte viel zu tun«, erwiderte Sebastian und entfernte sich mit dem Handy am Ohr von Vanjas Haus. »Ich war verreist.«

»Lüg mich nicht an. Du hast sie verfolgt. Die Tochter.«

Sebastian erstarrte für einen kurzen Moment, dann sah er ein, dass Trolle Valdemars Tochter meinte. Natürlich.

»Woher weißt du das?«

»Weil ich besser bin als du.«

Sebastian meinte hören zu können, wie der alte Kollege am anderen Ende der Leitung zufrieden gluckste.

»Ich habe dich nicht darum gebeten, das zu überprüfen«, sagte Sebastian verärgert.

»Ich weiß, aber ich bin gründlich. Ein alter Polizist eben.«

»Hast du was rausgefunden?«

»Ziemlich viel. Aber nichts Negatives. Der Typ scheint ein richtiger Heiliger zu sein.« Trolle machte eine Pause, und Sebastian konnte hören, wie er in irgendwelchen Papieren herumwühlte, die mit großer Wahrscheinlichkeit in einem einzigen Chaos vor ihm verstreut lagen.

»Sein Name ist Ernst Valdemar Lithner. Geboren 1953 in Göteborg«, begann Trolle, als er wieder am Hörer war. »Hat erst an der Technischen Hochschule studiert, dann aber zu einem wirtschaftlichen Studiengang gewechselt. 1981 Heirat mit Anna Eriksson. Die, ganz nebenbei, nicht seinen Namen angenommen hat. Keine Exfrauen oder andere Kinder. Kein Eintrag im Strafregister. Hat lange als Wirtschaftsprüfer gearbeitet, 1997 dann aber umgesattelt und verschiedene Firmen besessen, alles Mögliche, von Buchhaltung bis Steuerberatung. Hat anscheinend ziemlich gut verdient, denn er hat die Anzahlung für die Wohnung seiner Tochter geleistet und gleich im Jahr darauf ein großes Sommerhaus in Vaxholm gekauft. Keine Liebhaberinnen oder Liebhaber, soweit ich herausfinden konnte, aber ich habe einen Typen damit beauftragt, sich in seinen PC einzuhacken, vielleicht finden wir da noch was. Letztes Jahr wurde er krank.«

»Was heißt das genau?«

»Eine Zellveränderung in der Lunge, du weißt schon, der

Krebs, irgendwann kriegt er uns alle. Woran ist deine Mutter eigentlich gestorben?«

Sebastian ignorierte, dass Trolle erneut auf ärgerliche Weise zeigte, dass er in den vergangenen Wochen auch Sebastians Leben genau unter die Lupe genommen hatte. Aber ihn schauderte trotz der Hitze. Valdemar sollte Krebs gehabt haben? Das konnte nicht stimmen. Der Mann, der ihm seine Tochter gestohlen hatte, schien doch das blühende Leben zu sein. Aber vielleicht war das nur eine Maske, die er aufsetzte, wenn er Vanja traf, vielleicht strengte er sich ihr zuliebe an?

»Im Frühjahr wurde er für geheilt erklärt«, fuhr Trolle fort. »Oder jedenfalls gilt er als so gesund, wie man es mit dieser Krankheit sein kann. Mein Kontakt im Krankenhaus in Södermalm hat keinen Zugriff auf die Krankenakte, aber er konnte herausfinden, dass nur noch routinemäßige Kontrolluntersuchungen geplant sind, also müsste er aus der Gefahrenzone sein.«

Sebastian grunzte enttäuscht.

»Okay ... noch was?«

»Nein, nicht direkt. Ich habe ziemlich viele Unterlagen hier, falls du interessiert bist?«

»Nein, nicht nötig. Seine Weste ist also weiß wie Schnee?«

»Bisher schon, aber ich habe auch gerade erst angefangen. Ich kann noch viel tiefer graben, wenn du willst.«

Sebastian dachte nach. Es war schlimmer, als er befürchtet hatte. Valdemar war nicht nur das Ein und Alles seiner Tochter, er war noch dazu ein Überlebender in der Genesungsphase. Ein krebskranker Heiliger, der das Wartezimmer des Todes verlassen hatte und in den Schoß seiner Familie zurückgekehrt war.

Sebastian hatte nicht den Hauch einer Chance. Der Zug war abgefahren.

»Nein, nein, auch das ist nicht nötig. Trotzdem danke. Ich komme demnächst mit deinem Geld vorbei.«

Er legte auf.

So viel zu diesem Plan.

Der dritte Tag in seinem neuen Beruf. Endlich hatte er sich so ein Gerät organisiert, mit dem man Etiketten und selbstklebende Streifen ausdrucken konnte, und jetzt stand er im Korridor vor dem Metallschild, das verkündete, dass der Raum dahinter dem Anstaltsleiter gehörte. Er zog die Schutzfolie von der Rückseite des Etiketts ab und klebte es auf. Es geriet zwar etwas schief, aber das machte nichts. Hauptsache, es war deutlich lesbar:

Thomas Haraldsson
Leiter der Justizvollzugsanstalt

Er trat einen Schritt zurück und betrachtete das Schild mit einem zufriedenen kleinen Lächeln.
Neuer Job.
Neues Leben.
Er hatte sich vor einigen Monaten für den Posten beworben, aber eigentlich nicht damit gerechnet, dass er ihn tatsächlich bekommen würde. Nicht, weil er nicht ausreichend qualifiziert war, sondern weil zu diesem Zeitpunkt in seinem Leben nichts so lief wie geplant. Im Präsidium gab es Ärger, mit seiner neuen Chefin, Kerstin Hanser, kam er nicht zurecht, und wenn er ganz ehrlich zu sich war, blieben auch die beruflichen Erfolge aus. Das lag zwar zum Großteil daran, dass Hanser seine Fähigkeiten nicht anerkennen wollte und seine Arbeit sabotierte, aber frustrierend war es den-

noch. Allmählich zehrte es an ihm. Auch zu Hause war die Situation etwas angestrengt. Nicht lieblos oder alltagsmüde, aber zielgerichtet. Seine Frau Jenny hatte eine Fertilitätsbehandlung begonnen, und ihr gesamtes Leben drehte sich nur noch darum, dass sie schwanger werden sollte. Zu allen Tages- und Nachtzeiten kreisten Jennys Gedanken um das Thema Befruchtung und seine um Hanser, die Arbeit und die wachsende Bitterkeit. Nichts in seinem Leben erschien ihm mehr richtig gut, und daher hatte er auch nicht zu hoffen gewagt, dass er die Stelle bekäme, auf die er sich im Spätwinter ohne Rücksicht auf Verluste beworben hatte. In der Annonce hatte gestanden, dass die Position nicht vor Sommer neu besetzt würde, weshalb er weiter seiner Arbeit bei der Polizei von Västerås nachgegangen war und seine Bewerbung mehr oder weniger vergessen hatte.

Dann war dieser Junge ermordet worden, die Reichsmordkommission war auf den Plan getreten, und das Ganze hatte damit geendet, dass Haraldsson wegen einer Schussverletzung operiert werden musste. Im Brustkorb, so beschrieb er es selbst. »Im unteren Teil des Schulterbereichs«, so stand es in seiner Krankenakte. Wie dem auch sei, die Verletzung war noch immer nicht ganz verheilt. Auch als er sein neues Namensschild noch einmal festdrückte, ziepte die Narbe wieder ein wenig.

Der Schuss war in gewisser Weise zu einem Wendepunkt geworden. Als er nach der Operation aus der Narkose aufwachte, saß Jenny an seinem Bett. Beunruhigt, aber auch dankbar. Dass er überlebt hatte. Dass er noch da war. Sie erfuhren, dass er Glück gehabt hatte. Die Kugel hatte einen Riss im Brustfell und eine Blutung im Rippenfell und später auch im rechten Lungensack verursacht. Haraldsson aber wusste vor allem, dass es verdammt schmerzhaft war, angeschossen zu werden. Drei Wochen lang war er krankgeschrieben. Während dieser Zeit konnte er zu Hause in Ruhe darüber nachdenken, wie es wohl sein würde, wenn er ins Präsidium zurückkäme. Wahrscheinlich würde der Landespolizeidirektor irgendeine Willkommensrede halten und Haraldssons heroischen Einsatz loben – vielleicht gab es auch eine kleine Medaille für solche Anlässe: Im Dienst angeschossen. Natürlich würde es Kaffee und Torte geben, seine Kollegen würden ihm auf die Schulter klopfen, vorsichtig, um seinen verletzten Brustkorb zu schonen, und sehr wahrscheinlich würden alle Kollegen hören wollen, wie sich eine solch schwere Verletzung anfühlte und wie er darüber dachte.

Aber seine Rückkehr gestaltete sich dann doch etwas anders.

Kein Landespolizeidirektor, keine Rede, keine Medaille. Immerhin hatten die Mädels von der Rezeption eine Torte organisiert. Es hatte weniger Schulterklopfen und Neugier gegeben als erwartet, aber er bildete sich doch ein, dass sich etwas verändert hatte. Er glaubte, dass ihm ein gewisses Maß an Respekt entgegengebracht wurde. Immerhin wurden nicht viele Polizisten im Dienst angeschossen, und rein statistisch gesehen war es ziemlich unwahrscheinlich, dass so etwas in Västerås in naher Zukunft noch einmal passieren würde. Er hatte sozusagen stellvertretend für die ganze Mannschaft eine Kugel entgegengenommen. Zum ersten Mal seit langem hatte es sich gut angefühlt, wieder zur Arbeit zu gehen. Trotz Hanser.

Auch zu Hause tat sich etwas. Jennys und sein Verhältnis wurde entspannter, es gab eine größere Nähe, als sei das bereits existierende Leben, das sie in diesem Moment teilten, wichtiger als das, was sie zu erschaffen versuchten. Sie hatten immer noch Sex. Viel Sex. Aber vor allem, weil sie einander nahe sein wollten, ja mussten. Und es war viel zärtlicher, warmherziger und weniger mechanisch. Vielleicht funktionierte es deswegen.

Auf den Tag genau fünf Wochen nachdem er angeschossen worden war, wurde er zu einem ersten Vorstellungsgespräch eingeladen. Und am selben Tag war das Ergebnis von Jennys Schwangerschaftstest positiv.

In diesem Moment nahm alles eine Wendung.

Er bekam den Job. Wie er später erfuhr, hatte Hanser ihm eine besonders gute Beurteilung geschrieben. Vielleicht hatte er sie falsch eingeschätzt. Natürlich hatte es in den Jahren, als sie seine Chefin war, einige Kontroversen gegeben. Doch als es wirklich darauf ankam und sie seine Arbeit und seine Fähigkeit, die Aufgaben in Lövhaga zu bewältigen, richtig einschätzen sollte, war sie professionell genug, ihre persönliche Meinung außen vor zu lassen und sich wahrheitsgemäß über seine hervorragenden Führungs- und Verwaltungsqualitäten zu äußern.

Er hatte böse Zungen auf dem Präsidium flüstern hören, dass sie ihn nur hätte loswerden wollen, aber die Leute waren eben neidisch.

Auf ihn, den Anstaltsleiter Thomas Haraldsson.

Er ging in sein Büro, das vielleicht nicht riesig war, aber immerhin sein eigenes Reich. Vorbei war die Zeit mit mobilen Arbeitsplätzen im Großraumbüro. Haraldsson ließ sich in dem bequemen Stuhl hinter dem Schreibtisch nieder, der immer noch ziemlich leer war. Er schaltete den Computer ein. Es war sein dritter Tag, und er hatte sich noch nicht richtig eingearbeitet. Aber das war ganz normal. Bisher hatte er lediglich alle Informationen über einen der Inhaftierten im Sicherheitstrakt angefordert, weil die Reichsmordkommission Interesse an ihm gezeigt hatte. Offenbar hatten sie gestern Abend erneut angerufen. Haraldsson legte seine Hand auf die Akte auf seinem Schreibtisch, überlegte dann aber, ob er stattdessen nicht lieber Jenny anrufen sollte. Nicht, weil er etwas Bestimmtes wollte, sondern einfach nur, um zu hören, wie es ihr ging. Zurzeit sahen sie sich etwas seltener. Lövhaga lag immerhin etwa sechzig Kilometer von Västerås entfernt, mit dem Auto brauchte man fast eine Stunde. Und die Tage konnten lang werden. Bisher war das kein Problem gewesen. Jenny strahlte förmlich vor Glück. Zurzeit existierten in ihrer Welt nur Möglichkeiten. Haraldsson musste sofort lächeln, als er an sie dachte, und hatte gerade beschlossen, sich bei ihr zu melden, als es an der Tür klopfte.

»Herein!« Haraldsson legte den Hörer auf die Gabel zurück. Die Tür wurde geöffnet, und eine Frau in den Fünfzigern, seine Assistentin Annika Norling, steckte den Kopf herein.

»Sie haben Besuch.«

»Wer ist es denn?« Haraldsson warf einen schnellen Blick auf den aufgeschlagenen Kalender auf seinem Schreibtisch. Demnach hatte er seinen ersten Termin erst um eins. Hatte er etwas übersehen? Oder besser gesagt, hatte Annika etwas übersehen?

»Die Reichsmordkommission«, antwortete Annika, »sie haben sich nicht angemeldet«, ergänzte sie, als hätte sie Haraldssons Gedanken gelesen.

Haraldsson fluchte still vor sich hin. Er hatte gehofft, das Interesse der Reichsmordkommission für Lövhaga würde sich zunächst auf Telefonate beschränken. Als er in Västerås war, hatten sie ihn nicht besonders gut behandelt. Eigentlich überhaupt nicht gut. Ganz im Gegenteil. Sie hatten alles getan, um ihn aus den Ermittlungen herauszuhalten, obwohl er immer wieder von neuem bewiesen hatte, dass er einen besonderen Zugang zu dem Fall hatte.

»Und wer von denen ist es?«

»Eine Frau namens ...«, seine Assistentin warf einen Blick auf das Notizzettelchen in ihrer Hand, »... Vanja Lithner und ein Mann namens Billy Rosén.«

Wenigstens war es nicht Torkel Höglund.

Als sie sich zum ersten Mal getroffen hatten, hatte Torkel ihm gegenüber behauptet, er sei ein wichtiger Teil der Ermittlungen, nur um ihn einen Tag später ohne die geringste Erklärung auszuschließen. Ein falscher Mensch. Haraldsson hatte zwar auch keine große Lust, Vanja und Billy zu treffen, aber was sollte er machen? Er blickte zur Tür, wo seine Assistentin wartete. Ein Gedanke wurde geboren: Er würde Annika bitten, ihnen auszurichten, dass er gerade beschäftigt sei und sie ein anderes Mal wiederkommen sollten. Später. Vielleicht in ein paar Tagen, wenn er sich ein bisschen eingearbeitet hatte. Etwas besser vorbereitet war. Konnte man seine Assistentin darum bitten, für einen zu lügen? Haraldsson hatte nie zuvor eine Assistentin gehabt, ging jedoch davon aus, dass so etwas zu ihren Aufgaben gehörte. Denn schließlich war sie ja dafür da, ihm die Arbeit zu erleichtern. Und wenn sie den Besuch von der Reichsmordkommission abwimmeln würde, wäre sein Tag garantiert angenehmer.

»Sagen Sie ihnen, dass ich leider gerade beschäftigt bin.«

»Womit?«

Haraldsson sah sie fragend an. Es gab doch wohl nicht gerade viele Dinge, mit denen man in einem Büro beschäftigt sein konnte.

»Na, mit Arbeiten! Bitten Sie die beiden, ein andermal wiederzukommen.«

Annika warf ihm einen missbilligenden Blick zu und schloss die Tür. Haraldsson tippte sein Passwort in den Computer, drehte sich um und sah aus dem Fenster, während er darauf wartete, dass seine persönlichen Einstellungen geladen wurden. Es würde ein weiterer schöner Sommertag werden.

Es klopfte erneut. Diesmal schaffte er es nicht einmal mehr, »Herein« zu sagen, ehe die Tür geöffnet wurde und Vanja mit energischen Schritten in sein Büro marschierte. Als sie Haraldsson erblickte, blieb sie so abrupt stehen, dass Billy fast in sie hineinlief. Ihr Gesichtsausdruck verriet deutlich, dass sie diese Kombination von Ort und Person nicht miteinander in Einklang bringen konnte.

»Was machen Sie denn hier?«

»Ich arbeite jetzt hier.« Haraldsson richtete sich in seinem bequemen Bürostuhl auf. »Ich bin der Direktor. Seit einigen Tagen.«

»Ist das eine vorübergehende Vertretung, oder wie?« Vanja konnte es noch immer nicht fassen.

»Nein, das ist mein neuer Job. Ich bin hier angestellt.«

»Aha ...«

Billy spürte, dass Vanja bald ein »Wie um alles in der Welt konnte das passieren« oder etwas Ähnliches herausrutschen würde, und kam ihr schnell mit dem eigentlichen Anliegen zuvor.

»Wir sind wegen Edward Hinde hier.«

»Das habe ich schon verstanden.«

»Und trotzdem wollten Sie uns nicht sehen?« Vanja schon wieder. Sie ließ sich in einem der Besuchersessel nieder und blickte ihn herausfordernd an.

»Es gibt eben viel zu erledigen, wenn man neu ist.« Haraldsson deutete auf seinen Schreibtisch, sah allerdings im selben Moment ein, dass der eindeutig zu leer war, um seine enorme Arbeitsbelastung zu demonstrieren. »Aber ein paar Minuten kann ich schon erübrigen«, fuhr er fort. »Was wollen Sie wissen?«

»War in den letzten Monaten irgendetwas an ihm auffällig?«

»Was sollte das gewesen sein?«

»Ich weiß nicht ... ungewöhnliches Verhalten, veränderte Routinen, Stimmungsschwankungen. Etwas, das von der Normalität abweicht.«

»Soweit ich gehört habe, nicht. Jedenfalls nichts, was in seiner Akte vermerkt wurde. Ich kenne ihn nicht persönlich. Noch nicht.«

Vanja nickte, sie schien mit der Antwort zufrieden zu sein. Billy ergriff das Wort.

»Welche Möglichkeiten hat er, mit seiner Umgebung zu kommunizieren?«

Haraldsson zog die Akte zu sich heran, die auf dem Schreibtisch lag, und schlug sie auf. Er dankte seiner Eingebung, dass er sie heute Vormittag wieder von zu Hause mitgebracht hatte. Dass ihm, bereits einen Tag nachdem die Reichsmordkommission angerufen und nach Hinde gefragt hatte, alle vorhandenen Informationen über ihn vorlagen, zeugte von großer Eigeninitiative.

»Hier steht, dass er in der Bibliothek Zugang zu Zeitungen, Zeitschriften und Büchern hat. Und einen begrenzten Zugang zum Internet.«

»Inwiefern begrenzt?«, fragte Billy sofort.

Haraldsson wusste es nicht. Aber er wusste, wen er anrufen musste. Victor Bäckman, den Sicherheitsverantwortlichen in Lövhaga. Victor meldete sich nach dem ersten Klingeln und versprach, sofort zu kommen. Schweigend warteten die drei in dem kahlen, unpersönlichen Büro.

»Wie geht es denn Ihrer Schulter?«, erkundigte Billy sich nach einer knappen Minute.

»Brust«, korrigierte Haraldsson reflexartig. »Ganz gut. Völlig geheilt bin ich noch nicht, aber ... es geht.«

»Schön.«

»Ja...«

Erneutes Schweigen. Haraldsson überlegte, ob er Kaffee anbieten musste, gelangte aber zu keinem Schluss, ehe Victor zur Tür hereinkam. Er war ein großgewachsener Mann mit kariertem Hemd und Chinohosen, kurzen Haaren, braunen Augen und einem Mongolenbart, der bei Billy sofort Assoziationen mit den Village People weckte, als sie einander begrüßten.

»Natürlich keine Pornos«, antwortete Victor, als Billy seine Frage zum Thema Begrenzung wiederholte. »Gewalt nur sehr, sehr sparsam. Das ist die strengste Form einer Internetsperre, die man sich vorstellen kann. Wir haben sie selbst programmiert.«

»Soziale Netzwerke?«

»Keine. Die sind für ihn rigoros gesperrt. Er hat keine Möglichkeit, über seinen PC mit der Außenwelt zu kommunizieren.«

»Kann man nachverfolgen, welche Seiten er besucht hat?«, warf Vanja ein.

Victor nickte. »Wir speichern den gesamten Verlauf der letzten drei Monate. Wollen Sie ihn haben?«

»Ja, bitte.«

»Er hat auch einen Computer in seiner Zelle, oder?«, fragte Haraldsson schnell, um nicht ganz unbeteiligt an dem Gespräch zu bleiben.

»Aber der hat natürlich keinen Internetanschluss.«

»Was macht er denn dann damit?« Billy richtete seine Frage an Haraldsson, der sich wiederum mit einem fragenden Blick an Victor wandte.

»Er löst Kreuzworträtsel, Sudoku, solche Sachen. Und er schreibt ziemlich viel. Hält sozusagen sein Gehirn auf Trab.«

»Und wie sieht es mit Telefonaten, Briefen und so weiter aus?«, fragte Vanja.

»Telefonieren darf er nicht, und Post bekommt er kaum noch. Aber die Briefe, die kommen, sind alle gleich.« Victor sah Billy und Vanja vielsagend an. »Von Frauen, die meinen, ihn mit ihrer Liebe ›heilen‹ zu können.«

Vanja nickte. Das war eines der kleinen Mysterien des Lebens: die Anziehungskraft, die die wahnsinnigsten und brutalsten Männer des Landes auf gewisse Frauen ausübten.

»Haben Sie die noch?«

»Ja, Kopien davon, die Originale bekommt Hinde. Die Kopien kann ich Ihnen auch gern geben.«

Vanja und Billy bedankten sich für die Hilfe, und Victor ging los, um das Material für sie zusammenzusuchen. Als der Sicherheitschef die Tür hinter sich zuzog, beugte Haraldsson sich über den Schreibtisch.

»Darf ich fragen, warum Sie sich so sehr für Hinde interessieren?«

Vanja ignorierte die Frage. Bisher war es ihnen gelungen, die Tatsache, dass sie einen Nachahmungstäter suchten, nicht an die Presse durchsickern zu lassen. Bisher hatte auch niemand die Morde in einen Zusammenhang gebracht. Vermutlich arbeiteten derzeit bei den Zeitungen nur Aushilfen, weil alle anderen im Urlaub waren. Die Reichsmordkommission wollte das Interesse der Presse auch weiterhin möglichst gering halten, und je weniger Menschen erfuhren, woran sie arbeiteten, desto größer war die Chance, dass es dabei blieb.

»Wir würden gerne mit ihm sprechen«, sagte Vanja also stattdessen und stand auf.

»Mit Hinde?«

»Ja.«

»Das geht nicht.«

Zum zweiten Mal an diesem Tag hielt Vanja erstaunt inne. Sie wandte sich verwundert an Haraldsson.

»Warum denn nicht?«

»Er gehört zu den drei Insassen im Sicherheitstrakt, die keinen Besuch empfangen dürfen, es sei denn, er wurde im Voraus angemeldet und genehmigt. Es tut mir leid.« Haraldsson machte eine Geste mit den Armen, die unterstreichen sollte, wie sehr er bedauerte, ihnen nicht helfen zu können.

»Aber Sie kennen uns doch.«

»So lauten die Regeln. Da kann ich nichts machen. Aber Annika kann ihnen einen Antrag auf eine Besuchserlaubnis geben, den Sie ausfüllen können. Sie ist meine Assistentin ...«

Vanja wurde das Gefühl nicht los, dass Haraldsson seine neue Macht genoss. Vielleicht war das auch nicht weiter verwunderlich, denn als sie sich beim letzten Mal trafen, hatte er in der Hierarchie extrem weit unten gestanden. Doch auch wenn es verständlich, ja sogar menschlich war, sein Gehabe war für Billy und sie trotzdem frustrierend.

»Wie lange dauert es, bis so ein Antrag bearbeitet wird?«, fragte Vanja und musste sich beherrschen, dabei nicht gereizt zu klingen.

»Normalerweise drei bis vier Tage, aber für Sie könnten wir eine Ausnahme machen. Immerhin sind Sie ja von der Reichsmordkommission. Ich werde sehen, was ich tun kann.«

»Danke.«

»Keine Ursache.«

Vanja ging hinaus, ohne sich zu verabschieden. Billy nickte kurz, ehe er das Zimmer verließ und die Tür hinter sich zuzog.

Haraldsson blickte auf die geschlossene Tür. Das lief doch alles wunderbar. Und jetzt würde er sich eine Tasse Kaffee holen und Jenny anrufen.

Es würde ein guter Tag werden.

Der dritte Tag.

»Also verfolgst du sie immer noch?« Stefan sah Sebastian mit einem Blick an, den der nur allzu gut kannte. Es war jener Blick, der besagte: »Ich weiß mehr über dich als du selbst, also lüg mich nicht an.«

Der Blick, den Sebastian hasste.

»Ich sehe das anders.«

»Du stehst jeden Tag vor ihrem Haus. Du gehst ihr hinterher, wenn sie in der Stadt unterwegs ist, du folgst ihr, wenn sie zur Arbeit fährt oder zu ihren Eltern. Wie soll man das bitte nennen? Wie würdest du es nennen?«

»Ich interessiere mich für sie. Nichts weiter.«

Stefan seufzte und lehnte sich gegen die weiche helle Sessellehne.

»Erinnerst du dich noch an unser Gespräch über den Vorfall mit dem Baum?«

Sebastian antwortete nicht.

»Du warst ein wenig über dich selbst erschrocken, weißt du noch? Du sagtest, dass es verrückt war.« Stefan machte eine kleine Kunstpause und fixierte Sebastian erneut. »Ich meine, du hättest sogar das Wort ›krank‹ verwendet...«

Sebastian antwortete noch immer nicht, glotzte nur stumpf zurück. Er hatte nicht vor, seinem Therapeuten etwas zu schenken.

»Wie würdest du es denn nennen, dass du sie im Prinzip in jeder freien Sekunde verfolgst?«

»Sie ist meine Tochter«, versuchte Sebastian sich zu verteidigen. »Ich muss das tun. Ich kann sie nicht loslassen.«

Er wusste, wie dürftig das in Stefans Ohren klingen musste, und war froh, dass er ihm nicht von Trolle erzählt hatte.

Stefan schüttelte den Kopf und sah einige Sekunden lang aus dem Fenster, vor allem, um zu unterstreichen, wie leid er diese Diskussion allmählich war. Was er auch versuchte, sie kehrten immer wieder zu diesem einen, schmerzlichen Punkt zurück. Vanja. Die Tochter, die Sebastian plötzlich gefunden hatte. Die nichts davon wusste und es vermutlich auch nie erfahren würde. Oder vielleicht doch? Gab es eine Chance? Das war die Hoffnung, die Frage, zu der Sebastian früher oder später immer wieder zurückkehrte. Der Punkt, an dem er nicht vorbeikam. Sein innerer Zwiespalt.

Stefan konnte Sebastians Problem wirklich verstehen. Denn hier trafen zwei Probleme aufeinander. Der Wille, der Wunsch und das Verlangen auf der einen Seite kollidierten mit der Wirklichkeit auf der anderen. Scheinbar unvereinbar. An solchen Punkten ergaben sich die Fragen, die sich am schwersten beantworten ließen. Stefan stieß bei seiner Arbeit eigentlich ständig darauf. Denn in genau diesen Momenten suchten ihn die Patienten auf. Wenn sie selbst keine Antworten mehr fanden. Das war menschlich und kein bisschen merkwürdig. Merkwürdig an dieser Situation war nur, dass ausgerechnet Sebastian Bergman vor ihm saß. Ein Mann, dessen Lebensmotto es stets gewesen war, immer alle Antworten zu kennen und niemals zu zweifeln. Ein Mann, dem Stefan nie zugetraut hätte, dass er eines Tages seine Hilfe in Anspruch nehmen würde.

Sebastian war Stefans Dozent an der Uni gewesen. Alle Kommilitonen hatten einen gewissen Widerwillen gegen seine Vorlesungen gehabt. Dabei waren sie im Grunde denkwürdig gewesen, aber Sebastian hatte allen Studenten bereits am ersten Tag deutlich gemacht, wer der unangefochtene Stern am Universitätshimmel war. Und er hatte nicht vorgehabt, seinen Glanz mit jemand anderem zu teilen. Wenn ein Student dennoch versuchte, Sebastians Ausführungen in Frage zu stellen, oder dessen Thesen und Theorien kritisch diskutierte, wurde er gedemütigt und verhöhnt. Nicht nur für den Rest der Vorlesung, sondern für den Rest des Semesters und den Rest seines gesamten Studiums. Deshalb folgte auf Sebastians »Irgendwelche Fragen?« stets nur bleierne Stille.

Stefan Larsen bildete die einzige Ausnahme. Er war ausreichend vorbereitet, um es mit Sebastian aufnehmen zu können. Als jüngster Spross einer Familie von Vollblutakademikern hatten ihn die Abendessen zu Hause in Lund für den verbalen Kampf gerüstet, und er hatte die Auseinandersetzung mit dem hochintelligenten und zugleich so unmöglichen Mann gesucht, den viele andere fürchteten. Obendrein erinnerte Sebastian ihn an seinen älteren Bruder Ernst, der ein genauso starkes Geltungsbedürfnis hatte und im Kampf darum, wer recht bekam, immer wieder Grenzen überschritt. Denn das war das Wichtigste, für Ernst wie für Sebastian: recht zu bekommen. Nicht recht zu haben. Diese Eigenschaft machte die beiden zu einer intellektuellen Herausforderung, wie sie Stefan perfekt passte. Er gab ihnen den Widerstand, den sie brauchten, aber er überließ ihnen nie den endgültigen Sieg. Stattdessen kam er irgendwann mit der nächsten Fragestellung und dann noch einer und wieder einer. Sie wollten die entscheidende Schlacht führen und wurden stattdessen in einen langen, zermürbenden Krieg verwickelt. Das war die einzige Möglichkeit, sie zu bezwingen. Zermürbung.

Eines Morgens vor fast zwei Jahren hatte Sebastian Stefan vor dessen Praxis abgefangen. Wie ein Gespenst aus der Vergangenheit. Dem müden Blick und der zerknitterten Kleidung nach zu urteilen, hatte er die ganze Nacht dort gewartet. Schon damals war er nur noch ein Schatten seiner selbst gewesen. Er hatte seine Frau und seine Tochter bei dem Tsunami verloren und sich seither in einer stetigen Abwärtsspirale befunden. Seine Erfolge, Vorlesungen und Lesereisen gehörten der Vergangenheit an und waren von quälenden Gedanken, Apathie und einer zunehmenden Sexsucht abgelöst worden. Er habe sonst niemanden, zu dem er gehen könne, hatte Sebastian erklärt. Niemanden. Also hatten sie begonnen, Termine zu vereinbaren. Immer zu Sebastians Bedingungen. Zwischen den einzelnen Sitzungen vergingen mitunter Monate, manchmal aber auch nur wenige Tage. Aber sie brachen den Kontakt nie ganz ab.

»Was, glaubst du, würde Vanja denken? Wenn sie davon erfahren würde?«

»Sie würde sagen, dass ich verrückt bin. Sie würde mich bei der Polizei anzeigen und mich hassen.« Sebastian verstummte kurz, ehe er fortfuhr. »Das weiß ich ja, aber ... ich kann nur noch an sie denken ... die ganze Zeit über ...«

Sebastians Stimme wurde brüchig, und das Ende des Satzes flüsterte er beinahe. Er hasste es, plötzlich so kraftlos zu sein, von einem Gefühl übermannt zu werden und nur noch mit einem Bruchteil seines Stimmvermögens sprechen zu können.

»Das ist vollkommen neu. Ich bin es gewohnt, die Kontrolle zu haben«, brachte er wispernd hervor.

»Wirklich? Du meinst also, du hättest dich unter Kontrolle gehabt, bevor du erfuhrst, dass sie deine Tochter ist? Also war es dein brillanter Plan, dein Leben auf kontrollierte Weise vollkommen zu ruinieren? Na, dann herzlichen Glückwunsch, das ist dir ja wirklich gelungen.«

Sebastian sah seinen Therapeuten mit leerem Blick an und antwortete mit etwas mehr Kraft in der Stimme: »Es ist ein Wunder, dass man dir nicht längst die Approbation entzogen hat.«

Stefan beugte sich vor. Das war das Beste daran, Sebastian als Patienten zu haben. Man konnte die Samthandschuhe ausziehen und hart zuschlagen.

»Du willst nicht, dass ich dich schone. Dein ganzes Leben lang haben dich immer alle Leute gewähren lassen. Ich tue es nicht. Du hast deine Familie bei dem Tsunami verloren, und du bist vollkommen abgestürzt.«

»Deshalb brauche ich Vanja doch.«

»Aber braucht sie dich?«

»Nein.«

»Sie hat schon einen Vater, oder etwa nicht?«

»Ja.«

»Und wer, glaubst du, würde davon profitieren, dass du es erzählst?«

Sebastian schwieg. Er kannte die Antwort, wollte sie aber nicht laut aussprechen. Doch Stefan saß unverwandt nach vorn gebeugt da, auffordernd, und antwortete an Sebastians Stelle.

»Niemand. Nicht du, nicht sie, niemand.«

Damit lehnte er sich wieder zurück. Diesmal war sein Blick freundlicher. Persönlicher.

»Sag es ihr nicht, Sebastian.« Auch seine Stimme klang jetzt wärmer. Gegenwärtiger. »Du musst ein eigenes Leben haben, bevor du Teil eines anderen werden kannst. Hör auf, sie zu verfolgen. Nutze deine Zeit lieber dafür, wieder auf die Füße zu kommen. Diese Besessenheit führt dich nur auf Abwege. Leg dir lieber ein eigenes Leben zu. Und wenn du das geschafft hast, können wir über den nächsten Schritt diskutieren.«

Sebastian nickte. Stefan hatte natürlich recht. Man sollte ein eigenes Leben haben, bevor man es mit jemandem teilen konnte. Dieser langweilig-schlaue Stefan in seinem langweilig-heimeligen Behandlungszimmer hatte recht. Das ärgerte Sebastian maßlos. Zu glauben, dass Trolles Einsatz die richtige Lösung war, war vielleicht falsch, aber es war leichter. Leichter, als sich ein eigenes Leben zuzulegen. Und auf jeden Fall ein unterhaltsamerer Gedanke.

Stefan unterbrach seine Überlegungen. »Ich leite eine Gesprächsgruppe. Wir treffen uns zweimal in der Woche. Heute Abend und morgen. Ich finde, du solltest daran teilnehmen.«

Zum ersten Mal sah Sebastian sein Gegenüber verwundert an. Wie konnte er auch nur im Entferntesten daran denken?

»Ich? In einer Gesprächsgruppe?«

»Ja, da sind Menschen, die aus unterschiedlichen Gründen nicht richtig weiterkommen in ihrem Leben. Klingt das für dich irgendwie bekannt?«

In seinem tiefsten Inneren war Sebastian froh, dass Stefan ihn mit etwas so Banalem wie einer Gruppentherapie konfrontierte. Das führte ihn einige Schritte von seinen tiefschwarzen Gedanken weg und erfüllte ihn mit einer befreiend unkomplizierten Irritation.

»Das klingt für mich unerhört bekannt und unerhört langweilig.« Zu seiner Freude war seine Stimme wieder voll da. »Und du musst unerhört dumm sein, wenn du glaubst, ich würde bei so einer Veranstaltung auftauchen.«

»Ich möchte aber, dass du kommst.«

»Nein!«

Sebastian stand auf, um zu unterstreichen, dass die Sitzung nun vorbei war und er keine Lust auf weitere Diskussionen hatte.

»Ich bestehe darauf, dass du kommst.«

»Mag sein, aber die Antwort lautet immer noch nein.«

Sebastian ging zur Tür. Wut war etwas Wunderbares. Sie gab ihm Brennstoff. Glaubte Stefan wirklich, dass er Sebastian in einer schniefenden, schluchzenden Selbsthilfegruppe zu Gesicht bekäme?

Keine Chance.

Nie und nimmer.

Sebastian schloss die Tür hinter sich. Die Energie beflügelte ihn, und das wiederum freute ihn. Vielleicht würde er heute doch noch irgendetwas zustande bringen.

Es war ein ungewohntes Gefühl.

Sebastian war es gelungen, den gesamten Weg nach Frescati zurückzulegen, ehe die beschwingende Irritation verflog. Er wollte Stefan beweisen, dass er sich ein neues Leben schaffen konnte, aber nun übermannte ihn die Müdigkeit erneut.

Dabei war ihm die Idee eigentlich schon vor ein paar Tagen gekommen, als er zu Hause ein ordentliches Skript für eine dreistündige Vorlesung zum Thema »Einführung in das Erstellen von Täterprofilen« gefunden hatte. Es hatte ganz unten in einem Stapel mit Zeitungen und anderen Papieren im Arbeitszimmer gelegen, einem Raum, den er nie nutzte, aber den er nun in einem Anfall von Beschäftigungslosigkeit und Verzweiflung entrümpeln wollte. Er konnte sich nicht erinnern, wann er den Text geschrieben hatte, aber es war ganz eindeutig vor der Katastrophe gewesen, da er fast völlig frei war von jenem beängstigenden Zynismus, der mittlerweile allen seinen Gedankengängen anhaftete. Sebastian las ihn zweimal im Schnellverfahren und war ein wenig von sich selbst beeindruckt. Er hatte einmal wirklich gut schreiben können.

Scharfsinnig, sachkundig und fesselnd.

Eine Weile war er mit dem Dokument in der Hand an seinem Schreibtisch sitzen geblieben. Er hatte das merkwürdige, fast surreale Gefühl gehabt, einer besseren Version seiner selbst begegnet zu sein. Nach einiger Zeit blickte er sich im Zimmer um und fand plötzlich überall Hinweise auf diesen besseren Sebastian. Die Diplome an der Wand, die Bücher, die Zeitungsartikel, die Aufzeichnungen, die er einst gemacht, die Worte, die er geschrieben hatte. Sein Arbeitszimmer war voll mit Treibgut aus einem anderen Leben. Um die Erinnerungen loszuwerden, war er ans Fenster getreten. Hatte auf die Straße gesehen, um seine Eindrücke wieder auf null zu stellen, aber die Reste seines alten Lebens waren mit einem Mal überall, denn nun fiel ihm ein, dass er dort unten immer sein Auto geparkt hatte, gegenüber dem Antiquitätenladen. Vor langer, langer Zeit, als er noch sowohl ein Auto gehabt hatte als auch Ziele, zu denen er fahren wollte.

Als er nun nach dem Gespräch mit Stefan nach Hause kam, war er guter Dinge, fühlte sich geradezu inspiriert. Er ging in sein Arbeitszimmer und blätterte in Papierstapeln. Er suchte nach einem Vertrag oder einem Namen. Irgendjemand musste ihn doch damals mit einer dreistündigen Vorlesung beauftragt haben. Nach einer Weile fand er zwei Kopien eines Vertragsentwurfs vom Kriminologischen Institut. Er war auf den 7. März 2001 datiert und enthielt eine Vereinbarung über insgesamt drei Vorlesungen zum Thema »Einführung in das Erstellen von Täterprofilen«. Sebastian versuchte, sich zu entsinnen, warum er die Vorlesung nie gehalten hatte. 2001 war er ganz oben gewesen. Sabine war geboren, und er lebte mit Lily in Köln, also hatte er vermutlich einfach Besseres zu tun gehabt. Und darauf gepfiffen. Der Vertrag war seinerseits nicht unterschrieben, aber die andere Seite hatte einen Namen, eine Universitätsdozentin namens Veronika Fors. Der Name sagte ihm nichts. Seminarleiterin. Er rief das Institut an und fragte auf gut Glück nach ihr. Obwohl viele Jahre vergangen waren, seit sie den

Vertrag geschickt hatte, arbeitete sie noch dort. Die Zentrale wollte ihn direkt weiterverbinden, aber er legte auf, noch bevor die Frau, deren Name auf dem Vertrag stand, drangehen konnte. Dann setzte er sich wieder mit seinem Text in der Hand an den Tisch. Auf jeden Fall war sie noch dort.

Einige hundert Meter entfernt von dem Gebäude, in dem das Kriminologische Institut lag, blieb er stehen. Irgendein Visionär hatte es »Haus C« getauft, vermutlich, weil es das dritte Haus in der Reihe war. Genau wie seine Vorlesung, die in das Erstellen von Täterprofilen einführte, »Einführung in das Erstellen von Täterprofilen« hieß. Fantasie war nicht unbedingt ein herausragendes Merkmal der Universitätswelt.

Sebastian betrachtete die Gebäude, die in einem ungesunden Blau gestrichen waren und eher an eine Plattenbausiedlung aus den Siebzigern erinnerten als an den Wissenstempel einer Hauptstadt. Plötzlich überkamen ihn ernste Zweifel. Glaubte er wirklich, es würde einen Unterschied machen? In irgendeiner Weise? Er verfluchte seine Zweifel. Versuchte, dagegen anzukämpfen. Jetzt würde er Veronika Fors besuchen. Damit würde er anfangen.

Der Gedanke war einfach. Zunächst einige kurze Gastvorlesungen. Ein kleiner Ausbruch aus dem Alltag, um ihn in eine andere Richtung zu lenken, weg von den Frauen in der Nacht und am Tag, vor allem weg von Vanja. Weg von dem Gefühl, ein Außenstehender zu sein. Weg von all dem, was ihn dazu veranlasst hatte, Trolle anzurufen.

Aber die ersten Zweifel waren ihm bereits gekommen, als das Taxi auf den östlichen Parkplatz fuhr. Das Gefühl, dass sich nichts verändert hatte, traf ihn am schlimmsten. Der Ort war noch genau derselbe. Nur er hatte sich verändert.

Konnte das funktionieren? Er versuchte, den Gedanken zu verdrängen, indem er so entschlossen wie möglich auf Haus C zumarschierte, als könnte er seine Zweifel mit reiner Muskelkraft überwinden.

Ein Stück entfernt liefen einige Mädchen, dem Alter und den Büchern unter ihrem Arm nach zu urteilen Studentinnen. Eine von ihnen erinnerte ihn mit ihren blonden Haaren an Vanja. Vermutlich war sie jünger, aber nicht viel. Er sah das Mädchen an. Vanja zuliebe stand er hier draußen vor dem Haus C. Stefan hatte recht. Er brauchte ein eigenes Leben, wenn er Vanja jemals richtig kennenlernen und seine wahre Identität preisgeben wollte. Vielleicht akzeptiert werden würde. Vermutlich nicht geliebt, aber vielleicht akzeptiert.

Er brauchte ein Leben. Deshalb war er hier.

Er spürte, wie die Energie zurückströmte, und betrat das Haus C. Damit kehrte er in eine Welt zurück, in der er sich schon viele Jahre nicht mehr aufgehalten hatte.

Er hatte Glück. Veronika Fors hatte gerade keinen Termin und konnte Sebastian sofort treffen. Die Frau vom Empfang des Instituts führte ihn einen langen Flur entlang bis zu einem kleinen, ordentlichen Büroraum mit einem Schreibtisch und zwei hellen Stühlen. Die Frau hinter dem Schreibtisch sah erstaunt aus, als er hereinkam. Er lächelte und begrüßte sie, bevor er sich ungebeten auf den Stuhl vor ihrem Schreibtisch setzte.

»Hallo, ich heiße Sebastian Bergman.«

»Ich weiß«, antwortete sie knapp. Sie lächelte nicht zurück, sondern klappte die Mappe zu, in der sie gelesen hatte, und sah ihn an. Er war sich nicht sicher, ob sie nur verwundert darüber war, ihn zu sehen, oder auch verärgert. Irgendetwas war da.

»Und Sie sind Veronika Fors?«

»Ja.« Noch immer kurz angebunden.

»Tja, es geht um die Vorlesung, die wir vor einiger Zeit mal geplant hatten.« Sebastian zog den kürzlich entdeckten Vertrag aus der Innentasche seiner Jacke und legte ihn ihr vor. »Das Thema ist eine grundlegende Einführung in das Erstellen von Täterprofilen.«

Veronika nahm den Vertrag entgegen und warf einen kurzen Blick darauf.

»Aber das muss doch mindestens zehn Jahre her sein.«

»Ja, so um den Dreh«, antwortete Sebastian ehrlich. »Ich dachte, Sie wären vielleicht noch immer interessiert. Das Material ist nach wie vor aktuell.« Er lächelte noch einmal, so sanft er konnte, denn er hatte das Gefühl, dass er sich ein bisschen Mühe geben musste. Es schien, als sei sein Konto aus irgendeinem Grund im Minus, und er hatte es noch nicht geschafft, es wieder ein wenig aufzufüllen.

»Machen Sie eigentlich Scherze?« Veronika nahm ihre Lesebrille ab und sah ihn an.

»Nein, wenn ich scherze, bin ich noch viel lustiger. Ich kann sogar richtig spirituell sein.« Er lächelte erneut. Sie nicht. Irgendetwas war mit ihren Augen. Etwas, das er wiedererkannte.

»Nennen Sie mir einen einzigen Grund, warum ich diese Angelegenheit mit Ihnen diskutieren sollte. Forschen Sie überhaupt noch? Sie waren einfach wie vom Erdboden verschluckt. Und jetzt tauchen Sie hier auf und wollen, dass wir eine zehn Jahre alte Vereinbarung erneuern!«

Sebastian entschied sich spontan, das Lächeln einzustellen. Diese Taktik hatte sich als völlig wirkungslos erwiesen bei der Frau, die ihn inzwischen nur noch feindlich anstarrte. Allmählich ging sie ihm auf die Nerven. Aber besser, er ließ sich das nicht anmerken, wenn er Erfolg haben wollte. Immerhin hatte er ihr ein einfaches und gutes Angebot unterbreitet. Und schließlich war sie doch diejenige gewesen, die ihn damals hatte engagieren wollen. Ihn haben wollte, seiner Expertise und seines ausgezeichneten Wissens wegen. Das er noch immer besaß. Ein bisschen Respekt konnte er da doch wohl erwarten.

»Ich bin immer noch Schwedens bester Profiler. Ich verspreche Ihnen, Sie nicht zu enttäuschen, auch wenn ich in letzter Zeit vielleicht nicht ganz so aktiv war in der Universitätswelt.«

»Wo waren Sie denn dann aktiv? Haben Sie seit den Neunzigern auch nur einen einzigen Satz publiziert? Arbeiten Sie? Tun Sie überhaupt irgendetwas?«

»Na gut. Wenn Sie an meinen Fähigkeiten zweifeln, biete ich Ihnen gerne eine Gastvorlesung zur Probe an. Als einmaliges Angebot, sozusagen.«

»Ja, damit kennen Sie sich ja ziemlich gut aus. Mit einmaligen Angeboten ...«

Ihr Tonfall ließ Sebastian aufhorchen. Mit einem Mal klang das persönlich. Wütend. Möglicherweise verletzt. Er sah Veronika Fors an, erkannte sie jedoch immer noch nicht wieder. Nicht einmal die Augen, die ihm für eine Sekunde bekannt vorgekommen waren, gaben ihm eine Orientierungshilfe. Hatte sie zugenommen? Oder ab? Eine andere Frisur? Er wusste es nicht. Sein Gehirn arbeitete auf Hochtouren. Irgendetwas war mit ihr. Mit ihrem mürrischen, etwas schrillen Tonfall. Und plötzlich kam ihm eine vage Erinnerung. Zu verschwommen, um wirklich greifbar zu sein, aber mit einem Mal war er überzeugt davon, dass er sie, auch wenn er sich sonst kaum entsinnen konnte, nackt gesehen hatte. In einem Treppenhaus in Bandhagen. Ein schwaches Standbild, eine uralte Momentaufnahme. Es war doch hoffentlich nicht so, dass er sie anschließend kalt abserviert hatte? Oder sie ihn?

Konnte es wirklich so schlimm sein?

Vor seinen Augen zerriss Veronika Fors den Vertrag und zeigte ihm den Mittelfinger.

Also war es wohl doch so schlimm.

Leider.

Ratet mal, wer der neue Gefängnisdirektor von Lövhaga ist!« Vanja machte es sich auf dem Stuhl bequem und schaute abwechselnd die drei anderen im Raum an.

Billy lächelte in sich hinein. Sie konnte es einfach nicht lassen. Schon auf der Rückfahrt nach Stockholm hatte sie mehrmals erwähnt, dass sie nun schon wieder mit Thomas Haraldsson zu tun hatten. Als dem Leiter der Haftanstalt Lövhaga. Was hatte man sich dabei gedacht? Wie konnte das möglich sein? Bestechungsgelder, totaler Gehirnverlust, oder jemand wollte Lövhaga bewusst in den Ruin treiben – anders ließ sich diese Stellenbesetzung in Vanjas Augen nicht erklären. Billy hatte ihren Ausführungen die meiste Zeit nur stumm gelauscht. Er konnte sich nicht so sehr über Haraldsson echauffieren wie sie und fand es eigentlich sogar nett, ihn wiederzusehen. Natürlich war er nicht gerade der Hellste, aber gleichzeitig hatte dieser hart kämpfende Mann aus Västerås auch etwas Sympathisches und Bemitleidenswertes an sich. An Ehrgeiz fehlte es ihm jedenfalls nicht. Und mit der richtigen Unterstützung konnte er die neue Aufgabe womöglich sogar richtig gut bewältigen. Hoffte Billy zumindest. Im Stillen. Er war sich ziemlich sicher, dass er der Einzige in diesem Raum war, der solche Hoffnungen hegte. Er sah über den Tisch zu Ursula und Torkel hinüber, die gerade beide nur den Kopf schüttelten.

»Ich wusste nicht einmal, dass es einen Wechsel gab«, sagte Torkel und nahm einen Schluck von seinem vierten Becher Automatenkaffee.

»Thomas Haraldsson.« Vanja blickte ihre Kollegen geradezu herausfordernd an. Sie war äußerst gespannt auf ihre Reaktion, und da kam sie auch schon:

»*Der* Haraldsson? Aus Västerås?« Ursula runzelte die Stirn, als hätte sie etwas falsch verstanden. Vanja nickte.

»Wie zum Teufel ist der denn da gelandet?«, fragte Ursula.

»Ich weiß es nicht, es ist ein Rätsel.«

»Wie geht es ihm denn?«, wollte Torkel mit leiser Stimme wissen.

Vanja registrierte, dass er weder erstaunt noch verärgert aussah. Eher ein wenig besorgt. »Es scheint, als würde er sich in seiner neuen Rolle sehr wohl fühlen.«

»Ich meinte seine Schulter.«

»Er sagt, er spürt es immer noch ein bisschen, aber ansonsten schien er wieder ganz gesund«, warf Billy schnell ein.

»Schön.« Immerhin war Haraldsson angeschossen worden, als er unter Torkels Kommando stand, und Torkel plagte das schlechte Gewissen, weil er sich bei Kerstin Hanser und der Polizei in Västerås nicht gemeldet hatte, um sich nach seinem Befinden zu erkundigen. Er hatte es mehrmals vorgehabt, aber nie in die Tat umgesetzt. »Und was hat er gesagt? Über Hinde, meine ich«, fuhr Torkel fort und eröffnete so die Besprechung mit dem Thema, wegen dem sie eigentlich zusammengekommen waren.

»Er sitzt, wo er immer saß, und verhält sich wie immer, wenn man den Angestellten in Lövhaga Glauben schenkt.«

»Habt ihr ihn getroffen?«

»Nein, aber wir haben einen Antrag gestellt. Offenbar darf ihn niemand ohne vorherige Prüfung besuchen.«

»Und wie lange dauert so was?«

»Drei bis fünf Tage.«

»Ich werde sehen, ob sich das irgendwie beschleunigen lässt.«

Vanja nickte ihm dankbar zu. Irgendjemand ahmte Edward Hinde nach, und damit wurde auch Hinde zum Gegenstand der Ermittlungen. Sie wollte ihn treffen. Und sei es auch nur, um einen Verdacht ausschließen zu können. Solange das nicht der Fall war, blieb er ein loser Faden, und Vanja hasste lose Fäden. Wenn möglich, mussten alle Spuren in einem Fall miteinander versponnen werden. Sie konnte schwer eine Möglichkeit unberücksichtigt lassen, nur weil es unwahrscheinlich schien, dass sie etwas mit der Sache zu tun hatte. Dann hätte sie das Gefühl, ihren Job nicht ordentlich zu machen, nicht ihr Bestes zu tun. Das hatte man ihr von zu Hause mitgegeben, schon von Kindesbeinen an. Ihr Vater hatte ihr das zum ersten Mal gesagt, als sie Angst vor dem ersten Schultag hatte. Man muss nicht die Beste sein, aber man sollte immer sein Bestes geben. Mehr konnte man nicht tun, aber weniger zu tun wäre dumm. Fünfundzwanzig Jahre später lebte sie noch immer nach diesen Worten.

»Habt ihr noch mehr aus Lövhaga zu berichten?«, fragte Torkel.

Vanja wandte sich Billy zu, der einen Stoß zusammengehefteter DIN-A4-Blätter aus einer Mappe nahm und auf den Tisch legte. Die anderen beugten sich vor und nahmen sich jeweils ein Exemplar.

»Ich habe mir angesehen, welche Websites Hinde in den letzten drei Monaten besucht hat. Nichts Auffälliges. Viele Tageszeitungen, schwedische und ausländische. Außerdem verfolgt er einige Blogs, welche, könnt ihr hier sehen.« Billy deutete auf die Papiere, die er gerade ausgeteilt hatte. »Und er besucht ziemlich viele Foren, vorwiegend solche, in denen Fragen aus der Philosophie und anderen Geisteswissenschaften diskutiert werden, auch psychologische Thesen.«

Ursula sah von ihren Ausdrucken auf. »Kann er sich an den Diskussionen beteiligen?«

»Nein, er darf nur lesen. Die einzige Kommunikation mit der Außenwelt, die ihm gestattet ist, sind Briefe. Im letzten halben Jahr hat er drei erhalten. Zwei von Frauen, die ihn treffen wollten und gefragt haben, was sie tun müssten, um ihn besuchen zu dürfen. Und sie wollten, dass er sie besucht, wenn oder beziehungsweise falls er aus dem Gefängnis entlassen wird.«

»Krank«, bemerkte Vanja. Sie sah, wie Torkel und Ursula unbewusst zustimmend nickten.

»Der dritte Brief könnte interessant sein.« Billy blätterte zur nächsten Seite seines Ausdrucks, die anderen taten es ihm gleich. »Er stammt von einem gewissen Carl Wahlström hier aus Stockholm. Er schreibt, dass er Hindes Taten mit großem Interesse verfolgt hätte und ihn gerne persönlich treffen würde, um – ich zitiere – ›einen tieferen Einblick in den Entscheidungsprozess zu erlangen, der vier Frauen das Leben gekostet hat‹. Er schreibt eine Bachelor-Arbeit in der praktischen Philosophie, aber wenn ihr mich fragt, scheint er von Hinde ziemlich beeindruckt zu sein.«

»Haben sie sich getroffen?«, fragte Ursula.

»Nein. Den Angaben aus Lövhaga zufolge hat Hinde nicht einmal darauf geantwortet.«

»Überprüft ihn bitte trotzdem gleich im Anschluss«, bat Torkel, »das ist immerhin etwas.« Er legte seine Papiere wieder auf den Tisch und schob sich die Brille ins Haar. »Die Befragung der Nachbarn in Tumba hat nichts ergeben. Freunden und Verwandten ist nicht bekannt, dass die Granlunds sich beobachtet oder in irgendeiner Weise bedroht gefühlt hätten. Der Mann ist nicht unter Tatverdacht. Er war zu der betreffenden Zeit tatsächlich in Deutschland. Oder in der Luft auf dem Weg nach Hause.«

Ein bleiernes Schweigen breitete sich im Raum aus. Dies war nun das dritte Mal in Folge, dass Torkel ihnen berichtete, bei dem Verbrechen hätte niemand in der Nähe des Tatorts irgendetwas beobachtet. Und keinem Angehörigen falle auch nur die geringste Spur eines Motivs ein.

Torkel wandte sich an Ursula. »Bleibt noch die technische Auswertung?«

»Sperma und Schamhaare. Erneut. Ich habe die Proben zur DNA-Analyse nach Linköping geschickt, aber wir können wohl damit rechnen, dass es derselbe Täter ist. Der vorläufige Obduktionsbericht besagt, dass die Halsschlagader und die Luftröhre durchgeschnitten wurden und sie erstickt ist, bevor sie verblutete. Wie die anderen Opfer auch.« Ursula verstummte und machte eine resignierte Handbewegung. Mehr hatte sie nicht.

Mehr gab es nicht.

Es gab sonst gar nichts.

Torkel räusperte sich. »Wie wir alle bereits wissen, haben wir keine Verbindung zwischen den drei Frauen gefunden. Also haben wir auch keine Ahnung, wer sein nächstes Opfer sein könnte.«

Torkels abschließende Worte wurden mit einem gequälten Schweigen aufgenommen. Dass der Täter nicht wieder zuschlagen würde, schien höchst unwahrscheinlich. Vermutlich würde noch eine Frau ihr Leben lassen, und sie konnten nichts tun, um es zu verhindern.

Vanja rutschte mit ihrem Stuhl zurück und stand auf. »Wir nehmen uns Wahlström vor.«

Vanja und Billy hatten Carl Wahlström am Philosophischen Institut vermutet, aber erfahren, dass er nicht dort war. Zu dieser Zeit des Jahres sei die Universität im Großen und

Ganzen wie ausgestorben. Hatten sie probiert, ihn anzurufen? Hatten sie nicht, wollten sie auch nicht. Hatten sie es schon bei ihm zu Hause versucht? Carl arbeite den Sommer über an seiner Abschlussarbeit. Ihnen wurde eine Adresse genannt, die sie bereits kannten. Forskarbacken. Dritter Stock. Studentenwohnheim.

Aus der Wohnung drang Musik. Vanja zog ihr Portemonnaie mit der Dienstmarke heraus und klingelte. Lange. Sie konnte nicht ausmachen, ob das Gebäude extrem hellhörig war oder die Musik extrem laut.

Schließlich öffnete Carl Wahlström mit einer Tasse Tee in der Hand die Tür und sah die fremden Besucher im Treppenhaus fragend an. Extrem laute Musik, stellte Vanja fest, während sie und Billy ihre Dienstmarken zeigten.

»Vanja Lithner und Billy Rosén, wir kommen von der Polizei, können wir mit Ihnen reden?«

»Worüber?«

»Dürfen wir reinkommen?«

Carl trat zur Seite und ließ sie ein. In der Wohnung war es warm, und es duftete nach frischem Backwerk.

»Seien Sie doch so gut und ziehen Ihre Schuhe aus, ich habe gerade Staub gesaugt.« Carl schob sich an ihnen vorbei in den kleinen Flur, ging in das Schlafzimmer zu dem Computer, der zusammen mit einem Drucker auf einem Schreibtisch stand, und stellte die Musik aus. Vanja und Billy schlüpften aus ihren Schuhen und betraten die Wohnung. Im Wohnzimmer gab es eine kleine Kochnische und ein Ecksofa, an der Wand hing ein TV-Flachbildschirm. In der anderen Ecke standen ein kleiner Schreibtisch mit stapelweise Lernstoff und ein Bürostuhl. Eine ganz normale Studentenbude, wären da nicht die großen, vitrinenartigen Rahmen gewesen, die an der Wand über dem Sofa hingen. Hinter jedem Glas war eine Reihe von Faltern mit Nadeln aufgespießt. Sechs bis acht große Exemplare oder etwa fünfzehn bis zwanzig kleine pro Rahmen. Ihre bunten Flügel zu einem für immer erstarrten Flügelschlag aufgefaltet. Vanja erkannte eine Handvoll davon wieder und wusste die Namen von zweien: Pfauenauge und Zitronenfalter. Bei den übrigen Exemplaren konnte sie nicht einmal sagen, ob sie überhaupt in Schweden heimisch waren.

»Weshalb sind Sie gekommen?«

Carl unterbrach Vanjas Gedanken über Schmetterlinge. Er war aus dem Schlafzimmer gekommen und hatte die Tür hinter sich geschlossen. Jetzt verschränkte er die Arme vor der Brust und musterte die beiden Polizisten. Vanja schielte kurz zu Billy hinüber und sah, dass auch sein Blick an den aufgespießten Insekten hängengeblieben war.

»Wir sind wegen eines Briefs hier, den Sie vor einigen Wochen an Edward Hinde geschrieben haben«, antwortete Vanja und setzte sich aufs Sofa. Billy lehnte sich gegen eine Wand in der Kochnische.

»Und?« Carl drehte den Bürostuhl vor dem Schreibtisch zu sich hin und ließ sich mit einem fragenden Gesichtsausdruck darauf nieder.

»Warum haben Sie ihm geschrieben?«, fragte Vanja zurück.

»Ich wollte mit ihm in Kontakt treten.«

»Und weshalb?«

»Ich hatte gehofft, er könnte mir bei meiner Forschung weiterhelfen.«

»In praktischer Philosophie?«

»Ja. Warum interessiert sich die Polizei dafür?«

Vanja antwortete ihm nicht. Je weniger Carl über den Anlass ihres Besuchs wusste, desto weniger konnte er seine Antworten daran anpassen. Billy dachte dasselbe und wechselte das Thema.

»Was macht ein praktischer Philosoph? Ich meine, was kann man später mal damit anfangen?«

Carl vollführte eine Vierteldrehung mit seinem Stuhl und sah Billy mit einem spöttischen Zug um den Mundwinkel an. »Warum? Sind Sie es leid, Polizist zu sein?«

»Ist Philosophie nicht eigentlich etwas Theoretisches?«, fuhr Billy fort, als hätte er die Frage nicht gehört. »Was macht ein praktischer Philosoph? Missionieren? An der Volkshochschule Kurse geben?«

»Nur, weil Sie das nicht verstehen, müssen Sie sich noch lange nicht darüber mokieren.«

»Verzeihung, ich habe aus reiner Neugier gefragt.«

Carl warf ihm einen missbilligenden Blick zu, der deutlich machte, dass er die Entschuldigung nicht annahm. Vanja griff ein, um wieder zum eigentlichen Thema zurückzukommen, ehe Carl beschließen würde, gar nichts mehr zu sagen.

»Wir haben den Brief gelesen, den Sie Hinde geschrieben haben.«

Carl fixierte Billy noch einige Sekunden lang mit seinem Blick, ehe er sich wieder Vanja zuwandte.

»Das habe ich inzwischen begriffen.«

»Er klingt gerade so, als würden Sie zu ihm aufschauen.«

»Nein, aufschauen ist das falsche Wort. Hinde fasziniert mich.«

»Er ist ein Frauenmörder. Das finden Sie faszinierend?«

Carl beugte sich auf dem Stuhl vor, nun sichtlich interessierter an dem Gespräch als noch vor einer halben Minute. »Nicht die Taten an sich. Aber der Weg dorthin ist ungeheuer interessant. Die Entscheidungen, die er getroffen hat, seine Erwägungen. Ich versuche, ihn zu verstehen.«

»Warum?«

Carl schien kurz über die Frage nachzudenken, als wolle er seine Überlegungen einem Professor erörtern, nicht aber der Polizei.

»Seine Morde waren vorsätzliche Handlungen. Geplant und durchdacht. Er hatte den Wunsch zu töten, und diesen Wunsch hat er sich erfüllt. Ich möchte wissen, wo dieser Wunsch entstand«, sagte er dann.

»Das kann ich Ihnen sagen. In seinem kranken Hirn.«

Carl lächelte Vanja beinahe nachsichtig an. »Das reicht nicht ganz aus für eine wissenschaftliche Arbeit. Außerdem setzt Ihre Aussage ja voraus, dass es akzeptabel ist, gewisse Wünsche als ›krank‹ zu klassifizieren, wohingegen andere, gesellschaftlich eher anerkannte Wünsche wie beispielsweise der nach einem Hundewelpen, als ›gesund‹ anzusehen wären.«

»Sie meinen, es ist gesund, vier Frauen ermordet zu haben?«

»Die Tat an sich wird in unserer Gesellschaft aus sehr guten Gründen nicht akzeptiert, aber es fällt mir schwer, den Wunsch, sie auszuführen, nach Kriterien wie ›gesund‹ oder ›krank‹ zu bewerten. Wir haben Regeln aufgestellt, wie wir uns verhalten sollen. Dass jemand einen anderen Menschen tötet, können wir natürlich nicht akzeptieren. Aber können wir tatsächlich nicht den Wunsch akzeptieren, es zu tun?«

Vanja seufzte innerlich. War es denn notwendig, alles zu analysieren? Musste alles auseinandergenommen, verstanden und erklärt werden? Für sie verhielt sich die Sache ganz einfach. Wollte man einen anderen Menschen umbringen, war man krank. Setzte man den Wunsch in die Tat um, war man noch kränker. Oder durch und durch böse.

»Hat er Ihnen geantwortet?«, fragte Billy, teils, weil er keine Lust hatte, dieser philosophischen Vorlesung noch länger zuzuhören – wenn es sich denn tatsächlich um Philosophie handelte –, und teils, weil er Vanja ansah, dass sich ihre Laune zunehmend verschlechterte.

»Leider nein.«

»Schreiben Sie in einem dieser Foren?«

Billy reichte Carl einen Ausdruck der Websites, die Hinde in den letzten drei Monaten besucht hatte. Carl nahm das Blatt und las es sorgfältig. Da klingelte eine Uhr in der Kochecke, und Carl legte den Ausdruck beiseite und stand auf.

»Mein Brot ist fertig.«

Er ging hinüber, stellte den Backofen aus und öffnete die Klappe, dann nahm er zwei Topflappen von der Arbeitsfläche und zog das Blech aus dem heißen Ofen. Vanja spürte mit einem Mal, dass sie hungrig war, als sie die beiden goldbraunen Brotlaibe in den Kastenformen sah. Sie warteten, während Carl in die Brote stach, um zu prüfen, ob sie fertig waren. Schließlich nahm er eine der Formen, drehte sie um und kippte das Brot auf einen Rost. Während er die Prozedur mit dem zweiten Brot wiederholte, wandte er sich kurz Vanja zu.

»Aus welcher Abteilung sind Sie?«

»Reichsmordkommission.«

Für einen kurzen Moment ließ Carl sich von seinem Backwerk ablenken.

»Ist er ausgebrochen?«

»Nein.«

»Aber es ist jemand umgebracht worden, und deshalb interessieren Sie sich für Hinde?«

Vanja warf Billy einen kurzen Blick zu. Entweder war Carl Wahlström ein schneller Denker und hatte die kleine Information ungewöhnlich rasch verarbeitet. Oder er wusste, dass jemand Hindes Morde kopierte. Ohne mit einer Miene zu verraten, was sie dachte, fuhr Vanja fort: »Wo waren Sie gestern zwischen zehn Uhr vormittags und drei Uhr nachmittags?«

»Ich war hier. Habe gelernt.«

Carl legte ein sauberes Geschirrtuch über das Brot und schloss den Backofen.

»Haben Sie alleine gelernt?«

»Ja.«

»Den ganzen Tag über hat Sie niemand gesehen?«

»Nein.«

In dem kleinen Zimmer wurde es still. Mehr brauchte Vanja nicht, sie hatte ohnehin schon beschlossen, Carl Wahlström einer genaueren Untersuchung zu unterziehen. Sie erhob sich vom Sofa.

»Könnten Sie sich vorstellen, uns freiwillig eine DNA-Probe zu geben?«

Carl Wahlström antwortete nicht einmal. Er legte seinen Kopf in den Nacken und riss den Mund auf. Vanja kramte ein Wattestäbchen aus der Tasche, riss die Plastikhülle auf und fuhr blitzschnell mit dem Stäbchen durch Wahlströms Mundhöhle.

»Haben Sie sich die Liste angesehen?«, fragte Billy, während Vanja das Stäbchen in ein kleines Plastikröhrchen steckte und den Deckel zudrückte. Carl drehte sich um, nahm die Liste und streckte sie Billy entgegen.

»Ein Forum. Dieses hier.« Er tippte auf einen Namen, während er Billy den Zettel zurückgab. Billy warf einen Blick darauf. Das half ihnen nicht großartig weiter. Im Grunde genommen gar nicht. Selbst wenn Hinde wusste, dass Carl in diesem Forum aktiv war, konnte er nicht mit ihm kommunizieren. Aber immerhin war es ein Berührungspunkt. Und das war mehr als das Nichts, vor dem sie bisher gestanden hatten.

Auf dem Weg durch den Flur drehte Vanja sich noch einmal um. »Ihre Insekten?«

»Was ist damit?«

»Wo entstand dieser Wunsch, kleine Tierchen mit Nadeln zu durchbohren?«

Carl lächelte sie erneut so an, als wollte er zeigen, dass er ihrer Unkenntnis mit Nachsicht begegnete. Als wäre sie ein kleines Mädchen, das es nicht besser wusste. Ein Lächeln, das Vanja bereits hasste, obwohl sie Wahlström erst seit einer Viertelstunde kannte. Es erinnerte sie allzu sehr an Sebastian Bergmans herablassendes Grinsen.

»Das ist kein Wunsch, sondern ein Interesse. Ich bin Lepidopterologe.«

»Ich nehme an, das heißt Schmetterlingssammler?«

»Kenner. Schmetterlingskenner.«

»Wie läuft das ab? Leben die noch, wenn Sie sie aufspießen?«

»Nein, erst töte ich sie mit Ethylacetat.«

»Das heißt, Sie interessieren sich für tote Tiere?«

Carl legte seinen Kopf schief, als hätte Vanja gerade etwas ganz Entzückendes gesagt.

»Wollen Sie mich nicht auch gleich fragen, ob ich als Kind ins Bett genässt und gerne gezündelt habe?«

Vanja antwortete nicht. Sie beugte sich neben Billy nach unten, um ihre Schuhe anzuziehen und diesen arroganten Blick nicht länger ertragen zu müssen.

»Sie wissen aber schon, dass die Annahme, alle Serienmörder wären Bettnässer, Brandstifter und Tierquäler, stark vereinfachend ist?«

»Sie scheinen ja eine ganze Menge über Serienmörder zu wissen«, entgegnete Billy und richtete sich auf.

»Ich schreibe meine Abschlussarbeit darüber. Unter anderem.«

»Wie lautet der Titel Ihrer Arbeit?«

»Wenn die Bedürfnisse des Individuums im Widerspruch zur Zivilgesellschaft stehen.«

Billy begegnete Carls Blick und bekam mit einem Mal das Gefühl, dass dieses Thema in höchstem Maße autobiografischen Ursprungs war. Trotz der Hitze fröstelte ihn.

»Der war vielleicht unheimlich.«

Vanja und Billy traten auf den Forskarbacken hinaus und gingen zum Auto, als Billy aussprach, was sie beide dachten. Vanja nickte, setzte ihre Sonnenbrille auf und knöpfte ihre leichte Jacke zu.

»Unheimlich und größer als du.«

»Ja, daran musste ich auch denken«, antwortete Billy und ließ per Knopfdruck die Schlösser der Wagentüren aufspringen, obwohl sie noch fünfundzwanzig Meter vom Auto entfernt waren. »Sollen wir ihn observieren lassen?«

»Er schien mir ein bisschen zu entspannt. Wenn er der Täter ist, dann weiß er doch, dass wir technische Beweise haben.«

»Vielleicht will er ja in den Knast?«

»Warum sollte er?«

»Die Medien haben die einzelnen Morde noch nicht miteinander in Verbindung gebracht. Er bekommt keine Presse, keinerlei Aufmerksamkeit. Wenn der Kick, den er beim Töten erlebt, immer schwächer wird, braucht er vielleicht etwas anderes. Eine Verhaftung und Verurteilung würde nicht nur zeigen, was er getan hat, sondern ihn auch bestätigen. Etwas aus ihm machen.«

Vanja blieb auf dem Bürgersteig stehen und sah Billy erstaunt an. Nicht nur, weil sie ihn noch nie so lange ohne Unterbrechung hatte sprechen hören, sondern auch, weil sie sich nicht erinnern konnte, dass er jemals einen so engagierten Vortrag gehalten hatte. Außer vielleicht, wenn er über technischen Schnickschnack sprach. Aber Serienmörder ...

Als Billy auffiel, dass Vanja stehen geblieben war, drehte er sich um. Er bemerkte ihren verwunderten Blick, obwohl sie eine Sonnenbrille trug.

»Was ist?«

»Du hast dich informiert.«

»Ja, was dagegen?«

»Nein, natürlich nicht.« Etwas an Billys Stimme verriet Vanja, dass sie sich weitere Kommentare sparen und sich auf keinen Fall darüber lustig machen sollte. Jedenfalls nicht hier und jetzt.

»Wir lassen ihn observieren, bis uns das Ergebnis seines DNA-Tests vorliegt«, sagte sie also stattdessen, und sie gingen weiter, stiegen in den Wagen und zogen die Türen zu. Vanja schnallte sich an, während Billy den Motor startete.

»Wer ist eigentlich diese Frau?«, fragte sie.

»Welche Frau?«

»Die Theaterfrau.«

»Ach, niemand.«

Was natürlich bedeutete, dass sie sehr wohl *jemand* war. Vanja lächelte vor sich hin. Sie würde ihm die Details während der Heimfahrt schon aus der Nase ziehen.

Polhemsgatan. Schon wieder. Sebastian saß in dem Café, in dem er mittlerweile Stammkunde war, an seinem Lieblingstisch, von dem aus er die beste Aussicht auf seinen alten Arbeitgeber hatte. Die Reichsmordkommission. Vanjas Arbeitsplatz. Inzwischen war er bei der dritten Tasse Kaffee angelangt und blickte erneut zu der weißen Plastikuhr an der Wand. Er verfluchte sich selbst. Und er verfluchte Stefan, der ihn den ganzen Weg bis zur Universität in Frescati getrieben hatte, zu einer Frau, die ihn, wie sich erst dort herausstellte, hasste. Er hätte stattdessen hier im Café sitzen und auf Vanja warten sollen. Das wäre weniger mühsam gewesen.

Er musste sie jetzt einfach sehen.

Hier im Café in der Polhemsgatan fühlte er sich beinahe wohl. Je näher er seinem alten Arbeitsplatz war, desto sicherer kam er sich vor. Hier brauchte er sich nicht so sehr zu verstecken, denn es gab einige Gründe für ihn, in diesem Café zu sitzen. Wenn Vanja oder jemand anders ihn entdeckte, konnte er immer sagen, er warte auf einen alten Kollegen. Hätte eine Verabredung gehabt, die geplatzt sei. Sollten sie ihm das aus irgendeinem Grund nicht abnehmen, konnte er immer noch die Taktik ändern und behaupten, er sei hier, weil er wollte, dass sie ihn wieder aufnähmen. Das würden sie ihm auf jeden Fall glauben.

Nicht, dass er das jemals wieder wollte. Nicht nach den Ereignissen in Västerås.

Aber es wäre logisch. Sie würden verstehen, warum er hier mit seiner Kaffeetasse saß und das zementgraue Gebäude anstarrte. Er wollte zurück. Würde Vanja ihn auf der Anhöhe vor ihrer Wohnung entdecken, würde es ihm bedeutend schwerer fallen, eine sinnvolle Erklärung zu finden.

Der große Zeiger der Plastikuhr hatte eine halbe Drehung zurückgelegt und zeigte nun fünf vor halb sechs. In dem Café waren jetzt keine anderen Gäste mehr, das jüngere Paar, das Beziehungsprobleme zu haben schien, war verschwunden, ohne dass er es bemerkt hatte, und die ältere Dame, der das Café vermutlich gehörte, fing an, die Sandwiches aus der Anrichte zu räumen. Sebastian sah erneut aus dem Fenster. Auf das Zementgrau. Aber er fand nicht, was er suchte, und ahnte, dass es Zeit wurde, wieder aufzubrechen. Die Frage war nur, was er jetzt tun sollte? Zu seiner Wohnung und den Resten seines zweiten Lebens wollte er nicht zurück, und er wusste nicht, ob er es wagen würde, zu seinem wohlbekannten Hügel vor ihrem Haus zurückzukehren. Es war zu gefährlich. Statistisch gesehen stieg das Risiko, entdeckt zu werden, mit jedem Mal. Aber irgendetwas musste er tun, um die Unruhe und Irritation zu dämpfen. Es war ein richtig beschissener Tag gewesen. Ein bisschen Sex würde ihn auf andere Gedanken bringen. Ellinor Bergkvist, die Frau von gestern, wollte er nicht noch einmal besuchen, obwohl das die einfachste Möglichkeit wäre. Doch diese Art, wie sie versucht hatte, ihn aufzuhalten und die ganze Zeit mehr und mehr über ihn zu erfahren, hatte ihn genervt – und dass sie seine Hand genommen hatte. Irgendwo musste es schließlich auch Grenzen geben für Nähe.

Sebastian ließ seinen Frust an der Café-Betreiberin aus.

»Der Kaffee schmeckt beschissen«, sagte er und starrte sie an.

»Ich kann gerne neuen kochen«, erwiderte sie beschwichtigend.

»Sie können meinetwegen auch gerne zur Hölle fahren«, fauchte er und ging.

Das war's dann wohl mit dem Stammcafé, dachte er, als er in den lauen Sommerabend hinaustrat. Aber er konnte sich jederzeit ein neues suchen.

Wenn es in Stockholm etwas zur Genüge gab, dann waren es Cafés.

Und Frauen.

Nach einigen kurzen, aber erfolglosen Besuchen in Hotelbars war Sebastian kurz davor, die Jagd nach einer Frau, mit der er diesen miesen Tag beenden konnte, aufzugeben. Dieser Tag entwickelte sich mehr und mehr zu einem einzigen langen Fiasko. Und mittlerweile hatte selbst die Königliche Bibliothek geschlossen. Das pompöse Gebäude im Humlegården war einer seiner Lieblingsorte, um nach weiblicher Gesellschaft zu angeln, die Erfolgsstatistik war einzigartig. Bei zwei von drei Malen biss eine an. Seine Technik war einfach: einen zentralen Platz im Lesesaal suchen, ein paar Bücher ausleihen und vor allem einige Exemplare seiner eigenen Werke mitbringen und sie sichtbar platzieren. Dann setzte er sich und tat so, als würde er sich gerade mit einem neuen Text abmühen, sich den Kopf zerbrechen, verzweifelt mit den richtigen Formulierungen ringen ... bis er sich schließlich im passenden Moment an eine Frau wandte, die gerade an seinem Tisch vorbeilief: »Hallo, ich schreibe hier an einem neuen Buch und frage mich, ob du Lust hast, mir deine Meinung zu diesem einen Satz zu sagen.« Wenn er es geschickt anstellte, war es von da an nicht mehr weit bis zu einem Glas Wein im Hotel Anglais nebenan.

Sebastian ging sich allmählich selbst auf die Nerven, wie

er so planlos durch die heiße Stadt wanderte. Nichts, was er sich vornahm, schien zu funktionieren. Er wurde zunehmend wütender. Er begann geradewegs vor Wut zu schäumen, je weiter er ging.

Verdammter Mist, dass alles war, wie es war.

Verdammter Mist, dass nichts so wurde, wie er es wollte.

Er würde sich an allem und allen rächen. Trolle noch einmal anrufen und ihn bitten, so tief zu graben, wie er nur konnte. Sich so weit in das Leben dieses perfekten Menschen hineinzubohren, bis der Dreck endlich zum Vorschein kam. Eigentlich waren an alldem nur Anna Eriksson und Valdemar Lithner schuld. Er würde auch Anna unter die Lupe nehmen müssen. Vielleicht war sie der Schwachpunkt, der Riss, der diese perfekte Mittelklassefassade zum Einsturz bringen könnte. Irgendetwas Prekäres ließe sich bestimmt auch über sie herausfinden. Lügen und Geheimnisse waren ihr jedenfalls nicht fremd, Vanja wusste ja nicht einmal die Wahrheit über ihren Vater. Anna rechtfertigte das sicher damit, dass es für Vanja so am besten sei. Aber wer hatte ihr das Recht gegeben, das zu bestimmen? Wer hatte sie zu einem Gott gemacht? Sebastian wollte seiner Tochter nahe sein, doch momentan bedeutete Nähe einen Mindestabstand von hundert Metern. Als hätte man ihm irgendein Besuchsverbot erteilt. Er blieb stehen. Er würde Trolle bitten, seine Suche auszuweiten. Auch Anna Eriksson zu durchleuchten. Bestenfalls konnte auch das etwas nützen, wenngleich Sebastian in den letzten Monaten gemerkt hatte, dass Vanja ihrer Mutter keinesfalls so nahe stand wie ihrem falschen Vater. Sebastian nahm sein Handy, überlegte es sich dann aber anders und steckte es wieder ein. Warum anrufen? Er drehte um und steuerte auf den nächsten Taxistand zu. Er hatte ohnehin nichts Besseres vor. Trolle wohnte in Skärholmen.

Auf ihn konnte man sich verlassen.

Er würde ihn verstehen, denn auch er hatte seine Familie verloren.

Billy saß mit seinem iPad auf dem Sofa und surfte im Internet. My duschte. Anschließend würden sie etwas essen gehen, hoffte Billy. Vanja und er hatten auf der Rückfahrt bei einem McDonald's angehalten, aber er hatte nichts bestellt, weil er wusste, dass er sich noch mit My treffen würde.

Sie waren seit dem Mittsommerabend zusammen. Ein alter Schulfreund aus dem Gymnasium besaß ein Sommerhaus auf der Insel Djurö im Schärengarten, und er hatte nun schon das dritte Jahr in Folge dort ein Fest veranstaltet. Diesmal hatte ein anderer Freund einen weiteren Kumpel und dessen Schwester dabeigehabt. My Reding-Hedberg. Bei dem traditionsgemäßen Heringessen platzierte man sie zufällig nebeneinander, und so blieben sie den ganzen Abend und die halbe Nacht sitzen. Seither waren sie ein Paar und sahen sich fast jeden Tag.

Trotzdem hatte Billy auf dem Weg vom Forskarbacken zurück ins Präsidium nichts verraten, als Vanja ihm Details entlocken wollte. Normalerweise erzählte er Vanja alles. Oder jedenfalls das meiste. Manchmal hatte er das Gefühl, sie wären eher Geschwister als Arbeitskollegen, aber in diesem Fall war er zurückhaltend. Aus einem einfachen Grund: Er war sich ziemlich sicher, dass Vanja My nicht mögen würde.

Denn My war Lebens- und Karriereberaterin.

Vanja hatte viele gute Seiten. Aber leistungsorientiert, wie sie war, hatte sie Schwierigkeiten mit Menschen, die ihr Leben nicht selbst in den Griff bekamen. Für sie war es in

Ordnung, sich aus- und fortzubilden, Kurse und Vorträge zu besuchen und sich Ziele zu setzen. Wenn man allerdings Hilfe brauchte, um seine eigene Motivation zu finden und Resultate zu erzielen, fasste Vanja das als Wankelmütigkeit und angeborene Schwäche auf. Wer nicht wusste, was er wollte, wollte es nur nicht genug, so lautete ihre einfache These. Und wer ernsthafte Probleme hatte, sollte zu einem ausgebildeten Psychologen gehen und nicht zu irgendeinem wirren New-Age-Menschen mit Diplom, der einem für tausend Kronen die Stunde gut zuredete.

Nein, Vanja würde My nicht mögen.

Natürlich brauchte er keine Genehmigung von Vanja, aber es war einfacher, wenn sie nichts von My wusste. So ersparte er sich Sticheleien und kleine, ironische Bemerkungen. Vor allem jetzt, wo er zielstrebig daran arbeiten wollte, seine Position in der Gruppe zu verbessern.

Es hatte damit begonnen, dass My ihn gefragt hatte, ob er sich bei der Arbeit wohl fühle. Eine einfache Frage, eine einfache Antwort. Ja, das tat er. Er konnte sich keinen besseren Arbeitsplatz und keine besseren Kollegen vorstellen. Mit der Zeit sprachen sie ausführlicher darüber. Sie war interessiert an dem, was er tat, und erkundigte sich genau nach seinen Aufgaben. Nicht so wie viele andere, die eigentlich nur reißerische Details über spannende Mordfälle hören wollten. Nein, sie interessierte sich für seinen Beruf. Für ihn. Und das mochte er an ihr – dass sie ihn zum Reden brachte. Also fing er an, über seine Arbeit zu erzählen. Was er tagsüber so machte. Sie hielt sich an das Praktische und Konkrete. Am Ende hatte sie ihn allerdings mit leicht gerunzelter Stirn angesehen.

»Für mich klingt das eher so, als wärst du Techniker und nicht Polizist.«

Das hatte sich ihm eingebrannt. Mit einem Mal wurde

ihm deutlich bewusst, welche Aufgaben er bekam und ausführte. Internetrecherchen. Botengänge. Suchaufträge.

Je mehr er darauf achtete, desto mehr sah er ein, dass seine Rolle oft nur die eines besseren Assistenten war und selten die eines Ermittlers. Er sprach darüber mit My, die der Meinung war, dass er einen Moment innehalten und überlegen sollte, auf welchem Weg er sich gerade befand. Und es wagen musste, auf die Antwort zu hören. Die Antwort lautete, dass er keine Ahnung hatte. Er hatte noch nie darüber nachgedacht.

Er ging zur Arbeit.

Er fühlte sich wohl.

Er ging nach Hause.

Er konnte sein Talent, Dinge zu strukturieren, nutzen, wenn er Chronologien erstellte und Informationen aus allen möglichen Quellen zusammenstellte, aber konnte er sein ganzes Potenzial nutzen? Nein, das konnte man so nicht sagen. Es war allerdings auch schwer, sich in dieser Gruppe zu behaupten. Torkel Höglund war einer der bestqualifiziertesten Polizisten in Schweden, und Vanja und Ursula gehörten zu den Top drei in ihrem jeweiligen Aufgabengebiet – wenn sie nicht sogar Top eins waren. Aber das wollte er gar nicht erreichen. Er hatte es My gegenüber nicht zugegeben, aber wenn er ehrlich mit sich war, glaubte er nicht, dass er die erforderlichen Fähigkeiten dazu besaß. Aber ein gleichwertigeres Mitglied im Team, das konnte er schon werden.

Und das würde er.

Er hatte bereits mit der Arbeit daran begonnen. Hatte sogar vor, Sebastians Bücher zu lesen, sobald er Zeit dafür finden würde.

My kam in seinem Bademantel und mit einem Handtuch um den Kopf aus dem Bad. Sie setzte sich neben ihn auf das Sofa.

»Hast du dir überlegt, was wir unternehmen könnten?«, fragte sie, gab ihm einen flüchtigen Kuss und lehnte ihren Kopf an seine Schulter.

»Ich habe Hunger.«

»Ich auch. Außerdem gibt es heute Abend ein Konzert im Vitabergsparken. Um acht.«

Im Vitabergsparken. Ein Konzert. An einem Sommerabend. Das stank schon von weitem nach einem trällernden Troubadour mit Akustikgitarre. Und fröhlichem Geschunkel. Sehr nett, wenn man mindestens fünfundsiebzig und für einen derartigen Spaß zu haben war. Billy tat einfach so, als hätte er ihren Vorschlag nicht gehört.

»Wir könnten ins Kino gehen«, sagte er.

»Es ist Sommer.«

»Das ist keine Antwort.«

»Aber es ist doch schöner, irgendwo im Freien zu sein.«

»Drinnen ist es angenehm kühl.«

Für einen Augenblick schien My »schön« und »kühl« gegeneinander abzuwägen und nickte schließlich.

»Okay, aber dann will ich den Film auswählen.«

»Du suchst immer so langweilige Filme aus.«

»Ich suche gute Filme aus.«

»Du suchst Filme aus, die gute Kritiken bekommen. Das ist nicht dasselbe.«

Sie hob den Kopf von seiner Schulter und sah ihn an. Letzte Woche war er so tapfer gewesen, als in der Cinemathek eine Sommerreihe zum Thema »Nouvelle Vague« lief. Also mussten es diesmal Raumschiffe oder Roboter sein oder was auch immer er gern sehen wollte. Sie zuckte mit den Schultern.

»Okay, du wählst den Film aus, aber nur unter der Bedingung, dass ich das Restaurant bestimmen darf.«

»Einverstanden.«

»Dann kannst du ja mit deinem neuen kleinen Spielzeug da schon mal Karten reservieren.« Sie tippte auf das iPad auf seinen Knien.

»Das ist nicht neu und auch kein Spielzeug.«

»Wenn du es sagst ...«

Sie stand auf, beugte sich vor und drückte ihm noch einen Kuss auf den Mund, ehe sie ins Schlafzimmer ging, um sich umzuziehen. Billy sah ihr mit einem Lächeln nach.

Sie tat ihm gut.

Schluss für heute.

Thomas Haraldsson schaltete seinen Computer aus. Vor kurzem hatte er die Werbekampagne eines Stromversorgers gesehen, in der behauptet wurde, dass man die drei größten Städte Schwedens allein mit der Energie beheizen könnte, die man einsparen würde, wenn alle elektronischen Geräte ausgeschaltet würden, statt auf Standby zu laufen. Beheizen – oder war es beleuchten? Vielleicht waren es auch nur drei Einfamilienhäuser gewesen? Drei Einfamilienhäuser in den drei größten Städten Schwedens? Nein, das schien ihm zu umständlich. Na ja, er erinnerte sich nicht mehr genau daran, aber er sparte auf jeden Fall Strom und Ressourcen. Und das war wichtig, denn die Ressourcen auf dieser Erde waren nicht unendlich. Bald würde er ein Kind haben. Und irgendetwas musste auch für ihn übrig bleiben. Oder für sie. Deshalb schaltete er seinen Computer ganz aus.

Er stand auf, schob den Stuhl wieder an den Schreibtisch und wandte sich zum Gehen, als sein Blick auf die Akte von Edward Hinde fiel, die noch immer auf seinem Schreibtisch lag. Er hielt inne. Die Reichsmordkommission hatte Interesse an Hinde und würde wiederkommen. Es konnte nicht schaden, sich ein bisschen einzulesen. Allerdings hatte er nicht mehr viel Zeit. Er warf einen Blick auf die Uhr. Jenny würde um Punkt acht das Essen fertig haben. Rigatoni mit Lammbolognese. Irgendein Promikoch hatte das Rezept mal im Fernsehen zubereitet, und seither war es ein wiederkehrendes Gericht auf ihrem Speiseplan. Beim ersten Mal hatte Haraldsson behauptet, es schmecke ihm, und inzwischen traute er sich nicht mehr, die Wahrheit zu sagen. Jenny hatte heute gleich nach der Arbeit eingekauft, dann aber plötzlich Appetit auf Lakritzeis bekommen, als sie schon zu Hause war. Also würde er auf dem Rückweg noch einen Abstecher zur Tankstelle machen müssen. Vielleicht sollte er auch einen Film ausleihen, den sie nach dem Essen sehen könnten? Aber danach würde er definitiv keine Zeit mehr haben, um sich über Edward Hinde zu informieren.

Immer diese Entscheidungen.

Er sah erneut auf die Uhr. Fünfundvierzig Minuten bis nach Hause. Fünfundfünfzig inklusive Zwischenstopps wegen des Eises und eines Films. Dann bliebe ihm jetzt noch eine halbe Stunde. Natürlich würde es auch nicht schaden, erste persönliche Erfahrungen mit Hinde zu sammeln, bevor die Reichsmordkommission wiederkam. Psychologische Gutachten und Berichte waren schön und gut, aber schließlich konnte auch Haraldsson mit nicht unbeträchtlichen Kenntnissen über den Umgang mit Verbrechern aufwarten. Vielleicht konnte er Hinde dazu bewegen, in einem vertraulichen, persönlichen Gespräch etwas preiszugeben, was er in einem offizielleren Verhör mit der Reichsmordkommission nicht offenbaren würde. Haraldsson kam ja nicht in seiner Eigenschaft als Polizist, sondern eher als Mitmensch. Nach einem weiteren Blick auf die Uhr beschloss er, dem Sicherheitstrakt einen kleinen, improvisierten Besuch abzustatten.

Edward Hinde war überrascht, als die Wärter ihn um kurz nach halb sieben aus seiner Zelle holten. Nach achtzehn Uhr, wenn das Abendessen gebracht wurde, kam das sonst nie vor. Normalerweise hatte er zwanzig Minuten Zeit zum Essen, dann wurde das Tablett abgeholt, anschließend war er allein, bis er am nächsten Tag um halb sieben geweckt wurde. Zwölf Stunden allein mit seinen Büchern und seinen Gedanken. Tag für Tag, an Werktagen wie am Wochenende. Ereignislose Stunden, die sich inzwischen zu einem halben Leben angesammelt hatten.

Allerdings passierte in den übrigen zwölf Stunden des Tages auch nicht sonderlich viel. Nach dem Frühstück standen ihm zwanzig Minuten im Badezimmer zu und danach eine halbe Stunde Freigang. Allein. Letzteres war freiwillig, er konnte auf Wunsch auch in der Bibliothek bleiben. Meistens entschied er sich dafür. Abends dann wieder Badezimmer und zurück in die Zelle, wo er auf das Abendessen wartete.

Jede zweite Woche hatte er eine einstündige Sitzung bei einem Psychologen. Edward hatte über die Jahre hinweg viele von ihnen kennengelernt, und alle hatten eines gemein: Sie langweilten ihn. Zu Beginn seiner Haft in Lövhaga hatte er gesagt, was sie hören wollten, doch inzwischen bemühte er sich gar nicht mehr. Es schien ohnehin niemanden wirklich zu interessieren. Vierzehn Jahre ohne sichtbaren Fortschritt, das dämpfte selbst den Enthusiasmus der Hartnäckigen. Die Letzten in der Reihe schienen nicht einmal die Akten ihrer Vorgänger gelesen zu haben. Dennoch hörten die Besuche der Psychologen nicht auf. Er sollte nicht einfach nur bestraft werden.

Sondern auch rehabilitiert.

Sollte ein besserer Mensch werden.

Routinen und Sinnlosigkeit. Daraus bestanden seine Tage. Sein Leben. Mit nur wenigen Abweichungen. Aber heute Abend passierte es. Er wurde von zwei Wärtern aus seiner Zelle geholt und in einen der Besucherräume geführt. Dort war er schon ewig nicht mehr gewesen. Wie viele Jahre? Drei? Vier? Mehr? Er konnte sich nicht erinnern. Der Raum sah immerhin noch genauso aus wie früher. Kahle Wände. Ein feinmaschiges Gitter vor den Fenstern aus bruchsicherem Glas. Zwei Stühle. Dazwischen ein Tisch, der am Boden festgeschraubt war. Auf der Tischplatte waren zwei Metallringe befestigt. Die Wärter warteten, bis er auf einem der unbequemen Stühle Platz genommen hatte, und ketteten seine Hände mit den Handschellen an den Tisch. Dann verließen sie den Raum. Edward blieb allein zurück. Wer mit ihm sprechen wollte, würde sich ohnehin bald herausstellen, also hatte es keinen Zweck, sich jetzt den Kopf darüber zu zerbrechen. Stattdessen versuchte er, darauf zu kommen, wen er das letzte Mal getroffen hatte, als er an diesem Tisch festgekettet gewesen war. Es fiel ihm nicht ein, und dann hörte er auch schon, wie die Tür aufging und jemand hereinkam. Edward widerstand dem Impuls, sich umzudrehen. Er saß unbeweglich da und starrte geradeaus. Es gab keinerlei Grund, seinem Besuch das Gefühl zu geben, dass er erhofft wäre. Der Hall der Schritte hinter ihm erstarb, die Person war stehen geblieben. Betrachtete ihn vermutlich. Edward wusste, was der Besucher sah. Einen kleinen, schmächtigen Mann, knapp einen Meter siebzig groß. Dünnes Haar, das über den Kragen fiel, zu dünn, um es so lang zu tragen, jedenfalls wenn man den Anspruch hatte, gut auszusehen. Er trug dieselbe Kleidung wie alle Insassen im Hochsicherheitstrakt. Weiche Baumwollhosen und einen einfachen, langärmligen Baumwollpullover. Wenn der Gast näher käme, würde er leicht wässrige, blaue Augen hinter einer randlosen Brille sehen. Bleiche, eingefallene Wangen mit Dreitagebart. Einen Mann, der älter aussah, als er es mit seinen fünfundfünfzig Jahren war.

Jetzt ging der Mann weiter. Edward war sich sicher, dass es ein Mann war. Die Art der Schritte und das fehlende Parfüm verrieten es ihm. Wie sich herausstellte, hatte er recht. Ein kleiner, ziemlich gewöhnlich aussehender Mann in kariertem Hemd und Chinohosen nahm auf dem Stuhl gegenüber Platz.

»Hallo. Ich heiße Thomas Haraldsson, und ich bin der neue Anstaltsleiter.«

Edward sah seinem Besucher zum ersten Mal in die Augen.

»Edward Hinde, sehr erfreut. Sie sind mein dritter.«
»Wie bitte?«
»Anstaltsleiter. Sie sind mein dritter.«
»Aha...«

Es wurde still in dem kahlen Raum. Das schwache Surren des Lüftungssystems war das einzige Geräusch. Kein Laut vom Korridor, nichts, das von draußen hereindrang. Edward fixierte den neuen Anstaltsleiter und hatte nicht vor, das Schweigen als Erster zu brechen.

Haraldsson räusperte sich. »Ich dachte, ich komme mal vorbei und sage hallo«, erklärte er und lächelte Hinde nervös an.

Hinde lächelte höflich zurück. »Das ist aber nett von Ihnen.«

Wieder schwiegen sie. Haraldsson rutschte ein wenig auf

seinem Stuhl hin und her. Edward blieb stumm und musterte den Besucher. Niemand kam jemals einfach vorbei, nur um ihm hallo zu sagen. Der Mann gegenüber wollte irgendetwas. Hinde wusste noch nicht, was, aber wenn er weiterhin einfach unbeweglich und schweigend sitzen bliebe, würde er es schon noch früh genug erfahren.

»Fühlen Sie sich hier wohl?«, fragte Haraldsson in einem Tonfall, als sei Hinde gerade von zu Hause in seine erste eigene Bude gezogen.

Edward musste sich das Lachen verkneifen. Er beobachtete den unsicheren Mann vor sich. Der erste Anstaltschef war ein harter Knochen gewesen und hatte noch zwei Jahre bis zum Ruhestand vor sich gehabt, als Hinde nach Lövhaga kam. Er machte Edward von Anfang an deutlich, dass er keinerlei »Fisimatenten« duldete. Wie sich herausstellte, meinte er damit, dass Hinde ausschließlich vorbestimmte Wege nehmen und nur dann sprechen durfte, wenn es ihm erlaubt wurde. Im Grunde genommen sollte er aufhören, überhaupt eigenständig zu denken. Damals hatte er viel Zeit in der Isolationshaft verbringen müssen. Den zweiten Leiter, der zwölf Jahre blieb, hatte er hingegen nur schemenhaft zu Gesicht bekommen und nie ein Wort mit ihm gewechselt, soweit er sich erinnerte. Aber es konnte sich durchaus lohnen, den dritten hier, Thomas Haraldsson, näher kennenzulernen. Hinde lächelte den Mann entwaffnend an.

»Ja, gut, danke. Und Sie?«

»Es ist ja erst mein dritter Tag, aber bisher ...«

Erneutes Schweigen. Aber dem nervösen Mann auf der anderen Seite des Tisches schien der inhaltsleere Smalltalk gut zu gefallen, weshalb Edward von seiner Strategie abwich, ihm das Gespräch zu überlassen. Er lächelte Haraldsson erneut an.

»Wie heißt Ihre Frau?«

»Warum?«

Edward deutete mit einem Kopfnicken auf Haraldssons linke Hand, die über seiner rechten vor ihm auf dem Tisch lag.

»Der Ring. Ich habe gesehen, dass Sie verheiratet sind. Aber vielleicht gehören Sie ja auch zu diesen modernen Männern, die mit einem anderen Mann verheiratet sind?«

»Nein, nein, um Gottes willen«, wehrte Haraldsson ab. »Ich bin nicht ...« Er verstummte. Weshalb glaubte Hinde das von ihm? Wie kam er darauf? Noch nie hatte jemand zu Haraldsson gesagt, er sehe schwul aus. Niemand.

»Jenny heißt sie. Meine Frau. Jenny Haraldsson.«

Edward lächelte in sich hinein. Es gab keine bessere Möglichkeit, etwas über die Frau eines anderen herauszufinden, als anzudeuten, derjenige sei vielleicht nicht hetero.

»Kinder?«

»Unser erstes ist unterwegs.«

»Wie schön. Junge oder Mädchen?«

»Wissen wir nicht.«

»Sie lassen sich also überraschen.«

»Ja.«

»Ich habe noch nie eine schwangere Frau getötet.«

Mit einem Mal war Haraldsson leicht verunsichert. Bisher war doch alles so gut gelaufen. Ein erster Kontakt, ein bisschen alltägliches Geplauder, um Hinde etwas aufzulockern und das Gespräch dann auf die Reichsmordkommission zu lenken. Doch Hindes letzter Kommentar erschien ihm ein wenig verwirrend und beängstigend. Sollte das heißen, dass Hinde sich nicht vorstellen konnte, eine Schwangere zu töten, weil hier für ihn eine Grenze war, oder bedeutete es, dass er lediglich noch nie die Chance dazu gehabt hatte? Haraldsson schauderte. Er wollte es lieber gar nicht wissen. Es war an der Zeit, das Gespräch in die geplante Richtung zu lenken.

»Die Reichsmordkommission möchte mit Ihnen sprechen«, sagte er in einem möglichst neutralen und beiläufigen Tonfall.

Da war es.

Das wahre Anliegen seines Gastes.

Edward sah zum ersten Mal in diesem Gespräch aufrichtig interessiert aus. Er richtete sich auf seinem Stuhl auf, und sein leicht apathischer Blick wurde mit einem Mal klar. Wach. Durchdringend.

»Sind die jetzt gerade hier?«

»Nein, aber sie werden in ein oder zwei Tagen kommen.«

»Was wollen sie?«

»Das haben sie nicht gesagt. Was glauben Sie?«

Hinde ignorierte die Frage. »Aber sie möchten mit mir reden?«

»Ja. Was können sie denn von Ihnen wollen?«

»Wer kommt denn?«

»Vanja Lithner und Billy Rosén.«

»Glauben Sie, es ist den beiden recht, dass ich das erfahre?«

Haraldsson verlor den Faden, zögerte, musste nachdenken. Tja, vielleicht eher nicht... Sein Plan war es gewesen, Hinde vom Besuchsantrag der Reichsmordkommission zu berichten, in der Hoffnung, dass der dann enthüllen würde, warum sie Interesse an ihm hatten. Wenn er es denn tatsächlich wusste. Damit Haraldsson den Kollegen ein wenig helfen konnte. Einmal Polizist, immer Polizist. Jetzt hatte er das dumme Gefühl, dass sein Plan nicht aufging, aber davon brauchte die Reichsmordkommission ja nichts zu erfahren.

»Das weiß ich nicht genau«, antwortete er Hinde mit ernster Miene. »Ich fand nur, Sie hätten das Recht, es zu erfahren. Aber Sie müssen es denen gegenüber vielleicht nicht unbedingt erwähnen, wenn sie kommen – dass Sie bereits informiert wurden, meine ich. Von mir. Sie wissen ja, wie Polizisten sein können.«

Er schloss seine Ausführung mit einem breiten Lächeln, einem Wir-gegen-die-Lächeln. Ein einvernehmliches Lächeln im Wissen um den gemeinsamen Feind.

Edward lächelte zurück. Er hatte in den gesamten letzten vierzehn Jahren nicht so viel gelächelt wie in den letzten Minuten. Aber das war es wert gewesen. Er hatte das Gefühl, dass ihm der Anstaltsleiter Thomas Haraldsson noch von großem Nutzen sein konnte. »Ja, ich weiß, wie Polizisten sein können. Nur die Ruhe, ich sage nichts.«

»Danke.«

»Aber dann sind Sie mir einen Gefallen schuldig.«

Haraldsson konnte nicht erkennen, ob der festgekettete Mann möglicherweise scherzte. Er lächelte noch immer, doch etwas in seinen Augen verriet, dass dies nun blutiger Ernst war. Haraldsson schauderte erneut, diesmal, ohne es verbergen zu können, und erhob sich schnell von seinem Platz.

»Ich muss jetzt gehen ... Schön, Sie kennengelernt zu haben.«

»Das Vergnügen ist ganz meinerseits.«

Haraldsson ging zur Tür und klopfte. Er warf einen letzten Blick auf den Mann, der jetzt aus dem Fenster starrte. Nach wenigen Sekunden wurde die Tür von außen geöffnet, und Haraldsson verließ das Besuchszimmer mit dem Wissen, dass dieses Gespräch nicht wie geplant verlaufen war, und dem Gefühl, dass Hinde mehr davon profitiert hatte als er. Das war vielleicht nicht ganz optimal. Aber auch keine Katastrophe, redete er sich ein.

Die Reichsmordkommission würde nie erfahren, dass sie miteinander gesprochen hatten.

Und jetzt würde er losfahren, Eis kaufen und einen Film ausleihen.

Hinde würde sich nicht zu einem Problem entwickeln.

Trolle weigerte sich zunächst, die Tür aufzumachen. Sebastian konnte ihn in der Wohnung hören, aber er musste mindestens fünf Minuten lang klingeln, bis sein ehemaliger Kollege endlich die Tür aufschloss und vorsichtig hinausspähte. Ein blutunterlaufenes Auge starrte Sebastian durch den schmalen Spalt an. Die Wohnung hinter dem Gesicht lag im Dunkeln, und es war schwer, irgendwelche Details auszumachen, doch ein Gestank von staubigem Mief und altem Müll drang an Trolle vorbei bis ins Treppenhaus.

»Worum geht's?«

»Hast du geschlafen?«

»Nein. Worum geht's?«

»Ich will mit dir sprechen.«

»Keine Zeit.«

Trolle wollte ihm demonstrativ die Tür vor der Nase zuschlagen, aber Sebastian konnte gerade noch seine Schuhspitze in den Spalt schieben. Das hatte er schon tausendmal in Filmen gesehen, aber nie selbst ausprobiert. Irgendwann war immer das erste Mal.

»Es wird dir gefallen, was ich zu berichten habe!« Sebastian machte eine kleine Pause und beschloss, noch einen Köder auszuwerfen. »Ich habe Geld.«

Der Türspalt wurde ein wenig breiter, und das Licht aus dem Treppenhaus erhellte Trolles Gesicht. Er war wirklich gealtert. Er musste jetzt Ende fünfzig sein, wirkte aber zehn Jahre älter. Sein Haar hatte graue Strähnen bekommen und stand wirr von seinem Kopf ab, sein Gesicht war unrasiert, und er war mager geworden, roch stechend nach einer Mischung aus Tabak und Schnaps. Schon als er noch gearbeitet hatte, war Trolle dem Alkohol nie abgeneigt gewesen, und jetzt, fünfzehn Jahre später, ohne Arbeit und Familie, schien er gar nichts anderes mehr zu sich zu nehmen. Er trug ein zerschlissenes weißes T-Shirt und Boxershorts. Seine Füße waren nackt und die Zehennägel gelb, krumm und viel zu lang. Er war nicht bloß gealtert. Er war verkommen.

»Ich mache mir nichts aus Geld.«

»Mag sein, aber es schadet doch nicht, ein wenig zu haben.«

»Wie viel hast du denn?«

Sebastian angelte seine Geldbörse aus der Innentasche der Jacke und holte alles heraus, was er dabeihatte. Einige Hundertkronenscheine und einen Zwanziger.

»Ich mache das nicht wegen dem Geld«, brummte Trolle, kaum dass er die Scheine in der Hand fühlte.

»Ich weiß.« Sebastian nickte. Falls Trolle sich in den letzten Jahren nicht komplett verändert hatte, stimmte das. Er tat nichts des Geldes wegen. Natürlich hatte er zu einem kleinen Nebenverdienst nie nein gesagt, nicht einmal während seiner Zeit als Polizist, aber diese Aufwandsentschädigungen waren nie sein wahrer Antrieb gewesen.

Es ging ihm darum, andere Leute fertigzumachen.

Sie zu zerstören.

Zu planen, zu warten, Informationen zu sammeln, das Geschehen zu steuern und am Ende das Leben der Leute in eine kleine Hölle zu verwandeln.

Das war Trolles eigentliche Motivation. Das Gefühl, andere zu Marionetten zu machen. Das Geld war nur ein willkommener Bonus.

»Darf ich reinkommen?«, fragte Sebastian und steckte sein Portemonnaie wieder ein.

»Du hast es dir also anders überlegt?« Trolle lachte so

laut auf, dass es im ganzen Treppenhaus schallte, machte aber keine Anstalten, ihn hereinzulassen. Stattdessen presste er demonstrativ sein Gesicht in den Türspalt. »Jedenfalls brauchst du den alten Trolle ...«

Sebastian nickte und beugte sich vor, um das Gespräch etwas diskreter fortzuführen. »Ja, aber ich habe keine Lust, das von hier draußen aus zu diskutieren.«

»Du bist doch sonst nicht so zimperlich. Bleib nur ruhig mal da stehen.« Trolle verzog sein Gesicht zu einem breiten, fast provokanten Wolfsgrinsen.

Müde betrachtete Sebastian den feixenden Mann. Trolle war schon immer anstrengend gewesen, aber die Jahre und der Alkohol hatten diesen Charakterzug offenbar noch verschlimmert. Für eine kurze Schrecksekunde sah Sebastian sich selbst dort im Türrahmen stehen. Wenn er weitergetrunken hätte. Wenn er sich für die Drogen entschieden hätte, mit denen er im Jahr nach dem Tsunami experimentiert hatte. Wenn er Stefan nicht gehabt hätte. Wenn er Vanja nicht gefunden hätte. Plötzlich erschien ihm das alles viel wichtiger. Er war nur vier »Wenns« davon entfernt, wie Trolle Hermansson zu enden. Ein Mann, der nichts mehr zu verlieren hatte.

»Ich möchte, dass du die Sache bis zum Ende durchziehst. Alles herausfindest, was dir möglich ist. Über die ganze Familie, auch über die Mutter. Sie heißt Anna Eriksson ...«

»Ich weiß, wer sie ist«, unterbrach Trolle ihn. Er holte tief und ein wenig rasselnd Luft und strich sich mit der Hand über die Bartstoppeln, als würde er kurz über das Angebot nachdenken. »Einverstanden. Aber dann musst du mir erzählen, warum.«

»Warum was?« Sebastian fürchtete, dass Trolle die Antwort bereits kannte, hoffte aber, dass dem nicht so war.

»Was ist an der Familie Eriksson/Lithner so besonders? Warum rennst du der Tochter hinterher? Die ist doch wohl ein bisschen zu jung, sogar für dich.«

»Du würdest es mir sowieso nicht glauben.«

»Versuch es zu erklären.«

»Nein!«

Trolle sah Sebastians entschiedenen Blick und verstand, dass dieses Nein nicht verhandelbar war. Na ja, vermutlich würde er ihm den Hintergrund irgendwann entlocken können. Trolle hatte bereits beschlossen, den Auftrag anzunehmen, wollte aber noch einen Moment auskosten, wie unangenehm Sebastian das Thema und die gesamte Situation offensichtlich waren.

»Ich habe dich gemocht, Sebastian. Wahrscheinlich als Einziger. Als du mich anriefst, habe ich zugesagt, weil ich dich mag.« Trolle fixierte Sebastian mit seinem blutunterlaufenen Hundeblick, den man auch als verletztes Flehen deuten konnte. Freunde erzählen sich alles.

»Du hast nicht ja gesagt, weil ich es war. Sondern weil du eine Chance gesehen hast, jemanden in den Dreck zu ziehen. Weil dir das einen Kick gibt. Ich kenne dich, Trolle, also versuch es gar nicht erst. Nimmst du meinen Auftrag nun an oder nicht?«

Trolle lachte, diesmal weniger aufgesetzt. »Du magst mich nicht. Du bist nur hier, weil du niemand anderen hast.«

»Genau wie du.«

Die beiden Männer verstummten und sahen einander an. Dann streckte Trolle Sebastian die Hand entgegen, und der ergriff sie nach einigem Zögern. Trolles Hand war feucht. Kalt. Sein Handschlag aber war fest und stark.

»Auch wenn ich es nicht wegen der Kohle mache – ganz umsonst arbeite ich nicht.«

»Wie viel willst du?«

»Einen Tausender. Du bekommst einen kleinen Loser-Rabatt.«

Mit diesen Worten schloss Trolle schnell die Tür. Aus der Wohnung war seine Stimme zu hören.

»Ruf mich in ein paar Tagen an!«

Dann wurde es still. Sebastian drehte sich um und ging langsam die beiden Stockwerke nach unten.

Annette Willén liebte diese Abende. Bereits gegen drei am Nachmittag bereitete sie sich mental darauf vor. Sie folgte immer derselben Routine. Erst eine lange, warme Dusche, bei der sie sich das Haar wusch und ihren Körper mit dieser nach Aprikosen duftenden Peeling-Seife abrubbelte, die sie sich bei Bodyshop gekauft hatte. Dann saß sie eine Weile im warmen Badezimmer, um zu trocknen, bis sie ihre noch leicht feuchte Haut mit der Bodylotion aus der Apotheke einrieb. Sie hatte irgendwo gelesen, dass die Feuchtigkeit besser gespeichert und man von innen heraus zart würde, wenn man die Lotion auf dem noch feuchten Körper anwendete. Anschließend zog sie ihren Bademantel an und wanderte barfuß in ihrem kombinierten Schlaf- und Wohnzimmer herum. Eigentlich hätte sie auch das einzige Schlafzimmer der Wohnung beziehen können, aber es gehörte ihrem Sohn, und sie wollte es sich nicht aneignen, auch wenn er längst ausgezogen war. Das Zimmer war ihre letzte Hoffnung darauf, dass er irgendwann zurückkäme.

Es wieder brauchte.

Sie wieder brauchte.

Würde sie seine Sachen ausräumen, erschiene sein Auszug viel zu endgültig und wirklich.

Annette öffnete ihren Schrank und begann vorsichtig, Blusen, Röcke, Kleider und Hosen herauszunehmen. Einmal hatte sie sogar zu dem Kostüm gegriffen, das sie sich für jenes Vorstellungsgespräch gekauft hatte, zu dem sie nie gegangen war. Aus ihrer übrigen Garderobe stach es heraus wie ein verunsicherter Gast in einem zu schicken Aufzug.

Sie legte die verschiedenen Kleidungsstücke auf das Bett, und was dort keinen Platz mehr fand, landete auf dem dreisitzigen Sofa oder dem Sofatisch. Dann stellte sie sich mitten ins Zimmer und ließ die unterschiedlichen Farben, Schnitte und Materialien auf sich wirken. Sie spürte, dass sie die Kontrolle hatte. Außerhalb ihrer Wohnung war sie vielleicht ein unbedeutender Mensch, aber hier und jetzt war sie diejenige, die die Entscheidungen traf. Es war ihr Leben, das da vor ihr ausgebreitet lag, ihr Leben, in das sie bald schon gierig hineinschlüpfen und es anprobieren würde.

Als sie sich bereit fühlte, ging sie in den Flur und hob den Spiegel vom Haken, trug ihn ins Schlaf- und Wohnzimmer und lehnte ihn dort gegen die Wand. Sie trat einen Schritt zurück und betrachtete sich selbst, wie sie dort stand, frisch geduscht, in ihrem rosafarbenen, etwas zu kurzen Bademantel, den sie von ihrem Sohn zum vierzigsten Geburtstag bekommen hatte. Jedes Mal traf sie aufs Neue die Einsicht, wie alt sie geworden war. Nicht nur ihr Haar wirkte dünner und hatte weniger Lebenskraft, sondern auch sie selbst. Sie hatte schon lange damit aufgehört, sich nackt vor den Spiegel zu stellen. Es war einfach zu deprimierend, sich selbst zu begegnen, wenn sich der Lauf der Zeit so aufdringlich bemerkbar machte. Für ihren Körper brauchte sie sich allerdings nicht zu schämen. Sie hatte schon immer weibliche Formen gehabt, aber nie Gewichtsprobleme. Nein, sie war noch immer schlank, mit schönen Beinen und vollen, festen Brüsten. Nur ihre Haut wurde mit jedem Jahr, das verging, fahler und faltiger. Als würde sie allmählich verschrumpeln, wie ein Pfirsich, der zu lange in der Sonne gelegen hatte, egal, wie viele Peeling- und Anti-Aging-Produkte sie verwendete. Das machte ihr Angst, besonders weil sie spürte, dass die Zeit ihre Reise mit ihr begonnen hatte. Dabei war der Weg, den sie zurücklegen musste, noch weit, und eines Tages würde sie hier stehen und sich nicht mehr wiedererkennen. Ausgerechnet jetzt, wo sie bald anfangen wollte zu leben.

Ernsthaft. Richtig.

Sie begann, die Kleider anzuprobieren, um sich von ihren Gedanken abzulenken. Alles musste mit allem getragen, jede Kombination und Möglichkeit getestet werden. Wer wollte sie heute sein?

Wenn sie jünger sein wollte, konnte sie das schlampige Jeansmädchen mit dem ausgebeulten Pulli sein oder der schwarz gekleidete, sportliche Frauentyp in dem kurzen schwarzen Kleid mit der gewagten Spitze. Annette liebte es, diese Frau zu sein. Besonders, wenn sie sich traute, dazu den dunkleren Lippenstift aufzulegen. Sie spürte, dass die schwarz gekleidete Frau geradezu perfekt wäre, wenn sie auch noch den Mut hätte, ihr Haar schwarz zu färben. Aber das wagte sie nicht, obwohl das Outfit es erfordert hätte. Deshalb zog sie es wie immer wieder aus. Ersetzte es durch eine ordentlicher wirkende, etwas geschäftsmäßige weiße Bluse und einen dunklen Rock. Auch als diese Frau fühlte Annette sich wohl. Zeitlos auf eine Weise, nach der sie sich sehnte. Doch auch dieser Typ stellte zu hohe Anforderungen. Volleres Haar. Drallere Formen. Eine bessere Haltung. Alles musste besser sein. Vielleicht später einmal. Bald. Die Kleider wurden an- und ausgezogen. Die schwarze Bluse mit den weißen Hosen, die Jeans mit dem ausgebeulten Pullover, das Kleid mit der Strickjacke. Annette liebte es, den verschiedenen Identitäten zu begegnen, die in dem dunklen Schrank gehangen und auf sie gewartet hatten. Frauen, die vor den Spiegel traten. Neue Frauen, bessere Frauen, interessantere Frauen. Nie Annette. Immer andere. Genau das war ihr Problem. Sosehr sie die Frauen, die vor ihr standen, auch mochte, traute Annette sich doch nie, sie aus dem Spiegel treten zu lassen. Die Sicherheit und das Spiel wurden allmählich von Zweifeln und Angst abgelöst. Ihre Auswahl wurde immer vorsichtiger und begrenzter.

Diese Kleidungsroutine nahm einen halben Tag in Anspruch. Sie begann immer mit einem auffälligen, schicken Outfit und endete damit, dass Annette sich selbst und ihre Kleidung kleinmachte.

Zuletzt blieben stets drei Möglichkeiten übrig.

Schwarze Bluse. Weiße Bluse. Oder der Rollkragenpullover.

Dazu Jeans.

Stefan wusste, wo er Sebastian suchen musste. Vor dem Polizeipräsidium oder vor Vanjas Wohnung – das waren die Orte, die in ihren Gesprächen ständig wiederkehrten, und so beschloss er, dort anzufangen. Da es schon nach acht Uhr abends war, schien das Polizeipräsidium die am wenigsten überzeugende Möglichkeit. Stefan rief kurz bei der Auskunft an und bekam die Adresse von einer Vanja Lithner in der Sandhamnsgatan 44. Er ließ sich vom Navi seines Wagens dorthin leiten. Langsam lief ihm die Zeit davon. Die Gruppentherapie begann um neun, und er handelte eigentlich gerade im Widerspruch zu seinen eigenen Prinzipien. Das Ganze sollte auf Freiwilligkeit beruhen. Die betreffende Person musste sich selbst zur Teilnahme entschließen, das war eine wichtige Voraussetzung. Aber Sebastian war anders. Es schien, als stünde ihm sein eigenes Wissen im Weg. Er traf mit Absicht falsche Entscheidungen. Dieser Sorte Patient begegnete Stefan nicht zum ersten Mal. Oft war er gezwungen, solche Leute gehen zu lassen. Sie loszulassen. Sebastian war jedoch in gewisser Weise auch sein Freund. Ganz gleich, wie kompliziert ihre Beziehung auch war. Und in solchen Fällen musste man ab und zu gegen seine eigenen Prinzipien verstoßen. Denn wenn selbst Stefan ihn losließ, wer sollte dann noch versuchen, Sebastian in seinem freien Fall aufzuhalten?

Stefan parkte seinen Wagen ein Stück von der Nummer 44 entfernt und machte sich zu Fuß auf den Weg. Während er ging, sah er sich in dem schattigen Wohngebiet um. Die Häuser lagen in Reihen nebeneinander, aber nicht zu dicht, sondern eindeutig der Philosophie folgend, die Natur bis vor die Haustür zu lassen. Vor dem Eingang der 44 standen einige Erwachsenen- und Kinderfahrräder in einem Ständer. Stefan blieb stehen und blickte sich um, überlegte, wo er selbst Position beziehen würde, wenn er ungestört in eine der oberen Wohnungen im Haus spähen wollte. So weit von der Straße entfernt und so geschützt wie möglich, entschied er. Hinter dem Haus lag ein Felshügel mit dichten Laubbäumen. Schattige Büsche verdeckten die Sicht darauf. Dass er richtig gewählt hatte, zeigte sich, als Sebastian Bergman plötzlich mit verängstigter Miene hinter dem dicksten Baumstamm hervorlugte.

»Was zum Teufel treibst du hier?«, fragte Sebastian. Stefan musste sich beherrschen, nicht in Gelächter auszubrechen, als er den Mann sah, der ihn mit wütendem Blick durch das Laubwerk hindurch anstarrte. Er wirkte wie ein Teenager, den man beim Rauchen erwischt hatte.

»Ich wollte dich mal in deinem neuen Zuhause sehen.«

»Hör auf. Und geh weg, bevor dich jemand entdeckt.«

Stefan schüttelte den Kopf und machte sich noch sichtbarer, indem er sich demonstrativ einige Schritte von Sebastian entfernt auf die offene Rasenfläche stellte.

»Nicht, ehe du mit mir mitkommst. Deine Gruppentherapie beginnt in einer halben Stunde.«

Sebastian blickte ihn noch wütender an. »Gibt es denn gar keine Regeln mehr, an die du dich hältst? Was ist mit dem Gebot der Freiwilligkeit?«

»Das gilt nicht für Männer mittleren Alters, die im Gestrüpp stehen und jungen Frauen nachspionieren, von denen sie behaupten, sie seien ihre Töchter. Kommst du jetzt?«

Sebastian schüttelte den Kopf. Ihm wurde innerlich ganz kalt. Seine Welt erschien ihm immer zerbrechlicher. Er fühlte sich beschämt und nackt und hätte nichts lieber getan, als zum Gegenangriff überzugehen. Aber gleichzeitig brachte der Mann vor ihm ihn irgendwie dazu, dass er sich in diesem Moment mit den Augen eines anderen wahrnahm, und wie er die Wahrheit auch drehte und wendete, so blieb die Antwort immer dieselbe.

Er war bei Trolle gewesen.

Er war hierhergegangen.

Er war verloren.

»Ich bitte dich, Stefan. Geh jetzt einfach. Lass mich in Ruhe.«

Stefan verließ die freie Fläche und betrat die schattige kleine Welt, in der Sebastian sich versteckte. Er nahm seine Hand. »Ich bin nicht hier, um dich unter Druck zu setzen. Ich bin nicht hier, damit es dir schlechtgeht. Ich bin deinetwegen hier. Wenn du wirklich willst, dass ich gehe, dann tue ich es. Aber insgeheim weißt du, dass ich recht habe. Du musst aus dieser Sache rauskommen.«

Sebastian sah seinen Therapeuten an und zog wortlos seine Hand zurück.

»Ich gehe in keine Gruppe. So viel Stolz habe ich noch.«

»Ach, hast du?« Stefan betrachtete ihn ernst. »Sieh dich doch mal um, Sebastian. Guck mal, wo wir hier sind.«

Sebastian versuchte gar nicht erst, ihm zu antworten.

Nicht einmal ihm fiel jetzt noch ein Ausweg ein.

Letzte Woche habe ich doch erzählt, ich würde versuchen, die Garage aufzuräumen, damit das Auto wieder reinpasst. Und eine Menge aussortieren. Glaubt ihr etwa, ich hätte das geschafft?« Der Mann, den die anderen Stig nannten und der Sebastian gegenübersaß, redete nun schon seit über zehn Minuten. Trotzdem schien er noch lange nicht fertig zu sein. Er lamentierte immer weiter, als würde sein gewaltiger Körper eine unendliche Fülle von Worten bergen.

»Ich hatte einfach nicht die Energie dafür. Ich kann mich zu nichts aufraffen. Allein schon, nach dem Essen abzuwaschen oder den Müll rauszubringen, sind enorme Projekte für mich. Und ihr wisst ja, wie es ist, wenn man sich so fühlt. Man kommt einfach nicht weiter ...«

Sebastian nickte. Nicht, weil er dieses Gefühl teilte, vielmehr hatte er den fetten Mann schon längst als uninteressant abgeschrieben und nach dreißig Sekunden nicht mehr zugehört. Aber wenn er nickte, kapierte dieses Ungetüm von Mensch vielleicht endlich, dass seine Botschaft angekommen war und er nicht noch mehr Beispiele anbringen musste, um der Gruppe seine völlige Initiativlosigkeit zu veranschaulichen. Dieser bunten Ansammlung gescheiterter Individuen, die Sebastian – Stefan zufolge – retten konnte. Vier Frauen und zwei Männer, wenn er Stefan und sich selbst nicht mitzählte. Stig holte tief Luft und wollte seinen Sermon gerade fortsetzen, als Stefan ihn unterbrach. Sebastian verspürte eine tiefe Dankbarkeit, auch wenn er noch immer stinkwütend auf ihn war.

»Aber man hat ja auch eine leichte Depression bei dir festgestellt. Warst du beim Arzt und hast dir Tabletten verschreiben lassen?«

Stig schüttelte den Kopf und schien sich für eine Sekunde damit zufriedenzugeben. Doch dann folgte ein weiterer dieser tiefen Atemzüge, die Sebastian bereits nach einer Viertelstunde zu hassen gelernt hatte.

Der Atemzug wurde zu einem Laut.

Der Laut formte sich zu Worten, allzu vielen Worten.

»Eigentlich will ich ja keine Tabletten nehmen. Einmal habe ich es versucht, und dann hatte ich diese Nebenwirkungen ...«

Sebastian schaltete ab und gähnte. Wie hielten sie das bloß aus? Die anderen, die schweigend um den Dicken herumsaßen. Teilten sie Sebastians Frustration, oder warteten sie nur auf ihre eigene Chance, tief Luft zu holen und anschließend viel zu lange über ihr uninteressantes Leben zu referieren? Denn sie konnten sich doch wohl nicht ernsthaft um die banalen Probleme der anderen scheren? Sebastian versuchte, Stefan mit einem zornigen bis flehenden Blick zu erreichen, aber Stefan schien voll und ganz damit beschäftigt, Stig zuzuhören. Stattdessen wurde Sebastian schließlich von einer schmalen, fast unsichtbaren Frau in weißer Bluse und Jeans gerettet, die ihm gegenübersaß. Sie beugte sich vor und unterbrach nahezu flüsternd Stigs monotones Gewäsch.

»Aber wenn dir Tabletten dabei helfen, die Dinge anzugehen, solltest du es trotzdem noch mal damit versuchen. Es ist keine Schande, sich auf diesem Weg helfen zu lassen.«

Die anderen Gruppenteilnehmer nickten und brummten zustimmend, aber Sebastian konnte nicht erkennen, ob sie es aus freudiger Erleichterung taten, weil jemand anders die Bühne erklommen hatte, oder ob sie dem Vorschlag tatsächlich zustimmten. Sebastian betrachtete die Frau. Sie war in einem unbestimmten Alter über vierzig, schlank, beinahe winzig, hatte dunkles, dünnes Haar und trug diskretes Make-up. Sie war schlicht gekleidet, bis auf eine viel zu große Halskette, an der sie nervös herumnestelte. Sie suchte die Blicke der anderen, ehe sie fortfuhr. Sebastian hatte den Eindruck, dass sie gesehen werden wollte, es gleichzeitig aber nicht wagte, mehr Raum einzunehmen. War sie zu oft unterdrückt worden? Daran gewöhnt, zum Schweigen gebracht zu werden? Er lächelte ihr aufmunternd zu und versuchte, ihren plötzlich wieder ausweichenden Blick einzufangen.

»Ich erkenne mich darin wieder«, sagte sie jetzt. »Man hat das Gefühl, dass alles liegenbleibt, dass man nichts zustande bringt.«

Sebastian lächelte sie weiterhin an. Er hatte gerade die Einsicht gewonnen, dass dieser Abend ertragreicher werden könnte als gedacht.

»Ganz genau, Annette«, bestätigte Stefan. »Wenn man nicht weiterkommt, muss man neue Wege ausprobieren. Oder nicht? Du hast das ja wirklich getan.«

Annette nickte und redete weiter. Sebastian sah, wie sie durch die Ermutigung wuchs, wie sie sich traute, weiter auszuholen, das Gesagte näher zu erklären. Die beiden kannten sich gut, sie und Stefan, dachte Sebastian, als er sie reden hörte. Er erkannte Stefans Worte in ihren Sätzen wieder. Sie war eine Langzeitige. Eine Patientin, die schon so lange in Therapie war, dass sie begonnen hatte, wie ihr Therapeut zu sprechen. Stefans aufmunternder Zuspruch und sein familiäres Lächeln bestätigten Sebastians Theorie. Die kleine, unscheinbare Annette war schon ewig bei Stefan in Behandlung. Sebastian grinste vor sich hin. Stefan lagen seine Patienten wirklich am Herzen. Einen Beweis dieser Schwäche hatte er selbst vor einigen Stunden unter einem Laubbaum vor der Sandhamnsgatan 44 erleben dürfen.

Er kümmerte sich etwas zu sehr, um professionell zu sein. Etwas zu sehr, um wirklich helfen zu können.

Die kleine, unscheinbare Annette gehörte definitiv zu jenen, die ihm am Herzen lagen. Die er mochte. Das konnte Sebastian an dem Zusammenspiel der beiden erkennen. Genau dort lag Stefans Achillesferse.

Sebastian lächelte die dunkelhaarige Frau erneut an. Es war doch zu schön. Alles fügte sich wie von selbst, und plötzlich wusste er, wie er Stefan zeigen konnte, dass man Sebastian Bergman nicht ungestraft in eine Gruppentherapie steckte.

Nachdem die Gruppe fünfundsiebzig Minuten im Kreis gesessen hatte, wurde es endlich Zeit für den obligatorischen Kaffee vor dem Ende der Veranstaltung. Stefan hatte die Sitzung mit einigen geschickt gewählten Klischees über Nähe und die wohltuende Kraft der sozialen Anteilnahme beendet und Sebastian mit einem strengen Blick klarzumachen versucht, dass der zu keinem dieser Punkte etwas beigetragen hatte. Sebastian hatte als Antwort nur ein Gähnen übrig, und als sie aufstanden, entschwand er schnell in Richtung des Kaffeetischs und der Frau. Stefan wurde sofort in eine Diskussion verwickelt, von Stig und einem jüngeren Mann, der beharrlich von »Alk« redete und seine Frau immer wieder als »die Alte« oder »die Regierung« bezeichnete. Diese Gesellschaft geschah Stefan ganz recht, dachte Sebastian und sah zu Annette hinüber, die am Kaffeetisch vorbeiging, ohne sich etwas zu nehmen, und im Aufbruch begriffen schien. Sebastian erhöhte sein Tempo und steuerte auf sie zu.

Annette ging langsam in Richtung Ausgang, unsicher, ob sie noch zum Kaffee bleiben sollte. Normalerweise tat sie es immer, sie hielt es für einen perfekten Abschluss dieser Abende. Schließlich war sie diejenige in der Gruppe, die bisher am längsten durchgehalten hatte. Sie war wichtig. Ein richtiger Gruppentherapieprofi, so hatte Stefan sie einmal genannt, und auch wenn er es scherzhaft gemeint hatte, hatte sie doch wochenlang von seinen Worten gezehrt.

Sie. Ein Profi.

Das hatte noch nie jemand zu ihr gesagt. Hier war ihr Platz, das wusste sie. Wenn sie im Stuhlkreis saß, wagte sie es, vorzutreten, sichtbar zu werden und das Wort zu ergreifen, und beim anschließenden Kaffee heimste sie gerne das Lob der anderen Teilnehmer dafür ein und gab umgekehrt auch ein positives Feedback für deren Einsatz während der Sitzung. Doch heute Abend war das anders – wegen des neuen Mannes, der ihr gegenübersaß. Seine Blicke lösten etwas bei ihr aus. Erst hatten sie sie erschreckt. Dann war sie neugierig geworden. Es war, als könne er direkt in sie hineinsehen. Anders konnte sie es nicht beschreiben. Wenn sie zu reden begann, hörte er zu und betrachtete sie. Nicht herablassend, sondern eher erotisch aufgeladen, als würde er sie mit den Augen ausziehen, aber nicht in sexueller Hinsicht, sondern vielmehr intellektuell. Sie konnte das Gefühl nicht in Worte fassen, es war ihr nie zuvor begegnet.

Er sah sie an. Und zwar wirklich.

Das war erregend und Angst einflößend zugleich, weshalb Annette beschloss, direkt im Anschluss an die Sitzung nach Hause zu gehen. Jetzt merkte sie jedoch, dass sie sich dem Ausgang nicht schnell genug genähert hatte. Ein Teil von ihr wollte eine Extrarunde drehen und erneut diesem Blick begegnen. Der andere Teil wollte einfach nur fliehen.

Im Augenwinkel sah sie den Mann auf sich zukommen. Selbstbewusst. Zielsicher. Er wollte zu ihr, das war ihr klar. Sie musste sich darauf einstellen. Wenn sie nicht wenigstens versuchte, ein paar Worte mit ihm zu wechseln, würde sie es später bereuen. Er hatte den ganzen Abend über nichts gesagt. Aber jetzt öffnete er den Mund:

»Hallo, wollen Sie denn gar keinen Kaffee trinken?«

Seine Stimme gefiel ihr.

»Ich weiß nicht ... ich ...« Annette dachte schnell nach. Sie wollte nicht abweisend klingen, aber auch nicht wankelmütig und unentschieden. Ja, jetzt wollte sie bleiben und Kaffee trinken, aber wie sollte sie das zugeben? Im Prinzip hatte er sie angesprochen, als sie bereits mit einem Bein aus der Tür war.

»Kommen Sie schon, für eine Tasse Kaffee und ein eingeschweißtes Delicato Mazarin werden Sie doch wohl noch Zeit haben?«

Er rettete sie. Begriff, dass er sie am Gehen gehindert hatte. Überredete sie zu bleiben. Nun wäre es beinahe unhöflich, nein zu sagen. Sie lächelte ihn dankbar an.

»Ja, das habe ich wohl.«

Sie gingen nebeneinander zurück zum Kaffeetisch.

»Ich heiße übrigens Sebastian Bergman«, sagte der Mann und streckte Annette die Hand hin. Sie drückte sie, unbeholfen, wie sie fand, aber seine Hand war warm und sein Lächeln noch wärmer.

»Annette Willén. Freut mich, Sie kennenzulernen.«

Er hielt ihre Hand einen Moment zu lange fest, und ihr kam es plötzlich so vor, als wäre all ihre Unbeholfenheit verschwunden. Er sah sie an, und sie fühlte sich mehr als nur gesehen. Bedeutend mehr. Er sah sie als die Person, die sie selbst sein wollte.

»Sie haben heute Abend ja nicht viel gesagt«, stellte sie

fest, während er ihr Kaffee aus der Thermoskanne einschenkte.

»Habe ich überhaupt was gesagt?«, fragte er, noch immer lächelnd.

Annette schüttelte den Kopf.

»Ich glaube nicht.«

»Ich eigne mich eher als Zuhörer.«

»Das ist aber ungewöhnlich. Ich meine, dass man hierherkommt, um zuzuhören. Die meisten wollen gerne etwas erzählen«, sagte Annette und entfernte sich einige Schritte vom Kaffeetisch. Sie wollte jetzt nicht von den anderen gestört werden. Sebastian folgte ihr und beschloss, sich interessiert zu geben.

»Wie lange sind Sie schon in der Gruppe?«

Annette überlegte, ob sie die Wahrheit sagen konnte. So lange, dass sie es gar nicht mehr genau wusste. Nein, das klänge zu traurig. Zu schwach. Er würde einen falschen Eindruck von ihr bekommen. Vorschnell ein Urteil fällen. Sie entschied sich zu lügen, jedenfalls, was die Zeitspanne anging.

»Anderthalb Jahre ungefähr. Ich habe mich scheiden lassen, wurde arbeitslos, und dann traf mein Sohn seine große Liebe und zog nach Kanada. Ich landete in einer Art... Vakuum.«

Zu viel, zu früh. Er hatte nicht gefragt, warum sie hier war, sondern nur wie lange. Annette zuckte schnell mit den Schultern, als wollte sie ihr Problem bagatellisieren.

»Ich musste darüber reden. Aber ich bin dabei, mich davon zu lösen«, fügte sie schnell hinzu. »Man muss schließlich weiterkommen im Leben. Oder?« Sie lächelte ihn an.

Sebastian sah für eine Sekunde zu Stefan hinüber, der noch immer in die Diskussion mit den beiden Männern vertieft war. Sein Blick blieb an den dreien hängen, und Annette hatte plötzlich das Gefühl, dass sie Sebastian bereits ermüdet hatte und er nach einem Anlass suchte, sich von ihr zu verabschieden, dass ihre Begegnung also bald zu Ende sein würde. Sie atmete schwerer. Spürte einen leichten Anflug der Panik, die ihrer tiefen Angst entsprang, dass sie, was auch immer sie tat, zur Einsamkeit verdammt sein würde.

Doch da wandte er sich erneut ihr zu, das charmante Lächeln wieder auf den Lippen.

»Und warum sind Sie hier?«, fuhr sie in einem Ton fort, der ihr sehr natürlich und ungezwungen vorkam.

»Stefan war der Meinung, mir würde das etwas bringen.«

»Und wie kam er darauf? Was ist mit Ihnen?«

Sebastian sah sich hastig um, ehe er antwortete. »Ich glaube, so weit sind wir noch nicht.«

»Nicht?«

»Nein, aber vielleicht kommen wir noch dahin.« Die Direktheit in seiner Antwort überraschte und erfreute sie.

»Sie meinen hier, in der Gruppe?«

»Nein, ich meinte woanders, nur Sie und ich.«

Sein Selbstbewusstsein faszinierte sie. Sie konnte sich das Lächeln nicht verkneifen. Gleichzeitig erwiderte sie mutig seinen Blick. »Wollen Sie etwa mit mir anbandeln?«

»Vielleicht ein bisschen. Stört Sie das?«

»Die meisten kommen nicht unbedingt hierher, um jemanden kennenzulernen.«

»Na wunderbar, dann habe ich weniger Konkurrenz«, antwortete er und trat einen kleinen, aber deutlichen Schritt auf sie zu. Sie konnte sein Aftershave riechen.

Er senkte seine Stimme. »Aber ich kann gerne verschwinden, wenn Sie finden, dass ich die Grenzen des Anstands überschritten habe.«

Annette ergriff die Chance. Sie berührte seine Schulter und begriff in diesem Moment, wie lange sie schon keinen anderen Menschen mehr angefasst hatte.

»Nein, das ist nicht nötig. Nur, damit Sie es wissen: Ich bin auch eine gute Zuhörerin.«

»Daran habe ich keine Zweifel. Aber ich habe keine Lust zu reden.«

Auch diesmal hielt sie seinem Blick stand. Sein Mut machte auch sie mutig.

Sebastian nickte Stefan zu, als er zusammen mit Annette den Raum verließ.

Es war ein bisschen zu leicht gewesen.

Aber es würde wohl funktionieren.

Sie nahmen ein Taxi und fingen schon nach wenigen Minuten an, sich zu küssen, aber Annettes Küsse waren zaghaft, und sie vermied jede Begegnung ihrer Zungen. Sie fühlte sich unbeholfen und unsicher. Ihr war bewusst, dass er das bemerkte. Aber sie konnte sich einfach nicht fallenlassen und darauf vertrauen, dass der Mann, der ihren Nacken streichelte, sie wirklich haben wollte. Vielleicht würde er seinen Kuss unterbrechen und sie ansehen. Nicht warm und lustvoll, sondern verächtlich und kalt. Sie wieder anlächeln, aber diesmal voller Bosheit. Annette fragte sich, was sie ihm eigentlich geben konnte, aber die Antwort war selbstverständlich: nichts. Wenn sie sich ihm nicht hingeben würde, würde sie sich selbst einreden können, dass es ihr nicht wichtig war. Dann würde es weniger weh tun, wenn er sie verließ. Das hatte schon einmal funktioniert.

Sebastian spürte, wie Annette erstarrte, als seine Hand über ihren Körper fuhr. Aber sie schob sie nicht weg. Eine Sexualneurotikerin, dachte Sebastian müde und überlegte kurz, ob er aus dem Auto springen und sich davonmachen sollte. Aber gleichzeitig hatte Annette auch etwas Verlockendes an sich. Ihre Verletzlichkeit machte ihn an. Sie brachte ihn dazu, seine eigene Dünnhäutigkeit für einen Moment zu vergessen, und befeuerte sein Ego. Eigentlich war es ihm scheißegal, ob sie sich entspannen und es genießen konnte. Er folgte ihr schließlich nicht ihretwegen. Sie war lediglich eine Zerstreuung für ihn.

Ein halbwegs guter Abschluss eines ansonsten beschissenen Tages.

Ein Teil seines Racheplans.

Er küsste sie erneut.

Ihre Wohnung lag in Liljeholmen, fünf Minuten von dem neuen Einkaufszentrum entfernt und mit Blick auf die Stadtautobahn. Erst, als sie dort ankamen, schien sie sich etwas entspannen zu können. Im Wohnzimmer war es staubig, überall lagen Klamotten herum. Annette entschuldigte sich, räumte hastig das Bett frei und eilte mit den Sachen im Arm aus dem Raum.

»Meinetwegen musst du nicht aufräumen«, rief ihr Sebastian hinterher, setzte sich auf das Bett und zog sich die Schuhe aus.

»Ich wusste ja nicht, dass ich Besuch bekommen würde«, hörte er sie von nebenan. Er sah sich im Zimmer um. Es war ein normales Wohnzimmer, allerdings mit Details, die etwas über seine Bewohnerin verrieten. Da war zum einen ein etwas größeres Einzelbett, das an der Wand unter dem Fenster stand. Dabei hatte Sebastian gesehen, dass es noch ein weiteres Zimmer gab. Warum schlief sie nicht dort? Sie hatte gesagt, sie würde allein leben. Und am Briefkasten stand nur ein Name.

Zum anderen gab es da die Stofftiersammlung in den Regalen. Tiere in allen Größen und Farben. Bären, Tiger, Delfine, Kätzchen. Stofftiere und etwas zu viele Kissen,

Überwürfe und Decken. Der gesamte Raum signalisierte eine Sehnsucht nach Geborgenheit, den Wunsch nach einem schützenden, weichen und freundlichen Kokon, in den die kalte und harte Wirklichkeit nicht vordringen konnte. Sebastian betrachtete sich selbst in dem Spiegel, der an der Wand lehnte. Sie hatte die kalte, harte Wirklichkeit gerade zu sich eingeladen. Sie wusste es nur noch nicht.

Sebastian grübelte ein wenig, welche Ereignisse in ihrem Leben wohl dieses mangelnde Selbstbewusstsein und das übertriebene Schutzbedürfnis ausgelöst haben mochten. Ein Trauma, eine schlechte Beziehung, eine falsche Lebensentscheidung? Oder gab es da Schlimmeres, Übergriffe, ein gestörtes Verhältnis zu den Eltern? Er wusste es nicht und hatte auch keine Lust, es herauszufinden. Alles, was er wollte, war Sex und ein paar Stunden Schlaf.

»Kann ich den Spiegel woanders hinstellen?«, fragte er und hob ihn hoch. Irgendetwas erschreckte ihn an der Vorstellung, sich selbst mit ihr in diesem Zimmer beim Sex zu sehen. Die Lust an erotischen Experimenten war ihm vergangen, und er sah ein, dass er es vorziehen würde, wenn sie unter die Decke kriechen und das Licht löschen würden, ehe sie weitermachten.

»Stell ihn in den Flur«, rief sie aus einem Raum, der vermutlich das Bad war. »Ich hole ihn immer nach nebenan, wenn ich Kleider anprobiere.«

Sebastian trug ihn in den Flur und fand schnell den Nagel, an dem er normalerweise hing.

»Magst du Kleider?«

Sebastian drehte sich um, als er erneut ihre Stimme hörte, die jetzt aber ganz anders klang. Sie hatte sich umgezogen, trug ein aufregendes schwarzes Spitzenkleid und hatte einen dunklen Lippenstift aufgelegt. Mit einem Mal sah sie aus wie eine völlig andere Frau. Wie eine, die auffiel.

»Ich liebe Kleider«, sagte sie.

Sebastian nickte. »Das steht dir gut. Richtig gut.« Er meinte es ernst.

»Findest du? Es ist mein Lieblingskleid.« Sie ging auf ihn zu und küsste ihn. Sebastian erwiderte den Kuss, aber jetzt war sie es, die ihn verführte. Und er ließ es zu. Sie nahm sich, was sie brauchte. Er versuchte, ihr das Kleid auszuziehen, aber sie wollte es anbehalten. Offenbar war es wichtig für sie.

In diesem Kleid Sex zu haben.

Ursula war auf den letzten Seiten des vorläufigen Berichts zur Obduktion von Katharina Granlund angelangt, den sie nun zum dritten Mal studierte, als Robert Abrahamsson an den Türrahmen des Besprechungsraums klopfte und seinen wohlfrisierten Kopf hereinstreckte. Er war derjenige Chef aus der Fahndungsgruppe, den sie am wenigsten ausstehen konnte.

»Verdammt noch mal, jetzt kümmert euch endlich mal selbst um euren Kram!«

Fragend sah Ursula von ihrer Lektüre auf.

»Jetzt rufen die Journalisten sogar schon bei mir an«, fuhr Abrahamsson fort. »Sie beschweren sich, dass ihr nicht mal ans Telefon geht.«

Ursula sah den etwas zu sonnengebräunten Mann in dem etwas zu engen Jackett irritiert an. Sie hasste es, wenn sie bei der Arbeit gestört wurde. Besonders von diesem eitlen Gecken Robert Abrahamsson. Auch, wenn er dazu befugt war. Also antwortete sie so knapp wie möglich: »Regle das bitte mit Torkel. Er kümmert sich um die Presse. Das weißt du doch.«

»Und wo steckt der?«

»Keine Ahnung. Du musst ihn wohl suchen.«

Ursula widmete sich wieder ihrem Bericht und hoffte, Robert damit deutlich genug signalisiert zu haben, dass er verschwinden sollte. Doch der ging stattdessen entschlossen auf sie zu.

»Ursula, du hast sicher wahnsinnig viel zu tun, aber wenn die Leute anfangen, *mich* wegen *eures* Falls anzurufen, kann das nur zwei Ursachen haben: Entweder ihr kommuniziert nicht ausreichend mit ihnen, oder sie haben irgendeinen neuen Anhaltspunkt gefunden, dem sie jetzt nachgehen wollen. In diesem Fall trifft wahrscheinlich beides zu.«

Ursula seufzte müde. Sie war diejenige im Team, die grundsätzlich alles ignorierte, was die Zeitungen schrieben. Denn sie wollte möglichst wenig Zusatzinformationen haben, die ihre Fähigkeit zur rationalen Analyse von Beweisen beeinträchtigen konnten. Trotzdem begriff sie, dass diese Angelegenheit nicht besonders schön war. Die Reichsmordkommission wollte so lange wie möglich vermeiden, dass die drei Frauenmorde miteinander in Zusammenhang gebracht wurden und sensationslüsterne Schlagzeilen vom Typ »Serienmörder in Stockholm« machten. Es gehörte zu Torkels strategischen Grundpfeilern, den Journalisten möglichst wenig Anlass zu Spekulationen zu geben. Wenn die Presse erst einmal auf den Plan trat und ihre Jagd eröffnete, konnte alles passieren. Besonders intern. Leicht wurde ein Fall plötzlich zum Politikum, und politische Einflussnahme konnte für eine Ermittlung verheerend sein. Denn dann hieß es »tatkräftig handeln« und »Resultate bringen«, was schlimmstenfalls bedeutete, dass man weniger an die Beweismenge dachte als daran, im Sinne der oberen Etagen zu handeln.

»Wer war es denn?«, fragte sie. »Gib mir die Nummern, dann sorge ich dafür, dass Torkel sie anruft.«

»Es ist nur einer. Bislang. Axel Weber vom *Expressen*.«

Ursula ließ den Namen sacken und lehnte sich mit einem aufgesetzten Lächeln in ihrem Stuhl zurück. »Weber, sieh an! Aber dann gibt es ja doch einen Grund, warum er gerade dich anruft, oder?«

Robert lief dunkelrot an. Er hob seinen Zeigefinger, eine Geste, die ihn aussehen ließ wie einen Oberlehrer aus einem Paukerfilm.

»Du weißt, dass das ein Missverständnis war. Und der Polizeipräsident hat meine Erklärung akzeptiert.«

»Da war er weit und breit der Einzige.« Ursula beugte sich wieder vor, mit einem Mal ernst. »Du hast Weber geheime Informationen zugespielt. Aus einem Mordfall!«

Robert sah sie trotzig an. Er dachte nicht daran, einzuknicken. »Denk doch, was du willst. Wir leben immerhin im 21. Jahrhundert, da muss man schon lernen, mit der Presse zusammenzuarbeiten. Besonders in komplizierten Fällen.«

»Besonders, wenn man als Dank für seine Bemühungen auf Seite 7 mit einem Foto gewürdigt und als Held gefeiert wird.« Ursula hielt kurz inne, ihr war bewusst, dass sie sich gerade kleinlich und schäbig verhielt, konnte sich jedoch nicht bremsen. »Das Jackett erkenne ich wieder«, fuhr sie fort, »aber damals musst du irgendwie schlanker gewesen sein. Du solltest darauf achten, was du in dich hineinstopfst. Du weißt, dass man vor der Kamera fünf Kilo dicker aussieht.«

Robert knöpfte sein Jackett auf. Sie sah, wie sich seine Augen vor Wut verdunkelten und er sich für einen Gegenangriff bereitmachte. Aber dann gelang es ihm, die größte Entrüstung zu schlucken, und er drehte sich um und ging zur Tür.

»Ich fand nur, ihr solltet es wissen«, sagte er noch.

Aber Ursula ließ nicht locker.

»Das ist nett von dir, Robert. Und wenn Weber irgendetwas Internes preisgibt, wissen wir auf jeden Fall schon mal, woher er es hat.«

»Ich weiß nichts über euren Fall.«

»Du bist hier. Du hast das Whiteboard gesehen.«

Robert verließ den Besprechungsraum. Ursula hörte, wie er wütend den Korridor entlangstampfte, bis er hinter der

Glastür verschwunden war. Sie stand auf, ging zur Tür, um sich zu vergewissern, dass er auch wirklich weg war, und spazierte dann den Flur entlang, vorbei an fast menschenleeren Büroräumen. Vielleicht steckte ja nichts dahinter, aber sie wollte Torkel doch die Möglichkeit geben zu reagieren. Sein Büro war leer. Seine Jacke hing nicht mehr am Haken, und der Computer war ausgeschaltet. Wie viel Uhr war es eigentlich? Sie sah auf ihr Handy. 23.25 Uhr. Sie müsste Torkel anrufen. Aber das widerstrebte ihr. Es war zwar idiotisch, lächerlich und albern. Aber es widerstrebte ihr wirklich.

Ihm im Büro über den Weg zu laufen, machte ihr nichts aus, und mit ihm zusammenzuarbeiten war auch kein Problem. Ihn am späten Abend anzurufen dagegen schon. Es war unlogisch, aber sie hatte ihre Gründe, auch wenn sie sich selbst dafür hasste.

Normalerweise ging es, wenn sie ihn abends anrief, nicht um den Job. Außer sie hatten einen neuen Mordfall, oder es gab einen technischen Durchbruch in einer laufenden Ermittlung. Das war hier nicht der Fall. Die Sache mit Weber konnte sie Torkel auch morgen erläutern. Wenn sie ihn abends anrief, dann nur, weil sie ihn haben wollte. In ihrem Hotelzimmer. Oder in seinem. Sie rief ihn an, wenn sie ihn brauchte.

Und deswegen zögerte sie jetzt auch. Brauchte sie ihn? In der letzten Zeit hatte sie begonnen, sich das zu fragen. Es war ihr leichter gefallen als gedacht, sich aus ihrer heimlichen Affäre zurückzuziehen, und anfangs war es sogar befreiend gewesen. Einfacher. Sie konzentrierte sich auf ihren Mann Mikael und schnitt den anderen Teil ihres Lebens einfach ab. Torkel war ein Profi, sodass ihr Verhalten keinen Einfluss auf die Zusammenarbeit mit ihm hatte. Anfangs hatte sie zwar Torkels Blicke gespürt, aber je weniger Ursula sie erwiderte, desto seltener wurden sie. Das stärkte sie in ihrem Gefühl, das Richtige zu tun.

Aber sie musste doch an ihn denken.

Mehr und mehr.

Ursula ging in den Besprechungsraum zurück, suchte ihre Sachen und den Obduktionsbericht zusammen und nahm den Aufzug zur Tiefgarage. Die Lust auf Überstunden war ihr vergangen. Sie musste diese Angelegenheit mit Weber rasch an Torkel abgeben, damit sie ihm Kopfschmerzen bereitete, nicht ihr. Das entsprach dem unverrückbaren Kommunikationsprinzip der Ermittlergruppe. Nur eine Person äußerte sich der Presse gegenüber. Immer Torkel. Die anderen Abteilungen hatten eigene Pressesprecher, aber Torkel hatte das abgelehnt. Er wollte die volle Kontrolle behalten.

Die Neonröhren in der Garage blinkten automatisch auf, als Ursula die schwere Stahltür öffnete und zu ihrem Wagen hinüberging, der ein Stück entfernt parkte. Sozusagen für sich allein. Mitten in der Nacht, mitten im Sommer.

Sie schloss auf, setzte sich, steckte den Autoschlüssel in das Zündschloss und drehte ihn um. Der Wagen sprang sofort an.

Sie wollte Torkel nicht anrufen. Nicht heute Abend. Das erinnerte sie zu sehr daran, wie es früher gewesen war. An Hotels in fremden Städten. Er würde es falsch verstehen. Glauben, dass sie wegen etwas anderem anrief. Sie stellte den Motor ab. Blieb eine Weile unbeweglich sitzen und hing ihren Gedanken nach. Aber hatte das irgendeine Bedeutung? Sollte er es doch glauben. Er konnte glauben, was er wollte. Es ging um eine berufliche Angelegenheit. Sonst nichts. Sie beschloss, einfach eine SMS zu schreiben. Holte ihr Handy aus der Tasche und tippte schnell:

»*Weber v. Expressen will uns sprechen. Hat anscheinend schon mehrm. angerufen lt. R. A. v. d. Fahndung.*« Ursula drückte auf »Senden« und legte das Handy neben sich auf den Sitz, aber es blieb stumm. Sie musste daran denken, was Mikael vor einigen Tagen zu ihr gesagt hatte.

Immer muss es nach dir gehen, alles muss nach deinen Bedingungen ablaufen, Ursula.

Das stimmte nur bedingt. Sie hatte wirklich versucht, sich zu ändern. Hatte sogar mit ihrem Liebhaber Schluss gemacht.

Eigentlich zunächst nicht wegen Mikael, sondern weil sie wütend und enttäuscht gewesen war. Später dann aber doch ihm zuliebe. Weil er es verdiente.

War es wirklich so? Sie lehnte sich im Sitz zurück und starrte ausdruckslos durch die Windschutzscheibe in die triste Garage. Nach einer Weile gingen die Neonröhren aus. Sie reagierten auf einen Bewegungsmelder. Ursula saß allein in der fast pechschwarzen Garage, in der die einzigen Lichtquellen die grünen Notausgangschilder in jeder Ecke und das Display des Handys neben ihr waren. Es verbreitete einen schwachen blassblauen Schein im Wageninneren. Nach einer Weile erlosch es ebenfalls, und es wurde vollkommen dunkel. Mikaels Worte hallten in ihr nach.

Nach deinen Bedingungen.

Alles nach deinen Bedingungen.

Aber sie hatte sich tatsächlich darum bemüht, mit ihrem Mann zu einer echten Partnerschaft zu finden. In der die Bedingungen gleichberechtigt von beiden gestellt wurden. Wochenendreisen. Abendessen. Schaumbäder. Doch in Wahrheit war alles, was an der Oberfläche nett, romantisch und entspannend schien, viel zu seicht für sie. Während ihrer letzten Reise nach Paris war ihr das besonders aufgefallen. Sie waren Hand in Hand durch die Straßen flaniert und hatten geredet. Hatten lange Spaziergänge auf romantischen Boulevards unternommen, waren in der touristisch-charmanten Sacré-Cœur umhergestreift und hatten mit einem alten Restaurantführer in den Händen nach romantischen Bistros gesucht.

All das, was man in Paris unternehmen sollte.

All das, was man als Paar erlebt haben musste.

Aber das war nicht sie.

Sie war eine Person mit Ecken und Kanten in einer watteweichen Welt. Hatte eine Form, die nicht so ganz in das passte, was man Beziehung nannte. Sie brauchte Distanz. Sie brauchte Kontrolle. Manchmal auch Nähe. Aber nur manchmal. Wenn sie es wollte. Aber dann brauchte sie sie wirklich. Richtig. Das war genau das, was Mikael gemeint hatte. Mikael. Er kannte sie so gut.

Sie wurde aus ihren Gedanken gerissen, als das Licht erneut anging und sie sah, wie Robert Abrahamsson mit seiner Aktentasche unter dem Arm die Garage betrat. Sogar die Art und Weise, wie er ging, ärgerte sie. Bewusst schnittig. Als würde er gerade auf einem Laufsteg die Sommerkollektion vorführen, anstatt kurz vor Mitternacht in einer dreckigen Tiefgarage zu seinem Auto zu gehen. Er stieg in einen schwarzen Saab und brauste davon. Ursula wartete, bis er verschwunden war, ehe sie erneut den Motor anließ, den Gang einlegte und davonfuhr.

Sie musste nach Hause kommen, bevor es zu spät war.

Torkel überlegte eine Zeit lang, wie er auf Ursulas SMS reagieren sollte. Axel Weber war ein guter Journalist, und wenn er über den Fall informiert war, konnte es nur noch eine Frage der Zeit sein, ehe er den Zusammenhang zwischen den Morden ahnte. Vielleicht war er sogar schon darauf gekommen. Torkel setzte sich an seinen Computer und prüfte, ob auf der Homepage des *Expressen* etwas über die Morde zu finden war. Doch die Hitzewelle war noch immer das Thema Nummer 1. Erst als er vier Artikel nach unten scrollte, fand er etwas über den letzten Mord.

Bisher waren sie also noch nicht weit gekommen. Aber Weber hatte versucht, ihn zu erreichen. Torkel griff nach seinem Handy. Es würde Weber wohl weniger stutzig machen, wenn er ihn während der Bürozeiten zurückrief, aber er wollte jetzt sofort herausfinden, was der Journalist wusste. Torkel hatte den Journalisten in seinem Telefonbuch gespeichert, und der meldete sich sofort.

»Ja, Weber.«

»Hallo, hier ist Torkel Höglund von der Reichsmordkommission. Sie hatten versucht, mich zu erreichen?«

»Ja, wie schön, dass Sie mich zurückrufen! Ich bin gerade aus dem Urlaub zurückgekommen ... und habe gelesen, dass drei Frauen ermordet wurden.«

Kein Smalltalk. Direkt zur Sache. Torkel schwieg. Urlaub. Das erklärte, warum Weber den Zusammenhang nicht früher erkannt hatte.

»Im Laufe eines Monats«, fuhr Weber fort, als Torkel nicht antwortete.

»Ja, ja ...«

»Obendrein im Großraum Stockholm ... Ich habe mich ein bisschen umgehört, und es scheint ja vieles darauf hinzudeuten, dass es ein und derselbe Täter ist, noch dazu, wenn die Reichsmordkommission involviert ist, also ... Ja, ich frage mich, ob Sie mir Genaueres sagen können?«

Torkel überlegte schnell. Er hatte zwei Möglichkeiten. Bekräftigen oder nicht kommentieren. Wenn möglich, vermied Torkel es, die Presse anzulügen, es sei denn, der Fall erforderte das. Das traf diesmal nicht zu. Fakt war, dass er bereits mit dem Gedanken gespielt hatte, eine Pressekonferenz einzuberufen. Eine begrenzte Menge an Informationen herauszugeben, um im Gegenzug ein paar Tipps zu bekommen und neue Ansatzpunkte zu gewinnen. Aber darauf wollte er sich vorbereiten und genau überlegen, welche Informationen er herausgeben würde. Er wollte auf keinen Fall zu viel sagen. Deshalb sagte er bloß: »Ich kann das nicht kommentieren.«

»Sie wollen nicht bestätigen, dass es sich um einen Serientäter handelt?«

»Nein.«

»Würden Sie es denn dementieren?«

»Ich will es nicht kommentieren.«

Torkel und Weber wussten beide, dass nicht dementieren und nicht kommentieren ein und dasselbe bedeuteten, und gleichzeitig würde nie jemand behaupten können, dass Torkel wichtige Informationen an die Presse weitergegeben hätte. Das musste er auch gar nicht, denn es gab zu viele andere Polizisten, die nur zu gern Informationen ausplauderten. Nicht in seinem Team, aber im Haus. So viele, dass es manchmal bei Zeugenkonfrontationen und Verhören problematisch war.

Denn viele wussten zu vieles zu früh.

»Ich werde morgen Vormittag eine Pressekonferenz geben.«

»Warum?«

»Das werden Sie erfahren, wenn Sie kommen.«

»Ich komme. Und ich werde die Informationen, die ich bereits habe, verwenden.«

»Ich weiß.«

»Danke, dass Sie mich zurückgerufen haben.«

Torkel legte auf. Pressekonferenz. Morgen. Auch gut. Mit Weber an den Waden mussten sie mit der Neuigkeit an die Öffentlichkeit gehen, um irgendeine Form von Kontrolle über den Informationsfluss zu wahren. Es war immer ein Balanceakt. Wenn sie ihr Wissen zu lange geheim hielten, konnten sich Gerüchte verbreiten. Was womöglich eine anstrengende Debatte über die allgemeine Sicherheit lostreten würde. Und darüber, warum die Polizei geschwiegen hatte, dass ein Serienmörder am Werk war. Und ja, sie brauchten Hinweise aus der Bevölkerung. Torkel hätte am liebsten weitere Spuren gehabt, bevor der Fall an die Öffentlichkeit kam. Vielleicht sogar einige Verdächtige eingekreist, damit das öffentliche Interesse den Fall voranbringen würde, anstatt ihn lediglich aufzubauschen. Aber diesmal war es keineswegs so. Sie hatten nichts. Waren keinen Schritt weitergekommen. Wenn es gut lief, würden sie durch die öffentliche Aufmerksamkeit ein paar Hinweise erhalten. Denn einer Sache war Torkel sich sicher. An dem Tag, an dem die ersten Schlagzeilen erschienen, würde eine Person unter Garantie jeden einzelnen Artikel lesen, jeden Bericht sehen, jede Diskussion verfolgen: der Serienmörder selbst. Ihr Nachahmungstäter. Sie konnten ihn locken. Seine Hybris kitzeln. Ihn dazu bringen, einen Fehler zu begehen ...

Wunschdenken.

Torkel schloss das Fenster der Suchmaschine und streckte sich. Es war ein arbeitsreicher Tag gewesen.

Zu viele Fragen, zu wenige Antworten.

Seine Gedanken wanderten weiter. Zu den Töchtern, zu dem Sommerhaus und was er damit machen würde, wenn die beiden Mädchen bald nicht mehr mit dorthin fahren wollten. Es war vor allem Elin, die schon jetzt dagegen protestierte, die letzten Wochen der Sommerferien dort zu verbringen. Aber Vilma würde wohl auch bald Sturm dagegen laufen. Sie war nun ein Teenager. Vor dieser Zeit hatte sich Torkel immer gefürchtet. Vor den Jahren, in denen sie anfingen, groß zu werden. Lieber mit ihren Freunden zusammen sein und ihr eigenes Leben führen wollten, weit entfernt von ihrem alten Vater und seinem viel zu kleinen Ferienhaus in Östergötland. Das war ganz natürlich. Darum ging es ja in der Erziehung, dass sich die Kinder zu eigenständigen Individuen entwickelten. Torkel wusste, dass ihm das gelungen war. Aber es machte die Sache trotzdem nicht leichter.

Denn es war nicht nur das. Er hatte sonst niemanden, der mit ihm in das Haus fahren wollte. Oder irgendwo anders hin. Yvonne hatte Kristoffer. Nicht dass sie eine Alternative für zwei Wochen am Boren-See gewesen wäre, aber Yvonnes neue Beziehung machte ihm noch deutlicher, dass er allein war. Vollkommen allein.

Torkel erhob sich steif von seinem Schreibtisch und drehte eine Runde durch die Wohnung. Was er sah, gefiel ihm nicht. Es war staubiger als sonst, und er beschloss, trotz der späten Stunde zu putzen. In erster Linie, um seine Gedanken zu zerstreuen, aber auch, weil er sich für die Unordnung schämte. Im Grunde war er ein sehr ordentlicher Mensch, aber die brutale Mordserie hatte all seine Zeit in Anspruch genommen. So war es immer. Man konnte es seiner Wohnung sofort ansehen, wenn die Arbeit seinen vollen

Einsatz forderte. Wenn die richtig komplizierten Fälle auf seinem Schreibtisch landeten, verkam sein Zuhause enorm schnell. Jedenfalls seit er geschieden war.

Nachdem er bei der Reichsmordkommission angefangen hatte, war es ein wenig besser geworden, und das aus einem einfachen Grund. Sein Team arbeitete dort, wo es gebraucht wurde, in ganz Schweden. Die Idee dahinter war, dass die Reichspolizei eine Spezialeinheit bekam, die bei der Aufklärung von komplizierten Mordfällen half, für die den Polizeibehörden vor Ort die Ressourcen fehlten. Dadurch war Torkel oft unterwegs und wohnte während der intensivsten Arbeitsperioden im Hotel, wodurch seine Wohnung vorm Verfall bewahrt wurde. Aber diesmal war es nicht so. Diesmal war Stockholm betroffen. Und zwar auf das schlimmste. An Ordnung in der Wohnung war daher nicht zu denken gewesen, aber jetzt hatte er die Wahl zwischen Putzen und dem Versuch, etwas Schlaf zu finden.

Er entschied, mit der Küche anzufangen. Die Reste vom Abendessen mit den Töchtern in der letzten Woche standen noch immer in und neben der Spüle, die Zeitungen und Briefe mehrerer Tage lagen über den Küchentisch verstreut. Er kam schnell in Schwung, und nach einer halben Stunde war er mit der Küche zufrieden. Also ging er ins Wohnzimmer und putzte dort. Räumte den Sofatisch und die Sessel frei und wollte gerade die Post durchgehen, als es an der Wohnungstür läutete. Er warf einen Blick auf die Uhr. Es war wirklich spät, also sah er erst durch den Spion, bevor er öffnete.

Da stand sie.

Verwundert öffnete er die Tür und stammelte ein Hallo, als er sie hereinließ. Sie trat in den Flur. Torkels erster Gedanke war, dass er glücklicherweise gerade die schlimmste Unordnung beseitigt hatte. Vermutlich wäre es ihr egal gewesen, aber dennoch. So hatte er ein besseres Gefühl. Sie sah ihn an und ging an ihm vorbei ins Wohnzimmer.

»Hast du meine SMS bekommen?«

»Ja.«

»Weber hat versucht, dich zu erreichen.«

»Ich weiß. Ich habe ihn schon zurückgerufen.«

»Gut.«

Torkel stand in der Wohnzimmertür und betrachtete sie. Warum interessierte es sie so sehr, wie er auf Webers Anfrage reagierte? Sie hatte ihn informiert, und nun lag die Sache in seinem Zuständigkeitsbereich. Aber er war froh, dass sie da war, und hätte alles dafür getan, damit sie blieb.

»Ich werde morgen früh eine Pressekonferenz einberufen. Weber hat den Zusammenhang erkannt.«

»Mit Hinde?«

»Nein, aber dass die Morde zusammenhängen.«

»Aha...«

Sie nickte und ging wieder in den Flur.

»Ich wollte nur nachfragen, ob du meine SMS bekommen hast. Ich muss jetzt nach Hause.«

Sie war so schön.

»Du hättest doch anrufen können.«

»Mein Akku war leer.«

Eine glatte Lüge. Ursula sah ihm an, dass er sie durchschaute.

»Ich muss jetzt gehen.«

Er überlegte, was er sagen musste, um sie zum Bleiben zu bewegen.

Sie überlegte, was sie sagen musste, um bleiben zu dürfen.

Also standen sie beide stumm da.

Schließlich war er derjenige, der das Schweigen brach. Er versuchte, sich möglichst gewählt auszudrücken, aber wie immer waren seine ersten Worte banaler, als er es sich vorgenommen hatte. »Wie geht es dir eigentlich, Ursula?«

Sie sah ihn an und setzte sich auf den weißen Stuhl neben der Tür, den sonst kaum jemand benutzte. Sie war direkter.

»Was wollen wir tun?«

»Wie meinst du das?«

»Mit dir und mir?«

»Ich weiß nicht.« Er verfluchte sich selbst dafür, dass er nicht sagen konnte, was er fühlte. Seine nächste Antwort musste ehrlicher ausfallen, entschied er. Ganz ehrlich. Sie sah ihn an, aber er konnte ihren Blick nicht deuten.

»Vielleicht sollte ich die Abteilung wechseln?«, meinte sie. Dieser unerwartete Vorschlag ließ all seinen Willen zu Ehrlichkeit blitzartig verschwinden. Ihm folgte eine schwelende Unruhe.

»Warte mal, wovon redest du? Warum?«

Das lief nicht so, wie er es sich erhofft hatte. Immerhin gelang es ihm, seinen Körper unter Kontrolle zu bekommen, und er griff nach ihrer Hand. Er konnte vielleicht nicht sagen, was er sich wünschte, aber seine Hände konnten es ihr zeigen.

»Ich war vor ein paar Wochen in Paris.«

»Ich weiß, mit Micke.«

»Es war so merkwürdig. Wir haben alles getan, was man an einem romantischen Wochenende so tun sollte. Aber je mehr wir uns bemühten, desto mehr sehnte ich mich nach Hause.«

»Aber so bist du ja auch nicht du.«

»Wie bin ich denn?«

Ihre Verwirrung schien ehrlich. Torkel lächelte sie an und streichelte ihre Hand, die in seiner Hand allmählich warm wurde.

»Du bist ... komplizierter. Nie ganz zufrieden, nie ganz entspannt. Du bist Ursula.«

»Das heißt, es läuft immer alles nach meinen Bedingungen?«

Jetzt konnte er ruhig ehrlich sein.

»Ja. So war es schon immer.«

»Aber du hast kein Problem damit?«

»Nein. Ich glaube nicht, dass ich dich ändern kann. Ich glaube nicht einmal, dass ich das will.«

Sie sah ihn an und stand auf.

Aber nicht, um zu gehen, sondern um zu bleiben.

Als sie gegen drei nach Hause kam, schlich sie sich in Bellas Zimmer. Bella schlief manchmal noch dort, wenn sie aus Uppsala zu Besuch kam und einen Ort zum Übernachten brauchte. Ursula hoffte fast darauf, dass die Tochter sie mit einem spontanen, unangemeldeten Besuch überrascht hätte, doch das Zimmer war leer. Bella war schon seit mehreren Wochen nicht mehr hier gewesen. Das letzte Mal hatten ihr Freund Andreas und sie Anfang Juni ein paar Tage dort geschlafen, ehe sie nach Norwegen weitergereist waren, um dort über die Ferien in einem Restaurant zu jobben und Geld zusammenzusparen, bevor das nächste Semester begann. Ursula schob einen Kleiderstapel von Bella zur Seite, setzte sich auf den Schreibtischstuhl und betrachtete das leere, ordentlich gemachte Bett. Auf dem Nachttisch lag immer noch Bellas Lieblingsnachthemd, ein schwarzes Green-Day-T-Shirt, das sie sich erbettelt hatte, als sie mit fünfzehn auf einem Konzert gewesen war. Ursula hatte sie dorthin gefahren. Im Auto hatten sie eine große Diskussion über den Shirtkauf geführt, bei der Ursula behauptet hatte, das T-Shirt sei viel zu teuer, und Bella fast genauso energisch darauf bestanden hatte, dass es notwendig, um nicht zu sagen lebenswichtig für sie sei.

Ihre Tochter war so gut – im Studium, beim Volleyball, ja, überall. Sie erinnerte Ursula an sich selbst. Bestleistungen in der Schule, immer ein Buch in der Hand, als wäre Wissen das Einzige, was man brauchte, um das Leben zu verstehen. Ursula hatte das Gefühl, dass sie dringend versuchen sollte, ihrer Tochter wieder näherzukommen. Sie waren sich so ähnlich, dieselben Stärken, dieselben Schwächen. Sie hätte ihrer Tochter einiges beibringen können. Beispielsweise, dass man mit Wissen allein nicht immer weiterkam. Dass es Dinge gab, die man sich nicht anlesen konnte, nicht in einer Diskussion erschließen oder logisch herleiten. Die Nähe zu anderen Menschen zum Beispiel. Sie war das Schwerste. Ohne sie wählte man die Distanz. Den Ort ein wenig außerhalb des Lebenszentrums, den Ursula so gut kannte. Aber vielleicht war es schon zu spät, um Bellas Nähe zu suchen. Die Tochter forderte mittlerweile denselben Abstand, den auch Ursula brauchte. Ursula hob das akkurat zusammengelegte T-Shirt hoch und schnupperte daran. Frisch gewaschen, und dennoch meinte Ursula, Bellas Geruch erahnen zu können. Sie dachte an die Worte, die sie eigentlich immer sagen müsste, sobald sich die Gelegenheit dazu bot, und die sie nie aussprach.

»Ich liebe dich, das musst du wissen, ich bin nur nicht gut darin, es zu zeigen. Aber ich liebe dich.« Sie roch ein letztes Mal an dem T-Shirt, ehe sie es wieder auf den Nachttisch legte und dann ins Bad ging.

Sie wusch sich noch einmal. Obwohl sie bereits bei Torkel geduscht hatte, erschien es ihr natürlich, und anschließend putzte sie sich die Zähne. Dann schlüpfte sie vorsichtig zu Mikael ins Bett. Legte sich auf die Seite und betrachtete sein wuscheliges Haar und seinen Hinterkopf. Er lag von ihr abgewandt und schien tief zu schlafen. Sie entspannte sich und fühlte sich zwar nicht wie ein gemeinsames Ganzes, aber sie spürte eine Zufriedenheit. Ihr war bewusst, dass sie immer nur Bruchstücke von den Menschen um sie herum mitnahm.

Immer nur Stückchen, nie das Ganze.

Und sie gab auch nur Stückchen zurück. Zu etwas anderem war sie nicht fähig.

Wie bei Bellas T-Shirt. Sie liebte ihre Tochter, erzählte es aber nur deren T-Shirt.

Sabine kam im Traum zu ihm. Er hielt sie an der Hand.
Wie immer.

Das schäumende Wasser. Die Kraft. Das Geräusch. Er ließ los. Verlor sie. Sie wurde von den Wellen fortgerissen.

Wie immer.

Er verlor sie.

Für immer.

Sebastian wachte mit einem Ruck auf, wie immer unsicher, wo er sich gerade befand. Dann fiel sein Blick auf Annette. Sie trug noch immer ihr schwarzes Kleid. Ihr dunkler Lippenstift war verschmiert und hatte Spuren auf dem Kissen hinterlassen. Sie war schön. Das hatte er gestern gar nicht so richtig bemerkt. Wie eine Blume, die sich nur nachts öffnete, wenn niemand es sah. Wenn sie doch wenigstens die Hälfte davon mit nach draußen nehmen könnte, wenn sie durch ihre Haustür ging und die Welt betrat, schoss es Sebastian durch den Kopf, doch er verdrängte den Gedanken sofort wieder. Es war nicht seine Aufgabe, sie zu verstehen oder ihr zu helfen. Er hatte schon genug mit sich zu tun.

Vorsichtig stieg er aus dem Bett. Sein Rücken war ganz steif, das Bett war sowohl zu schmal als auch zu weich. Außerdem war er nach dem Traum immer verspannt, und seine rechte Hand schmerzte. Neben seiner Kleidung auf dem Boden lag ein rosafarbener Teddy mit einer Rosette und einem Text auf dem Bauch, »Für die beste Mama der Welt«. Er überlegte, ob sie ihn sich selbst gekauft hatte. Er konnte sich die schlafende Frau im Bett nur schwer als Beste in irgendeiner Kategorie vorstellen. Er hob den Teddy auf und setzte ihn als eine Art Gruß neben sie aufs Bett. Dann sah er sie ein letztes Mal an, ehe er sich so geräuschlos wie möglich anzog und ging.

Es war heiß. Richtig heiß. Die Hitze umschloss ihn sofort, als er aus der Tür trat, obwohl es erst kurz vor fünf war. Er hatte durch ein offenes Fenster einen Nachrichtensender gehört, in dem von einer »tropischen Hitze« über Stockholm die Rede war. Was die Hitze tun musste, um plötzlich tropisch genannt zu werden, wusste er nicht. Persönlich fand er einfach nur, dass es verflucht noch mal zu warm war. Die ganze Zeit. Tag und Nacht. Er hatte sich kaum hundert Meter von Annettes Haus entfernt, da lief ihm schon der Schweiß herunter. Er wusste nicht genau, wo er war und wie er ins Zentrum von Liljeholmen gelangte, sondern streifte nur ziellos umher, bis er die Gegend wiedererkannte.

Neben der U-Bahn lag ein Kiosk. Er steuerte darauf zu, schob die Tür auf, ging direkt zum Kaffeeautomaten und holte sich einen großen Pappbecher Cappuccino.

»Für nur sechs Kronen mehr bekommen Sie auch ein Teilchen dazu«, sagte der junge Mann hinter der Theke, als Sebastian vor ihm stand.

»Ich will kein Teilchen.«

Der Jüngling an der Kasse sah Sebastian forschend an, dann lächelte er vielsagend und verständnisvoll.

»Schwere Nacht gehabt?«

»Das geht dich einen Scheißdreck an.«

Sebastian nahm seinen Kaffee und ging. Als er den Laden verlassen hatte, bog er nach links ab. Es war ein gutes Stück Fußweg. Über die Liljeholmbro, dann die Hornsgatan entlang bis Slussen, über die Skeppsbro und die Strömbro, die

Stallgatan hinunter und schließlich auf dem Strandvägen bis nach Hause. Er würde vollkommen durchgeschwitzt dort ankommen, aber er hatte keine Lust, schon wieder die U-Bahn zu nehmen. Wenn er die Nase voll hatte, konnte er immer noch ein Taxi anhalten.

Auf der Hornsgatan ging sein Schnürsenkel auf. Sebastian stellte seinen Kaffeebecher auf einem Stromkasten ab, bückte sich und band ihn wieder zu. Als er sich anschließend wieder aufrichtete und seinen Kaffee wieder nahm, sah er sein eigenes Spiegelbild im leicht rußigen Schaufenster einer Hemdboutique. Die Frage nach einer schweren Nacht war durchaus berechtigt gewesen, wie er jetzt sehen konnte. An diesem Morgen sah er älter aus als seine knapp fünfzig Jahre. Verbrauchter. Das etwas zu lange Haar klebte an seiner Stirn. Er war unrasiert, müde, hohläugig. Um fünf Uhr morgens allein mit einem Pappbecher lauwarmem Kaffee. Auf dem Weg nach Haus von einer weiteren Nacht mit einer fremden Frau. Unterwegs wohin? Tja, wohin wollte er eigentlich? Nach Hause. Aber was erwartete ihn da? Neben der Küche und dem Bad war das Gästezimmer der einzige Raum in seiner herrschaftlichen Wohnung in der Grev Magnigatan, den er zurzeit bewohnte. Vier der Zimmer waren ungenutzt. Unbewohnt und still in einem ständigen Halbdunkel hinter heruntergelassenen Jalousien. Wohin war er also unterwegs? Wohin war er seit dem zweiten Weihnachtstag 2004 gegangen? Die einfache Antwort lautete: nirgendwohin. Er hatte sich eingeredet, dass er damit zufrieden war. Dass es genauso war, wie er es haben wollte, dass es seine bewusste Wahl war, das Leben passiv an sich vorbeiziehen zu sehen, als wäre es eines der Zimmer in seiner Wohnung, im ständigen Halbdunkel.

Er wusste, warum. Er hatte Angst davor, dass er gezwungen wäre, Sabine aufzugeben, um wieder zurückzukehren.

Und Lily. Dass er seine Tochter und seine Frau vergessen müsste, damit er sein Leben weiterleben könnte. Das wollte er nicht. Er wusste, dass es vielen Menschen, ja sogar den meisten, gelang, nach dem Verlust naher Angehöriger wieder ins Leben zurückzufinden. Weitermachen zu können. Das Andenken an den Toten versöhnte sich irgendwann mit der Gegenwart. Das Leben ging weiter, auch wenn eine einzelne Scherbe fehlte – es war nicht völlig zerbrochen wie bei ihm. Er wusste das. Aber er hatte bisher ganz einfach nicht den Willen gehabt, es zu reparieren. Er hatte es nicht einmal versucht.

Vanja hatte jedoch wieder einen Schimmer von Sinn in seinen Alltag gebracht, und nun hatte er es gewagt, die ersten Schritte in Richtung einer Veränderung zu unternehmen. Wenn Trolle seinen Auftrag erfolgreich ausführte, würde es Sebastian gelingen, einen Keil zwischen Valdemar und seine Tochter zu treiben. Die Frage war nur, wie es danach weitergehen sollte. Wenn es ihm gelang, Vanjas Welt in ihren Grundfesten zu erschüttern und sie in eine Krise zu stürzen, müsste er dann nicht für sie da sein, um sie wieder aufzufangen? Am besten wäre es, wenn er schon vor der Katastrophe zu einem Teil ihres Alltags würde. Ein verhasster Teil möglicherweise, aber dennoch einer, der ihr nahe genug war, um ganz selbstverständlich da sein zu können, wenn sie es brauchte.

Das konnte ihm gleich in zweifacher Hinsicht nützen. Wenn er ein Teil ihres Alltags würde.

Ihr Alltag war die Reichsmordkommission. Sebastians alter Arbeitsplatz. Der Ort, an dem er früher einmal ein Gefühl von Zugehörigkeit erlebt hatte. Etwas beigetragen hatte. Gearbeitet hatte. Ein Leben gehabt.

Man musste ein eigenes Leben haben, bevor man Teil eines anderen werden konnte.

Um kurz nach fünf am Morgen, verschwitzt, müde und leer, wie er war, ergaben plötzlich alle Teile ein sinnvolles Ganzes, und er fasste einen Entschluss: Er wollte Vanja nahe sein, und er wollte sich ein eigenes Leben zulegen.

Alles auf einmal.

Noch ein letzter Blick in das dunkle Schaufenster, und dann würde er alles ändern.

Torkel fuhr auf seinen Parkplatz in der Garage unter dem Polizeipräsidium, stellte den Motor ab und stieg aus. Die Klimaanlage seines Audis hatte für behagliche siebzehn Grad im Wageninneren gesorgt, und obwohl er wenig geschlafen hatte, fühlte er sich ausgeruht und frisch, als er die letzten Schritte zum Aufzug ging. Er versuchte, nicht zu viel über den gestrigen Tag nachzudenken. Sich nicht zu viele Hoffnungen zu machen. Als sie danach in seinem Bett gelegen hatten, war ihm aufgefallen, wie sehr er sie vermisst hatte. Für einen kurzen Moment hatte er überlegt, sich ganz dicht zu ihr zu legen und sie einfach nur zu umarmen, aber er hatte sich nicht getraut. Er wusste, dass sie das nicht wollte. Dennoch war sie ihm gestern näher gewesen als je zuvor. Sie war bei ihm zu Hause gewesen. Zu ihm zurückgekehrt. Hatte sich für ihn entschieden. Nicht voll und ganz, aber immerhin.

Ursula konnte sich wahrscheinlich gar nicht voll und ganz für jemanden entscheiden. Und er war erwachsen genug, um damit leben zu können.

Als er am Morgen aufwachte, war sie verschwunden. Er hatte nicht gehört, wie sie das Bett verlassen hatte und gegangen war. Sie hatte ihn nicht geweckt, um sich zu verabschieden. Aber was hatte er auch erwartet? Ursula war immer noch Ursula.

Torkel betrat die Rezeption, nickte dem uniformierten Polizisten hinter dem Empfang zu, der ihm die Zeitungen reichte, und kramte seine Schlüsselkarte für die erste Tür heraus. Doch noch bevor er dazu kam, sie zu benutzen, hörte er eine Stimme:

»Guten Morgen!«

Ein Obdachloser, war Torkels erster Gedanke, aber als er sich umdrehte, erkannte er den Besucher sofort. Sebastian erhob sich von einem der beiden Sofas in der anderen Ecke der Rezeption, wo er gesessen und vor sich hin gedöst hatte, und ging über den Steinboden auf Torkel zu.

»Sebastian. Was machst du hier?«

Torkel ging ihm entgegen, unterdrückte einen Impuls, seinen Besucher zu umarmen, und streckte ihm die Hand zum Gruß entgegen. Sebastian drückte sie kurz.

»Dich treffen. Ich habe keinen Termin vereinbart, aber vielleicht hast du ja trotzdem Zeit?«

Typisch Sebastian, dachte Torkel. Einfach so aufzutauchen. Wenn es ihm passte, musste es auch den anderen passen.

Nachdem sie im April gemeinsam den Fall in Västerås gelöst hatten, war Sebastian einfach wieder verschwunden. Hatte keinerlei Interesse gezeigt, ihre Freundschaft wiederaufzunehmen, die nun schon seit mehreren Jahren brachlag. Torkel hatte ihm wahrhaftig viele Gelegenheiten dazu gegeben, aber Sebastian war geschickt jedem Versuch ausgewichen, ihren Kontakt wieder zu vertiefen.

Für einen kurzen Moment überlegte Torkel, ob er ihn nicht einfach abblitzen lassen sollte. Ihm erklären, dass es gerade tatsächlich nicht passte. Er keine Zeit hatte. Das wäre natürlich das Beste gewesen. Das Richtige. Seine Erfahrung sagte ihm, dass Sebastians plötzliches Auftauchen auf keinen Fall Gutes verhieß. Trotzdem ertappte Torkel sich selbst dabei, wie er ihm zunickte zum Zeichen, ihm zu folgen, die Schlüsselkarte durch das Lesegerät zog und ihn in die Reichsmordkommission einließ.

»Du siehst müde aus«, stellte Torkel fest, als sie im Aufzug standen, der sie in den vierten Stock bringen sollte.

»Das liegt daran, dass ich müde bin.«

»Wartest du schon lange?«

»Ein paar Stunden.«

Torkel warf einen Blick auf seine Uhr. Zehn vor sieben.

»Dann bist du aber früh aufgestanden.«

»Eigentlich bin ich gar nicht erst schlafen gegangen.«

»Muss ich wissen, wo du gewesen bist?«

»Nein, das würde ich selbst am liebsten gar nicht wissen.«

Sie verstummten. Die anonyme Frauenstimme verkündete, dass sie an ihrem Ziel angelangt waren, und die Fahrstuhltüren glitten auf. Sebastian stieg als Erster aus. Sie gingen nebeneinander den Flur entlang.

»Womit beschäftigst du dich gerade so?«, fragte Torkel in einem neutralen Tonfall, während sie zu seinem Büro gingen. Sebastian konnte nicht umhin, ein wenig beeindruckt zu sein. Trotz allem wurde er korrekt behandelt.

»Du weißt schon, ich mache das Übliche.«

»Also nichts.«

Sebastian antwortete nicht.

Torkel blieb vor einer Tür stehen, öffnete sie und bat Sebastian in sein Büro. Er ließ die Tür offen stehen, zog sich die Jacke aus und hängte sie auf einem Bügel an einen Haken an der Wand. Sebastian setzte sich auf einen Zweisitzer.

»Willst du Kaffee?«, fragte Torkel, während er selbst hinter dem Schreibtisch Platz nahm und die Maus anstieß, um den Computer aus dem Energiesparmodus zu wecken.

»Nein, ich will einen Job. Oder, besser gesagt, ich brauche einen Job. Deshalb bin ich hier.«

Torkel wusste nicht, was er eigentlich erwartet hatte. Irgendwo in seinem tiefsten Inneren war ihm klar, dass Sebastians plötzliches Auftauchen an diesem frühen Morgen nur eines bedeuten konnte: dass er etwas haben wollte. Zu seinem eigenen Vorteil. Aber das? Hatte er wirklich richtig gehört?

»Du willst einen Job. Hier?«

»Ja.«

»Nein!«

»Warum nicht?«

»Ich kann nicht einfach so Leute einstellen.«

»Kannst du schon, wenn du sagst, dass du sie brauchst.«

»Das ist es ja gerade ...«

Zum ersten Mal fiel es Torkel schwer, Sebastian in die Augen zu sehen. Das war sein schwacher Punkt. Vielleicht brauchten sie Sebastian momentan wirklich? Also warum hatte Torkel dann nicht den Hörer in die Hand genommen und ihn angerufen? Lag es an seinem persönlichen Widerwillen dagegen, Sebastian erneut ins Team aufzunehmen?

Er fühlte sich von seinem ehemaligen Freund im Stich gelassen – gründete sich darauf etwa sein professionelles Ermessen? Ja, er hatte sich eingeredet, dass Sebastians Anwesenheit selbst mit einem dritten Opfer mehr Schaden bringen würde als Nutzen.

Sebastian deutete Torkels Schweigen so, als würde der seinen Vorschlag tatsächlich in Erwägung ziehen. Er beugte sich vor. »Komm schon, Torkel. Du weißt, was ich kann, du weißt, was ich beitragen kann. Hatten wir diese Diskussion nicht schon in Västerås?«

»Nein, hatten wir nicht. Nach meiner Erinnerung bist du in Västerås zu uns gestoßen, hast mich und mein Team wie den letzten Dreck behandelt und dich anschließend wieder aus dem Staub gemacht.«

Sebastian nickte, genauso war es wohl tatsächlich abgelaufen. »Aber es hat funktioniert.«

»Ja, für dich vielleicht.«

In diesem Moment klopfte es an den Türrahmen, und Vanja kam ins Zimmer. Sie warf einen kurzen Blick auf den Gast auf dem Sofa, und man konnte ihr zweifelsfrei ansehen, was sie von diesem Besucher hielt.

»Was zum Teufel machst du hier?«

Sebastian sprang sofort auf. Warum, wusste er nicht. Es erschien ihm einfach nur angemessen, wenn Vanja den Raum betrat. Als wäre er ein Freier in einem Jane-Austen-Roman. Es spielte auch keine Rolle, dass er sie erst vor vierundzwanzig Stunden zum letzten Mal gesehen hatte, es kam ihm ohnehin viel zu lange vor.

»Hallo, Vanja!«

Vanja würdigte ihn keines Blickes. Stattdessen sah sie Torkel herausfordernd an.

»Er ist nur kurz zu Besuch. War gerade zufällig in der Nähe ...«, erklärte der.

»Wie geht es dir?«, versuchte Sebastian eine erneute Kontaktaufnahme.

Vanja ignorierte ihn einfach weiter und sagte zu Torkel: »Alle sind da. Wir warten nur auf dich.«

»Gut. Ich komme, so schnell ich kann. Wir werden heute Vormittag eine Pressekonferenz abhalten.«

»Wir geben eine Pressekonferenz?«

»Ja. Wir reden gleich darüber. In zwei Minuten.«

Vanja nickte und ging, ohne Sebastian eines Blickes zu würdigen. Torkel bemerkte, wie Sebastian ihr nachsah, als sie den Raum verließ. Sie war ungewöhnlich hart zu ihm gewesen. Eigentlich sogar geradezu unhöflich. Vielleicht sollte er sie darauf hinweisen. Gleichzeitig aber bestärkte ihr Verhalten ihn in seinem Beschluss, Sebastian nicht wieder in die Gruppe aufzunehmen. Torkel stand auf, und Sebastian wandte sich wieder ihm zu.

»Pressekonferenz ... Woran arbeitet ihr denn gerade?«

Torkel wusste, dass man Sebastian besser nicht den kleinen Finger reichte. Er ging um seinen Schreibtisch herum und auf Sebastian zu und legte ihm die Hand auf den Oberarm.

»Ich glaube auch, dass dir ein Job richtig guttäte.«

»Das sage ich ja!«

»Und ich wünschte wirklich, ich könnte dir helfen.«

»Das kannst du doch auch.«

»Nein, das kann ich nicht.«

Schweigen. Torkel glaubte zu erkennen, wie etwas in Sebastians Augen erlosch.

»Komm schon, zwing mich nicht dazu, dich anzuflehen ...«

»Ich muss gehen. Melde dich, wenn du dich einfach mal so mit mir treffen willst. Außerhalb der Arbeitszeit.«

Torkel drückte kurz Sebastians Arm, bevor er sich umdrehte und das Büro verließ.

Sebastian blieb zurück. Das Ergebnis seines Besuchs war zwar zu erwarten gewesen, aber er war dennoch enttäuscht. Fühlte sich leer. Er blieb noch eine Weile stehen, dann machte er sich auf den Heimweg.

Ein eigenes Leben haben, bevor man Teil eines anderen werden konnte – wie zum Teufel sollte das funktionieren, wenn ihm niemand eine Chance gab?

Er müsste dringend mal die Scheiben putzen, dachte Sebastian, als er durch die schmutzig grauen Fenster sah, die zum Karlavägen hinausgingen. Draußen blockierte ein gemieteter Lastwagen von Statoil zwei Parkplätze. Zwei Typen um die dreißig versuchten, ein viel zu großes Klavier rauszuhieven. Sebastian beobachtete neugierig das Unterfangen, das er bereits nach wenigen Sekunden als unmöglich einstufte. Das Klavier war zu schwer, die Jungs waren zu schmächtig. Eine einfache Rechenaufgabe.

Stefan war gerade zum 7-Eleven gelaufen, um Milch für den Kaffee zu holen, den er stets jedem anbot, und hatte Sebastian allein in seiner Praxis zurückgelassen. Sebastian schob die linke Gardine zur Seite, um einen freien Blick zu haben, setzte sich dann wieder in den großen Sessel und beobachtete wieder die beiden Typen bei ihrem Versuch, das Klavier hinauszutragen. Dann lehnte er sich zurück und schloss die Augen.

Er fühlte sich beinahe erwartungsvoll. Vermutlich vor allem dessentwegen, was bald geschehen würde.

Die Rückkehr.

Der Augenblick, in dem Sebastian wieder die Kontrolle übernehmen und brutal zurückschlagen würde. Er öffnete die Augen wieder und verfolgte erneut für einen kurzen Moment das Klavierabenteuer. Es war ein wenig ins Stocken geraten, da die beiden Typen stehen geblieben waren und anscheinend gerade diskutierten, ob und wie sie weiter vorgehen sollten. Sebastian verlor das Interesse und griff nach der aktuellen Ausgabe der *Dagens Nyheter*, die vor ihm auf dem Tisch lag.

Im Ausland war irgendetwas passiert.

Im Inland etwas anderes.

Eigentlich interessierte es ihn wenig, er suchte nur eine Beschäftigung.

Sein Blick fiel auf die Schnittblumen auf dem Tisch. Das Arrangement war so typisch Stefan. Eine aktuelle *Dagens Nyheter* und frische Schnittblumen. Frischer Kaffee mit Milch. Stefan lebte im Hier und Jetzt. Als wäre jeder Tag von Bedeutung.

Wenige Minuten später hörte Sebastian, wie die Haustür geöffnet wurde, und in der nächsten Sekunde tauchte Stefan mit einer Packung fettarmer Milch in der Hand auf. Sebastian legte die fast ungelesene Zeitung vor sich hin und begrüßte ihn mit einem Nicken.

»Du willst doch Kaffee, oder?«, fragte Stefan, während er auf die Maschine zustapfte.

»Nachdem du extra losgegangen bist, um Milch zu holen, trau ich mich jetzt nicht, nein zu sagen.«

»Du traust dich doch immer, nein zu sagen«, sagte Stefan lächelnd.

Sebastian lächelte auch. »Dann sage ich nein.«

Stefan nickte und schenkte sich selbst eine Tasse ein. Öffnete die neugekaufte Milchpackung und goss einen Schluck dazu.

»Es ist noch nicht lange her, dass du zuletzt hier warst«, sagte er, während er den etwas zu vollen Kaffeebecher zu seinem Sessel balancierte.

»Ich weiß.«

»Du siehst glücklich aus. Ist irgendwas passiert?«

»Nein, was sollte denn passiert sein?« Sebastian lachte so entwaffnend wie möglich. Er wollte sich den Triumph möglichst lange aufsparen.

»Ich weiß nicht, ist nur so ein Gefühl.« Er stellte den Becher auf dem Tisch mit den Schnittblumen ab und setzte sich. Dann wurde es für einige Sekunden still. Sebastian spürte, dass es an der Zeit war, mit dem Erzählen anzufangen. »Heute habe ich Vanja getroffen.«

Stefan wirkte eher müde als überrascht. »Ich dachte, wir hätten uns darauf geeinigt, dass du sie nicht mehr kontaktierst. Und was hat sie gesagt?«

»›Was zum Teufel macht der hier.‹«

Stefan schüttelte den Kopf. »Du hast es versprochen.«

»Es war nicht so, wie du denkst. Ich habe mich um einen Job beworben.«

»Und wo?«

»Bei der Reichsmordkommission.«

»Was für ein Zufall ...«

»Jetzt komm schon. Du hast doch gesagt, dass ich mir etwas suchen soll, und jetzt will ich wieder arbeiten, ich muss Struktur in mein Leben bringen. Da hast du ganz recht. Aber es muss eine interessante Arbeit sein. Etwas, was mich herausfordert.«

»Aha. Also im Gegensatz zu dem Abend, den du gestern durchleiden musstest?«

Sebastian antwortete nicht, sondern sah zum wiederholten Mal aus dem Fenster. Die Typen hatten sich hingesetzt und rauchten. Das Klavier stand unangetastet daneben.

»Gruppengespräche funktionieren viel besser, wenn man sich daran beteiligt«, fuhr Stefan fort. »Du weißt doch, wie man ein sogenanntes Gespräch führt.«

Sebastian sah Stefan mit einem ehrlichen Blick an. »Das ist einfach nicht mein Ding, das hab ich dir doch gesagt. Meine Güte, die wollten ja gar nicht mehr damit aufhören, über ihre banalen Probleme zu quatschen. Wie hältst du das bloß aus?«

»Man gewöhnt sich daran. Ich habe andere Patienten, die bedeutend mehr Geduld erfordern«, sagte Stefan vieldeutig.

Sebastian ließ den ironischen Hinweis unbeantwortet, denn gleich würde er ohnehin ein viel schwereres Geschütz auffahren können: »Jedenfalls werde ich heute Abend nicht kommen.«

»Ich finde, du solltest der Sache noch eine Chance geben.«

»Das finde ich nicht. Weißt du ...« Sebastian verstummte. Eine Kunstpause. Aus seinen Vorlesungen wusste er, dass plötzliche Szenenwechsel oft noch effektiver wirkten, wenn man sie mit einer Kunstpause einleitete. Jetzt versuchte er, den größtmöglichen Effekt zu erzeugen. Und dann ließ er die Bombe hochgehen.

»Ich war gestern nach der Sitzung mit dieser Annette im Bett.«

Stefan wurde blass und konnte seine Irritation nicht mehr verbergen. »Warum zur Hölle hast du das gemacht?«

Sebastian machte eine entschuldigende Geste. »Es war ein Irrtum. Ich habe es nicht so gemeint.«

»Nicht so gemeint? Wie bitte? Wie zum Teufel kann das nicht so gemeint sein?«

Stefan versuchte, sich zu beruhigen, indem er sich im Sessel zurücklehnte. Mit begrenztem Erfolg, wie Sebastian vergnügt registrierte.

»Es war ... ein Zeitvertreib. Um ein bisschen auf andere Gedanken zu kommen, du weißt schon. Du kennst mich ja. So bin ich nun mal.« Er sah Stefan mit geheucheltem Interesse an. »Kennst du sie denn gut?«

»Sie ist schon lange bei mir in Behandlung. Sie fühlt sich von allen im Stich gelassen, von ihrem Sohn, ihrem Exmann, von allen. Sie hat ein Problem damit, anderen zu vertrauen, und ein extrem schlechtes Selbstbewusstsein.«

»Ja, das habe ich gemerkt. Sie hat meine Nähe aufgesaugt wie ein Schwamm. Aber sie ist eine richtige Kanone im Bett!«

Stefan erhob sich so heftig aus seinem Sessel, dass der Kaffee überschwappte. Alle seine sanften, verständnisvollen Seiten waren wie weggeblasen. Er war fuchsteufelswild.

»Kapierst du denn überhaupt nicht, was du da angerichtet hast? Ist dir klar, wie sie sich gefühlt hat, als sie alleine aufgewacht ist? Denn ich nehme nicht an, dass du zum Frühstück geblieben bist?«

»Nein, damit habe ich schlechte Erfahrungen gemacht.«

»Und jetzt hast du schlicht vor, ihr aus dem Weg zu gehen?«

»Das ist der Plan. Funktioniert immer am besten.« Sebastian machte noch eine Kunstpause und sah Stefan übertrieben mitleidsvoll an. »Es tut mir leid, Stefan, aber ich hab dir ja gesagt, dass ich in einer Gruppentherapie nichts zu suchen habe.«

»Die Frage ist, ob du irgendwo anders etwas zu suchen hast. Und jetzt hau ab.« Stefan zeigte auf die Tür. »Ich kann deinen Anblick nicht länger ertragen.«

Sebastian nickte und stand auf. Er ließ Stefan mit seiner aktuellen *Dagens Nyheter* und seinen Schnittblumen zurück.

Stefan hatte recht.
Jeder Tag war von Bedeutung.

Der große Mann war so enthusiastisch, wie seine Natur es zuließ, als er nach Hause kam. Er hatte die Schlagzeilen und Titelseiten sofort überflogen, als die Boulevardzeitungen herauskamen. Es hatte eine Pressekonferenz gegeben. Über ihn. Er wünschte sich nichts sehnlicher, als all das zu lesen, aber er konnte nicht einfach in die Wohnung stürmen und die Zeitungen aufschlagen, die er erstanden hatte.

Er war gezwungen, sein Ritual zu befolgen.

Schnell und routiniert schaltete er das Licht im Flur ein und schloss die Tür hinter sich. Zog die Schuhe aus, stellte sie ins Schuhregal, schlüpfte in die Hausschuhe, zog seine dünne Jacke aus und hängte sie über den einzigen Haken an seiner Hutablage, die bis auf eine große Taschenlampe leer war. Als er alles ausgezogen hatte, was er ausziehen wollte – im Winter landeten auch Schal, Mütze und Handschuhe auf der Ablage, stets in der genannten Reihenfolge –, öffnete er die Toilettentür und knipste auch dort das Licht an. Wie immer verspürte er ein kurzes Unbehagen, als er in die völlige Dunkelheit des fensterlosen Raums sah, ehe die Neonröhre blinkend ansprang. Er ging auf die Toilette, kontrollierte, ob die kleine Taschenlampe, die in Reichweite auf dem kleinen Regal lag, noch funktionierte, ehe er den Reißverschluss an der Hose öffnete und urinierte. Er nahm die Taschenlampe mit zum Waschbecken, wo er sich die Hände wusch, stellte sie wieder auf ihren Platz und ließ die Toilettentür offen stehen, als er hinausging. Er schaltete die Deckenlampe im Wohnzimmer an, bog nach links und ging in die Küche, um dort das Licht anzumachen, sowohl an der Decke als auch über dem Herd. Auch hier gab es zwei Taschenlampen zu kontrollieren. Beide funktionierten. Jetzt blieb nur noch das Schlafzimmer. Die Deckenlampe und die Leselampe, dann die Taschenlampe auf dem Nachttisch.

Nun brannte überall Licht. Nicht dass es nötig gewesen wäre. Das Sonnenlicht strömte durch alle Fenster der Wohnung herein. Es gab nichts, was es dämpfte oder hinderte. Keine Rollläden außen, keine Gardinen innen. Als er eingezogen war, hatte der große Mann als Allererstes die Jalousien entfernt. Nein, heute war das elektrische Licht nicht nötig. Aber es gehörte zum Ritual. Folgte man dem auch, wenn es nicht nötig war, brauchte man nie zu befürchten, dass man es vergaß, wenn es wichtig war.

Vor vielen Jahren hatte es in seinem damaligen Wohngebiet einmal einen Stromausfall gegeben. Es war dunkel geworden, nicht nur bei ihm zu Hause, sondern überall. Pechschwarze Finsternis. Er hatte sofort zur nächsten Taschenlampe gegriffen, doch entweder waren die Batterien leer, oder die Glühbirne war defekt. Er hatte sie schon lange nicht mehr kontrolliert. Das war vor dem Ritual gewesen. In diesem Moment war er von einer solchen Panik, einer solch lähmenden Angst ergriffen worden, dass er sich hatte erbrechen müssen und mehrere Stunden reglos auf dem Fußboden lag, bis der Strom wiederkam.

Eigentlich mochte er den Sommer. Nicht unbedingt die Wärme, aber das Licht. Am besten war die Zeit um Mittsommer, aber es war das Licht, das ihm gefiel, nicht der Feiertag. Feiertage mochte er grundsätzlich nicht. Und Mittsommer war ihm besonders verhasst.

Denn an einem Mittsommerabend hatte er zum ersten Mal gespürt, dass mit ihm etwas nicht stimmte.

Dass er nicht wie alle anderen war.

Damals war er drei oder vier Jahre alt gewesen. Sie waren

mit dem Auto zu einem Fest auf der großen Wiese beim See gefahren. Die Stange war bereits aufgestellt, als sie kamen. Der Andrang war groß, und schließlich mussten sie mit ihren Decken und ihrem Picknickkorb ziemlich weit vom eigentlichen Festplatz entfernt sitzen. Ab und zu wehte der Wind einige Fetzen der Spielmannsmusik zu ihnen herüber, als sie so dasaßen, mit ihren Sandwiches, ihrer Erdbeertorte und dem Weißwein für Papa und Mama. Der Tanz begann um drei. Viele Menschen machten mit, es waren vier oder fünf Ringe mit Tanzenden, die sich an den Händen hielten. Er liebte es zu tanzen. »Die kleine Krähe des Pfarrers« und »Jetzt gehen wir um einen Wacholderbusch« waren seine Lieblingslieder. Die Bewegungen waren so lustig.

Vielleicht hatte es schon früher begonnen, aber daran hatte er keine Erinnerungen. Das erste Mal geschah es dort. An Mittsommer. Bei Sonnenschein, im zweiten Ring von außen, als sie mit ihm tanzte. Seine kleine Hand in ihrer Hand. Er erinnerte sich, dass er glücklich gewesen war und zu ihr aufgesehen hatte. Doch sie fixierte einen Punkt in der Ferne, während sie tanzte. Geistesabwesend. Sie sang nicht, sie lächelte nicht. Ihr Körper führte die Tanzbewegungen wie automatisch aus. Ganz ohne Gefühl. Gleichgültig. Er erschrak ein wenig ängstlich und zerrte an ihrer Hand. Sie sah zu ihm hinab und lächelte im selben Moment, als sich ihre Blicke trafen, aber das Lächeln erreichte ihre Augen nicht. Es war mechanisch, eingeübt, als solle es ihm versichern, dass alles in Ordnung sei. Aber das war es nicht. Nicht an diesem Nachmittag und später erst recht nicht.

»Mama geht es gerade nicht so gut.« Das sagte sie zu ihm, wenn er nicht auf ihren Schoß klettern sollte oder wenn sie mitten am Tag bei geschlossenen Gardinen im Schlafzimmer lag. Wenn sie mit angezogenen Beinen auf dem Boden saß und ihr Kinn auf die Knie legte und weinte und weinte, wenn Papa ihn aus dem Kindergarten abholen musste, weil sie einfach nicht aufgetaucht war. Sie sagte es an jenen Tagen, an denen sie keine Lust hatte, für ihn zu kochen. Oder kurz bevor sie die Tür hinter sich zuschlug und ihn stundenlang allein ließ.

»Mama geht es gerade nicht so gut.« Das sagte Papa, wenn er wieder einmal »Pst!« machte und ihm zu erklären versuchte, warum er in der Wohnung immer weiche Hausschuhe tragen musste und weder traurig oder unruhig noch wütend sein durfte. Als Begründung dafür, dass er gezwungen war, stundenlang ruhig, ja nahezu unsichtbar dazusitzen, wenn Mama doch einmal das Bett verließ. Oder als Erklärung dafür, weshalb sie nie etwas zusammen unternahmen und warum er als Sohn gezwungen war, brav zu sein und sich um Mama zu kümmern, während Papa Geld verdienen ging.

Irgendwann sagte er es auch selbst, später, als er groß genug war und die Klassenkameraden ihn fragten, warum er so selten in der Schule war, warum sie nie bei ihm zu Hause spielen durften, weshalb er nach der Schule nie irgendwohin mitkam, warum er nie zu Festen ging und keinen Sport trieb.

»Mama geht es gerade nicht so gut.«

Manchmal, wenn es ihr besserging, sagte sie zu ihm, dass es traurig für ihn sei, bei einer so schlechten Mutter aufzuwachsen.

Viel öfter jedoch sagte sie ihm, er sei schuld daran, dass sie krank war. Hätte sie ihn nicht bekommen, wäre alles gut gewesen. Er hatte sie zerstört.

Als er zehn Jahre alt war, konnte sie nicht mehr mit ihnen zusammenwohnen. Sie verschwand. Er wusste nicht, wohin. Sie besuchte Papa und ihn nie. Merkwürdigerweise war Papa ab da häufiger zu Hause. Ausgerechnet zu einer Zeit, in der er wirklich allein zurechtkam. Teils, weil er alt genug war, teils, weil seine Mutter nicht mehr da war und er sich nicht mehr um sie zu kümmern brauchte. Erst viel später begriff er, dass sich Papa all die Jahre in seine Arbeit geflüchtet hatte. Sich ferngehalten hatte. Er hatte nicht mit der Krankheit umgehen können und die Verantwortung auf seinen Sohn abgeschoben. Vermutlich hätte er seinen Vater dafür hassen sollen, doch als ihm diese Einsicht kam, gab es bereits so viel anderes und so viele andere, die er viel inbrünstiger hasste.

Seine Mutter starb, anderthalb Jahre nachdem sie die Familie verlassen hatte. Während der Beerdigung wurde mehrmals hinter vorgehaltener Hand von Selbstmord geflüstert, aber er erfuhr es nie sicher.

Sechs Monate danach tauchte eine Frau, die er nicht kannte, an seinem Geburtstag auf. Sie hieß Sofia. Wie immer feierte er nicht, denn wer sollte schon kommen? Nach mehreren Jahren ohne soziale Kontakte und vielen Fehlzeiten in der Schule hatte er keine Freunde mehr. Aber Sofia hatte ein Geschenk für ihn dabei. Einen Super Nintendo. Den hatte er sich schon seit über einem Jahr gewünscht, jedoch immer zu hören bekommen, so ein Gerät sei zu teuer, sie hätten nicht genug Geld. Sofia dagegen schien das nicht für ein besonders exklusives Geschenk zu halten. Abgesehen von der Konsole bekam er sogar noch ganze vier Spiele! Er begriff sofort, dass diese Frau mehr Geld hatte als Papa und er. Als sie jemals gehabt hatten.

Sie blieb über Nacht.

Schlief bei seinem Vater im Zimmer.

Wie Papa später erzählte, hatten sie sich in dem Auktionshaus, in dem er arbeitete, kennengelernt. Sofia war sowohl fachkundig als auch interessiert gewesen. Sie hatte ziemlich viele Stücke zum Verkauf gegeben, aber auch einige schöne

Sachen ersteigert. Teure Dinge. Er mochte Sofia. Sie machte Papa glücklicher, als er es lange Zeit gewesen war.

In den kommenden Monaten sah er Sofia häufiger. Viel häufiger. An einem Wochenende verreisten Papa und Sofia gemeinsam, und als sie zurückkehrten, waren sie verlobt. Anschließend sprach Papa mit ihm. Es war ein ernstes Gespräch. Er hatte vor zu heiraten, und sie würden umziehen. Weg von allem. Zu Sofia. Sie wohnte in der Innenstadt und hatte viel Platz. Er zweifelte nie wirklich daran, dass Papa Sofia mochte, verstand aber gleichzeitig, dass ihr Geld dabei eine nicht unwichtige Rolle spielte. Papa erwähnte oft, dass sie nun aufgestiegen seien, dass sie nie wieder etwas vermissen müssten, wenn sie sich geschickt anstellten, und dass dies eine Chance war, etwas mehr zu bekommen.

Ein Neustart. Ein neues Leben. Ein besseres Leben.

Er hatte es verdient, nach allem, was passiert war. Diesmal würde alles gutgehen. Nichts und niemand sollte das zerstören.

Einige Wochen nach der Verlobung hatte er zum ersten Mal Sofias Familie kennenlernen dürfen. Ihre Eltern Lennart und Svea, ein Paar in den Sechzigern, und ihren Bruder Carl. Bei einem Abendessen in der Villa Källhagen. Sie waren sehr nett. Er verschüttete sein Getränk und versteckte sich aus Angst vor den Konsequenzen, doch niemand war ihm böse. Je länger das Essen andauerte, desto entspannter wurde er. Sofia schien eine fröhliche Familie zu haben, ganz ohne Geisteskranke. Als Papa und er sich verabschieden wollten, nahm ihn Sofias Vater beiseite.

»Wie du ja schon weißt, heiße ich Lennart, aber du darfst mich Opa nennen, wenn du willst – jetzt, wo wir miteinander verwandt sind.«

Das tat er gern. Er mochte den leicht angegrauten Mann mit den freundlichen braunen Augen, der so gern lachte.

Damals. Als sie sich gerade kennengelernt hatten.
Vor ihren gemeinsamen Ausflügen.
Vor den Spielen.
Damals, als er noch keine Angst vor der Dunkelheit hatte.

Nachdem er sein Ritual vollzogen hatte, setzte sich der große Mann in die Küche und schlug mit zitternden Händen die Zeitungen auf. Endlich hatten sie es begriffen. Es hatte lange gedauert, aber jetzt hatten sie das erste Opfer mit dem zweiten und mit dem dritten in Verbindung gebracht. Sie schrieben über ihn. Er verbreitete Angst und Schrecken, stand dort. Daneben Fotos von den Häusern, in denen er gewesen war. Eine beunruhigte Nachbarin, die mit ernster Miene ihre Tochter umarmte. Er schlug die zweite Zeitung auf. Vieles war ähnlich. Doch nirgends hatten sie etwas über sein Vorbild geschrieben, obwohl die Morde exakte Kopien waren. Vermutlich waren den Journalisten die näheren Details unbekannt, oder sie waren sich der Größe des Meisters nicht bewusst. Die Polizei äußerte sich nur knapp. Sie wolle lediglich darüber informieren, dass man es hier vermutlich mit einem Serienmörder zu tun habe. Sie warne die Stockholmer und vor allem Frauen, die allein zu Hause waren, davor, unbekannte Männer ins Haus zu lassen. Die Beamten sagten, sie hätten einige Spuren, aber nicht viel mehr. Mögliche Parallelen zwischen den drei Opfern wollten sie nicht kommentieren und keinerlei Details nennen. Sie versuchten, seine Bedeutung herabzusetzen. Ihn zu jemandem zu machen, den man nicht sah und dessen Handlungen nicht wichtig waren. Erneut. Das würde ihnen nicht gelingen. Es war noch nicht vorbei. Irgendwann wären sie gezwungen zu erkennen, dass er ein würdiger Gegner war. Genauso Angst einflößend und groß wie der Meister.

Der große Mann stand auf, öffnete die zweite Schublade und nahm eine Schere heraus. Er setzte sich wieder. Mit großer Sorgfalt schnitt er die Artikel aus, die von ihm handelten. Als er fertig war, faltete er die zerschnittenen Zeitungen zusammen und legte sie übereinander an den Rand des Tisches. Dann blieb er regungslos sitzen. Diese Sache war neu. Er musste ein neues Ritual erschaffen. Es würde noch mehr über ihn geschrieben werden, da war er sich sicher. Dies war erst der Anfang. Er spürte ein Kribbeln im ganzen Körper, als sei er plötzlich in die nächste Phase eingetreten. In das Stadium, in dem die ganze Welt verzweifelt nach ihm, dem Verborgenen, suchte. In dem er zutage trat.

Er stand auf und ging zum Besenschrank. Neben dem Staubsauger stand eine Tüte für das Altpapier. Er nahm die Zeitungen vom Küchentisch und legte sie in die Tüte. Dann schloss er die Schranktür, nahm die Ausschnitte und ging zu seinem Schreibtisch. Er zog die oberste Schublade auf, in der Briefumschläge lagen. In drei verschiedenen Größen. Er nahm einen der größten und legte die Ausschnitte hinein. Die aus *Expressen* vor denen aus dem *Aftonbladet*. Sollten weitere Zeitungen über ihn schreiben, würde er diese Artikel doch hinten einsortieren, beschloss er. Wenn er etwas aus dem Internet ausdrucken würde, bekämen diese Ausdrucke einen eigenen Umschlag. Er stand auf, ging zur Kommode, zog die oberste Schublade auf und legte den Umschlag mit den Ausschnitten unter die schwarze Sporttasche. So sollte es sein. Ausschneiden, zusammenlegen, ins Altpapier geben, in den Umschlag legen, dann in die Kommode. Ein Ritual. Er wurde unmittelbar ruhiger.

Nun ging der große Mann zu seinem Schreibtisch und setzte sich an den Computer, startete seinen Browser und ging auf fyghor.se. Er hatte die Beobachtungen der letzten Zeit weitergegeben, und die Information war positiv aufgenommen worden. Auf Seite 7 klickte er auf den blau-lilafarbenen Knopf, der in einem längeren Absatz über Runenschrift versteckt war. Eine neue Seite öffnete sich, und er tippte sein Passwort ein. Für einen Moment stockte ihm der Atem, als er die Veränderung auf der Seite sah.

Er hatte einen neuen Auftrag bekommen.
Er war bereit für die Nächste.
Die Vierte.

Der Aufzug war schon die ganze Woche außer Betrieb. Sebastian ging die Stufen hinauf bis zu seiner Wohnung im dritten Stock. Es spielte keine Rolle, noch verschwitzter konnte er gar nicht werden. Den ganzen Heimweg über hatte die Sonne auf ihn niedergebrannt. Es schien in diesem Sommer keine Rolle zu spielen, in welche Himmelsrichtung man zu welcher Tageszeit gerade ging. Er hatte das Gefühl, dass die Sonne im Zenit stand, seit sie heute Morgen um vier aufgegangen war. Schatten war eine begehrte Mangelware. Das Hochdruckgebiet hielt sich nun schon so lange, dass die Boulevardzeitungen neue Wörter erfinden mussten. »Rekordhitze« oder »Supersommer« reichten nicht mehr aus. »Hitzehölle« und »Infernosommer« waren nur einige der Neuschöpfungen der letzten Woche. Man konnte sie in Meldungen darüber lesen, dass einige Personen aufgrund von Dehydrierung ins Krankenhaus eingeliefert werden mussten und Hunde in geparkten Autos verendet waren.

An seiner Tür hingen Blumen. Ein Strauß in grauem Papier mit einem Zettel, der mit Tesafilm befestigt war. Sebastian riss ihn ab, nahm die Blumen, schloss die Tür auf und ging hinein. Während er aus den Schuhen schlüpfte, ohne die Schnürsenkel aufzuknoten, las er den Zettel, auf dem nur Sachen standen, die er ohnehin schon wusste oder begriffen hatte. Dass jemand ihm Blumen geschickt hatte und er nicht da gewesen war, um sie entgegenzunehmen, weshalb man sie an der Tür hinterlassen hatte. Sebastian ging in die Küche und entfernte das Papier. Rosen. Vielleicht ein Dutzend. Rote. Sicherlich teure. An den Stielen war ein weiteres Kärtchen befestigt. Offensichtlich wollte man ihm zu irgendetwas gratulieren. Das war auch alles, was darauf stand: »Gratulation!« In zierlichen Buchstaben. Und darunter ein Name: Ellinor.

Die Händchenhalterin.

Er wusste, dass das Frühstück ein Fehler gewesen war. Hatte es damals schon gewusst, und dies war nun die Bestätigung. Er warf die Blumen in die Spüle, nahm ein Glas aus dem Küchenschrank und füllte es mit Wasser, trank es in gierigen Zügen und füllte es erneut. Dann verließ er die Küche. Einen kurzen Moment grübelte er, zu was sie ihm eigentlich gratulierte, entschied sich dann aber, sich nicht weiter darum zu kümmern.

In seiner Wohnung war es nur unwesentlich kühler als draußen. Es roch muffig. Staubig. Er überlegte kurz, das Fenster zu öffnen, begriff jedoch, dass es keinen Unterschied machen würde. Stattdessen zog er alles aus, was er am Leib hatte, und warf die Sachen auf das ungemachte Bett im Gästezimmer. Eigentlich musste er dringend ein bis zwei Ladungen Wäsche waschen, entschied dann aber, sich auch darum nicht zu kümmern.

Ihm fiel auf, wie still es im Haus war. Kein Rauschen in den Rohren oder Toilettenspülungen, kein Kindergeschrei aus der Wohnung über ihm, keine Schritte im Treppenhaus. Das Haus wirkte verlassen. Was es wohl auch war, die Mehrzahl seiner Nachbarn war verreist. Er vermisste sie zwar nicht, die meisten von ihnen kannte er nicht einmal mit Namen. Konsequent mied er alle Eigentümerversammlungen, Putztage und Hoffeste. Sogar die Kinder aus seinem Haus klingelten inzwischen glücklicherweise nicht mehr bei ihm, um ihm ihre Weihnachtszeitungen, Maiblumen oder irgendwelchen anderen Dreck anzudrehen. Aber es war still. Zu still.

Sein Besuch bei Stefan hatte nicht den gewünschten Effekt gehabt. Er war als Sieger zu ihm gegangen, mit dem Gefühl, gewonnen zu haben. Er hatte Stefan ein für alle Mal zeigen wollen, wer die Agenda ihrer Begegnungen bestimmte. Ihm verdeutlichen, dass er mit Konsequenzen zu rechnen hatte, wenn er auf einmal meinte, die Initiative ergreifen zu müssen, wie beispielsweise diese bescheuerte Gruppentherapie von ihm zu verlangen. Er hatte sich auf einen erfrischenden Kampf eingestellt. Stattdessen hatte Stefan fast resigniert gewirkt. Es war äußerst unbefriedigend gewesen.

Sebastian ging ins Gästezimmer und schaltete den Fernseher ein, der an der Wand am Fußende des Bettes hing. Gerade wollte er sich auf das ungemachte Bett legen, als es klingelte. Zunächst stutzte er angesichts des unbekannten Tons. Sein Festnetztelefon. Das musste Trolle sein. Erst wollte er es klingeln lassen, dann kitzelte ihn die Neugier. Vielleicht hatte Trolle etwas herausgefunden. Etwas Reißerisches. Er ging in die Küche. Das konnte lustig werden. Er nahm den Hörer ab.

»Ja?«

»Hast du die Blumen bekommen?«

Sebastian schloss die Augen. Nicht Trolle. Ganz und gar nicht Trolle. Eine Frauenstimme. Nicht lustig.

»Wer ist da?«

»Ellinor Bergkvist.«

»Bitte wer?«, presste er in angestrengt ahnungslosem Tonfall hervor. Natürlich wusste er sofort, wer sie war. Aber er hatte keine Lust, sie auch nur im Geringsten zu ermuntern.

»Ellinor Bergkvist. Wir haben uns bei einem Vortrag über Jussi Björling kennengelernt, und anschließend bist du mit zu mir gekommen.«

»Ach so, ja, stimmt«, antwortete Sebastian, als wäre ihm gerade erst ein Gesicht zu dem Namen eingefallen.

»Du wusstest genau, wer ich bin, als ich meinen Namen gesagt habe, stimmt's?«

»Was willst du?«, fragte Sebastian, ohne seine Irritation zu verbergen.

»Ich wollte dir nur zu deinem Namenstag gratulieren. Heute hat Jacob Namenstag.«

Sebastian antwortete nicht. Vermutlich war sein vollständiger Name irgendwo auf Wikipedia zu finden. Er konnte sich lebhaft vorstellen, wie sie verzweifelt im Internet nach irgendeinem Anknüpfungspunkt, einem Anlass gesucht hatte, um sich bei ihm melden zu können. Den Kontakt wieder aufnehmen. Hatte er eigentlich noch eine Geheimnummer? Früher hatte er die gehabt, das wusste er, aber war es noch immer so?

»Du heißt doch Jacob Sebastian Bergman, oder?« Es war eine Feststellung. Keinerlei Unsicherheit in ihrer Stimme.

Sebastian verfluchte sich. Er hätte gehen sollen. In derselben Sekunde, in der sie ihre Hand in seine gelegt hatte, hätte er sich verabschieden sollen. Sie abweisen. Stattdessen musste er es jetzt tun.

»Du musst mich jetzt entschuldigen, ich habe gerade gevögelt und muss dringend duschen.«

Dann legte er auf. Blieb noch einige Minuten stehen, erwartete fast, dass es erneut klingeln würde, aber das Telefon blieb stumm. Sebastian ging aus der Küche. Immerhin war es die halbe Wahrheit gewesen. Er hatte zwar keinen Sex gehabt, aber eine Dusche brauchte er wirklich. Doch gerade, als er das Bad ansteuern wollte, erregte eine Stimme aus dem Fernseher im Gästezimmer seine Aufmerksamkeit.

»*... doch laut Polizei gibt es Anzeichen dafür, dass es sich um denselben Täter handelt ...*«

Sebastian ging ins Gästezimmer. Irgendeine Nachrichtensendung. Ein junger Mann stand vor einer Villa mit einem prächtigen Garten im Hintergrund.

»... *würde bedeuten, dass dies die dritte Frau ist, die in ihrem eigenen Haus ermordet wurde. Die Polizei ruft die Bevölkerung dazu auf, wachsam zu sein, insbesondere ...*«

Sebastian starrte auf den Fernseher.

Als Torkel auf den Schlüsselknopf drückte und die Tür zum Eingang öffnete, wusste er bereits, was ihn erwartete. Vor einer Minute war er angerufen worden, als er mit seinem Team gerade im Besprechungsraum saß. Die Rezeption. Er hatte Besuch. Ein Sebastian Bergman.

Torkel hatte ausrichten lassen, dass er beschäftigt sei und der Besuch warten müsse, und die Empfangsdame hatte mitgeteilt, Sebastian hätte bereits vermutet, dass Torkel dies sagen würde, und wenn er nicht sofort nach unten käme, würde Sebastian alles erzählen, was er über Torkel wisse, und zwar allen, die ihm dort an der Rezeption gerade begegneten. Alles. Alle Details. Er würde mit einem feuchtfröhlichen Abend im Stadshotellet in Umeå und einem Zwillingspaar beginnen, hätte er gesagt. Torkel hatte geantwortet, dass er schon auf dem Weg nach unten sei. Die Rezeptionistin hatte das Telefonat mit einer Entschuldigung beendet, und Torkel hatte die Sitzung verlassen.

Es war zu erwarten gewesen. Sobald die Nachricht draußen wäre und die Zeitungen schreiben und das Fernsehen berichten würden, würde Sebastian wieder auf der Matte stehen, das hatte Torkel geahnt.

Kaum hatte er die Tür geöffnet, war Sebastian auch schon bei ihm.

»Stimmt das? Habt ihr einen Serienmörder?«
»Sebastian ...«
»Habt ihr oder habt ihr nicht? Er soll schon drei Frauen ermordet haben. Das ist extrem ungewöhnlich. Ich muss bei den Ermittlungen dabei sein.«

Torkel sah sich um. Dieses Gespräch wollte er auf keinen Fall an der Rezeption führen. Aber er wollte Sebastian auch nicht noch weiter ins Haus hineinlassen.

»Sebastian ...«, setzte er erneut an, als ob die Wiederholung seines Namens den ehemaligen Kollegen dazu bewegen würde, sich zu beruhigen und im Idealfall auch gleich sein Anliegen zu vergessen.

»Ich muss nicht Teil des Teams sein, wenn das ein Problem darstellt. Hol mich als Berater dazu. So wie letztes Mal.«

Torkel sah, wie sich ein kleiner Notausgang öffnete. Ein Nadelöhr, durch das er vielleicht hindurchschlüpfen konnte.

»Das kann ich nicht«, sagte er mit fester Stimme. »Weißt du, was mich das kosten würde? Man wird mir keine zusätzlichen Mittel dafür bewilligen.«

Für einen Moment war Sebastian aus dem Gleichgewicht gebracht. Einige Sekunden lang starrte er Torkel nur an, unsicher, ob er sich nicht verhört hatte.

»Du willst eure miese Organisation und eure beschissene Finanzlage vorschieben, um mich loszuwerden?«, polterte er dann. »Verdammt noch mal, Torkel, das kannst du doch wohl besser.«

Ja, konnte er wohl, musste Torkel sich eingestehen. Oder hätte es zumindest besser können sollen. Aber jetzt hatte er diesen Weg nun einmal eingeschlagen und beschloss, ihm noch ein weiteres Stückchen zu folgen, auch wenn er sich ziemlich sicher war, dass es sich um eine Sackgasse handelte. Der kleine Notausgang in der Ferne schrumpfte immer mehr zu einem mikroskopischen Nadelöhr.

»Denk, was du willst, aber es stimmt.« Diesmal war seine Stimme nicht ganz so fest. »Ich kann mir dich nicht leisten.«

Sebastian sah ihn geradezu enttäuscht an. »Aber ich kann es mir leisten. Ich arbeite umsonst. So wie letztes Mal.

Ernsthaft, Torkel, wenn du mich nicht hierhaben willst, musst du dir etwas Besseres einfallen lassen, als dass ich deine Verwaltungskosten in die Höhe treibe.«

»Sebastian ...«

»Ich kann der Ermittlung doch wenigstens folgen. Das kann ja wohl nicht schaden. Hier handelt es sich schließlich verdammt noch mal um was, das ich wirklich kann!«

Torkel schwieg. Es spielte keine Rolle, was er sagte. Sebastian würde sowieso nicht auf ihn hören, er hatte Witterung aufgenommen und würde nicht lockerlassen, ehe Torkel alles gesagt hatte, was Sebastian hören wollte.

»Okay, es hat das Team gestresst, dass ich dabei war, aber es wäre trotzdem verflucht noch mal ein Verstoß gegen deine Dienstpflicht, mich außen vor zu lassen, wenn ihr einen Serienmörder habt.«

Torkel drehte sich um, holte seine Schlüsselkarte heraus und hielt sie an das Lesegerät. Das Schloss öffnete sich mit einem Klick. Er riss die Tür auf.

Sebastian deutete das als eine Absage und änderte seine Taktik. »Ich versuche, mein Leben in den Griff zu bekommen, Torkel. Das versuche ich wirklich, aber ich brauche eine Arbeit.«

Torkel überlegte kurz. Auf Sebastians Geschwätz, sein Leben zu ändern und ein besserer Mensch zu werden, gab er nichts, das hatte er in Västerås auch schon behauptet. Ihn wieder mit ins Team zu nehmen, half ihm dabei auch nicht, davon war Torkel überzeugt. Aber das, was er davor gesagt hatte ... Vielleicht war es tatsächlich ein dienstliches Versagen, Sebastians Wissen nicht miteinzubeziehen. Speziell im Hinblick darauf, wen der Mörder nachahmte. Drei Frauen waren tot. Sie alle waren davon überzeugt, dass es weitere Opfer geben würde. Und von einer heißen Spur waren sie noch genauso weit entfernt wie vor einem Monat. War er nicht dazu verpflichtet, alles zu tun, damit das Morden aufhörte? Er wandte sich Sebastian erneut zu.

»Okay, ich lasse dich rein. Durch die Tür. Aber nicht in die Ermittlungen.«

»Was soll ich dann dort drinnen?«

»Ich muss erst mit dem Team reden.«

»Über mich?«

»Ja.«

»Was hast du vor? Willst du abstimmen lassen?«

»Ja.«

Als Sebastian Torkels ernste Miene sah, begriff er, dass der nicht scherzte. Er nickte. Ein Schritt nach dem anderen. Wenn er schon einmal so weit gekommen war, bedurfte es schon viel, ihn wieder loszuwerden.

Torkel betrat erneut den Besprechungsraum. Die anderen saßen noch genauso da, wie er sie verlassen hatte. Und hatten die Kaffeetassen nachgefüllt. Sogar seine.

»Ich habe dir einfach einen Kaffee geholt, ich wusste nicht, ob du noch einen wolltest«, sagte Ursula, während sie ihren Stuhl zurückzog und sich setzte. Als könnte sie seine Gedanken lesen.

»Danke.« Er lächelte sie an. Sie lächelte zurück. Ein Lächeln, das Torkel insgeheim als mehr als nur kollegial einstufte. Was ihn erneut zu der Überlegung veranlasste, ob sein Widerwille gegen eine Einbeziehung Sebastians nicht eigentlich auf reinem Egoismus beruhte.

»Ich habe gerade gesagt, dass wir ein vorläufiges Ergebnis von Carl Wahlströms DNA-Probe haben«, fuhr Ursula fort. »Er ist es nicht.«

Torkel nickte vor sich hin. Er hatte nie größere Hoffnung in diese These gesetzt. Sie war ihm schlicht zu einfach vorgekommen. Wenn sie diesen Täter fanden, dann nicht, weil er einen Brief geschickt hatte, in dem er sich verriet. Torkels Gedanken schweiften vom Fall ab. Jetzt, da Ursula und er wieder zusammengefunden hatten, wollte er das nicht durch denselben Fehler zerstören wie beim letzten Mal. Ihre Beziehung verlief nach festen Regeln. Regeln, die zu fünfundsiebzig Prozent Ursula aufstellte.

Nur, wenn sie beruflich unterwegs waren. Nie zu Hause. Keine Zukunftspläne.

Und Torkel musste ihr gegenüber unerschütterlich loyal sein – das hatte er selbst ergänzt.

Die beiden ersten Regeln waren im Grunde ein und dieselbe, aber jetzt hatte Ursula selbst die Initiative ergriffen, sie zu brechen. Sie war in seine Wohnung gekommen. Das war zweifelsohne »zu Hause«. Ihre Idee. Nicht seine. Wer weiß, vielleicht würde sie auch die dritte Regel irgendwann aufweichen. Vielleicht konnte er allmählich von einer Zukunft sprechen.

»Wer hat dich eigentlich vorhin angerufen?«, fragte Vanja. Torkel drehte sich zu ihr um und ordnete seine Gedanken. Wenn er eine Zukunft mit Ursula haben wollte, durfte er niemals die vierte Regel brechen, die er in Västerås aufgestellt hatte.

Immer loyal zu sein. Immer.

Deshalb räusperte er sich jetzt, beugte sich vor und sagte: »Das war Sebastian. Ich überlege, ob ich ihn nicht bei den Ermittlungen hinzuziehen sollte.«

Die Reaktionen fielen ungefähr so aus wie erwartet. Vanja und Ursula warfen sich einen Blick zu, der sofort verriet, was sie von seinem Vorschlag, von Sebastian im Allgemeinen und im Speziellen von der Vorstellung, ihn in ihrer Nähe zu haben, hielten. Billy lehnte sich mit dem Anflug eines Lächelns in seinem Stuhl zurück.

»Ich weiß, wie vor allem Ursula und Vanja darüber denken«, fuhr Torkel fort, »aber ich würde es nicht vorschlagen, wenn ich nicht davon überzeugt wäre, dass es uns helfen kann.«

Vanja holte tief Luft, als wollte sie etwas sagen, aber Torkel hielt sie mit einer Handbewegung zurück.

»Ich weiß auch, dass wir den Gewinn, den sein Mitwirken bei unserer Ermittlungsarbeit bedeuten würde, durch Reibereien, verminderte Konzentration und eventuell auch weniger Effektivität wieder einbüßen könnten. Deshalb möchte ich, dass wir diesmal alle darin übereinstimmen, ihn einzusetzen.«

»Und wenn wir nicht alle übereinstimmen?«, fragte Vanja.

»Dann ziehen wir ihn nicht hinzu.«

Im Raum wurde es still. Vanja und Ursula blickten sich erneut an, als wollten sie verabreden, welche von ihnen Sebastian auf der Schwelle stoppen sollte. Durfte eine von ihnen das alleinige Vergnügen haben, oder würden sie gemeinsame Sache machen?

»Ich habe kein Problem damit«, sagte Billy plötzlich. »Ich glaube, er kann uns nützlich sein.«

Vanja sah ihn irritiert an. Was zum Teufel dachte er sich dabei?

»Okay, gut.« Torkel nickte leicht erstaunt. Es lief besser als erwartet.

Billy bemerkte Vanjas Blick und sah sich gezwungen, seine Antwort zu erläutern. »Immerhin ist er Experte für Serienmörder, und wir suchen einen Serienmörder.«

Vanja antwortete nicht, sondern schob wütend ihren Stuhl zurück, stand auf und ging zur Tafel. Sie studierte die Fotos, die sie bereits in- und auswendig kannte. Torkel bemerkte, wie sie sich auf die Unterlippe biss, und vermutete, dass er nicht der Einzige war, der zwischen seiner persönlichen Meinung und einer professionellen Entscheidung hin- und hergerissen war. Vanja drehte sich zu ihm um.

»Glaubst du wirklich, wir hätten größere Chancen, denjenigen, der das hier tut, zu kriegen, wenn Sebastian dabei ist?« Sie deutete mit dem Arm auf die toten Frauen an der Tafel hinter sich.

Die Frage war gerechtfertigt. Wenn Torkel seine eigenen Gefühle beiseiteschob und die Sache objektiv betrachtete, konnte die Antwort nur so lauten: »Ja, bin ich.«

Vanja nickte vor sich hin und ging zu ihrem Platz zurück. »Dann sind wir unterschiedlicher Meinung, du und ich. Sorry.«

Torkel nickte in ihre Richtung und wandte sich Ursula zu, die sich im Stuhl zurücklehnte und ihre Arme vor der Brust verschränkte, den Blick auf einen unbestimmten Punkt auf dem Tisch gerichtet. Die anderen warteten, während sie sich Zeit zum Nachdenken nahm.

»Jetzt, wo wir Wahlström abschreiben können, haben wir nichts. Wenn wir wenigstens irgendetwas hätten, sei es auch noch so klein, hieße meine Antwort: Nein, nie im Leben.« Ursula hob den Blick und sah Torkel an. »Aber wir haben nichts.«

»Also wäre er dir willkommen?«

»Das nicht, aber wenn die Frage lautet, ob er etwas zu dem Fall beitragen kann, lautet meine Antwort: Ja.«

Es wurde erneut still im Raum. Dann stand Vanja auf. »Er ist eine wandelnde Katastrophe!«, fauchte sie.

»Wenn er sich nicht anpasst, werfen wir ihn eben wieder raus«, schlug Billy vor. Er erhob sich ebenfalls und blickte Vanja und Ursula an. »In Västerås lag er nicht ganz falsch, oder? Und du hast selbst gesagt, dass du seine Bücher gut findest.«

Vanja betrachtete Billy forschend, wie er da so vor ihnen stand. Irgendwie hatte er sich verändert. Nach einigen Sekunden nickte sie ihm und Torkel zu.

»Wenn ihr alle drei wirklich glaubt, dass es unsere Chancen erhöht, gibt es wohl nicht mehr viel zu diskutieren. Oder? Zieht ihn hinzu.«

»Willst du das?«

Vanja schüttelte trotzig den Kopf. »Nein, aber ich füge mich. Ich will nicht diejenige sein, die diese Gruppe spaltet. Das wird Sebastian dann ja gekonnt erledigen.«

»Wenn er sich nicht anpasst, dann verfahren wir genauso, wie Billy es vorgeschlagen hat und werfen ihn raus«, sagte Torkel in ihre Richtung. Ursula stieß ein kurzes, trockenes Lachen aus, das deutlich machte, wie wenig sie ihm glaubte. Torkel entschied sich dafür, es zu ignorieren, stand auf und ging zur Tür.

»Dann hole ich ihn jetzt.«

Es war einfacher gewesen, als er gedacht hatte. Viel einfacher.

Leider zeigte das vor allem, wie verzweifelt sie waren.

Sebastian betrat den Besprechungsraum und marschierte ohne ein Wort der Begrüßung direkt zur Tafel. Er wirkt beinahe erwartungsvoll, dachte Torkel. Wie ein Kind an Heiligabend.

Sebastian blieb vor den Bildern stehen und ließ kurz seinen Blick darüber schweifen. Er verstand das alles nicht. Wollten sie ihn auf den Arm nehmen?

»Sind das die neuen?«

»Ja.«

Sebastian wandte sich wieder der Tafel zu und studierte die Bilder erneut, diesmal eingehender. Soweit er es erkennen konnte, waren die Morde bis ins kleinste Detail kopiert, aber jetzt sah er auch die Unterschiede.

Andere Zimmer, andere Frauen. Ein Nachahmungstäter.

Er richtete sich wieder an Torkel, diesmal eher wütend als erstaunt: »Warum zum Teufel habt ihr mich nicht schon bei der ersten gerufen?«

»Es ist nicht Hinde«, sagte Vanja.

»Ich weiß, dass es nicht Hinde ist, aber warum habt ihr mir nichts gesagt?« Sebastian fiel es schwer, seine Wut zu verbergen, als er ihr antwortete. »Ich hätte schon mitgekriegt, wenn er ausgebrochen wäre oder sie ihn freigelassen hätten, aber dies ist ein Täter, der seine Verbrechen so detailgetreu wie möglich imitiert. Im Prinzip sehen die Tatorte identisch aus! Ihr hättet mich sofort rufen müssen.«

»Und warum?«, fragte Vanja trotzig.

Gegen ihren Willen hatte sie sich sofort provoziert gefühlt, kaum dass Sebastian durch die Tür gekommen war. Kein Wort darüber, dass er sich freue oder dankbar sei, wieder hier zu sein. Keine Höflichkeitsphrasen, keine Fragen, wie es ihnen ging. Nichts von dem, was ein normaler Mensch in seiner Situation getan hätte. Er war einfach nur hereingestiefelt, als wäre er ein selbstverständliches Mitglied des Teams. Das ärgerte sie. Genau wie dieses leicht schiefe Grinsen, das er jetzt aufgesetzt hatte. Als hätte sie weniger Ahnung. Dasselbe Lächeln, mit dem auch Carl Wahlström sie bedacht hatte.

»Was glaubst du, warum?«, erwiderte Sebastian. »Ich weiß mehr über Hinde als irgendjemand sonst.«

»Was spielt das für eine Rolle?« Vanja hatte beschlossen, sich festzubeißen. Wie lange war Sebastian jetzt im Raum gewesen? Zwei Minuten? Mindestens genauso selbstherrlich wie immer und ohne jegliche Zurückhaltung. Hatte Torkel ihm nicht erklärt, dass er nur gnädig aufgenommen worden war? Und jetzt plusterte er sich auf und übernahm sofort die Besprechung oder, nein, gleich den ganzen Fall, so schien es. Es war an der Zeit, ihre Arbeit zurückzuerobern.

»Dieser Täter ist eine andere Person mit einer ganz anderen Motivation. Das, was du über Hinde weißt, hilft uns hier herzlich wenig.«

»Das, was ich weiß, ist immer hilfreich. Sonst hättet ihr mich nicht hinzugeholt. Ich bin nicht hier, weil ihr mich charmant findet. Könnte mir also irgendjemand erzählen, was ihr bisher an Ergebnissen habt?«

Vanja seufzte.

Billy stand auf. »Ich kann kurz zusammenfassen, was wir wissen.« Mit diesen Worten ging er einfach zur Tafel, ohne eine Antwort oder Reaktion abzuwarten. Torkel sah zu Vanja hinüber, die nur mit den Schultern zuckte.

»Okay ...« Sebastian nahm sich einen Stuhl und setzte sich neben Ursula.

»Schön, dich zu sehen!«, flüsterte er. Ursula warf ihm einen Blick zu, der verriet, dass die Freude nicht gegenseitig war. »Hast du mich vermisst?«

Ursula schüttelte nur kurz den Kopf und widmete ihre Aufmerksamkeit wieder Billy an der Tafel. Er deutete gerade auf das Foto einer Frau, die knapp vierzig Jahre alt war, braune Augen hatte und einen geraden Pony trug, sie lächelte direkt in die Kamera.

»Der 24. Juni. Maria Lie in Bromma. Alleinstehend. Eine Freundin von ihr wurde unruhig, als sie nach Mittsommer nicht zur Arbeit kam.« Billys Finger wanderte von der Porträtaufnahme zu einem Foto vom Tatort. Da lag sie, mit Nylonstrümpfen gefesselt, auf dem Bauch im Bett. Vergewaltigt und getötet durch einen brutalen Messerhieb, der sowohl die Halsschlagader als auch die Luftröhre durchtrennt hatte.

Sebastian nickte vor sich hin. Alles war bekannt. Es war, als hätte man ihn in die Vergangenheit versetzt. Er ging im Kopf durch, was er eigentlich über Nachahmungsmörder wusste. Von dieser Sorte gab es einige, aber nur die wenigsten kopierten einen Serienmörder. Gewöhnlicher war die Nachahmung von Schulmassakern oder einzelnen, besonders heftigen Morden aus Filmen und Computerspielen. Natürlich war ein solcher Nachahmer auf krankhafte Weise vom Original fasziniert, aber was noch? Er war gestört, auch das war klar, aber anders als sein Vorbild. Während es dem Serienmörder oft gelang, eine Fassade der Normalität aufrechtzuerhalten und sozusagen gewöhnlich zu wirken, war der Nachahmer häufig eine sichtlich merkwürdigere Existenz. Er lebte zurückgezogener. Hatte ein negatives Selbstbild. Ein schwaches Selbstvertrauen. War ein Produkt seiner Erfahrungen aus seiner Kindheit.

Wie immer.

Einer, der, genau wie sein Vorbild, dazu fähig war, Grenzen zu überschreiten und extreme Gewalt auszuüben, der jedoch nicht stark genug war, selbst die Initiative zu ergreifen, eine eigene Methode zu finden und sich seine Opfer selbst auszuwählen. Er brauchte eine Vorlage. Das kennzeichnete alles, was er tat. Der Mann, den sie suchten, erregte nicht viel Aufsehen.

»Keine Einbruchsspuren«, fuhr Billy fort. »Es scheint, als hätte sie den Täter freiwillig hereingelassen, genau wie die anderen Opfer es taten. In der Wohnung gab es jedoch Kampfspuren. Und es wurden Sperma, Schamhaare und Fingerabdrücke am Tatort hinterlassen.«

Er deutete mit dem Finger auf ein weiteres Bild. Eine blonde Frau, fünfundvierzig bis fünfzig. Blaue Augen. Eine kleine Narbe an der Oberlippe, vermutlich hatte man ihre Hasenscharte operiert, als sie noch ein Kind war. Äußerlich besaß sie keine Ähnlichkeit mit der ersten Frau. Ein winzig kleiner Gedanke schoss Sebastian durch den Kopf, als er sie sah, aber er war zu winzig und zu schnell, als dass er ihn hätte einfangen können.

»Der 15. Juli. Jeanette Jansson Nyberg, Nynäshamn. Ihr Mann und ihre Söhne kamen nach einem Fußballturnier nach Hause und fanden sie. Sie hatte in ihrem Blog geschrieben, dass sie den ganzen Abend allein zu Hause sei und es sich gemütlich machen wolle. Also wusste der Mörder vielleicht, wann er zuschlagen konnte.«

»Hatte die andere auch einen Blog? Lie?«, fragte Sebastian.

Billy schüttelte den Kopf. »Nein, aber sie war auf Facebook und hatte dort ›Single‹ als Beziehungsstatus angegeben.«

Sebastian nickte. Er selbst war nicht in irgendwelchen sozialen Medien aktiv, wunderte sich aber manchmal darüber, wie viele Informationen manche Menschen mit Wildfremden zu teilen bereit waren. Heutzutage konnten die Einbrecher mühelos herausfinden, wann ein Haus leer stand, da die Besitzer diese Information fröhlich und bereitwillig in ihren Blogs oder Statusmeldungen verbreiteten, wenn sie schrieben, wie herrlich ihr Urlaub werden würde. Dasselbe galt ihrer eigenen Sicherheit. ›Single‹ war gleichbedeutend mit einsam, war gleichbedeutend mit schutzlos.

»In den Beeten unter der Treppe haben wir Fußabdrücke gefunden, die aber nicht mit denen des Mannes und der Söhne übereinstimmen. Das Sperma stammt von derselben Person wie auch bei Maria Lie.«

»Also hinterlässt er bewusst Spuren?«

»Vieles deutet darauf hin«, antwortete Torkel. »Oder er ist extrem ungeschickt. Aber wenn er das wäre, hätte er es sicher schon früher mit uns zu tun bekommen, und das ist nicht der Fall.«

»Ja, eigentlich müsste er der Polizei bekannt sein«, sagte Sebastian mit einem besorgten Nicken. »Copycats haben meistens irgendeinen kriminellen Hintergrund. Dass sie gleich mit dem Töten anfangen, ist extrem ungewöhnlich.«

»Hat es etwas zu bedeuten, dass er Spuren hinterlässt?«, fragte Billy.

Sebastian sah ihn an. Irgendetwas war deutlich anders. Letztes Mal hatte Billy sich damit zufriedengegeben, sich um die technischen Seiten der Ermittlungen zu kümmern – Überwachungskameras, Handys, Gesprächslisten. Man hatte ihn gefragt, wenn man glaubte, die Antwort auf eine Frage wäre auf irgendeinem Computer zu finden. Jetzt schien er sich plötzlich bei Fragen zu engagieren, zu denen er früher nicht mal eine Meinung gehabt hatte. Im Großen und Ganzen wirkte er ... aktiver als beim letzten Mal, als sie zusammengearbeitet hatten.

»Das ist eine Machtdemonstration. Ihr könnt mich nicht finden, obwohl ich Spuren hinterlasse ... Er fühlt sich der Polizei überlegen. Außerdem ist es eine sichere Methode, um alle Verbrechen mit ihm in Verbindung zu bringen. Selbst der beste Verteidiger könnte ihm seinen Triumph nicht nehmen.«

»Heißt das, er will gefasst werden?«, fragte Vanja zweifelnd.

»Nein, aber wenn es geschieht, will er sich sicher sein, dass die Sache für ihn nicht an dieser Stelle endet.«

»Jedenfalls ...« Billy führte seine unterbrochene Zusammenfassung fort. »Dieselbe Vorgehensweise. Dasselbe Nachthemd.«

Dann zeigte er auf das dritte Frauenfoto an der Tafel. Wieder dunkles Haar.

»Und schließlich vorgestern. Katharina Granlund, vierundvierzig. Wieder die gleiche Spur, das gleiche Nachthemd, alles gleich. Aber mehr haben wir nicht.«

Billy ging zu seinem Platz zurück und setzte sich, während die anderen schwiegen. Sebastian beugte sich vor.

»Er erhöht seinen Takt.«

»Ist das wichtig?«

»Hinde hatte eine ziemlich konstante Cooling-of-Periode. Sie verkürzte sich nur ganz unwesentlich.«

»Was ist eine Cooling-of-Periode?«, fragte Billy.

»Die Zeit zwischen zwei Morden.« Sebastian stand auf und begann, im Raum auf und ab zu gehen. Vanja folgte ihm mit einem Blick, der offene Missbilligung ausdrückte. Ihm fiel auf, dass er kaum einen Gedanken an sie verschwendet hatte, seit er in diesem Besprechungsraum war. Der Fall hatte ihn sofort gepackt und alle anderen Gedanken für einen Moment in den Hintergrund gedrängt. Es gab Verbindungen zu Hinde. Und Verbindungen zum früheren Sebastian.

Dem besseren.

Dem besten.

»Serienmörder verhalten sich nach ihren Morden sehr dezent. Teils weil sie tatsächlich Angst haben, geschnappt zu werden, teils weil sie manchmal Schuldgefühle haben und es bereuen, ihre Fantasien ausgelebt zu haben. Aber meistens handelt es sich einfach nur um eine Ruhephase. Bis sich der Trieb, der Zwang, erneut zurückmeldet. Dieser Zyklus kann sich etwas verkürzen, aber nicht so sehr wie im vorliegenden Fall.«

Er hielt inne und machte eine Geste in Richtung der Bilder. »Der Mann, der dies getan hat, reflektiert anschließend nicht. Er durchläuft diese unterschiedlichen Phasen nicht.«

»Und das heißt?« Schon wieder Billy. Er war definitiv aktiver.

»Er hat nicht den Zwang, jemanden zu ermorden. Er sieht es als eine Aufgabe an. Etwas, das erledigt werden muss.«

»Wie können wir ihn aufhalten?«

Sebastian zuckte mit den Schultern.

»Ich weiß es nicht.«

Er wandte sich Torkel zu.

»Ich muss die Tatorte sehen. Jedenfalls den letzten, von vorgestern.«

»Wie du weißt, haben wir den Tatort bereits untersucht«, mischte sich Ursula ein, noch bevor Torkel antworten konnte. »Frag uns doch einfach, wenn du etwas Bestimmtes wissen möchtest.«

»Ihr habt eine Sache übersehen – wenn es ein gewissenhafter Nachahmungstäter ist.«

Ursula spürte, wie die Wut in ihr hochkochte. Sie übersah nichts. In all ihren Berufsjahren, zuerst beim Staatlichen Kriminaltechnischen Labor und dann bei der Reichsmordkommission, hatte sie noch nie etwas übersehen. Und das wusste Sebastian ganz genau.

»Was haben wir übersehen?« Es gelang ihr fast gänzlich, den aufflammenden Zorn in ihrer Stimme zu unterdrücken.

Sebastian antwortete nicht, sondern wendete sich erneut an Torkel. »Kann ich jetzt zum Tatort oder nicht?«

Torkel seufzte schwer. Er kannte Ursula gut genug. Man stellte ihr berufliches Können nicht ungestraft in Frage. Sie hatte durchaus andere Fehler und Schwächen, aber auf ihrem Fachgebiet war sie die Beste, und wehe dem, der das Gegenteil behauptete. Torkel hatte das Gefühl, dass sie es bereits bereute, nicht gegen Sebastians Einsatz protestiert zu haben.

»Vanja, dann nimm Sebastian bitte mit nach Tumba.«

Vanja erstarrte. Ihr Mienenspiel, ja ihre gesamte Körpersprache verriet, was sie von dem Vorschlag hielt, allein mit Sebastian Bergman in einem Auto zu sitzen.

»Muss ich?«

»Ja, du musst.«

»Na, dann lass uns mal losziehen«, sagte Sebastian mit einem breiten Grinsen und hielt die Tür zum Flur auf. Als er beobachtete, wie Vanja widerwillig aufstand und Torkel dabei finstere Blicke zuwarf, ertappte er sich bei einem Gefühl, das er viele lange Jahre lang auch nur annähernd nicht mehr gehabt hatte.

Er war fröhlich und zuversichtlich.

Er arbeitete wieder und durfte gleich am ersten Tag in einem Auto allein mit seiner Tochter Zeit verbringen.

Ein eigenes Leben haben, bevor man Teil eines anderen werden kann.

Irgendwie spürte er, dass dieser Fall tatsächlich ein Weg sein konnte, auf dem er seine ersten Schritte in sein Leben würde zurückgehen können.

Sie saßen schweigend in dem dunkelblauen Volvo. Vanja nahm die Garagenausfahrt am Fridhelmsplan, hielt kurz beim Wachmann, zeigte ihre Dienstmarke und fuhr dann auf den Drottningholmvägen. Sebastian beobachtete sie genau. Sie war zweifellos sauer. Aus jeder ihrer Bewegungen sprach die Wut. Wenn sie schaltete, wenn sie aggressiv die Fahrspur wechselte, und dann der Blick, den sie ihm zuwarf, als er das Fenster öffnete und die warme, feuchte Sommerluft ins Auto ließ.

»Die Klimaanlage funktioniert nicht, wenn du das Fenster aufmachst.«

»Man kann eben nicht alles haben.«

Ihre Direktheit gefiel ihm. Sie machte sie so wirklich.

Lebendig und stark.

Er hatte sie nun schon so lange aus der Ferne beobachtet, dass ihm von ihrer Nähe fast schwindelig wurde. Das machte ihn unendlich zufrieden. Egal, wie gereizt oder wütend sie auch war – er wünschte sich, dass dieser Moment mit ihr im Auto ewig anhalten würde. Sogar der Stockholmer Verkehr wirkte für eine Weile harmonisch. Sie fuhren schweigend auf der E4 Richtung Süden weiter. Bei den Essinge-Inseln hielt sie es nicht mehr aus und brach ihr Schweigen. »Bist du eigentlich Masochist?«

Sebastian wurde aus seinen Gedanken gerissen. Er sah sie an. Verstand ihre Frage nicht ganz.

»Was ...? Nein.«

»Warum bist du dann wiedergekommen?« Ihre Augen

funkelten vor Zorn. »Warum willst du unbedingt in eine Gruppe rein, in der dich niemand leiden kann?«

»Billy mag mich.«

»Billy zeigt nur nicht offen, dass er dich nicht mag.«

»Same shit, different name.«

Sebastian rang sich ein Lächeln ab. Glaubte sie wirklich, seine Handlungen hingen davon ab, was andere über ihn dachten?

»Bist du es schon so sehr gewöhnt, gehasst zu werden, dass du dich damit zufriedengibst, wenn dich die Leute immerhin ertragen?«

»Vermutlich ja.«

»Wenn du nicht so ein Arsch wärst, könntest du einem fast leidtun.«

»Danke.« Er sah sie dankbar an und stellte fest, dass sie das noch mehr reizte. Es war ein merkwürdiges Gefühl, ihr so nah und doch mit dem Wissen über sie beide allein zu sein.

Er wollte so viel über sie wissen. Wovon träumte sie? Was dachte sie, wenn sie morgens dort an ihrem Frühstückstisch saß? Worüber lachte sie mit dem Mann, den sie für ihren Vater hielt? Würde er sie jemals auch nur annähernd so kennenlernen? Anders, als mit Widerwillen gegen ihn.

»Hör auf«, sagte sie plötzlich und begegnete wütend seinem forschenden Blick.

»Womit?«

»Sieh mich nicht so an.«

»Wie denn?«

»Na so! Wie du es gerade tust. Ich möchte nicht wissen, was du dabei denkst.«

»Darauf würdest du nie kommen ...«

Vanja starrte ihn angeekelt an. »Hör verdammt noch mal auf, so zu glotzen!«

Sebastian sah wieder nach vorn. Ohne es zu ahnen, war sie der Wahrheit plötzlich ganz nah gewesen, hatte danach getastet, unwissend, gedankenlos. Er hätte das Unmögliche zu gern noch weiter berührt, aber es war schwer, es zu denken, und noch schwerer, es in Worte zu fassen.

»Wenn du und ich zu einem anderen ...« Er geriet ins Stocken. Fing erneut an. »Zu einem anderen Zeitpunkt im Leben. Was ich meine, ist ... Du weißt, es gibt Gründe dafür, dass ...«

Sie unterbrach ihn mitten im Satz: »Sebastian?«

»Ja?«

»Halt einfach die Klappe.«

Er verstummte.

Sie drückte aufs Gas.

Und die restliche Fahrt über sprachen sie nicht mehr miteinander.

Das Haus im Tolléns Väg 19 war eines dieser vielen gepflegten, charmanten Einfamilienhäuser in einem dieser vielen Vororte von Stockholm. Der Garten jedoch hatte mehr Pflege und Liebe erhalten als durchschnittlich, dachte Sebastian. Sonst gab es nichts, was herausstach. Nur das gelb leuchtende Schild »Tatort. Abgesperrt« an der Haustür gab einen Hinweis auf die Tragödie. Vanja ging einige Meter vor ihm, betrat die Treppe und öffnete die Tür mit einem Schlüssel. Sebastian hatte es nicht ganz so eilig, sondern blieb in dem wohlgeratenen Garten stehen und betrachtete das Haus. Zwei Stockwerke. Ein rotes Ziegeldach. Gelb gestrichen mit weißen Fensterrahmen. Sauber und ordentlich, mit Gardinen und weißen Blumentöpfen in den Fenstern. Hier hatte bis vor wenigen Tagen ein Paar mit Träumen und Sehnsüchten gelebt. Sie hatten vielleicht nicht aus der Masse herausstechen wollen.

Aber leben.

Vanja öffnete die Tür und sah zu ihm herüber.

»Kommst du?«

»Klar.« Sebastian ging zu ihr, und sie betraten das Haus. Es war stickig und roch muffig und metallisch süßlich. Sie musste viel Blut verloren haben, wenn der Geruch immer noch in der Luft hing, dachte Sebastian.

»Wo ist das Schlafzimmer?«

»Sie wurde im Obergeschoss ermordet. Wonach suchen wir?«

»Zuerst will ich das Schlafzimmer sehen.«

Vanja nickte genervt und übernahm die Führung.

»Mir nach.«

Mit gedämpften Schritten stiegen sie die Treppe hinauf. So war es immer. Der Tod besaß die Kraft, Stimme und Tempo zu senken. Sie erreichten das Schlafzimmer und blieben im Türrahmen stehen. Das Zimmer hatte hübsche gelbe Strukturtapeten mit einem ruhigen Muster. Die Gardinen waren vorgezogen, das Bettzeug war entfernt worden, aber der große dunkle Fleck, der sich über die Matratze des Doppelbettes ausgebreitet hatte, sagte alles. Sebastian betrat vorsichtig den Raum und sah sich um.

»Was haben wir denn nun angeblich übersehen?« Vanja klang ungeduldig.

»Ein kleines Zimmer, eine Kammer oder einen Abstellraum«, antwortete Sebastian und ging neben dem Bett in die Hocke.

Vanja blickte ihn müde an und zeigte auf die weißen Schiebetüren auf der anderen Seite des Bettes.

»Da drüben hast du ein paar Schränke.«

Sebastian schüttelte den Kopf, ohne überhaupt hinzusehen. »Es muss von außen verriegelbar sein.« Er blieb in der Hocke sitzen und blickte sich im Schlafzimmer um. Auf dem Nachttisch lagen einige Taschenbücher vor einer gerahmten Schwarzweißfotografie von einem lachenden Paar. Blutspritzer auf dem Glas. Ein Mann und eine Frau. Richard und Katharina Granlund. Er erkannte sie von Billys heutiger Präsentation bei der Reichsmordkommission wieder. Vorsichtig nahm Sebastian das Bild in die Hand.

»Okay, und was sollte dadrin sein?«, tönte Vanja von der Tür her.

Sebastian antwortete nicht, sondern betrachtete weiter das Foto in seiner Hand. Sie standen irgendwo an einem Strand und wirkten glücklich verliebt. Die Frau umarmte den Mann, der direkt in die Kamera blickte. Es sah aus wie Gotland, vielleicht auch Öland. Ein Steinstrand irgendwo. Ein Sommer vor nicht allzu langer Zeit. Oder vor einer Ewigkeit, wenn man der trauernde Ehemann war. Behutsam stellte er das Foto zurück. Ein Gedanke.

Entfernt.

Flüchtig.

Sebastian wollte sich erneut nach dem Foto strecken, da fragte Vanja erneut: »Und was sollte sich in dieser dämlichen Kammer befinden?«

Sie schien immer gereizter. Sebastian gab das Foto auf und sah zu ihr hinüber.

»Essen.«

Vanja ging nach unten, während Sebastian systematisch das obere Stockwerk durchforstete. Es gab noch drei weitere Räume. Einer davon schien das gemeinsame Arbeitszimmer des Paares zu sein, ein Kopierer und ein Drucker standen darin. Sebastian vermutete, dass Billy den Computer mitgenommen hatte. An der einen Wand war ein Bücherregal, angefüllt mit allen möglichen Titeln, von Tom-Clancy-

Thrillern bis hin zu Kochbüchern, ordentlich nebeneinander aufgereiht. Sebastian fand nicht, was er suchte, und ging daher in das kleine Wohnzimmer.

Dann warf er einen kurzen Blick in das offenbar neu renovierte Bad. Weiß, sauber und bis unter die Decke gekachelt. Badewanne mit Massagedüsen und abgetrennte Duschkabine. Alles großzügig bemessen, so, wie sich ein modernes Paar sein Badezimmer wünschte. Aber es war nicht das, wonach er suchte. Die Kleiderkammer wäre für diesen Zweck perfekt gewesen, doch auch sie ließ sich nicht von außen abschließen.

Er ging die Treppen hinunter. Die Küche lag an der Rückseite des Hauses, und von hier gelangte man auf eine große Holzterrasse. Dahinter breitete sich der sorgfältig angelegte Garten aus. Es war alles genauso hell und modern wie im Badezimmer. Eine offene, freundliche Küche mit weißen Schranktüren und schwarzen Arbeitsplatten aus Schiefer. In der Mitte eine Kücheninsel mit zwei Barhockern. Neben der Spüle stand etwas Geschirr, davon abgesehen war es erstaunlich sauber und reinlich. Er wollte gerade ins Esszimmer weitergehen, als Vanja ihn rief.

»Sebastian!«

Es klang, als wäre sie ein gutes Stück entfernt. Sie rief erneut.

»Sebastian!«

»Ja, was ist denn?«

»Der Keller!«

Die Tür zum Keller lag direkt neben der Haustür, und er entdeckte sie nicht sofort. Eine finstere, schmale Treppe führte nach unten ins Halbdunkel. Obwohl das Ehepaar Granlund einige Plakate mit moderner Kunst aufgehängt hatte, merkte man deutlich, dass dieser Teil des Hauses nicht unbedingt vorrangig für sie war. Es roch schwach nach muffigem Keller, der im Vergleich zu dem süßlichen Duft im übrigen Haus beinahe angenehm war. Unterhalb der Treppe lag ein Raum, der früher einmal ein Partykeller gewesen war, nun anscheinend aber vor allem als Abstellraum genutzt wurde. Die Decke war niedrig, und Sebastian war gezwungen, sich unter einigen Warmwasserrohren hindurchzuducken. Neben dem schwachen Licht, das aus einem Kellerfenster hoch oben in der Längswand hereinfiel, war eine einfache Stehlampe die einzige Lichtquelle. Vanja stand vor einer abgewetzten Vorratskammertür und sah ihn herausfordernd an. Das gelbe Licht der Lampe hinter ihr verlieh ihrem Haar einen goldenen Schimmer. Sie zeigte auf die Tür, in deren Schloss ein einfacher Schlüssel steckte.

»Das hier – könnte das etwas für dich sein?«

»Hast du hineingesehen?« Interessiert ging Sebastian zu Vanja hinüber.

»Nein. Ich dachte, du würdest es gern selbst machen.« Sie trat einen Schritt zur Seite. »Und dann hoffe ich, du erklärst mir bald, was wir hier eigentlich machen.«

Sebastian sah erst die Tür an und dann Vanja.

»Eigentlich hoffe ich, dass ich mich irre.«

»Nein, das hoffst du garantiert nicht.«

Er hatte keine Lust, auf ihre Bemerkung einzugehen, und griff stattdessen nach der Türklinke. Die Tür war verschlossen. Mit der anderen Hand drehte er den Schlüssel im Schloss um und schloss auf. Drückte die Klinke herunter und zog die Tür auf. Drinnen war es dunkel, das Licht der Stehlampe reichte nicht bis hinein, aber es genügte, um die Konturen dessen, was auf dem Boden stand, zu erkennen. Sebastian erstarrte. Er tastete mit den Fingern nach dem Stromschalter, der sich irgendwo hinter der Tür an der Wand befinden musste. Als er ihn schließlich fand, verwandelte das nackte Licht der Glühbirne seine fieberhafte Angst in Realität.

Perfekt angeordnet.

Ein Fruchtsaft. Ein Paket Marienkekse. Zwei Bananen. Keksschokolade. Eine leere Flasche Chlorin.

Das war er. Er *war* es.

Hinde.

Sie waren in den Besprechungsraum zurückgekehrt. Vanja befestigte die Aufnahmen, die sie im Haus der Granlunds gemacht hatten, an der Tafel. Sebastian lief auf und ab. Rastlos. Auf Hochtouren. Bei allen Dingen, die ihn verfolgten, hatte er nicht damit gerechnet, ausgerechnet wieder auf Hinde zu treffen.

»Unser Mann besitzt ein Wissen über Hindes Modus Operandi, das er nur auf eine Weise erhalten haben kann«, sagte Sebastian, nachdem sich alle gesetzt hatten.

»Aus deinen Büchern?«, fragte Ursula. Das war auch Vanjas erster Gedanke gewesen, als Sebastian auf der Rückfahrt von Tumba seine Theorie mit ihr diskutiert hatte. Ohne innezuhalten, gab er Ursula dieselbe Antwort wie Vanja.

»In meinen Büchern stand lediglich, dass er sich einen Vorrat anlegte. Aber nicht, welchen. Und auch nicht, wie.« Sebastian blieb vor der Tafel stehen und klopfte mit den Fingerknöcheln auf das Foto des akribisch angeordneten Proviants aus dem Keller der Familie Granlund. »Der Inhalt und die exakte Platzierung sind vollkommen identisch mit Edward Hindes Proviant«, fuhr er fort. »Und das wird nirgends beschrieben. Unser Mann muss irgendwie mit Hinde in Kontakt gewesen sein.«

»Aber wie?«

Genau dasselbe hatte auch Vanja auf Sebastians Behauptung hin gefragt. Sebastian seufzte, schließlich wusste er inzwischen nicht mehr als vor zwanzig Minuten im Auto. Wie, wusste er nicht. Er wusste nur, dass er recht hatte.

»Ich habe keine Ahnung. Aber diese Informationen kann er nur von Edward erhalten haben.«

»Oder von einem Polizisten, der in dem alten Fall ermittelt hat.«

Die Unruhe war von einer Sekunde auf die andere verflogen, und alle Blicke richteten sich auf Billy, der die erstaunten Mienen seiner Kollegen offensichtlich nicht verstand. »Hinde kann nicht mit der Außenwelt kommunizieren, ich versuche also lediglich, eine andere Erklärung zu finden.«

»Damals haben ich, Sebastian, Ursula und Trolle in dem Fall ermittelt«, erklärte Torkel mit ruhiger und sachlicher Stimme. »Drei von uns befinden sich in diesem Raum, und dass Trolle auf die Idee gekommen sein sollte, seine Glanzzeiten noch einmal aufleben zu lassen, indem er sich an einem Frauenmord beteiligt, halte ich doch für eher unwahrscheinlich. Aber wir müssen mit ihm sprechen.«

Sebastian erstarrte. Konnte Trolle wirklich etwas damit zu tun haben? Er war zweifelsohne ein menschliches Wrack, aber das hier? Möglicherweise hatte er im Suff am falschen Ort mit der falschen Person gesprochen. Keiner im Team glaubte wohl ernsthaft, dass Trolle in den Fall involviert war, aber was würde passieren, wenn Vanja zu ihm fuhr und ihn massiv unter Druck setzte? Sebastian wurde bei diesem Gedanken ganz anders. Vor seinem inneren Auge sah er, wie Vanja Trolle zusetzte. Wie Trolle erzählte, womit Sebastian ihn beauftragt hatte. Verdammt, Vanja würde ihn nicht einmal in die Mangel nehmen müssen. Trolle würde ihn schlicht und einfach verpfeifen, nur weil ihm das Spaß machte. Sebastian schluckte und versuchte, sich auf die Diskussion im Raum zu konzentrieren.

»Ich sage ja nicht, dass es einer von euch war. Aber am Tatort muss es doch gewimmelt haben von Uniformierten und Leuten von der Spurensicherung«, fuhr Billy beharrlich fort. »Wenn ihr das Essen gefunden habt, kann es doch wohl auch einer der anderen gesehen haben?«

»Das Essen habe ich erst viel später gefunden. Hinde hatte mir davon erzählt. Wenn wir es selbst entdeckt hätten, dann würden sich Torkel und Ursula mit Sicherheit daran erinnern.« Sebastian fixierte Billy. »Denk doch mal nach, verdammt.«

»Das habe ich doch. Ich hab einfach nur außerhalb der gewohnten Bahnen gedacht… Na gut, okay, ich bin übers Ziel hinausgeschossen.«

Vanja sah ihren Kollegen verwundert an. Es war Billys Stimme, aber es waren nicht seine Worte. Seit wann dachte Billy außerhalb der gewohnten Bahnen? Beziehungsweise, das tat er vielleicht schon, aber seit wann drückte er sich so aus?

»Das dürft ihr dann morgen mit Hinde besprechen«, erklärte Torkel. »Man hat euch eine Besuchserlaubnis erteilt.«

»Aber was steckt hinter der Sache mit dem Essen?«, fragte Ursula. »Warum versteckt er es?«

»Das steht in meinen Büchern«, antwortete Sebastian knapp.

»Ich habe deine Bücher nicht gelesen.«

Sebastian drehte sich zu ihr um. Sie grinste ihn vergnügt an. Wie konnte das wahr sein? Hatte sie tatsächlich aus reinem Trotz darauf gepfiffen, die besten Bücher über Serienmörder zu lesen, die jemals auf Schwedisch geschrieben worden waren?

»Ich auch nicht«, räumte Billy ein.

Sebastian seufzte. War es denn wirklich die Möglichkeit, dass die Hälfte der profiliertesten Mordermittler des Landes seine Bücher nicht gelesen hatte? Vanja schon, das wusste er, aber was war mit Torkel? Er musterte ihn, doch Torkels Blick verriet nichts.

Er musste sie doch aber gelesen haben? Oder? Sebastian seufzte erneut. Er hatte Edward Hindes Geschichte bereits in vielen Vorträgen erläutert. Er kannte sie in- und auswendig. Jetzt sah es so aus, als müsse er sie noch einmal erzählen. Jedenfalls in einer Kurzversion.

»Edward wuchs allein mit seiner Mutter auf. Sie war bettlägerig. Krank. Leider in mehrerlei Hinsicht. Er hat mir erzählt, dass er sich noch sehr gut an das erste Mal erinnert. Es war ein Mittwoch. Er war gerade aus der Schule gekommen, und er ...«

steht da und macht sich etwas zu essen. Die Fischstäbchen brutzeln in der Pfanne. Die Kartoffeln kochen bei verschlossenem Topf, genau, wie sie es ihm beigebracht hat. Er freut sich schon auf die Mahlzeit. Er mag Fischstäbchen, und als Nachtisch, so stellt er es sich vor, werden sie sich die restliche Torte teilen, die von seinem Geburtstag übrig geblieben ist. Er summt leise vor sich hin. A Hard Day's Night von den Beatles. Der Song ist derzeit auf Platz 1 der Hitparade. Er hat gerade angefangen, Tomaten zu schneiden, als sie nach ihm ruft. Er legt das Messer beiseite und stellt sicherheitshalber den Herd aus, bevor er die Treppe hinaufgeht. Manchmal möchte sie, dass er ihr vorliest, und das kann dauern. Er liest nicht besonders gut, denn er hat es erst vor kurzem gelernt. Langsam quält er sich durch einfache Kinderbücher, aber ihr gefällt es, seine Stimme zu hören, sagt sie. Und es ist eine gute Übung. Seine Mutter liegt fast immer im Bett, sie steht nur wenige Stunden am Tag auf. An guten Tagen länger, an schlechten Tagen kürzer. Heute scheint ein ziemlich guter Tag zu sein. Sie sieht gesund aus in ihrem Nachthemd und klopft auffordernd auf den Platz neben sich im Bett. Gehorsam geht er zu ihr und setzt sich. Er ist ein sehr braves Kind. Gehorsam und gut erzogen. In der Schule läuft es gut, die Lehrerinnen mögen ihn. Er lernt gerne, und es fällt ihm leicht. Er ist intelligent. Das sagen sowohl seine Mutter als auch seine Lehrerin. Es kann sein, dass er schon im Frühjahr mit dem Mathestoff der nächsten Klasse anfangen darf. Seine Mutter sagt, dass er groß geworden ist. Und dass er tüchtig sei. Sie streichelt seinen Arm und nimmt seine Hand. Er ist ihr großer, tüchtiger Junge. Und es gibt eine andere Sache, die er für sie tun soll. Sie packt seine Hand fester und führt sie unter die Decke. In die Wärme. Sie legt sie auf ihren Oberschenkel. Was will sie dort mit seiner Hand? Manchmal wärmt er seine Hände zwischen seinen eigenen Beinen, wenn er friert, doch in diesem Moment friert er nicht.

»Beim ersten Mal war er gerade acht geworden. Begriff nicht genau, was da passierte. Verständlicherweise. Als es aufhörte, war er achtunddreißig. Zu diesem Zeitpunkt hatte es ihn völlig zerstört.«

»Ging das dreißig Jahre lang so?« Vanja sah Sebastian skeptisch an.

»Ja.«

»Warum hat er sie nicht einfach verlassen? Oder sich dagegen gewehrt?«

Diese Frage hatte Sebastian schon oft gehört. Warum war Hinde geblieben? Seine Mutter war krank, sie konnte sich nicht gut wehren, und er war erwachsen geworden. Warum ging er nicht einfach? Oder brachte sie um? Oder ... irgendetwas anderes?

»Erst war er zu klein. Dann hatte er zu große Angst. Und dann ... war er schon zu weit gegangen.« Sebastian schüttelte den Kopf. »Ich kann das nicht besser erklären, ohne tiefer darauf einzugehen, was uns zu dem macht, was wir sind. Aber das würde in diesem Fall nicht viel helfen. Deine Fantasie reicht nicht aus, um ihr Verhältnis zu verstehen.«

Vanja nickte nur. Schon möglich, dass Sebastian sie gerade beleidigt hatte, aber das konnte sie verkraften. Sie war froh, sich nicht alles vorstellen zu können, was der Achtjährige durchgemacht hatte.

»Hat das denn niemand mitbekommen? Hatte niemand einen Verdacht?« Billy beugte sich interessiert vor. »Ich meine, das muss doch auch seine schulischen Leistungen beeinflusst haben und so weiter?«

»Seine Mutter drohte ihm mit Selbstmord, wenn er es irgendjemandem erzählen würde. Es war ungeheuer wichtig, dass er sich so benahm wie immer, damit niemand Verdacht schöpfte. Wenn er sich auf irgendeine Weise anders verhielt, würden sich die Leute wundern oder etwas merken, dachte er. Merkwürdigerweise wurde er immer ›normaler‹, je länger es ging. Er wurde ein Meister darin, jede nur denkbare Situation zu bewältigen. Dazu war er gezwungen. Wenn er nicht genau darauf achtete, würde sie sterben.«

Seine Mutter legt sich bäuchlings aufs Bett und zieht ihr Nachthemd hoch. Ihr Gesicht sieht er nie, sie bohrt es ins Kissen. Anfangs erklärte sie ihm, wie er sich auf sie legen, was er tun und wie er sich bewegen soll. Damit hat sie inzwischen aufgehört. Jetzt schweigt sie. Jedenfalls zunächst. Er weiß genau, wie es vor sich geht. Es gibt keine Abweichungen. Sie ruft ihn, bittet ihn, sich neben sie zu setzen, erklärt ihm, wie tüchtig er sei, wie froh sie sei, ihn zu haben, wie glücklich er sie mache. Dann nimmt sie seine Hand und führt sie unter die Decke. Alles läuft immer genau gleich ab.

Nach einer Weile kommen die Laute. Irgendwo aus der

Tiefe des Kissens. Er hasst diese Laute, er wünscht sich, sie würden verschwinden. Sie bedeuten, dass es bald vorbei ist. Was sie da tun, gefällt ihm nicht. Er hat inzwischen verstanden, dass andere Mütter das nicht verlangen. Er mag es nicht. Aber noch weniger gefällt ihm das, was anschließend kommt. Nach den Lauten ...

»Jedes Mal, wenn sie ihn zum Sex zwang, bestrafte sie ihn anschließend. Weil er unrein war. Schmutzig. Er hatte etwas Hässliches und Widerwärtiges getan, und seine Mutter konnte seinen Anblick nicht mehr ertragen.«

Sie hat den Kopf abgewandt, als sie die Tür zu der fensterlosen Kammer unter der Treppe öffnet. Er geht hinein und setzt sich. Mitten auf den kalten Boden. Es hat keinen Zweck, zu weinen oder um Gnade zu betteln. Dann wird es nur noch schlimmer. Länger. Er schlingt seine Arme um die Knie. Wortlos schließt sie die Tür. Seit den Lauten aus dem Kissen hat sie nichts mehr gesagt. Und darüber, ob diese Laute wirklich Worte sind, ist er sich auch nicht sicher. Es ist dunkel. Er weiß nie, wie lange er dort sitzt. Er kann die Uhr nicht lesen, niemand hat es ihm beigebracht. In der Schule lernen sie es gerade. Er kann die ganze und die halbe Stunde erkennen und auch eine Viertelstunde. Aber es spielt keine Rolle, da er ohnehin keine eigene Uhr besitzt. Manchmal denkt er, dass das gar nicht schlecht ist. Hätte er eine Uhr, dann wüsste er, wie lange er schon eingeschlossen ist, und dann würde er vielleicht in Panik geraten. Glauben, sie hätte ihn vergessen. Oder wäre einfach abgereist. Hätte ihn verlassen. So aber verschwimmt die Zeit mit der Dunkelheit. Seine Lehrerin hat ihm einmal erklärt, dass Hunde kein Zeitgefühl haben. Sie wissen nicht, ob sie eine Stunde oder einen ganzen Tag allein waren. In der Dunkelheit ist er ein Hund. Er verliert das Gefühl für die Zeit. Sind es bloß fünf Stunden oder zwei Tage? Er weiß es nie genau. Er freut sich bloß, wenn die Tür geöffnet wird. Wie ein Hund.

Er versteht es nicht. Wird es nie verstehen. Er tut alles, was sie ihm abverlangt, und trotzdem landet er hier. In der Dunkelheit, der Kälte. Es ist nie sein Vorschlag, diese Sache zu tun. Nie seine Idee. Sie ist diejenige, die nach ihm ruft. Ihn ins Bett bittet. Trotzdem kann sie seinen Anblick danach nicht ertragen. Findet ihn schmutzig. Hässlich. Nach einer Weile wird er hungrig, doch der Hunger verschwindet wieder. Der Durst ist schlimmer. Er pinkelt auf den Boden. Er würde es lieber nicht tun, denn er weiß, dass er es anschließend aufwischen muss. Wenn sie wieder öffnet. Wenn die Strafe für das, was er getan hat, abgesessen ist. Bevor sie ihn zurechtweist, dass er es nie wieder tun soll. Manchmal muss er auch groß. Wenn er lange dort ausharren muss, kann er es manchmal nicht mehr zurückhalten. Wenn sie die Tür lange nicht öffnet ...

»Irgendwann ließ sie ihn dann heraus. Ihm war verziehen, aber es war trotzdem nicht vorbei. Er sollte an seine Sünden erinnert werden, und damit er es nicht noch einmal tat, kniff sie seine Vorhaut vorne mit einer dieser großen Büroklammern zusammen. Und die Klammer musste er tragen, bis sie ihm sagte, dass er sie wieder abnehmen durfte.«

Sebastian sah, wie alle im Raum das Gesicht verzogen. Billy und Torkel vielleicht ein klein wenig mehr als die Frauen.

»Ich kann mir das nicht vorstellen.« Billy meldete sich erneut zu Wort. »Wie kann all das passieren, ohne dass irgendjemand etwas merkt? Er muss ziemlich oft in der Schule gefehlt haben.«

»Sie meldete ihn krank. Asthma und Migräne. Dennoch war er ein richtig guter Schüler. Immerhin machte er sein Abitur und studierte. Hatte überall Bestnoten. Anschließend suchte er sich eine einfache Arbeit beim Gesundheitsamt, um seinen Lebensunterhalt zu finanzieren. Er war eindeutig überqualifiziert, korrigierte aber seinen Lebenslauf nach unten. Er pflegte nur oberflächliche Kontakte. Kollegiale. Er hat einen IQ von fast 130, war also auch damals mehr als intelligent genug, ›normal‹ zu spielen, aber er war außerstande, engere Beziehungen einzugehen, die Mitgefühl oder echte Emotionen in irgendeiner Form verlangten. Denn dann konnte er entlarvt werden.«

Sebastian machte eine Pause und trank einen Schluck Wasser.

»Seine Mutter starb 1994. Etwas mehr als ein Jahr später suchte Edward den Kontakt zu anderen Frauen. Sein erstes Opfer war eine Arbeitskollegin vom Gesundheitsamt, die offenkundiges Interesse an ihm gezeigt und hin und wieder versucht hatte, mit ihm ins Gespräch zu kommen.«

Er wartet. In seiner Hand hat er eine Tasche mit dem Nachthemd und den Strümpfen. Er weiß, dass sie ihn haben will. Sie plant, ihn zu beherrschen. Sie will das weiterführen, was seine Mutter mit ihm getan hat. Das Schmutzige. Das Böse. Sie will ihn zu Handlungen zwingen, die in eine Strafe münden. In Schmerz. In Dunkelheit und Erniedrigung. Das wollen sie alle. Aber er hat nicht vor, das zuzulassen. Nicht dieses Mal.

Er klingelt bei ihr. Sie lächelt. Er weiß, warum. Er weiß, was sie will, aber sie wird sich noch wundern. Diesmal wird er die Kontrolle übernehmen. Sie kommt nicht einmal dazu, ihn hereinzubitten, da schlägt er sie schon. Brutal. Zweimal hintereinander. Er zwingt sie dazu, ihm das Schlafzimmer zu zeigen. Weg mit den Kleidern. Das Nachthemd an. Auf den Bauch legen. Er fesselt sie mit den Strümpfen. Als sie sich nicht mehr bewegen kann, verlässt er das Schlafzimmer. Er nimmt die Tüte mit dem Essen und die leere Flasche, in die er urinieren kann. Er sucht nach dem Ort, wo sie ihn einschließen wird. Er findet ihn im Keller. Außen ein Vorhängeschloss. Innen Dunkelheit. Er stellt die Sachen hinein, die er dabeihat. So wird er die Strafe überstehen. Danach.

»Aber es wird kein Danach geben. Er schneidet ihnen die Kehle durch, weil er seiner Strafe entgehen will.«

Torkels Handy klingelte. Alle zuckten zusammen, als das Geräusch die konzentrierte Atmosphäre unterbrach. Torkel griff nach dem Telefon, wandte sich ab und meldete sich.

»Aber er musste doch wohl gewusst haben, dass die Frauen das nicht überleben?« Vanja kehrte sofort wieder zum Thema zurück. »Warum hat er das Essen dort hingestellt?«

»Eine Sicherheitsmaßnahme. Falls sie wider alles Erwarten überleben und er bestraft wird. Er wollte nicht verhungern. Aber wie ja allseits bekannt ist, hat er seinen Proviant nie gebraucht.«

Torkel hatte sein kurzes Gespräch beendet und wandte sich wieder der Gruppe zu. Ihm war anzusehen, dass er keine guten Neuigkeiten hatte.

»Wir haben ein viertes Opfer.«

Vanja traf vor den anderen ein. Die Streifenpolizisten, die die Leiche gefunden hatten, hatten das graue Hochhaus bereits vorbildlich abgesperrt. Vanja sprang aus dem Wagen und ging eilig zu dem Beamten, der hinter dem blau-weißen Absperrband stand. Sebastian blieb beim Auto stehen und betrachtete das Haus. Mit einer ärgerlichen Selbstverständlichkeit hatte er sich wieder neben ihr auf dem Beifahrersitz niedergelassen, doch Vanja hatte gespürt, dass es unangemessen wäre, bei einem dringenden Einsatz deswegen mit ihm zu streiten. Er durfte sich gern kindisch benehmen. Sie nicht. Sie war im Dienst. Doch wenn sich die Lage etwas beruhigt hätte, würde sie Torkel definitiv erklären, dass Sebastian Bergman künftig mit jemand anderem mitfahren sollte. Torkel selbst wäre doch eine gute Alternative. Immerhin hatte er darauf bestanden, Sebastian wieder mitzuschleppen.

Der Polizist, der an der Tür Wache hielt, erkannte Vanja wieder und nickte ihr zu. Sie erinnerte sich auch an ihn, Erik Irgendwas hieß er. Ein guter Polizist, gründlich und besonnen. Nach seinem kurzen Bericht hatte sie keinen Grund, ihr Urteil zu revidieren. Sein Kollege und er hatten sofort die Anweisung befolgt und die Reichsmordkommission alarmiert, als sie das gefesselte Mordopfer fanden. Sie hatten es vermieden, irgendetwas anzurühren, und den Tatort sofort wieder verlassen, um sowohl die Wohnung abzusperren als auch den Haupteingang, damit der Tatort nicht kontaminiert wurde. Vanja dankte Erik und ging Ursula, Billy und Torkel entgegen, die gerade angekommen waren.

»Sie haben dort oben alles abgesperrt. Dritte Etage. Billy, du kannst doch bestimmt mit Erik ein ordentliches Protokoll machen – das ist der Polizist, der als Erster am Tatort war.« Sie deutete auf den uniformierten Mann neben der Absperrung.

»Warum kannst du das denn nicht übernehmen?«

Vanja sah ihn mit verwunderter Miene an. »Und was tust du?«

»Ich gehe direkt nach oben.«

»Du redest mit Erik und kommst dann hoch«, unterbrach Torkel das Gespräch. Billy schluckte seinen Protest hinunter. Es war eine Sache, Vanja daran zu erinnern, dass sie eine gleichberechtigte Stellung im Team hatten, eine ganz andere Sache war es, die Befehle des Chefs nicht zu befolgen.

»Gut.« Er drehte sich um und ging.

Die anderen drei machten sich auf den Weg ins Haus.

Sebastian stand noch immer beim Auto.

Er sah, wie Billy ihm zuwinkte, konnte sich aber nicht entscheiden, was er tun sollte. Mit all seiner Unruhe dort stehen bleiben oder herausfinden, ob sich seine schlimmsten Befürchtungen bewahrheiten würden. Aber das war doch unmöglich. Das Haus war groß. Nein, vollkommen unmöglich. Es gab so viele Häuser, die aussahen wie dieses. Trotzdem wurde er das Gefühl nicht los. Es hatte ihn am ganzen Körper befallen und lähmte seine Beine.

Billy winkte ihm erneut zu. »Jetzt komm doch endlich!«

Sebastian konnte der Sache nicht mehr entgehen. Obwohl sich ein Teil von ihm dagegen sperrte, brauchte er Gewissheit. Er würde es ohnehin früher oder später erfahren. Also konnte er es genauso gut hier und jetzt hinter sich bringen. Er setzte seine Beine in Bewegung und ging auf Billy zu. Er würde ihm die Führung überlassen. Seiner Energie folgen.

Sie betraten das Mietshaus und stiegen die Steintreppen hinauf. Billy mit eifrigen Schritten. Sebastian mit immer langsameren. Es war ein gewöhnliches, graues Treppenhaus. Davon gab es Tausende, ja sogar Zehntausende. Anonym, identisch, alle sahen gleich aus. Warum sollte gerade dieses Treppenhaus so besonders sein? Er suchte fieberhaft nach Anhaltspunkten, die seine Angst mildern konnten, fand aber keine.

Er hörte, wie Billy den dritten Stock erreichte. Wie er dort oben mit jemandem sprach. Als er um die nächste Ecke bog, sah er, dass es ein Polizist war. Sie standen vor einer offenen Wohnungstür. Im Flur konnte er Torkel erkennen. Er ging einige Schritte auf die Tür zu, dann konnte er seine Panik nicht mehr kontrollieren. Zitternd sank er auf die Knie und atmete schwer.

Dann riss er sich ausreichend zusammen, um aufzustehen und erneut einen Blick in die Wohnung zu werfen, in einer verzweifelten, letzten Hoffnung, dass er sich doch getäuscht haben könnte.

Das hatte er nicht.

Er sah ihn sofort, wie er dort auf dem Boden im Wohnzimmer lag.

Ein brauner Teddy mit einer roten Rosette und einem Text. Für die beste Mama der Welt.

Torkel hatte sich Schuhschützer übergezogen, es aber dennoch vermieden, das Wohnzimmer zu betreten, in dem sich das Bett befand. Es stand außer Zweifel, dass es sich um denselben Mörder handelte. Das Nachthemd, die gefesselten Beine und Arme, die klaffende Wunde am Hals – alles deutete darauf hin. Er fühlte sich wütend und machtlos zugleich. Ein weiteres Opfer, das er nicht hatte schützen können.

Ursula stand breitbeinig mitten im Zimmer und fotografierte methodisch den Tatort. Es würde sicher einige Stunden dauern, bis sie ihre vorläufige Untersuchung abgeschlossen hatte. In der Zwischenzeit konnten Torkel und die anderen beginnen, die Nachbarn zu befragen. Er hatte vor, mit der Frau anzufangen, die einige Stunden zuvor die Polizei alarmiert hatte.

Plötzlich hörte er Sebastians Stimme hinter sich.

»Torkel.«

Sie klang schwächer als gewöhnlich. Er drehte sich um und sah einen sehr bleichen Sebastian, der direkt hinter der Tür stand und sich gegen eine Betonwand im Treppenhaus lehnte. Es sah aus, als wäre die Wand das Einzige, was ihn noch auf den Beinen hielt.

»Was ist denn?«

»Ich muss mit dir sprechen.« Jetzt flüsterte Sebastian beinahe.

Torkel ging auf ihn zu, und Sebastian zog ihn ein Stück weit die Treppe hinunter. Nun reichte es aber! Torkel wurde allmählich sauer. Er war mit Ereignissen konfrontiert, die sich zum schlimmsten Fall seiner gesamten Karriere entwickeln konnten, und hatte wirklich keine Zeit für Stille-Post-Spielchen.

»Was willst du, Sebastian?«

Sebastian sah ihn beinahe flehend an. »Ich glaube, ich kenne sie. Annette Willén, heißt sie so?«

»Davon gehen wir aus. Jedenfalls heißt so die Frau, die hier wohnt.«

Es sah aus, als würde Sebastian erneut für eine Sekunde den Halt unter den Füßen verlieren, wieder musste er sich an der Wand abstützen.

»Woher kennst du sie?«, fragte Torkel, inzwischen weniger irritiert. Sebastian war offensichtlich schwer getroffen.

»Wir waren in der gleichen Gruppentherapie. Einmal. Ich war nur einmal da ... Danach hatten wir Sex.«

Natürlich. Etwas anderes hätte Torkel auch gar nicht erwartet. Lernte Sebastian jemals Frauen kennen, ohne mit ihnen ins Bett zu gehen? Torkel bezweifelte es. Aber normalerweise bedeuteten Sebastian diese Abenteuer nichts. Die Frauen bedeuteten ihm nichts. Jetzt war er offensichtlich sehr mitgenommen, was Torkel Böses ahnen ließ.

»Wie lange ist das her?«

»Ich bin um kurz vor fünf von hier weggegangen.«

»Wie? Heute Morgen?«

»Ja...«

Torkel merkte, wie er alle anderen Geräusche um sich herum ausblendete. Er konzentrierte sich nur noch auf den Mann vor ihm. Der Mann, der gerade Sachen gesagt hatte, die er unter keinen Umständen hören wollte.

»Aber was zum Teufel!«

»Es tut mir leid, ich weiß nicht...« Sebastian suchte nach Worten. Fand sie nicht. »Ich meine ... was soll ich denn verdammt noch mal machen?«

Torkel schaute sich um. Sah den Polizeibeamten, der gerade mit Billy und Vanja zusammenstand und die Befragungen der Nachbarn vorbereitete. Ursula, die eine schwarze Tasche und neue Objektive für die Nahaufnahmen holte. Dann wanderte sein Blick wieder zurück zu Sebastians farblosem Gesicht. Zu dem Mann, den er zu jenem Fall hinzugerufen hatte, der sich gerade in einen polizeilichen Albtraum verwandelte.

»Du fährst zurück ins Polizeipräsidium. Und dort bleibst du, bis ich komme.«

Sebastian nickte schwach, machte aber keine Anstalten, sich von der Stelle zu rühren.

Torkel schüttelte frustriert den Kopf und wandte sich an den Streifenpolizisten.

»Jemand muss diesen Mann hier ins Präsidium fahren, kümmern Sie sich bitte darum?«

Dann ging er zurück in die Wohnung, zu Ursula. Zu dem furchtbaren Verbrechen, das ihm so kompliziert vorgekommen war und das ihm plötzlich als das kleinere von zwei Problemen erschien.

Von seiner Fahrt zurück zur Reichsmordkommission blieb Sebastian nicht viel im Gedächtnis. Nur, dass er sich auf die Rückbank gesetzt hatte und eine Polizistin am Steuer gesessen hatte. Er war damit beschäftigt gewesen, diesen Tag auch nur ansatzweise zu verstehen. Irgendwo auf halbem Weg ließ die lähmende Panik nach, und sein logisches Denken kehrte zurück, worüber er froh war. Er musste funktionieren. Er brauchte seinen Intellekt. Die Situation war extrem. Annette Willén war tot. Ermordet. Die große Frage, die Sebastian kaum zu stellen wagte, war, ob ihm in diesem ganzen Geschehen eine Rolle zuteilwurde. Er hatte mit Annette Willén geschlafen. Kurz darauf war sie ermordet worden.

Er wollte glauben, dass es ein Zufall war.

Eine Laune des Schicksals.

Er wünschte sich nichts lieber als das. Aber wie groß war die Wahrscheinlichkeit, dass der Mörder ausgerechnet Annette Willén wählte? Unerhört gering.

Bisher hatten sie kein geografisches Muster ausmachen können, wonach der Mörder seine Opfer wählte. Eines in Tumba, eines in Bromma, eines in Nynäshamn. Und jetzt Liljeholmen. Die anderen Frauen waren in ihren eigenen Häusern umgebracht worden, zwei größere Einfamilienhäuser, ein Reihenhaus. Und jetzt hatte er in einem großen Mietshaus zugeschlagen. Das bedeutete ein erhöhtes Risiko, entdeckt zu werden, was außerdem dagegensprach, dass es sich um einen Zufall handelte. Leider. Wie Sebastian die Sache auch drehte und wendete, er gelangte immer zu demselben Schluss.

In irgendeiner Weise musste das alles zusammenhängen.
Er und Annette.
Annette und der Mörder.

Sebastian stieg die Treppen zur Reichsmordkommission hinauf, ohne einen richtigen Plan zu haben. Er sollte auf Torkel warten. Aber er wusste nicht einmal, ob er weiterhin würde bei der Gruppe bleiben dürfen.

Er ging zum Besprechungsraum. Hier konnte er immerhin die Tür hinter sich zuziehen und mit seinen fieberhaften Gedanken allein sein. Er stellte sich vor die große Tafel mit den Fotos und Notizen. Betrachtete Billys Chronologie. Die Bilder der früheren Opfer. Bald würde auch Annette Willén dort hängen. Keine der Frauen war direkt jung, alle über vierzig. Vielleicht hatte das etwas zu bedeuten. Ihr Leben hatte eine Geschichte. Das bot Möglichkeiten, auf Muster zu stoßen, die in der Vergangenheit lagen. Er wusste, dass Billy bereits alles durchgegangen war, aber er musste sich ohnehin beschäftigen, bis Torkel kam, und das konnte noch Stunden dauern. Und bestenfalls konnte Arbeit auch die anderen Gedanken verscheuchen. Auf dem Tisch lagen die drei Akten, die sie zurückgelassen hatten, als sie in aller Hast nach Liljeholmen aufgebrochen waren. Sie enthielten die gesammelten Informationen über jedes Opfer. Von offiziellen Dokumenten vom Finanzamt und dem Einwohnermeldeamt bis hin zu den Ergebnissen der Spurensicherung und den Protokollen der Verhöre mit Freunden, Familien, Kollegen und Nachbarn. Konnte er etwas darin finden, was niemand vor ihm entdeckt hatte? Die Chancen schienen gering. Dieses Ermittlerteam war das beste Schwedens. Aber er wollte es dennoch probieren.

Er musste es tun.

Er musste versuchen, die Hintergründe zu verstehen.

Also begann er zu lesen. Das erste Opfer. Maria Lie. Sie war relativ frisch von ihrem Mann Karl geschieden, aber die Scheidung war noch nicht durch. In ihrer Akte lag das Protokoll eines Verhörs mit ihrem künftigen Exmann, oder wie man ihn nennen sollte, zehn eng beschriebene Seiten lang. Sebastian begann zu lesen. Karl und Maria Lie waren lange verheiratet gewesen, doch die Ehe war kinderlos geblieben, und irgendwann hatten sie sich auseinandergelebt. Maria Lie arbeitete als kaufmännische Leiterin in einer Personalserviceagentur in der Stadt. Er arbeitete bei Tele 2 und hatte letztes Jahr eine jüngere Frau kennengelernt und eine heimliche Affäre mit ihr begonnen. Dann kamen die Enthüllung, der Krach, das Ende in schneller Folge. Maria Lie hatte Karl seinen Anteil des Hauses ausgezahlt, weil er das Geld brauchte. Seine neue Freundin war bereits schwanger, und die beiden suchten nach einer gemeinsamen Wohnung. Maria Lie hatte gerade beantragt, ihren Mädchennamen wieder anzunehmen, Kaufmann, und sie hatten ...

Sebastian stutzte. Las den Namen erneut. Das konnte nicht wahr sein.

KAUFMANN.

K-A-U-F-M-A-N-N.

Ursula war mit dem Fotografieren fertig und wollte nun warten, bis der Rechtsmediziner kam, um die Leiche abzuholen und zu untersuchen. Er hatte sich aufgrund eines schweren Verkehrsunfalls auf der Strecke verspätet, und Ursula ging zum Wohnzimmerfenster, um für einen Moment etwas anderes zu sehen als die gräulich-bleiche Frauenleiche und das geronnene Blut auf dem Bett.

Draußen war noch immer ein perfekter Sommertag mit strahlend blauem Himmel. Die sengende Sonne war nach Westen gewandert und schien immerhin nicht mehr mit voller Kraft auf die Wohnung, doch in dem stickigen Zimmer herrschte nach wie vor eine drückende Hitze. Ursula schob vorsichtig die Balkontür auf und trat auf den dunklen Holzboden hinaus. Im Freien war es immerhin etwas kühler. Der Balkon war klein, aber liebevoll gestaltet, und eine große gelbe, prunkvolle Kletterrose rankte aus einem zierlichen Tonkrug empor und an der Balkonwand entlang. Die Rose war gut gepflegt, Ursula war sich ziemlich sicher, dass es eine Leverkusen war. Ihre Mutter Ingrid war eine Rosennärrin gewesen und hatte zwei dieser Exemplare neben dem Eingang ihres Sommerhauses in Småland gepflanzt. Sie hatte versucht, ihre Tochter in die Kunst der Rosenzucht einzuweihen, doch Ursula waren lediglich die Namen einzelner Sorten und der Duft des Blattlaussprays in Erinnerung geblieben. Sie musterte das Mobiliar. Zwei Klappstühle aus Holz standen um den ovalen französischen Cafétisch aus weiß lackiertem Metall. Eine hellblaue Zuckerschale aus Emaille mit einem zierlichen weißen Blütenmuster war das Einzige, das auf dem Tisch stand. Vermutlich würde sie schon bald jemand hochheben und sich fragen, was er mit ihr und dem übrigen Inventar der Wohnung anfangen sollte. Die Dinge, die wir hinterließen.

Ursula stand am Balkongeländer und blickte auf den Essingeleden und den grünen Wald, der sich dahinter ausbreitete. Sie sah, wie die Autos auf der mehrspurigen Stadtautobahn vorüberflitzten. Drinnen in der Wohnung war ein Leben zu Ende gegangen, draußen rauschte das Leben weiter vorbei. So war es nun mal, das Leben war ein ewiger Strom, den man nicht aufhalten konnte, so gerne man es wollte. Auch wenn es für die Betroffenen schwer zu ertragen war – dort draußen ging alles seinen gewohnten Gang, als wäre nichts passiert. Sie atmete tief ein und füllte ihre Lungen mit Sauerstoff. Dann schloss sie die Augen und dachte nach. Dass es derselbe Mörder war, stand außer Zweifel. Alles stimmte, vom Nachthemd, den Nylonstrümpfen, der klaffenden Wunde quer durch den Hals bis hin zur Vergewaltigung von hinten. Um vollkommen sicherzugehen, hatte sie nach der Vorratskammer gesucht, die von außen verschließbar war. In der Wohnung direkt gab es keine, aber Ursula vermutete, dass sich nicht viel verändert hatte, seit sie selbst vor vielen Jahren einmal in einem ähnlichen Wohnhaus gelebt hatte. Es gab bestimmt einen solchen Raum.

Und so war es auch. Im Keller. Auf der anderen Seite einer Stahltür erstreckte sich ein langer Korridor mit Betonboden. Alle fünf Meter erleuchtete eine nackte Glühbirne einen kleinen Kellerverschlag aus Holzlatten, die mit Hasendraht bespannt waren. Jeder Raum hatte eine Tür aus ungehobeltem Holz mit einem Riegel. Ein schwacher, aber unverkennbarer Schimmelgeruch lag in der Luft. Die Kellerräume schienen nicht zu dem Bereich zu gehören, um den sich die Immobilienverwaltung in den letzten dreißig Jahren vorrangig gekümmert hatte.

Ursula lief an den identischen Verschlägen entlang, bis sie die 19 erreicht hatte, die Nummer von Annettes Wohnung. Das Vorhängeschloss war aufgebrochen. Vorsichtig öffnete Ursula die Tür mit einer behandschuhten Hand und spähte hinein. Auch der Kellerraum musste jetzt zum Tatort mit dazugehören. Annettes Verschlag war verhältnismäßig leer. Die meisten anderen, an denen Ursula vorbeigekommen war, waren völlig überfüllt. In Annettes Keller standen lediglich einige Umzugskisten und andere Pappkartons, eine Stehlampe, ein Klapptisch und vier übereinandergestapelte Holzstühle. In der Mitte, auf dem Boden, fand Ursula den akribisch angeordneten Proviant: das Fruchtsoda, die Kekse, die Bananen, die Keksschokolade und die leere Flasche für den Urin. Sie standen in einer perfekten Reihe, in identischem Abstand zueinander. Genau wie an den anderen Tatorten. Selbst ihr als erfahrener Tatorttechnikerin lief plötzlich ein kalter Schauer über den Rücken, was sie den Kollegen gegenüber natürlich nie zugegeben hätte. Aber die Exaktheit, mit der der Täter an jedem Ort dasselbe Arrangement hinterließ, war schlicht beängstigend.

Vorsichtig kniete sie sich hin, nahm ein kleines Maßband aus Metall zur Hand und maß den Abstand zwischen den einzelnen Gegenständen. Genau, wie sie es geahnt hatte. 4,5 Zentimeter. Er musste es jedes Mal exakt ausmessen, dachte sie. Das dauerte. Aber er nahm sich die Zeit. So berechnend war er. So wenig aus der Ruhe zu bringen. So wichtig war es ihm, das Richtige zu tun.

Ein Ritual. Wie bei Hinde.

Um ihn zu kopieren. Bis ins kleinste Detail.

Sie schauderte erneut.

Nachdem sie auch im Keller Fotos gemacht hatte, war sie zurück auf den Balkon gegangen. Als sie Torkel in die Wohnung kommen hörte, wurde sie jäh aus ihren Gedanken gerissen. Er schien nach ihr zu suchen und ging, ohne sie auf dem Balkon zu bemerken, in die kleine Küche.

»Torkel, hier!«, rief sie und klopfte gegen das Fenster. Torkel streckte den Kopf aus der Küche und nickte ihr zu. Sein Blick war ernst.

Er trat zu ihr auf den Balkon und fing mit dem Einfachen an, mit dem, was ihm begreiflich war. »Wir haben die Nachbarn befragt, bisher aber ohne Ergebnis. Annette war ordentlich und ruhig. Hat nicht viel Aufsehen erregt. Ihr früherer Mann war wohl ein ziemlicher Fiesling. Aber ihn hat schon seit Monaten niemand mehr zu Gesicht bekommen.«

Ursula nickte und sah wieder in die Ferne.

»Was ist mit der Freundin, die sie gefunden hat?«

»Lena Högberg, sie wohnt ein Stück von hier entfernt. Die beiden waren zum Mittagessen verabredet, doch Annette ist nicht gekommen. Die Freundin hat sie daraufhin den ganzen Nachmittag versucht zu erreichen, aber sie ist nicht ans Telefon gegangen.«

Ursula nickte.

»Sie ist seit weniger als zwölf Stunden tot.«

»Annette hatte es in den letzten Jahren anscheinend nicht so leicht«, fuhr Torkel fort, »also wurde Lena unruhig und beschloss, nach der Arbeit nach ihr zu schauen. Durch den Briefschlitz in der Wohnungstür konnte sie die Blutflecken auf dem Boden sehen …«

»Inwiefern hatte sie es nicht leicht?«

»Scheidung, der Sohn ist ins Ausland gezogen, sie hat ihre Arbeit verloren. Offenbar war sie ziemlich deprimiert.« Torkel blickte auf den Essingeleden, ehe er fortfuhr: »Vanja überprüft gerade ihren Exmann.«

»Das ist gut, aber wir haben es hier mit demselben Mörder zu tun. Mit keinem anderen.«

Torkel seufzte schwer. Ursula sah ihn an. Er wirkte ungewöhnlich verbissen. Auf eine Weise bedrückt, wie er es an Tatorten normalerweise nicht war. Natürlich empfanden sie es alle als große Niederlage, dass sie abermals den Tod einer Frau nicht hatten verhindern können, aber diesmal schien es Torkel schwerer zu treffen als sonst.

»Wir müssen jetzt einfach alles richtig machen«, sagte er freiheraus, mehr zu sich selbst als zu ihr. »Uns darf nichts entgehen.«

Sie schwiegen eine Weile und blickten auf die Autobahn. Torkel nahm Ursulas Hand und wandte sich ihr zu. Sie sah ihn verwundert an, zog ihre Hand jedoch nicht zurück.

»Wir haben noch ein größeres Problem. Ein sehr großes.«
»Und das wäre?«
»Bist du sicher, dass sie seit weniger als zwölf Stunden tot ist?«
»Das ist aufgrund der Hitze schwer zu sagen, aber ungefähr zwischen sechs und zwölf Stunden. Warum?«

Torkel drückte ihre Hand noch fester.
»Sebastian hatte letzte Nacht Sex mit ihr.«
»Was sagst du da?«
»Ich sage, dass unser Sebastian Bergman Sex mit ihr hatte und diese Wohnung erst vor ungefähr zwölf Stunden verlassen hat.«

Jetzt schauderte ihr richtig.

Die ersten beiden Male war sie unbeobachtet gewesen, diesmal nicht.

Sebastian spürte, wie alles aus ihm entwich. Alles. Die Luft. Die Handlungskraft. Der Gleichgewichtssinn. Fast wäre er zu Boden gestürzt, konnte sich aber im letzten Moment an der Tischkante festhalten. Krampfhaft klammerte er sich an die helle Holzplatte, als wäre sie die letzte Möglichkeit, ihn vor dem Abgrund zu bewahren, der sich gerade vor ihm aufgetan hatte.

Es war unmöglich.

Total, komplett unmöglich.

Und doch war es wahr.

Er war darauf gestoßen, als er fieberhaft weitergesucht hatte zwischen den Bildern, Verhören, Zeugenaussagen, persönlichen Daten. Überall stieß er auf Zusammenhänge und Erinnerungen, die er vorher nicht gesehen hatte. Die Wahrheit erhob sich vor ihm wie ein blasser, selbständiger Körper und verdrängte Zweifel, Hoffnung und letzte Unklarheiten. Sie ergriff von seiner Seele Besitz wie eine fremde Kraft. Er zitterte und rang nach Luft. Die Macht, mit der ihn diese brutale Erkenntnis überrollte, erinnerte ihn an jenen Tag an einem Strand in Khao Lak, als ihm diese kreidebleiche, unversöhnliche Gestalt schon einmal begegnet war. Damals, als er halb nackt, blutig und zerschunden zwischen Treibgut und Palmenblättern gesessen hatte, färbte sich die Erscheinung von seiner Trauer schwarz und lähmte ihn vollends. Diesmal, im Büro der Reichsmordkommission, verwandelte sich die Macht der Erkenntnis in blanke Angst. Diese verdammte Angst. Er versuchte, sich zu konzentrieren, den Gedanken zu verdrängen, um die Panik zu bezwingen, die dabei war, die Oberhand zu gewinnen. Er schlug mit der geballten Faust brutal auf den Tisch und unterdrückte einen wilden Schrei. Um sich wieder auf etwas anderes zu konzentrieren und sich in den Griff zu bekommen. Nach einigen Minuten gelang es ihm unter großer Kraftanstrengung, wieder auf die Beine zu kommen. Er geriet ins Wanken, fand dann aber die Balance wieder und stolperte zum Fenster, um etwas anderes zu sehen als die Bilder von den toten Frauen, die auf dem Tisch lagen und an der Wand hingen. Draußen brannte die Sonne noch immer heiß vom Himmel. Das hatte sie auch an jenem Tag am Strand getan, dachte er, und plötzlich tastete er in Gedanken wieder nach Sabines Hand. Er wollte sie festhalten. Diesmal nicht den Halt verlieren. Wollte sich in ihrer kleinen Kinderhand verstecken und in ihrer sonnenwarmen Haut und ihren zarten Fingern verschwinden. Für eine Sekunde sah er sie vor sich, die weißen, runden Backen, die blauen Augen voller Leben, das Haar, das sich in ihrem Nacken lockte. Er hielt sie fest. Wollte sie gleichermaßen schützen und selbst Schutz suchen. Vor der Wahrheit, die in diesem unbegreiflichen Zusammenhang lag. Wollte für immer verschwinden mit seiner Tochter.

Doch plötzlich war sie weg. Seinen Armen entrissen. Wieder. Er blieb allein zurück. In einem Besprechungsraum voller Bilder von anderen Toten.

Er streckte sich.

Genau wie damals am Strand, nachdem er aufgestanden war.

Und ging langsam davon.

Ursulas Reaktion hatte Torkel zunächst erstaunt. Er hatte mit ihrer Wut gerechnet, stattdessen hatte sie sehr mitgenommen ausgesehen und geschwiegen. Dann hatte sie ihn mit Fragen überhäuft. Wie war das möglich? Konnte das wirklich sein? Dass Sebastian sich danebenbenahm, war an sich nichts Neues, aber ein so grobes Fehlverhalten erschien selbst Ursula unglaublich. Sie war auf dem kleinen Balkon hin und her gewankt und hatte versucht, ihre Gedanken zu ordnen. Sebastian hatte mit der Frau drüben im Zimmer geschlafen. Jener Frau, die ermordet worden war. Alles war im Laufe eines Tages passiert, mit einer möglichen Abweichung von wenigen Stunden. Irgendjemand ahmte Edward Hinde nach. Bis ins kleinste Detail. Sebastian war derjenige, der Hinde damals hinter Gitter gebracht hatte, derjenige, der die entscheidenden Hinweise zur Lösung des Falls fand. Es war der Höhepunkt in Sebastians Karriere als Profiler gewesen und hatte ihn zu dem gemacht, was er heute war.

Wie Ursula die Sache auch drehte und wendete, sie kam immer zu demselben beängstigenden unmöglichen Schluss.

Es gab einen Zusammenhang.

Obwohl es nicht sein konnte.

Gemeinsam hatten sie schnell den Entschluss gefasst, dass das ganze Team informiert werden musste. Als sie die Treppen hinunterhasteten, war Torkel insgeheim froh darüber, dass er sie alle an der Entscheidung, Sebastian wieder hinzuzuziehen, beteiligt hatte. Sonst wäre es nun sein alleiniges, unmöglich zu lösendes Problem gewesen. Er hasste sich dafür, in diesem Moment überhaupt daran zu denken, es kam ihm erbärmlich vor, wenn in der Wohnung dort oben eine ermordete Frau lag. Aber der Gedanke existierte, sosehr er ihn auch zu verscheuchen versuchte.

Billy hatte sich ein Stück von den Polizeiautos und den Schaulustigen entfernt, die sich allmählich versammelten. Er telefonierte und lief dabei hin und her. Vanja ging Ursula und Torkel entgegen und nickte in Billys Richtung.

»Er versucht herauszufinden, wo sich der Exmann aufhält, damit wir einen Wagen dorthin schicken können.«

Billy stand von ihnen abgewandt und setzte seine Diskussion mit der Person am anderen Ende fort. »Wir haben Annettes Sohn in Kanada ausfindig gemacht. Die Polizei vor Ort wird zu ihm fahren und mit ihm reden. Wenn er sich nicht bei uns meldet, rufen wir ihn später noch mal an«, ergänzte Vanja.

Torkel nickte ungeduldig. Alles schön und gut, aber die Angehörigen zu informieren stand in dieser Situation dennoch ganz unten auf der Prioritätenliste.

»Sag ihnen, dass du später noch mal anrufst«, forderte Torkel Billy in scharfem Tonfall auf.

»Aber sie suchen gerade den Exmann.«

»Du rufst nachher zurück. Wir müssen reden. Und zwar jetzt.«

Billy beendete das Gespräch. Er hatte Torkel bisher nur selten in einem solchen Tonfall sprechen hören. Und die wenigen Male war es immer um etwas Ernstes gegangen. Nichts, das warten konnte.

Die vier entfernten sich ein wenig von der Absperrung. Die Schaulustigen dahinter beobachteten neugierig, wie die Ermittler einen intimen Kreis bildeten.

»Wir haben eine Ausnahmesituation«, begann Torkel.

Vanja starrte ihn und Ursula an. Sie konnte sich nicht

daran erinnern, wann sie die beiden zuletzt derart verbissen erlebt hatte.

»Sebastian hatte vor ungefähr zwölf Stunden Sex mit dem Opfer«, sagte Torkel und zog eine Miene, als hätte er gerade eine Todesnachricht überbracht.

Billy und Vanja standen schweigend da und versuchten, die Information zu verarbeiten. Da klingelte Billys Handy, vermutlich hatte man den Exmann des Opfers gefunden. Billy ging nicht ran.

Torkel und Billy rasten zusammen mit Vanja zurück zum Präsidium. Sie hatten beschlossen, dass Ursula zum Rechtsmedizinischen Institut fahren und dort Druck ausüben sollte, damit Annettes endgültiger Todeszeitpunkt so schnell wie möglich festgestellt wurde.

Natürlich stand Vanja mit Sebastian auf Kriegsfuß. Mehr denn je, aber Torkel hatte sie darum gebeten, sich ausnahmsweise zusammenzureißen. Wenigstens noch für kurze Zeit. Sie mussten Klarheit haben, Informationen und Fakten sammeln und dann handeln. Denn sie durften nicht vergessen, dass es um den Tod von vier Frauen ging und das im Fokus stehen musste. Nichts anderes. Sie mussten professionell mit Sebastian umgehen und durften nicht zulassen, dass ihre Gefühle die Oberhand gewannen. So stark sie auch waren. Vanja biss die Zähne zusammen und schwieg, aber Billy konnte sehen, wie sie innerlich kochte.

Sie parkten in der Tiefgarage, liefen schweigend zum Aufzug und fuhren in ihre Abteilung hinauf. Als Erstes suchten sie Sebastian im Besprechungsraum. Sie fanden ihn genauso leer vor, wie sie ihn verlassen hatten, aber auf dem Tisch herrschte Unordnung: Die Akten der früheren Opfer waren geöffnet worden, Bilder, Protokolle und Blätter lagen überall verstreut. Ein Stuhl war umgefallen und lag auf dem Boden. Es war jemand da gewesen. Aller Wahrscheinlichkeit nach Sebastian.

»Du bleibst hier und kümmerst dich darum, wieder ein bisschen Ordnung zu schaffen«, sagte Torkel an Billy gewandt.

»Okay.« Für den Bruchteil einer Sekunde hatte Billy überlegt zu fragen, ob Vanja das nicht an seiner Stelle übernehmen könnte. Aber das war eindeutig nicht der richtige Zeitpunkt.

»Und kontrollier genau, ob auch nichts fehlt. Falls doch, informierst du mich sofort«, befahl Torkel, drehte sich um und ging zur Tür.

Billy hielt ihn jedoch auf: »Du glaubst doch wohl nicht, dass Sebastian etwas mit dem Mord zu tun hat?«

Torkel blieb mit der Hand am Türgriff stehen und wandte sich ernst zu Billy um.

»Soweit wir wissen, ist er der Letzte, der Annette Willén lebend gesehen hat. In dieser Hinsicht ist also er auf jeden Fall involviert.«

Torkel verließ den Raum. Er und Vanja eilten weiter und beschleunigten ihre Schritte. Sie kamen am Pausenraum vorbei, wo einige uniformierte Beamte gerade ihren Automatenkaffee tranken. Einer hatte Sebastian vor einer Weile gesehen. Er selbst hätte gegrüßt, erzählte der Uniformierte, sein Gruß sei aber nicht erwidert worden. Die beiden liefen weiter. Die Tür zu Torkels Büro stand offen. Er steckte den Kopf hinein und erblickte Sebastian zusammengesunken auf dem braunen Besuchersofa. Sein Kopf hing so tief, dass es aussah, als ob er entweder schliefe oder die Schuld der ganzen Welt auf seinen Schultern trüge. Torkel blieb in der Tür stehen und betrachtete die zusammengekauerte Gestalt. Er machte einige entschlossene Schritte in den Raum hinein, woraufhin Sebastian langsam aufsah. Sein Blick wirkte resigniert und doch stark. Als wäre er am Ende eines Weges angelangt, wo es keine weiteren Fluchtmöglichkeiten gab, und hätte dennoch beschlossen zu kämpfen. Er stand auf.

Vanja tauchte im Türrahmen auf und sah Sebastian unverwandt an. Der stand schweigend da. Vanja schüttelte voller Zorn den Kopf.

»Lass uns allein«, sagte Torkel. Mit nur wenigen Metern Abstand zu Sebastian spürte er intensiv, dass es das Beste war, jetzt selbst und ruhig mit seinem alten Freund zu reden. Sebastian brauchte ein Gespräch, nicht den sofortigen Konflikt. »Und mach bitte die Tür hinter dir zu.«

Torkel sah kurz zu Vanja hinüber, die die Situation erstaunlich leicht akzeptierte. Ohne ein weiteres Wort zog sie die Tür hinter sich zu. Ein wenig zu schwungvoll. Torkel blickte Sebastian an, der immer noch vor dem Sofa stand.

»Setz dich.«

Torkel ging weiter auf Sebastian zu, er brauchte Antworten auf seine Fragen. Zunächst einmal. Dann musste er Sebastian von den Ermittlungen ausschließen. So schnell es irgend ging. Das war das Wichtigste.

»Wir haben einiges zu klären, du und ich«, sagte Torkel nachdrücklich, als er vor Sebastian stand.

»Mehr, als du glaubst.« Sebastians Stimme war klar und mindestens genauso fest wie Torkels.

Torkel ärgerte sich über die unerwartete Stärke, die Sebastian demonstrierte. Eigentlich stünde ihm nicht mehr als ein Flüstern zu, dachte er, ehe er fortfuhr: »Für dich endet der Job hier, nur dass das klar ist. Du wirst nichts mehr mit der Ermittlung zu tun haben.«

»Doch, das werde ich.«

»Sebastian, hör mir zu!« Torkel konnte seine Wut nicht mehr bremsen. Er musste einen Impuls unterdrücken, den alten Kollegen zu packen und zu schütteln. Kapierte er es denn wirklich nicht? »Du hattest Sex mit einem der Opfer.«

»Ich hatte mit allen vier Opfern Sex«, fuhr ihm Sebastian dazwischen.

Torkel verstummte abrupt.

»Nicht kürzlich, aber ... ich war mit allen vieren im Bett.«
Torkel wurde blass und erwiderte Sebastians stechenden Blick erstaunt.

»Das ist kein gewöhnlicher Nachahmungstäter, Torkel. Das ist etwas Persönliches. Gegen mich gerichtet.«

Es brauchte eine Weile, alle wieder zusammenzutrommeln. Ursula wurde aus dem Rechtsmedizinischen Institut herbeigerufen. Die Obduktion war noch lange nicht abgeschlossen, weshalb sie keine neuen Informationen hatte, aber sie ließ alles stehen und liegen, als sie hörte, worum es ging. Billy hatte die Akten wieder geordnet und aufgeräumt, als Sebastian und Torkel in den Besprechungsraum kamen. Soweit er es hatte beurteilen können, war alles vollständig. Vanja hatte frustriert, aber dennoch freiwillig Billys Aufgabe übernommen, Annettes Exmann zu suchen. Es war ihr gemeinsam mit den Kollegen gelungen, ihn ausfindig zu machen, und sie hatte einen Streifenwagen zu ihm geschickt, damit er über den Tod seiner Exfrau unterrichtet wurde. Nachdem sie ihn schonend informiert hatten, sollten die Beamten in jedem Fall die Gelegenheit zu einer kurzen Befragung nutzen, hauptsächlich, um zu erfahren, ob der Mann für den Tatzeitpunkt ein Alibi hatte. Vanja traf als Letzte im Besprechungsraum ein und blieb demonstrativ mit verschränkten Armen neben der Tür stehen. So weit von Sebastian entfernt wie möglich. Sebastian nickte ihr zur Begrüßung zu, erhielt jedoch nur ein verächtliches Schnauben zur Antwort. Die Ereignisse hatten ihn deutlich gezeichnet, aber die Glut in seinen Augen schien eher verstärkt.

»Wir stehen vor einer extremen Situation«, begann er.

Vanja schüttelte den Kopf, sie konnte sich nicht mehr zurückhalten. »Du stehst vor einer extremen Situation. Nicht wir.«

Torkel brachte sie mit einem strengen Blick zum Schweigen. »Lass ihn erst ausreden.«

Sebastian gelang ein dankbares Nicken in Torkels Richtung, und er versuchte erneut, Vanja entschuldigend anzusehen. Er wollte jetzt nicht mit ihr streiten. Alles, nur nicht das. Er hatte sich lange nicht mehr so einsam gefühlt wie jetzt.

Dann drehte er sich um und deutete auf eines der Bilder vom ersten Opfer. »Maria Lie habe ich zuerst nicht wiedererkannt, aber während des Studiums hieß sie noch Kaufmann. Ihren Papieren zufolge haben wir zusammen studiert, und ich erinnere mich, dass ich damals eine Zeit lang mit einer Maria Kaufmann zusammen war.«

Sebastian schluckte und machte mit dem Foto von Katharina Granlund weiter. »Katharina hätte ich wiedererkennen müssen. Sie kam 1997 zu einer Signierstunde auf der Buchmesse. Sie war damals schon verheiratet. Wir haben uns einige Male getroffen. Ich habe es erst begriffen, als ich las, dass sie diese kleine Tätowierung mit einer grünen Eidechse an einer ... intimen Körperstelle hatte ...«

Vanja konnte sich wieder nicht beherrschen. »Das kann doch wohl nicht dein Ernst sein? Du weißt nicht mehr, wie deine Bettgefährtinnen hießen oder wie sie aussahen, aber an ihre Tätowierungen irgendwo da unten kannst du dich noch erinnern?«

»Ich weiß nicht, was ich sagen soll«, antwortete Sebastian entschuldigend.

»An eine Tätowierung erinnert man sich leichter als an ein Gesicht«, bemerkte Billy.

Vanja drehte sich blitzschnell zu ihm um.

»Verteidigst du ihn etwa?«

»Ich sag doch nur ...«

»Schluss jetzt! Alle beide!« Torkel unterbrach die Diskussion, als würde er zwei zankende Kinder trennen. »Red weiter, Sebastian.«

Sebastian vermied es, Vanja anzusehen, als er sich dem letzten Bild zuwandte. Es war die blonde Frau aus Nynäshamn. Das Opfer Nummer 2.

»Jeanette Jansson... Ich erkenne sie nicht wieder, leider erinnere ich mich kein bisschen an sie. Aber ich habe in einer der Befragungen gelesen, dass ihr Spitzname ›JoJo‹ war, und ich war ... ich habe einige Jahre nach dem Studium mal mit einer ›JoJo‹ geschlafen. In Växjö ... und sie war blond und hatte hier eine Narbe.« Sebastian zeigte auf seine Oberlippe. »Jeanette Jansson kommt aus Växjö und wurde als Kind wegen einer Hasenscharte operiert ...«

Es wurde vollkommen still im Raum. Vanja starrte Sebastian verächtlich an.

Der sah plötzlich unglaublich müde und alt aus. »Dass gerade diese Frauen sterben mussten, ist also meine Schuld«, sagte er kleinlaut. »Ich bin die Verbindung, nach der ihr gesucht habt. Ich – und Hinde.«

Billy setzte dort an, wo der logisch denkende Teil seines Gehirns etwas zu fassen bekam. »Aber Edward Hinde sitzt in Lövhaga hinter Gittern. Können wir wirklich sicher sein, dass er etwas damit zu tun hat?«

»Dass jemand Hindes Morde bis ins kleinste Detail kopiert und mich damit ansprechen will – ohne dass er etwas damit zu tun haben sollte –, das ist ganz und gar unwahrscheinlich. Es sind vier Opfer! Vier Frauen, mit denen ich im Bett war! Es gibt einen Zusammenhang!«

Erneutes Schweigen. Sie wussten, dass Sebastian recht hatte. Das Muster war unmöglich abzustreiten, sosehr sie es sich auch wünschten.

Ursula stand auf und ging zu der Tafel mit den Frauenfotos hinüber.

»Warum jetzt? Warum passiert es ausgerechnet jetzt? Die Hinde-Morde geschahen vor über fünfzehn Jahren.«

»Das müssen wir herausfinden«, antwortete Torkel, der plötzlich eingesehen hatte, dass Sebastian unabdingbar der Schlüssel zur Lösung war. Er sah ihn an. »Hattest du in irgendeiner Form Kontakt zu Hinde, seit du ihn in den Neunzigern verhört hast?«

»Nein. Gar nicht.«

Wieder schwiegen alle. Torkel betrachtete sein Team. Jeden Einzelnen. Er hatte schon lange nicht mehr eine solche Mischung aus Verwunderung, Schock und Wut gesehen. Und plötzlich begriff er, was er tun musste. Vermutlich würde es niemand sonst verstehen. Aber er war sich sicher. Torkel kannte Edward Hinde nicht so gut wie Sebastian, aber gut genug, um zu wissen, dass dessen Gegenspieler ein berechnender und hyperintelligenter Psychopath war. Bei den damaligen Ermittlungen war er ihnen immer einen Schritt voraus gewesen – so lange, bis sie Sebastian Bergman mit ins Boot geholt hatten.

Auch damals waren die meisten in der Gruppe skeptisch gewesen, den egozentrischen Psychologen zum Zug kommen zu lassen, aber Torkel hatte seine Meinung auf jeden Fall geändert. Erst als Sebastian ein vollwertiges Mitglied des Teams gewesen war, hatten sie die Muster aufspüren können, die schließlich zur Festnahme Hindes geführt hatten. Das war die Wahrheit. Er brauchte Sebastian. Auch diesmal. Er wandte sich vor allem Vanja und Ursula zu und räusperte sich.

»Ihr werdet nicht meiner Meinung sein. Aber ihr müsst mir vertrauen. Ich will, dass Sebastian mitfährt und Hinde verhört.«

»Du willst was?« Vanja, die sich zwischenzeitlich beruhigt zu haben schien, schöpfte neue Energie. Ihre Wangen färbten sich zartrot. Vor Wut.

»Ihr müsst mir vertrauen. Wenn Hinde Sebastian als seinen Gegenspieler betrachtet, und wenn er bereit ist, so weit zu gehen, um zu demonstrieren ...« Torkel unterbrach sich und sah zu Sebastian hinüber, der merkwürdig gleichgültig wirkte. »Dann soll er ihn auch als Gegner bekommen. Und zwar ernsthaft.«

»Warum?« Die Frage kam erneut von Vanja. Natürlich. »Was haben wir davon?«

»Es besteht das Risiko, dass er sonst weitermacht. So lange, bis wir zu erkennen geben, dass wir ihn verstanden haben.«

»Das heißt, du denkst, er würde aufhören, wenn Sebastian ihm gegenübertritt?«

»Vielleicht. Bestenfalls. Ich weiß es nicht.«

Die anderen schwiegen weiterhin. Keiner von ihnen wusste, wo sie überhaupt anfangen sollten.

Torkel richtete sich an Vanja. »Du begleitest Sebastian morgen nach Lövhaga.«

»Im Leben nicht! Wir sind noch mehr in dieser Gruppe.«

»Aber du bist diejenige, die Sebastian im Auge behalten wird. Jemand muss ihm einen Arschtritt verpassen, wenn er sich nicht benimmt. Und wer könnte das besser als du?«

Vanja schwieg und blickte erst zu Sebastian, dann wieder zu Torkel. In gewisser Weise konnte sie nachvollziehen, was Torkel vorhatte, wenngleich die Idee geradezu bizarr war. Natürlich schienen Sebastian und Hinde auf eine Weise miteinander verknüpft, die sich ihrem Verständnis vollkommen entzog. Aber jetzt wollte Torkel Hinde genau den Gegner liefern, den er sich wünschte. Das entsprach nicht den Regeln. Im Gegenteil. Das konnte richtig böse enden. Sie trat einige Schritte auf ihren Chef zu.

»Weißt du überhaupt, was du da tust?«

»Ja.«

Vanja sah sich nach Unterstützung um, bekam aber keine.

Billy rekelte sich, dann beugte er sich vor. »Mir ist gerade etwas eingefallen: Sollten wir mit einer Art Warnung an die Öffentlichkeit gehen?«

Die anderen sahen ihn verständnislos an.

Billy wirkte beinahe verlegen. »Ich meine, es muss doch viele Frauen geben, die ... ihr wisst schon ... in der Gefahrenzone sind.«

Vanja schüttelte den Kopf. »Wie sollen wir das machen? Mit einem Bild von Sebastian herumlaufen und fragen: ›Haben Sie mit diesem Mann geschlafen?‹ Wie viele sind es denn eigentlich? Hundert? Zweihundert? Fünfhundert?«

Sebastian sah erst zu ihr, dann auf die Bilder von den Toten. »Ich weiß es nicht ... zugegeben, ich habe keine Ahnung.«

Ursula schüttelte den Kopf und stand auf. »Ich gehe jetzt los und rufe im Rechtsmedizinischen Institut an, dann kann ich endlich mal mit einem vernünftigen Menschen reden.«

Torkel versuchte, einen Blick von ihr zu erhaschen, was ihm jedoch misslang. Noch bevor sie die Tür erreicht hatte, sprang auch Billy auf. Irgendetwas schien ihm noch eingefallen zu sein, mit einem Mal war er voller Energie. »Warte, da ist noch eine Sache. Wonach wählt er seine Opfer aus?«

Mit schnellen Schritten war er bei der Tafel mit den Fotografien und deutete darauf. »Angenommen, man kann deine alten Beziehungen aufdecken, indem man ein bisschen recherchiert und lange plant, Sebastian. Aber das neuste Opfer, Annette Willén, wie konnte er von ihr wissen? Wo du sie doch erst gestern getroffen hast?«

Die anderen realisierten, was Billy da gerade gesagt hatte. Es war, als spürten sie den Atem des Monsters, das sie jagten, plötzlich in ihrem eigenen Nacken.

Billy sah Sebastian ernst an. »Hattest du das Gefühl, dass dir jemand folgt?«

Die Frage erwischte Sebastian kalt. Warum hatte er diese Möglichkeit noch nicht selbst in Betracht gezogen? Warum hatte er nicht gesehen, dass der zeitliche Abstand zwischen ihm und den toten Frauen plötzlich geschrumpft war? Von ganzen Jahrzehnten auf einen Zeitraum von nur vierundzwanzig Stunden. Wahrscheinlich hatte der Schock darüber, das ohnehin schon Unglaubliche akzeptieren zu müssen, diese Erkenntnis verhindert.

»Darüber habe ich noch nicht nachgedacht.«

Aber das tat er jetzt. Und zwar gründlich.

Am nächsten Morgen standen sie gemeinsam im Aufzug. Vanja fixierte die Anzeige direkt über der Tür, die die Stockwerke abwärts zählte. Sie mussten bis G fahren, in die Tiefgarage.

Sebastian unterdrückte ein Gähnen und rieb sich müde die Augen. Er hatte nicht besonders viel geschlafen. Seine Gedanken hatten ihn wach gehalten. Hinde, die vier toten Frauen, der gemeinsame Nenner. Das alles war die halbe Nacht in seinem Kopf herumgeschwirrt. Gegen vier Uhr war er schließlich eingeschlafen, nur um eine Stunde später von seinem Albtraum geweckt zu werden. Anschließend war an Schlaf nicht mehr zu denken gewesen. Er war aufgestanden, hatte Kaffee getrunken, geduscht und war dann zum Polizeipräsidium gefahren, um dort auf Vanja zu warten. Damit sie gemeinsam zu Hinde fuhren.

Um kurz nach acht war Vanja hereingekommen und hatte ihn in einem der Bürostühle sitzend gefunden.

»Bereit?«, hatte sie gefragt und war nach draußen gegangen, ohne seine Antwort abzuwarten. Sebastian war aufgestanden und ihr zum Aufzug gefolgt.

»Wenn das stimmt, haben deinetwegen vier Frauen ihr Leben gelassen«, sagte Vanja, ohne ihn anzusehen.

Sebastian erwiderte nichts. Was sollte er auch sagen? Dass sie Sex mit ihm gehabt hatten, war die einzige Gemeinsamkeit zwischen allen Opfern. Sex mit Sebastian Bergman.

Ein Todesurteil.

»Vielleicht solltest du dir ein Warnschild umhängen. Du bist schlimmer als HIV.«

»Es kann schon sein, dass du der Meinung bist, ich hätte es nicht besser verdient«, entgegnete Sebastian mit leiser Stimme. »Aber könntest du nicht so freundlich sein, mal eine Zeit lang den Mund zu halten?«

Vanja drehte sich mit eiskaltem Blick zu ihm um.

»Oh, entschuldige, du findest das anstrengend? Aber weißt du was? Nicht du bist hier das Opfer.«

Sebastian verkniff sich die Antwort. Es hatte keinen Zweck. Sie würde das alles ohnehin nicht verstehen. Das tat weh. Viel mehr, als Vanja es sich vorstellen konnte.

Nein, er war vielleicht kein Opfer im herkömmlichen Sinn, aber schuldig war er auch nicht. Er hätte unmöglich voraussahen können, dass jemand seine nächtlichen Eroberungen Jahrzehnte später aufsuchen und brutal ermorden würde, nur um auf perverse Art und Weise seine Macht über ihn zu demonstrieren. Genauso wenig, wie Sebastian den Tsunami hatte voraussahen oder verhindern können. Er schwieg. Ihm fiel nichts mehr ein.

»Hattest du das Gefühl, dass dir jemand folgt?«

Billys Worte gingen Sebastian nicht mehr aus dem Kopf. Wie merkte man, ob man verfolgt wurde? Er hatte keine Ahnung. Als er heute Vormittag auf dem Weg nach Kungsholmen im Taxi gesessen hatte, hatte er ab und zu durch die Rückscheibe gesehen, aber es war unmöglich festzustellen, ob ihm eines der zahlreichen Autos, die hinter ihnen fuhren, folgte oder nicht. Möglicherweise entwickelten Polizisten dafür ein Gespür, aber er war nun mal kein Polizist. Wobei auch das nicht so ganz stimmte. Immerhin war er Vanja mehrere Monate lang gefolgt, ohne dass sie etwas bemerkt hatte. Dessen war er sich sicher. Sonst säßen sie jetzt nicht zusammen in diesem dunkelblauen Volvo.

Routiniert lenkte Vanja das Auto aus der Garage zum Wachhäuschen. Als sie die Schranke passiert hatte, setzte sie den rechten Blinker.

»Warte mal.«

Vanja sah ihn an, wie immer leicht irritiert. Er überlegte kurz, ob sie diesen Gesichtsausdruck eigentlich nur ihm gegenüber hatte. Aber er hatte keine Zeit, den Gedanken zu vertiefen.

»Bieg links ab. Fahr am Haupteingang vorbei.«

»Warum das denn?«

»Ich hab nur so ein vages Gefühl. Sollte mich wirklich jemand verfolgen, wartet er oder sie vielleicht dort. Ich gehe immer so rum, und wenn ich nicht zu Fuß unterwegs bin, lasse ich mich vom Taxi dort absetzen.«

Vanja sah ihn an, schien seinen Vorschlag kurz abzuwägen, setzte dann aber gehorsam den linken Blinker und reihte sich in den Verkehr ein. Nach einer weiteren Linkskurve erreichten sie die Polhemsgatan.

»Halt mal kurz an.«

Vanja tat, wie ihr geheißen wurde. Sebastian blickte die Straße hinunter, die vor ihnen lag. Auf dem Bürgersteig waren nur wenige Leute unterwegs. Aber direkt gegenüber der Reichsmordkommission lag der Kronobergs-Park, der sich unmöglich überblicken ließ. Jedenfalls nicht vom Auto aus. Sebastian wandte sich Vanja zu.

»Hast du ein Fernglas dabei?«

»Nein.«

Sebastian ließ seinen Blick erneut über die Straße schweifen. Er wusste eine ganze Menge darüber, wie man jemanden verfolgte. Sich außer Sichtweite hielt und doch so nahe, dass man der betreffenden Person leicht folgen konnte, wenn sie ihren Weg fortsetzte. Alle Menschen, die auf der Straße unterwegs waren, schienen ein Ziel zu haben. Niemand stand nutzlos herum oder streifte planlos umher. Blieb noch der Park. Und, so fiel ihm plötzlich ein, das Café an der Ecke. Natürlich. Die beste Aussicht, ohne auch nur den geringsten Verdacht zu erregen. Genau aus diesem Grund hatte er selbst dort so oft gesessen.

»Fahr zu dem Café an der nächsten Ecke.« Sebastian deutete darauf, und Vanja startete den Motor. Während sie langsam am Haupteingang vorbeirollten, schoss Sebastian ein Gedanke durch den Kopf. Was, wenn sie beide dort gesessen hatten? Er und sein Verfolger? Wenn es tatsächlich jemanden gab, der ihn beschattete.

Es war denkbar, ja sogar wahrscheinlich, aber keineswegs sicher.

Sebastian blickte durch das Seitenfenster auf die Autos, die rechts von ihnen parkten. Er versuchte, sich zu erinnern, ob es außer ihm andere Stammgäste gegeben hatte. Jemanden, der genauso häufig dort gesessen hatte wie er. Ihm fiel niemand ein, aber er war auch nie sonderlich an den anderen Gästen interessiert gewesen. Er hatte sich auf andere Dinge konzentriert.

Da es nirgends einen Parkplatz gab, parkte Vanja viel zu dicht am Zebrastreifen und halb auf dem Bürgersteig. Sie stiegen aus und überquerten die Straße. Vanja nahm die beiden Treppenstufen mit einem Satz und öffnete die Tür. Die kleine Glocke bimmelte mit einem für Sebastian wohlbekannten Laut. Er wollte gerade ebenfalls einen Schritt nach oben machen, um hinter Vanja das Café zu betreten, als er erstarrte.

Eine Erinnerung.

An etwas, das erst kürzlich passiert war.

Im Auto.

Kurz bevor sie den Eingang zur Reichskriminalpolizei passiert hatten. Da hatte einer auf der rechten Seite geparkt.

Sie waren an ihm vorbeigefahren. Ein blauer Ford Focus. Hellblau. Babypyjamablau. Und ein Mann mit Sonnenbrille hatte auf dem Fahrersitz gesessen.

Sebastians Gedanken wanderten zurück zu jenem Tag, an dem er sich vorgenommen hatte, sein Arbeitszimmer aufzuräumen. Er hatte aus dem Fenster gesehen, auf seinen früheren Parkplatz vor dem Antiquitätengeschäft. Dort hatte ein anderes Auto gestanden. Ein hellblaues.

»Kommst du?« Vanja stand immer noch in der geöffneten Tür und wartete auf ihn.

Sebastian hörte sie kaum. Seine Gedanken überschlugen sich. Der Besuch bei Stefan. Als Stefan Milch kaufen gegangen war. Die Typen, die sich vergeblich mit dem Klavier abgemüht hatten. Hinter dem kleinen Lastwagen ... ein hellblauer Wagen. Möglicherweise ein Ford Focus.

»Sebastian?«

Ohne zu antworten, machte Sebastian kehrt, überquerte die Straße und ging in dieselbe Richtung zurück, aus der sie gekommen waren. Zu dem geparkten Auto.

»Wo willst du hin?« Vanja rief ihm hinterher, doch er reagierte nicht. Stattdessen beschleunigte er seine Schritte. Weit hinter sich hörte er die Glocke des Cafés erneut bimmeln, als Vanja die Türklinke losließ und ihm hinterherlief. Er begann zu joggen. Sein Verdacht wurde bestätigt, als er sah, wie sich die Person auf dem Fahrersitz des hellblauen Focus zu regen begann.

Sich nach vorn beugte.

Das Auto anließ.

Er vergrößerte seine Laufschritte.

»Sebastian!«

Das blaue Auto fuhr aus der Parklücke heraus. Sebastian rannte zwischen zwei geparkten Autos auf die Straße. Wollte den Weg mit dem Einzigen blockieren, was ihm gerade zur Verfügung stand. Seinem Körper. Für einen Moment schien es, als wollte der Fahrer des Ford Focus einen U-Turn machen, aber Sebastian sah, dass er hier nie würde wenden können, dafür war die Straße zu schmal. Das begriff nun offenbar auch der Fahrer, denn er fuhr stattdessen geradeaus und gab Gas. Er jagte direkt auf Sebastian zu.

»Sebastian!«, brüllte Vanja erneut. Aber zu weit weg. Ihre Stimme klang scharf. Sie hatte verstanden, was gleich passieren würde.

Selbst als der Wagen nur noch zehn Meter von Sebastian entfernt war, schien er sein Tempo nicht verlangsamen zu wollen. Im Gegenteil. Der Motor heulte auf, und der Fahrer erhöhte die Geschwindigkeit konstant. Sebastian blieb so lange wie möglich stehen, doch der Autofahrer machte keine Anstalten zu bremsen. Erst in letzter Sekunde warf Sebastian sich mit einem Hechtsprung zur Seite, zwischen zwei parkende Autos.

Vielleicht war es nur Einbildung, aber Sebastian glaubte gespürt zu haben, dass ihn der vorbeirasende Focus am Absatz seines Schuhs gestreift hatte. Das flüchtende Auto raste mit hoher Geschwindigkeit weiter.

Vanja zog ihre Dienstwaffe, sah jedoch ein, dass sie nicht mitten in Stockholm einem davonrasenden Auto hinterherfeuern konnte, und steckte die Waffe wieder ins Holster. Dann rannte sie dorthin, wo Sebastian nach seinem Hechtsprung aufgeschlagen war. Von ihrem Standpunkt aus hatte sie nicht sehen können, ob er erwischt worden war oder nicht.

Sie kniete sich neben ihn. »Alles in Ordnung?«

Sebastian drehte sich zu ihr um. Atemlos. Aufgeregt. Er blutete aus einer kleinen Wunde an der Stirn und an den Handflächen.

»Das Nummernschild! Notier dir das Nummernschild.«
»Schon passiert. Geht es dir gut?«

Sebastian fühlte nach. Führte die Hand zur Stirn und betrachtete das Blut an seinen Fingern. Er musste im Fall eines der parkenden Autos mit dem Kopf gestreift haben. Und hatte sich mit den Händen abgefangen. Es hätte viel schlimmer ausgehen können.

Er atmete aus. »Ja. Ich bin in Ordnung.«

Mit Vanjas Hilfe kam er wieder auf die Füße. Auf beiden Seiten des Bürgersteigs waren Leute stehen geblieben, um zu sehen, was passiert war. Sebastian klopfte seine Kleidung mit den Händen sauber, so gut es ging.

Dann gingen sie zu ihrem regelwidrig geparkten Wagen zurück. »Konntest du ihn sehen?«, fragte Vanja.

Sebastian zuckte mit den Schultern, was ein wenig schmerzte. Er war wohl doch härter aufgekommen, als er zunächst gedacht hatte.

»Mütze und Sonnenbrille.«

Schweigend legten sie das letzte Stück bis zum Volvo zurück. Bevor Sebastian ins Auto stieg, wandte er sich Vanja zu: »Billy hatte recht. Jemand ist mir gefolgt.«

Sebastian begriff selbst, dass das nun wohl ziemlich klar war, aber er musste es aussprechen, in Worte fassen. Er brauchte eine Bestätigung. Er war verfolgt worden. Überallhin. Und er hatte keine Ahnung gehabt. Das war ein nahezu unwirkliches Gefühl. Unwirklich und vor allem unbehaglich. Er war observiert worden.

»Ja.« Vanja blickte ihn über das Autodach hinweg an, und diesmal sah sie ausnahmsweise nicht irritiert aus. Selbst ohne großes Wohlwollen konnte man in ihrem Gesicht ein gewisses Mitleid lesen. In diesem Moment beschloss Sebastian, sie nie wieder zu verfolgen, ganz gleich, was auch geschehen mochte. Er würde nie wieder vor ihrem Haus stehen. Nie wieder in den angrenzenden Waggon der U-Bahn steigen. Er war gezwungen, das Projekt zu beenden. Er musste Trolle anrufen und die Sache abblasen. Jetzt war es genug.

Eine knappe Stunde später parkten sie erneut. Es würde ein weiterer strahlender Sommertag werden, und die Hitze schlug ihnen entgegen, als sie die Autotür öffneten. Auf der Fahrt hatten sie kaum miteinander geredet, was Sebastian sehr angenehm war. Er wollte in Ruhe seinen Gedanken nachhängen.

Als sie ausstiegen, klingelte Vanjas Telefon. Sie meldete sich, während sie gleichzeitig den Wagen abschloss, und ging ein Stück zur Seite. Sebastian blieb stehen und betrachtete das unpersönliche Betongebäude hinter der hohen Mauer. Ein weiterer Gruß aus seiner Vergangenheit. Wieder ein Ort, der sich im Prinzip nicht verändert hatte. Das alles verlief keineswegs nach Plan. Er hatte doch sein neues Leben beginnen wollen. Einen Neuanfang wagen.

Man musste ein eigenes Leben haben, bevor man Teil eines anderen werden konnte.

Doch nun holte ihn die Vergangenheit ein. Hinde. Die toten Frauen. Alles an diesem Fall warf ihn zurück. Es waren viele Jahre vergangen, seit er das letzte Mal hier gewesen war. Im Sommer 1999 hatte er seine Interviews mit Edward Hinde in dem Glauben beendet, Lövhaga zum letzten Mal betreten zu haben. Jetzt stand er wieder hier.

Hinter vergitterten Fenstern, Stacheldraht auf hohen Mauern und Sicherheitstüren saß der gefährlichste und wahnsinnigste Verbrecher Schwedens. Sebastian ertappte sich dabei, dass er angesichts der bevorstehenden Begegnung leicht nervös war. Edward Hinde war extrem intelligent. Manipulativ. Berechnend. Obendrein besaß er die

Gabe, fast alles und jeden zu durchschauen. Man musste in Topform sein, um ihm gegenüberzutreten, sonst gewann er schnell die Oberhand. Nach allem, was er in den letzten Stunden erlebt hatte, war Sebastian sich nicht sicher, ob er stabil genug war.

Vanja hatte ihr Telefonat beendet und kam wieder auf ihn zu. »Der Ford Focus wird gesucht. Er wurde in Södertälje als gestohlen gemeldet.«

Sebastian nickte nur.

»Man hat ihn schon im Februar geklaut.«

Sebastian sah Vanja fragend an, als wollte er nachprüfen, dass er sich nicht verhört hatte. Sie nickte bestätigend. Das musste zwar nicht bedeuten, dass er seit einem halben Jahr verfolgt wurde, aber die Möglichkeit bestand. Sebastian versuchte kurz zu erfassen, welche Konsequenzen das haben konnte, hatte dann aber keine Lust, den Gedanken zu Ende zu denken. Eine Sache nach der anderen. Er holte tief Luft. Jetzt musste er sich auf die Begegnung mit Hinde vorbereiten.

Sie gingen auf das Tor und den Wärter zu, der sie stumm beobachtet hatte, seit sie aus dem Auto gestiegen waren.

»Wie ist dieser Hinde denn so?«, fragte Vanja neugierig, und ihre Stimme war frei von dem vorwurfsvollen Ton, den sie Sebastian gegenüber sonst immer annahm. Offenbar hatte auch sie das Gefühl, sich in die Höhle des Löwen zu begeben.

Sebastian zuckte mit den Schultern. Er war sich sicher, dass Vanja noch nie einem Menschen wie Hinde begegnet war. Das waren wohl die wenigsten. Man konnte Hinde nicht mit einem gewöhnlichen Täter vergleichen. Er war weder der eifersüchtige Ehemann noch der junge Schulabbrecher aus einer Problemfamilie. Hinde war etwas ganz anderes. Also hatte Vanja keine Vergleichswerte. Und so wenig sie die Fähigkeit besaß, sich in die krankhaften Beziehungen und Handlungen Hindes hineinzuversetzen, die zu den Morden in den Jahren 1995/96 geführt hatten, so schwer würde es ihr fallen, sich den Abgrund in Hindes Innerem vorzustellen. Ihn mit einem der Verbrecher zu vergleichen, die Vanja in ihren bisherigen Berufsjahren kennengelernt hatte, käme dem Vergleich zwischen einem Siebtklässler im Physiksaal und einem Nobelpreisträger gleich.

»Du musst meine Bücher lesen.«

»Ich habe deine Bücher gelesen.«

Vanja ging die letzten Schritte auf den Wachmann zu. »Vanja Lithner und Sebastian Bergman, Reichsmordkommission.«

Sie zeigten ihre Dienstmarken und ihre Besuchserlaubnis. Der Wachmann nahm die Dokumente entgegen und ging in das kleine Wachhäuschen neben dem Tor. Er griff zum Hörer und rief jemanden an.

Vanja wandte sich erneut an Sebastian: »Jetzt komm schon, du hast ihn schließlich getroffen.«

»Dasselbe wirst du auch bald sagen können.«

»Gibt es irgendetwas Besonderes, auf das ich achten muss?«

Das Tor summte, und Sebastian drückte es auf, ließ Vanja durch und ging hinter ihr hinein. Der Wachmann gab ihnen die Papiere zurück.

»Du musst vorsichtig sein.«

Dann gingen sie auf Lövhaga zu. Und zu Hinde.

Edward Hinde saß erneut im Besucherraum. Zehn Minuten zuvor war er von zwei Wärtern abgeholt worden. Mit Hand- und Fußfesseln.

In den Raum gebracht worden.

Auf den Stuhl.

Am Tisch festgekettet worden.

Alles war genau wie sonst auch, nur dass diesmal zwei Stühle auf der anderen Seite des Tisches standen. Die Reichsmordkommission war im Anmarsch. Vanja Lithner und Billy Rosén, so hießen die Polizisten, die ihn besuchen würden, das hatte Thomas Haraldsson ihm verraten. Sie wollten mit ihm reden. Er fragte sich nur, worüber. Wie weit sie wohl gekommen waren.

Die Tür hinter ihm wurde geöffnet, und er bekam Gesellschaft. Erneut widerstand er dem Impuls, sich umzudrehen. Er musste warten. Sie zu ihm kommen lassen. Ein klares, wenn auch kleines Zeichen seiner Souveränität. Sie kamen näher. Im Augenwinkel sah er sie beide auf der gleichen Seite an seinem Tisch vorbeigehen, nämlich rechts. Er blickte weiterhin aus dem Fenster, auch als sie bereits direkt vor ihm standen. Erst nachdem sich die Frau ihm gegenüber hingesetzt hatte, ließ er seinen Blick zu ihr wandern. Blond, hübsch, etwa dreißig Jahre alt, blaue Augen, den Oberarmen unter der kurzärmligen Bluse nach zu urteilen durchtrainiert. Sie legte einen nichtssagenden schwarzen Ordner vor sich auf den Tisch und erwiderte seinen Blick, ohne mit der Wimper zu zucken. Wortlos verlagerte Edward seine Aufmerksamkeit auf ihren Kollegen, der immer noch an der Wand neben dem Tisch lehnte.

Doch das war nicht Billy Rosén. Es war jemand, den Edward sehr gut kannte. Er war gezwungen, seine gesamte Selbstbeherrschung aufzubieten, um nicht zu zeigen, wie überrascht er war.

Sebastian Bergman.

Sie waren weit gekommen.

Weiter, als er zu hoffen gewagt hatte.

Edward fixierte Sebastian, bis er sich sicher war, dass seine Stimme unbeeindruckt klingen würde. Dann setzte er ein vergnügtes Lachen auf, beinahe so, als würde er ihn willkommen heißen wollen.

»Sebastian Bergman. Welch eine Überraschung!«

Sebastian zeigte keine Reaktion. Edward ließ ihn nicht aus den Augen.

In Sebastian kam die Erinnerung hoch. An diesen forschenden Blick. Beobachtend. Er bohrte sich in einen hinein. Mitunter hatte man das Gefühl, dass Edward einem nicht nur in die Augen sah, sondern geradewegs bis ins Gehirn, wo er dann genau die Informationen entnahm, die er gebrauchen konnte.

»Und Sie sind also heute in Begleitung von ...?«, fuhr Edward mit entspannter Stimme fort, wobei er sich wieder Vanja zuwandte.

»Vanja ...«, antwortete sie, noch ehe Sebastian sie vorstellen konnte.

»Vanja.« Edward schien sich den Namen auf der Zunge zergehen zu lassen. »Vanja ... und weiter?«

»Vanja genügt«, sagte Sebastian schnell. Es gab keinerlei Grund, Hinde mehr Information zukommen zu lassen als nötig.

Edward richtete sich erneut an Sebastian, noch immer mit einem entwaffnenden Lächeln. »Womit habe ich diesen hohen Besuch verdient nach so vielen Jahren? Versiegt das Geld aus Ihren Buchverkäufen? Planen Sie doch eine Trilogie?« Dann sah Edward wieder Vanja an. »Wissen Sie, er hat Bücher über mich geschrieben. Ganze zwei Stück.«

»Ich weiß.«

»Ich war sein Claim to Fame ... Habe ich diesen Ausdruck jetzt korrekt verwendet?«

Vanja saß schweigend und mit verschränkten Armen da, als interessierte sie Edwards Gerede kein bisschen. Es war deutlich, dass sie ihre Zeit nicht mit Plaudereien über seine Wortwahl verschwenden wollte.

»Jedenfalls«, fuhr Edward fort, »hat er mich erst hinter Gitter gebracht und dann die ... Mechanismen hinter dem Monster ans Licht.« Er lächelte erneut. Nicht so sehr in Vanjas Richtung, sondern mehr vor sich hin, als würde er an eine liebgewonnene Erinnerung denken, eine bessere Zeit. Oder als wäre er einfach nur besonders zufrieden mit seiner Formulierung. »Wir haben die Bestsellerlisten gestürmt. Es gab Signierstunden. Lesungen und Vorträge in ganz Europa. Vielleicht auch in den USA, wie war es denn dort, Sebastian?«

Sebastian antwortete ihm nicht. Er lehnte sich scheinbar teilnahmslos an die Wand und verschränkte ebenfalls die Arme vor der Brust, während er Edward Hinde mit einem beinahe provokanten Blick beobachtete.

Hinde erwiderte ihn unbeeindruckt und legte seinen Kopf ein wenig schief, ehe er sich wieder an Vanja richtete: »Er bleibt stumm. Ein guter Plan. In diesem Land mögen wir unbequemes Schweigen nicht besonders. Also versuchen wir, es auszufüllen. Schwätzen drauflos. Reden uns um Kopf und Kragen.« Edward stockte kurz, als überlegte er, ob er jetzt zu viel gesagt hatte und gerade selbst ein Beispiel dessen geliefert hatte, worüber er dozierte. »Ich bin auch

Psychologe«, erklärte er Vanja schließlich. »Ich war zwei Jahrgänge über Sebastian. Hat er Ihnen davon erzählt?«

»Nein.«

Sebastian beobachtete Hinde wachsam. Worauf wollte er hinaus? Warum erzählte er das alles? Dieser Mann tat nichts unüberlegt. Alles folgte einem Zweck. Die Frage war nur, welchem.

»Er wollte nicht erkennen, wie ähnlich wir uns sind.« Hinde redete weiter. »Psychologen mittleren Alters, die ein kompliziertes Verhältnis zu Frauen haben. Was das angeht, haben wir doch wirklich einen gemeinsamen Nenner, oder etwa nicht, Sebastian?«

Hindes Blick wanderte von Vanja zu Sebastian. Plötzlich hatte Vanja das sichere Gefühl, dass Hinde etwas mit den vier Morden zu tun hatte. Nicht nur als Inspirationsquelle. Er war involviert, und zwar tatsächlich. In irgendeiner Weise. Wie genau, ahnte sie nicht, aber er wusste garantiert, warum sie hier waren.

Es war nur ein Gefühl, schwer zu fassen, reine Intuition. Hin und wieder hatte sie eine plötzliche Eingebung. Manchmal kam sie ihr, wenn sie einen Verdächtigen vor sich hatte oder ein Alibi überprüfen musste. Eine plötzliche innere Überzeugung, dass es einen Zusammenhang gab. Dass jemand involviert oder sogar schuldig war, auch wenn es keine physischen Beweise, vielleicht nicht einmal eine Indizienkette gab, die in diese Richtung wies. Aber das Gefühl war da. Es konnte durch alles Mögliche hervorgerufen werden: durch Körpersprache, durch die Art und Weise, wie die betreffende Person einen ansah, oder durch einen Tonfall, der in einer ansonsten alltäglich wirkenden Konversation plötzlich falsch klang. Und jetzt war ihr an der Art, wie Hinde Sebastian angeredet hatte, etwas aufgefallen. Ein kleiner, nahezu unmerklicher Unterton, in dem Selbstgefälligkeit und Triumph mitschwangen. Leicht zu überhören, aber es gab ihn, und das genügte Vanja. Torkel hatte wohl recht gehabt, auch wenn sie das nie offen zugeben würde: Hinde mit Sebastian zu konfrontieren, war eine richtige Entscheidung gewesen.

»Was wissen Sie über meine Frauen?«, fragte Sebastian, ohne mit dem Klang seiner Stimme anzudeuten, dass sie sich nun dem eigentlichen Thema ihres Besuchs annäherten.

»Dass es viele sind. Oder jedenfalls waren. Wie es sich heute verhält, weiß ich nicht.«

Sebastian gab seinen Platz an der Wand auf, zog den freien Stuhl nach hinten und setzte sich.

Edward Hinde nahm ihn in Augenschein. Er war älter geworden. Edward glaubte zu wissen, warum. Nicht nur wegen der Jahre, die vergangen waren. Das Leben hatte Sebastian nicht immer nett behandelt. Edward überlegte kurz, ob er die Ehe mit der Deutschen ansprechen sollte. Und Sebastians Tochter.

Den Tsunami.

Die Information, die ihm so viel Freude bereitet hatte, als er sie endlich herausgefunden hatte, was nicht einfach gewesen war. Sebastians privater Verlust war nicht groß in der Presse thematisiert worden. Edward hatte ein wenig Detektivarbeit leisten müssen. Puzzleteile zusammenfügen. Zwei und zwei zusammenzählen.

Es hatte damit begonnen, dass er in einer Auflistung über die Toten und Vermissten zwei Namen entdeckt hatte, die er zu kennen glaubte. Eine Liste mit Schweden oder anderen, die eine Verbindung zu Schweden hatten. Unter diesen fünfhundertdreiundvierzig Namen waren ihm zwei Namen bekannt vorgekommen, Lily Schwenk und Sabine Schwenk-Bergman. Daraufhin hatte er systematisch die Zeitungsarchive nach früheren Meldungen durchsucht. Im Jahr 1998 wurde er fündig. Eine kleine Notiz gab Auskunft darüber, dass Sebastian Bergman, der weltberühmte Profiler und Sachbuchautor, geheiratet hatte. Eine gewisse Lily Schwenk. Später hatte Edward in einer deutschen Zeitung die kleine Sabine entdeckt. Und einige Jahre darauf Sebastians Frau und seine Tochter in einer Liste der Toten und Vermissten. Erst hatte er sich gefreut, doch nach einer Weile war er enttäuscht gewesen. Er hatte sich betrogen gefühlt, war beinahe eifersüchtig gewesen. Als hätte er sich gewünscht, dass er diese Flutwelle gewesen wäre. Die unaufhaltsame Kraft, die Sebastian seine Familie genommen und ihn als gebrochenen Menschen zurückgelassen hatte. Wie auch immer, es war eine nützliche Information, die er sicher irgendwann einmal würde anwenden können, aber nicht hier und jetzt. Nicht gleich bei ihrem ersten Treffen. Heute wollte er vor allem wissen, was sie wussten. Wie weit sie gekommen waren. Also schwieg Edward. Jetzt waren die beiden anderen an der Reihe zu reden.

»Vier Frauen wurden ermordet.«

Vanja sah, wie Edwards Augen aufblitzten und wie er sich interessiert vorbeugte.

»Darf man auf einige Details hoffen?«

Sebastian und Vanja sahen einander kurz an. Sebastian nickte unmerklich, und Vanja öffnete den Ordner, der vor ihr auf dem Tisch lag. Sie nahm ein Foto vom ersten Tatort heraus, eine Gesamtaufnahme, auf der alles zu sehen war.

»Nachthemd, Nylonstrümpfe, verstecktes Essen, eine Vergewaltigung, bei der das Opfer auf dem Bauch lag«, erklärte Vanja und schob das Foto zu Hinde hinüber. Er warf einen schnellen Blick darauf und sah sie dann mit ehrlicher Verwunderung an.

»Jemand kopiert mich.«

»Na so was«, sagte Sebastian emotionslos.

»Deshalb wollen Sie also mit mir reden. Ich hatte mich schon gewundert.« Hindes Stimme klang tatsächlich, als wäre er zu einer plötzlichen Erkenntnis gekommen. Als hätte er gerade die Antwort auf eine Frage erhalten, über die er schon lange nachgegrübelt hatte. Es war die Darstellung echter Verwunderung, die nahezu jeden überzeugt hätte. Sogar Vanja, wäre sie nicht so sehr auf der Hut gewesen. Denn sie suchte aktiv nach Zeichen, um ihr intuitives Gefühl zu bestätigen, und dabei wurde ihr deutlich, dass Hinde keineswegs überlegte. Sondern etwas wusste. Und es die ganze Zeit getan hatte. Er spielte ihnen nur etwas vor.

Hinde schüttelte leicht genervt den Kopf. »Man ist ein wenig neidisch, aber gleichzeitig auch verärgert. Haben die Leute denn überhaupt keine eigenen Ideen mehr? Das ist ein Defizit in unserer heutigen Zeit. Die Originalität fehlt. Alles wird einfach übernommen und kopiert. Nur schlechter.«

»Das hier denkt sich kein anderer allein aus. Das hier sind Sie.« Sebastians Stimme hatte einen harten Tonfall.

Es war eine Anklage, klar und deutlich.

Vanja war sich nicht sicher, ob das die richtige Technik bei Hinde war, aber Sebastian kannte ihn besser als sie, weshalb sie ihre Einwände hinunterschluckte.

Edward sah mit aufrichtiger Verwunderung von dem Bild auf dem Tisch auf. »Ich? Ich verlasse den Sicherheitstrakt nie. Man gewährt mir keinen Hafturlaub. Meine Bewegungsfreiheit ist äußerst eingeschränkt.« Er hob seine Arme, bis die Ketten an seinen Handschellen ihn aufhielten, um seine Fesseln zu demonstrieren. »Nicht mal telefonieren darf ich.«

»Jemand hilft Ihnen.«

»Wirklich?« Edward beugte sich erneut vor und zeigte

ernsthaftes Interesse. Er spürte, dass er solche Situationen vermisst hatte. Das Gespräch. Das Spiel. Eine Behauptung von Sebastian, auf die er reagieren konnte. Die Wahl, seiner Argumentation zuzustimmen, ihn in Frage zu stellen oder zu versuchen, ihn abzulenken, sich gegenseitig zu umkreisen, herauszufordern und die Herausforderung zu suchen. Mein Gott, wie hatte ihm das gefehlt. Die meisten, denen er hier begegnete, waren Untermenschen ohne einen Funken Intelligenz. In diesem Raum traf er normalerweise nicht auf intellektuellen Widerstand. Es war befreiend und herrlich.

Er lehnte sich zurück.

»Und wie sollte das Ihrer Meinung nach vonstattengehen?«

»Wie wählen Sie sie aus?« Sebastian entschied sich, Hindes Köder zu ignorieren. Er war nicht in der Stimmung. Sobald man eine seiner Fragen beantwortete, verlor man die Kontrolle über das Gespräch. Man wurde geleitet, anstatt selbst die Führung zu haben. Das konnte Sebastian nicht zulassen. Nicht mit Hinde.

»Wen?«

»Ihre Opfer.«

Hinde seufzte schwer und schüttelte den Kopf. Er war enttäuscht. Es wäre Sebastian angemessen gewesen, nicht darauf einzugehen. Seine Gegenfrage unbeantwortet zwischen ihnen stehenzulassen. Ihre Blicke hätten sich treffen müssen. Wie in einem Duell. Wer würde den Faden als Erster wieder aufnehmen? Und wie? Die direkte und richtige Antwort auf eine Frage zu geben, war die schlechteste Strategie. Damit erstarb die Spannung für Hinde. Das Gespräch. Das Interesse.

»Sebastian, Sebastian, Sebastian ... Was ist nur aus Ihnen geworden? Direkt zur Sache. Keine Finessen. Sie stellen die

Fragen, von mir wird eine Antwort erwartet. Was ist aus der Begegnung zwischen zwei Ebenbürtigen geworden?«

»Wir sind uns nicht ebenbürtig.«

Hinde seufzte etwas zu laut. Nicht einmal diesen Ball nahm er auf. Nicht einmal an dieser Stelle wollte Sebastian mit ihm in einen Dialog eintreten, seine Kräfte mit ihm messen. Edward lehnte sich enttäuscht zurück.

»Sie langweilen mich, Sebastian Bergman. Das haben Sie früher nicht getan. Sie waren immer eher eine ...«, Hinde suchte nach den passenden Worten, »... stimulierende Herausforderung. Was ist nur mit Ihnen passiert?«

»Ich bin es leid, mit Psychopathen Spielchen zu spielen.«

Edward beschloss, Sebastian aufzugeben. Es war zu geisttötend, zu sinnlos. Offensichtlich war er nicht mehr der alte herausragende Gegner, der er einmal gewesen war. Deshalb wandte Hinde sich lieber Sebastians attraktiver Kollegin zu. Vielleicht würde sie ihm ein wenig zurückgeben. Sie war jung genug, um sich in sein Labyrinth locken zu lassen.

»Vanja, darf ich Ihr Haar berühren?«

»Hören Sie auf damit!« Sebastians Worte waren schneidend wie ein Peitschenhieb.

Hinde horchte auf. Eine starke Reaktion. Eine hohe Stimmlage. Aufrichtig wütend, wie es schien. Interessant. Bisher hatte Sebastian gefasst und entschieden gewirkt. Fest entschlossen, sich nicht in eine Diskussion hineinziehen zu lassen, nichts preiszugeben. Aber dieser kleine Wutausbruch war es definitiv wert, näher untersucht zu werden. Hinde legte den Kopf schief und ließ seinen Blick über Vanjas Haar gleiten.

»Ihre Haare sehen so weich aus. Ich könnte wetten, dass sie genauso gut riechen.«

Vanja betrachtete den hageren Mann mit dem dünnen

Haar und den wässrigen Augen, der ihr gegenübersaß. Was wollte er?

Vierzehn Jahre.

Seit vierzehn Jahren hinter Gittern.

Sie vermutete, dass Hinde während dieser Zeit nicht allzu vielen Frauen begegnet war. Vielleicht waren unter den Psychologen, bei denen Hinde in Behandlung war, Frauen, möglicherweise auch unter dem Bibliothekspersonal. Aber dass er je eine von ihnen würde berühren können, schien ihr undenkbar. Deshalb konnte sie seinen Wunsch verstehen. Seine Sehnsucht. Die Frage war nur, wie stark diese Sehnsucht war? Konnte Vanja sie sich zunutze machen? Sie beschloss, die Sache wenigstens einen Schritt weiterzutreiben.

»Was bekomme ich dafür, wenn Sie mein Haar berühren dürfen?«

»Lass das«, mischte sich Sebastian ein, noch immer mit einer deutlichen Schärfe im Tonfall. »Sprich nicht mit ihm.«

Ohne Vanjas herausfordernden Blick loszulassen, durchdachte Edward die Situation. Diesmal hatte mehr als Wut und Ungeduld in Bergmans Stimme gelegen. Etwas Beschützendes. War sie seine Geliebte? Sie musste mehr als zwanzig Jahre jünger sein als er. Der Sebastian, den Hinde Ende der Neunziger kennengelernt hatte, ging vor allem Beziehungen mit Frauen seines Alters ein. Aber das konnte sich natürlich inzwischen geändert haben. Gleichzeitig sprach nichts in ihrem Auftreten dafür, dass die beiden eine Affäre hatten. Eigentlich eher im Gegenteil. Vanja strahlte eine gewisse Kälte ihrem Kollegen gegenüber aus. In den Blicken, die sie ihm zuwarf, lag nicht viel Einvernehmen, und ihre Körpersprache war Sebastian gegenüber mindestens genauso abweisend wie Edward. Vielleicht überspielten sie ihre Liebesbeziehung aber auch nur gut? Die Sache schien es wert, ihr näher nachzugehen.

»Geht ihr miteinander ins Bett?«

»Nein, du liebe Güte!«, antwortete Vanja.

»Das geht Sie nichts an!«, schnaubte Sebastian gleichzeitig. Edward war zufrieden. Sebastians Antwort war eine Anti-Antwort, um die Kontrolle zu behalten. Vanjas Antwort dagegen gefühlsgesteuert und unmittelbar. Echt. Sie hatten nichts miteinander. Warum also dieser Beschützertonfall? Edward wandte sich wieder Vanja zu.

»Wenn Sie sich nur ein wenig nach vorn beugen und Ihr Haar hier hineinlegen …«

Edward krümmte seine festgekettete Hand wie eine kleine Schale und rieb seine Finger aneinander, eine Geste, die fast obszön wirkte.

»Beantworten Sie mir dann meine Fragen?« Vanja rückte mit ihrem Stuhl zurück, als wollte sie aufstehen.

»Teufel noch mal!« Sebastian bellte seine Worte heraus wie einen Befehl. »Setz dich gefälligst wieder hin!«

Der gute Sebastian war definitiv beunruhigt von dem möglichen Szenario. Es war an der Zeit, den Einsatz zu erhöhen.

»Eine Antwort für Ihr Haar. Auf jede nur denkbare Frage.« Edward sah Vanja vollkommen aufrichtig an. »Drei Antworten für Ihre Brust.«

Sebastian erhob sich so heftig, dass der Stuhl umkippte, als er sich über den Tisch warf und Edwards geöffnete Hand packte. Er presste die angeketteten Finger zusammen. Brutal. Es schmerzte, aber Edward ließ sich nichts anmerken. Schmerz war für ihn nichts Neues. Den hatte er unter Kontrolle. Viel schwerer fiel es ihm, die Freude darüber zu verbergen, dass er Sebastians Seelenfrieden verletzt hatte.

»Haben Sie nicht gehört, was ich gesagt habe?«, zischte Sebastian. Jetzt war er ganz nah, sein finsterer Blick nur wenige Zentimeter von Hindes Gesicht entfernt. Hinde spürte

Sebastians Atem und den Schweiß in seinen Handflächen. Er hatte gewonnen.

»Doch, das habe ich sehr gut gehört.« Edward entspannte seine Hand, was Sebastian dazu brachte, den harten Griff zu lösen. Hinde lehnte sich wieder zurück. Zufrieden. Ein kleines Lächeln umspielte seinen Mundwinkel. Triumphierend sah er Sebastian an.

»Auch wenn Sie keine Spielchen mehr spielen, haben Sie soeben verloren.«

Vanja und Sebastian gingen schweigend durch den Sicherheitstrakt. Nach Sebastians kleinem Wutausbruch war die Sitzung mit Hinde hinfällig gewesen. Er hatte kein Wort mehr gesagt, nur noch zurückgelehnt dagesessen, selbstzufrieden gelächelt und Sebastian nicht mehr aus den Augen gelassen. Jetzt gingen sie, von einem Wärter begleitet, zum Ausgang.

»Ich kann auf mich selbst aufpassen«, brach es schließlich aus Vanja heraus.

»Wirklich? Es wäre schön, wenn du das auch zeigen würdest.« Sebastian verlangsamte seine Schritte nicht. Er war immer noch wütend. Edward hatte recht gehabt, er hatte verloren. Nein, Vanja hatte dafür gesorgt, dass er verloren hatte. Das war eine andere Sache. Nicht weniger ärgerlich, aber anders. Nur weil sie nicht kapierte, dass man Hinde nichts schenkte. Man feilschte nicht einmal mit ihm. Bei jedem Vorschlag, der von ihm kam, gab es einen Hintergedanken, jedes Versprechen enthielt einen Verrat. Aber vielleicht war Sebastian ja selbst schuld. Vanja hatte sich erkundigt, wie Hinde war. Hatte es ernsthaft wissen wollen. Er hatte sie nicht ausreichend darauf vorbereitet, das war eben deutlich geworden. Auch das ärgerte ihn.

»Dazu hatte ich doch nicht die geringste Chance!« Vanja rannte fast, um mit Sebastian Schritt halten zu können. »Der große Sebastian Bergman musste ja unbedingt eingreifen und die kleine, wehrlose Frau beschützen.«

Sie hatten den Ausgang erreicht, eine schwere Stahltür mit einem kleinen Fenster in der Mitte. Kein Schloss oder Türgriff an der Innenseite. Der Wärter, der sie begleitete, versuchte, eine Miene an den Tag zu legen, als interessiere ihn das Gespräch nicht im Geringsten. Er klopfte an die Tür. Auf der anderen Seite der Scheibe erschien ein Gesicht. Der Wachmann nahm die Gruppe gründlich in Augenschein, um sicherzustellen, dass alles mit rechten Dingen zuging und die beiden in Zivil auch tatsächlich die Abteilung verlassen durften.

Jetzt sah Sebastian Vanja zum ersten Mal, seit sie den Besuchsraum und Hinde verlassen hatten, wieder an. »Glaubst du ernsthaft, dass wir etwas von ihm erfahren hätten, wenn du ihn deine Titten hättest begrabschen lassen?«

»Glaubst du ernsthaft, ich hätte mich von ihm anfassen lassen?«

Das Schloss summte, die Tür wurde geöffnet. Sebastian und Vanja verließen den Sicherheitstrakt und gingen weiter den Korridor entlang. Vanja wusste nicht, was sie am meisten ärgerte. Dass er sie zu erniedrigen versuchte, indem er wie irgendein Fußballprolet von »Titten« redete, dass er der Meinung war, sie müsse beschützt werden, dass er ihr so schnell davonrannte oder dass er kein Vertrauen in sie hatte.

»Ich habe bloß mitgespielt.« Vanja hatte Sebastian wieder eingeholt. »Hättest du nicht den edlen Ritter mimen müssen, wäre vielleicht etwas dabei herausgekommen.«

»Nein, wäre es nicht.«

»Wie kannst du das wissen? Du hast dich ja sofort eingemischt.«

»Du kannst nicht mit Hinde spielen.«
»Warum nicht?«
»Weil er viel schlauer ist als du.«

Vanja wurde langsamer und ließ Sebastian davonstürmen. Sie sah ihm nach und beschloss, alle guten Vorsätze fahrenzulassen und diesen Mann einfach nur zu hassen. Punkt, aus.

Annika Norling hatte alles versucht, um Sebastian und Vanja dazu zu bewegen, auf den beiden Sofas neben dem Kaffeeautomaten zu warten, während sie zu ihrem Chef hineingehen und den Anstaltsleiter auf den Besuch vorbereiten würde, doch vergebens. Sebastian stürmte an ihrem Schreibtisch vorbei, ging direkt zur Tür und riss sie auf, ohne anzuklopfen. Thomas Haraldsson schreckte auf seinem Stuhl hinter dem Schreibtisch zusammen. Es überraschte ihn selbst, aber er fühlte sich ertappt. Er sah auf und erkannte den Mann sofort wieder, der auf der Türschwelle stehen geblieben war und dessen Miene deutlich erkennen ließ, dass er nicht glauben konnte, was er da sah. Was seine ersten Worte dann auch bestätigten.

»Was zum Teufel machen Sie denn hier?«

Haraldsson räusperte sich und richtete sich auf seinem Stuhl auf. Versuchte, ein wenig Souveränität wiederzuerlangen – obwohl er eigentlich nie welche besessen hatte.

»Ich arbeite jetzt hier.«

Sebastian ließ die Information sacken und kam schnell zu dem einzig denkbaren Schluss. Die Polizei in Västerås hatte endlich einen Weg gefunden, Thomas Haraldsson loszuwerden, und ihn gefeuert. Immerhin hatte er jetzt einen Job als Gefängniswärter in Lövhaga gefunden. Haraldsson war nicht der erste Polizist, dessen Karriere diesen Weg genommen hatte. Häufig steckte hinter diesem unfreiwilligen Berufswechsel, dass die betreffende Person zu gewalttätig war, der Polizei zu viele Beschwerden einhandelte oder irgendein anderes Fehlverhalten an den Tag legte. Reine

Inkompetenz war bisher allerdings nie der Anlass für einen solchen Abstieg gewesen, aber wenn einer der Erste war, dann gab es dafür keinen besseren Kandidaten als Haraldsson.

»Jaja, es eignet sich eben nicht jeder dazu, Polizist zu sein«, sagte Sebastian und betrat das Zimmer.

Vanja folgte ihm und nickte Haraldsson zu. Ein Gruß, den er nicht einmal bemerkte. Was genau meinte Sebastian damit, dass sich nicht alle dazu eigneten, Polizist zu sein? Was glaubte er denn, warum Haraldsson hier saß?

»Wo steckt denn der Chef?«, fragte Sebastian und ließ sich in einem Besuchersessel nieder.

»Wie bitte?« Haraldsson verstand immer weniger, worauf Sebastian hinauswollte.

Vanja blieb stehen, als ihr aufging, dass niemand Sebastian erklärt hatte, wer der neue Leiter der Vollzugsanstalt Lövhaga war, und Haraldsson ganz und gar jenseits seiner Vorstellungskraft lag. Die Sache konnte interessant werden.

»Was machen Sie da gerade?«, fragte Sebastian und nickte in Richtung des Computers, hinter dem Haraldsson saß. »Surfen Sie über seinen Account auf irgendwelchen Pornoseiten? Ist man Sie deswegen in Västerås endlich losgeworden?«

Haraldsson verstand kein Wort. Hier lag allem Anschein nach ein Missverständnis vor. Sebastian wusste offensichtlich nicht, wer er war, oder besser gesagt, was er war.

»Ich arbeite hier«, erklärte Haraldsson mit einer Deutlichkeit, die selbst einen Fünfjährigen beleidigt hätte.

»Ja, das sagten Sie bereits.«

»Ich arbeite *hier*.« Haraldsson klopfte mit den Handflächen auf den Schreibtisch, um seine Worte zu unterstreichen. »Das ist mein Büro. Ich bin der Leiter dieser Vollzugsanstalt.«

Sebastian erstarrte. Er hatte das Gefühl, jemand wäre gerade aus einer Hintertür gehüpft und hätte ihm erzählt, dass er von der Versteckten Kamera gefoppt wurde.

»Sie sind der Gefängnisdirektor?«

»Ja. Seit letzter Woche.«

»Wie kam das denn? Hat man die Stelle verlost?«

Eine ziemlich berechtigte Frage, fand Vanja. Doch auch wenn sie selbst keine höhere Meinung von Haraldsson und seiner Kompetenz hatte, so war sie sich doch darüber im Klaren, dass er ihre Ermittlungen erheblich erschweren konnte. Und jetzt, da sie sich sicher war, dass Hinde etwas mit den Morden zu tun hatte, wollte sie das auf jeden Fall vermeiden. Aber wie schon bei ihrer letzten Zusammenarbeit schien Sebastian jegliches Gefühl dafür zu vermissen, mit wem er sich besser gut stellen sollte. Vanja sah, wie Haraldssons Miene sich bei Sebastians letztem Kommentar verfinsterte, und beschloss einzugreifen, bevor Sebastian etwas sagen konnte, das ihn ernsthaft verletzte. Vielleicht war es aber auch schon zu spät.

»Wir haben gerade mit Hinde gesprochen«, sagte sie und setzte sich in den anderen Sessel.

Haraldsson wandte sich ihr zu und wurde von einem Lächeln empfangen. »Ich weiß. Ich habe die Besuchserlaubnis genehmigt.«

»Wofür wir auch sehr dankbar sind, das hat uns die Arbeit wirklich erleichtert, aber wir bräuchten noch etwas mehr Information über ihn.« Vanja lächelte Haraldsson weiterhin freundlich an und sah, wie die Schultern des Mannes hinter dem Schreibtisch ein klein wenig sanken und er sich entspannte. Hoffentlich war Sebastian vernünftig genug, jetzt die Klappe zu halten. Vorerst schien er sich noch von seinem Schock erholen zu müssen.

»Damit können wir gerne dienen«, Haraldsson nickte,

»aber dafür müsste ich auch wissen, in welcher Sache Sie ermitteln.«

Er sah Vanja so überzeugend wie möglich an. Keineswegs hatte er vor, der Reichsmordkommission Steine in den Weg zu legen, aber er wollte auch angemessen behandelt werden. So hatten sie sich vielleicht in Västerås benehmen können, aber nicht hier.

Sein Gefängnis, seine Regeln.

Nein, musst du nicht, dachte Vanja, weiterhin mit einem intakten Lächeln im Gesicht. Das geht dich einen Scheißdreck an. Dann ging sie im Kopf schnell die Alternativen durch. Entweder sie verließ Lövhaga jetzt gleich mit der gewünschten Information, oder sie musste einen Antrag stellen. Letzteres würde dauern und unnötige Irritation verursachen. Vanja beschloss, Haraldsson etwas zu geben, guten Willen zu zeigen.

»Wir sind ziemlich sicher, dass Hinde in mehrere Mordfälle verwickelt ist, in denen wir gerade ermitteln.«

Das war die Information, die sie weitergeben durfte. Es war ohnehin nur eine Frage der Zeit, ehe auch die Presse diese Verbindung erkannte, da war sie sich sicher.

»Wie soll er das geschafft haben?« Haraldsson hatte zu Recht Zweifel. »Er verlässt seine Abteilung doch nie.«

»Wir sagen nicht, dass er die Taten auch begangen hat«, erläuterte Sebastian, der sich inzwischen von seiner Überraschung erholt hatte. Erfreut stellte er fest, dass er nach dem Schock über Haraldssons neuen Posten noch zorniger war als ohnehin. Er schäumte geradezu vor Wut. Eine herrliche negative Energie durchströmte seinen Körper. »Wir sagen nur, dass er darin verwickelt ist, das ist nicht dasselbe.«

»Darf ich fragen, warum Sie das glauben?«

»Dürfen Sie, aber wir werden Ihnen nicht darauf antworten.«

»Wir glauben, dass er Hilfe von außen hatte«, erklärte Vanja und stellte sich damit direkt gegen Sebastian. Sie spürte den Blick ihres Kollegen. »Ist in letzter Zeit jemand, der Hinde nahestand, auf freien Fuß gekommen?«, fuhr sie fort, ohne sich um Sebastians tiefen Seufzer zu kümmern.

»Das weiß ich nicht.«

»Wissen Sie denn überhaupt, wer in letzter Zeit aus der Haft entlassen wurde?« Sebastian stand auf, er war zu frustriert, um still zu sitzen. »Was hatten Sie noch mal gesagt, in welcher Funktion Sie hier arbeiten? Als Anstaltsleiter?«

»Es ist meine erste Woche hier, und ich habe mich noch nicht in alles eingearbeitet, das ist ganz normal.« Haraldsson verkniff sich den Rest seines Satzes. Er verteidigte sich, obwohl er keinerlei Grund dazu hatte. Jenny versuchte, ihm diese schlechte Angewohnheit abzugewöhnen, diesen Drang, jedes Mal in die Defensive zu gehen, wenn er in Frage gestellt wurde. Am besten ignorierte er diesen unangenehmen Psychologen einfach, denn der würde ihm ja ohnehin nicht verraten, was er wissen wollte. Deshalb richtete er sich wieder an Vanja.

»Ich werde das herausfinden.«

Er griff zum Telefonhörer und drückte eine Kurzwahl. Sebastian begann, auf dem kahlen Fußboden auf und ab zu tigern, hatte dazu aber bald schon keine Lust mehr. Haraldsson telefonierte. Belanglos. Sebastian ging zur Tür.

»Wo willst du hin?«, fragte Vanja. Sebastian verließ das Büro, ohne ihr zu antworten. Er betrat das kleine Empfangszimmer mit seinen Sofas, dem Kaffeeautomaten und Haraldssons Assistentin. Annika Soundso, hatte sie sich vorgestellt. Jetzt sah sie auf und lächelte Sebastian kurz an, bevor sie sich wieder ihrer Arbeit widmete. Er betrachtete sie. Um die vierzig Jahre alt, einige Kilo Übergewicht, die dank dem engen Pullover mit dem Taillengürtel besonders betont wurden. Rötliches Haar, gefärbt, was am Haaransatz deutlich wurde, wo sich die Naturhaarfarbe wieder in Erinnerung brachte. Diskretes Make-up in einem leicht rundlichen Gesicht, eine Kette mit Anhänger, der zwischen ihren Brüsten baumelte. Ringe an zwei Fingern, jedoch keinen Ehering. Ausnahmsweise fühlte Sebastian sich kein bisschen in Versuchung geführt. Er konnte sich im Moment wirklich nicht vorstellen, Sex zu haben, sosehr er es auch versuchte.

»Kann ich Ihnen irgendwie helfen?« Annika sah erneut auf, vermutlich spürte sie, dass er sie beobachtete, seit er Haraldssons Büro verlassen hatte.

Haraldsson, der gerade die weitverbreitete Theorie bestätigt hatte, dass die meisten Menschen mindestens ein bis zwei Stufen höher auf der Karriereleiter kletterten, als ihre Kompetenz es zuließ. Sebastian hatte einen teuflischen Gedanken.

»Ihr Chef lässt ausrichten, dass Sie ihm gleich einen Kaffee bringen sollen.«

»Wie bitte?«

»Mit Milch, ohne Zucker, und zwar so schnell wie möglich«, fügte er hinzu und sah, wie sehr sie diese Botschaft erboste. Vielleicht nicht das Kaffeeholen an sich, aber der Zusatz, dass es schnell gehen sollte.

Mit einem ausgedehnten Seufzer stand sie auf und ging zum Kaffeeautomaten. Nahm einen Plastikbecher. Sebastian beschloss, die Sache auf die Spitze zu treiben.

»Er sagte, dass er auf keinen Fall diesen beschissenen Pulverkaffee haben will. Sondern richtigen Kaffee aus der Kantine. In einer richtigen Tasse.«

Annika drehte sich zu ihm um, um sich zu vergewissern, ob sie richtig gehört hatte. Sebastian zuckte unschuldsvoll mit den Schultern, als wolle er zeigen, dass er lediglich weitergab, was man ihm aufgetragen hatte.

»Wollen Sie beide auch welchen haben, wenn ich sowieso schon losgehe?« Er hörte, wie Annika damit kämpfte, sich die Wut nicht anhören zu lassen.

»Nein, vielen Dank.« Sebastian lächelte sie warmherzig und einfühlsam an. »Wenn wir es uns anders überlegen, können wir uns ja immer noch Kaffee aus dem Automaten holen.«

Annika nickte und gab ihm durch einen Blick zu verstehen, dass Haraldsson ihrer Meinung nach ruhig dasselbe tun könnte, ehe sie das Büro verließ. Sie knallte die Tür hinter sich zu.

Sebastian kehrte ein wenig fröhlicher gestimmt in Haraldssons Büro zurück.

Das Timing hätte nicht besser sein können. Haraldsson legte gerade den Hörer auf, drehte sich zu seinem Computer hin und begann, etwas auf der Tastatur zu tippen.

»Soweit ich es verstanden habe, stand keiner von ihnen Edward Hinde besonders nahe. Roland Johansson saß gemeinsam mit Hinde im Sicherheitstrakt, und sie haben sich anscheinend ein wenig ausgetauscht, aber er ist schon seit über zwei Jahren wieder frei.« Er blickte auf den Monitor und scrollte mit der Maus nach unten. »Ja, im September werden es zwei Jahre.«

»Sonst niemand?«, fragte Vanja, während sie den Namen notierte.

»Manchmal hat er mit José Rodriguez in der Bibliothek Schach gespielt«, fuhr Haraldsson fort und hämmerte erneut auf die Tasten. »Hier steht, dass der schon vor acht Monaten aus der Haft entlassen wurde.«

»Ich hätte gern alle Informationen, die Ihnen zu den beiden vorliegen«, erklärte Vanja und schrieb auch den zweiten Namen auf.

»Natürlich, ich drucke die Dossiers aus, dann können Sie

sie bei Annika abholen, wenn Sie gehen.« Vanja nickte lächelnd. Das war leichter gewesen, als sie es erwartet hatte.

Als Sebastian und Vanja gerade aufstehen wollten, klopfte es leise an der Tür, und Annika kam mit einer Kaffeetasse herein. Sebastian deutete auf Haraldsson hinter seinem Schreibtisch.

»Der ist für den Boss.«

Annika ging zu Haraldsson und stellte die Tasse wortlos vor ihm ab. Ihr Chef sah freudig überrascht auf.

»Danke, das ist aber nett von Ihnen!« Er nahm den Henkel und drehte die Tasse ein wenig, als wollte er sie genau untersuchen. »Und ausnahmsweise sogar in einer richtigen Tasse!«

Sebastian beobachtete, wie Annika ihrem Chef einen finsteren Blick zuwarf, bevor sie, immer noch stumm, das Büro verließ. Die Szene amüsierte ihn. Vielleicht sollte er Annika beim Rausgehen noch einmal losschicken, um Haraldsson etwas Süßes zu holen? Nein, das ginge wahrscheinlich zu weit. Er hörte, wie Vanja Haraldsson für seine Hilfe dankte, und folgte ihr nach draußen.

Nachdem die Reichsmordkommission das Büro verlassen hatte, griff Haraldsson nach seiner Tasse und lehnte sich im Bürostuhl zurück. Er probierte einen Schluck Kaffee. Richtig gut, nicht die übliche Plörre aus dem Automaten. Er würde Annika fragen, ob sie ihm nicht immer den Kaffee aus der Kantine holen konnte. Aber das musste warten.

Hinde war also in mehrere Morde verwickelt.

Mehrere.

Plural.

Es konnte sich eigentlich nur um die Serienmorde handeln, von denen er in der Zeitung gelesen hatte. »Der Sommerschlächter«, wie ihn eine Boulevardzeitung getauft hatte. Vier Tote im Laufe eines Monats. Den Zeitungen zufolge waren sie erstochen worden. Eine große Ermittlung. Ein wichtiger Fall, und die Reichsmordkommission glaubte, dass Hinde in irgendeiner Weise involviert war.

Edward Hinde aus Haraldssons Sicherheitstrakt.

Er trank einen weiteren Schluck des guten, heißen Kaffees. Offenbar suchte die Polizei den Mörder außerhalb des Gefängnisses, jedoch ohne eine Ahnung zu haben, wer es war. Ob Hinde das wusste? Wäre es vorstellbar, dass Haraldsson ihnen bei den Ermittlungen behilflich sein konnte? Oder mehr noch, dass er Hinde dazu bringen konnte, sein Wissen über die Taten preiszugeben? Natürlich war Haraldsson kein Polizist mehr, aber diesen Instinkt verlernte man genauso wenig wie Radfahren. Es wäre wohl nicht ganz verkehrt, derjenige zu sein, der mit den entscheidenden Puzzleteilen zu diesem so wichtigen Fall beitrug. Wer weiß, vielleicht wollte er nicht ewig Gefängnisdirektor bleiben. Es gab schließlich auch andere interessante Stellen, auf die man sich bewerben konnte. Weiter oben in der Hierarchie. Haraldsson trank noch einen Schluck Kaffee und beschloss, Hinde von nun an öfter zu besuchen. Sich mit ihm anzufreunden.

Sein Vertrauen zu gewinnen.

Er sah die Schlagzeilen bereits vor sich.

Konnte die bevorstehende Ehre nahezu schmecken.

Kurz nach Mittag versammelten sie sich wieder in ihrem Besprechungsraum. Sebastian war zu Hause gewesen und hatte geduscht. Sein Versagen bei dem Besuch in Lövhaga hatte er noch nicht verwunden. Nicht genug damit, dass sie nichts erfahren hatten. Hinde war als Sieger daraus hervorgegangen. Hatte ihn vernichtend geschlagen. Unter der Dusche hatte Sebastian die Begegnung im Kopf Revue passieren lassen und war zu dem Schluss gekommen, dass es tatsächlich Vanjas Schuld gewesen war. Nicht, weil sie angefangen hatte, mit Hinde zu feilschen. Dass er sich darauf einließ, hätten sie womöglich sogar noch nutzen können, nicht zu ihrem Vorteil, aber zu einem Nullsummenspiel. Das Problem war Vanja an sich. Wer sie war. Seine Tochter. Sebastian war mit Geheimnissen in das Treffen hineingegangen. Als er Hinde das letzte Mal in den Neunzigern getroffen hatte, hatte er nichts zu verbergen. Er hatte all seine Karten ausspielen und reagieren können, wie er wollte. Hatte alle Entscheidungen kurzfristig treffen können, ohne befürchten zu müssen, dass der Mann auf der anderen Seite des Tisches mehr über ihn erfuhr, als gut war. So war es diesmal nicht. Um mit Hinde Schritt halten zu können, musste man das gesamte Spielfeld nutzen. Gab es auch nur die kleinste Ecke, die man nicht betreten wollte, konnte man sicher sein, dass Hinde das Gespräch sofort dorthin lenkte. Doch diesmal hatte er nicht nur vor Hinde Geheimnisse, sondern auch vor Vanja. Es war eine unmögliche Situation.

Und es war Torkels Schuld.

Oder seine eigene.

Er hätte sich weigern sollen, hätte nicht mit Vanja nach Lövhaga fahren sollen, sondern mit Billy.

Aber das war ihm reichlich spät eingefallen.

Im Besprechungsraum war es klebrig warm und stickig. Irgendwer hatte das Fenster geöffnet, aber das half kein bisschen. Das Zimmer hatte keine Klimaanlage, sondern war lediglich an das normale Lüftungssystem angeschlossen, das im Kampf gegen die Sommerhitze keine Chance hatte.

Sebastian ließ sich neben Ursula nieder. Als alle saßen, schaltete Billy den Projektor an der Decke ein und tippte etwas auf dem Laptop, der vor ihm stand.

»Ich habe beide ehemaligen Häftlinge gefunden, es war nicht schwer, wir haben sie recht gut im Blick.«

Er drückte auf eine Taste, und an der Wand erschien das Foto eines Mannes Mitte fünfzig. Er trug die Haare zu einem Pferdeschwanz, hatte ein breites Gesicht, eine gebrochene Nase und eine rote Narbe, die vom linken Auge nach unten über die Wange verlief. Das Foto sah aus wie die Karikatur eines Fahndungsfotos.

»Roland Johansson. 1962 in Göteborg geboren. Zwei Mordversuche und grobe Körperverletzung. Konsum verschiedener harter Drogen. Hat von 2001 bis 2008 in Lövhaga gesessen. Ist danach wieder zurück nach Göteborg gezogen. Ich habe mit seinem Sozialarbeiter gesprochen. Sie waren zusammen verreist, als der zweite und der dritte Mord begangen wurden. Eine Busreise nach Österlen mit den Anonymen Abhängigen.«

»Ist er denn wieder auf Drogen?«, fragte Vanja.

»Nein, laut seinem Helfer ist er clean. Aber er besucht regelmäßig die Treffen dieser Organisation.« Billy warf einen kurzen Blick in seine Unterlagen. »Für den ersten Mord hat er kein Alibi, aber gestern war er auf jeden Fall in Göteborg, sagt sein Sozialarbeiter.«

Torkel seufzte. Das klang zweifelsohne so, als könnten sie Johansson für ihre Ermittlungen abschreiben.

»Wer ist sein Sozialarbeiter?«

»Ein gewisser ...«, Billy blätterte in den Papieren, die er neben den Laptop gelegt hatte, »... Fabian Fridell.«

»Was wissen wir über ihn?«

Billy verstand nur zu gut, warum Torkel fragte. Alle Alibis, die Johansson hatte, stammten von ein und derselben Person. Es war zwar unwahrscheinlich, dass die Morde von zwei unterschiedlichen Personen begangen worden waren. Aber Johansson konnte immerhin irgendetwas gegen Fridell in der Hand haben, das diesen dazu zwang, ihm ein Alibi zu geben.

»Nicht viel. Keine Einträge oder Anzeigen, soweit ich sehen kann, aber ich werde ihn noch einmal genauer überprüfen.«

»Tu das.«

»Ich werde auch die anderen befragen, die bei dieser Busreise dabei waren.«

Torkel nickte. Sicherlich war Roland Johansson tatsächlich in Österlen umherflaniert, hatte Saftkeltereien besichtigt und am Strand Aquarelle gemalt, oder was auch immer die Anonymen Abhängigen bei solchen Busreisen sonst noch unternahmen. Aber je schneller die Angaben überprüft waren, desto eher konnten sie ihn ausschließen.

»Ich habe mir die Fingerabdrücke von ihm und dem anderen aus dem Register bestellt«, sagte Ursula wie selbstverständlich. »Damit wir sie mit denen an den Tatorten vergleichen können.«

»Gut«, antwortete Torkel, »wir überprüfen die Herren sowohl spurentechnisch als auch bezüglich ihrer Aktivitäten.«

»Und ich kann mich um diesen Fridell kümmern«, sagte Billy.

»Wie ist Johansson zu dieser Narbe gekommen?«, fragte Sebastian.

»Das steht nirgendwo. Spielt das eine Rolle?«

»Nein, ich frage aus reiner Neugier.«

Billy klickte zum nächsten Bild vor. Ein jüngerer Mann. Lateinamerikanisches Aussehen. In jedem Ohr ein dicker Goldring.

»José Rodriguez, fünfunddreißig. Hat ab 2003 in Lövhaga gesessen. Wegen Körperverletzung und brutaler Vergewaltigung. Wohnt in Södertälje.«

»Da wurde doch auch der Ford Focus geklaut«, warf Vanja ein.

»Stimmt genau. Das ist mir auch aufgefallen, deshalb habe ich gleich die Kollegen vor Ort kontaktiert, und die haben ihn verhört.« Billy reckte sich und wurde etwas größer auf seinem Stuhl, stolz darauf, dass er einen Schritt voraus war. Dass er die Sache bereits zur Hälfte erledigt hatte, bevor sie überhaupt darüber sprachen. Er fuhr fort: »Den dortigen Beamten zufolge kann Rodriguez sich nicht genau daran erinnern, was er an dem betreffenden Datum gemacht hat. Anscheinend hat er ziemliche Alkoholprobleme. Zumindest zeitweise.«

Billy schaltete den Laptop aus, stand auf und ging zur Tafel, wo er Papierausdrucke der Fotos aufhängte, die er zuvor an die Wand projiziert hatte.

Torkel nahm erneut die Gesprächsführung an sich und wandte sich an Sebastian: »Was hat euer Treffen mit Hinde ergeben?«

»Nichts.«

»Nichts?«

Sebastian zuckte mit den Schultern. »Er hat ziemlich stark abgenommen und wollte Vanja an die Titten grabschen, aber davon abgesehen – nichts.«

»Aber er weiß etwas über die Morde«, ergänzte Vanja und ignorierte, was Sebastian gerade gesagt hatte.

Torkel sah sie fragend an. »Woher weißt du das?«

Jetzt war Vanja an der Reihe, mit den Schultern zu zucken. »Ich habe es im Gefühl.«

»Im Gefühl?«

Mit einer heftigen Bewegung schob Torkel seinen Stuhl zurück und stand auf. Er ging an der Längsseite des Besprechungsraums auf und ab.

»Ich habe also einen Mann im Team, der von sich behauptet, Experte zum Thema Serienmörder im Allgemeinen und bei Edward Hinde im Besonderen zu sein und der bei einem persönlichen Treffen mit dem Mann nichts, aber auch gar nichts herausfindet.«

Er warf Sebastian einen finsteren Blick zu. Sebastian erwiderte ihn einige Sekunden lang gelassen, ehe er nach einer Wasserflasche griff. Lediglich aus Rücksicht auf Torkels Blutdruck verteidigte er sich nicht. Meistens war Torkel die Ruhe selbst, aber hin und wieder ging es mit ihm durch. Dann hieß es abwarten. Sebastian öffnete die Flasche und trank einen Schluck. Offenbar war Torkel inzwischen fertig mit ihm, denn jetzt wandte er sich Vanja zu.

»Und dann habe ich eine Ermittlerin, die im *Gefühl* hat, dass Hinde involviert ist. Im Gefühl! Was machen wir als Nächstes? Sein beschissenes Horoskop erstellen lassen? Verdammt noch mal!« Torkel blieb stehen und schlug mit den flachen Händen auf die Tischplatte. »Hier sterben Frauen!«

Es wurde mucksmäuschenstill im Raum. Draußen war ein

leises Verkehrsrauschen zu hören, das vorher niemand wahrgenommen hatte. Eine Wespe brummte durch das Fenster herein, überlegte es sich jedoch rasch anders und prallte einige Male gegen die Scheibe, ehe sie wieder hinausfand. Alle saßen regungslos da und starrten irgendeinen neutralen Punkt an, um keinen anderen in der Gruppe ansehen zu müssen. Alle bis auf Ursula, die ihren Blick vom einen zum Nächsten wandern ließ und sehr zufrieden damit schien, dass sie keine Abreibung verpasst bekommen hatte. Sebastian nahm noch einen Schluck von seinem Mineralwasser. Billy drückte ein Foto an die Tafel, das bereits festsaß. Vanja zupfte an der Nagelhaut ihres Zeigefingers herum. Torkel blieb eine Weile lang an der Längsseite des Tisches stehen, bevor er mit beherrschten Bewegungen wieder zu seinem Platz ging und sich setzte. Wenn jemand die bedrückte Stimmung wieder auflösen musste, dann er. Er holte tief Luft.

»Wenn ich ein neues Treffen mit Hinde für euch organisiere, besteht dann die Möglichkeit, dass ihr etwas aus ihm herausbekommt?«

»Vielleicht, wenn ich allein fahre«, antwortete Sebastian, noch immer zurückgelehnt.

Vanja reagierte sofort. »Ach so, dann ist es also meine Schuld, dass wir nicht weitergekommen sind?«

»Das habe ich nicht gesagt.«

»Du hast gesagt, dass du ohne mich erfolgreicher wärst. Wie soll ich das bitte schön deuten?«

»Das ist mir scheißegal. Deute es, wie du willst.« Sebastian leerte den letzten Rest aus der Sprudelflasche und musste leise rülpsen, was seine Antwort unverschämter klingen ließ, als er es beabsichtigt hatte.

»Und, bist du der Meinung, dass unser Team hier funktioniert? Na? Findest du das?«

»Vanja ...«

»Erinnerst du dich daran, was wir für den Fall beschlossen haben, dass es nicht funktioniert? Wir wollten ihn an die Luft setzen.«

Torkel seufzte. Er hatte die Beherrschung verloren, dabei war die Stimmung im Team ohnehin schon schlecht. Die Frage war, ob das an dem Frust lag, weil sie noch immer nichts über den Täter wussten, oder daran, dass sie Sebastian ins Team geholt hatten. Torkel wusste es nicht, aber er begriff, dass er den Streit irgendwie schlichten musste, und sei es nur für diesen Augenblick. Er stand ruhig von seinem Stuhl auf.

»Okay ... Jetzt lasst uns erst mal alle durchatmen. Es ist heiß, wir müssen hart arbeiten, es ist ein langer Tag gewesen, und er ist noch nicht zu Ende.« Er ging zur Tafel und ließ seinen Blick über die Fotos schweifen. Dann wandte er sich wieder an die Runde.

»Wir müssen uns diesem Mann nähern. Wir müssen ihn kriegen. Ursula, du vergleichst die Fingerabdrücke und eventuell auch die DNA aus dem Register.«

Ursula nickte, stand auf und verließ den Raum. Torkel fuhr fort: »Vanja, du fährst nach Södertälje und schaust, ob du Rodriguez' Gedächtnis ein bisschen in Schwung bringen kannst.«

»Sollten wir nicht lieber erst mal abwarten, was Ursula herausfindet?«

»Das Auto, das Sebastian vermutlich verfolgt hat, kommt aus derselben Stadt. Momentan reicht das aus, um diesen Herrn Rodriguez ein wenig unter die Lupe zu nehmen.«

Vanja nickte. »Aber der da kommt nicht mit.« Sie machte eine unbestimmte Geste in Sebastians Richtung, ohne ihn auch nur anzusehen.

Torkel seufzte.

»Nein, er kommt nicht mit.«

Ich werde einfach nicht schlau aus dir.«

Torkel betrat sein Büro gemeinsam mit Sebastian.

»Da bist du nicht der Einzige.«

Sebastian ging auf das Sofa zu und setzte sich. Torkel hockte sich auf die Kante seines Schreibtisches.

»Du kämpfst so sehr darum, wieder dazuzugehören, und kaum hast du es geschafft, setzt du alles daran, wieder rauszufliegen.«

»Denkst du wirklich darüber nach, mich rauszuwerfen, nur weil ich einigen Leuten auf ihre empfindlichen Zehen getreten bin?«

»Darum geht es nicht. Nicht mehr.«

»Ich konnte nicht wissen, dass Annette Willén ermordet werden würde.«

»Ich gehe ein großes Risiko ein, wenn ich dich hierbehalte. Du hast eine Verbindung zu allen vier Opfern. Denk mal drüber nach, wie das an höherer Stelle aussieht.«

»Seit wann machst du dir über solche Dinge Gedanken?«

Torkel seufzte müde.

»Ich habe mir schon immer über solche Dinge Gedanken gemacht, denn das gibt meinem Team eine größere Handlungsfreiheit. Ich weiß, dass dir das scheißegal ist. Aber ich sage es dir zum letzten Mal: Reiß dich zusammen.«

Sebastian überlegte, was er getan und gesagt und wie er agiert hatte, seit er bei diesen Ermittlungen dabei war. Er kam schnell zu dem Ergebnis, dass er eigentlich wie immer gewesen war. Er sagte, was er dachte, und fasste die Leute nicht aus ewiger Dankbarkeit mit Samthandschuhen an.

Aber er wollte auf keinen Fall rausfliegen. Er musste in Vanjas Nähe sein, doch das war nicht der einzige Grund. Es war plötzlich nicht einmal mehr der wichtigste. Hätte ihn jemand vor einigen Tagen gefragt, was sein Interesse an – oder seine Fixierung auf – Vanja würde dämpfen können, hätte er geantwortet: nichts. Aber er hatte sich geirrt. Was nun passiert war, beschäftigte ihn so viel mehr, überschattete alles andere, sogar Vanja. Vier Frauen waren seinetwegen gestorben.

»Ich werde mich bemühen«, versprach Sebastian und sah Torkel mit aufrichtigem Blick an. »Ich will jetzt nicht gehen.«

Torkel erhob sich vom Schreibtisch und machte die Tür zu, die einen Spaltbreit offen gestanden hatte. Sebastian beobachtete seinen Kollegen ein wenig argwöhnisch, als der sich in den Sessel gegenüber setzte. Was sollte das werden?

»Was ist eigentlich mit Billy los? Er scheint ein bisschen die Karriereleiter hochklettern zu wollen«, sagte Sebastian rasch und hoffte, die Therapiesitzung mit einem Themenwechsel im Keim zu ersticken.

»Du lenkst ab.«

»Ja, ich wollte sehen, ob du den Wink mit dem Zaunpfahl verstehst.«

»Ich spreche gern mit dir über Billy. Ein anderes Mal.« Torkel beugte sich im Sessel vor und faltete seine Hände, als wolle er gleich beten. Ein schlechtes Zeichen, das wusste Sebastian. Eine klassische Zuhörerpose.

»Was ist passiert, Sebastian? Du warst früher schon egoistisch, großspurig und unsympathisch, aber seit wir uns wiedergetroffen haben ... scheint es mir so, als stündest du mit allen und jedem auf Kriegsfuß.«

Torkel ließ die Frage im Raum stehen. Ja, was war passiert? Für den Bruchteil einer Sekunde überlegte Sebastian, ob er ihm die Wahrheit erzählen sollte. Über Lily. Über Sabine. Über ein Glück, das er so weder zuvor noch danach erlebt hatte. Über die Welle, die ihm alles genommen hatte. Was konnte das schon schaden? Vielleicht würde es ihm sogar etwas mehr Freiraum in der Gruppe verschaffen. Torkel hätte Mitleid mit ihm, ganz bestimmt. Und nicht nur das. Er würde sein Mitgefühl auf eine Weise zeigen, wie Sebastian es nie erlebt hatte, seit das Unglück geschehen war. Er hatte zwar auch niemandem eine Chance dazu gegeben, aber trotzdem.

Ein Torkel, der alles, was Sebastian tat, als Reaktion eines Trauernden deutete, konnte ihm nützlich sein. Der mehr Nachsehen mit ihm hatte. Besonders, wenn Sebastian ihn dazu überreden konnte, es nicht den anderen zu erzählen. Wenn es ein Geheimnis war, das nur sie beide teilten. Etwas, das sie miteinander verband.

Es war sein Joker.

Seine Freikarte.

Aber er hatte nicht vor, sie auszuspielen, bevor es nicht absolut notwendig war. Aber irgendeine Antwort musste er Torkel geben. Einfach aufzustehen und ihm alles Gute zu wünschen, war diesmal keine Alternative. Aber Sebastian wusste genau, was er sagen würde. Er würde ehrlich sein.

»Ich fühle mich verantwortlich.«

»Für die Morde.« Das war keine Frage, sondern eine Feststellung.

Sebastian nickte.

»In gewisser Weise kann ich dich verstehen«, sagte Torkel. »Aber du trägst keine Schuld an ihrem Tod.«

Sebastian wusste es. Seine Vernunft wusste es. Seine Gefühlslage sah dagegen anders aus. Trotzdem tat es ihm erstaunlich gut, darüber zu reden. Vielleicht hätte er das lieber mit Stefan besprechen sollen, aber er war sich nicht sicher, ob der nach allem, was passiert war, immer noch sein Therapeut war. Sebastian hatte ihn angerufen und ihm sogar auf seinen Anrufbeantworter gesprochen und um Entschuldigung gebeten. Stefan hatte nicht zurückgerufen. Und das war zu einem Zeitpunkt, als er noch nicht wusste, dass Annette ermordet worden war. Wenn herauskam, dass ihre Ermordung etwas mit ihrer Nacht mit Sebastian zu tun hatte, würde Stefans und seine Beziehung wohl irreparabel zerstört sein. Vermutlich war es Zeit, sich nach einem neuen Gesprächspartner umzusehen. Für den Moment musste Torkel herhalten.

»Die Letzte, Annette, du weißt schon. Ich war nur mit ihr im Bett, um meinem Therapeuten eins auszuwischen.«

»Aha, und was war dein Motiv dafür, mit all den anderen ins Bett zu gehen?«

Sebastian wurde von der Frage und Torkels entspannter Einstellung überrascht. Er hatte mit einer Verurteilung gerechnet. Einer milden vielleicht, aber dennoch einer Verurteilung. Torkels moralischer Kompass war extrem genau kalibriert.

»Was meinst du?«

»Korrigier mich, wenn ich mich täusche, aber du bist doch gar nicht auf der Suche nach der Richtigen. All deine Frauengeschichten sind doch wohl eher eine Art ... Zerstreuung.« Torkel lehnte sich in seinem Sessel zurück. »Du bist ein Süchtiger. Die Frauen sind dir im Grunde egal. Sowohl vorher als auch nachher.«

Sebastian versuchte nicht einmal zu widersprechen. Das war keine neue Erkenntnis für ihn. Schließlich hatten er selbst, Stefan und auch alle Frauen, die mit etwas Festem gerechnet hatten, diese Diagnose schon vor Jahren gestellt. Neu und erstaunlich war einzig und allein, wie gut er darüber mit Torkel reden konnte.

Die Ermordung der drei ersten, die er von früher kannte, nagte an ihm, aber es gab eine Grenze, wie weit man das Band zurückspulen konnte, wie weit zurück in die Vergangenheit man seine Taten bereuen konnte. Aber Annette. Mit ihr war es noch schlimmer. Sie ging ihm unter die Haut.

»Sie hatte ein so schlechtes Selbstvertrauen. Annette. Sie war verzweifelt auf jemanden aus, der sie bestätigte. Es war so einfach ...«

»Du hast ein schlechtes Gewissen.« Wieder keine Frage, sondern eine Feststellung.

Sebastian war zum Nachdenken gezwungen. Er hatte schon lange kein schlechtes Gewissen mehr gehabt und war unsicher, wie sich das anfühlte.

»Vermutlich ja.«

»Hättest du es auch gehabt, wenn sie nicht ermordet worden wäre?«

»Nein.«

»Dann zählt es nicht.«

Hart, aber wahr. Dass er sie gnadenlos ausgenutzt hatte, ließ ihn kalt. Aber dass sie nur hatte sterben müssen, weil er einen schlechten Tag gehabt hatte, das konnte er nur schwer ignorieren.

»Hast du mit irgendeiner der Frauen, mit denen du etwas hattest, noch Kontakt?« Torkel lenkte das Gespräch in eine neue Richtung. Vorwärts.

»Zwischen der Ersten und der Letzten liegen fast vierzig Jahre. Ich erinnere mich nicht mal mehr an einen Bruchteil von ihnen.«

Torkel ertappte sich bei der Überlegung, wie viele Partnerinnen er selbst gehabt hatte. Zwei Ehefrauen, vier oder fünf vor seiner ersten Frau. Wohl eher vier. Einige zwischen den beiden Ehen. Und dann Ursula. Höchstens zwölf. Er musste sich nicht einmal besonders anstrengen, um sich an die Namen aller zu erinnern. Aber was Sebastian betraf, war man wohl gezwungen, diese Zahl mit dreißig, vielleicht auch vierzig zu multiplizieren. Vielleicht mehr. Und das Gedächtnis lässt nach.

»Ich will ja nur sagen«, fuhr Torkel fort, »dass es vielleicht dir wie uns helfen würde, wenn du alles daransetzt, eine Wiederholung zu verhindern.« Er stand auf, als wollte er signalisieren, dass das Gespräch nun beendet war. »Aber wenn du dich nicht erinnerst, kann man wohl nichts machen.«

Sebastian blieb auf dem Sofa sitzen und starrte mit leerem Blick vor sich hin.

Überlegte.

An einige erinnerte er sich ...

Vanja war stehen geblieben und blickte sich im Stadtzentrum um. Es sah aus wie all diese Fußgängerzonen, aber sie stand in Hovsjö, in Södertälje, einem der achtunddreißig Stadtteile, denen die Regierung im Jahr 2009 »besondere Aufmerksamkeit« schenken wollte, um ihn und seine Bürger vor der »Marginalisierung« zu schützen. Eine »Initiative zur Rettung gefährdeter Stadtgebiete«. Alles schönfärberische Bezeichnungen für Trabantenstädte, in denen es mehr Probleme gab als Lösungen. Vanja hatte keine Ahnung, ob diese besondere Aufmerksamkeit etwas bewegt hatte. Es sah jedenfalls nicht so aus.

Vor einer halben Stunde hatte ihr Navigationsgerät sie in den Granövägen gelotst. Einige Meter weiter konnte man links in den Kvarstavägen einbiegen, und genau hier war ein halbes Jahr zuvor der hellblaue Ford Focus gestohlen worden. José Rodriguez wurde immer interessanter.

Vanja hatte ihren Wagen geparkt, war ausgestiegen und hatte an den braunen, achtgeschossigen Wohnblockfassaden hochgeblickt. Sie fand den richtigen Eingang und die richtige Wohnungstür. Als niemand öffnete, klingelte sie beim Nachbarn gegenüber. Haddad, stand auf dem Türschild. Eine Frau Mitte vierzig öffnete. Vanja zeigte ihren Dienstausweis und fragte, ob die Nachbarin José Rodriguez möglicherweise gesehen habe oder wisse, wo sie ihn finden könne.

»Der ist bestimmt auf dem Marktplatz«, antwortete die Frau mit einem kaum hörbaren Akzent und zuckte mit den Schultern, als wollte sie Vanja zeigen, dass es nur eine Vermutung war.

»Arbeitet er da?«, fragte Vanja und hatte einen lebendigen Marktbetrieb wie auf dem Hötorget im Zentrum Stockholms vor Augen. Die Frau in der Tür lächelte, als hätte Vanja etwas sehr Komisches gesagt. »Nein, der arbeitet nicht.«

Mit ihren vier Worten hatte die Nachbarin deutlich gemacht, was sie von ihrem Nachbarn hielt. Vielleicht nicht die Worte an sich, aber ihr Tonfall und ihre Miene ließen Vanja verstehen, dass die beiden nicht gerade innig befreundet waren. Vanja dankte für die Information und begab sich zu Fuß in Richtung Zentrum.

Ein Friseursalon, ein Restaurant, ein Supermarkt, ein Imbiss. Eine Pizzeria, ein Kiosk und ein Jeansgeschäft, rund um eine kahle Betonfläche. Im Herbst und im Winter musste der Wind über diese Ödnis nur so hinwegfegen, vermutete Vanja, aber jetzt brannte die Sonne darauf und machte sie zu einem Paradebeispiel für das, was man sich unter einer Steinwüste vorstellte. Im Schatten eines Ärztehauses lungerten einige Leute auf Bänken herum. Ein hechelnder, magerer Schäferhund und zwei Bierdosen, die zwischen den Männern und der einzigen Frau auf der Bank kreisten, verrieten Vanja, dass sie hier vermutlich mit ihrer Suche nach Rodriguez anfangen sollte. Sie steuerte auf die Bank zu. Als sie nur noch zehn Meter von der Gruppe entfernt war, richteten alle fünf Anwesenden ihre volle Aufmerksamkeit auf sie. Der Einzige, den ihr Auftauchen völlig kaltließ, war der Hund. Vanja zückte das Foto von José Rodriguez, während sie ebenfalls in den Schatten des vorspringenden Hauses trat.

»Wisst ihr, wo ich diesen Typen finden kann?« Sie hielt ihnen das Bild hin. Es hatte keinen Zweck, ihre Botschaft auszuschmücken oder ihnen etwas anderes vorzugaukeln. Vermutlich hatten diese Leute sie schon als Polizistin identifiziert, als sie den Platz betrat.

»Warum?«, fragte ein grauhaariger Mann unbestimmbaren Alters, der die Hundeleine hielt und nun zu ihr aufsah, nachdem er einen schnellen Blick auf das Foto geworfen hatte. Da ihm beide Vorderzähne fehlten, lispelte er leicht.

»Weil ich mit ihm reden muss«, fuhr Vanja in ihrem direkten Tonfall fort.

»Will er denn mit dir reden?« Die Frage kam erneut von dem Grauhaarigen. Mit seinem Lispeln klang er beinahe niedlich.

Vanja dachte, dass es schwer sein musste, sich Respekt zu verschaffen, wenn man wie ein Sechsjähriger mit Bassstimme klang. Vielleicht hatte er deshalb den Schäferhund. Als Kompensation. »Das wird er wohl selbst entscheiden können«, konterte Vanja.

Das war offensichtlich nicht die Antwort, die sie hatten hören wollen. Wie auf ein unsichtbares Kommando beschäftigten sich alle wieder mit dem, was sie vor Vanjas Ankunft getan hatten. Plauderten miteinander. Steckten sich Zigaretten an. Tätschelten beiläufig den Kopf des Hundes. Nahmen einen Schluck aus der Bierdose und gaben sie weiter. Keiner schenkte Vanja auch nur die geringste Aufmerksamkeit. Nicht einmal einen Blick. Es war, als hätte sie sich in Luft aufgelöst. Vanja seufzte. Natürlich hätte sie weitergehen, andere Leute auf dem Platz fragen und damit am Ende vielleicht sogar Erfolg haben können, aber es war warm, und sie war müde und wollte nach Hause. Sie wühlte in der Vordertasche ihrer Jeans und zog einen Hundertkronenschein heraus. »Ich will einfach nur wissen, wo er ist. Er wird nie erfahren, wie ich es herausgefunden habe.«

»Meistens hängt er bei den Kleingärten ab«, nuschelte ein dürrer, langhaariger Mann in Jeansjacke sofort und streckte seine schmutzige, zitternde Hand nach dem Schein aus, bevor sie überhaupt signalisiert hatte, ob die Information ihren Preis wert war oder nicht. Vanja hielt das Geld außer Reichweite.

»Und wo ist das?«

»Da unten.« Der Langhaarige zeigte in die Richtung, aus der Vanja gerade gekommen war. »Unten am See, wie heißt der Weg noch mal ... Tomatstigen ...«

Ein Straßenname. Das musste reichen. Vanja gab ihm den Hunderter, und der Magere steckte ihn hastig in seine Jackentasche, allem Anschein nach unbeeindruckt von den missbilligenden Blicken der anderen.

Als Vanja den Tomatstigen kurz darauf in das Navi eingab, sah sie, dass er tatsächlich in der Nähe lag. Aber wenn sie mit dem Auto dorthin fahren wollte, müsste sie einen ziemlichen Umweg in Kauf nehmen.

Also fuhr sie stattdessen den Kvarstavägen entlang, parkte so nah an ihrem Ziel wie möglich, durchquerte das kleine Gehölz neben dem angrenzenden Wohngebiet und stieß direkt auf die Schrebergärten. Sie glichen eher einem Ferienhauspark als einer Kleingartenanlage. Keine Geräteschuppen in einer Ecke des Grundstücks, sondern Häuser mit mindestens zwanzig Quadratmetern. Die Gärten waren gepflegt, und es standen Sommermöbel, Grills, Hollywoodschaukeln und andere Annehmlichkeiten darin, die man nutzen konnte, wenn man nicht gerade mit seinen Pflanzen beschäftigt war. Vanja selbst hatte keinerlei Bedürfnis, mit Natur näher in Berührung zu kommen, jedenfalls nicht auf diese Weise, säen, jäten, graben, lichten – all das war nichts für sie. Es gelang ihr gerade mal mit Mühe und Not, ihre Topfpflanzen am Leben zu halten. Aber zu dieser Jahreszeit war es wirklich schön hier. Überall grünte und blühte es, und hinter jedem Zaun summten Bienen und Hummeln.

Vanja ging den knirschenden Kiesweg entlang, der zu einem nahe gelegenen See führte, während sie die Umgebung mit ihrem Blick absuchte. Dies schien nicht unbedingt eine Gegend zu sein, in der man gescheiterte, alkoholisierte Existenzen duldete, die umhertorkelten und das Idyll störten. Hatte man sie unten auf dem Marktplatz um einen Hunderter betrogen? Vanja gelangte ans Ende der Gartenkolonie und wollte gerade umkehren, als sie sie entdeckte. Mehrere Leute auf einer Bank, die neben dem asphaltierten Fußweg am Waldrand stand. Um sie herum auf dem Boden standen die lila Tüten vom Systembolaget, gut gefüllt mit Weinkartons und Bierdosen. Es war ein größeres Grüppchen von acht bis zehn Personen. Diesmal mit zwei Hunden. Vanja lief mit schnellen Schritten auf sie zu. Als sie näher kam, sah sie, dass ein Mann und eine Frau, die etwas abseits standen, Äpfel aßen, die sie vermutlich aus irgendeinem nahe gelegenen Garten gestohlen hatten. Vanja ging auf sie zu, holte das Foto aus der Tasche und kam sofort auf den Punkt: »Ich suche José Rodriguez, haben Sie ihn gesehen?«

»Das bin ich.«

Vanja wandte sich nach rechts und war gezwungen, nach unten zu sehen, um direkt in das Gesicht des Mannes zu blicken, der auf dem Foto abgebildet war. Sie spürte, wie sie unmittelbar von einer großen Müdigkeit gepackt wurde. Von Müdigkeit und Wut. Das konnte doch verdammt noch mal nicht wahr sein!

»Sitzen Sie schon länger in diesem Ding?«

»Warum?«

»Ja oder nein?«

»Ich wurde vor einiger Zeit von einem Auto angefahren …«

Vanja seufzte laut und blieb kurz stehen, um wieder zu Kräften zu kommen, ehe sie sich schließlich umdrehte und davonging.

»Was denn? Worum geht es denn?«, brüllte ihr der Mann hinterher. Doch Vanja machte nur eine abwehrende Handbewegung, ohne sich umzusehen, und setzte ihren Weg fort. Sie nahm ihr Telefon und drückte die Kurzwahl für Torkel. Besetzt. Also rief sie Ursula an.

Ursula stand im Pausenraum und starrte mit leerem Blick auf eine Portion Fischgratin, die sich in einer der Mikrowellen drehte. Spätes Mittagessen. Oder frühes Abendbrot. Damit sie sagen konnte, sie hätte schon gegessen, wenn Micke anrief. Aus irgendeinem Grund drückte sie sich davor, nach Hause zu gehen.

Zu Micke.

Zu einem weiteren Abend in ihrem verlogenen Familienleben.

Sie wurde aus ihren Gedanken gerissen, als ihr Handy klingelte, das sie neben einem Glas Wasser und ihrem Besteck auf dem Tisch abgelegt hatte. Sie verließ ihren Platz an der Mikrowelle und durchquerte den Raum, an dessen Gestaltung hart gearbeitet worden war, um ihn weniger unpersönlich und steril erscheinen zu lassen. Auf jedem der sechs länglichen Tische lag eine rot karierte Decke, passend zu den Gardinen und den Webbildern an den Wänden. Die weißen Plastikstühle waren mit Kissen bestückt, und ringsherum an der Wand verlief eine mit Schablonen gemalte Blumenbordüre. Dasselbe florale Muster fand sich auch an einigen Schranktüren und Elektrogeräten wieder. Die starken Neonröhren an der Decke waren durch Lampen über jedem Tisch und andere punktuelle Lichtquellen ersetzt worden. Drei lange Blumenkästen auf Stahlbeinen mit Grünpflanzen und ein Aquarium neben dem Eingang sollten dazu beitragen, dass hier »nicht nur ein Ort zum Essen, sondern auch Raum für ein wenig Harmonie und Erholung« zu finden sei, wie es nach der Renovierung in der Mitarbeiterzeitschrift geheißen hatte. Wie viel mochte diese Formulierung gekostet haben? Ursula fühlte sich weder besonders harmonisch gestimmt noch erholt, wenn sie im Pausenraum gegessen hatte. Satt vielleicht, aber das war sie vor der Renovierung auch geworden.

Sie nahm ihr bimmelndes Handy und warf einen Blick auf das Display. Vanja. Ursula ging ran.

»Na du.«

»Ich bin es«, hörte sie Vanja sagen, ein wenig atemlos, als würde sie gerade irgendwohin hetzen.

»Ich weiß. Wie geht's?«

»Beschissen.« Wütend spuckte Vanja das Wort aus. »Die Polizisten vor Ort, die Rodriguez überprüft haben, haben uns zwar mitgeteilt, dass er Quartalssäufer ist, aber leider haben sie dabei ein winzig kleines Detail vergessen, nämlich dass er in einem beknackten Rollstuhl sitzt!«

Ursula konnte sich ein kleines Lächeln nicht verkneifen. Sie hatte ohnehin keinerlei Vertrauen in die jeweiligen Polizisten vor Ort. Diese Episode bestätigte nur ihre Auffassung, dass die Beamten, wenn sie eine Ermittlung nicht direkt behinderten, ihr zumindest auf keinen Fall nützten. Sie überlegte, ob dies der richtige Zeitpunkt war, um Vanja zu sagen, dass sie Rodriguez mittlerweile als Täter ohnehin schon abgeschrieben hatten. Weder seine Fingerabdrücke noch seine DNA stimmten mit den Spuren an den Tatorten überein. Sie entschied sich, Vanja lieber erst später davon in Kenntnis zu setzen. Es schien, als habe die Kollegin heute schon genug Rückschläge erlitten.

Die Mikrowelle piepste, ihr Fisch war fertig. Ursula ging hinüber, um ihn zu holen.

»Sieh es doch mal positiv, so konntest du immerhin einen schönen Ausflug nach Södertälje machen.« Ursula öffnete die Mikrowellentür und nahm den Teller heraus.

Sie hörte, wie jemand hinter ihr den Raum betrat. Als sie sich umdrehte, sah sie Sebastian, der sich gegen den Türrahmen lehnte. Ohne eine Miene zu verziehen, widmete Ursula sich wieder ihrem Essen und dem Telefongespräch.

»Ich komme heute nicht mehr ins Büro«, sagte Vanja. »Kannst du Torkel das ausrichten?«

»Natürlich. Dann bis morgen!«

Ursula beendete das Telefonat, steckte ihr Handy in die Tasche und ging mit ihrem Teller zum Tisch hinüber. Sie sah kurz zu Sebastian hinüber. »Das war Vanja. Ich soll dir schöne Grüße ausrichten.«

»Nein, sollst du nicht«, entgegnete Sebastian sachlich.

»Stimmt«, bestätigte Ursula und setzte sich.

Sebastian blieb in der Tür stehen. Ursula begann schweigend zu essen. Sie wünschte, sie hätte etwas zu lesen, irgendetwas, worauf sie ihren Blick heften konnte. Warum stand er dort einfach so herum? Was wollte er? Was es auch war, sie würde es sicher nicht interessieren. Ursula war entschieden der Ansicht, dass dieser Mann nicht länger Bestandteil des Teams sein dürfte. Nicht auszudenken, was passierte, wenn die Presse herausfand, dass es eine Verbindung zwischen den Opfern und einer Person gab, die an den Ermittlungen beteiligt war. Torkel hatte seine Entscheidung garantiert nicht an höherer Stelle abgestimmt, und wenn die Sache schiefging, konnte er seine Stelle verlieren. Er riskierte viel für Sebastian. Sie fragte sich, ob Sebastian sich dessen überhaupt bewusst war und ob er irgendeine Form von Dankbarkeit verspürte. Vermutlich nicht.

Jetzt musste Ursula selbst aber über etwas ganz anderes nachdenken. Private Dinge. Beispielsweise, warum es sie nicht nach Hause zog. Und ob Torkel auch an diesem Abend eine Alternative darstellen würde. Sie war sich nicht sicher. Als sie nach ihrer letzten gemeinsamen Nacht in seinem

Bett gelegen hatten, hatte Torkel von Yvonne und einem neuen Mann im Leben seiner Exfrau erzählt. Ursula hatte seinen Namen vergessen, aber sie hatte das Gefühl gehabt, dass Torkel herausfinden wollte, ob sich denn nun mehr entwickeln könnte. Zwischen ihnen.

Etwas Beständigeres.

Vermutlich war sie selbst schuld daran, denn sie hatte gegen zwei der Regeln verstoßen, die sie für ihr gemeinsames Verhältnis aufgestellt hatte, und vielleicht war es nicht verwunderlich, wenn er glaubte, sie wäre bereit, ihre Haltung zu Regel Nummer 3 auch noch einmal zu überdenken. War sie aber nicht.

»Wie geht es Micke?«, erkundigte Sebastian sich in alltäglichem Plauderton und brach das Schweigen. Als könnte er ihre Gedanken lesen. Ursula fuhr zusammen, und das Messer rutschte ihr aus der Hand. Laut klirrend fiel es auf ihren Teller und von da auf den Boden.

»Warum fragst du?«, brummte Ursula, während sie sich nach dem Besteck bückte.

»Nur so eigentlich.« Sebastian zuckte mit den Schultern. »Ich wollte lediglich ein bisschen Smalltalk machen.«

»Du und Smalltalk!« Ursula legte ihre Gabel neben dem Messer ab, das sie gerade aufgehoben hatte. Sie stand auf. Ihr war der Appetit vergangen. Wusste er etwas? Über sie und Torkel? Das wäre nicht gut. Überhaupt nicht gut. Je weniger Sebastian Bergman wusste, desto besser. Das galt für alle Bereiche. Er hatte ein Talent, die vermeintlich unschuldigsten Informationen gegen einen zu verwenden. Wenn er meinte, einen Vorteil aus etwas ziehen zu können, tat er das, ohne zu zögern.

Sebastian zog sich einen Stuhl heran und setzte sich.

»Ich musste da an eine Sache denken ...«

»Mhm«, antwortete Ursula. Mit dem Rücken zu ihm

trocknete sie sich die Hände an einem Geschirrtuch und wandte sich zum Gehen.

»Setz dich doch kurz.«

Sebastian zeigte auf den Stuhl gegenüber.

»Und warum?«

»Weil ich dich darum bitte.«

»Keine Zeit.«

Als Ursula schnell an Sebastian vorbeigehen wollte, fasste er ihr Handgelenk. Sein Tonfall war anders als sonst, weder spöttisch noch überheblich, und seine Augen signalisierten, dass es wichtig war. Nicht zu seinem eigenen Nutzen, sondern weil es tatsächlich um etwas Wichtiges zu gehen schien.

Etwas Bedeutungsvolles.

Und er hatte »bitte« gesagt, ein Wort, das normalerweise nicht zu seinem Vokabular gehörte. Ursula setzte sich wieder, allerdings weit vorn auf die Stuhlkante, damit sie jederzeit aufspringen und gehen konnte.

»Ich habe gerade mit Torkel gesprochen«, begann Sebastian ein wenig zögerlich.

»Aha«, sagte Ursula defensiv und bereits davon überzeugt, dass ihr nicht gefallen würde, was er auf dem Herzen hatte.

»Über diese Sache, dass ich mit allen vier Opfern ein Verhältnis hatte«, fuhr Sebastian fort, ohne sie anzusehen. »Ein sexuelles Verhältnis.«

Plötzlich begriff Ursula, worauf das Gespräch hinauslief. Nicht auf sie und Torkel, ganz und gar nicht, sondern auf ein Thema, das zu berühren sie noch viel weniger Lust hatte.

»Wenn es so ist, dass dieses Morden weitergeht«, sagte Sebastian mit leiser und ernster Stimme, »und noch mehr Frauen in Gefahr sind ...«

»Ich kann auf mich selbst aufpassen«, entgegnete Ursula und stand abrupt auf.

»Ich weiß, es ist nur ...« Sebastian sah sie an. Mit aufrichtigem Blick. »Ich möchte nicht, dass dir meinetwegen etwas zustößt.«

»Das ist nett von dir«, erwiderte Ursula in neutralem Ton und ging zur Tür, wo sie sich noch einmal umwandte.

»Aber es wäre besser gewesen, wenn du diese Fürsorglichkeit schon damals an den Tag gelegt hättest.«

Mit diesen Worten drehte sie sich um und verschwand.

Es klopfte an der Zellentür. Hinde legte das Buch beiseite, in dem er gerade gelesen hatte, und sah sich hastig um. Es lag doch wohl nichts mehr herum? Etwas, das ihn verraten konnte? Ein kurzer Blick auf den Schreibtisch, den kleinen Nachttisch und das einzelne Regalbrett, und er hatte alles kontrolliert. Der Vorteil an einer so kleinen Zelle war eindeutig, dass man sie leicht überschauen konnte. Nichts, was nicht hätte da sein sollen. Hinde schwang seine Beine über die Bettkante und setzte sich im selben Moment auf, als die Tür aufging und Thomas Haraldsson seinen Kopf hereinsteckte.

»Hallo, störe ich?«

Hinde stutzte angesichts der alltäglichen Begrüßung. Als würde Haraldsson mal kurz bei seinem Nachbarn in der Reihenhaussiedlung oder beim Kollegen im Büro nebenan vorbeischauen. Vermutlich sollte die vertrauliche Einleitung deutlich machen, dass der Gefängnisdirektor nicht wegen eines dienstlichen Anliegens hier war, sondern aus anderen Gründen. Die Sache konnte interessant werden.

»Nein, nein, ich habe nur auf dem Bett gelegen und gelesen.« Hinde stimmte in den persönlichen Tonfall ein. »Kommen Sie doch rein«, fügte er noch mit einer einladenden Handbewegung hinzu.

Haraldsson trat in die Zelle, und die Tür fiel hinter ihm zu. Hinde beobachtete ihn schweigend. Haraldsson sah sich um, als stünde er zum ersten Mal in einer Zelle des Sicherheitstrakts. Hinde überlegte, ob Haraldsson seine Höflichkeitsfloskeln aus der Welt vor den Gefängnistoren noch weitertreiben und ihm gleich sagen würde, wie hübsch er es hatte. Fantastisch, was man auf so engem Raum alles bewerkstelligen konnte – compact living.

»Ich mache mich bald auf den Heimweg, wollte aber noch mal kurz vorbeischauen«, sagte Haraldsson und beendete seine Inspektion der Zelle. Es war das erste Mal, dass er eine betreten hatte. So beengt. Wie hielten die das bloß aus?

»Auf den Weg zu Jenny«, bemerkte Hinde vom Bett aus.
»Ja.«
»Und dem Kind.«
»Ja.«
»Im wievielten Monat ist sie denn?«
»In der elften Woche.«
»Schön.«
Edward Hinde lächelte Haraldsson an, der sich den einzigen Stuhl heranzog und sich setzte.

Jetzt reichte es mit der Plauderei.

»Ich bin nur ein wenig neugierig«, begann Haraldsson in ungezwungenem Ton, »wie es mit der Reichsmordkommission gelaufen ist?«

»Was soll das heißen, wie es gelaufen ist?«, fragte Hinde und beugte sich vor.

»Na ja, sie haben nicht viel erzählt.« Haraldsson überlegte, was er eigentlich genau von Vanja und Sebastian erfahren hatte, nachdem sie sich mit Hinde getroffen hatten. Dass sie glaubten, er sei in einige Mordfälle verwickelt, aber das hätten sie auch mitteilen können, ohne Hinde zu sehen. Über das eigentliche Treffen hatten sie genau genommen überhaupt nichts gesagt, fiel ihm jetzt auf.

»Eigentlich gar nichts ...«, ergänzte er.

Hinde nickte verständnisvoll. Haraldsson überlegte kurz, ob er von seinen negativen Erlebnissen mit der Reichsmordkommission in Västerås erzählen sollte. Er könnte sich mit Hinde alliieren, indem sie gemeinsam ein wenig lästerten. Könnte sich sozusagen auf Hindes Seite schlagen. Doch dann fiel ihm ein, dass der Mann auf dem Bett gar nicht wissen konnte, dass Haraldsson früher Polizist gewesen war. Und das brauchte er auch nicht zu wissen, eigentlich war es besser so. Wenn Haraldsson Hinde in dem Glauben ließ, er sei nur ein harmloser Bürohengst.

»Wie ist denn Ihr Eindruck von dem Treffen?«

Hinde schien über die Frage nachzugrübeln. Er stützte seine Ellbogen auf den Oberschenkeln ab und legte sein Kinn auf seine verschränkten Hände.

»Um ehrlich zu sein, war es eine ziemliche Enttäuschung«, antwortete er schließlich nachdenklich.

»Inwiefern?«

»Es kam zu keinem richtigen Gespräch.«

»Aber warum denn nicht?«

»Ich habe ihnen ein Angebot unterbreitet, auf das sie nicht eingehen wollten.«

»Aha, und was war das für ein Angebot?«

Hinde richtete sich auf, er schien nach den richtigen Worten zu suchen.

»Es gab da gewisse ... Dinge, die ich verlangt habe, und wenn ich sie bekommen hätte, dann hätte ich eine oder mehrere ihrer Fragen beantwortet. Wahrheitsgemäß.«

Er blickte kurz zu Haraldsson, um herauszufinden, ob der anbiss, aber der Mann auf dem Schreibtischstuhl sah in erster Linie verwirrt aus.

»Gefälligkeiten und Gegendienste«, verdeutlichte Hinde. »Wie in einem Spiel, könnte man sagen. Ich habe etwas, das sie haben wollen, sie haben etwas, das ich will, warum sollte man diese Chance vertun? Aber Sebastian wollte nicht mitspielen.«

Hinde sah Haraldsson in die Augen. War er zu deutlich geworden? War es zu offensichtlich, worauf er hinauswollte? Immerhin war sein Gast Polizist gewesen, sogar bis vor kurzem noch. Müssten seine Alarmglocken jetzt nicht schrillen? Es machte nicht den Anschein. Edward beschloss, die Sache durchzuziehen.

»Ich könnte Ihnen dasselbe Angebot unterbreiten.«

Haraldsson antwortete nicht sofort. Was wollte Hinde ihm anbieten? Information im Austausch gegen was? Das würde er erfahren, wenn er darauf einging. Aber warum bot Hinde ihm etwas an? Um sich Vorteile zu verschaffen natürlich. Privilegien. Es könnte natürlich auch sein, dass er einfach nur gelangweilt war und jede Chance ergriff, die sich ihm bot, um seinen Alltag stimulierender und weniger eintönig zu gestalten. Haraldsson wog im Kopf hastig die Vor- und Nachteile gegeneinander ab.

Die Vorteile lagen ja auf der Hand. Hinde würde auf seine Frage antworten. Egal welche. Das würde ihm einen einzigartigen Einblick und wichtige Informationen verschaffen. Im Idealfall würde er damit sogar vier Morde aufklären.

Die Nachteile? Er wusste nicht, was Hinde als Gegenleistung verlangte. Aber wenn er nicht auf den Vorschlag einging, würde er es auch nie erfahren. War es etwas, das gegen alle Regeln verstieß oder dem er aus irgendeinem anderen Grund nicht zustimmen wollte, konnte er immer noch nein sagen. Und das Ganze abbrechen.

Eigentlich konnte es gar nicht schiefgehen.

Haraldsson nickte. »Warum nicht. Und wie haben Sie sich das vorgestellt?«

Edward musste sich anstrengen, um nicht in ein vergnügtes kleines Lachen auszubrechen. Stattdessen lächelte er Haraldsson nur breit und treuherzig an und beugte sich erneut vor, beinahe vertraulich. »Ich sage, was ich haben will, und wenn ich es bekommen habe, fragen Sie mich, was immer Sie wollen, und ich werde antworten.«

»Wahrheitsgemäß.«

»Versprochen.«

Hinde streckte seine rechte Hand vor, um zu zeigen, dass sie eine Absprache hatten. Per Handschlag besiegelt. Mehr brauchte es unter Männern nicht.

»Okay«, Haraldsson nickte.

Sie schüttelten sich die Hände. Anschließend rutschte Edward wieder ein Stück auf dem Bett zurück, lehnte sich gegen die Wand und schlug die Beine übereinander. Eine entspannte Pose. Familiär. Sie nahm der Situation ihre Dramatik. Er musterte Haraldsson. Womit sollte er anfangen? Er musste herausfinden, wie weit der Mann auf seinem Schreibtischstuhl zu gehen bereit war.

»Haben Sie ein Foto von Ihrer Frau dabei?«

»Ja ...«

Die Antwort kam zögerlich.

»Kann ich es haben?«

»Wie?«, fragte Haraldsson mit leicht verwirrter Miene.

»Nur zum Ansehen, oder wollen Sie es behalten?«

»Behalten.«

Haraldsson zögerte. Er hatte kein gutes Gefühl dabei. Ganz und gar nicht. Mit einer solchen Bitte hatte er nicht gerechnet. Längerer Hofgang. Besseres Essen. Freiere Nutzung der Computer. Ein Bier vielleicht. Dinge, die Hindes Aufenthalt in Lövhaga angenehmer gestalten würden. Aber nicht das. Was bezweckte Hinde mit einem Foto von Jenny? Den psychiatrischen Gutachten zufolge war der Mann sexuell nicht aktiv, also war es unwahrscheinlich, dass er vor dem Foto onanieren würde. Aber was sollte er sonst damit anfangen?

»Weshalb wollen Sie es denn haben?«

»Ist das die Frage, die Sie stellen wollen?«
»Nein ...«

Haraldsson fühlte sich unter Druck gesetzt. Sollte er diesen Handel jetzt schon beenden? Oder konnte er darauf eingehen?

Immerhin war es nur ein Foto.

Die Reichsmordkommission war davon überzeugt, dass der Mann auf dem Bett in vier Morde verwickelt war. Wenn Haraldsson seine Trümpfe geschickt ausspielte, konnte er den Fall im Prinzip auf eigene Faust lösen. Hinde saß ja dort, wo er saß. Hinter Gittern. Er konnte nichts tun. Haraldsson brauchte die Reichsmordkommission nicht einmal zu informieren. Er konnte mit seinen Informationen direkt zu einer höheren Stelle gehen. Den Ruhm allein einstreichen. Einen Fall lösen, an dem andere gescheitert waren.

Es war nur ein Foto.

Er holte sein Portemonnaie aus der Gesäßtasche und klappte es auf. Hinter dem durchsichtigen Plastik auf der einen Seite steckte das Bild von Jenny. Es war vor knapp eineinhalb Jahren in einem Hotelzimmer in Kopenhagen aufgenommen worden. Vom Hintergrund sah man nicht viel, Haraldsson hatte das Foto zurechtgeschnitten, damit es in das kleine Fach passte. Doch Jenny strahlte. Glücklich. Haraldsson liebte diese Aufnahme. Sie zeigte Jenny genau so, wie sie war. Aber er hatte das Bild noch auf dem Speicherchip. Er konnte es einfach ein zweites Mal ausdrucken.

Es war nur ein Foto.

Trotzdem wurde er das Gefühl nicht los, einen großen Fehler zu begehen, als er das Foto in Hindes ausgestreckte Hand legte.

»Sind Sie in die Morde an den vier Frauen verwickelt, die vor kurzem verübt wurden?«, fragte Haraldsson, kaum dass das Bild den Besitzer gewechselt hatte.

»Definieren Sie verwickelt«, antwortete Hinde, während er einen schnellen Blick auf das Foto in seiner Hand warf. Anfang dreißig. Schmal. Fröhlich. Eine Brünette. In die Details musste er sich später vertiefen. Er platzierte das Bild auf dem Buch, das auf seinem Nachttisch lag.

»Haben Sie von den Morden erfahren?«

»Ja.«

»Und wie?«

Hinde schüttelte den Kopf und lehnte sich wieder an die Wand.

»Das war Frage Nummer 2. Aber ich werde sie beantworten, ohne eine Gegenleistung zu verlangen. Allein um zu zeigen, wie sehr mir daran liegt, dass Sie mit mir sprechen.«

Er machte eine kleine Kunstpause und begegnete Haraldssons Blick. Sah die Erwartung darin, die Hoffnung. Dieser Mann war zu vielem bereit, daran bestand kein Zweifel.

»Die Reichsmordkommission hat mir davon erzählt«, antwortete er schließlich.

»Aber davor?«, fuhr Haraldsson eifrig fort. »Wussten Sie davor schon etwas davon?«

»Die Antwort auf diese Frage kostet etwas.«

»Und was?«

»Lassen Sie mich darüber nachdenken. Und kommen Sie morgen wieder.«

Hinde legte sich wieder hin und streckte sich nach seinem Buch. Das Foto von Jenny glitt auf den Nachttisch, als hätte er es bereits vergessen.

Haraldsson begriff, dass das Gespräch beendet war. Er war nicht zufrieden, aber es war immerhin ein Anfang, der definitiv zu etwas führen konnte. Er stand auf, ging zur Tür und verließ die Zelle.

Auf dem Weg zurück ins Büro traf Haraldsson zwei Entschlüsse.

Zum einen würde er Jenny nicht erzählen, dass er ihr Foto Edward Hinde gegeben hatte. Er wusste nicht, wie er es ihr überzeugend erklären konnte. Er würde so schnell wie möglich eine neue Kopie ausdrucken und die alte ersetzen.

Zum anderen beschloss er, den Tag als gelungen anzusehen. Er war zweimal vor eine schwere Wahl gestellt worden, hatte jedoch richtig entschieden. War einen Schritt in die richtige Richtung gegangen.

»Das lief gut«, sagte er laut in den leeren Flur hinein. Doch es klang ein wenig so, als müsse er sich selbst überzeugen, also räusperte er sich und sagte es noch einmal.

Lauter.

Entschlossener.

»Das lief richtig gut!«

In seiner Zelle lag Edward Hinde auf dem Bett, studierte die Fotografie von Jenny Haraldsson und dachte dasselbe.

Vanja fuhr zu schnell. Wie immer. Sie hatte das Gefühl, voller überschüssiger Energie zu stecken. Wenn sie nach Hause kam, würde sie eine Runde joggen gehen. Ein paar Stunden war es noch hell, und es war bereits ein wenig kühler geworden.

Eigentlich hatte sie keine Lust auf den Laufpfad.

Eigentlich wollte sie lieber arbeiten.

Weiterkommen. Irgendetwas erreichen. Einen Monat nach dem ersten Mord tappten sie noch immer im Dunkeln. Hinde war involviert, aber wie? Die Opfer hatten eine Verbindung zu Sebastian, aber warum? Aus Rache natürlich. Aber wenn man sich vorstellte, dass Sebastian nie erneut Mitglied des Ermittlerteams geworden wäre? Es war ja keinesfalls abzusehen gewesen, dass er wieder mit ihnen zusammenarbeiten würde. Dann hätten sie die Verbindung zwischen den Opfern vielleicht nie hergestellt. Und was wäre das für eine Rache, wenn die Person, an der man sich rächte, es nie bemerken würde? Oder hatte Hinde früher oder später mit Sebastians Einmischung gerechnet? War es deshalb so wichtig, dass die Morde exakte Kopien seiner früheren Taten waren? Dass sie geradezu nach Hinde schrien? Damit man gezwungen war, Sebastian um Rat zu bitten, woraufhin der den Zusammenhang erkannte.

Und was geschah nun, da Sebastian aktiv an den Ermittlungen beteiligt war und begriffen hatte, dass zu ihm persönlich eine Verbindung bestand? Würden die Morde aufhören?

So viele Fragen.

Keine Antworten.

Diese Mordserie hatte gute Chancen auf den Titel »Schlimmster Fall, den sie je erlebt hatten«. Vanja trat noch stärker aufs Gaspedal. Die Nadel auf dem Tacho zeigte hundertvierzig Stundenkilometer. Sie wollte die vergeudete Zeit in Södertälje so schnell wie möglich hinter sich lassen. Aber war sie wirklich von vornherein vergeudet gewesen, oder hatte nur sie sie vergeudet? Sie wurde das Gefühl nicht ganz los, dass sich ihre Enttäuschung und ihre Ungeduld heute negativ auf ihre Arbeit ausgewirkt hatten.

Sie aktivierte die Freisprechanlage und wählte eine Nummer.

Billy stand gerade in der Küche und schnitt Broccoli, Paprika und Zwiebeln, als sein Handy klingelte. Neben ihm briet My in einer Pfanne Hühnchenbruststreifen, während sie in einer anderen gerade bei niedriger Hitze Cashewkerne anröstete. Eigentlich hätte man das Hühnchen in einem Wok zubereiten müssen, aber Billy besaß keinen. Die große Bratpfanne hatte er vor vielen Jahren einmal von seinen Eltern zu Weihnachten bekommen. Seit Mittsommer hatte er sie häufiger verwendet als in den ganzen letzten Jahren. My kochte gern mit ihm zusammen.

»Ja, hier ist Billy«, meldete er sich, klemmte sich das Telefon zwischen Ohr und Schulter und schnitt weiter Gemüse.

»Hallo, wo bist du gerade?« Vanja rief ihn vom Auto aus an.

Billy musste sich anstrengen, um sie trotz des Verkehrsrauschens zu verstehen. Ihre Freisprechanlage und das eingeklemmte Handy erleichterten die Sache nicht gerade.

»Zu Hause. Und du?«

»Auf dem Weg zurück von Södertälje. Rodriguez sitzt seit

einem Autounfall im Rollstuhl, also kann er es gar nicht sein.«

»Aha. Warte mal, ich stell dich mal eben laut.« Er mimte My gegenüber ein »Vanja«, drückte die Lautsprechertaste und legte das Handy auf der Arbeitsplatte ab. Sie nickte, als hätte sie es bereits erraten.

»Okay, jetzt kann ich dich wieder hören.«

»Was zischt denn da so?«

»Das wird wohl die Bratpfanne sein.«

»Was machst du gerade?«

»Kochen.«

»Wie? So richtig?«

»Ja.«

Am anderen Ende der Leitung wurde es still. Billy verstand Vanjas Verwunderung. Normalerweise war er Großverbraucher von Fertiggerichten und Fastfood. 7-Eleven-Läden, Kioske und die Gefriertruhen der Supermärkte hielten ihn am Leben. Nicht, dass er nicht kochen konnte, er hatte einfach nur kein Interesse daran und fand, dass man die Zeit, die man dafür brauchte, auch besser nutzen konnte. Dieses Thema wollte er allerdings nicht vertiefen, wenn My zuhörte. Er erinnerte sich dunkel, dass er an jenem Morgen nach dem Mittsommerfest behauptet hatte, Kochen wäre sein Hobby.

»Gibt es eigentlich einen bestimmten Grund, weshalb du anrufst?« Billy schob das Gemüse mit dem Messer beiseite. Ehe er begann, die rote Chilischote fein zu hacken, schielte er kurz zu My hinüber, die dem Gespräch interessiert lauschte.

»Ich wollte dich fragen, ob du herausfinden kannst, wann dieser Unfall genau war.«

»Wusste er das denn nicht selbst?«

»Er hat nur gesagt, dass er vor einiger Zeit von einem

Auto angefahren wurde. Ich war so stinksauer, dass uns die Polizei vor Ort nicht über seine Lähmung informiert hat. Ich bin einfach gegangen. Aber jetzt denke ich, er könnte doch trotzdem etwas mit dem Diebstahl des Fords zu tun haben. Immerhin wohnt er direkt nebenan.«

Billy hielt mitten in seiner Bewegung inne. Sie rief ihn an, um ihn um eine einfache Recherche zu bitten. Etwas, das jeder, wirklich jeder, erledigen konnte. Im Augenwinkel sah er, wie My den Kopf schüttelte. Billy legte das Messer beiseite, nahm das Handy und hielt es ans Ohr.

»Warte mal, habe ich das jetzt richtig verstanden? Du hast vergessen, ihn zu fragen, wann der Unfall genau war, und jetzt soll ich es herausfinden?«

»Genau.«

»Ich bin aber schon zu Hause.«

»Ich meinte ja auch nicht jetzt, du kannst dich genauso gut morgen darum kümmern.«

»Und warum kannst du dich morgen nicht selbst darum kümmern?«

Es wurde erneut still. Billy wusste, warum. Vanja war es nicht gewohnt, dass man ihr widersprach oder sie in Frage stellte. Jedenfalls nicht von ihm. Na ja, irgendwann musste immer das erste Mal sein, sie konnte sich genauso gut gleich daran gewöhnen.

»Weil du solche Sachen besser kannst. Es geht viel schneller, wenn du das machst«, sagte Vanja, und Billy glaubte eine leichte Irritation in ihrer Stimme zu vernehmen.

Zweifellos stimmte das, aber es reichte als Argument nicht aus. Er hatte nun schon viel zu lange die Rolle des administrativen Mädchens für alles in der Gruppe gespielt. Damit musste jetzt Schluss sein.

»Ich kann dir zeigen, wie man es macht.«

»Ich weiß, wie man es macht.«

»Dann tu es auch.«

Vanja schwieg von neuem. Billy warf My einen schnellen Blick zu. Sie lächelte ihn ermutigend an.

»Okay ... gut«, sagte Vanja nur knapp. Dann wurde es erneut still, und eine Sekunde später war auch das Verkehrsrauschen verschwunden. Vanja hatte aufgelegt.

Billy nahm das Handy und steckte es wieder ein. My kam zu ihm herüber und drückte seinen Arm. »Na, wie hat sich das angefühlt?«

»Gut.« Billy machte eine kurze Pause und entschied sich dann, ehrlich zu sein. »Und ein bisschen kleinlich. Ich hätte diese Recherche in null Komma nichts erledigt.«

»Aber sie weiß tatsächlich, wie es geht?«

»Ja. Nur jetzt ist sie wegen einer solchen Kleinigkeit sauer auf mich.«

My drängte sich zwischen Billy und die Küchenzeile und legte die Arme um seinen Hals. Sie sah ihm tief in die Augen.

»Wenn sie dich das nächste Mal um etwas bittet, kannst du ihr den Gefallen ja tun. Es geht nicht darum, einander nicht zu helfen, sondern darum, die Hilfe nicht als selbstverständlich anzusehen.«

Sie hauchte ihm einen Kuss auf die Wange und strich mit dem Finger darüber, ehe sie wieder zum Herd ging.

Ursula saß am Schreibtisch. Sie versuchte zu arbeiten, aber es war unmöglich, sich zu konzentrieren. Ihre Gedanken führten sie immer wieder in die Vergangenheit. Nicht zu dem Gespräch im Pausenraum, sondern viel weiter zurück.

In die damalige Zeit.

Zu ihnen.

Sie waren sich zum ersten Mal im Frühherbst 1992 begegnet. Sebastian Bergman, der in den USA ausgebildete Profiler, hielt an der Universität Göteborg einen Vortrag über das Signaturverhalten von Serienmördern und über die Details, die der Tatort bei einem solchen Täter verraten kann. Ursula arbeitete damals noch im Staatlichen Kriminaltechnischen Labor in Linköping und hatte darum gebeten, die Vorlesungen für ihre berufliche Weiterbildung besuchen zu dürfen.

Tatsächlich war die Veranstaltung interessant und aufschlussreich gewesen. Und Sebastian ganz in seinem Element, charmant, kenntnisreich, spontan. Das Publikum hatte aufmerksam und gespannt zugehört. Ursula hatte weit vorn gesessen und viele Fragen gestellt. Anschließend hatten sie Sex in seinem Hotelzimmer gehabt.

Eigentlich hatte sie damit gerechnet, dass es bei diesem einen Mal bliebe. Ihre Berufswelt war sehr überschaubar, und sie hatte bereits Gerüchte über Sebastian gehört. Also fuhr sie danach wieder nach Linköping zurück. Zu Micke und Bella, die gerade in die Schule gekommen war. Micke hatte sie bei der Einschulung begleitet und kam seither nachmittags früher nach Hause, damit ihre Tochter nicht so lange im Hort bleiben musste. Ursula arbeitete. Wie immer. Es gab viel zu tun. Wie immer.

Micke hatte seit über einem Jahr nicht getrunken, und in seiner eigenen Firma bestimmte er selbst, wie viel er arbeitete. Sie hatten ein Haus in einer guten Lage, die Finanzen stimmten, ihre Jobs erfüllten sie, Bella gefiel es in der Schule. Eine typische Mittelklasseexistenz im Vorort. Ein gutes Leben. So gut, wie es eben sein konnte, vermutete Ursula.

Doch eines Tages, als sie sich nach der Arbeit im Kriminaltechnischen Labor auf den Heimweg machen wollte, rief jemand auf dem Parkplatz nach ihr. Es war Sebastian Bergman. Sie wunderte sich, was er hier wollte.

Sie treffen.

Hoffte sie.

Sie freute sich, ihn zu sehen. Freute sich, dass er sie besuchte. Mehr, als sie es sich eingestehen wollte. Sie rief Micke an und behauptete, sie müsse Überstunden machen. Dann fuhren sie in ein Motel. Es war spannend und verboten. Sie waren in Linköping, jemand hätte sie erkennen und ertappen können. Ursula war es egal.

Sebastian hatte seine Vorlesungsreise beendet. Jetzt hatte er Ferien. Die er genauso gut in Linköping verbringen konnte. Wenn sie es wollte.

In den darauffolgenden zwei Monaten trafen sie sich, sooft es ging. Manchmal in der Mittagspause, manchmal schon, bevor sie mit der Arbeit anfing. Häufig abends und nachts. Er konnte immer. Wollte immer. Sie war diejenige, die darüber entschied, wie oft und wie lange. Das passte ihr ausgezeichnet.

Im Dezember hatte sie Micke vorgeschlagen, zusammen nach Stockholm zu ziehen. Sie wollte sich bei der Reichsmordkommission bewerben. Sie überlegte schon seit einiger Zeit, den Job zu wechseln, denn sie war die Arbeit am

SKL leid. War es leid, nicht aktiv an der Jagd beteiligt zu werden. Sie vermisste das Adrenalin, die Ermittlungen, die Verhaftung. Die Reichsmordkommission hatte einen neuen Chef, Torkel Höglund, über den man viel Gutes hörte. Es war an der Zeit, etwas Neues zu beginnen, einen neuen Schritt zu wagen.

Es war nicht nur wegen Sebastian. Dass sie dann beide für die Reichsmordkommission arbeiten und in derselben Stadt leben würden, wenn sie den Job bekäme, war eher ein zusätzlicher Bonus. Ein sehr willkommener, aber nicht ihr Hauptgrund für den Umzug. Immerhin war sie kein kleines Schulmädchen mehr, das sich Hals über Kopf verliebte und von Gefühlen leiten ließ.

So war sie nie gewesen.

Es konnte jederzeit vorbei sein, das wusste sie sehr genau. Aber vielleicht würden die Nähe zu ihm und die Tatsache, dass sie sich häufig sehen würden, mehr daraus werden lassen, ihr Verhältnis vertiefen. Zum ersten Mal hatte sie das Gefühl, dass die Geschichte mit Sebastian zu etwas anderem werden konnte. Zu einer Beziehung, in der sie sich entspannen konnte und nicht immer diese Distanz halten musste, wie sie es sonst tat.

Zu Micke.

Zu Bella.

Zu allen.

Außerdem wohnte ihre Schwester in Mälarhöjden, und ihre Eltern lebten in Norrtälje. Perfekt, wenn sie mal für ein Wochenende jemanden brauchten, der auf Bella aufpasste. Alle Gründe sprachen dafür, umzuziehen, keiner dafür, in Linköping zu bleiben.

Micke war anderer Meinung.

Seine Firma war dort angesiedelt und fest etabliert, sein Kundenkreis befand sich in Westschweden. Was sollte er in

Stockholm? Von vorn anfangen? Und Bella? Sie war jetzt schon seit einem halben Jahr in der Schule, hatte neue Freunde gefunden, ihre alten Freundinnen behalten, und sie liebte ihre Klassenlehrerin. War es in Ordnung, sie einfach so aus ihrer Umgebung zu reißen? Ursula argumentierte dagegen. Sie meinte, dass Kinder schnell neue Freunde fanden und Micke seine Firma natürlich auch von Stockholm aus betreiben konnte, er müsse eben häufiger Geschäftsreisen unternehmen und mehr Übernachtungen einplanen. Aber während sie ihre Familie vom Umzug zu überzeugen versuchte, dachte sie insgeheim schon die ganze Zeit, dass es keine Katastrophe wäre, wenn ihr Mann und ihre Tochter nicht mitkämen. Dann könnte sie in Ruhe herausfinden, was eigentlich gerade mit ihr passierte. Ob es an der Zeit war für eine dauerhafte Veränderung.

Sie hatte Glück. Micke kam schließlich selbst auf die Idee, dass Ursula allein umziehen sollte und sie eine Zeit lang getrennt leben könnten. Er wollte ihrer Karriere nicht im Wege stehen, und wenn andere eine Wochenendbeziehung führten, würden sie das wohl auch hinbekommen?

Ursula protestierte anstandshalber, aber nicht besonders lange. Sie redete mit Bella und versprach ihr, so oft wie möglich zu Besuch zu kommen. Natürlich war ihre Tochter traurig. Es war eine große Umstellung, fast wie eine Scheidung. Aber Ursula war sich sicher, dass das Mädchen heftiger reagiert hätte, wenn Micke weggezogen wäre. Aus Bellas Perspektive blieb der richtige Elternteil bei ihr.

Ursula bekam die Stelle und zog um. Sie mietete sich eine Zweizimmerwohnung in Södermalm, verbrachte allerdings mindestens genauso viel, wenn nicht mehr Zeit bei Sebastian. Bei der Reichsmordkommission verhielten sie sich äußerst professionell, niemand konnte ahnen, dass ihre Beziehung über ein normales Arbeitsverhältnis hinausging.

Außerhalb des Berufs schien sich ihre Bindung immer mehr zu festigen. Sie unternahmen Dinge, die zwei Arbeitskollegen sehr wohl zusammen machen konnten, gingen ins Theater, ins Kino, ins Restaurant – aber sie trafen sich auch mit Ursulas Schwester und deren Mann. Pärchenabende. Ursula fuhr immer noch fast jedes Wochenende nach Linköping, hatte dabei zunehmend das Gefühl, sich von etwas zu entfernen, anstatt zu etwas zurückzukehren. Es war kein Nach-Hause-Kommen. Sie war sich sicher, dass ihr die Beziehung mit Sebastian viel mehr bedeutete als ihm. Manchmal erschreckte es sie, wie viel. Im Frühjahr wagte sie es schließlich, die Tatsache vor sich selbst zu formulieren.

Sie liebte jemanden.

Zum ersten Mal in ihrem Leben.

Ursula stand von ihrem Platz am Schreibtisch auf. Sie brachte ohnehin nichts zustande, und hier herumzusitzen und über etwas zu grübeln, das zwanzig Jahre zurücklag, führte zu nichts. Sie würde jetzt fahren. Vielleicht nach Hause, in jedem Fall aber weg von hier. Roland Johansson und José Rodriguez kamen beide nicht mehr als Täter in Frage. Die Fingerabdrücke und das Sperma am Tatort stammten von jemand anderem. Das bedeutete nicht automatisch, dass die beiden Männer nicht in irgendeiner Weise in den Fall verwickelt waren, das Auto beispielsweise, das Sebastian verfolgt hatte, war ja nur etwa hundert Meter von Rodriguez' Wohnsitz entfernt gestohlen worden. Aber die Entscheidung darüber, ob sie die Sache weiterverfolgen wollten, und wenn ja, wie, musste auf morgen vertagt werden. Ursula ging auf dem Weg zum Aufzug an Torkels Büro vorbei und sah hinein. Leer. Sie spürte einen Stich der Enttäuschung. Vielleicht wäre es doch netter gewesen, mit ihm zusammen essen zu gehen? Sie war hungrig, weil sie bei ihrem späten Mittagessen unterbrochen worden war. Von dem Mann, der etwas weiter den Flur hinunter stand und allem Anschein nach auf sie wartete. Ursula ging an ihm vorbei, ohne ihn eines Blickes zu würdigen.

»Wir sehen uns morgen.«

»Ich begleite dich zum Auto«, sagte Sebastian und holte sie ein.

»Mach dich doch nicht lächerlich. Das ist nicht nötig.«

»Ich will aber gern. Keine Widerrede.«

Ursula seufzte und setzte ihren Weg zum Aufzug fort, drückte auf den Knopf und wartete. Sebastian stand schweigend neben ihr. Nach einer halben Minute glitten die Türen auf, und Ursula stieg ein, gefolgt von Sebastian. Sie drückte G für Garage und richtete ihre Aufmerksamkeit auf die Metalltüren.

»Ich musste an Barbro denken«, brach Sebastian schließlich das Schweigen. »Vielleicht sollte ich es ihr auch erzählen.«

Ursula antwortete nicht. Sie wollte einfach so tun, als hätte sie nichts gehört.

»Ich weiß gar nicht, wo sie jetzt wohnt«, fuhr Sebastian fort, und Ursula bildete sich ein, einen leicht entschuldigenden Tonfall durchzuhören. »Vielleicht hat sie wieder geheiratet und ihren Namen gewechselt ...«

»Ich weiß es auch nicht«, unterbrach Ursula ihn forsch.

»Ich dachte, ihr hättet euch vielleicht wieder ...«

»Nein«, fiel sie ihm erneut ins Wort, »haben wir nicht!«

Sebastian verstummte. Der Aufzug hielt, und die Türen glitten auf. Ursula stieg aus und ging in die Tiefgarage. Sebastian ihr nach. Ursula ging mit schnellen, zielgerichteten Schritten, ihre Absätze klapperten auf dem Boden, und der kahle Beton ließ das Geräusch widerhallen. Sebastian lief einige Schritte hinter ihr und hielt wachsam nach Veränderungen und Bewegungen Ausschau. Doch die Garage war leer. Per Funkzündschlüssel schloss Ursula schon von weitem ihr Auto auf, ging die letzten Schritte darauf zu, riss die hintere Tür auf, pfefferte ihre Tasche auf den Rücksitz und öffnete die Fahrertür. In der Zwischenzeit hatte Sebastian den Kühler erreicht.

»Na dann, gute Nacht, pass auf dich auf.« Er drehte sich um und trottete zum Aufzug zurück. Ursula überlegte kurz. Wahrscheinlich war es nicht nötig, aber sicherheitshalber ...

»Sebastian!«

Sebastian blieb stehen und drehte sich um. Ursula ließ die Autotür offen stehen und ging zu ihm hin. Er sah sie mit einem neugierig fragenden Blick an.

»Du darfst nie, unter keinen Umständen, von uns beiden erzählen.« Ursula flüsterte, doch paradoxerweise schienen ihre Worte dadurch lauter als normalerweise von den Wänden widerzuhallen. »Niemandem!«

Sebastian zuckte mit den Schultern.

»Okay.« Er hatte in den letzten siebzehn Jahren niemandem davon erzählt, da konnte er jetzt auch noch eine Weile stillhalten. Offenbar deutete Ursula sein Schulterzucken und die kurze Antwort als Gleichgültigkeit.

»Ich meine es ernst. Das würde ich dir nie verzeihen!«

Sebastian sah sie an.

»Hast du mir denn überhaupt jemals verziehen?«

Ursula sah ihm in die Augen. Lag in ihnen ein Wunsch? Eine stille Hoffnung?

»Gute Nacht, wir sehen uns morgen.«

Ursula drehte sich um und ging zum Auto zurück. Sebastian blieb stehen, bis sie die Garage verlassen hatte, dann ging er zum Aufzug zurück.

Es würde ein langer Abend werden.

Storskärsgatan 12.

Ein Ort, der sich für immer in Sebastians Gedächtnis eingebrannt hatte. Hierher hatten ihn die Briefe geführt, die er in seinem Elternhaus gefunden hatte. Hier hatte er eine Tochter bekommen. Zum zweiten Mal. Er öffnete die Haustür und trat in die Dunkelheit des Treppenhauses. Er betrat dieses Haus nun zum zweiten Mal. Beim ersten Mal war er die Treppen in nervöser Erwartung hinaufgestiegen. Gleichzeitig hatte er sich gezwungenermaßen selbst davor gewarnt, dass er enttäuscht werden konnte. Diesmal war es in vielerlei Hinsicht schlimmer. Er kam im dritten Stock an. »Eriksson/Lithner« stand auf dem Türschild. Sebastian atmete tief ein und ließ die Luft in einem langen Seufzer wieder entweichen. Dann klingelte er.

»Was willst du hier?«, war das Erste, was sie sagte, als sie die Tür öffnete und ihn sah.

Anna Eriksson.

Ihr Haar war kürzer als beim letzten Mal. Eine Art Pagenschnitt. Dieselben blauen Augen. Dieselben hohen Wangenknochen und schmalen Lippen. Sie trug zerschlissene Jeans und ein kariertes Baumwollhemd, das so groß war, dass es wahrscheinlich von Valdemar stammte.

»Bist du allein?«, fragte Sebastian und beschloss spontan, dass er sich die Begrüßungsfloskeln ebenfalls sparen konnte. Die Frage zielte eigentlich darauf ab, ob eine Freundin oder jemand anders bei ihr in der Wohnung war, denn Valdemar hatte er vor fünf Minuten beim Verlassen des Hauses beobachtet.

»Wir hatten abgemacht, uns nicht mehr zu sehen.«
»Ich weiß. Bist du allein?«

Anna schien zu verstehen, worauf er hinauswollte. Sie trat einen Schritt vor, um den Eingang noch effektiver zu versperren. Nachdem sie einen schnellen Blick hinter Sebastian geworfen und sich vergewissert hatte, dass er niemanden mitgebracht hatte, senkte sie ihre Stimme zu einem Zischen. »Du kannst nicht einfach herkommen. Du hast versprochen, dich von uns fernzuhalten.«

Soweit er sich erinnern konnte, hatte er das nie getan. Ein Versprechen abgegeben. Er war in dem stillschweigenden Einvernehmen gegangen, nie wieder Kontakt zu Vanja, Valdemar oder Anna aufzunehmen, aber versprochen hatte er es nicht. Außerdem war die Situation inzwischen eine andere.

»Ich bin gezwungen, mit dir zu reden.«

»Nein!«, sagte Anna und verlieh ihren Worten mit einem energischen Kopfschütteln Nachdruck. »Es ist schon schlimm genug, dass du mit Vanja zusammengearbeitet hast. Wir werden keinen weiteren Kontakt zueinander haben.«

Sebastian wunderte sich über das Tempus. Gearbeitet hast. Anscheinend hatte Vanja nicht erzählt, dass er erneut in ihrem Team mitarbeitete. Jedenfalls nicht ihrer Mutter.

»Es geht nicht um Vanja«, erklärte Sebastian beinahe flehentlich. »Es geht um dich.«

Er sah, wie die vor ihm stehende Frau erstarrte. Für einen kurzen Moment begriff Sebastian, wie die letzten Monate für sie gewesen sein mussten. Seit dreißig Jahren lebte sie mit einer Lüge. Sie lebte nicht nur damit, die Lüge war sogar das Fundament, auf dem ihre gesamte Existenz ruhte. Seit dreißig Jahren. Das war lange genug, um beinahe selbst daran zu glauben. Doch dann war er gekommen. Eine Bedrohung von außen, die plötzlich alles zum Einsturz bringen konnte. Alles, was sie aufgebaut hatte. Alles, was sie besaß. Alles. Und jetzt war er wieder hier, obwohl er es nicht durfte, nicht sollte. Es konnte nur schlimmer werden.

»Wie, um mich?«, fragte sie jetzt mit einer Stimme, die nur noch defensiv klang.

Sebastian entschied, die Sache gar nicht erst zu beschönigen. »Es kann sein, dass du in Gefahr bist.«

»Wie? Warum?« Anna schien eher verwirrt als ängstlich. Die Frage war, ob sie die eigentliche Tragweite seiner Worte begriffen hatte.

»Darf ich reinkommen?«, fragte Sebastian, so sanft er konnte. »Ich will dir nur sagen, weshalb ich gekommen bin, und dann gehe ich wieder, versprochen.«

Anna sah ihn prüfend an, als wolle sie ergründen, ob er log. Ob er mit seinem Besuch irgendwelche anderen, verborgenen Absichten verfolgte. Ob noch weitere unangenehme Überraschungen ans Tageslicht kommen würden.

Sebastian begegnete ihrem Blick so offen und ehrlich er konnte. Anna schien gerade zu überlegen, ob sie ihm die Tür vor der Nase zuknallen sollte.

»Bitte ...«, flehte Sebastian. »Es ist wichtig, sonst wäre ich nicht gekommen.«

Anna seufzte kurz, senkte den Blick, trat zur Seite und öffnete die Tür ein Stück weit. Sebastian schob sie weiter auf und ging an ihr vorbei in die Wohnung. Mit einem letzten Blick ins Treppenhaus schloss Anna die Tür hinter ihm.

Vor der Storskärsgatan, dreißig Meter von Haus Nummer 12 entfernt, saß der große Mann in seinem Auto. Einem neuen Auto. Den Ford hatte jemand für ihn entsorgt, kurz nachdem Sebastian Bergman auf der Straße vor dem Polizeipräsidium auf ihn zugerannt war. Jetzt fuhr er einen silberfarbenen Toyota Auris. Er wusste nicht, was aus dem alten Auto geworden war und woher das neue kam. Vermutlich war es ebenfalls gestohlen. Auf fyghor.se hatte er eine Mitteilung erhalten, wann und wo er es abholen konnte. Er war zum richtigen Zeitpunkt dort gewesen, und tatsächlich hatte es am vereinbarten Platz gestanden, der Schlüssel steckte im Zündschloss. Jetzt konnte er Sebastian erneut folgen. Aber diesmal hielt er größeren Abstand. Saß nicht ganz so sichtbar hinter dem Steuer. Er duckte sich tiefer und häufiger, als er es früher getan hatte, war vorsichtiger geworden, aber Sebastian schien nicht nach ihm Ausschau zu halten. Nicht ein einziges Mal hatte er sich wachsam umgesehen oder Umwege gemacht, die seine Verfolgung erschwert hätten. Eine Weile hatte der große Mann geglaubt, dass man ihm eine Falle stellen wollte. Dass der Psychologe nur deshalb so desinteressiert an seiner Umgebung wirkte und so sorglos seiner Wege ging, weil er auch von Polizisten observiert wurde, die einen Blick auf seinen Verfolger erhaschen wollten. Aber das schien nicht der Fall zu sein. Dann hätte der große Mann sie mittlerweile entdeckt.

Inzwischen hatten sie die Vierte gefunden. In der Wohnung. Die Medien hatten fette Schlagzeilen gebracht, und der große Mann hatte an diesem Tag alle Zeitungen gekauft.

Sie lagen neben ihm auf dem Beifahrersitz. Er sehnte sich danach, nach Hause zu kommen, damit er sie lesen konnte. Daran wachsen konnte. Das Ritual, sie zu archivieren, musste erweitert und verfeinert werden, das hatte er begriffen, nachdem er die raschen Aktualisierungen im Internet gesehen hatte.

Die Vierte war nicht leicht gewesen. Soweit er erkennen konnte, war es eine neue Bekanntschaft von Sebastian gewesen. Bergman war von seinem Psychologenfreund auf dem Fels vor jenem Haus abgeholt worden, wo Vanja Lithner wohnte, die Polizistin von der Reichsmordkommission. Gemeinsam mit dem Psychologen war Bergman zu einem Versammlungsraum gefahren und zwei Stunden später zusammen mit der Frau, die die vierte werden sollte, herausgekommen und in ein Taxi gestiegen. Sie waren zu ihrer Wohnung gefahren.

Der große Mann hatte beobachtet, welchen Türcode die Frau eingegeben hatte, und war Sebastian und ihr anschließend unbemerkt bis in den Hauseingang gefolgt. Dort hatte er glücklicherweise hören können, in welchem Stockwerk sie ausstiegen, aber welche Wohnung genau sie betraten, konnte er unmöglich bestimmen. Während Sebastian bei der Frau war, setzte sich der große Mann wieder ins Auto und begann mit seiner Recherche. Er hatte sich alle Namen von den Briefschlitzen im dritten Stock notiert und schon nach kurzer Zeit herausgefunden, dass im betreffenden Stockwerk nur eine alleinstehende Frau wohnte. Annette Willén. Natürlich bestand ein geringes Risiko, dass Sebastian mit einer Strohwitwe nach Hause gegangen und die Frau, mit der er gerade Sex hatte, eine der verheirateten oder mit einem Partner lebenden Frauen aus dem dritten Stock war. Aber die wahrscheinlichste Möglichkeit war Annette Willén. Und bei ihr gedachte er anzufangen.

Gegen fünf Uhr morgens verließ Sebastian das Haus. Der große Mann registrierte, dass er müde und verbraucht aussah, und folgte ihm mit dem Blick, bis er außer Reichweite war. Nun war es an der Zeit, sich zu vergewissern. Für Fehler gab es keinen Spielraum. Der große Mann stieg aus seinem Auto, gab den Türcode ein und schlich ins Haus, drei Treppen hinauf. Jetzt wurde es kompliziert. Zu einer solchen Zeit zu klingeln, würde unnötig Aufmerksamkeit erregen. Womöglich würde ein Nachbar aufwachen und durch den Spion sehen. Aber wie sollte er sich vergewissern, dass er vor der richtigen Tür stand? Er klopfte vorsichtig. Keine Reaktion. Er klopfte erneut, diesmal etwas fester und ausdauernder. Drinnen regte sich etwas. Schritte.

»Wer ist da?«, fragte eine schlaftrunkene Stimme auf der anderen Seite der Tür.

»Entschuldigen Sie, dass ich Sie wecke, aber ich suche Sebastian«, sagte der Mann leise und wandte sein Gesicht so weit wie möglich vom Spion ab, ohne dass es verdächtig wirken musste.

»Wen ...?« Die Frau in der Wohnung war offensichtlich noch nicht ganz wach.

»Sebastian Bergman. Er sollte eigentlich hier sein ...«

»Einen Moment ...«

Drinnen wurde es still. Einige Sekunden lang. So lange brauchte Annette Willén, um zu verstehen, dass sie allein war. Das reichte dem großen Mann. Sie suchte nach Sebastian, also musste er hier gewesen sein. Mehr brauchte er nicht zu wissen. Er hatte sich bereits einen Schritt von der Tür entfernt, als er die Frauenstimme erneut hörte.

»Er ist nicht hier. Er ist gegangen ...«

Sogar durch die solide Holztür hindurch konnte er ihre überraschte Enttäuschung hören. Sie klang, als würde sie jeden Moment zu weinen anfangen.

»Ach so, dann entschuldigen Sie bitte die Störung.«

Hastig rannte der Mann die Treppe hinunter, bevor Annette auf die Idee kam, die Tür aufzumachen, um mit ihm zu reden. Um zu erfahren, wer er war. Was er von Sebastian wollte. Wie er wissen konnte, dass Sebastian da gewesen war.

Noch hatte der große Mann nichts in der Wohnung zu suchen. Zunächst würde er seinen Bericht abliefern und den Befehl abwarten. Dann würde er wiederkommen.

Und der Befehl kam. Sie sollte die Vierte werden.

Wieder war der große Mann zu dem Haus gefahren, hatte ein gutes Stück entfernt geparkt und war mit der schwarzen Sporttasche über dem Arm dort hinspaziert. War die drei Treppen hochgestiegen und hatte erneut geklopft. Annette war zu Hause, wollte jedoch nicht öffnen. Wer denn da sei, fragte sie.

»Ich bin es. Ich war heute Nacht hier und habe nach Sebastian gesucht ...« Der große Mann hatte einen Plan geschmiedet, damit sie ihm die Tür öffnete. Das tat er immer. Für jedes Opfer hatte er einen neuen. Hier war ziemlich eindeutig, dass die Trennung am Morgen nicht ganz dem Wunsch beider entsprochen hatte. Sebastian hatte sich davongeschlichen, während sie schlief. Sie verlassen. Sie einsam zurückgelassen. Das würde der große Mann jetzt ausnutzen.

»Ich arbeite mit ihm zusammen«, fuhr er leise und mit dem Mund dicht an der Tür fort. »Er hat ein ziemlich schlechtes Gewissen deswegen, wie er dieses Treffen beendet hat. Mit Ihnen.«

Keine Reaktion von der anderen Seite. Schweigen. Schließlich bat sie ihn immerhin, zur Hölle zu fahren. Das war schon mal etwas.

»Er ist nicht besonders gut, was den ... Morgen danach

angeht. Aber wenn Sie mich hereinlassen, werde ich versuchen, Ihnen das zu erklären.«

»Hat er Sie geschickt?« Ihre Stimme klang unwillig. Der große Mann lachte, als hätte sie etwas gesagt, das nicht nur lustig, sondern auch vollkommen undenkbar war.

»Nein, nein, er würde ausrasten, wenn er wüsste, dass ich hier bin.«

Er wollte ihr vermitteln, dass sie auf derselben Seite standen. Ihr Vertrauen gewinnen. Sie beide gegen Sebastian Bergman. Das war die Taktik, für die sich der große Mann entschieden hatte. »Manchmal benimmt er sich wie ein Idiot«, sagte er durch die Tür.

Keine Antwort. War er zu weit gegangen? Doch dann rasselte die Sicherheitskette, und die Tür ging auf.

Der große Mann war in der Wohnung.

Jetzt wartete er in der Storskärsgatan. Mal wieder. Sebastian war bereits mehrmals dort gewesen. Nicht drinnen, sondern vor dem Haus. Meistens an Donnerstagen, wenn Vanja Lithner die Leute besuchte, die ihre Eltern sein mussten. Anna Eriksson und Valdemar Lithner. Aber heute war Sebastian hineingegangen.

Valdemar Lithner hatte das Gebäude verlassen. Sebastian hatte abgewartet, bis er herauskam, und war kurz danach ins Haus gegangen. Hatte er eine Affäre mit Vanjas Mutter? Möglich war es. Alles war möglich. Aus Sebastians Verbindung zu dieser Familie war er noch nicht ganz schlau geworden. Mit Vanja hatte er kein sexuelles Verhältnis, da war sich der große Mann sicher. Deswegen hatte er über die Zeit, die Sebastian vor ihrem Haus verbrachte, auch nie Bericht erstattet.

Der große Mann beugte sich vor und blickte zu Hausnummer 12 hinüber. Er hoffte, dass Sebastian bald wieder herauskommen würde. Es war zwar Hochsommer, doch die Dunkelheit würde trotzdem bald hereinbrechen. Wie im Keller. Wenn die nackte Glühbirne ausging.

Anna Erikssons Gedanken überschlugen sich. Sie hatte diese Formulierung schon oft in Büchern gelesen, sich aber nie vorstellen können, wie etwas so überwältigend sein konnte, dass man einen bestimmten Gedankengang nicht mehr zu Ende verfolgen konnte. Jetzt verstand sie genau, was gemeint war.

Jemand tötete Sebastians ehemalige Geliebte. Die Morde, von denen sie gelesen hatte ... und sie war eine von ihnen.

Sie könnte sterben.

Obwohl eigentlich niemand von ihrer damaligen Affäre wusste. Aber er sagte, er sei verfolgt worden.

Als wäre Sebastians Auftauchen im April nicht schon schlimm genug gewesen.

Konnte also doch jemand davon wissen? Womöglich sogar von Vanja wissen?

Sie könnte sterben. Das alles war purer Wahnsinn.

Sebastian saß neben ihr auf dem Sofa. Sie hatte ihm nichts angeboten, er sollte wirklich nicht bleiben. Aber er war noch da.

Auf ihrem Sofa.

In ihrem Wohnzimmer.

In ihrem Leben.

Ihr Leben, das durch seinen Besuch fast unabsehbar schwer geworden war. Sie bemerkte, dass sie einfach nur schweigend dasaß und vor sich hin starrte. Leer.

Sebastian beugte sich etwas näher zu ihr hin.

»Hast du verstanden, was ich gesagt habe?«

Anna nickte langsam, hob ihren Kopf und sah ihn an, als wollte sie ihrer Antwort dadurch Gewicht verleihen.

»Ja, aber es ist Wahnsinn. Niemand weiß davon!«

»Ich hätte auch nicht gedacht, dass irgendwer etwas von den anderen weiß. Aber wenn er die anderen gefunden hat, kann er auch dich finden.«

Anna nickte erneut. Mit zwei der toten Frauen hatte Sebastian vor mehr als zwanzig Jahren einmal etwas gehabt. Alle Opfer stammten aus dem Raum Stockholm. Waren von Familie und Freunden umgeben. Und trotzdem hatten sie sterben müssen. Die Bedrohung war real. Die Unruhe drehte ihr fast den Magen um. Er krampfte sich zusammen. Merkwürdigerweise hatte sie das Gefühl, dass die Einsicht darüber, womöglich in Lebensgefahr zu schweben, noch immer von der Angst überschattet wurde, dass irgendwer irgendwo die Wahrheit über ihre Tochter herausfinden könnte.

»Heißt das denn, dass auch jemand über Vanja Bescheid wissen könnte?«, fragte Anna tonlos.

»Das ist keinesfalls sicher, und darum geht es auch gar nicht.« Sebastian verstummte. Er gab einem Impuls nach, streckte seine Hand nach der ihren aus und drückte sie. »Du musst eine Zeit lang verschwinden.«

Anna zog ihre Hand zurück und stand auf. Er durfte sie nicht trösten. Sie nicht berühren oder dafür sorgen wollen, dass es ihr besserging. Er war an allem schuld. Wenn sich herausstellen sollte, dass sie Hilfe brauchte, war Sebastian Bergman der Letzte, an den sie sich wenden würde.

»Ich kann doch nicht einfach abhauen.« Sie ging hastig im Wohnzimmer auf und ab und unterstrich mit ihren Gesten, dass das keine Alternative war. »Ich habe eine Arbeit. Eine Familie. Ein Leben.«

»Genau deswegen!«

Anna blieb mitten im Zimmer stehen. Er hatte natürlich recht. Leider.

»Hast du denn niemanden, den du eine Weile besuchen kannst?«, fragte Sebastian vom Sofa aus.

»Doch, das schon. Aber mich einfach so aus dem Staub machen? Was soll ich denn sagen? Zu Valdemar? Und Vanja? Was soll ich Vanja sagen?«

»Nichts. Sag ihr nichts darüber, warum du wegfährst. Sie wird es schon verstehen.«

Anna nickte. Konzentriert. Sebastian stand auf und ging auf sie zu.

»Besuch jemanden. Leben deine Eltern noch?«

»Ja, meine Mutter.«

»Dann fahr zu ihr.«

»Ich weiß nicht ...« Anna ließ das Ende des Satzes in der Luft schweben, während sie überlegte. Im Gegensatz zu vorher arbeitete ihr Gehirn jetzt auf Hochtouren. Die Gedanken, die noch vor wenigen Minuten in einem unaufhaltsamen Wirbel vor ihr davongelaufen waren, erschienen ihr inzwischen klar und deutlich. Sie wusste nun, welche sie verwerfen und mit welchen sie weiterarbeiten konnte.

»Wäre es denn so merkwürdig, wenn du sie mal eine Woche besuchen würdest?«, fragte Sebastian, dem daran lag, eine definitive Entscheidung zu hören, bevor er Anna verließ.

»Von einem Tag auf den anderen? Ja, das wäre schon merkwürdig. Wir haben keine so enge Beziehung.«

Doch trotz ihrer entschiedenen Antwort hatte Anna bereits begonnen, ein mögliches Szenario zu entwerfen. Einen Gedanken, den sie packen und in rasender Geschwindigkeit weiterentwickeln konnte.

Ihre Mutter könnte angerufen haben, als Valdemar unterwegs war. Am heutigen Abend. Sie gebeten haben, zu ihr zu kommen. Weil sie sich kränklich fühlte oder weil irgendetwas mit dem Haus nicht in Ordnung war. Auf jeden Fall, weil sie Hilfe brauchte. Valdemar würde es glauben. Und dann konnte sie fahren. Sie würde ihrer Mutter eine erfundene Geschichte erzählen, warum sie kam. Zu viel Arbeit. Kurz vorm Burnout. Sie müsse einfach mal raus. Wenn Valdemar anrief, sollte Mama doch bitte so lieb sein und sagen, dass sie Annas Hilfe bräuchte. Sie wollte ihn nicht beunruhigen. Nicht so kurz nach seiner Krebserkrankung. Ihre Mutter würde mitspielen. Ihr zuliebe lügen. Anna würde eine Weile dort wohnen. Zurückkommen, wenn der Mörder gefasst war. Ihrer Mutter erzählen, dass es ihr jetzt viel besser ging. Und würde das Thema bei irgendeinem Familienfest oder Feiertag auf den Tisch kommen, würde sie darüber lachen und behaupten, ihre Mutter hätte da etwas missverstanden. Niemand würde genauer nachfragen. Es könnte funktionieren. Es musste funktionieren.

»Hier kannst du jedenfalls nicht bleiben«, mahnte Sebastian. »Wenn dir etwas passieren würde, wenn jemand dich fände ... Dann würde Vanja alles erfahren. Auf die schlimmste nur denkbare Weise.«

»Ich weiß, aber heute Abend kann ich noch nicht fahren.«

»Warum nicht?«

Weil das nicht zu ihrem Plan passte. Ihre Abreise durfte nicht zu abrupt wirken. Sonst würde Valdemar darauf bestehen, mitzufahren. Sie begleiten wollen. Sie konnte nicht vor morgen fahren. Auch das war noch ausgesprochen kurzfristig, aber es würde funktionieren.

»Es geht einfach nicht«, antwortete sie Sebastian. Sie hatte weder Lust noch Muße, ihm ihren Plan zu erklären. »Aber das ist nicht schlimm. Valdemar kommt bald nach Hause.«

»Ich kann im Treppenhaus warten, bis er kommt«, bot Sebastian an.

»Nein! Du sollst gehen. Jetzt. Sofort.« Anna spürte, wie sie nach ihrem ersten Schock die Kontrolle wiedererlangte. Sie würde das schon hinbekommen, genau wie sie alle anderen Probleme über die Jahre hinweg gelöst hatte. Aber Sebastian musste weg. Sie packte ihn und zog ihn vom Sofa. Jetzt war sie wieder voller Energie. Es gab so viel zu tun, und es durfte keine Verwirrungen geben. Schließlich war es enorm wichtig, dass alles gut würde. Wichtig für alle.

Sebastian begriff, dass er nicht mehr tun konnte. Er nickte und trat in den Flur.

»Du darfst außer Valdemar niemandem die Tür aufmachen.«

»Er hat einen Schlüssel.«

Als sich Sebastian kurz umwandte und Anna mitten in ihrem Wohnzimmer stehen sah, tief in Gedanken versunken, begriff er, was er gerade in ihr ausgelöst haben musste. Erst vor wenigen Monaten hatte man ihren Mann für geheilt erklärt. Wie lange hatte sie mit der Bedrohung gelebt, dass ihr Lebensgefährte an Krebs sterben könnte? Monate? Jahre? Und jetzt kam er mit einer neuen Bedrohung. Ließ den Tod erneut in diese schöne Wohnung Einzug halten.

»Es tut mir leid.«

Das waren Worte, die er nur selten gebrauchte, aber diesmal waren sie ehrlich gemeint. Sebastian beugte sich hinab und begann, seine Schuhe anzuziehen. Anna trat in den Flur, als wollte sie kontrollieren, ob er auch wirklich aufbrach. Sebastian richtete sich auf, hielt jedoch mit der Hand auf dem Türgriff inne. Er wollte es wirklich wissen und nahm dabei in Kauf, dass er sich noch unbeliebter machte, als er es ohnehin schon war, sich noch mehr danebenbenahm, als er es sowieso schon getan hatte.

»Hat er nie gefragt?«

»Wer?« Annas Gedanken waren ganz woanders.

»Valdemar. Wer ihr Vater ist?«

Annas Miene verriet deutlich, dass sie dieses Thema nicht diskutieren wollte. Nicht mit ihm. Und auch mit niemandem sonst.

»Einmal«, antwortete sie knapp. »Aber ich habe es ihm nicht erzählt.«

»Und damit hat er sich zufriedengegeben?«

Anna zuckte mit den Schultern. »Er ist ein guter Mann.«

»Das habe ich schon verstanden.«

Sie schwiegen. Was gab es auch noch groß zu sagen? Sebastian öffnete die Tür. Anna trat einen Schritt vor und ergriff sofort die Klinke, kaum dass er sie losgelassen hatte, darauf erpicht, dass er endlich ging.

»Es tut mir leid«, sagte Sebastian noch einmal, als er das dunkle Treppenhaus betrat.

»Ja, das sagtest du bereits …«

Sie schloss die Tür hinter ihm. Einen Moment lang blieb Sebastian stehen und spürte, wie erschöpft er war. Physisch und psychisch. Dieser Tag war einer der längsten in seinem ganzen Leben gewesen, und er war noch nicht zu Ende. Noch eine weitere Station. Dann noch eine. Mit schweren Schritten stieg er die Treppe hinab.

Der große Mann wollte fast schon aufgeben, als er sah, wie Sebastian mit seinem Handy am Ohr aus dem Hauseingang kam. Er versank so tief hinter dem Steuer, dass er gerade noch den Oberkörper des Mannes sehen konnte, den er verfolgte. Er war ziemlich sicher, dass Sebastian ihn auf die Entfernung durch die leicht reflektierende Scheibe und die einsetzende Dämmerung unmöglich entdecken konnte, selbst wenn er zu ihm hinübersehen würde. Aber das tat er nicht. Er steckte sein Handy ein und ging in die entgegengesetzte Richtung davon. Der große Mann saß weiterhin unbewegt da und folgte ihm mit dem Blick. Sebastian blieb an der Kreuzung stehen, es schien, als warte er auf etwas.

Nach fünf Minuten kam ein Taxi. Sebastian stieg ein, und das Auto fuhr los. Der große Mann drehte den Zündschlüssel und folgte ihm. Noch ein Weilchen. Eine halbe Stunde, ehe die Pflicht rief.

Er genoss es. Nicht die Verfolgung an sich, sondern ihr mögliches Ziel.

Die Fünfte.

Vielleicht sogar eine Sechste.

Von den ersten drei Frauen hatte er nur den Namen bekommen. Name und Adresse, über die Website. Er hatte über sie recherchiert, hatte so viel herausgefunden, wie er glaubte, über ihr Leben wissen zu müssen, und dann den geeigneten Zeitpunkt gewählt. Die Vierte war anders gewesen. Plötzlich sollte es eine sein, die erst kürzlich mit Sebastian Bergman im Bett gewesen war. Damit das Muster deutlich wurde. Es hatte funktioniert. Die Reichsmordkommission hatte den Zusammenhang verstanden, das wusste er. Sie hatten es durch den gemeinsamen Nenner herausgefunden. Dass Sebastian an den Ermittlungen beteiligt war, war der Beweis. Dem Meister zufolge würde diese Erkenntnis dazu führen, dass Sebastian sein Gedächtnis durchforsten und einige seiner ehemaligen Partnerinnen warnen würde. Nicht alle, das wäre natürlich unmöglich. Aber jene, mit denen er erst kürzlich etwas gehabt hatte oder die ihm irgendwie nahestanden, würde er kontaktieren, damit ihnen nichts zustieß. War Vanja Lithners Mutter eine von ihnen? War Sebastian aus diesem Grund heute Abend zu ihr gefahren? Möglich schien es. Die Sache war es auf jeden Fall wert, berichtet zu werden.

Das Taxi fuhr weiter auf dem Valhallavägen entlang. Das war nicht Sebastians Heimweg. Ob er noch mehr Frauen warnen würde? Der große Mann konnte sich das Lächeln nicht verkneifen. Vielleicht würde er diesmal selbst bestimmen dürfen. Über Leben und Tod entscheiden. Er. Kein anderer. Diese Macht war ihm gegeben worden. Dafür würde er ewig dankbar sein.

Schade, dass er sie nicht damals schon besessen hatte.

Nach der Hochzeit und dem Umzug in die große Altbauwohnung in der Innenstadt war Lennart ein häufiger Gast bei ihnen gewesen. Manchmal kam er mit seiner Frau, meistens jedoch allein. Wenn Sofia und sein Vater Besorgungen machen mussten, was häufig der Fall war, bot sich Lennart als Babysitter an.

Er mochte seinen »Opa«. Sie machten zusammen Hausaufgaben, spielten Karten, und er brachte dem älteren Herrn sogar bei, wie man Nintendo spielte. Er hatte durch den Schulwechsel zwar keine neuen Freunde gefunden, aber

Lennart unternahm an den Wochenenden Ausflüge mit ihm. Sie fuhren in den Freizeitpark Skansen, zum Fernsehturm Kaknäs, sie besuchten Djurgården und das Schloss – Ziele, an denen die meisten Gleichaltrigen schon gewesen waren oder von denen sie zumindest einmal gehört hatten, die für ihn jedoch mehr oder weniger unbekannt waren. Lennart ließ ihn unterschiedliche Sachen probieren, um herauszufinden, was ihm gefiel. Sie angelten, fuhren Schlittschuh, pflückten Beeren, spielten Bowling oder gingen ins Erlebnisbad. Alles musste ausprobiert werden. Was ihm gefiel, unternahmen sie wieder, was er nicht mochte, ließen sie sein. Die Ausflüge mit seinem Opa gefielen ihm wirklich.

Sein Vater und Sofia wollten nie mitkommen. Sie schienen geradezu froh darüber, ihn hin und wieder für einige Stunden los zu sein. Natürlich sagten sie das nie so direkt, aber durch die Jahre mit seiner Mutter besaß er die besondere Gabe, die Gemütslagen der Erwachsenen anhand von Blicken und ihrer Körpersprache zu deuten. Dieses Talent hatte sich ganz natürlich entwickelt, als Möglichkeit, Problemen aus dem Weg zu gehen. Sich Mama voll und ganz anzupassen. Sich ihrem Willen immer unterzuordnen.

Eines Tages war er wie üblich von Lennart abgeholt worden. Erwartungsvoll. Sie wollten wieder einen Ausflug machen.

»Wohin fahren wir?«, hatte er gefragt.

»Das wirst du schon sehen«, war die Antwort gewesen.

Sie waren schweigend weitergefahren. Opa hatte angespannter gewirkt als sonst. Wortkarg, beinahe mürrisch. Er hatte versucht, das Verhalten des älteren Mannes zu deuten, um sich anzupassen, verstand jedoch die Signale nicht. Lennart strahlte ein neues Gefühl der Verschlossenheit aus, dem er noch nie begegnet war. Also blieb er stumm sitzen. Das schien auch zu funktionieren.

Aus der Stadt heraus. Auf kleineren Straßen. Viele Kurven, und manchmal hatte er das Gefühl, sie würden in die gleiche Richtung fahren, aus der sie gekommen waren, aber er fragte nie. Schließlich hatte er keine Ahnung mehr, wo sie waren, als Lennart in einen schmalen Waldweg abbog, der an einem kleinen braunen Holzhaus auf einer Lichtung im Wald endete. Ein grünes Blechdach, grüne Dachlatten und Fensterläden.

Lennart stellte den Motor aus, und sie blieben sitzen und betrachteten die Hütte.

»Was ist das für ein Haus?«, fragte er.

»Das ist ein Wochenendhaus«, erfuhr er.

»Gehört das dir?«

»Nein.«

»Wem denn?«

»Das spielt keine Rolle.«

»Und was wollen wir hier?«

»Das wirst du schon sehen.«

Sie stiegen aus dem Auto und gingen zu dem Haus. Es war Sommer. Der Wald roch genau so, wie ein Wald an windstillen Tagen riechen sollte. Es rauschte in den Tannenwipfeln, aber dort, wo sie gingen, hielt sich dank des dichten Baumbestands die Wärme. Insekten summten. Er glaubte, einen See durch die Bäume hindurchschimmern zu sehen. Vielleicht würden sie baden?

Eine Steintreppe mit wenigen Stufen führte zu einer grünen Holztür. Lennart öffnete sie. Sie betraten einen kleinen Flur. Holzvertäfelung. Eine Hutablage an der Wand, ein Schuhregal auf dem Boden. Obwohl im Flur keine Jacken hingen oder Schuhe standen, hatte er das Gefühl, dass sie nicht allein im Haus waren. Er sah niemanden, er hörte nichts. Es war nur ein Gefühl. Auf der rechten Seite konnte er ein größeres Zimmer erahnen, links eine kleine Küche, aber

Lennart hatte eine Tür direkt hinter der Eingangstür geöffnet und deutete auf eine Treppe. Die in den Keller führte.

»Was ist denn da unten?«, wollte er wissen.

»Geh einfach runter!«, antwortete ihm Lennart.

Er stieg die schmale Treppe mit der horizontalen Vertäfelung an beiden Seiten hinab. An ihrem Ende erhellte eine nackte Glühbirne nicht nur die Treppe, sondern auch den kleinen Raum, der dort unten lag. Seine Fläche war ungefähr halb so groß wie die des gesamten Hauses. Holzbalken an der Decke. Steinwände. Keine Fenster. Kalt und feucht. Es roch nach Schimmel und irgendetwas anderem, ein leicht metallischer Geruch, den er nicht zuordnen konnte. Auf dem Boden lagen Teppiche. Davon abgesehen war der Raum leer. Nichts, worauf man sitzen konnte. Nichts, womit man sich beschäftigen konnte. Er wollte gerade fragen, was sie hier sollten, als er Geräusche hörte. Das mussten Schritte sein, von mehr als einer Person. Mehr als zwei Leuten. Sie schienen es eilig zu haben. Hastiges Schleichen. Er war eher verwundert als ängstlich, als er sich Lennart zuwandte, der am Fuß der Treppe stehen geblieben war, die Hand auf einem altmodischen Drehschalter an der Wand. Ohne ein Wort betätigte er ihn. Ein deutliches Klicken, gefolgt von Finsternis, als die nackte Glühbirne erlosch.

Es wurde so dunkel, dass er nicht wusste, ob seine Augen geöffnet oder geschlossen waren. Für einen kurzen Moment glaubte er, einen Streifen Licht am oberen Ende der Treppe zu sehen und Schatten, die durch das Licht glitten, um im nächsten Moment von der Dunkelheit verschluckt zu werden. Aber er war sich nicht sicher. Das Bild der grellen Glühlampe lag noch immer auf seiner Netzhaut, es verzerrte und verwirrte. Er blinzelte einige Male. Nur Dunkelheit. Aber er hörte Schritte auf der Treppe, dessen war er sich sicher. Schritte und schweres, erwartungsvolles Atmen.

»Opa ...«, rief er.

Doch niemand antwortete.

Auf der Fahrt nach Hause war Lennart wie immer. Entschuldigte sich dafür, ihn erschreckt zu haben. Es sei nur ein Spiel gewesen. Und ein großer Junge wie er könne doch wohl ein kleines Spiel verkraften? Es sei doch nichts passiert, oder?

Er schüttelte den Kopf. Aber er hatte sich gefürchtet. Vor den Geräuschen. Vor der Dunkelheit und außerdem ... Er wusste nicht, wie lange er so in der Dunkelheit gestanden hatte, aber als Lennart das Licht wieder angeknipst hatte, war der Raum leer gewesen. Keine Spur von anderen Menschen.

Eigentlich wollte er sagen, dass er das Spiel nicht gemocht hatte. Überhaupt nicht gemocht. Aber er blieb stumm. Eigentlich war ja wirklich nichts passiert. Und im Tageslicht, im Auto, war er sich damals nicht mal sicher gewesen, ob tatsächlich noch jemand anders dort gewesen war. Vielleicht hatte er einfach nur Angst bekommen. Sich deshalb Dinge eingebildet. Er wagte es nicht, Lennart danach zu fragen. Sie hielten vor dem McDonald's an und holten Eis. Anschließend kauften sie ihm ein neues Videospiel. Als er nach Hause kam, war alles fast wie immer. Er hatte sich gefürchtet, aber die Erinnerung verblasste. Es kam ihm mehr und mehr vor wie ein Traum. Als wäre im wirklichen Leben nie etwas passiert. Aus seinen Jahren mit Mama war er es gewohnt, sich schnell an neue Situationen anzupassen. Neue Gemütslagen. Versprechen, die gebrochen wurden, Voraussetzungen, die sich plötzlich änderten. Er war ein Meister darin geworden, zu vergessen und zu verdrängen. Genau das konnte er auch jetzt tun.

Lennart und er unternahmen weiterhin Ausflüge. Zunächst hatte er gezögert. Hatte nicht mitkommen wollen, aber dann war alles so wie früher. Sie unternahmen lustige Dinge. Schöne Dinge. Die Erinnerung verschwand immer mehr. Irgendwann konnte er sich kaum noch daran erinnern.

Bis sie eines Tages wieder an dem Sommerhaus ankamen.

Monate später. Widerstrebend ging er mit Lennart zu dem braunen Haus auf der Lichtung. Lennart hielt ihn an der Hand. Schleifte ihn mehr oder weniger dorthin. Schwere Beine. Atemnot. Wieder in den Flur hinein. In die spezielle Stille, die nur dann entstand, wenn mehrere Personen versuchen, keine Geräusche zu machen. Er hatte das Gefühl, ihre Anwesenheit in dem Raum, den er nicht sah, spüren zu können. Wie sie warteten. Dann die Treppe hinab. Die nackte Glühbirne. Lennart am Lichtschalter. Die Dunkelheit. Die hastigen, leisen Schritte über ihm. Diesmal blickte er nicht in die Glühbirne, ehe sie erlosch, und konnte deshalb mehr erkennen in dem schwachen Licht, das hereinsickerte, als die Kellertür geöffnet wurde. Es waren die Silhouetten von Menschen. Nackt. Mit Tiermasken. Er konnte deutlich einen Fuchs und einen Tiger erkennen. Wirklich? Er war sich nicht sicher. Es ging so schnell. Er hatte Angst. Die Tür war nur für wenige Sekunden geöffnet gewesen. Dann Dunkelheit.

Das Huschen.

Das Atmen.

»Wer sind die?«, fragte er auf der Heimfahrt leise.

»Wen meinst du?«, fragte Lennart zurück.

»Die mit den Masken«, erklärte er.

»Ich weiß nicht, wovon du redest«, hatte die Antwort gelautet.

Nach dem zweiten Mal wollte er keine Ausflüge mehr mit Lennart unternehmen. Nie wieder. Er sprach mit Papa darüber. Ohne zu sagen, warum. Konnte er nicht einfach dableiben? Papa wollte so etwas nicht hören. Es war wichtig, dass sie sich mit der neuen Familie gut verstanden. Lennart hatte schließlich nur ihn als Enkelkind. Natürlich wollte er ihn sehen. Er sollte froh sein, einen Ersatzopa zu haben, der sich so viel mit ihm beschäftigte. Der so viel Zeit und Geld investierte. Froh und dankbar.

Er versuchte dennoch zu erklären, dass er wirklich nicht wollte, und bekam zu hören, das spiele keine Rolle. Er musste. Ende der Diskussion. Eigentlich war er nicht verwundert. Nicht einmal traurig. Er hätte es wissen müssen. Es war genau wie damals mit Mama. Seine Gefühle zählten nicht.

Was andere wollten, war immer wichtiger.

Also setzten sich die Ausflüge fort. Die meisten Male war es wie immer. Normale Unternehmungen mit normalen Menschen. Aber in regelmäßigen Abständen, die ihm immer kürzer vorkamen, ging es wieder zum Ferienhaus.

Er versuchte, dahinterzukommen, was er anders gemacht hatte, wenn sie dorthin fuhren. Hatte es etwas mit ihm zu tun? War es sein Verhalten? Vielleicht sogar seine Schuld? Er begann, seine Handlungen immer genauer zu kontrollieren, von dem Zeitpunkt an, als er erfuhr, dass Opa ihn abholen würde, bis zu dem Moment, als sie im Auto saßen. Wenn es dann ein lustiger und schöner Ausflug war, versuchte er, beim nächsten Mal exakt dasselbe zu tun. Fuhren sie ins Sommerhaus, hatte er wahrscheinlich etwas übersehen. Alles war von Bedeutung. Wie er sein Bett machte. Wie seine Anziehsachen zusammengelegt waren. Nichts durfte ihm entgehen. Wie das Essen auf dem Teller lag. Wie lange er sich die Zähne geputzt hatte. Der kleinste Fehltritt, das kleinste Detail, das er anders machte, konnte dazu führen, dass er wieder in den Keller musste. Wie viele Schritte er von seinem Zimmer in die Küche machte, wenn er zum Frühstücken ging. In welcher Reihenfolge er seinen Turnbeutel packte. Sein Leben wurde immer mehr von Ritualen bestimmt. Einmal hörte er, wie Sofia mit Papa über etwas sprach, das man »Zwangsgedanken« nannte, als die beiden glaubten, er schliefe bereits.

Sie hatte besorgt geklungen. Papa versprach Sofia, mit ihm darüber zu sprechen.

Das tat er dann auch ein paar Tage später. Fragte, was zum Teufel sein Sohn da gerade trieb? Also erzählte er. Vom Ferienhaus. Von den Menschen, die wie Tiere waren. Die anfangs nur in der Dunkelheit herumgehuscht waren und ihm Angst gemacht hatten. Die jetzt aber andere Dinge taten. Die überall waren. Um ihn herum. Auf ihm. In ihm.

Papa glaubte ihm nicht. Menschen wie Tiere! Er versuchte, die Sache mit den Masken zu erklären, verlor jedoch den Faden. Stotterte. Stammelte. Schämte sich. Wo lag dieses Haus? Er wusste es nicht. Es schien, als würden sie jedes Mal einen anderen Weg nehmen. Sobald er begriff, wo sie hinfuhren, verlor er die Konzentration. Vor seinen Augen begann alles zu verschwimmen. Das Haus lag im Wald. Auf einer Lichtung. Papa packte ihn und hielt ihn fest. Er wurde ernst. Er solle nie wieder ein Wort über diese Sache verlieren. Ob er das begriffen hätte? Niemals. Warum er die Dinge nicht einfach auf sich beruhen lassen könne? Warum er alles zerstören wolle, jetzt, wo es ihnen endlich einmal in jeder Hinsicht gutginge? Mit seinem merkwürdigen Benehmen verstöre er Sofia. Was wäre, wenn sie Papa und ihn irgendwann leid wäre? Was sollten sie dann tun?

»Ich weiß nicht«, antwortete er.

»Aber ich weiß es«, sagte sein Vater und erinnerte ihn daran, wie es seiner Mutter ergangen war. Ihr, die ebenfalls krank gewesen war, die sich genau wie er Sachen eingebildet und Probleme mit der Wirklichkeit gehabt hatte. Vielleicht war so etwas erblich. Wenn er so weitermachte, würden sie vielleicht gezwungen sein, ihn auch wegzugeben. Einsperren zu lassen. Und das wollte er doch wohl nicht?

Und so erzählte er nie wieder etwas über die Dinge, die im Ferienhaus passiert waren. Niemandem.

Doch es passierte wieder.

Und wieder.

Erst einige Wochen nach seinem sechzehnten Geburtstag hörte es auf. Als Lennart starb. Bei der Beerdigung lächelte er die ganze Zeit und stellte sich vor, er hätte ihn umgebracht.

Das Taxi hielt an, und Sebastian stieg aus. Vasastan. Ellinor Bergkvist. Der große Mann wusste bereits von ihr, würde aber ein weiteres Mal Bericht über sie erstatten, jetzt, da Sebastian den Kontakt zu ihr wiederaufnahm. Er sah auf die Uhr. Selbst wenn Sebastian es noch schaffen könnte, eine oder zwei Frauen aufzusuchen, war der Mann gezwungen, seine Observation an dieser Stelle zu beenden. Er legte den ersten Gang ein und raste an dem haltenden Taxi vorbei. Er hoffte, dass er es sich diesmal aussuchen durfte. Dann würde er Anna Eriksson wählen. Dass Sebastian mit ihrer Tochter zusammenarbeitete, wäre nur ein begrüßenswerter Bonus.

Sebastian stieg die Treppen zu Ellinors Wohnung hinauf. Er zögerte, bevor er klingelte. Er würde die Sache schnell hinter sich bringen. Sie hatte seine Hand gehalten, hatte ihn dazu gebracht, mit ihr zu frühstücken und ihm zu seinem Namenstag Blumen geschickt. Sie war definitiv keine Frau, deren Bekanntschaft Sebastian weiter vertiefen wollte.

Reingehen, erzählen, was Sache war, rausgehen.

Kurz und tatsachenbezogen.

Das war sein Plan. Er wollte keinerlei Möglichkeit bieten, den Anlass seines Besuchs misszuverstehen, denn er war sich sicher, dass sie jede Gelegenheit hierzu ergreifen würde. Er holte tief Luft und klingelte. Die Tür wurde weit aufgerissen, noch bevor er den Finger von der Klingel genommen hatte. Ellinor lächelte ihn an.

»Ich habe dich durchs Fenster kommen sehen«, sagte sie und machte einen einladenden Schritt zur Seite. »Komm rein. Ich habe dich vermisst.«

Sebastian seufzte innerlich. Er musste gegen den Impuls ankämpfen, sich einfach umzudrehen und zu gehen. Zu fliehen. Auf alles zu pfeifen. Aber nein, er war gezwungen, sie zu informieren. Sich selbst zuliebe.

Reingehen, erzählen, rausgehen.

Er würde sich an den Plan halten.

Sebastian betrat den Flur.

»Ich habe dich nicht vermisst. Deswegen bin ich nicht hier.«

»Aber immerhin bist du hier.« Ellinor zwinkerte ihm schelmisch zu, als sie sich an ihm vorbeistreckte und die

Tür schloss. »Leg doch ab.« Sie machte eine Geste in Richtung des Kleiderständers.

»Ich will nicht lange bleiben.«

»Aber du wirst doch wohl trotzdem kurz reinkommen?«

Ellinor sah ihn geradezu hoffnungsfroh an. Sebastian überlegte kurz und kam zu dem Schluss, dass sein Anliegen keines war, das man im Flur stehend vorbrachte. Nicht einmal Ellinor Bergkvist gegenüber. Er behielt seine Jacke an, folgte ihr aber dennoch ins Wohnzimmer. Das Fensterbrett voller Zimmerpflanzen. Eine kleine Sitzecke, ein Sofatisch mit einem Fach für Zeitschriften, an der Wand ein Bücherregal mit nur wenigen Büchern. Aufgereihter Nippes, Souvenirs von Auslandsreisen vielleicht. Keine Fotos. Zwei Gestelle mit großen grünen Pflanzen rechts und links neben der Tür.

»Möchtest du etwas trinken?«, fragte sie, als er sich aufs Sofa setzte.

»Nein.«

»Sicher? Nicht einen kleinen Kaffee?«

»Nein.«

»Nachdem du letztens da warst, habe ich sogar richtigen Kaffee gekauft und so eine Stempelkanne.«

Sie machte eine Handbewegung in der Luft, als wolle sie ihm demonstrieren, wie man den Kaffeefilter nach unten drückte.

»Nein danke, ich will keinen Kaffee! Ich muss mit dir sprechen.«

»Worüber denn?«

Lag da eine gewisse Erwartung in ihrer Stimme? Ahnte er ein hoffnungsvolles kleines Lächeln in ihrem Gesicht? Er hatte keine Ahnung, was sie von ihm zu hören hoffte, fand es aber sinnlos, um den heißen Brei herumzureden. Sebastian holte tief Luft und ließ seine eingeübte Rede vom Stapel.

Vier Frauen waren gestorben. *Ja, sie hatte davon gelesen.*

Die einzige Gemeinsamkeit zwischen ihnen bestand darin, dass sie alle ein sexuelles Verhältnis zu Sebastian gehabt hatten. *Was für ein Zufall!*

Er war möglicherweise über einen längeren Zeitraum hinweg verfolgt worden, weshalb das Risiko bestand, dass der Mörder auch von ihrem One-Night-Stand wusste. *Was er damit meinte?*

Sie war eventuell in Gefahr.

Ellinor rutschte auf ihrem Sessel vor und blickte Sebastian ernst an. »Meinst du, dass er hierherkommen könnte?«

»Es besteht ein gewisses Risiko dafür.«

»Was kann ich tun?«

»Das Beste wäre, du würdest jemanden besuchen. Für eine Weile von hier verschwinden.«

Ellinor faltete die Hände auf den Knien und schien über das nachzudenken, was er gerade gesagt hatte. Sebastian wartete. Genau wie bei Anna Eriksson wollte er sichergehen, dass Ellinor den Ernst der Lage begriffen hatte, bevor er wieder ging. Wollte hören, dass sie tatsächlich vorhatte, ihre Wohnung zu verlassen.

»Aber zu wem soll ich denn fahren?«

Die Frage verwunderte Sebastian. Woher sollte er das wissen! Er wusste über Ellinor das, was er nach dem Jussi-Björling-Vortrag von ihr erfahren hatte, und damals hatten sie nicht über die Frage gesprochen, zu wem sie ziehen sollte, wenn sie gezwungen wäre, ihre Wohnung Hals über Kopf zu verlassen. Sie wusste, dass er das unmöglich wissen konnte. Und trotzdem fragte sie. Das störte ihn. Natürlich.

»Ja, keine Ahnung. Es muss doch wohl irgendjemanden geben?«

»Ich weiß nicht ...« Ellinor verstummte. Sebastian stand auf. Er hatte seine Aufgabe erledigt. Mehr konnte er nicht tun. Er hatte sie gewarnt. Wie sie mit dieser Information umging, konnte unmöglich sein Problem sein. Trotzdem ertappte er sich dabei, dass er beinahe ein bisschen Mitleid mit ihr hatte. Ihre Frage ließ vermuten, dass es niemanden gab, der sie in einer Notsituation selbstverständlich aufnahm. War sie wirklich so einsam? Er wusste es nicht. Eigentlich war es ihm auch egal. Aber sie sah so klein aus, wie sie da auf der äußersten Sesselkante saß mit ihren verkrampften Händen.

»Notfalls musst du eben ins Hotel ziehen.«

Ellinor nickte stumm. Sebastian überlegte kurz. Konnte er jetzt einfach so gehen? Es gab ja keinen Verhaltenskodex dafür, wie lange man anstandshalber bleiben musste, nachdem man jemandem mitgeteilt hatte, dass sein Leben bedroht war. Und hätte es einen gegeben, hätte er sich ohnehin nicht daran gehalten. Aber sollte er trotzdem noch kurz dableiben? Diese eine Tasse Kaffee trinken? Sie würde es missverstehen. Zu viel hineininterpretieren. Er wollte sie in dem, was auch immer sie für ihn empfand, auf keinen Fall bestärken. Dies war hoffentlich das letzte Mal, dass sie sich sahen. Warum sollte er es in die Länge ziehen? Eine weitere halbe Stunde in der Küche würde sie nicht weniger einsam machen. Nein, er würde auf den Kaffee verzichten. Er würde sich an den Plan halten.

»Ich muss gehen.«

Ellinor nickte und stand auf.

»Ich bringe dich noch zur Tür.«

Sie gingen in den Flur. Sebastian öffnete die Tür und blieb stehen. Er hatte das Gefühl, etwas sagen zu müssen, aber ihm fiel nichts ein. Sie ein weiteres Mal zu warnen, hatte keinen Zweck. Sie hatte den Ernst der Lage verstanden, das sah er ihr an. Er ging die Treppe hinunter und hörte das Rasseln der Sicherheitskette.

Als Sebastian gegangen war, lehnte Ellinor sich gegen die Tür und lächelte vor sich hin. Ihr Herz schlug schneller. Ihre Beine zitterten leicht. Er war zurückgekommen. Natürlich. Ellinor ging wieder ins Wohnzimmer und setzte sich auf das Sofa, genau auf die Stelle, wo Sebastian gerade gesessen hatte. Der Platz war noch immer angenehm warm von seinem Körper, und ihr wurde innerlich ebenfalls warm, auch, weil er so fürsorglich war. All das Gerede, sie solle niemanden in die Wohnung lassen und sich vor fremden Männern in Acht nehmen – was war das anderes als eine umständliche Art und Weise, ihr zu sagen, dass es ihm nicht gefiel, wenn sie andere traf. Dass sie ihm gehörte.

Sie lehnte sich zurück. Glaubte, seinen Duft an der Rückenlehne wahrnehmen zu können. Er war schüchtern, auch wenn man das im ersten Moment nicht glauben würde. Schließlich versteckte er es gut hinter seiner ungeschliffenen und schroffen Fassade. Sie hatte ihm mehrere Chancen gegeben zu sagen, was er eigentlich wollte, den wahren Grund für seinen Besuch preiszugeben, aber er hatte es nicht fertiggebracht. Stattdessen hatte er eine richtige Räuberpistole zusammengedichtet. Und alles nur, um ihr näherzukommen.

Sie könne nicht hierbleiben. Sie sei gezwungen, umzuziehen.

Ellinor hatte sich anstrengen müssen, um ihre ernste Miene zu wahren. Um mitzuspielen. Eigentlich wäre sie am liebsten aus dem Sessel aufgesprungen und hätte ihn an sich gedrückt, geschüttelt und gesagt, dass sie ihn verstand. Aber sie wollte ihm seinen Weg lassen. Ellinor lächelte erneut. Es war beinahe niedlich, wie schwer es ihm fiel zu sagen, dass er sie bei sich haben wollte. Aber sie verstand ihn. Sie verstand ihn so gut. Seelenverwandte, das waren sie. Sie schloss die Augen und genoss es, dort zu sitzen, wo er eben noch gesessen hatte. Einige Minuten konnte sie sich noch gönnen.

Ursula ließ sich ins warme Wasser sinken. Sie legte ihren Kopf auf den Rand der Badewanne. Versuchte, sich zu entspannen. Das musste sie dringend. Es war ein, gelinde gesagt, aufwühlender Tag gewesen. Der Fall hatte eine neue Wendung genommen, die niemand hatte vorhersehen können. Keiner im Team war davon unberührt geblieben, aber Ursula spürte, dass sie wohl diejenige war, die am meisten davon betroffen war.

Die Verbindung zu Sebastian ließ alte Erinnerungen wieder hochkommen, an deren Verdrängung sie hart und zielgerichtet gearbeitet hatte. Die sie ins Reich des Vergessens verbannt hatte. Jetzt tauchten sie wieder auf. Unangemeldet und unerwünscht. Machten sie nervös und reizbar.

Sie zuckte zusammen. Hatte sie ein Geräusch gehört? Aus dem unteren Stockwerk? Sie lag vollkommen reglos im Wasser und lauschte, aber alles war still.

Fantasien.

Hirngespinste.

Micke war nicht zu Hause. Er war mit einigen Kunden essen gegangen. Es konnte spät werden, und das würde es wohl auch. Sie war nicht gefragt worden, ob sie mitkommen wollte. Das war selten der Fall. Fast nie. Mickes Art von Geschäftsessen erforderte keine repräsentative Ehefrau an seiner Seite. Zum Glück, denn wenn sie ehrlich war, interessierte sie sich nicht sonderlich für seinen Beruf. Das Geschäft lief gut, und die Arbeit machte ihm Spaß. Mehr brauchte sie nicht zu wissen.

Als sie nach Hause gekommen war, hatte sie immer noch

Hunger gehabt. Sie hatte sich in der Küche eine Schale mit Joghurt und Flakes gemacht und eine Scheibe von dem dänischen Roggenbrot mit Käse und Paprika belegt. Nachdem sie gegessen hatte, hatte sie sich ein Bier aus dem Kühlschrank genommen und sich damit vor den Fernseher gesetzt, sich jedoch nicht konzentrieren können. Sebastian Bergman. Immer wieder. Immer wieder ihre gemeinsame Vergangenheit. Rastlos hatte sie den Fernseher wieder ausgeschaltet und beschlossen, ein heißes, entspannendes Bad zu nehmen.

Ursula hatte kontrolliert, ob alle Türen und Fenster ordentlich geschlossen waren, ehe sie ins Badezimmer hinaufgegangen war. Sie hatte eine Badekugel mit ätherischen Ölen in die Wanne gelegt und das Wasser angestellt. Während die Wanne volllief, hatte sie sich ausgezogen und in ihren Morgenmantel gehüllt. Auf dem Weg zurück ins Badezimmer hatte sie kurz gezögert und den Kopf geschüttelt angesichts ihrer wahnwitzigen Idee. Dann hatte sie aber doch ihre Dienstwaffe geholt und sie mit ins Bad genommen. Jetzt lag die Pistole auf dem Klodeckel. Sie würde sie leicht erreichen, wenn sich jemand an der verschlossenen Badezimmertür zu schaffen machte.

Sie bemühte sich, diese Gedanken zu verdrängen.

So etwas Dummes.

Niemand würde kommen. Sie war nicht bedroht. Da war sie sich sicher. Aus dem einfachen Grund, dass niemand, absolut niemand, wissen konnte, dass sie mit Sebastian eine Beziehung gehabt hatte. Sie hatten ihr Geheimnis immer extrem gut gehütet. Es gab nur eine einzige Person, die wusste, dass Ursula und Sebastian mehr als Arbeitskollegen gewesen waren. Ihre Schwester. Barbro. Sie und ihr Mann Anders waren die Einzigen, mit denen sich Ursula und Sebastian außerhalb ihrer Arbeit getroffen hatten.

An einem Sommertag, als sie auf der Veranda den Tisch gedeckt hatten, hatte Barbro Ursula geradeheraus gefragt.

»Was ist eigentlich mit Sebastian?«

Ursula sah zu Anders und Sebastian hinüber, die ein Stück entfernt im Garten mit einem Bier in der Hand am Grill standen. Außer Hörweite.

»Was meinst du?«

»Ich meine, was ist mit dir und Sebastian?«

»Wir arbeiten zusammen, wir mögen uns.«

»Gehst du mit ihm ins Bett?«

Ursula hatte nicht geantwortet. Was natürlich Antwort genug war.

»Und wie soll es mit Micke weitergehen?«, fragte Barbro in einem Tonfall, als würden sie gerade übers Wetter reden, während sie weiter Besteck aus der Schublade nahm.

»Ich weiß nicht.«

»Wann warst du zuletzt in Linköping?«

»Vorletztes Wochenende.«

Barbros Tochter Klara, damals acht Jahre alt, kam mit einer Salatschale aus dem Haus. Barbro nahm sie und tätschelte Klara den Kopf, wobei sie Ursula einen vielsagenden Blick zuwarf.

»Danke, Kleines.«

Klara nickte und ging wieder hinein.

»Du hältst mich für eine schlechte Mutter.«

»Ich finde nur, dass du die eine Sache abschließen solltest, bevor du die nächste anfängst.«

Anschließend hatten sie nicht mehr darüber geredet. Nicht im weiteren Verlauf des Abends. Nicht später. Nie wieder. Ursula hatte in der Zeit danach viel über das Gespräch nachgedacht. Warum verließ sie Micke nicht? Was sie mit Sebastian erlebte, hatte sie nie zuvor empfunden. Es war viel mehr als nur der Sex. Sebastian war klug, und es gefiel ihm, dass sie es auch war. Er scheute nicht vor Konflikten zurück. Er log, wenn es ihm passte. Er sorgte immer dafür, eine winzige Distanz zu allem zu wahren, auch zu ihr. Er war sich selbst der Nächste.

Er war wie sie.

Er war eine Herausforderung.

Sie liebte Sebastian. Aber sie war sich nicht sicher, ob das auf Gegenseitigkeit beruhte. Sie waren oft zusammen, aber nicht immer. Sie wollte ihn häufiger treffen als er sie. Sie hatten Sex, übernachteten beieinander, sprachen aber nie davon, zusammenzuziehen. Schreckte sie deshalb davor zurück, ihre Beziehung mit Micke zu beenden? Das würde die Bedingungen ändern. Solange sie verheiratet war und regelmäßig nach Hause fuhr, konnte aus ihr und Sebastian nicht mehr werden. Wenn sie plötzlich frei wäre und darüber sprach, was sie wollte. Erzählte, was sie fühlte – was würde dann passieren? Sie wollte es erfahren und doch auch wieder nicht. Es war gut so, wie es war mit ihnen beiden, redete sie sich ein und wünschte sich gleichzeitig etwas Beständigeres. Mehr Engagement. Doch wenn sie das forderte – würde Sebastian sie dann verlassen? Das Risiko bestand.

Im Herbst trafen sie und Sebastian sich immer seltener. Micke hatte viel in der Firma zu tun und Schwierigkeiten, das Familienleben in Linköping allein zu bewältigen, und einige Monate lang trank er wieder zu viel. Ursula wurde zu Hause gebraucht. Sie nahm sich eine Weile frei und zog wieder zu Hause ein. Als sie dort war, begriff sie, wie ihre Abwesenheit der Beziehung zu Bella geschadet hatte. Manchmal spürte sie, dass ihre eigene Tochter sie als Fremde ansah. Als jemanden, der kurz einsprang, bis ihr Vater wieder da war. Micke hielt sich die meiste Zeit fern. Das tat er immer, wenn er wieder einen Rückfall hatte. Er wollte nicht, dass ihn jemand – und am allerwenigsten Bella – in diesem Zustand sah. Ursula versuchte, so gut es ging, den Haushalt zu führen und die Beziehung zu ihrer Tochter wieder zu vertiefen, aber sie sehnte sich fort. Immer häufiger mussten ihre Schwiegereltern einspringen. Sie schob ihre Arbeit vor. Fuhr nach Stockholm zurück. Zu Sebastian. Doch irgendetwas hatte sich verändert. Was genau, war schwer zu benennen, aber ihr Verhältnis war nicht mehr dasselbe. Lag es daran, dass sie sich seltener sahen? Oder gab es einen anderen Grund? Als sie zum dritten Mal nach Stockholm zurückkehrte, überkam Ursula das Gefühl, dass er ihr vielleicht untreu war.

Sebastian war Sebastian. Das wusste sie. Er war als Frauenheld bekannt, aber sie hatte geglaubt, dass sie ihm genügte. Hatte es gehofft. Doch sie hatte nicht vor, sich auf ihre Hoffnungen und seine Worte zu verlassen. Sie war trotz allem immer noch die beste Kriminaltechnikerin Schwedens.

Nach einem Wochenende bei Sebastian hatte sie heimlich ein Laken aus dem Wäschekorb gezogen, das deutliche Spuren sexueller Aktivität aufwies. Sie hatte es zu ihrem ehemaligen Arbeitsplatz in Linköping mitgenommen und einen ihrer alten Kollegen um einen Gefallen gebeten. Sie wollte einen DNA-Test durchführen. Der Kollege verstand sofort, dass es sich hierbei nicht um eine polizeiliche Angelegenheit handelte, und wollte verständlicherweise in so etwas nicht mit hineingezogen werden. Er bot ihr jedoch an, sein Labor zu benutzen. Also führte sie den Test selbst durch. Es war einfach.

Sebastians DNA hatte sie in Form einiger Haare aus seiner Bürste mitgebracht.

Das Testergebnis zeigte, dass die eine DNA-Spur auf dem Laken von Sebastian stammte. Das war klar. Die andere hingegen stimmte in gewissen Punkten mit Ursulas eigener

DNA überein. Mit zunehmendem Entsetzen begriff Ursula, was sie da vor sich sah.

Es war ein Beispiel wie aus dem Lehrbuch. Elementare Kriminaltechnik. Wenn das DNA-Profil nicht exakt dasselbe Muster aufwies, aber ein ähnliches, fiel der Verdacht auf einen Verwandten. Je näher man mit jemandem verwandt war, desto mehr glichen sich die DNA-Profile.

Diese hier waren sehr ähnlich.

Wie von Schwestern.

Sie konfrontierte Sebastian damit, der gab es sofort zu. Ja, er schlief mit Barbro. Soweit er sich erinnerte, hätten Ursula und er sich nicht ewige Treue geschworen. Und sie sei monatelang weg gewesen. Was hätte er also tun sollen? Im Zölibat leben?

Ursula hatte die Beziehung sofort beendet.

Vielleicht hätte sie es noch verkraften können, dass er ihr untreu war. Mit einer Unbekanntem, egal wem. Wahrscheinlich wäre sie darüber hinweggekommen. Aber nicht mit Barbro. Ihrer eigenen Schwester.

Nachdem sie Sebastian verlassen hatte, war sie sofort nach Mälarhöjden gefahren. Die ganze Familie war zu Hause gewesen, als sie hereinstürmte und Barbro mit ihrem Wissen konfrontierte. Wie war das noch – die eine Sache abschließen, bevor man die nächste anfing? Barbro hatte alles geleugnet. Ursula hatte ihr das Protokoll des DNA-Tests gezeigt. Anders war außer sich geraten vor Wut. Klara und Hampus hatten angefangen zu weinen. Barbro hatte nicht gewusst, was sie zuerst tun sollte, Anders die Sache erklären, die Kinder trösten oder Ursula beschimpfen. Ursula verließ ein Haus, das im Chaos versank. Es war das letzte Mal gewesen, dass sie ihre Schwester gesehen hatte. Später hatte sie von ihren Eltern gehört, dass sich Barbro und Anders hatten scheiden lassen und weggezogen waren. Wohin, wusste sie nicht. Wollte es auch gar nicht wissen. Sie hatte nicht vor, ihrer Schwester jemals zu verzeihen,

Sie war nach Linköping zurückgefahren. Zu Bella. Zu Micke, der wieder auf die Beine gekommen war. Sie hatten über ihre Situation gesprochen, und am Ende hatte Ursula ihre Familie überredet, nach Stockholm zu ziehen. Sie liebte ihren Job, und sie dachte nicht daran, zu kündigen, nur weil Sebastian Bergman ein Schwein war. Sie würden weiter zusammenarbeiten können. Dafür würde sie schon sorgen.

Zurück in Stockholm, war sie als Erstes zu Sebastian gefahren. Sie hatte ihm erklärt, was Sache war. Sie würden zusammenarbeiten. Sie hasste ihn, hasste das, was er getan hatte, aber sie dachte nicht daran, ihren Job aufzugeben. Sie würde nicht zulassen, dass er noch mehr zerstörte. Wenn er auch nur ein Sterbenswörtchen zu irgendjemandem darüber sagen würde, dass sie zusammen gewesen waren, würde sie ihn umbringen. Das hatte sie tatsächlich so gesagt. Und es auch so gemeint.

Sebastian war erstaunlich gefügig gewesen. Soweit sie wusste, hatte er sein Versprechen gehalten und niemandem gegenüber auch nur den Hauch einer Andeutung gemacht.

Micke und Bella kamen nach Stockholm. Das Leben ging weiter. Es verlief auf allen Ebenen reibungslos. Familie. Beruf. Obwohl niemand glücklicher war als sie, als Sebastian seine Arbeit bei der Reichsmordkommission 1998 beendete.

Dann hatte ihn Torkel bei diesem Fall in Västerås hinzugezogen.

Und jetzt war er abermals zurück.

Doch diesmal konnten ihr weder heißes Wasser noch ätherische Öle zur Entspannung verhelfen.

Jetzt hatte sie eine scharf geladene Waffe neben sich auf dem Klodeckel liegen.

Und dachte an Ereignisse, die sie mehrere Jahre zu verdrängen versucht hatte.

Ja, Sebastian Bergman war zurück.

Auf die schlimmste denkbare Weise.

Draußen war es noch immer sommerlich hell, doch die Insassen des Sicherheitstrakts begannen sich wie gewöhnlich auf den Abend vorzubereiten. Einige waren bereits in ihre Zellen zurückgegangen, ein Teil von ihnen saß aber noch im Aufenthaltsraum. Einschluss war bereits um neunzehn Uhr. Viel zu früh, hatten die Gefangenen gemurrt, als die Gefängnisleitung den Abend um zwei Stunden verkürzt hatte, aber ihre Proteste waren wirkungslos geblieben.

Edward war für gewöhnlich der Letzte in der Wasch- und Duschabteilung. Heute war er jedoch nicht allein, sondern hatte Gesellschaft von einem Neuling, der die ungeschriebenen Gesetze in dieser Abteilung noch nicht verinnerlicht hatte und zwei Tage hintereinander um Viertel vor sieben aufgetaucht war. Seine Ignoranz reizte Edward, und er hatte bereits beschlossen, im passenden Moment zu verdeutlichen, dass der Waschraum zu dieser Zeit sein Territorium war, und zwar ausschließlich seins. Die Veteranen wussten Bescheid und verließen, kurz bevor er auftauchte, leise den Raum.

Hinde stand vor dem Spiegel und wusch sich sorgfältig das Gesicht. Der Waschraum bestand aus einer Reihe mit zehn Waschbecken vor einem langen, bruchsicheren Spiegel, der mit der gekachelten Wand abschloss. Auf der anderen Seite lagen die Duschen und Toiletten. Edward betrachtete sein nasses Gesicht und würdigte die beiden Wärter, die vorbeigingen, keines Blickes.

»Einschluss in fünfzehn Minuten«, verkündete der eine

kurz in den Waschraum hinein, ehe sie ihren Weg in den Aufenthaltsraum fortsetzten, um denen, die dort saßen, dasselbe mitzuteilen. Jeden Abend das Gleiche, Edward hörte schon gar nicht mehr hin. Sein Körper hatte die Routine auf die Minute genau verinnerlicht, sodass er keine Uhr mehr brauchte. Er wusste exakt, wann er aufwachen, essen, lesen, scheißen, therapiert werden und sich waschen musste. Das einzig Positive daran war, dass die absolute Gleichförmigkeit der Tage ihm die Zeit gab, sich auf die wichtigen Dinge zu konzentrieren, auf das, was bedeutsam war, während der Alltag mittlerweile automatisch ablief.

Hinde nahm seinen schwarzen, elektrischen Rasierapparat zur Hand. Der war eines der wenigen Dinge, die er wirklich verabscheute. Er wollte sich richtig rasieren, aber Rasierklingen oder Rasiermesser waren undenkbar im Sicherheitstrakt. Er sehnte sich nach dem Tag, wenn er die geschliffene Klinge zum ersten Mal wieder auf seiner Haut spüren würde, sie über die kräftigen Bartstoppeln ziehen konnte, die jeden Tag wiederkamen. Das war echte Freiheit. Wieder etwas Scharfes in der Hand halten zu dürfen. Danach hatte er wohl das größte Verlangen. Nach dem Stahl in seiner Hand.

Der Rasierapparat ging an.

Im Spiegel konnte er beobachten, wie das Personal den an der Wand befestigten Fernseher ausschaltete und den dreien, die im Aufenthaltsraum auf dem Sofa saßen, das Zeichen zum Aufbruch gab. Es waren dieselben drei wie immer. Sie erhoben sich ohne Murren und schlurften den langen Korridor entlang zu ihren Zellen. Dahinter, beim einzigen Ein- und Ausgang, war das Geräusch eines Schlosses zu hören, das geöffnet wurde. Die Reinigungskraft kam an. Wie immer zu dieser Zeit. Die Insassen machten ihre Zellen selbst sauber, aber das Putzen der Gemeinschaftsräume und Bäder war in einer öffentlichen Ausschreibung an eine Firma vergeben worden. LS-Gebäudereinigung. Vor langer Zeit waren die Häftlinge auch für das Säubern der von allen genutzten Räume zuständig gewesen, aber diese Zwangsmaßnahme hatte man vor zehn Jahren eingestellt, als ein gewaltsamer Tumult wegen der jeweiligen Zuständigkeiten ausgebrochen war. Zwei der Insassen waren dabei schwer verletzt worden. Seitdem übernahm diese Aufgabe die Reinigungsfirma, die jedoch immer erst nach dem Einschluss kam. Der Putzmann, ein großer, dünner Mann Mitte dreißig, zog einen schweren Reinigungswagen aus Metall hinter sich her und nickte den Wärtern zu, als er durch die Korridore ging. Sie grüßten freundlich zurück. Sie kannten ihn. Er putzte schon seit einigen Jahren in Lövhaga.

Der Putzmann zog den Wagen zu den Waschräumen, wo er seine Arbeit stets begann, und wartete in gebührendem Abstand, bis Edward und der Neue das Bad verlassen hätten. Das war Routine. Alle Insassen mussten in ihren Zellen sein und die Türen geschlossen, bevor er seine Arbeit beginnen konnte. Der Putzmann lehnte sich an die Wand und wartete ab. Einige Minuten später schlossen sich ihm die Wärter an. Sie betrachteten die Männer im Waschraum.

»Kommt schon, ihr beiden, es wird Zeit.«

»Es ist erst 18.58 Uhr.« Hinde fuhr sich gelassen mit der Handfläche über sein frisch rasiertes Kinn. Er wusste die Uhrzeit genau. Noch immer würdigte er die Wärter keines Blickes.

»Wie wollen Sie das wissen, Sie haben doch gar keine Uhr.«

»Täusche ich mich denn?«

Edward nahm eine Bewegung im Spiegel wahr, als einer der Wärter auf seine Armbanduhr sah.

»Reden Sie nicht so viel, beeilen Sie sich lieber.«

Was bedeutete, dass er recht hatte. Edward lächelte vor sich hin. 18.58 Uhr. Noch eine ganze Minute. Er legte den Rasierapparat in sein hellbraunes Etui, zog den Reißverschluss zu und wusch sich ein letztes Mal. Der Neue stand irritierenderweise immer noch da und machte keinerlei Anstalten zu gehen. Edward hasste Leute, die nicht rechtzeitig fertig wurden. Jede Sekunde konnte das Personal sie erneut ermahnen, doch Edward kam ihnen zuvor, drehte sich um, verließ den Waschraum mit tropfnassem Gesicht und ging an dem Putzwagen vorbei. Er nickte dem Putzmann zu.

»Hallo, Ralph.«

»Hallo.«

»Wie ist heute das Wetter draußen?«

»Wie gestern. Warm.«

Edward blickte auf den Stapel frischer Papierhandtücher, mit denen Ralph gleich die weißen Plastikbehälter im Waschraum bestücken würde. Er machte eine Kopfbewegung. »Kann ich mir ein paar Papiertücher nehmen?«

Ralph nickte träge. »Klar.«

Edward beugte sich vor und nahm sich die drei oberen Papiertücher. Im selben Moment traten die Wärter einen Schritt vor. Doch sie konzentrierten sich auf den Neuen, nicht auf Edward.

18.59 Uhr.

»Jetzt aber los. Sie haben noch eine Minute!«

Sie bauten sich im Türrahmen auf, um dem Mann zu zeigen, wer hier das Sagen hatte. Edward ignorierte das Schauspiel. Er war bereits auf dem Weg zu seiner Zelle.

18:59:30 Uhr.

Hinter sich hörte er, wie die Wärter in den Waschraum gingen. Er hoffte, sie würden dem Typen dadrinnen eine ordentliche Lektion erteilen. Eine, die weh tat. Schmerz war die beste Lernmethode, das wusste er aus eigener Erfahrung. Kein Mittel schlug den Schmerz. Aber sie waren in Schweden. Hier traute man sich nicht, diese Möglichkeit auszunutzen. Wahrscheinlich würde sein Mithäftling nur eine Verwarnung kassieren und verkürzten Hofgang, oder ihm würden andere Privilegien entzogen werden. Hinde stellte sich darauf ein, dass er den Typen eigenhändig zur Räson bringen musste. Dem Wachpersonal würde das nicht gelingen. Als er hörte, wie die Wärter eine laute Diskussion anfingen, fühlte er sich in seiner Vermutung bestätigt. Mit seinen drei Papiertüchern in der Hand betrat er die Zelle.

Perfektes Timing.

19.00 Uhr.

Die Tür fiel hinter ihm ins Schloss.

Edward setzte sich aufs Bett und legte die Papierhandtücher behutsam neben sich. Er liebte diese Stunde, in der seine eigenen Routinen die von Lövhaga ablösten. Wenn die Stunden seine Stunden wurden. In zwei Stunden würde er beginnen. Langsam nahm er das mittlere Tuch heraus und faltete es erwartungsvoll auseinander. Auf der Rückseite stand mit dünnem Bleistiftstrich geschrieben:

»5325 3398 4771«

Zwölf Ziffern, die die Freiheit bedeuteten.

Als letzter Punkt stand auf seiner Liste, dass er Trolle erreichen und dessen Nachforschungen stoppen musste. Sebastian hatte ihn mehrmals sowohl von der Arbeit wie auch später vom Handy aus angerufen, aber Trolle hatte sich den ganzen Tag nicht zurückgemeldet. Jetzt ließ er es erneut eine halbe Ewigkeit klingeln. Allmählich wurde er unruhig. Beim Gedanken daran, dass Torkel seinen ehemaligen Kollegen früher oder später kontaktieren würde, lief es ihm eiskalt den Rücken hinunter, aber es würde zwangsläufig passieren. Trolle war immerhin einer der besten Polizisten gewesen, die in den Neunzigern im Fall Hinde ermittelt hatten, und Torkel respektierte ihn in gewisser Weise. Nicht als Mensch, dazu waren sie viel zu gegensätzlich, aber als Ermittler. Man konnte von Trolle halten, was man wollte, aber es ließ sich nun einmal nicht leugnen, dass er immer gute Leistungen erbracht und Ergebnisse geliefert hatte. Früher oder später würde Torkel mit ihm reden wollen, insbesondere, wenn die Ermittlungen weiterhin nicht vorankamen. So funktionierte gute Polizeiarbeit. Man drehte jeden Stein um, setzte Prioritäten, begann bei den Personen, die dem Anschein nach am meisten mit dem Fall zu tun hatten, und arbeitete sich dann immer weiter nach außen vor. So lange, bis man allen Ideen und Möglichkeiten nachgegangen war. Anschließend begann man wieder von vorn. Trolle war nicht unbedingt die heißeste Spur, aber mit der Zeit würde ein guter Polizist auf die Idee kommen, dass sich ein Gespräch mit ihm lohnte – und Torkel war ein guter Polizist. Sogar einer der besten. Irgendwann in naher Zukunft würde er auch den Trolle-Stein umdrehen. Und wenn das geschah, konnten plötzlich alle Dämme brechen, alles, was Sebastian verborgen hatte, würde heraussprudeln – und es wäre alles zerstört.

Denn Trolle Hermansson konnte man einfach nicht über den Weg trauen.

Sebastian hatte Trolle ja genau aus dem Grund beauftragt. Weil er keine Skrupel hatte und keinerlei moralische Bedenken. Er fände es garantiert sehr befriedigend, Torkel – oder noch schlimmer: Vanja – gegenüber auszupacken, dass Sebastian Bergman ihn damit beauftragt hatte, schmutzige Details über Vanjas Eltern auszugraben. Dieses Risiko konnte Sebastian nicht eingehen.

Nachdem er ihn schon wieder nicht erreichte, entschied Sebastian, zu Trolle nach Hause zu fahren. Dass er nicht ans Telefon ging, musste nicht heißen, dass er nicht da war. Sebastian setzte sich in ein Taxi. Inzwischen war es draußen etwas abgekühlt, und er öffnete das Fenster, um ein bisschen frische Luft zu schnappen. Er sah leichtgekleidete Spaziergänger, die durch die abendlichen Straßen schlenderten. In den lauen Sommernächten lebte die Stadt wirklich auf. Alle sahen so jung und glücklich aus, wie sie dort in kleineren und größeren Grüppchen entlangflanierten. Sebastian überlegte, wo sich wohl die Einsamen, Alten und Deprimierten im Sommer versteckten.

Als das Taxi fast am Ziel angekommen war und Sebastian sich zum Aussteigen bereitmachte, entdeckte er Trolle auf dem gegenüberliegenden Bürgersteig. Er war nur schwer zu übersehen in seinem großen schwarzen Mantel. Die meisten Menschen, an denen Sebastian unterwegs vorbeigefahren war, hatten gar keine Jacken getragen, und wenn doch, dann in hellen Farben und aus leichten Stoffen. Trolle dagegen sah aus, als hätte er sich für einen bitterkalten Winter gerüstet. Hastig forderte Sebastian den Taxifahrer auf zu halten und warf ihm einige Hundertkronenscheine hin. Er sprang aus dem Taxi und hastete Trolle hinterher, der mehrere hundert Meter vor ihm in den Ekholmsvägen abbog und aus seinem Blickfeld verschwand. Er schien auf dem Weg nach Hause zu sein. Sebastian rannte ihm nach. Es war lange her, dass seine Beine und sein Herz so hart gearbeitet hatten, und das angenehme Gefühl von Kühle, das er im Taxi noch verspürt hatte, war sofort wie weggeblasen. Er schwitzte und schnaufte, als er ebenfalls um die Ecke zum Ekholmsvägen sprintete und Trolle durch seine Haustür schlüpfen sah. Sebastian blieb stehen und rang nach Atem. Jetzt wusste er, wo er Trolle fand, und dachte, dass es taktisch klüger war, nicht allzu verschwitzt und gehetzt zu wirken, nicht allzu eifrig, wenn sie miteinander redeten. Sebastian wartete einige Minuten, ehe er zur Tür ging.

Trolle öffnete bereits nach dem zweiten Klingeln. Er sah viel gesünder aus als bei ihrer letzten Begegnung, aber die Wohnung hinter ihm war genauso dunkel, und der gleiche unangenehme Geruch drang zu ihm ins Treppenhaus.

»Hab auf meinem Telefon gesehen, dass du angerufen hast. Wollte mich gerade melden«, begann Trolle und verwunderte Sebastian, indem er ihm großzügig die Tür aufhielt. Sebastian trat ein.

»Wir müssen reden.«

»Sieht ganz so aus, neun verpasste Anrufe müssen ja wohl etwas zu bedeuten haben«, erwiderte Trolle.

Sebastian versuchte, beschwichtigend zu lächeln, während er sich in der kleinen dunklen Wohnung umsah. Vermutlich eine Zweizimmerwohnung, die garantiert schon bessere Tage gesehen hatte. Überall lagen Zeitungen, Klamotten und Gerümpel verstreut. Die Rollläden waren heruntergezogen, es gab keine Gardinen, und die Wände waren vollkommen kahl. Es roch nach Zigaretten, altem Müll und Schmutz.

Trolle bat ihn ins Wohnzimmer. Die einzige Lichtquelle dort war irgendeine Kochsendung mit Prominenten, der Fernseher lief ohne Ton. Die Möblierung bestand aus einem Sofa, auf dem Trolle offenbar auch schlief, und einem Glastisch, der sicher irgendwann einmal teuer gewesen war, nun aber nur noch als Ablage für Weinflaschen, Pizzakartons und einen überquellenden Aschenbecher diente. Die Decke über dem Sofa war schmutzig und nikotingelb. Trolle drehte sich zu Sebastian um, registrierte dessen kritischen Blick und breitete die Arme aus.

»Willkommen in meiner Welt. Irgendwann einmal habe ich in einem weißen, zweistöckigen Haus in einem hübschen Vorort gewohnt. Jetzt hause ich also hier. Das Leben steckt voller Überraschungen, was?« Trolle schüttelte den Kopf, ging zum Sofa und schob die schmuddelige Decke beiseite.

»Setz dich. Ich habe ein bisschen was für dich herausgefunden. Gute Sachen. Richtig gute Sachen.«

Sebastian blieb stehen und schüttelte den Kopf.

»Ich will sie nicht haben. Ich bin hergekommen, weil ich dich bitten wollte, nicht weiterzugraben.«

»Lies das erst mal, bevor du dich entscheidest.« Trolle beugte sich nach unten und hob eine weiße Ica-Tüte hoch, die neben dem Sofa gestanden hatte. Prall gefüllt, vermutlich mit Papieren. Er streckte sie Sebastian hin. »Hier ist es.«

»Ich will es nicht. Vernichte es bitte.«

»Lies es doch wenigstens, dauert bestimmt nicht länger als eine halbe Stunde. Gut investierte Zeit.«

Widerwillig nahm Sebastian die Tüte entgegen. Wahrscheinlich wog sie nur ein, zwei Kilo, aber er hatte das Gefühl, dass sie bedeutend schwerer war.

»Okay. Aber jetzt musst du aufhören. Du bekommst dein Geld, und dann musst du mir versprechen, niemals jemandem von diesem Auftrag zu erzählen. Wir beide haben uns nicht einmal getroffen.«

Obwohl es in der Wohnung so düster war, konnte Sebastian sehen, wie es in Trolles Augen aufblitzte. Interesse. Das bedeutete nichts Gutes.

»Wer sollte mich denn danach fragen?« Trolle sah ihn neugierig an. »Was ist los, Sebastian?«

»Nichts. Du sollst mir einfach nur versprechen, dass du schweigst.«

»Kann ich schon machen.« Trolle zuckte mit den Schultern. »Aber du kennst mich ja. Meine Versprechen sind nicht viel wert.«

»Ich zahle dir das Doppelte.«

Trolle schüttelte den Kopf und wandte sich ab. Er seufzte schwer. »Ich habe dir geholfen, und jetzt willst du mich einfach feuern und abfinden. Was glaubst du denn, wer ich bin? Ich dachte, wir wären Freunde.«

»Wenn wir Freunde sind, kannst du mir auch einfach versprechen, dass du darüber schweigst. Und dein Versprechen halten«, konterte Sebastian gereizt.

»Erzähl mir lieber die Wahrheit.«

»Wenn jemand das herausfindet, ist es eine totale Katastrophe für mich.« Sebastian blickte flehend in Trolles unerbittliche Augen.

»Warum? Wer ist diese Vanja? Warum verfolgst du sie? Wer sollte mich danach fragen? Ich will es wissen! Dann höre ich wirklich auf. Aber nur dann.« Zum ersten Mal sah Trolle so aus, als würde er es ehrlich meinen.

Sebastian betrachtete ihn. Wie er es auch drehte und wendete, die Sache war aussichtslos. Log er, würde alles ein verheerendes Ende nehmen. Dann würde Trolle vermutlich aus purer Gemeinheit zu Vanja gehen und ihr alles erzählen. Sagte er die Wahrheit, würde er sich anschließend nie mehr sicher fühlen. Aber es würde ihm immerhin etwas mehr Zeit geben.

»Na, was ist?«, stichelte Trolle.

Sebastian dachte fieberhaft nach. Dann war da noch der Inhalt der weißen Ica-Tüte. Das, was Trolle herausgefunden hatte. Womöglich enthielt sie ohnehin die Wahrheit. Vielleicht wusste er es bereits. Dann würde Lügen alles nur noch schlimmer machen. Er traf eine Entscheidung.

»Sie ist meine Tochter. Vanja ist meine Tochter.«

Er sah sofort, dass Trolle es nicht gewusst hatte.

Aber jetzt gab es nichts mehr zu verbergen, also erzählte er alles. Wirklich alles.

Er entblößte sich vor Trolle.

Als er geendet hatte, überkam ihn eine große Ruhe. Er war erleichtert, und auch die Tüte erschien ihm jetzt leichter. Die Heimlichkeiten hatten ihn mehr belastet, als er geglaubt hatte.

Trolle saß schweigend da und sah ihn an. »Teufel, was für eine Geschichte«, sagte er schließlich.

Trolle lehnte sich auf dem Sofa zurück. Er schien nachzudenken. Dann sah er zu Sebastian auf. Sein Tonfall war plötzlich vollkommen anders, frei von jeglichem Spott.

»Was willst du tun?«

»Ich weiß es nicht.«

»Ich glaube, du musst sie loslassen. Aufhören mit dem, was du da tust. Das kann nur böse enden.«

Trolles Worte hatten ein ernstgemeintes Gewicht, das Sebastian zu schätzen wusste. Er nickte.

»Da hast du wohl recht.«

»Sieh dir bloß mich an«, fuhr Trolle fort. »Ich konnte auch nicht loslassen. Ich hab auf niemanden gehört.«

Er verstummte und sah zum Fensterbrett hinüber, auf dem eine eingerahmte Fotografie stand. Zwei kleine Jungen, ein Mädchen und in der Mitte eine Frau, die er mit schwarzem Filzstift übermalt hatte.

»Jetzt habe ich nur noch ein Bild von ihnen. Mehr nicht.«

Sebastian erwiderte nichts. Er sah Trolle mitfühlend an.

»Wenn man zu sehr kämpft, zerstört man alles«, sagte Trolle leise, mehr zu sich selbst.

Sebastian ging zum Sofa und setzte sich neben ihn. Einen kurzen Moment lang überlegte er, ob er Trolle verdeutlichen sollte, dass es einen gewissen Unterschied machte, ob man jemandem aus sicherem Abstand folgte oder ob man den neuen Mann der Exfrau mit getürkten Beweisen hinter Gitter bringen wollte und seine eigenen Kinder kidnappte. Aber er verzichtete darauf. Trolle hatte sich ihm geöffnet, und er würde es nicht mögen, wenn Sebastian das ausnutzte.

»Ich habe diese Sache niemandem sonst erzählt«, sagte er stattdessen.

»Das habe ich mir schon gedacht.«

Was Trolle anschließend tat, verwunderte Sebastian. Er nahm seine Hand. Freundlich. Eine vertrauensvolle, tröstende Geste. Sie sahen einander an. Dann sprang Trolle abrupt vom Sofa auf, er schien wieder voller Energie.

»Wenn dich jemand verfolgt hat, dann hast du ihn ja auf direktem Wege zu Anna Eriksson geführt.«

Er hatte natürlich recht. Dennoch war Sebastian dieser Gedanke nie gekommen. Als Torkel ihm gesagt hatte, er solle versuchen, einige der besagten Frauen zu warnen, hatte er garantiert gemeint, Sebastian solle sie anrufen.

Aber nach seinem Gespräch mit Ursula im Pausenraum hatte Sebastian sich entschlossen, sie zu besuchen, um es ihnen persönlich zu sagen. In gewisser Weise schien es ihm das mindeste, was er tun konnte. Er hatte keine Sekunde daran gedacht, dass man ihn noch immer verfolgen könnte. Nachdem er vor der Reichsmordkommission fast von dem blauen Ford überfahren worden wäre, hatte er diese Möglichkeit abgeschrieben. Der Mann war enttarnt, ertappt, es war vorbei. Dass er weitermachen könnte, möglicherweise in einem anderen Auto, war ihm nie in den Sinn gekommen.

»Glaubst du? Aber ich habe Anna ja schon gewarnt. Sie hat vor, die Stadt zu verlassen.«

»Warst du deshalb gestern Abend dort?«

»Du hast mich gesehen?«

Trolle nickte, doch mit einem Mal regte sich auch eine andere Erinnerung in seinem Kopf.

»Und ich habe noch etwas gesehen.«

Sebastian erstarrte. Trolles besorgter Tonfall gefiel ihm nicht. Ganz und gar nicht.

»Bisher habe ich nicht groß darüber nachgedacht«, fuhr Trolle fort. »Es fiel mir nur auf, aber jetzt, wo du sagst, dass du verfolgt wirst ...«

Er beendete seinen Satz nicht. Sebastian spürte eine wachsende Unruhe.

»Was denn? Worüber hast du nicht nachgedacht?«

Trolle war blass geworden.

»Ich habe jetzt schon zweimal, als du dort warst und ich auch, einen Typen in einem blauen Ford Focus gesehen. Ich hatte immer vermutet, dass er einfach nur auf jemanden warten würde.«

Nun sprang auch Sebastian vom Sofa auf.

»Das ist er. Das ist der Mann, der mich verfolgt.«

»Gestern Abend war er auch da. Aber er hat das Auto gewechselt. Jetzt fährt er einen silbernen Japaner.«
»Wie sah er aus?«
»Schwer zu sagen. Er trug eine Sonnenbrille.«
»Und eine Mütze?«
Trolle nickte.
»Und eine Mütze.«

Sie rannten aus dem Haus, um ein Taxi anzuhalten. Sebastian wollte direkt in die Storskärsgatan fahren, aber Trolle bestand darauf, erst zu kontrollieren, dass ihnen niemand folgte. Obwohl sie weit und breit kein silberfarbenes Auto auf der Straße sehen konnten, durften sie sich noch lange nicht sicher fühlen. Sie fanden ein freies Taxi und sprangen auf den Rücksitz. Trolle dirigierte den Fahrer. Eine solche Tour erlebte dieser wahrscheinlich nicht alle Tage, denn Trolle änderte ständig das Ziel, zwang ihn, im Zickzack zu fahren, und in der Innenstadt wollte er, dass sie möglichst oft die Bus- und Taxispur benutzten. Er sah sich ständig um, und erst nach einer halben Stunde war er zufrieden.

Sie waren allein.

Schließlich ließ Trolle das Taxi zum Karlaplan fahren, und sie gingen das letzte Stück zu Fuß. Für Sebastian fühlte sich jeder Schritt unsicher und schwer an, wie in einem Traum, und er hatte Schwierigkeiten, seine Gedanken zu ordnen.

Die Storskärsgatan lag einsam und verlassen da. Ein Stück entfernt ging ein Mann mit einem Hund im Park spazieren. Trolle wandte sich Sebastian zu.

»Bleib hier stehen. Dich erkennt er.«

Sebastian wollte protestieren, wusste aber nicht, wie.

Also blieb er stumm. Starrte auf die Wohnung, in der Anna und Valdemar wohnten. Die Fenster waren von einem warmen Schein erleuchtet, aber er sah niemanden. Wie konnte er den Täter direkt hierherlocken? Was war er nur für ein Idiot!

»Hast du mich verstanden?«

Am Ende nickte Sebastian, nur ungern wandte er den Blick von der Wohnung ab. Trolle wirkte ruhig, doch seine Augen leuchteten. Sebastian hatte ihn noch nie so lebendig und konzentriert gesehen.

»Ich werde auch oben nachsehen, versprochen«, sagte Trolle und verschwand.

Sebastian zog sich in den Schatten eines Eckhauses zurück und blickte ihm nach. Er war froh, dass er sich ihm anvertraut hatte. Trolle schlenderte die kurze Straße entlang. Er sah aus, als würde er gerade einen kleinen Abendspaziergang machen, aber Sebastian bemerkte, dass er sorgfältig jedes Auto kontrollierte, an dem er vorbeiging. Sebastian blickte erneut zu der Wohnung hinauf und spürte mit einem Mal wieder das Gewicht der Ica-Tüte in seiner Hand. Trolle hatte sie nicht mehr haben wollen, und er hatte sie in der Eile gegriffen und mitgenommen, ohne groß darüber nachzudenken.

Es war merkwürdig, wie schnell sich die Dinge ändern konnten. Noch vor wenigen Tagen hatte Sebastians einziges Interesse darin bestanden, den beiden, die dort oben wohnten, zu schaden. Jetzt wollte er sie retten. In einiger Entfernung erblickte er einen Papierkorb und überlegte, ob er dorthin gehen und die Tüte entsorgen sollte. Doch dann sah er Trolle zurückkommen, diesmal auf der anderen Straßenseite. Er ging mit ruhigen Schritten und telefonierte, kontrollierte aber weiterhin die parkenden Autos. Als er näher kam, hörte Sebastian einzelne Gesprächsfetzen.

»... Na gut, ich verstehe schon. Wenn Sie bereits mit Ihrer privaten Altersvorsorge zufrieden sind, dann ... Okay, also vielen Dank ...« Er beendete das Telefonat, steckte sein Handy in die Tasche und ging an Sebastian vorbei.

»Komm, lass uns hier nicht so lange herumlungern.«

Sebastian trat schnell aus dem Schatten heraus und schloss sich ihm an. Sie bogen auf den Valhallavägen ab.

»Sie ist zu Hause. Und Valdemar ist auch da.«

»Was sollen wir tun?«

»*Wir* sollen gar nichts tun. Du sollst nach Hause gehen. Ich halte hier die Stellung.«

»Aber ...«

»Kein Aber, Sebastian.«

Trolle machte einen raschen Schritt nach vorn, verstellte damit Sebastian den Weg und wandte sich zu ihm um. Er legte seine Hände auf Sebastians Schultern.

»Vertrau mir. Ich helfe dir. Wir werden dieses Problem gemeinsam lösen. Du kannst mich jederzeit anrufen.«

Er klopfte Sebastian aufmunternd auf die Schultern, drehte sich um und ging wieder die Storskärsgatan hinunter. Sebastian blieb stehen. Er spürte Vertrauen, ja fast schon Zuneigung zu dem Mann, der sich nun von ihm entfernte. Normalerweise gestattete er sich solche Gefühle niemandem gegenüber. Nicht er. Nicht Sebastian. Er wollte immer allein zurechtkommen. In allen Situationen. Aber jetzt ging es nicht mehr.

Er würde Trolle ewig dankbar sein. Wollte ihm künftig ein echter Freund sein.

Er ging nach Hause. Als er ankam, war er völlig erledigt. Er zog seine Jacke und die Hose aus und ließ sich aufs Bett fallen. Der Ica-Tüte hatte er sich immer noch nicht entledigt.

Er brachte es einfach nicht über sich. Dafür wog ihr Inhalt

letzten Endes doch zu schwer. Er ließ sie neben dem Bett stehen.

Sah nicht hinein.
Nicht heute.
Noch nicht.

Torkel saß bei Yvonne im Wohnzimmer. Den Wein hatte er abgelehnt und trank nun stattdessen ein Leichtbier, während Yvonne für ihre Reise nach Gotland am nächsten Tag packte. Sie und die Mädchen hatten für eine Woche ein kleines Ferienhaus auf der Westseite gemietet, und beiden Töchtern war in letzter Sekunde eingefallen, dass bei ihrem Vater noch Sachen von ihnen lagen, die sie unbedingt mitnehmen mussten. Also war Torkel nach Hause gefahren, hatte alles Gewünschte in einen Umzugskarton gepackt und es ihnen gebracht.

»Wann geht denn eure Fähre morgen früh?«, fragte er und nahm einen Schluck Bier.

»Halb zehn.«

»Braucht ihr einen Chauffeur?«

»Kristoffer fährt uns.«

Torkel nickte. Natürlich, daran hatte er nicht gedacht.

»Besucht er euch denn auch mal, wenn ihr dort seid?«

»Nein, wie kommst du darauf?«

»Nur so.«

Yvonne hielt kurz beim Packen inne und sah ihn neugierig an. »Reden die Mädchen über ihn?«

»Nein.«

Torkel überlegte kurz, ob die Mädchen von sich aus Kristoffers Namen ihm gegenüber überhaupt erwähnten, wenn er sie zu gemeinsamen Ausflügen traf, aber ihm fiel keine einzige Gelegenheit ein. Sie sprachen sowieso nicht besonders viel mit Torkel. Deutlich weniger, als er es sich wünschte. Vielleicht war das auch nicht weiter verwunderlich. Als sie sich scheiden ließen, hatten Yvonne und er ohne weitere Diskussionen das geteilte Sorgerecht beantragt, aber die Mädchen waren fast ausschließlich bei Yvonne. Seine Arbeit verhinderte ein strenges Wochenschema. Er war oft beruflich unterwegs, und wenn er zu Hause war, passte es trotzdem nicht immer, dass die Mädchen bei ihm wohnten. Und das hatte dazu geführt, dass sie sich zu Hause fühlten, wenn sie bei Yvonne waren. In Torkels Wohnung waren sie lediglich »bei Papa«. Er war sich sicher, dass Yvonne den Mädchen näher stand als er. Das schmerzte ihn zwar ein wenig, aber es ließ sich nicht leugnen.

»Vilma dachte nur, dass ich letztens bei ihrem Geburtstag seinetwegen früher gehen wollte«, fuhr Torkel fort, »aber dann hat sie schon verstanden, dass es an meiner Arbeit lag.«

»Hat sie wirklich gedacht, du würdest gehen, weil Kristoffer da war?«

»Ja, sie hatte wohl Angst, dass mir das irgendwie unangenehm wäre.«

Für einen Moment schien es, als wollte Yvonne fragen, ob es ihm tatsächlich unangenehm war, aber sie hielt sich zurück und packte weiter die Koffer.

»Und, wie geht es dir so?«, fragte sie ihn in einem möglichst alltäglichen Tonfall. Falls sie tatsächlich überlegt hatte, wie sich ihre neue Beziehung für Torkel anfühlte, ließ sie es sich jetzt nicht mehr anmerken.

»Es geht so. Wir haben eine Verbindung zwischen den Opfern gefunden. Aber ich habe Sebastian ins Team geholt, daher ist die Situation gerade etwas angespannt.«

»Ja, das kann ich mir denken. Aber das meinte ich eigentlich nicht.« Sie hörte auf zu packen und sah ihn erneut an. »Hast du auch jemanden kennengelernt?«

Torkel überlegte. Es war dieselbe Frage, die auch seine

Tochter vor einigen Tagen gestellt hatte. Aber dies war nicht seine Tochter, sondern Yvonne, also konnte er auch anders antworten. Sie konnte die Wahrheit verkraften.

»Ich weiß nicht so genau. Ab und zu treffe ich mich mit einer Frau, aber sie ist verheiratet.«

»Hat sie denn vor, ihren Mann zu verlassen?«

»Ich glaube nicht.«

»Und meinst du, dass das auf Dauer funktioniert?«

»Keine Ahnung. Vermutlich nicht.«

Yvonne nickte nur. Für einen Augenblick verspürte Torkel das Bedürfnis, das Thema zu vertiefen. Ihr zu erzählen, wie einsam er sich manchmal fühlte. Wie sehr er sich wünschte, dass aus der Sache mit Ursula mehr würde. Es gab nicht viele Menschen, mit denen er darüber sprechen konnte. Eigentlich niemanden. Aber dann war der Moment auch schon vorbei. Yvonne wechselte das Thema, und sie redeten eine Weile über Alltägliches und den bevorstehenden Urlaub. Torkel trank sein Bier aus. Nach einer Viertelstunde stand er auf, wünschte ihr eine gute Reise, verabschiedete sich von seinen Töchtern und begab sich auf den Heimweg.

Draußen war es heiß, obwohl es schon nach zehn Uhr abends war. Torkel genoss den Spaziergang nach Hause. Zog ihn in die Länge. Überlegte, ob er unterwegs noch ein Bier trinken sollte, um die Rückkehr in die leere Wohnung ein bisschen hinauszuzögern. Er war tief in Gedanken versunken, als plötzlich eine Haustür aufging und er beinahe mit der Person zusammengestoßen wäre, die gerade herauskam. Eine Person, die er kannte.

»Micke! Hallo.«

»Ach, hallo. Hallo ...« Micke wirkte überrascht. Sein Blick flackerte, als könnte er den Mann vor sich nicht richtig zuordnen. Und das, obwohl er Torkel eigentlich gut kannte. Sie waren sich schon mehrmals begegnet, zuletzt in Västerås. Damals hatte Ursula Micke dorthin bestellt – was als eine Art Racheaktion gegen Torkel gedacht gewesen war, weil er Sebastian in die Ermittlung mit einbezogen hatte. Als Micke schließlich da war, ging die Sache gehörig schief, denn Ursula wollte ihn eigentlich gar nicht in ihrer Nähe haben. Micke war verunsichert gewesen, was er denn überhaupt in Västerås sollte, und sie hatte ihn mit seinen Grübeleien zu lange im Hotelzimmer allein gelassen. Dort hatte es leider eine Minibar gegeben, und Micke hatte einen kleinen Rückfall erlitten. Völlig betrunken war er schließlich Torkel in die Arme gelaufen. Vielleicht war er deshalb so verlegen, ihn jetzt wiederzutreffen.

»Soso, und du bist ausnahmsweise auch mal in Söder?«, fragte Torkel in dem Versuch, die Situation etwas aufzulockern.

»Ja, ich habe hier gerade einen Freund besucht.« Micke nickte zu der Tür, aus der er gerade gekommen war. »Zum Fußballgucken.«

»Ach, welches Spiel habt ihr denn gesehen?«

»Nein, es war ein ... Ich weiß nicht recht, wir haben uns nicht so sehr darauf konzentriert.«

»Nee.«

Schweigen. Mickes Blick fixierte einen Punkt hinter Torkels Rücken, als wünschte er sich weit weg.

»Na ja, aber ich muss jetzt auch mal nach Hause.«

»Okay. Sag Ursula schöne Grüße von mir!«

»Mache ich. Tschüs!«

Micke ging davon. Torkel blickte ihm hinterher. Hatte er sich das nur eingebildet, oder hatte Micke ein bisschen angestrengt gewirkt? Torkel spürte, wie sich sein Magen zusammenkrampfte.

Ahnte Micke etwas?

Wusste er, dass Torkel mit seiner Frau ins Bett ging? Aber dann hätte Micke ihn doch wohl damit konfrontiert, dachte Torkel. Wäre wütend gewesen. Oder wenigstens abweisend. Nein, er schien eher peinlich berührt zu sein. Wahrscheinlich wusste er nichts. Aber letzte Nacht musste Ursula nach Hause gekommen sein und sich neben ihn ins Bett gelegt haben. Frisch geduscht. Wunderte er sich über so etwas nicht? War er gar nicht erst wach geworden? Oder hatte er so viel Vertrauen zu ihr, dass der Gedanke, sie könnte ihm untreu sein, in seiner Vorstellungswelt gar nicht erst existierte? Torkel wusste es nicht. Doch selbst wenn Micke etwas ahnte, vielleicht sogar davon überzeugt war, dass Ursula einen anderen hatte, gab es eigentlich nichts, was darauf hindeutete, dass es sich ausgerechnet um Torkel handelte. Es musste einen anderen Grund dafür geben, dass Micke es so eilig gehabt hatte, von ihm wegzukommen. Es hatte nichts mit Ursula und Torkel zu tun.

Mit dieser Gewissheit setzte Torkel seinen Weg fort. An der nächsten Ecke lag ein Restaurant, die Tische auf dem Bürgersteig waren gut besetzt. Ein Bier konnte er sich gönnen, vielleicht auch etwas zu essen. Er hatte es nicht eilig, irgendwo hinzukommen. Es wartete ja sowieso niemand auf ihn.

Edward arbeitete wie immer bis ein Uhr nachts. Das war seine Routine, die ihm diese vier Stunden ganz und gar für sich allein sicherte. Zweihundertvierzig Minuten reinster, ungestörter eigener Zeit. Die Stille in seiner Zelle war befreiend. Das einzige Geräusch war das Surren seines alten Laptops, eines älteren Modells mit einer ziemlich lauten Belüftung, aber es war von der Gefängnisleitung genehmigt worden, da es weder Modem noch WLAN besaß. Das Gerät hatte nicht mit der Außenwelt kommunizieren können. Hatte. Mit Betonung auf Vergangenheit. Der Laptop hatte den Sicherheitsbestimmungen des Strafvollzugs entsprochen. Mit dem Tag, von dem an man überall mobiles Internet kaufen konnte, war diese Regel jedoch eigentlich hinfällig geworden ... Kleine ovale Plastikpäckchen, komplett erhältlich mit einer Prepaidkarte oder einem USB-Stick. Ein zwölfziffriger Code, und plötzlich war die ganze Welt zugänglich.

Der Tag, an dem man Edward das Modem einschmuggelte und er sich zum ersten Mal mit der Außenwelt vernetzen konnte, war der beste Tag seines Lebens, oder jedenfalls der beste Tag, seit er in Lövhaga eingesperrt worden war. Vor dieser Freiheitsberaubung hatte es viele glückliche Stunden gegeben, aber das gehörte zu einer anderen Zeitrechnung. Zu der Zeit davor. Edward teilte sein Leben in davor und danach ein. Das war eine gute Art und Weise, sein Dasein zu betrachten. Vor und nach den grundlegenden Veränderungen, die auf jedem Lebensweg lagen.

Vor und nach Mama.

Vor und nach Sebastian Bergman.
Vor und nach Lövhaga.
Vor und nach dem Modem.

Seit er es hatte, erlebte er jeden Abend zweihundertvierzig produktive und bereichernde Minuten. Er benutzte es nur nach dem Einschluss. Aus alter Gewohnheit wählte er sich zwischen 21.00 und 1.00 Uhr nachts ein, denn dann war das Risiko für eine plötzliche Inspektion der Zelle nicht existent. Hinde verstand nicht, wie die Verantwortlichen diese Zustände zulassen konnten. Eigentlich hieß es in den Bestimmungen, dass alle »unangekündigten Zellendurchsuchungen« – wie der Name schon sagte – unregelmäßig, überraschend und unmöglich vorhersehbar sein sollten. Trotzdem kamen sie zwischen 21.00 Uhr und 6.00 Uhr morgens nie vor. So war es jedenfalls die letzten sechs Jahre gewesen. Edward begriff schnell, dass der Grund für diese Idiotie dieselben Einsparungen waren, die auch den früheren Einschluss zur Folge gehabt hatten. Jetzt begann die Nachtschicht schon um 19.00 Uhr. Außerdem hatte man das Nachtpersonal, das ohnehin schon reduziert war, weiter vermindert und überraschende Inspektionen damit im Prinzip unmöglich gemacht. Und das würde auch so bleiben, bis zu dem Tag, an dem irgendeine kluge Person den Missstand erkannte und das Wachschema änderte oder die nächtliche Personalstärke erhöhte. Hinde war zunächst beunruhigt gewesen, als er gehört hatte, dass Lövhaga einen Nachfolger für Sven Tidell gefunden hatte, aber nach seinen beiden Begegnungen mit Thomas Haraldsson war er sich sicher, dass dieser auf keinen Fall die Person war, die zu einer solchen Einsicht gelangen würde. Solange Haraldsson Gefängnisdirektor war, gehörten das Modem und die zweihundertvierzig Minuten Edward Hinde. Und nur ihm.

Nacht für Nacht versteckte er das kleine Plastikstück in

einem Lüftungsventil hinter dem Bett. Er hatte herausgefunden, wie man das Gitter mit dem Stiel eines Kaffeelöffels aufschrauben konnte. Dahinter hatte er bis zum Eintreffen des Modems mit demselben Löffel viele Nächte lang einen kleinen Hohlraum in die Ziegelwand geschabt, unmittelbar links neben dem Ventil. Dann hatte er die Aushöhlung in ein Geheimfach verwandelt, indem er eine kleine, ziegelähnliche Scheibe gebastelt hatte, die er davorsetzen konnte. Selbst wenn jemand wider aller Erwartung die Lüftungsklappe öffnete, wäre nichts zu sehen.

Mittlerweile war er so geübt, dass es ihn durchschnittlich zwei Minuten kostete, sein geliebtes kleines weißes Modem hervorzuholen. Heute ging es sogar noch schneller, weil er so inspiriert war. Er wählte sich schnell ein und begann gewohnheitsgemäß bei seiner üblichen Startseite, die er schon lange eingerichtet hatte.

Fyghor.se.

Dort wartete neues Material auf ihn. Er liebte das Internet wirklich. Hier konnte man alles finden, wenn man nur wirklich wollte. Wenn man wusste, nach was oder wem man suchte. Wenn man jeden Tag zweihundertvierzig Minuten Zeit hatte.

Woche für Woche.

Jahr für Jahr.

Draußen brach die Dunkelheit herein, aber die Wohnung war lichterfüllt. Als Ralph von der Arbeit nach Hause gekommen war, hatte er das Ritual strengstens befolgt, und jetzt brannten alle Lampen. Er hatte über all seine Aktivitäten Bericht erstattet und saß nun an dem großen weißen Tisch in seinem ziemlich kahlen Wohnzimmer. Die schwarze Mappe war das Einzige, was vor ihm lag. Er war erneut dabei, Zeitungsartikel zu sortieren, und ging besonnen und methodisch vor. Dass er diese Tätigkeit so genoss, freute und ärgerte ihn zugleich. Einerseits liebte er es, die Kraft der schwarzen Schlagzeilen und die Verlockung der schwarzweißen Fotos zu spüren, gleichzeitig irritierte es ihn, dass seine Disziplin dadurch teilweise außer Kraft gesetzt wurde. Normalerweise fühlte er sich nicht wie ein Kind im Süßigkeitenladen. Er hatte lange geübt, seine Triebe und Bedürfnisse zu unterdrücken, aber der Druck in seinem Inneren war enorm. Er schob es darauf, dass er noch nicht das optimale System zur Archivierung gefunden hatte. Noch kein perfektes Ritual.

Der erste Teil, bei dem er die Artikel ausschnitt, zusammenlegte und die zerschnittenen Zeitungen in die Altpapiertüte warf, funktionierte zufriedenstellend. Aber der Rest – in den Umschlag, in die Kommode – hatte noch Schwächen. Diesen Teil musste er dringend modifizieren. Verbessern.

Er wollte sie sehen, anfassen, berühren.

Deshalb hatte er sich eine Mappe angeschafft. Erst hatte er überlegt, alles nach Datum zu sortieren und jedem Tag eine eigene Prospekthülle zu geben, sich am Ende aber dafür entschieden, die Artikel nach den Zeitungen zu ordnen, damit man schneller den Handlungsverlauf aus der Perspektive der einzelnen Publikationen nachvollziehen konnte. Aber irgendetwas fehlte immer noch. Etwas stimmte nicht. In der Nacht sortierte er das Material erneut um, jetzt nach Größe. Erst ganzseitige Artikel, dann welche, die über drei Viertel einer Seite gingen, und so weiter. Zu seiner Freude bemerkte er, dass kein Artikel kürzer als eine Viertelseite war. Er hatte ganz eindeutig einen großen Nachrichtenwert. Das war etwas völlig Neues für ihn.

Etwas zu bedeuten.

Beachtet zu werden.

Irgendeinen Wert zu haben.

Er war mit dem neuen System zufrieden, jetzt fühlte es sich richtig an, und er schlug die Mappe zu und stand auf. Allmählich füllte sie sich. Immer mehr Zeitungen brachten zunehmend ausführlichere Berichte. Morgen würde er eine neue Mappe kaufen, vielleicht sogar zwei. Auf alle Fälle etwas Exklusiveres. Es wirkte nicht länger angemessen, die Berichterstattung über das Größte, was er je geleistet hatte, in ordinären Aktenordnern von Esselte aufzubewahren. Er musste seine Bedeutung und die des Meisters damit präsentieren, seinen Stolz zum Ausdruck bringen.

Er ging ins Bad, um sich für die Nacht fertig zu machen, und drehte an der kleinen Sanduhr, die er an der Wand festgeschraubt hatte, ein Fund aus einem Kuriositätenladen in Södermalm. Das Glas war auf einem blauen Holzstück befestigt, und darüber stand: »Der Sand der Uhr zeigt es dir an: Putz zwei Minuten Zahn für Zahn!« Ein perfektes Hilfsmittel, um sich den Alltag zu erleichtern und die Kraft der Rituale aufrechtzuerhalten. Jetzt bürstete er seine Zähne gründlich, bis das letzte Sandkorn nach unten gesickert war, und schloss die Reinigung wie immer mit Zahnseide ab. Er wendete sie morgens und abends an, es gefiel ihm, einen sauberen Mund zu haben. Er war entzückt über den Blutgeschmack vom Zahnfleisch und zog den weißen Faden fünfmal hintereinander so fest zwischen jedem Zahn hin und her, bis es an mehreren Stellen blutete. Anschließend spülte er den Mund und betrachtete das rotgefärbte Wasser, das er ins Waschbecken spuckte. Er spülte und spuckte erneut. Diesmal war das Wasser weniger blutig, hatte aber immer noch einen leicht rötlichen Ton. Ob es nach einer dritten Spülung klar gewesen wäre, wusste er nicht, denn er spülte nie mehr als zweimal.

Der Laptop im Schlafzimmer gab ein kurzes Pling von sich. Ralph wusste sofort, was das bedeutete. Eine neue Nachricht vom Meister. Der Computer verriet ihm jedes Mal durch ein Signal, wenn es auf fyghor.se eine Aktualisierung gegeben hatte. Am liebsten wäre er sofort ins Schlafzimmer gerannt, aber er musste sich erst waschen.

Der Meister mahnte immer wieder zur Geduld. Das musste er sich hinter die Ohren schreiben, dachte er. Den Platz in seinem Inneren wahren, an dem man die Dinge in der richtigen Reihenfolge tat.

Die Rituale.

Das Fundament.

Er hielt seine Hände unter das laufende Wasser, drückte zweimal auf den Pumpspender der Seife, schäumte sie auf, indem er die Handflächen sechsmal aneinanderrieb, und spülte sie mit genauso vielen Bewegungen wieder ab. Dann wusch er sich ebenso ordentlich das Gesicht, trocknete sich dem Ritual gemäß ab und beendete die Behandlung mit der geschmeidigen Gesichtscreme.

Jetzt war er bereit für den Meister.

Die Mitteilung war kurz und präzise. Ein neuer Auftrag.

Er durfte nicht selbst wählen. Aber das war nicht weiter schlimm, denn der Meister hatte die gleiche Wahl getroffen.
Anna Eriksson.
Sie war die Nächste.
Die Fünfte.

Trolle hatte nur vier Stunden geschlafen, als der Wecker klingelte. Trotzdem war er erstaunlich wach und stand sofort von seinem Sofa auf. Es war ein merkwürdiges Gefühl, denn normalerweise schlief er mindestens neun Stunden und fühlte sich trotzdem bedeutend müder. Er zog den Rollladen hoch und blickte in die Morgensonne, die bereits wärmte. Er war schon lange nicht mehr vor sechs Uhr aufgestanden. Früher hatte er das Tag für Tag getan. Damals hatte es einen Hund gegeben, der ausgeführt, und Kinder, die zum Kindergarten und in die Schule gebracht werden mussten. Eine Frau, mit der man gemeinsam zur Arbeit fahren konnte. All das, was sich damals nicht wie ein Leben angefühlt hatte, obwohl es genau das gewesen war.

Das, was man erst vermisste, wenn es nicht mehr da war.

Trolle verzichtete auf die Morgenzigarette und warf stattdessen einen Blick in den Kühlschrank. Wie er schon befürchtet hatte, war dieser im Prinzip leer. Er trank die letzte Milch direkt aus dem Karton und beschloss, sich Frühstück im 7-Eleven zu besorgen. Er musste jetzt in Form bleiben und seine Ess- und Schlafgewohnheiten im Auge behalten. Er hatte keine Ahnung, wie viel Zeit dieser Einsatz erfordern würde, aber vor allem Schlaf würde wohl schnell zur Mangelware werden. Die Herausforderung bestand darin, hochkonzentriert zu bleiben und sich nicht von der Eintönigkeit beeinflussen zu lassen, die mit langen Observationen einherging und einen allzu leicht dösig werden ließ.

Denn er war in dieser Sache ganz auf sich allein gestellt, und niemand löste ihn ab.

Deshalb hatte er seine Schicht gestern Nacht um halb zwei beendet. Oben in der Wohnung war bereits einige Stunden zuvor das Licht ausgegangen, und Trolles Einschätzung nach war das Risiko, dass der Mörder mitten in der Nacht zuschlagen würde, obwohl der Mann zu Hause war, viel geringer als am nächsten Morgen, wenn Valdemar das Haus verlassen hatte. Bisher waren alle Morde begangen worden, als die Frauen allein waren, und Trolle sah keinen Grund, warum ausgerechnet diese Voraussetzung keine Rolle mehr spielen sollte. Aber es war nur ein kalkuliertes Risiko, keine exakte Wissenschaft, und er teilte Sebastian seine Entscheidung lieber nicht mit. Sebastian hätte ein solches Wagnis nie in Kauf genommen, er war emotional zu befangen und hätte darauf bestanden, dass Trolle die ganze Zeit dabliebe. Oder wäre gekommen, um ihn abzulösen. Also traf Trolle die Entscheidung lieber im Alleingang.

Um seine Kräfte zu schonen. Er würde sie heute noch brauchen, und er wäre auch weiterhin kontinuierlich gezwungen, Entscheidungen zu treffen, die nicht von Gefühlen beeinflusst waren und das eine oder andere Risiko bargen.

Außerdem brauchte er die Zeit, um sich eine kleine Ausrüstung zuzulegen: ein Auto und eine Waffe. Er hatte sich im Internet einen Mietwagen reserviert und auch versucht, an eine Pistole zu kommen. Es sah recht gut aus, sein Kumpel Rogge würde sich darum bemühen, im Lauf des Tages eine zu organisieren. Ganz unbewaffnet wollte Trolle bis dahin dennoch nicht sein, also ging er in die Küche zurück, stieg auf einen Stuhl, öffnete die Schranktür über dem Kühlschrank und wühlte hinter einigen alten Nudelpackungen, wo er schließlich fand, was er suchte. Eine Elektroschockpistole, die in eine Plastiktüte gewickelt war. Es war ein Taser 2, den er vor einigen Jahren mal übers Internet gekauft hatte. Trolle kontrollierte, ob er funktionierte. Zwischen den Polen blitzte es auf, und er steckte ihn zufrieden in die Tasche seines großen Mantels, mit der Gewissheit, dass ein Taser effektiver war, als man dachte. Einmal hatte er ihn abends an einem großen, kräftigen Typen ausprobiert, der sofort umgeknickt war wie ein Streichholz und zu Boden gegangen, kaum dass er ihm das Gerät an den Hals gesetzt hatte. Trolle beschloss, aus Sicherheitsgründen neue Batterien zu kaufen, sobald er die Zeit dafür hatte, aber die jetzigen würden vorläufig ausreichen.

Er brach von zu Hause auf und kaufte unterwegs einen großen Kaffee und ein belegtes Brötchen. Dann nahm er ein Taxi zum Mietwagenverleih, der auf dem Weg in die Stadt lag und bereits um 6.30 Uhr öffnete. Erst bekam er einen weißen Nissan Micra, tauschte ihn jedoch gegen ein dunkelblaues Modell um. Weiß war zu auffällig. Er wollte nicht entdeckt werden.

Er fuhr an einer Tankstelle vorbei und versorgte sich mit Zigaretten, Traubenzucker, Wasser und Keksen. Wahrscheinlich würde es ein langer Tag werden, und er wusste nicht, wann er das nächste Mal Gelegenheit hätte, Proviant zu kaufen.

Um kurz nach sieben bezog er seine Stellung vor der Wohnung Eriksson/Lithner, zehn Minuten bevor Valdemar normalerweise das Haus verließ, um mit der U-Bahn zur Arbeit zu fahren. Er fand einen Parkplatz mit einem guten Blick auf das Haus, schob den Sitz so weit wie möglich nach hinten und setzte sich zurecht. Plötzlich fiel ihm auf, dass er an diesem Morgen noch keinen Gedanken an Alkohol verschwendet hatte. Ein gutes Gefühl, das er feierlich mit einem Schluck Wasser aus der Flasche begoss.

Eine Viertelstunde später verließ Valdemar im Anzug das Haus und entfernte sich eilig. Vermutlich war er auf dem

Weg zur Arbeit. Soweit Trolle es bisher beobachtet hatte, trug er bei der Arbeit immer einen Anzug, und seine schnellen Schritte deuteten darauf hin, dass er spät dran war. Er ging zum Fältöversten und verschwand bald darauf aus Trolles Blickfeld. Normalerweise wäre Trolle ausgestiegen und ihm gefolgt, aber jetzt war er nicht mehr hier, um etwas über Valdemar herauszufinden, sondern um die Frau im dritten Stock zu beschützen. Sie, die inzwischen vermutlich allein zu Hause war. Er würde dafür sorgen, dass das auch weiterhin so blieb. Sebastian hatte gesagt, sie würde Stockholm bald verlassen. Und es lag in Trolles Verantwortung, dass sie auch wirklich fahren konnte. Trolle beäugte die anderen parkenden Autos, suchte nach einer Bewegung. Konnte keine entdecken. Noch immer war alles ruhig. Er nahm sein Handy.

Anna Eriksson holte ihren Koffer aus dem Schrank. Sie hatte die ganze Nacht wach gelegen. An Schlaf war nicht zu denken gewesen. Die Situation war so absurd, dass sie nicht mehr wusste, was sie glauben sollte. Aber sie war sich sicher, dass Sebastian die Wahrheit gesagt hatte: Sie war in Gefahr. Noch hatte sie kein klares Bild von der Situation, aber dass die Lage ernst war, hatte sie sehr genau verstanden. Das hatte ihr Sebastians bleiches, flehendes Gesicht verraten und später auch der kurze Bericht ihrer Tochter über die Morde.

Anna hatte Vanja direkt angerufen, nachdem Sebastian gegangen war, weil sie ihre Zweifel daran hatte, dass Sebastians Bericht wirklich der Wahrheit entsprach. Es hätte ja auch sein können, dass er sie aus persönlichen Gründen loswerden wollte.

Vanja hatte gestresst gewirkt und nur kurz mit ihr sprechen können. Anna tat so, als beunruhigte sie das, was sie in der Zeitung gelesen hatte, und versuchte, so viel wie möglich aus Vanja herauszubekommen, ohne ihr eigentliches Anliegen zu verraten. Das gelang ihr nicht sonderlich gut, denn Vanja nahm das Dienstgeheimnis und die Fähigkeit, Privates und Berufliches zu trennen, sehr ernst.

Das wenige, was Anna erfuhr, machte ihr jedoch Angst.

Ja, Sebastian arbeitete wieder bei der Reichsmordkommission.

Und ja, der Fall hatte etwas mit ihm zu tun, auf eine sehr ernste Weise.

Vanja war einsilbig gewesen, und Anna konnte nicht

weiter nachhaken, ohne dass es einen merkwürdigen Eindruck gemacht hätte. Doch schon eine kurze Bemerkung hatte ihr verraten, dass Sebastians Bericht der Wahrheit entsprach.

»Ich begreife nicht, warum er überhaupt noch an diesem Fall mitarbeiten darf!«

»Warum? Solange er nicht selbst in den Fall verwickelt ist?«

»Aber das ist es ja gerade! Er ist es! Ich kann nur nicht erzählen, wie. Du würdest mir das ohnehin nicht glauben ... Niemand würde es glauben.«

Also stimmte es. Anna versuchte, das Gespräch zu beenden, ohne sich ihre plötzliche Panik anmerken zu lassen.

»Niemand würde es glauben.«

Sie glaubte es.

Sie wusste es sogar.

Anna hatte sofort ihre Mutter angerufen. Ihr eine Geschichte aufgetischt. Ihre Mutter war verwundert gewesen, hatte sich aber darüber gefreut, dass Anna kommen wollte.

Dann die Arbeit. Dort hatte sie erzählt, dass sie gerne ein bisschen Urlaub nehmen würde. Familiäre Umstände vorgeschoben. Es funktionierte. Sie war eine geschätzte Mitarbeiterin, und man machte sich eher Sorgen um sie, als ihren Urlaub in Frage zu stellen.

Sie beruhigte die Kollegen. Sie musste nur eine Angelegenheit mit ihrer alten Mutter regeln, aber das konnte eben ein Weilchen dauern.

Anschließend hatte sie zu packen begonnen. Kleidung für eine Woche zusammengesucht. Valdemar angerufen und ihn gebeten, früher nach Hause zu kommen. Sie wollte nicht allein sein. Sie sagte, dass es ihrer Mutter nicht so gut ginge und sie vorhätte, eine Zeit lang zu ihr zu fahren. Valdemar schlug vor, sie zu begleiten, aber sie lehnte ab. Es war ja ihre Mutter, und sie hatten sich schon so lange nicht mehr gesehen. Es war auch nichts Ernstes. Ein guter Anlass, einmal von der Arbeit wegzukommen und sie zu besuchen ... Er kaufte ihr die Lüge ab. Schien überhaupt nichts zu bemerken.

Wahrscheinlich lag es daran, dass sie eine gute Lügnerin war. Sogar eine sehr gute. Sie überlegte, wann sie es eigentlich geworden war. Sie, die immer der Meinung gewesen war, dass Ehrlichkeit so wichtig war.

Aber nur, wenn die Wahrheit nicht weh tat. Wenn sie ein unproblematischer Begleiter war.

Sie hatte Vanja schon so oft die Wahrheit sagen wollen.

So oft war sie schon kurz davor gewesen.

Aber die Lüge, die einst als bequemer Schutz begonnen hatte, wurde bald von Tausenden kleinen, alltäglichen Unwahrheiten begleitet, bis sie irgendwann Wirklichkeit geworden war. Die Wahrheit hatte sich mit der Zeit eingekapselt und war zu einer massiven, uneinnehmbaren Burg geworden, in die sie Valdemar mit hineingezogen hatte.

Er hatte Vanja von Anfang an erzählen wollen, wie es wirklich war, sobald sie das richtige Alter erreicht hätte, um es zu verstehen. Aber Anna hatte es immer wieder hinausgezögert, hatte den Zeitpunkt der Enthüllung ständig verschoben, um Wochen, Monate, Jahre, bis die Wahrheit irgendwann so schwer wog, dass sie alles zerstört hätte. Bis es ganz einfach zu spät war.

»Für Vanja gibt es keinen anderen Vater als dich«, hatte sie ihrem Mann gegenüber eines Tages konstatiert, und dabei hatten sie es belassen. Vanja und Valdemar waren untrennbar miteinander verbunden. Ob es daran lag, dass er sich besonders viel Mühe gab? Damit niemand seine Zuneigung in Frage stellte? Was auch immer die Gründe waren, es war ihm auf jeden Fall gelungen. Vanja liebte Valdemar mehr als Anna.

Mehr als irgendjemanden sonst.

Auf merkwürdige Weise ergänzten sie sich gegenseitig so gut. Valdemars Proteste waren mit der Zeit verstummt, und er hatte sich mitschuldig gemacht, weil er Vanja wie seine eigene Tochter liebte.

Also hatten sie die Schotten dicht gemacht.

Die Burg verschlossen.

Doch eines Tages vor wenigen Monaten hatte er plötzlich vor der Tür gestanden. Sebastian Bergman. Mit Briefen aus einer längst vergangenen Zeit.

Die Beweise waren nicht eingekapselt.

Sie hatte ihn abgewiesen und ihm die Tür vor der Nase zugeschlagen. In der Hoffnung, er würde einfach wieder verschwinden.

Das hatte er nicht getan.

Anna erfuhr, dass er in Västerås mit Vanja zusammengearbeitet hatte. Und jetzt tat er es schon wieder. Auf unbegreifliche Weise war es ihm gelungen, den Schutzwall zu durchbrechen und sich ihrer Tochter zu nähern.

Vanja konnte ihn jedoch nicht ausstehen. Das war das einzig Positive und das Einzige, was die Wahrheit noch schützen konnte. Davon abgesehen war die Situation chaotisch. Anna hatte nämlich ein Geheimnis im Geheimnis, denn nur sie kannte Sebastian Bergmans Rolle in dem Ganzen. Und diese Information hatte sie Valdemar verschwiegen.

Sie hatte versucht, ihn zu schützen – oder ihm nicht vertraut, denn er war nicht wie sie. Das Lügen fiel ihm schwerer. Also hatte sie das einzige Mal, als er sie nach Vanjas leiblichem Vater gefragt hatte, geantwortet, sein Name spiele keine Rolle. Hatte ihm gesagt, dass sie es niemals jemandem erzählen würde, und wenn das ein Problem für ihn sei, würde sie ihre Beziehung auf der Stelle beenden.

Er war bei ihr geblieben und hatte nie wieder gefragt.

Er war ein guter Mann.

Sicherlich ein besserer, als sie es verdiente.

Jetzt schwebte sie womöglich in Lebensgefahr und war trotzdem weiterhin gezwungen zu lügen. Vielleicht geschah es ihr einfach recht. Vielleicht musste es so kommen.

Das Telefon klingelte. Das Geräusch ließ Anna zusammenzucken. Es war schon wieder Telefonwerbung, diesmal ging es um Internetanschlüsse. Sie wimmelte den Mann rasch ab und legte auf. Erst da fiel ihr auf, dass ihr die Stimme bekannt vorkam. Von gestern. Am späten Abend hatte jemand angerufen und mit ihr über private Altersvorsorge sprechen wollen. War es wirklich dieselbe Stimme gewesen? Ihr wurde innerlich kalt, und sie nahm das Telefon noch einmal auf und prüfte, ob man die Nummer des Anrufers sehen konnte.

Eine verborgene Nummer, sowohl heute als auch gestern.

Hatte das etwas zu bedeuten? Wahrscheinlich war sie einfach nur paranoid. Dennoch wurde sie das Gefühl nicht los, dass irgendetwas an dieser Stimme merkwürdig war. Sie hatte beide Male gleich geklungen, älter, verbraucht, etwas heiser, überhaupt nicht so, wie Telefonverkäufer sonst klangen. Das waren doch meistens junge, positive Stimmen. Sie wollten etwas anpreisen. Nicht so wie dieser Mann. Er hatte etwas anderes gewollt. Er ließ sich zu leicht abwimmeln. Als wäre er schon damit zufrieden, dass sie den Hörer abnahm. Dass sie zu Hause war.

Nervös stellte sie sich ans Fenster und blickte auf die Straße hinunter. Sie konnte nichts sehen. Aber wonach sollte sie auch Ausschau halten? Sie ging zur Tür, verriegelte sie mit dem siebenfachen Chubbschloss und ließ den Schlüssel stecken.

Dann beschloss sie, ihre restlichen Sachen zu packen und sich ein Taxi zu rufen.

Sie konnte genauso gut gleich zum Hauptbahnhof fahren.

Ralph hatte die vergangenen zehn Minuten damit zugebracht, einen Parkplatz zu finden. Auf der De Geersgatan fahrend, passierte er mehrmals die Storskärsgatan. Erstere war eine Sackgasse und Letztere eine Einbahnstraße, sodass er gezwungen war, jedes Mal einen großen Umweg über den Värtavägen zu machen, um wieder dorthin zurückzugelangen. Er hasste es, so offensichtlich im Kreis fahren zu müssen. Wenn das gleiche, silberfarbene Auto immer wieder vorbeikam, konnte es schnell die Blicke neugieriger Nachbarn auf sich ziehen. Gleichzeitig hatte er keine andere Wahl. Er brauchte das Auto, musste es so nah wie möglich parken. Dadurch fühlte er sich nicht so sichtbar, und es blieb weniger Zeit, um ihn zu identifizieren. Das war der Vorteil an Wohngebieten mit Einfamilienhäusern: Dort gab es keine Parkplatzprobleme. Überhaupt brachte dieses neue Objekt mehr Schwierigkeiten mit sich als die früheren. Er hatte weniger Zeit zur Beschattung gehabt. Die ersten Opfer hatte er mehrere Tage lang beobachten und analysieren können. Die begrenzten Observationsergebnisse, die ihm jetzt zur Verfügung standen, deuteten jedoch darauf hin, dass es morgens zwischen halb acht und halb neun am sichersten wäre, nachdem ihr Mann gegangen war und bevor sie selbst zwei Haltestellen mit dem Bus fuhr oder zu Fuß bis zum Krankenhaus Sofiahemmet ging, wo sie arbeitete.

Gleichzeitig war er inzwischen mutiger geworden. Besser. Stärker. Vor der Ersten hatte die Nervosität ihn mehrmals übermannt, und er hatte sein Werk immer wieder wegen kleiner Störungsmomente unterbrochen: das geöffnete

Fenster eines Nachbarn, ein vorbeifahrender Radler, als er gerade aus dem Auto stieg, ein Kind, das irgendwo zu weinen begann. Einige Male hatte er ganz einfach den Mut verloren und war wieder nach Hause gefahren.

Doch bei der Dritten hatte diese Unsicherheit allmählich nachgelassen, und bei der Letzten, dieser Willén, hatte er ein bisschen improvisiert und mehr gewagt. Natürlich war alles innerhalb des vorgegebenen Rahmens geblieben, aber er hatte die Situation bestimmen lassen und sich auf seine Instinkte verlassen. Es war ein befreiendes Gefühl gewesen, und seither fühlte er sich der Aufgabe besser gewachsen. Jetzt war er ein erfahrener Mann. Ein Mann mit Macht. Mit einem Auftrag, den nur die wenigsten Menschen genauso gut erfüllen würden wie er. Wenn nicht sogar keiner.

Viele der einzelnen Details waren anspruchsvoller, als er gedacht hatte. Damals, als sie noch nicht mehr als ausgereifte Fantasien gewesen waren. Als er zum ersten Mal mit dem Messer einen Hals durchschnitten hatte, war ihm schlecht geworden. Das Geräusch, als die Haut aufgetrennt wurde, war so merkwürdig gewesen, unerwartet fleischig, und das herausspritzende Blut so warm und klebrig, dass er für einen kurzen Moment in Panik geraten war. Aber er hatte sich daran gewöhnt und seine Fähigkeiten ausgebaut. Beim letzten Mal hatte er es sogar gewagt, der Frau in die Augen zu sehen, als das Leben aus ihr rann. Ein erhabenes Gefühl. Wenn es einen Gott gab, was er bezweifelte, blickte er wahrscheinlich genau so auf uns Menschen herab: als eine Gestalt, die frei war von allen ungestümen Emotionen, welche die Urteilsfähigkeit beeinflussen konnten. Er hatte das Gefühl gehabt, als betrachtete er den Todeskampf einer Ameise. Interessant. Aber auch nicht mehr. Es war schließlich nur ein Mensch gewesen, und das Ritual und der Auftrag waren wichtiger als alle Menschen zusammen.

Die meisten Probleme hatte er allerdings nach wie vor mit der sexuellen Komponente. Er wusste, dass er es tun musste. Er war dazu gezwungen. Es gehörte dazu. Aber er konnte es nicht genießen. Die Wahrheit war, dass er es kaum über sich brachte. Es war anstrengend und widerwärtig. Er hatte Schwierigkeiten, seine Erektion aufrechtzuerhalten. Es gab zu viele störende Geräusche, war zu schwer, in sie einzudringen. Außerdem gefielen ihm Frauen nicht einmal. Ihre Formen waren zu rund, ihre Brüste und Hintern zu schlaff.

All das Fleisch um ihn herum.

Dieser Teil verlangte ihm seine gesamte Konzentration ab. Es gefiel ihm nicht, jemandem nahe zu sein. Nicht so. Überhaupt nicht. Aber er konnte diesen Teil auch nicht einfach überspringen. Das wäre Pfusch. Eine Niederlage. Es würde bedeuten, dass er es nicht schaffte, in die Fußstapfen des Meisters zu treten. Aber er konnte nicht verstehen, warum die Leute so etwas freiwillig taten, warum sie es wollten. Es war ihm ein großes Rätsel.

Er bog zum dritten Mal in die De Geersgatan ein, noch immer, ohne einen Parkplatz zu sichten. Er machte sich Sorgen um seinen Zeitplan. Er sollte schon längst in der Wohnung sein und seinen Auftrag begonnen haben. In der Früh war er in einem Baumarkt außerhalb der Stadt gewesen, der bereits um sechs Uhr morgens öffnete, und hatte einen weißen Maleroverall gekauft. Er musste sich eine Geschichte einfallen lassen, damit sie ihn hereinließ, und ein Handwerker, der das Treppenhaus streichen sollte, erschien ihm am besten geeignet. Einige billige Farbeimer und eine Mütze, die er tief ins Gesicht ziehen konnte, hatte er ebenfalls gekauft. Es würde schon funktionieren.

Trolle hatte bereits beim zweiten Mal reagiert, als das Auto an ihm vorbeifuhr. Er hatte es schon einmal gesehen. Ein silberfarbener Japaner. Eine Gestalt mit Sonnenbrille und Mütze am Steuer. Sie schien einen Parkplatz zu suchen. Trolle ließ die Wasserflasche los und tastete instinktiv mit der Hand nach seiner Tasche. Die Elektroschockpistole war noch da. Er holte sie heraus. Das schwarze Plastik war angewärmt, und sie lag gut in der Hand. Sein Puls wurde schneller, und er versuchte, die Alternativen zu durchdenken, die er hatte. Die Polizei anzurufen wäre eine davon. Mit Torkel hatte er noch nie Probleme gehabt. Im Gegenteil, selbst während seines stetigen Niedergangs hatte Torkel ihn nie verurteilt. Er hatte zwar nicht hinter allem gestanden, was Trolle getan hatte, aber das war auch nicht weiter verwunderlich. Vieles hatte er zweifelsohne ganz allein verkorkst. Dennoch hatte Trolle immer das Gefühl gehabt, dass sein Kollege ihn unterstützte. Seit einiger Zeit hatten sie zwar keinen Kontakt mehr, aber das lag keineswegs an Torkel. Trolle hatte sich immer mehr zurückgezogen. Irgendwie bildete er sich ein, dass sie sich immer noch respektierten.

Gleichzeitig würde ein Gespräch mit Torkel Sebastian in eine prekäre Lage bringen.

Warum wurde der Mann vor dem Haus von Vanjas Mutter gefasst?

Was hatte Trolle dort zu suchen?

Er wollte Sebastian auf keinen Fall schaden. Nicht jetzt, da er die Wahrheit kannte und wusste, wie ähnlich sie sich waren. Fast kam es ihm so vor, als könnte er seine eigenen Fehler sühnen, wenn er dieses Problem löste. Es war eine Chance, die er nicht vermasseln durfte.

Aber wie er es auch drehte und wendete, Sebastians Geheimnis war gefährdet. Denn er konnte es nicht vermeiden, in irgendeiner Weise einzugreifen. Wenn er den Mann lediglich in die Flucht schlüge, würde der entkommen, und die anderen Frauen wären weiterhin in Gefahr. Trolle war gezwungen zu handeln. Ihn erst auszuschalten und dann einen Plan auszuhecken. Eine andere Möglichkeit gab es nicht.

Die Entscheidung lag bei ihm – und nur bei ihm.

Das fühlte sich richtig gut an, besser als seit langem.

Das Auto fuhr zum dritten Mal an ihm vorbei, und Trolle traf eine Entscheidung. Der Mann in dem Japaner wusste nichts von ihm, also hatte Trolle den Vorteil des Überraschungsmoments. Er startete seinen Mietwagen, fuhr einige Minuten später langsam los und parkte ein paar Meter weiter regelwidrig auf einem Zebrastreifen in der De Geersgatan.

Dann stieg er aus und ging zu Fuß zurück.

Jetzt gab es plötzlich einen freien Parkplatz für den, der ihn suchte.

Er war überzeugt, dass der Mann im Toyota das Angebot annehmen würde.

Ralph sah den Parkplatz bereits vom Värtavägen aus. Er war perfekt. Nur dreißig Meter von ihrem Hauseingang entfernt. Doch wenn er Pech hatte, würde er ihm vor der Nase weggeschnappt, also trat er aufs Gas und raste über die gelbe Ampel am Valhallavägen. Schnell rechts abbiegen und wieder rechts. Dann bremste er ab, er wollte keine unnötige Aufmerksamkeit erregen. Die Parklücke war noch da. Vorsichtig parkte er ein und sah sich um. Alles war ruhig und still. Er ärgerte sich, dass er verspätet war, mittlerweile war es schon fast acht. Er tastete nach dem Fahrtenmesser in seiner Tasche. Später würde er es nicht benutzen, das Küchenmesser lag wie immer an seinem Platz in der Tasche. Aber gleich zu Beginn war ein kleines Messer brauchbarer. Sobald sie ihm die Tür öffnete. Hand auf den Mund, Messer an die Kehle. Schreck und Todesangst. Das funktionierte meistens. Seine Verkleidung war gut, das hatte er im Gefühl. Sogar die Waffe konnte er ruhigen Gewissens sichtbar tragen. Handwerker hatten nun mal Messer.

Er schnallte sich ab und wollte gerade aussteigen, als die Beifahrertür aufgerissen wurde und eine Gestalt ins Auto stürzte. Ein älterer Mann. Er sah verbraucht aus, hatte halblange graue Haare und trug einen langen schwarzen Mantel. Aber seine Augen funkelten. Er wollte etwas von ihm. In der Hand hielt er einen schwarzen Plastikgegenstand, der aussah wie eine alte Taschenlampe.

»Jetzt ist es vorbei!«, rief der Mann und versuchte, ihm das merkwürdige schwarze Ding an den Hals zu pressen. Es knisterte elektrisch und tickte. Ralph hob aus Reflex den rechten Arm, und es gelang ihm, den Arm des Angreifers abzuwehren. Dieser war nicht ganz so schnell. Der schwarze Gegenstand traf deshalb nur die Nackenstütze. Plötzlich verstand Ralph, was das für ein Ding war.

Die kleinen blauen Funken.

Das elektrische Surren.

Eine Elektroschockpistole.

Mit neuem Schwung versuchte er, den Arm seines Gegners nach hinten zu biegen.

Trolle fluchte und wollte gerade seinen Arm zurückziehen, als ihn der lange dünne Mann mit der linken Hand schlug. Er traf ihn am Mund, direkt über den Zähnen, aber es tat nicht besonders weh, sondern machte ihn nur noch wütender. Dennoch begriff er, dass ihm das Überraschungsmoment völlig misslungen war und er sich mit einem Mal in einer äußerst heiklen Lage befand. Für einen Nahkampf war er nicht fit genug, er musste das Ganze schnell hinter sich bringen. Er schlug zweimal zurück, ebenfalls mit der freien Linken, wobei er den anderen zunächst verfehlte, beim zweiten Mal jedoch an der Wange traf. Der Mann stöhnte auf, und sein Kopf sackte ein wenig nach vorn.

Im Tumult gelang es Trolle, auch seine rechte Hand zu befreien und sie gegen den Körper des Mannes zu drücken. Die Feinarbeit musste jetzt ein Ende haben. Sich im Auto zu prügeln ging auf keinen Fall. Er wollte erneut auf den Taser drücken und hoffte, dass der sofort Wirkung zeigen würde. Im selben Moment sah er aus dem Augenwinkel, wie der linke Arm des Mannes auf seinen Bauch zuschnellte. Er versuchte, den Schlag abzuwehren, doch es gelang ihm nicht. Was aber nicht weiter schlimm war, denn gleich wäre ohnehin alles vorbei.

Allerdings war der Schlag des Mannes schlimmer als gedacht. Er schmerzte fürchterlich, so sehr, dass Trolle plötzlich alle Muskelkraft verlor und ihm der Taser aus der Hand fiel.

Wie hatte das passieren können?

Der Schmerz verstärkte sich explosionsartig, als der Mann zum zweiten Mal zuschlug. Trolle wurde schwarz vor Augen, und dann begriff er. Der Mann prügelte nicht, er stach auf ihn ein.

Nun zum dritten Mal.

Trolle spürte, wie sein Unterkörper warm und nass wurde. Er würde das Bewusstsein verlieren, und zwar bald, aber es gelang ihm, noch einen letzten Blick auf die Hand des Mannes zu werfen. Sie umklammerte irgendetwas, und etwas anderes hing aus seinem Bauch heraus.

Das eine war ein Messer, und das andere waren seine eigenen Eingeweide.

Das Letzte, was er wahrnahm, war das Messer, das erneut in ihn hineingestoßen wurde.

Ralph sah das Blut und die Gedärme, die aus dem Bauch herausquollen und im Schritt des Mannes landeten. Es sah bizarr aus, aber Ralph stach immer weiter auf ihn ein. Der ältere Mann auf dem Beifahrersitz stieß ein langes Röcheln aus, bevor er von einem Moment auf den nächsten verstummte. Sein Körper reagierte nur noch schwach auf Ralphs Angriffe, ehe er langsam nach vorn sackte, aufs Armaturenbrett. Ralph beendete seine Attacken, blieb aber weiterhin wachsam. Eine einzige Regung des Eindringlings, und er hätte sofort weitergemacht. Plötzlich war es vollkommen still im Auto. Die Ärmel seines weißen Maleroveralls waren tiefrot, und es stank nach Blut und Eingeweiden.

Er dachte fieberhaft nach.

Was war geschehen? Wer zum Teufel war dieser Mann, der gerade neben ihm gestorben war? Würden noch weitere Angreifer folgen? Er sah sich nervös um, aber die Straße wirkte leer. Soweit er erkennen konnte, ging niemand auf sein Auto zu, und niemand war auf sie aufmerksam geworden. Der alte Mann konnte wohl kaum von der Polizei sein, denn dort verwendete man keine Elektroschockpistolen, sondern richtige Waffen. Dennoch musste Ralphs wahre Identität oder zumindest sein Plan auf irgendeine Weise enttarnt worden sein. Dieser Mann war nicht zufällig in sein Auto eingedrungen.

»Jetzt ist es vorbei!«, war alles, was er gerufen hatte. So etwas sagte man nicht, wenn man jemanden überfallen wollte. Man sagte es, wenn man jemanden aufhalten wollte. Der Meister hatte recht gehabt. In irgendeiner Weise war er nachlässig geworden und hatte sich selbst verraten. Möglicherweise steckte Sebastian Bergman hinter dieser Sache. Er war ein stärkerer Gegner, als Ralph gedacht hatte, denn er hatte begriffen, dass er beschattet wurde. Vor dem Polizeipräsidium war er auf ihn zugestürzt. Vielleicht hatte es nicht genügt, nur das Auto zu wechseln.

Dennoch erschien ihm das nicht ganz logisch.

Wenn Sebastian Bergman etwas damit zu tun hatte, dass jetzt ein toter Mann in seinem Auto saß, dann musste der Mann doch von der Polizei gewesen sein. Immerhin arbeitete Bergman für die Polizei. Aber dann hätten es doch mehr Polizisten sein müssen. Viel mehr. Schließlich hatte Ralph höchste Priorität. Er war der wichtigste Fall, den sie hatten. Aber wo steckten die anderen?

Er konnte sich einfach keinen Reim darauf machen.

Erneut sah er sich unruhig um. Er sah Bewegung vor dem Haus, in dem er zu diesem Zeitpunkt längst hätte sein müssen. Ein Taxi fuhr vor. Er versank im Sitz, um nicht entdeckt zu werden. Dann sah er Anna Eriksson mit einem Koffer aus der Tür kommen. Eigentlich müsste er ihr folgen, aber das war unmöglich. Erst musste er sich umziehen. Die Leiche entsorgen. Das Auto loswerden.

Er hatte versagt.

Er hatte den Meister im Stich gelassen.

Er würde die Konsequenzen tragen müssen.

Schon als sie morgens auf dem Präsidium ankam, war Vanja wütend. Das heißt, eigentlich war sie bereits gestern Abend zornig ins Bett gegangen und an diesem Morgen schlecht gelaunt aufgewacht. Es war noch nicht einmal halb acht, und trotzdem wusste sie genau, dass dies ein beschissener Dreckstag werden würde.

Nicht genug damit, dass sie mit den Ermittlungen nicht vorankamen, was schon für sich genommen unglaublich frustrierend war. Nein, obendrein arbeitete Sebastian Bergman immer noch aktiv an diesem Fall mit. Das war ihr unerklärlich. Wie konnte es sein, dass er eine Beziehung zu allen vier Opfern gehabt hatte und noch immer zum engsten Ermittlerkreis gehörte? Selbst wenn Torkel recht damit hatte, dass Sebastians Mitwirken womöglich weitere Morde verhinderte, indem Hinde seine Aufmerksamkeit bekam, war es trotzdem vollkommen unverantwortlich. Wenn das herauskam, war Torkel am Ende. Eine derartige mediale Schlammschlacht würde nicht einmal er überleben. Doch nicht nur das machte sie wütend. Sie mochte Torkel wirklich, aber dass er seine Karriere für Sebastian opferte, konnte ihr im Grunde egal sein. Was sie dagegen fast in den Wahnsinn trieb, war das Gefühl, dass Torkel Sebastian ständig den Vorzug gegenüber allen anderen im Team gab. So genial war er nun auch wieder nicht. Und außerdem ging er ihr gehörig auf die Nerven. Sie konnte sich nicht entspannen, wenn er in der Nähe war, er starrte sie immer so merkwürdig an. Sie fühlte sich überwacht. Er machte eine schlechtere Polizistin aus ihr. Sie hasste ihn. Voller Inbrunst.

Und gestern hatte die zähe Ermittlung ihr auch noch einen vollkommen überflüssigen Ausflug nach Södertälje eingebracht.

Södertälje hasste sie auch.

Als sie Billy anschließend um einen kleinen Gefallen bat, ließ der sie einfach abblitzen. »Dann mach es auch.« Was sollte das? Seit wann beantwortete man im Team eine Bitte um Hilfe damit, dass der andere es selber machen sollte?

Nach ihrem sinnlosen Besuch in Södertälje, der sie noch dazu einen Hunderter gekostet hatte, hatte sie geduscht, sich einen Tee gekocht, ein paar Brote geschmiert und sich damit vor den Fernseher gesetzt. An diesem Abend wollte sie sich nicht wie üblich mit ihren Unterlagen zum Fall an den Küchentisch setzen, sondern entspannen. Abschalten.

Doch das ging nicht.

Nicht, nachdem Anna sie angerufen und berichtet hatte, dass Oma krank war und sie zu ihr fahren und ein paar Tage dortbleiben wollte. Vanja hatte sich natürlich erkundigt, was der Großmutter fehlte, aber lediglich erfahren, dass es nichts Ernstes sei. Doch warum sollte Anna sich freinehmen und wegfahren, wenn es nichts Ernstes war? Anna verschwieg ihr wieder einmal die Wahrheit, genau wie sie es bei Valdemars Krankheit getan hatte. Sie hatte ihr Untersuchungsergebnisse vorenthalten, bagatellisiert, beschönigt. Vanja hatte immer direkt zu ihrem Vater gehen müssen, um zu erfahren, wie es wirklich um ihn stand. Wenn Anna sie wieder einmal angelogen hatte, hatte er ihr alles erzählt. Vanja hatte diese Art überhaupt nicht gefallen. Natürlich hatte Anna sicher nur versucht, ihre Tochter zu schonen, doch was auch immer die Motive ihrer Mutter gewesen waren, so hatten Annas Lügen sie und Vanja in dieser Zeit einander nicht gerade nähergebracht. Dabei hatte es schon vorher eine gewisse Distanz zwischen ihnen gegeben. Ihre

Mutter nannte Vanja Anna, Valdemar dagegen Papa. Das war kein Zufall.

Irgendwann musste Vanja dieses Thema Anna gegenüber wohl einmal ansprechen. Dass ihr all die Lügen nicht gefielen. Am Telefon hätte sie am liebsten spontan gesagt, dass sie zu Oma mitfahren wolle, aber sie konnte sich nicht freinehmen. Nicht jetzt. Sie konnte nicht einfach von der Arbeit wegbleiben, wenn sie seit über einem Monat keinerlei Ergebnisse zustande gebracht hatten. Wobei: Etwas hatten sie doch herausgefunden, nämlich die Verbindung zu Hinde. Aber nicht sie durfte dieser Spur nachgehen, sondern Sebastian. Das hatte Torkel so entschieden.

Verdammter Torkel.

Verdammter Sebastian.

Sie hatte den Fernseher ausgeschaltet und war hinausgegangen. Eigentlich hatte sie nur einen Spaziergang machen wollen. Frische Luft schnappen, auf andere Gedanken kommen, müde werden. Aber dann war sie an der nächsten Kneipe vorbeigekommen und hineingegangen. Hatte erst ein Bier getrunken, dann noch eins und noch eins. Einige Typen hatten sich zu ihr gesellt, und sie waren gemeinsam weitergezogen und hatten Leute getroffen, die sie kannte. Hatten noch mehr Bier getrunken. Irgendwann hatte irgendjemand Schnäpse bestellt, möglicherweise sogar sie selbst. Für einen kurzen Moment hatte sie überlegt, einen der Typen mit nach Hause zu nehmen, es sich am Ende aber doch anders überlegt. Trotzdem war sie nicht vor zwei oder sogar ein Weilchen später ins Bett gekommen. Angeheitert – oder sogar ziemlich betrunken. Das sah ihr ganz und gar nicht ähnlich. Der Wecker klingelte zur üblichen Zeit. Und jetzt, nach vier Stunden alkoholbetäubtem Schlaf, war sie wieder im Präsidium. Eher wütend als verkatert, dennoch war die Kombination nicht gerade optimal.

Sie setzte sich an den Schreibtisch und fuhr den Computer hoch. Begann, nach Rodriguez zu recherchieren. Fand ihn, aber nirgends eine Information darüber, wann und wo er den Autounfall gehabt hatte, infolge dessen er gelähmt war. Sie musste weitersuchen. Aber erst hatte sie dringend einen Kaffee nötig. Das Koffein in Kombination mit einer Kopfschmerztablette würde hoffentlich Wunder bewirken. Sie ging in den Pausenraum, nahm einen Kaffeebecher aus dem Schrank über der Spüle und füllte ihn mit Cappuccino, ehe sie wieder zu ihrem Platz zurückging. Sie öffnete die oberste Schublade, nahm eine Packung Ibuprofen heraus und spülte eine Tablette mit einem kleinen Schluck Kaffee herunter. Sie wollte gerade ihre Recherche wiederaufnehmen, als Billy hereinkam. Er hatte sich seine Schultertasche umgehängt und hielt seinen Fahrradhelm in der Hand. Billy besaß ein Fahrrad mit vierundzwanzig Gängen, das aus dem gleichen Material hergestellt war wie irgendeine Raumfähre. Alles Hightech natürlich. Vanja hatte nur eine Dreigangschaltung und benutzte ihr Fahrrad nie.

»Hallo, wie steht's?«, begrüßte Billy sie, während er sich die Tasche abstreifte.

»Gut«, antworte Vanja, ohne aufzusehen. Sie tat ihr Bestes, so konzentriert wie möglich auszusehen, um weiterer Konversation aus dem Weg zu gehen, doch es half nichts.

»Was machst du gerade?«, fragte Billy und kam um ihren Schreibtisch herum, um zu gucken. Erst jetzt sah sie, wie heiß ihm war. Der Schweiß lief seine Wangen und seinen Hals herunter. Er beugte sich zur Seite und wischte sich das Gesicht am Ärmel seines T-Shirts trocken.

»Ich versuche herauszufinden, wie Rodriguez im Rollstuhl gelandet ist.«

Billy spürte, wie es ihm einen Stich versetzte. Eigentlich hatte er nämlich vorgehabt, den Tag mit der Recherche nach den Informationen zu beginnen, die sie brauchte – aber leider war Vanja schon vor ihm da. My fand zwar, dass er sich gestern hervorragend geschlagen hatte. Aber so gut es auch war, ab und zu ein Machtwort zu sprechen und dafür zu sorgen, dass seine Hilfe nicht mehr ständig als gegeben angesehen wurde, so sehr hatte ihn trotzdem den ganzen Abend über sein schlechtes Gewissen geplagt.

»Wo suchst du?«

»Warum?« Vanja sah vom Bildschirm auf und blickte ihn an, zum ersten Mal an diesem Morgen. »Willst du mir helfen?«

Billy zögerte kurz. Dies war eine neue Situation. Vanja bat ihn nicht einfach nur um einen Gefallen, sondern fragte, ob er ihr helfen wolle. Weil sie wusste, dass ihm solche Tätigkeiten Spaß machten? Weil sie zusammenarbeiten mussten? Oder weil sie ihn nach seinem gestrigen Verhalten testen wollte? Vorsicht ist besser als Nachsicht, dachte Billy und antwortete mit einer Gegenfrage: »Brauchst du denn Hilfe?«

»Nein.«

Vanja wandte sich wieder dem Bildschirm zu und klapperte auf der Tastatur herum.

Billy blieb ein wenig ratlos stehen. Sie war sauer, daran bestand kein Zweifel. Wahrscheinlich auf ihn. Nicht ganz zu Unrecht. Sollte er es einfach ignorieren? Hoffen, dass ihre Wut verfliegen würde, was bestimmt irgendwann der Fall wäre. Er ermahnte sich dazu, Vanja heute besonders zuvorkommend zu behandeln. Es gefiel ihm nicht, mit ihr im Clinch zu liegen.

»Möchtest du auch einen Kaffee?« Ein kleines Wölkchen aus der Friedenspfeife konnte wohl nicht schaden.

»Ich hab schon, danke.«

Sie machte eine Kopfbewegung in Richtung ihrer fast vollen Cappuccino-Tasse. Billy nickte vor sich hin. Das hätte er gleich sehen müssen. Ein Friedensangebot hatte er aber noch. Eine ausgestreckte Hand, die sie garantiert nicht ausschlagen konnte.

»Sie heißt My.«

»Wer?«

»Na, die Frau. Die Theaterfrau ... meine Freundin.«

Vanja sah auf, als warte sie auf eine Fortsetzung, aber Billy hatte keine. Er hatte mit einer ganzen Batterie neugieriger Fragen gerechnet und schon im Voraus beschlossen, sie alle zu beantworten, außer wenn Vanja nach Mys Beruf fragte. Nach dem gestrigen Telefonat würde Vanja sofort zwei und zwei zusammenzählen, und dann wäre My unten durch. Unwiderruflich und auf ewige Zeiten. Das wollte er auch nicht. Verdammter Mist, wie kompliziert doch alles mit einem Mal geworden war. Vanja sah ihn weiterhin auffordernd an. Nun kam er sich ziemlich dumm vor. Als hätte er das nur gesagt, um vor ihr zu prahlen.

»Tja, also, ich dachte nur, falls es dich interessiert ...«

»Okay.« Vanja vertiefte sich wieder in ihre Recherchen. Nicht an seiner Freundin interessiert. Also war sie richtig geladen. Vielleicht sogar nicht nur seinetwegen, sondern auch wegen anderer Dinge.

»Na dann ... Ich gehe mal eben duschen.«

»Okay.«

Billy blieb noch einen Moment stehen, dann verließ er das Büro.

Es würde ein harter Tag werden.

Edward saß in der Bibliothek.

Für eine kleinere Haftanstalt hatte Lövhaga eine ziemlich große Bibliothek. Dafür gab es vermutlich viele Gründe. Die lange Haftzeit der Insassen. Ihre schrecklichen Verbrechen. Die Idee, die intellektuelle Entwicklung der Häftlinge zu fördern und sie daran wachsen zu lassen. Der Glaube, dass Bücher und Wissen bessere Menschen aus ihnen machen würden. Und nicht zuletzt das, was hinter fast allen menschlichen Ideen steckte: Eigeninteresse. Je besser die Bibliothek war, die eine Gefängnisleitung vorzeigen konnte, je mehr Insassen dort regelmäßig saßen und sich vervollkommneten, desto besser wurde die Haftanstalt in den internen Berichten bewertet. Die Logik war banal: Eine feine Bibliothek war mit einer fachkundigen und aktiven Leitung gleichzusetzen.

Hinde hatte das Resultat einer solchen Überlegung selbst erlebt, und zwar nach dem Krawall ums Putzen. Wenige Monate später wurde die Bibliothek bedeutend ausgebaut und um eine höher gelegene Abteilung mit dem Schwerpunkt Geisteswissenschaften erweitert. Als ob man Auseinandersetzungen zwischen Exjugoslawen mit posttraumatischen Belastungsstörungen, die wegen wiederholter Gewalttaten einsaßen, durch *Die Geschichte der Renaissance* in zwölf Bänden oder Schriften über Philosophie und Ideengeschichte verhindern könnte.

Das Angebot der Bibliothek bestand aus Sachbüchern und Romanen, aber man musste genau suchen, um eine Perle zu finden. Das hatte Edward einiges an Zeit gekostet, aber jetzt saß er wie gewohnt in der oberen Abteilung und las eines seiner Lieblingsbücher. Es behandelte in allen Details Napoleons Überquerung der italienischen Alpen im Jahr 1797. Damals war dieser gerade zum General befördert und in aller Hast ausgesandt worden, um die französischen Verbündeten in Italien gegen die habsburgischen Truppen zu verteidigen. Bereits bei diesen ehrenvollen Schlachten stellte er seine strategische Begabung unter Beweis, die ihn bis ins Zentrum der Geschichte führen sollte. Edward hatte das Buch schon oft gelesen, nicht so sehr wegen der Beschreibungen von Schlachten, Scharmützeln, der Versorgungsproblematik oder der Realpolitik. Nein, im Buch gab es ein Kapitel, das Napoleons Persönlichkeit analysierte und vor allem seine Beziehung zur Mutter, Letizia Bonaparte, behandelte.

Eine starke Mutter.

Eine dominante Mutter.

Hinde war der Meinung, in diesem Kapitel das Geheimnis von Napoleon gefunden zu haben. Er sah den kleinen Jungen vor sich, der so vieles nur aus einem einzigen Grund wollte: wegen Letizia. Offenbar war sie eine Frau gewesen, die zum Kampf einlud.

Edward ließ Letizia für einen Moment ruhen und sah sich um. Er wusste, dass es jetzt zwei oder drei Minuten nach zwölf war und in der Bibliothek bald ein Personalwechsel stattfinden würde. Der Wärter in der oberen Etage ging zu der kleinen Rezeption hinunter, die direkt neben dem Eingang des Untergeschosses lag, und würde die Bibliothek gemeinsam mit seinem Kollegen verlassen, sobald die Ablösung kam. Diese war zunächst allein und blieb daher im größeren und besser besuchten unteren Teil der Bibliothek. Wenn der zweite Bibliotheksaufseher zehn Minuten später ankam, ging einer von beiden in die obere Etage.

Hinde legte das Buch beiseite und rutschte vorsichtig mit dem Stuhl näher an das Geländer, um einen guten Blick auf das Geschehen unten zu haben.

Wie so oft hatte Hinde das Obergeschoss für sich allein. Die anderen Insassen gingen nicht nach oben, jedenfalls nicht, wenn Edward sich dort aufhielt. Gehorsam blieben sie in der unteren Etage. Das hatte sich schon lange durchgesetzt. Fast schien es, als hätte die Gefängnisleitung nur für eine einzige Person Millionen von Kronen ausgegeben und eine zweite Etage gebaut.

Ein erhabenes Gefühl.

Nach der pompösen Einweihung hatte es allerdings einige Wochen gedauert, bis die ungeschriebene Regel von allen befolgt wurde. Zu dieser Zeit hatte Edward stets Hilfe von seinem großgewachsenen Freund Roland Johansson gehabt, den er nun sehr vermisste. Roland hatte ein einzigartiges Talent, andere zu überzeugen. Er kannte keine Furcht und ließ sich nie von Banalitäten wie Empathie oder Barmherzigkeit beirren. Dennoch zeigte er Edward gegenüber die uneingeschränkte Loyalität eines treuen Soldaten und hatte stets stumm an seiner Seite gestanden. Roland redete nicht viel, aber Hinde hatte behutsam das Gespräch mit ihm gesucht und einen Zugang zu ihm gefunden, der über seine Kindheit und eine Reihe von Enttäuschungen führte, die seinen Charakter geformt hatten. Alkoholikereltern. Ein Kinderheim nach dem anderen. Unstetigkeit und Unsicherheit. Frühe Straftaten und Drogen. Die übliche Leier, die auf neunzig Prozent derer zutraf, mit denen er hier höchst unfreiwillig zusammenwohnte. Im Unterschied zu den anderen war Roland jedoch intelligent. Unglaublich intelligent. Hinde hatte das früh geahnt und mithilfe eines Buchs aus der Bibliothek einen Test mit ihm durchgeführt. Auf der Stanford-Binet-Skala erreichte Roland einen Wert von 172. Nur 0,0001 Prozent der Bevölkerung übertraf die 176. Hinde hatte zur Sicherheit mit der Wechsler-Skala einen zweiten Test gemacht und ungefähr dasselbe Ergebnis ermittelt. Roland Johansson war einzigartig, und für Edward war er ein Geschenk des Himmels. Ein vernachlässigter, hyperintelligenter Junge, den sein schwieriges Leben und seine Enttäuschungen stahlhart gemacht hatten. Er war jemand, der nie als das gesehen wurde, was er in seinem tiefsten Inneren war. Bis er Edward traf. Die chemische Stimulanz seiner Drogen wurde durch mentale Stimulanz ersetzt, und Edward hatte ihn auf seine weitere Rolle vorbereitet.

Nach seiner Entlassung hatte Roland sich eine Weile unauffällig verhalten. Keine Verbrechen, keine Drogen. Er hatte auf das Signal gewartet. Edwards Behandlung war effektiver gewesen als zwanzig Jahre wohlgemeinter Bemühungen der schwedischen Gesellschaft. Er verhalf Roland zu einer neuen Identität und einem Glauben an sich selbst. Das übertraf alle Bücher auf der ganzen Welt, ganz gleich, in wie vielen Bänden sie herausgegeben wurden. Edward war froh, eine so loyale Arbeitskraft außerhalb der Gefängnismauern zu haben, aber gleichzeitig vermisste er ihn auch. Teils, weil ihm die Freundschaft wichtig geworden war, und teils, weil seine Machtposition in Lövhaga ohne Roland schwächer war. Edward musste nun die Hilfe des dreifachen Mörders Igor in Anspruch nehmen. Was seine Kraft anging, war Igor fast genauso effektiv, doch leider litt er unter einer bipolaren Störung, sodass man sich nicht wirklich auf ihn verlassen konnte.

Edward beobachtete, wie unten gerade die erste Ablösung die Bibliothek betrat, heute etwas später, aber noch im vorgesehenen Zeitrahmen. Der Wärter blieb stehen und wechselte ein paar Worte mit seinen beiden Kollegen. Sie lachten über irgendetwas, und die beiden Kollegen verabschiedeten sich mit einem Schulterklopfen von dem Neuankömmling und gingen in die Mittagspause. In der Tür begegneten sie einem blau gekleideten Reinigungshelfer, der seinen Putzwagen hinter sich herzog und gerade die Bibliothek betreten wollte. Sie nickten ihm zu. Der Putzmann nickte zurück. Es war Ralph. Edward sah, wie Ralph innehielt und kurz mit dem dritten Aufseher redete, der sich gerade hinter den Rezeptionstresen setzte. Dann schlich Edward zum Aufzug. Er hielt sich hinter den Regalen, damit es aussah, als suche er nach einem Buch. Aber der Wachmann in der unteren Etage beachtete ihn ohnehin nicht. Vierzehn Jahre ohne einen einzigen Zwischenfall mit Edward wiegten das Personal in Sicherheit. Sie waren verwöhnt.

»Ich fange im oberen Stockwerk an«, hörte er Ralph sagen.

»Ja, machen Sie das ganz, wie Sie wollen«, antwortete der Wachmann bedächtig.

Hinde hörte, wie Ralph den Wagen schnell in Richtung Aufzug schob und auf den Knopf drückte. Sofort glitten die Türen auf, und Ralph bugsierte seinen Wagen hinein.

Sie würden ungefähr neun Minuten für sich haben, ehe der Wachmann Gesellschaft bekam und einer von beiden nach oben gehen würde. Ralph und Edward trafen sich nur selten hier, in Ausnahmefällen, wenn sie etwas Dringendes zu besprechen hatten. Wenn die Kommunikation über das Internet nicht mehr ausreichte. Diese Sicherheitsmaßnahme hatte Edward durchgesetzt. Es war extrem wichtig, dass sie sich nicht zu regelmäßig trafen. Und nie nach einem festen Muster, das die Wärter durchschauen konnten oder das ihr Misstrauen erweckt hätte. Aber jetzt mussten sie sich sehen. Ralph hatte ihm eine beunruhigende Mitteilung über fyghor.se geschickt. Jemand war ihnen auf der Spur. Ein

Mann war tot. Ein Mann, den Hinde kannte, jedenfalls wenn der Führerschein echt war, den Ralph bei ihm gefunden hatte.

Trolle Hermansson.

Einer der Polizisten aus dem stickigen Verhörzimmer. Damals Kommissar. Der aggressivste der drei Männer, die ihn bei diesem intensiven Verhör in die Mangel genommen hatten.

Inzwischen kein Polizist mehr.

Was also hatte er vor Anna Erikssons Wohnung zu suchen gehabt?

Es musste etwas mit Sebastian zu tun haben. Damals hatten ihn Sebastian, Trolle Hermansson und Torkel Höglund vernommen. Manchmal hatten sie sich abgewechselt, aber einer dieser drei war immer dabei gewesen. Und jetzt war einer von ihnen tot. Derjenige, der nicht mehr bei der Polizei war. Dahinter musste irgendwie Sebastian Bergman stecken, denn außer ihm käme niemand auf die Idee, einen ehemaligen Verbündeten einzuschalten. Das musste er auf eigene Faust angeleiert haben. Wenn die anderen in der Reichsmordkommission von Ralphs Existenz wissen würden, hätten sie sofort ein Sondereinsatzkommando geschickt. Anstelle eines alten Expolizisten. Eines einzelnen, alten Expolizisten.

Edward stellte sich hinter das Bücherregal, das dem Fahrstuhl am nächsten war. Ralph zog seinen Wagen aus dem Aufzug und stellte ihn zwischen die Türen, damit sie nicht wieder zugingen. Dann nahm er einen Staubwedel und trat an das Regal, hinter dem Edward stand. Er fegte ein paarmal mit dem Wedel über die Bücher, und obwohl er flüsterte, konnte er seine Aufregung kaum verbergen.

»Ich habe die Leiche in den Kofferraum gelegt, genau wie du geschrieben hast.«

»Gut.«

»Das Auto steht weit draußen im Industriegebiet in Ulvsunda, im Bryggerivägen. Aber ich begreife nicht, wie er mich finden konnte.«

Edward schob zwei Bücher beiseite, damit er seinen Lehrling besser sehen konnte. Er blickte ihn ruhig an.

»Du warst wohl zu nachlässig. Hast dich selbst verfolgen lassen.«

Ralph nickte beschämt und sah zu Boden.

Hinde fuhr fort: »Was ist aus Anna Eriksson geworden?«

»Sie ist entkommen.«

Edward schüttelte den Kopf. »Dabei sollte sie die Nächste werden, hatten wir das nicht so vereinbart?«

»Doch.«

»Ich habe es dir immer schon gesagt: Planung. Geduld. Entschlossenheit. Alles andere führt nur zu Schlamperei und Niederlagen. Jetzt sind wir auf der Verliererspur, hast du das begriffen?«

Ralph wagte es nicht, den Meister anzusehen, so sehr schämte er sich. Die Stärke, die er angesichts der Zeitungsausschnitte verspürt hatte, war wie weggeblasen. Er konnte kaum noch sprechen, war dabei, wieder der alte Ralph zu werden. Der den Menschen kaum in die Augen schauen konnte. Einen Versuch unternahm er aber dennoch.

»Aber warum war die Polizei nicht da? Das verstehe ich nicht. Warum dieser alte Kerl?«

»Weil die Polizei es nicht weiß.«

»Wie meinst du das?«

»Vielleicht hat jemand geahnt, dass du zuschlagen würdest. Genau dort. Aber nicht die Polizei.«

»Wer dann?«

»Was glaubst du?«

»Sebastian Bergman?«

Edward nickte. »Es kann niemand anderes sein. Aber aus irgendeinem Grund wollte er seinen Kollegen nicht erzählen, dass Anna Eriksson vielleicht das nächste Opfer werden würde. Warum?«

»Ich weiß es nicht.«

»Ich auch nicht. Noch nicht. Aber das müssen wir herausfinden.«

»Ich verstehe nicht ganz ...«

Ralph wagte es nicht, zu seinem Meister aufzublicken, der ihn verächtlich ansah.

»Natürlich nicht. Aber denk doch mal nach. Du hast doch berichtet, dass er sie verfolgt, und zwar schon lange.«

»Wen?«, fragte Ralph verwirrt.

»Vanja Lithner. Anna Erikssons Tochter«, erwiderte Edward knapp.

Ralph kapierte immer noch nichts. Dieser Trottel. Edward hingegen verstand immer mehr. Des Rätsels Lösung war Vanja. Die blonde Frau, deren Brust er berühren wollte. Zunächst hatte er der Tatsache, dass sie Sebastian nach Lövhaga begleitet hatte, nicht viel Bedeutung beigemessen. Dann hatte er erfahren, dass Sebastian sie beschattete. Schon lange. Warum? Warum hatte er eine Polizistin der Reichsmordkommission über Wochen und Monate verfolgt, bevor er zu den Ermittlungen dazustieß? Unbegreiflich, aber nicht unwesentlich. Das Gefühl, dass diese Sache wichtig war, hatte sich verstärkt, als Edward an die Ereignisse im Besuchsraum zurückdachte. Sebastian hatte Vanja unbedingt beschützen wollen, und das sah ihm überhaupt nicht ähnlich. Normalerweise beschränkte Sebastian den

Umgang mit anderen Menschen auf ein absolutes Minimum. Er mochte Menschen ganz einfach nicht. Aber Vanja bedeutete ihm etwas. Edward wollte unbedingt erfahren, was sich hinter Sebastians unerwartetem Ausbruch verbarg. Und jetzt, nach allem, was passiert war, hatte er vielleicht einen Riss an der Oberfläche entdeckt. Nun galt es, weiterzugraben und ihn zu erforschen. Sich so tief nach unten zu bohren, wie es nur ging.

Ralph stand stumm da und sah sich nervös um.

»Keine Angst, wir haben noch viel Zeit.« Edward lächelte ihn beruhigend an. »Ich möchte, dass du jetzt nach Hause fährst und über die ganze Familie recherchierst. Wann wurde Anna Eriksson schwanger? Wann wurde Vanja geboren? Und wann kam der Mann, Valdemar, in Annas Leben? Ich will alles wissen. Wer ihre Freunde waren. Wo sie studiert hat. Alles.«

Ralph nickte. Er verstand zwar immer noch nicht, worum es dem Meister ging, war aber vor allem erleichtert darüber, dass Edwards Blick nicht mehr nur tiefe Verachtung ausstrahlte.

»Okay.«

»Heute. Jetzt sofort. Sag, dass dir schlecht ist, und fahr nach Hause.«

Ralph nickte voller Eifer. Er hatte solche Angst gehabt, dass sein Versagen das Aus für ihn bedeuten würde. Dass das, was er begonnen hatte, im Nichts verschwinden würde. Zerbrechen. Das war das Schlimmste, was ihm passieren könnte. Denn er hatte Gefallen daran gefunden. Am echten Leben.

»Gibst du mir dann die Nächste?«, platzte es plötzlich aus ihm heraus.

Die unerwartete Frage verärgerte Edward. Hatte er etwa bereits die Kontrolle über diese Kreatur verloren, die vor ihm stand? Er hatte diesem lächerlichen Sonderling alles gegeben. Hatte ihn erschaffen. Und jetzt stand er hier und versuchte, einen Tauschhandel mit ihm zu treiben. Er würde es ihm schon noch zeigen. Aber noch nicht jetzt, denn jetzt brauchte er ihn. So lange, bis er sich sicher war. Bis er Gewissheit hatte. Also lächelte er ihm beruhigend zu.

»Du bist sehr wichtig für mich, Ralph. Ich brauche dich. Du kannst eine andere haben, wenn du willst. Aber erst musst du diesen Auftrag erledigen.«

Ralph wurde augenblicklich ruhiger und sah gleichzeitig ein, dass er wahrscheinlich zu weit gegangen war. Zu viel gefordert hatte.

»Entschuldigung. Ich will nur ...«

»Ich weiß, was du willst. Du bist sehr eifrig. Aber denk daran: immer die Geduld wahren.«

Edward sah, wie Ralph gehorsam nickte.

»Ich erwarte deinen Bericht«, schloss er, wandte sich um und kehrte zu seinem Tisch, Letizia Bonaparte und ihrem Sohn zurück.

Ralph zog den Wagen in den Aufzug und fuhr nach unten.

Weniger als eine Minute danach kam der zweite Wachmann herein.

Perfektes Timing.

Jennifer Holmgren gähnte.

Nicht vor Müdigkeit und auch nicht aus Sauerstoffmangel. Sie war einfach nur schrecklich gelangweilt, als sie dort auf dem Rasen stand, der zum Lejondals-See hinabführte. Vor sich hatte sie nicht nur den Leiter des Polizeieinsatzes, der gerade eine kurze Einführung gab, sondern auch mehrere Kollegen, von denen die meisten genau wie sie aus Sigtuna stammten. Jennifer unterdrückte ein weiteres Gähnen und wiederholte im Kopf, was sie sich merken musste.

Lukas Ryd.

Sechs Jahre.

Seit einigen Stunden verschwunden. Drei, hoffte Mutter Ryd. Länger, befürchtete der Vater. Jedenfalls war Lukas weder in seinem Bett noch irgendwo sonst im Haus auffindbar gewesen. Vor knapp drei Stunden. Sie hatten sich gegen halb eins schlafen gelegt, sodass der Junge im Prinzip schon die ganze Nacht über weg sein konnte. Niemand wusste es genau. Als sie aufgewacht waren, waren alle Türen geschlossen gewesen. Geschlossen, aber nicht abgeschlossen.

Jennifer spürte, wie sie in ihrer Uniform allmählich zu schwitzen begann. Die Sonne brannte ihr unbarmherzig auf den Rücken. Der Junge war ihr erster Vermisstenfall. Nach vier Semestern auf der Polizeihochschule war sie nun seit zwei Monaten Polizeianwärterin in Sigtuna, einer Stadt, die nicht gerade der kriminelle Nabel der Welt war.

Die letzten zwei Monate waren ihr wie zwei Jahre vorgekommen. Deshalb war sie zunächst ziemlich aufgekratzt gewesen, als sie von Lukas Ryd gehört hatte. Ein kleiner

Junge, verschwunden. Er konnte entführt worden sein. Gekidnappt. Diese stille Hoffnung hatte sie gehegt, ehe sie ankam und die näheren Umstände erfuhr.

Lukas' kleiner Bärenrucksack war weg. Außerdem fehlten zwei Dosen Cola, die sich die Familie fürs Wochenende aufgehoben hatte, sowie eine Tüte Buchstabenkekse.

Der Junge war von zu Hause ausgebüxt – oder vielleicht nicht einmal das.

Wahrscheinlich war er aufgewacht, hatte Lust auf ein spontanes Picknick gehabt und seine Eltern nicht wecken wollen.

So gewöhnlich. So banal. So öde.

Jennifer Holmgren wusste, dass sie vermutlich die falsche Einstellung hatte, um eine richtig gute Polizistin zu werden – aber bitte! Der Junge war schlicht und einfach von zu Hause weggelaufen. Vermutlich hatte sich der Knirps irgendwo hinter einen umgefallenen Baumstamm gesetzt und knusperte seinen Proviant in sich hinein, bis es ihm zu kalt, zu langweilig oder zu dunkel wurde, und dann würde er irgendwann aus seinem Versteck hervorkrabbeln und nach Hause kommen.

Vorausgesetzt, er verlief sich dabei nicht. Die Gegend war reich an Wäldern, doch zu dieser Jahreszeit trieb auch dieser Umstand nicht gerade das Adrenalin in die Höhe. Denn in Anbetracht der Wärme war keine Eile geboten, um das Kind vor Unterkühlung zu retten. Blieben noch Steinbrüche und Seen. Daran hatte Jennifer sofort gedacht, als sie das Grundstück der Eltern gesehen hatte. Der Junge konnte zum See gelaufen und hineingestolpert sein, aber die Familie hatte weder einen Badesteg, noch gab es hier eine Strömung, sodass der Junge noch im flachen Wasser liegen müsste, falls er ertrunken wäre.

Jennifer bekam ein Suchgebiet zugeteilt. Etwa einen Kilometer weit entfernt. Ein kleiner Waldweg auf der anderen Seite der großen Straße. Sie schöpfte erneut etwas Hoffnung. Den Gedanken an ein von langer Hand geplantes Kidnapping hatte sie sich aus dem Kopf geschlagen. Obwohl sie dieses große Haus mit Seeblick besaßen, schienen die Eltern nicht gerade im Geld zu schwimmen. Aber eine zufällige Entführung an der großen Straße? Ein kleiner Junge am Wegesrand. Ein Sittenstrolch, ein Pädophiler?

Natürlich wünschte sie dem Jungen auf keinen Fall etwas Böses oder gar den Tod. Sie hoffte wirklich nicht, dass ihm etwas Ernstes zugestoßen war, aber ein bisschen Aufregung, ein wenig Spannung wäre gut. Die Nachricht von einem verdächtigen Auto erhalten, es suchen, einkreisen, finden, zuschlagen, den Täter verhaften ...

Deshalb war sie Polizistin geworden. Nicht, um in der Sommerwärme Waldspaziergänge zu unternehmen und nach einem Jungen zu suchen, der Spaß an einem nächtlichen Picknick gehabt hatte. Da hätte sie auch gleich Kindergärtnerin werden können. Na gut, das war vielleicht ungerecht, im Kindergarten gingen schließlich keine Kinder verloren. Jedenfalls nicht so oft, aber das Prinzip war dasselbe.

Sie lief den kleinen Waldweg entlang. Auf der Karte sah es so aus, als endete er an einer Art Kiesgrube. Vielleicht war Lukas unter dem Kies verschüttet. War auf einen der Kieshügel geklettert, bis der Untergrund nachgegeben hatte und er hinabgerutscht war. Und je mehr er gestrampelt hatte, desto tiefer war er zwischen den Steinchen versunken. War so etwas in einer Kiesgrube überhaupt möglich? Sie wusste es nicht. Aber allein der Gedanke daran, wie sie hinrannte und den Jungen herauszog, seinen Mund von Kies säuberte und ihm wieder Leben einhauchte, während ihre Kollegen sich näherten ... Allein dieser Gedanke ließ sie größere Schritte machen. Hin und wieder warf sie zerstreute

Blicke zwischen die Bäume. Die Eltern vermuteten, dass er blaue Baumwollhosen, ein gelbes T-Shirt und darüber ein blau kariertes Hemd trug. Jedenfalls hatte er diese Sachen auch gestern getragen, und heute Morgen waren sie weg gewesen. Also musste sie nach einer kleinen schwedischen Flagge Ausschau halten, die durch den Wald hüpfte.

Jennifer überlegte, warum der Junge wohl von zu Hause weggelaufen war. Angenommen, es handelte sich dabei nicht nur um die Abenteuerlust eines Sechsjährigen, sondern um eine Flucht? Jennifer war als Kind selbst häufig wütend auf ihre Eltern gewesen, wer war das nicht, aber sie war nie weggelaufen und kannte auch niemanden, der das je getan hatte. Konnte hier ein spannendes Motiv zu finden sein?

Jennifer gelangte zur Kiesgrube. Sie war durstig und verschwitzt. Um sie herum schwirrten Fliegen. Die Kollegen erstatteten ordnungsgemäß alle fünf Minuten über Funk Bericht. Sie verstand nicht ganz, warum man alle fünf Minuten melden sollte, dass man niemanden gefunden hatte. Man hätte sich besser darauf einigen sollen, dass nur derjenige Alarm gab, der einen Fund machte.

Sie war es jedenfalls nicht. Sie wollte gerade wieder umdrehen, als sie hinter der Grube, direkt am Waldrand, etwas aufblitzen sah. Sie kniff die Augen zusammen und schirmte sie mit der Hand ab. Ein Teil eines Kotflügels und ein zerbrochenes Vorderlicht. Dort stand ein Auto. Ein merkwürdiger Ort zum Parken. Äußerst merkwürdig. Geradezu dubios.

Eine Prostituierte, die ihren Freier dorthin mitnahm?

Ein Drogengeschäft?

Eine entsorgte Leiche?

Jenny öffnete ihr Pistolenholster und näherte sich langsam dem Auto.

Billy hatte geduscht und sich einen Kaffee geholt. Er schielte zu Vanja hinüber, als er durch die Tür des Büros trat, doch sie sah nicht einmal auf, weshalb er beschloss, sie nicht weiter zu stören. Er hoffte, dass sie nicht nachtragend wäre, denn das wusste er eigentlich gar nicht. Soweit er sich erinnern konnte, hatten sie sich noch nie richtig gestritten. Sie waren unterschiedlicher Meinung gewesen, hatten diskutiert, das ja, aber gestritten hatten sie sich nie. Er beschloss, etwas Zeit verstreichen zu lassen. Schlimmstenfalls würde er sie irgendwann um Entschuldigung bitten müssen. Das wäre nicht weiter tragisch.

Er setzte sich an den Computer, loggte sich ein, steckte die Kopfhörer in die Ohren und startete Spotify auf seinem Handy, während er ein Textdokument öffnete. Er hatte es heute Nacht geschrieben, als er nicht schlafen konnte, es waren lediglich ein paar Stichworte. Eine Methode, um die eignen Gedanken zu strukturieren. Die Notizen umfassten den gesamten Fall. Vom Anfang bis heute. Gedanken und Theorien. Er hatte noch nie zuvor auf diese Weise gearbeitet und wollte sehen, ob etwas dabei herauskam. Er lehnte sich zurück und ging seine Stichpunkte durch.

Die erste Möglichkeit war, dass jemand Sebastians Sexpartnerinnen umbrachte und Hinde kopierte, ohne dass es die geringste Verbindung zwischen dem Mörder und Hinde gab. Vielleicht war es nur die Idee eines Irren, der sich, aus welchem Grund auch immer, an Sebastian rächen wollte.

Höchst unwahrscheinlich.

Denn Hinde hatte in irgendeiner Weise etwas mit den Morden zu tun. Sebastian schien sich da sicher zu sein, und auch Vanja hatte das starke Gefühl gehabt, dass es so war, als sie ihn getroffen hatte. Davon konnten sie also ausgehen.

Hinde war involviert.

Aber er konnte die Morde nicht selbst durchführen, das war völlig ausgeschlossen. Und in diesem Fall blieben, soweit Billy das erkennen konnte, nur noch zwei mögliche Alternativen.

Zum einen konnte Hinde jemanden mit den Morden beauftragt haben. Bei irgendeiner Gelegenheit, einem Kontakt, wo er darüber gesprochen hatte, dass alle Opfer jene besondere Sache gemeinsam haben sollten, woraufhin Hindes Gesprächspartner in Eigenregie gehandelt, Sebastian beschattet und auf diese Weise auch Annette Willén gefunden hatte.

Das war möglich, aber nicht sehr wahrscheinlich.

Gegen diese Theorie sprach beispielsweise, dass der Mörder beim Mord an Annette Willén seinen Modus Operandi geändert hatte. Plötzlich wurde nicht eine Frau aus Sebastians Vergangenheit zum Opfer, sondern seine jüngste Eroberung. Warum hätte er das tun sollen? Wenn man davon ausging, dass Hinde eine Liste mit Frauen, die in Frage kamen, bereitgestellt hatte – würde sein Nachahmer dann tatsächlich davon abweichen und selbständig zu improvisieren beginnen?

Möglich, wie gesagt, aber nicht wahrscheinlich.

Blieb nur noch die Variante, dass Hinde in kontinuierlichem Kontakt mit dem Mörder stand und die beiden auf irgendeine Weise Informationen austauschten. Vor allem die Tatsache, dass Annette Willén zum Opfer wurde, machte Billy deutlich, dass genau dies wohl der Fall war. Der Mörder war Sebastian gefolgt, hatte Annette gesehen und Hinde davon berichtet, woraufhin der ihm den Befehl erteilt hatte, sie umzubringen. Oder umgekehrt. Hinde gab dem Mörder den Auftrag, eine aktuellere Bekanntschaft zu finden. Damit die Verbindung zu Sebastian deutlich wurde.

Wahrscheinlich, aber leider nicht möglich.

Denn Hinde hatte keinen Kontakt zur Außenwelt. Oder etwa doch? Billy hatte Victor Bäckman in Lövhaga angerufen und sich Hindes Internetverlauf der letzten Tage schicken lassen. Damit wollte er anfangen. Möglicherweise hatte jemand auf einer der Seiten, die Hinde besuchte, verschlüsselte Botschaften hinterlassen. Wie in einem alten Spionageroman.

Aber wie sollte Hinde in diesem Fall antworten? Er konnte mit dem Computer in der Bibliothek weder chatten, noch Kommentare hinterlassen oder auf andere Weise kommunizieren. Das ließ nur noch einen Schluss zu ...

Torkel steckte seinen Kopf durch die Tür.

»Komm, lass uns loslegen«, sagte er und tippte Billy an.

Billy nahm seine Kopfhörer ab, suchte einen Stapel Papiere von seinem Schreibtisch zusammen und verließ das Zimmer. Vanja blieb sitzen und kniff mehrmals hintereinander fest die Augen zusammen. Sie massierte ihre Stirn mit Zeigefinger und Daumen. Die Kopfschmerztablette hatte nicht viel geholfen. Sie nahm die Packung erneut aus der oberen Schublade, drückte noch eine Tablette aus dem Blister und spülte sie mit dem Kaffee herunter, den man inzwischen kaum mehr als lauwarm bezeichnen konnte. Dann ging sie in den Flur hinaus, wo sie beinahe mit Ursula zusammengestoßen wäre. Einige Schritte hinter ihr trottete Sebastian. Vanja ignorierte ihn.

»Guten Morgen«, sagte sie, demonstrativ nur an Ursula gewandt.

»Hallo. Du siehst müde aus.«

Vanja nickte nur und versuchte schnell, sich eine angemessene Ausrede einfallen zu lassen. All die negativen Gedanken vom Vorabend und ein ordentlicher Kater mitten in der Woche waren nichts, was sie gern zur Schau stellen wollte. Sie wählte einen akzeptablen Grund für die schwarzen Ringe unter ihren Augen. Besorgnis.

»Meine Großmutter ist krank.«

»Oh nein, das tut mir leid«, sagte Ursula voller Mitleid. »Hoffentlich nichts Ernstes?«

»Nein. Anna ist hingefahren. Sie wird mich hoffentlich anrufen...«

Sebastian lächelte erleichtert vor sich hin, während er weiterging. Anna war gefahren. Hatte die Stadt verlassen. Eine Sache weniger, um die er sich sorgen musste. Er hatte viel über alles nachgedacht. Was er getan hatte. Was er hätte tun sollen. Was er tun musste. Wenn er wirklich eine Dummheit begangen und den Mörder zu Anna Eriksson geführt hatte, wäre es das Beste gewesen, zwei Polizisten in der Wohnung zu postieren, die auf den Täter warteten. Sie in die Wohnung zu schmuggeln. Valdemar weggehen zu lassen, den Anschein zu erwecken, dass Anna allein zu Hause war, und dann darauf zu warten, dass der Nachahmungstäter auftauchte. Es wäre nicht nur das Beste gewesen, sondern auch das Richtigste, aber es war unmöglich. Wie sollte Sebastian sagen, dass er fürchtete, Anna Eriksson könnte das nächste Opfer sein, wenn alle Opfer nur eines gemein hatten? Das war unmöglich. Also musste er sich auf Trolle verlassen. Der nicht ans Telefon ging, schon den ganzen Vormittag nicht. Das beunruhigte Sebastian. Er nahm erneut sein Handy und wählte Trolles Nummer, während er den anderen in den Besprechungsraum folgte und sich setzte. Es klingelte, mehrmals. Niemand antwortete.

»Sebastian ...« Torkel sah ihn ungeduldig an, »wir wollen anfangen.«

Sebastian beendete den Anruf und steckte sein Handy seufzend wieder in die Tasche. Vanja streckte sich nach der Wasserflasche, die mitten auf dem Tisch stand.

»Okay«, begann Torkel zur Einleitung. »Lasst uns schnell die neusten Fakten austauschen. Vanja, willst du anfangen?«

Vanja schluckte hastig den letzten Schluck Wasser und räusperte sich leicht. »Ich habe herausgefunden, dass Rodriguez nichts mit dem Autodiebstahl zu tun haben kann. Der blaue Ford Focus wurde, zwei Tage nachdem Rodriguez eine etwas unglückliche Abkürzung über die E4 nehmen wollte, gestohlen. Anscheinend war er stockbesoffen.«

»Sonst noch was Neues?«

»Nicht, was Rodriguez betrifft. Es deutet nichts darauf hin, dass er überhaupt involviert ist.«

Torkel nickte. Eine Idee, die sich als Sackgasse erwiesen hatte. Und davon gab es in diesem Fall viele. Allzu viele. Er wandte sich Billy zu. »Und was hast du?«

Billy streckte den Rücken durch und sprach im Grunde genommen jene Notizen laut aus, bei denen er gerade unterbrochen worden war. »Ich glaube, dass hier jemand jemandem hilft.«

»Na, herzlichen Glückwunsch, Einstein!« Sebastian applaudierte demonstrativ. »Es ist doch wohl sonnenklar, dass ihm jemand hilft.«

»Ich meine nicht mit den Morden. Ich meine mit Informationen. Kontakten. Ich glaube, dass er einen Helfer in Lövhaga hat.«

Sebastian wurde still. Alle beugten sich interessiert vor. Natürlich war es kein revolutionärer Einfall, sie hatten schon früher in diese Richtung gedacht, aber Billy schien einen neuen Zugang gefunden zu haben, der zu etwas führen konnte.

»Ich habe bei Victor Bäckman nachgefragt, der dort der Sicherheitsverantwortliche ist«, fuhr Billy fort. »Keiner der Insassen im Hochsicherheitstrakt kann über die Computer kommunizieren. Zwei haben jedoch das Recht zu telefonieren. Ihre Gespräche werden auf Band aufgenommen, die Mitschriften habe ich hier.« Er nahm einen dicken Stapel mit fünf zusammengehefteten Ausdrucken und reichte sie herum. Alle begannen sofort, darin zu blättern.

»Auf den ersten Blick kann ich nichts finden, aber sie können natürlich eine Art Code verwenden.«

»Mit wem telefonieren sie denn?«, fragte Torkel und war definitiv ein wenig beeindruckt.

»Ich habe eine Liste.« Billy gab fünf weitere Ausdrucke weiter. Namen, Adressen und Telefonnummern. »Besonders viele sind es nicht. Der eine ruft meistens seine Freundin an, der andere seine Mutter, bis auf wenige, sehr unregelmäßige Ausnahmen. Aber wir sollten uns mal mit ihnen unterhalten. Vor allem mit den Angerufenen, meine ich.«

»Auf jeden Fall.« Torkel sah von der Liste auf, die er gerade bekommen hatte. »Vanja, kümmerst du dich darum?«

Vanja musste sich sehr anstrengen, um nicht zu zeigen, wie überrascht sie war. Auf einmal stand die Welt kopf. Billy hatte einen entschiedenen Beitrag zu den Ermittlungsarbeiten geleistet, zwar einmal mehr zur technischen Seite, aber dennoch. Er trieb das Tempo voran. Und sie sollte die Leute einteilen, damit sie die Personen auf der Liste, die sie von ihm bekommen hatte, aufsuchten und befragten.

»Natürlich«, sagte sie leise und starrte auf den Tisch.

»Noch etwas?«, fragte Torkel, noch immer an Billy gerichtet.

»Wenn es keiner der Häftlinge ist, könnte es auch jemand sein, der dort arbeitet. Ich habe die Personallisten bestellt und will sie mit all unseren Daten und Informationen abgleichen.«

»Ich gehe stark davon aus, dass keiner der Justizvollzugsbeamten in unserem Strafregister zu finden ist.«

Billy zuckte nur mit den Schultern.

»Ihr habt gesagt, dass Hinde manipulativ ist. Er kommuniziert mit jemandem. Ich weiß das ...«

»Wie kannst du das wissen?«

Die Frage kam erneut von Sebastian. Diesmal wirkte er ernsthaft neugierig.

Billy erläuterte seine Theorie. Der vierte Mord war anders. Sebastian nickte. Dass ein Serienmörder plötzlich seinen Modus Operandi änderte, war ungewöhnlich. Dass ein Nachahmungsmörder es tat, war geradezu undenkbar. Es sei denn, Hinde hatte eine willenlose Person gefunden, die er vollkommen unter Kontrolle hatte. Jemanden, dem das Töten weniger wichtig war als der Umstand, Hinde zu gefallen. Unmöglich war das nicht. Man musste ihn nur finden. Offenbar war Torkel zu demselben Schluss gekommen.

»Überprüfe du das Personal. Und hol dir Unterstützung, wenn du welche brauchst. Gute Arbeit, Billy.« Er wandte sich an Ursula und forderte sie mit einer Geste zum Reden auf.

»Was die technische Seite angeht, stehen uns heute genauso viele Informationen wie gestern zur Verfügung. Oder genauso wenige, je nachdem, wie man es sehen will.«

Torkel nickte, suchte seine eigenen Sachen und das neue Material zusammen und war kurz davor, die Sitzung zu beenden.

»Was ist mit Sebastian? Sollen wir uns nicht anhören, was er Neues beizutragen hat?« Vanja sah sich gezwungen, ihre schlechte Laune und ihre Kopfschmerzen an jemandem auszulassen. Und wer eignete sich besser dafür? Sie beugte sich vor und fixierte ihn trotzig. »Was hast du geleistet? Abgesehen davon, dass du hoffentlich deine Hosen anbehalten hast.«

Torkels Telefon klingelte, noch bevor er Vanjas Entgleisung kommentieren konnte. Er beschloss, den Anruf sofort anzunehmen, denn er war sich sicher, dass Sebastian sich selbst verteidigen konnte, wenn er angegriffen wurde.

Gelassen begegnete Sebastian Vanjas Blick. Sollte er berichten, dass er versucht hatte, einige Frauen zu warnen? Dass er getan hatte, was er konnte, um eine Wiederholung zu vermeiden? Dass er vorhatte, heute den Hörer in die Hand zu nehmen und weitere Frauen zu erreichen? Nein, sollte er nicht. Denn einerseits würden sie wissen wollen, wen er gewarnt hatte, andererseits würden alle ihm vorwerfen, wie unerhört dumm es von ihm war, dass er die Frauen besucht hatte, obwohl er womöglich immer noch verfolgt wurde. Aber gleichzeitig wollte er sich auch nicht noch länger beschimpfen lassen. Er war betroffen, und diese Tatsache hatte Vanja ausgenutzt. Sie zeigte keinerlei Mitgefühl, sondern nur Verachtung. In diesem Moment war es ihm scheißegal, wer sie war. Es war an der Zeit für Sebastian Bergman, sich wieder zu wehren.

»Die Hosen habe ich anbehalten. Mir nur ab und zu durch den Hosenlatz einen runtergeholt, aber das ist schon in Ordnung für dich, oder?«

Vanja warf ihm einen finsteren Blick zu und schüttelte entnervt den Kopf. »Ich hasse dich.«

»Ich weiß.«

Torkel beendete sein Gespräch und wandte sich wieder seinem Team zu, ohne mit einer Miene zu verraten, dass er den letzten Schlagabtausch sehr wohl gehört hatte.

»Man hat ein Auto gefunden. Ausgebrannt. Es ist beziehungsweise war ein blauer Ford Focus.«

»Wo?«

Vanja, Billy und Ursula waren sofort wieder hellwach.

»Neben einer Kiesgrube in Bro. Ich habe eine Wegbeschreibung.«

»Dann lass uns fahren.«

Billy parkte neben Ursulas Jeep bei der Kiesgrube, stellte den Motor ab und wartete einen Moment. Er beobachtete, wie Ursula ausstieg, den Kofferraum öffnete und zwei große Koffer mit ihrer Ausrüstung herausnahm. Vanja saß mit Sonnenbrille neben ihm auf dem Beifahrersitz. Ihr Kopf lag schwer auf der Nackenstütze, und sie atmete ruhig und regelmäßig.

Als sie in die Garage gegangen waren, hatte sie ihm die Autoschlüssel zugeworfen.

»Du fährst«, hatte sie gesagt.

Seither hatten sie nicht mehr miteinander geredet. Kein einziges Wort. Er chauffierte sie schweigend aus der Stadt hinaus in Richtung Norden. Als sie eine Weile auf der E18 gefahren waren, hatte er sie gefragt, ob es in Ordnung wäre, wenn er das Radio anstellte. Er erhielt keine Antwort und stellte The Voice ein. Snoop Dogg. Da sie nicht gegen die Musik protestierte, vermutete er, dass sie eingeschlafen war. Nachdem sie Bro verlassen hatten, bog er rechts auf die 269 ab und fuhr mithilfe seines Navis auf eine kleinere Straße, die zur Kiesgrube in der Nähe von Lövsta führte. Jetzt waren sie angekommen. Er rüttelte leicht an ihrer Schulter.

»Wach auf, wir sind da.«

»Ich bin wach!«

»Okay. Wir sind jedenfalls da.«

Vanja richtete sich im Sitz auf, rekelte sich und sah verwirrt aus dem Fenster, so, wie man es nur tat, wenn man gerade erst aufgewacht war, aber Billy verkniff sich einen

Kommentar. Sie stiegen aus dem Auto und gingen auf den ausgebrannten Ford zu. Zwischen den Kieshaufen schien die Luft vollkommen stillzustehen. Überall summten Insekten herum. Vanja schätzte die Temperatur auf fünfundvierzig Grad. Kurz vor der Absperrung, die gerade erst eingerichtet wurde, stand eine uniformierte Polizistin Mitte zwanzig. Vanja steuerte auf sie zu, während Billy zum Auto weiterging.

»Jennifer Holmgren«, sagte die Uniformierte und streckte Vanja die Hand entgegen.

»Vanja Lithner, Reichsmordkommission. Haben Sie das Auto gefunden?«

»Ja.«

Vanja sah zu dem Wagen hinüber oder, besser gesagt, zu dem, was davon noch übrig war. Dass er einmal blau gewesen war, konnte man nur an einzelnen Stellen erahnen, die das Feuer aus irgendeinem Grund nicht zerstört hatte. Ansonsten war er aschgrau. Die Reifen und die Stoßstange waren geschmolzen, ebenso wie die gesamte Innenausstattung. Die Türen und das Dach waren von der Hitze verbeult, alles Glas war zersprungen. Der Kofferraum stand offen, und die Motorhaube fehlte, möglicherweise war der Motor explodiert. Das würde Ursula ihnen später genauer berichten können. Sie ging bereits um das Wrack herum und fotografierte es aus allen erdenklichen Winkeln.

Vanja wandte sich erneut an Jennifer: »Haben Sie etwas angefasst?«

»Ja, ich habe den Kofferraum geöffnet.«

»Warum das denn?«

Schon seit Jennifer ihren Fund gemeldet und die Anweisung erhalten hatte, vor Ort auf die Reichsmordkommission zu warten, hatte sie über dieser Frage gegrübelt. Sie befürchtete, dass ihr wahrer Grund dafür, den Kofferraum zu öffnen – nämlich die Hoffnung, eine Leiche aus einem Bandenkrieg oder Ähnliches zu finden –, nicht ganz überzeugend war. Sie hatte eingesehen, dass die Reichsmordkommission es bestenfalls als dämlich und schlimmstenfalls als dienstliches Versagen ansehen würde, in einer Kiesgrube außerhalb von Sigtuna nach Liquidierten zu suchen. Obwohl man vor einigen Jahren tatsächlich einmal zwei Tote im Kofferraum eines brennenden Autos auf der E6 in Halland gefunden hatte. Jennifer hätte alles darum gegeben, in dem Streifenwagen zu sitzen, der damals zuerst vor Ort war ...

Diesmal war der Kofferraum leer gewesen, doch während ihrer Wartezeit hatte sie eine bessere Erklärung dafür gefunden, warum sie ihn überhaupt geöffnet hatte.

»Wir suchen nach einem vermissten Sechsjährigen. Ich wollte nur sichergehen, dass er sich nicht dort versteckt hat oder so. Es ist ja sehr warm«, ergänzte sie noch.

Sie sah, wie Vanja Lithner von der Reichsmordkommission nickte. Ein Nicken, das Jennifer signalisierte, dass ihr Grund für das Öffnen des Kofferraums nicht nur akzeptiert wurde, sondern die Kollegin sogar ein bisschen beeindruckte.

»Weiter nichts?«, fragte Vanja.

»Nein. Warum interessieren Sie sich für das Auto? War es in irgendetwas verwickelt?«

Vanja blickte die uniformierte Kollegin an. Der Ton in ihrer Stimme war nicht zu missdeuten. Erwartung an der Grenze zur Erregung.

»Haben Sie den Jungen gefunden?«, fragte Vanja, um der Frage auszuweichen.

»Welchen Jungen?«

»Na, den, nach dem Sie und die Kollegen suchen.«

»Nein. Noch nicht.«

»Dann sollten Sie aber mal schleunigst weitermachen.«

Vanja duckte sich unter der Absperrung hindurch und ging zum Auto, zu Ursula und Billy.

Jennifer sah ihr nach. Reichsmordkommission. Dort müsste man sein. Sobald sie ihre Anwärterausbildung in Sigtuna abgeschlossen hätte, würde sie sich dort bewerben. Wie alt war diese Vanja wohl? Dreißig vielleicht. Fünf Jahre Altersunterschied. Und es wirkte nicht gerade so, als wäre heute ihr erster Arbeitstag. Wenn sie das konnte, konnte Jennifer es auch. Aber erst musste sie Lukas Ryd finden. Ganz in der Nähe gab es ein Sumpfgebiet namens Dammkärret. Das klang vielversprechend.

Vanja ging zu dem völlig ausgebrannten Auto und sah hinein. Drinnen herrschte ein einziges Chaos aus geschmolzenem Plastik, verbrannten Kabeln und verbogenen Metallteilen. Ursula fotografierte noch immer, hatte aber normalerweise schnell einen Überblick darüber, was das Wichtigste an einem Tatort war.

Vanja richtete sich auf. »Was gefunden?«

»Einen ziemlich starken Brandbeschleuniger. Keine Hinweise darauf, dass jemand darin gesessen hat.« Ursula ließ die Kamera sinken und sah Vanja über das Autodach hinweg an. »Ich möchte nicht zu weit vorgreifen, aber große Hoffnungen habe ich nicht.«

Vanja seufzte. Die Nummernschilder waren verbrannt und mit dem bloßen Auge unmöglich zu erkennen. Sie wussten nicht einmal, ob es der richtige Ford war. Im schlimmsten Fall verschwendeten sie gerade kostbare Zeit, weil sich jemand mit seinem alten Auto den Weg zum Schrottplatz hatte sparen wollen.

»Ich drehe mal eine Runde hier auf dem Waldweg und schaue, ob ich was finden kann.« Offensichtlich hatte Billy gerade dasselbe gedacht wie sie. Hier gab es nicht viel für sie zu tun. Zumindest dem bisherigen Stand der Dinge nach zu urteilen.

»Was willst du denn finden?«

»Keine Ahnung. Was auch immer. Irgendwas. Jedenfalls brauchen wir ja nicht alle hier herumzustehen und zuzugucken.«

Billy verließ das Autowrack, bückte sich unter der Absperrung hindurch und verschwand. Vanja blieb stehen. Im Nachhinein war es wohl ein bisschen übereilt gewesen, zu dritt loszufahren, aber sie sehnten sich alle nach einem Durchbruch. Sie brauchten ihn nun einmal dringend und hatten gehofft, ihn hier zu finden. Stattdessen fanden sie nicht viel. Eigentlich so gut wie gar nichts. An Fußabdrücke war nicht zu denken. Keine Zeugen. Keine Überwachungskameras. Um das Auto würde Ursula sich allein kümmern. Was gab es also noch zu tun? Billy hatte gesagt, dass sie nicht alle hier herumstehen und zugucken müssten. Nicht alle, aber einer von ihnen schon. Anscheinend sollte das Vanjas Aufgabe sein. Pfui Teufel, war das warm hier.

Billy ging den kleinen Kiesweg entlang, während er seinen Blick systematisch über die nähere Umgebung schweifen ließ. Er wusste nicht genau, wonach er suchte oder was er zu finden hoffte. Im Idealfall hatte ihr Täter wenigstens hier, wo er nicht mit ihrem Auftauchen rechnete, einen Fehler gemacht. Vielleicht hatte er einen leeren Benzinkanister weggeworfen, der sie zu einer Tankstelle mit Überwachungskameras führte ... Das war natürliches reines Wunschdenken, diesen Waldweg abzusuchen erschien ihm allerdings immer noch sinnvoller, als zusammen mit einer stocksauren Vanja auf ein ausgebranntes Autowrack zu starren.

Er war etwa achthundert Meter gegangen, ohne etwas zu finden, und hatte die nächstgrößere Straße fast erreicht. Hundert Meter weiter, unmittelbar links von der Kreuzung, lag ein einsames Haus aus rotem Holz mit weißen Fensterläden und Eckpfeilern. Es stand auf einem soliden Steinfundament und hatte ein schräges Ziegeldach. In der Einfahrt parkten zwei Autos, auf dem Grundstück ein Dreirad, daneben lag anderes Spielzeug verstreut. Das Haus war bewohnt. Also einen Besuch wert. Billy steuerte auf das Gebäude zu, kam aber nicht weit, ehe es rechts hinter seinem Rücken im Wald raschelte. Billy drehte sich um, und seine Hand schnellte reflexmäßig zu seiner Waffe, doch als er eine Frau um die vierzig mit einem Hund an der Leine auf ihn zugehen sah, entspannte er sich wieder. Irgendein Setter mit braunem, langem Fell. Ihm schien heiß zu sein, seine Zunge hing ihm wie ein langer Schlips vor der Brust.

»Sind Sie von der Polizei?«, fragte die Frau und betrat einige Meter von Billy entfernt den Kiesweg. Der Hund zog hechelnd an seiner Leine und wollte ihn begrüßen.

»Ja.«

»Was machen Sie hier eigentlich genau? Ich sehe schon den ganzen Tag Polizisten herumlaufen.« Die Frau und der Hund kamen auf Billy zu, der sich hinabbeugte und dem eifrigen Tier den Kopf tätschelte.

»Die Kollegen suchen nach einem vermissten Kind.«

»Wer ist denn verschwunden?«

»Ich weiß es nicht. Irgendein kleiner Junge aus der Gegend. Ich bin aber eigentlich hier, weil man oben bei der Kiesgrube ein ausgebranntes Auto gefunden hat.«

»Aha.«

»Wohnen Sie hier in der Nähe?«, fragte Billy und richtete

sich wieder auf. Der Hund hatte plötzlich ein allzu aufdringliches Interesse für seine Hände gezeigt und wie wild daran geschleckt. Vermutlich litt er an Salzmangel.

»Ich wohne da drüben.«

Sie zeigte auf das rote Haus an der Kreuzung, zu dem Billy gerade hatte gehen wollen.

»Wie heißen Sie?«

»Carina Torstensson.«

»Billy Rosén. Wissen Sie etwas darüber?«

»Über das Auto?«

»Ja.«

»Nein.«

»Es muss gestern irgendwann zwischen zehn Uhr und ...« Billy unterbrach sich. Eigentlich wussten sie nicht genau, seit wann das Auto neben der Kiesgrube stand. Es war abgekühlt, was die letzten zehn Stunden ausschloss, aber davon abgesehen konnte es zu jedem nur denkbaren Zeitpunkt hier entsorgt worden sein. Er zuckte mit den Schultern.

»... irgendwann in der letzten Nacht hier abgefackelt worden sein. Haben Sie in diesem Zeitraum irgendetwas Ungewöhnliches beobachtet?«

Carina schien nachzudenken, schüttelte dann aber den Kopf.

Billy wagte einen letzten Vorstoß. »Als Sie zum Beispiel mit dem Hund draußen waren ... Haben Sie da nicht vielleicht ein fremdes Auto gesehen? Was nicht hierhergehörte ...«

»Ich habe einen Mann getroffen, als ich Pilze sammeln war.« Das Kopfschütteln war nun in ein nachdenkliches Nicken übergegangen. »Das war gestern.«

Billy holte tief Luft. Endlich. Eine Zeugin, die tatsächlich jemanden gesehen hatte. Bisher hatten sie es nur mit einem verflixten Gespenst zu tun gehabt, aber Carina Torstensson hatte wirklich jemanden gesehen.

Als sie Pilze sammeln war.

Im Hochsommer?

Im Juli ...

Carina registrierte seinen zweifelnden Blick.

»Die ersten Pfifferlinge stecken gerade ihre Köpfe raus. Jetzt ist es etwas zu trocken, aber der Frühsommer war sehr verregnet. Einige wenige kann man also finden ...« Sie sah in den klaren, blauen Himmel hinauf. »Aber ein bisschen Regen könnte natürlich nicht schaden.«

»Der Mann, dem Sie begegnet sind ...« Billy hatte beschlossen, sie noch nicht verloren zu geben und wieder auf die richtige Spur zurückzubringen.

»Er kam von dort oben.«

Sie zeigte mit dem Daumen über ihre Schulter. In Richtung Kiesgrube.

»Von der Kiesgrube?«

»Ja.«

»Erinnern Sie sich, wie er aussah?« Billy zog ein Notizbuch und einen Stift aus der Tasche und schlug eine freie Seite auf.

»Groß. Nicht für den Wald gekleidet. Lederjacke. Lange Haare, zu einem Pferdeschwanz gebunden. Eine große Narbe über dem einen Auge.«

Billy hielt beim Schreiben inne. Eine große Narbe. Wie Roland Johansson.

»Über dem linken Auge? Nach unten über die Wange?« Billy demonstrierte es mit dem Stift an sich selbst. Die Frau nickte zustimmend. Billy schrieb weiter.

»Wohin ist er dann gegangen? Wurde er abgeholt?«

»Nein, er hat den Bus genommen.«

»Welchen Bus?«

»Den 557er Richtung Kungsängen. Der fährt da drüben ab.« Sie zeigte auf die größere Straße, und jetzt sah auch Billy fünfzig Meter von Carinas Haus entfernt eine Bushaltestelle.

»Erinnern Sie sich, um wie viel Uhr das war?« Er hielt den Atem an. Hätten sie eine Zeit, dann hätten sie einen bestimmten Bus, einen Busfahrer und ein mögliches Ziel.

Carina überlegte. »Viertel oder zwanzig nach zwölf. Er muss den Bus um 12.26 Uhr genommen haben.«

»Danke!« Billy musste einen Impuls unterdrücken, sie vor Freude zu umarmen. »Danke vielmals!« Er steckte seinen Notizblock ein und rannte los.

Er brauchte nicht weit zu laufen. Nach etwa hundert Metern kam ihm Vanja mit dem Auto entgegen. Sie bremste neben ihm ab und kurbelte das Fenster herunter, während er versuchte, wieder normal zu atmen.

»Wo willst du hin?«

»Es reicht, wenn Ursula dableibt, wir können hier ja doch nichts tun.«

»Okay ...« Billy ging um das Auto herum und sprang auf den Beifahrersitz. Er schnallte sich an, während Vanja losfuhr.

»Roland Johansson war hier.«

Vanja warf einen schnellen Blick in seine Richtung, und Billy merkte, wie sie reflexartig die Geschwindigkeit drosselte. Erstaunt.

»Der Typ, der gleichzeitig mit Hinde in Lövhaga saß?«

»Ja.«

»Wie kannst du das wissen?«

»Ich habe gerade eine Frau getroffen, die genau an der Wegbiegung da drüben wohnt.« Er zeigte auf das rote Haus, an dem sie gleich vorbeifahren würden. »Sie hat ihn hier gesehen. Gestern.«

»Du bist einfach losgegangen, um Zeugen zu befragen?«

Billy schwieg verwundert. Er hätte viele Fragen erwartet. Zum Fall. Zu Johansson und wohin er anschließend gegangen war, zu der Zeugin. Ob sie zuverlässig gewirkt hatte. Stattdessen wollte sie wissen, warum er ungefragt die Kiesgrube verlassen hatte. Obendrein mit einem kritischen Unterton in der Stimme.

»Nein, ich bin losgegangen, um mir den Weg anzusehen, und da habe ich sie getroffen.«

»Und sie gleich nach dem Auto gefragt?«

Billy seufzte. Er hatte gute Neuigkeiten.

Große Neuigkeiten.

Vielleicht sogar entscheidende Neuigkeiten.

Get your priorities straight!, dachte er.

»Nein. Ich bin den Weg entlanggelaufen.« Billy tat sein Bestes, um nicht gereizt zu wirken, hörte aber selbst, dass er trotzdem wie ein Oberpädagoge klang. »Sie kam mit ihrem Hund und erkundigte sich, was wir hier machen, und ich habe wahrheitsgemäß geantwortet, woraufhin sie mir erzählt hat, dass sie zum passenden Zeitpunkt einen Mann mit einer verdammt großen Narbe im Gesicht von der Kiesgrube kommen sah. Was hätte ich deiner Meinung nach tun sollen? Sie bitten, den Mund zu halten, bis du auch da bist und zuhören kannst?«

»Nein, natürlich nicht, denn du scheinst zurzeit ja lieber Alleingänge zu machen.«

Vanja bog nach links auf die Straße ab und gab Gas. Noch mehr Kritik. Wofür eigentlich? Billy saß schweigend da und ging im Kopf durch, was bisher passiert war, nicht nur die Episode mit der Hundehalterin, sondern auch in der Zeit davor.

Was er getan hatte und was nicht.

Ihm fiel beim besten Willen nicht ein, was er falsch gemacht haben könnte. Nicht einmal, als er sich geweigert hatte, die Recherche für sie durchzuführen, wenn er ehrlich war. Er hatte einen Ehrgeiz, den er ausbauen wollte. Er wollte etwas verändern. Es war an der Zeit, herauszufinden, was sie so fürchterlich wütend machte.

»Was ist eigentlich mit dir los?«

Vanja antwortete nicht, sondern schien sich weiterhin angestrengt auf die Straße zu konzentrieren. Billy ließ nicht locker.

»Sobald ich einmal nicht genau das mache, was du sagst, oder ein bisschen Eigeninitiative zeige, rastest du total aus«, fuhr Billy fort. »Fühlst du dich etwa bedroht?«

»Wovon?«

Jetzt war ihr Tonfall eher amüsiert. Als müsse sie sich angesichts eines so absurden Gedankens ein kleines Lachen verkneifen. Billy richtete sich in seinem Sitz auf.

»Von mir«, sagte er nachdrücklich. »Hast du Angst, ich könnte besser sein als du?«

Diesmal verkniff sie es sich nicht, sondern stieß ein kurzes, trockenes Lachen aus. »Ja. Klar. Sicher.«

Sie hatte ihren Blick weiterhin starr nach vorn gerichtet. Billy glaubte, immer noch die Andeutung eines süffisanten Grinsens in ihrem Mundwinkel zu erkennen, war sich aber nicht sicher. An der Ironie in ihren drei kurzen Worten bestand jedoch nicht der leiseste Zweifel.

»Wie meinst du das?« Jetzt versuchte er nicht mehr, seine Irritation zu verbergen. Warum sollte er auch? Jetzt war er genauso wütend.

»Was?«

»Dieses Lachen und dein ›Ja‹, ›Klar‹, ›Sicher‹.«

Vanja antwortete nicht sofort. Es gab mehrere Alternativen. Sie konnte weiterhin stumm bleiben und ihn und seine Fragen ignorieren. Sie konnte die Sache abtun oder sich dafür entschuldigen, dass sie so gemein geklungen hatte, und behaupten, das hätte sie nicht beabsichtigt.

Oder sie sagte es, wie es war.

»Was ich meine, ist, dass ich keine Angst davor habe, dass du besser sein könntest als ich.«

»Ach nein, und warum nicht?«

»Weil das nie der Fall sein wird.«

Billy lehnte sich in seinem Sitz zurück. Er hätte noch eine Zeit lang weiter nach dem »Warum?« und »Warum nicht?« fragen können, aber wozu? Vanja hatte ihm in aller Deutlichkeit gesagt, was sie von ihm als Polizisten hielt. Das reichte. Dem gab es nichts hinzuzufügen.

Anscheinend war Vanja derselben Meinung. Sie fuhren schweigend weiter.

Haraldsson war klar, dass er mit ziemlicher Verspätung in Lövhaga ankommen würde, als er auf die Autobahn fuhr und das Gaspedal durchdrückte. Aber das war ja nicht so schlimm, redete er sich ein. Er hatte keine Stechkarte. Er war der Chef, und es war Ferienzeit. Also konnte er seine flexiblen Arbeitszeiten ruhig ein wenig nutzen. Als Vorschuss, sozusagen.

Sein Wecker hatte zur üblichen Zeit geklingelt, aber dann hatte Jenny sich schläfrig auf seine Seite des Bettes gerollt und war zu ihm unter die Decke geschlüpft. Sie hatte ihren Kopf zwischen seinen Hals und seine Schulter gelegt und ihren Arm über seine Brust. Die Schwangerschaft war noch kaum zu sehen, aber Haraldsson bildete sich ein, bereits die leichte Rundung ihres Bauchs an seinem Körper zu spüren. Und darin ein Leben. Ihr Kind. Zur Hälfte er, zur Hälfte sie. Manchmal wünschte er sich allerdings, dass das Kind mehr wie Jenny würde. Vielleicht im Verhältnis siebzig zu dreißig. Sie war so schön. In jeglicher Hinsicht. Äußerlich natürlich, aber ... auch insgesamt. Möglicherweise klang der Gedanke, dass ein Mensch durch und durch schön war, wie aus einem Groschenroman entnommen. Aber Jenny war es. Warmherzig, fürsorglich, klug, humorvoll. Sie war alles, was gut war. Manchmal begriff er nur nicht, welches Glück er hatte, dass sie ausgerechnet ihm gehörte.

Er war so glücklich über die Schwangerschaft. Natürlich darüber, Vater zu werden, aber vielleicht auch, womöglich sogar noch mehr, weil es Jenny so glücklich machte. Es war über viele Jahre das Einzige gewesen, was sie sich gewünscht hatte, und es hatte lange so ausgesehen, als könnte er ihr diesen Wunsch nicht erfüllen. Als sollten sie nicht Eltern werden. Es spielte keine Rolle, wessen »Schuld« es war. Es hatte ihm nur weh getan. Er wollte ihr alles geben.

Er liebte sie so sehr.

Das hatte er ihr an diesem Morgen auch gesagt. Sie hatte geantwortet, indem sie ihn noch fester umarmt hatte. Eines ergab das andere. Sie schliefen miteinander, und danach sagte er es ihr noch einmal.

»Ich liebe dich.«

»Ich liebe dich auch.«

»Ich habe für morgen etwas vorbereitet.«

»Pssst!« ... Sie legte ihren Zeigefinger auf seine Lippen. »Sag nichts. Ich will mich überraschen lassen!«

Morgen waren sie fünf Jahre verheiratet. Er hatte den ganzen Tag durchgeplant. Erst würde er ihr das Frühstück ans Bett bringen, Tee, getoastetes Brot mit Himbeermarmelade und Käse, Rührei und knusprig gebratenen Speck, Melone und Erdbeeren mit Schokoglasur – ihm fiel auf, dass er dann wohl auch morgen zu spät zur Arbeit kommen würde. Wenn Jenny schließlich tagsüber auf der Arbeit wäre, würde sie überraschend abgeholt und zu einer luxuriösen Wellnessbehandlung gefahren werden. Zur selben Zeit würden einige Männer kommen und auf ihrem Grundstück nach allen Regeln der Kunst einen Apfelbaum pflanzen. Einen Ingrid Marie. Jenny mochte Äpfel mit einer leichten Säure, und im Pflanzengeschäft oder Gartencenter oder wie auch immer das hieß, hatte man ihm gesagt, Ingrid Marie wäre eine geeignete Sorte. Eigentlich auch ein schöner Name. Wenn sie eine Tochter bekämen, könnten sie das Kind so nennen. Ingrid Marie Haraldsson. Haraldsson sah dem morgigen Tag voll Aufregung und freudiger Erwartung entgegen.

Fünf Jahre.

Hölzerne Hochzeit.

Deshalb bekam sie einen Baum geschenkt, von dem sie in allen nachfolgenden Jahren Äpfel pflücken konnte. Der im Frühjahr wunderschön blühte. Dessen Laub sie vor dem ersten Schnee zusammenrechen konnten. In den Ingrid Marie und ihre Geschwister klettern konnten. Vorsichtig, aber trotzdem. Haraldsson sah bereits vor sich, wie Jenny und er im Schatten des Apfelbaums in ihren Gartenstühlen saßen, wenn sie älter waren. Alt. Mit Kindern und Enkelkindern, die sie besuchten und die tütenweise Obst mit nach Hause nahmen, um Apfelgelee zu kochen und Saft zu pressen. Wenn sie nicht bis dahin schon längst einen Ableger des Baumes in ihrem eigenen Garten gepflanzt hatten. Es war ein Geschenk, an dem sie ihr gesamtes gemeinsames Leben über Freude haben würden. Eine Liebesgabe. Jenny würde sich riesig freuen. Aber damit nicht genug. Der Hochzeitstag würde damit fortgesetzt, dass ein Koch abends zu ihnen nach Hause kam. Er hatte eine Firma beauftragt, die sich um alles kümmerte und neben den Zutaten auch die Kochausrüstung mitbrachte. Ein komplettes Dreigängemenü mit Wein, und anschließend wurde sogar die Küche aufgeräumt. Sie konnten ganz einfach ausspannen. Ihre Zweisamkeit genießen.

Es konnte nichts schiefgehen.

Sein Handy klingelte. Abba. »Ring, ring.« Er warf einen kurzen Blick auf das Display, ehe er sich meldete. Die Arbeit. Was war denn nun schon wieder? »Haraldsson.«

»Wo bleiben Sie denn?«

Annika. Seine Sekretärin. Er nahm sich vor, demnächst ein Gespräch mit ihr zu führen. Irgendetwas schien in ihrem Verhältnis schiefgelaufen zu sein.

Eigentlich war er doch bisher immer motivierend gewesen und hatte ihre Umtriebigkeit gelobt, beispielsweise die Initiative, die sie bewiesen hatte, als sie ihm aus der Kantine Kaffee geholt hatte. Das hatte er zur Kenntnis genommen und sie dazu ermuntert, so weiterzumachen.

»Ich bin unterwegs. Gibt es irgendwas Besonderes?«

»Die monatliche Sitzung mit den Psychologen.«

Verdammter Mist, das hatte er völlig vergessen. Der Anstaltsleiter und das medizinische Personal trafen sich jeden letzten Mittwoch im Monat zu einer Sitzung. Haraldsson hatte eigentlich vorgehabt, das Treffen zu verschieben, und es deshalb nicht in seinem Kalender notiert. Er wollte sich erst etwas besser einarbeiten, bevor sie sich zum ersten Mal trafen, hatte dann aber vergessen, einen Ersatztermin zu vereinbaren. Und jetzt war es vermutlich zu spät.

»Wo findet die statt?«

»Hier. In zwanzig Minuten.«

Haraldsson sah auf die Uhr. Er würde noch mindestens eine halbe Stunde brauchen.

»Bis dahin bin ich sowieso spätestens da«, erwiderte er und legte auf. Sollte Annika doch den Teilnehmern sagen, dass er unterwegs sei und pünktlich kommen würde. Jetzt hatte er noch mindestens eine halbe Stunde Zeit, eine Ausrede für seine Verspätung zu finden. Irgendetwas mit dem Verkehr schien naheliegend. Vielleicht Bauarbeiten. Ein gesperrter Fahrstreifen. Stau. Er müsse sich entschuldigen, aber so etwas sei natürlich nur schwer vorherzusehen. Er stellte sein Radio lauter und beschleunigte noch mehr.

Billy und Vanja saßen in der Kantine des Busdepots und warteten auf Mahmoud Kazemi, der an dem besagten Tag den Bus gefahren hatte. Die Frau an der Rezeption hatte ihnen erklärt, dass er in den nächsten zehn Minuten eintreffen müsste und dann fünfzehn Minuten Pause hätte. Billy hatte gefragt, was passieren würde, wenn sie ihn länger als eine Viertelstunde befragen wollten. Darauf hatte die Frau entgegnet, in diesem Fall müssten sie eben eine Runde im Bus mitfahren. Sie dürften sich keine Verspätungen erlauben, und es gab derzeit auch keine Möglichkeit, so kurzfristig eine Vertretung zu organisieren oder Kazemi mit einem anderen Fahrer tauschen zu lassen. Daraufhin beschloss Billy insgeheim, die Befragung auf fünfzehn Minuten zu beschränken. Was Vanja dachte, wusste er nicht und würde es auch nicht erfahren. Seit dem Disput darüber, wer von ihnen beiden der bessere Polizist sei, hatten sie nicht mehr miteinander gesprochen. Lächerlich, könnte man meinen. Wie zwei eifersüchtige Kinder. Unreif. Aber darum ging es nicht, redete Billy sich ein. Es ging darum, dass Vanja so deutlich gesagt hatte, er sei ein schlechterer Polizist als sie. Vielleicht war er das. Ziemlich wahrscheinlich sogar. Aber diese Attitüde, diese selbstverständliche Überheblichkeit, mit der sie es gesagt hatte, hatte ihn geärgert und verletzt. Und zwar gehörig. Das hätte er von Vanja nicht erwartet. Er dachte, sie beide stünden über solchen Kommentaren und Angriffen. Natürlich waren sie sich bisweilen auch mal uneinig, das war nur normal, wenn man zusammenarbeitete. Aber Meinungsverschiedenheiten waren eine Sache – Böswilligkeit eine andere.

Die Frau an der Rezeption hatte sie zur Kantine geführt. Es war ein funktioneller Saal mit Holztischen, Wachstuchdecken mit einem Muster aus Preiselbeerkränzen, Plastikstühlen, Kaffeemaschinen, Mikrowellen und einer Spülmaschine. An der Wand hingen Plakate, die etwas mit Bussen und Verkehr zu tun hatten. Die Kantine war weder besonders renovierungsbedürftig, noch besonders neu. Sitzen, Pause machen, essen. Zu längeren Aufenthalten als notwendig lud sie nicht ein. Eine Mischung aus Schweiß und Essensgerüchen lag in der Luft. Billy ließ sich an einem Tisch nieder, Vanja ging zur Kaffeemaschine.

»Willst du auch welchen?«

»Nein, danke.«

Vanja zuckte mit den Schultern und wandte ihm den Rücken zu, während die Maschine den Pappbecher füllte. Anschließend kam sie wieder herbei und setzte sich neben Billy. Wahrscheinlich nur, weil es einen merkwürdigen Eindruck auf Mahmoud Kazemi machen würde, wenn sie an getrennten Tischen säßen. Sie schlürfte schweigend ihren Kaffee.

Dann tauchte ein Mann Anfang vierzig in der Tür auf. Er war vielleicht einen Meter fünfundachtzig groß, hatte dunkle Haare, einen Schnauzbart und braune Augen, mit denen er sie nervös ansah.

»Man hat gesagt, Sie wollen mich sprechen?« Der Mann machte eine unspezifische Geste mit dem Daumen, die anscheinend zeigen sollte, wer »man« war.

Vanja vermutete, er meinte die Frau an der Rezeption.

»Mahmoud Kazemi?«, fragte sie und stand auf. Billy tat es ihr nach.

»Ja. Worum geht es?«

»Vanja Lithner und Billy Rosén, wir kommen von der Reichsmordkommission.« Beide zeigten ihre Dienstmarke.

Mahmoud warf einen schnellen, aber gleichgültigen Blick darauf.

»Wir würden Ihnen gern ein paar Fragen zu einer ihrer gestrigen Fahrten stellen.«

Der Mann nickte, und sie setzten sich alle drei an den Tisch. Vanja schob dem Busfahrer ein Foto von Roland Johansson hin.

»Erkennen Sie diesen Mann wieder?«

Mahmoud nahm das Bild und betrachtete es genauer.

»Ja, vielleicht ...«

Vanja spürte, wie sie allmählich ungeduldig wurde. Roland Johansson war riesengroß, sah aus wie ein Mitglied der Hells Angels und hatte noch dazu ein halb entstelltes Gesicht. Wer ihn getroffen hatte, konnte sich an ihn erinnern. Weshalb zögerte Kazemi? Vielleicht wegen der genauen Uhrzeit. Gut. Aber darüber, ob man ihn überhaupt gesehen hatte oder nicht, konnte man unmöglich im Zweifel sein.

»Er könnte gestern in Ihren Bus eingestiegen sein«, half Billy. »In Lövsta.«

»Lövsta ...«

»Zwischen Stentorp und Mariedal.«

Mahmoud sah vom Foto auf. Er warf Billy einen müden Blick zu. »Ich weiß, wo Lövsta liegt, ich fahre dort jeden Tag entlang!«

»Entschuldigung.«

Es wurde still. Vanja nahm einen Schluck Kaffee. Mahmoud Kazemi schien ein Mensch zu sein, den man besser nicht unter Druck setzte. Er studierte das Foto noch einmal, um es dann auf den Tisch zu legen und entschieden zu nicken.

»Ja, er ist gestern eingestiegen. Ich erinnere mich an ihn, weil er so stank.«

»Wonach?«, fragte Vanja.

»Nach Rauch. Als hätte er ein Feuer gemacht.«

Vanja nickte aufmunternd und überlegte im Stillen, ob sich manche Menschen besser an Gerüche erinnern konnten als an visuelle Eindrücke. Es war ihr völlig unbegreiflich, dass der Busfahrer Roland Johansson nicht auf der Stelle wiedererkannt hatte. Aber es spielte auch keine Rolle, wie sich der Mann an Johansson erinnerte. Hauptsache, er tat es. Jetzt drückte sie die Daumen, dass er ihnen auch weiter behilflich sein konnte.

»Können Sie sich erinnern, wo er ausstieg?«

»Brunna.«

»Was?«, fragte Billy und beugte den Kopf vor, um ihn besser zu verstehen.

»Brunna«, wiederholte Mahmoud nuschelnd und mit starkem Akzent.

»Brenna?«, fragte Billy.

»Brunna.«

»Das war ein Auto«, erklärte Billy.

Mahmoud sah ihn völlig verständnislos an.

»Was war ein Auto?«

»Ein brennendes Auto. Brenna, brenna!«

»Nein, nein! Er ist in B-r-u-n-n-a ausgestiegen. Der Ortschaft Brunna.«

Es dauerte einige Sekunden, ehe Billy den Zusammenhang verstanden hatte. Vanja beobachtete, wie sich seine Wangen rot färbten, als der Groschen endlich fiel. Er starrte beschämt auf die Tischplatte.

»Natürlich ... entschuldigen Sie bitte.«

Vanja musste innerlich über sein Ungeschick ein wenig schmunzeln. Es war ein nachvollziehbares Missverständnis. Nachvollziehbar, aber trotzdem ein wenig vorurteilsbehaftet. Billy war davon ausgegangen, dass Mahmoud Kazemi die Sprache nicht richtig beherrschte und deshalb eine falsche Verbform verwendete. Sie war selbst nicht besser und hatte sein »Brunna« ebenfalls mit dem gefundenen Auto in Verbindung gebracht, aber sie war froh, nichts gesagt zu haben. Besonders vor dem Hintergrund der Diskussion, die sie im Auto geführt hatten.

»Haben Sie diesen Mann schon einmal gesehen?«, fragte sie jetzt Kazemi und richtete ihre Aufmerksamkeit wieder auf ihn.

»Nein.«

»Sind Sie sich sicher?«

»Nein, nicht ganz, aber ich glaube es nicht. Ich hätte mich bestimmt an ihn erinnert. Bei dieser großen Narbe!«

Vanja verkniff sich einen Kommentar zu seinem letzten Satz. Sie hatten bekommen, weshalb sie hier waren.

Vanja und Billy dankten für die Hilfe und hinterließen ihre Telefonnummern, falls Kazemi noch etwas einfallen sollte. Sie verließen das Busdepot und gingen zum Auto, ohne ein Wort miteinander zu wechseln. Der Hinweis des Busfahrers führte nach Brunna. Jetzt hatten sie eine Zeit und einen Ort. Im Idealfall würden die Spuren nicht dort enden.

Sie mussten zur Reichsmordkommission zurückfahren und weiterarbeiten.

Eine neuerliche Autofahrt.

Dasselbe Schweigen.

Sebastian konnte sich nicht entscheiden, was er am meisten war: nervös, müde oder ohnmächtig vor Wut.

Nachdem Vanja, Billy und Ursula gefahren waren, hatte er fast eine Stunde damit zugebracht, im Büro auf und ab zu schlurfen. Hatte viel zu viel Kaffee getrunken. Versucht, Energie zu sammeln für das, was er sich vorgenommen hatte.

Die Telefongespräche.

Schließlich konnte er es nicht mehr hinausschieben. Er ging in den Besprechungsraum und schloss die Tür, denn er brauchte seine Ruhe. Das Zimmer wurde ohnehin nur vom Team benutzt. Dem Team, dessen Teil er war. Es war an der Zeit, das auch zu zeigen. Das zu unternehmen, was in seiner Macht stand.

Er hatte sich mit Papier und Stift hingesetzt und begonnen, in seinem Gedächtnis zu wühlen. Wo sollte er anfangen? Er konnte unmöglich zehn oder zwanzig Jahre in die Vergangenheit zurückgehen. An diese Frauen konnte er sich nicht mehr erinnern. So war es einfach. Weder an ihre Namen noch an ihr Aussehen noch, wo sie wohnten und wer sie waren. Dass der Mörder Annette Willén ausgewählt hatte, musste nicht notwendigerweise bedeuten, dass er die Reichsmordkommission damit auf die Verbindung zu Sebastian lenken wollte. Es konnte genauso gut sein, dass Hinde, der ganz sicher irgendwie die Finger in der Sache hatte, einfach keine weiteren Verflossenen hatte aufspüren können und daher gezwungen gewesen war, eine aktuelle zu wählen.

Also konzentrierte Sebastian sich ebenfalls darauf.

Es waren ziemlich viele. Es war ziemlich schwierig.

Nach einer weiteren Stunde hatte er sechs Namen auf seinem Block notiert. Sechs Frauen, mit denen er etwas gehabt hatte, seit er Ende April aus Västerås zurückgekehrt war. In Stockholm und der näheren Umgebung. Sechs, an deren Namen er sich erinnern konnte. Oder eher fünf. Von der sechsten hatte er nur einen Vornamen und eine vage Idee, in welchem Stadtteil sie wohnte. Von einer siebten wusste er nur den Stadtteil. Mithilfe des Computers ermittelte er einige der Telefonnummern, um die er die Frauen ja grundsätzlich nie bat. Wenn sie darauf bestanden, ihm ihre Nummern zu geben, nahm er den Zettel nur entgegen, um ihn kurz darauf wegzuwerfen.

Bevor er seine Anrufe in Angriff nahm, überlegte er, ob er auch den beiden Frauen Bescheid sagen sollte, mit denen er während der Ermittlungen in Västerås im Bett gewesen war. Aber damals hatte man ihn doch wohl noch nicht beschattet? Außerdem hatte er den Namen der einen Frau vergessen, aber sie wohnte direkt neben seinem ehemaligen Elternhaus, die Adresse kannte er also. Lundin hieß sie wohl? An die andere konnte er sich dagegen noch genau erinnern. Beatrice Strand. Aber konnte er sie wirklich anrufen? Sollte er? Sie hatte es ohnehin schon schwer genug. Ihr Sohn Johan war in einer Einrichtung für straffällige Jugendliche untergebracht, und ihr Mann saß für die nächsten zwölf Jahre wegen Mordes, Brandstiftung und Mithilfe zum Mord hinter Gittern. Ihr Leben war ein Trümmerfeld. Sie jetzt anzurufen und ihr zu erklären, dass obendrein auch noch ihr Leben in Gefahr war, weil sie mit Sebastian fremdgegangen war, konnte mehr Schaden anrichten als Nutzen, redete er sich ein.

Er zog den Block zu sich heran und holte tief Luft. Dann fiel ihm ein Grund ein, die schweren Gespräche noch einmal aufzuschieben. Trolle. Er hatte Trolle noch immer nicht erreicht. Erneut wählte er die Nummer. Kein Lebenszeichen. Er hinterließ seine fünfte oder sechste Nachricht. Das hatte nun nicht so viel Aufschub gebracht, wie er gehofft hatte, also stand er auf und verließ den Besprechungsraum, ging auf die Toilette und holte sich noch einen Kaffee. Überlegte, ob er Mittag essen gehen sollte, riss sich dann aber doch am Riemen. Fünf Telefonate. Vielleicht sechs, wenn der Name und der Stadtteil zu etwas führten.

Mit schweren Schritten betrat er den Besprechungsraum erneut, schloss die Tür hinter sich und fing an.

Es wurde zu einer Übung in Sinnlosigkeit. Eine der Frauen behauptete beharrlich, er hätte sich verwählt. Sie hätten sich nie getroffen, sagte sie. Die beiden nächsten weigerten sich, mit ihm zu sprechen. Legten einfach auf und gingen nicht mehr ans Telefon, als er es noch einmal versuchte. Eine hörte ihm zu, doch als er erzählen wollte, was passiert war, verließ ihn der Mut. Er konnte doch nicht derjenige sein, der ihnen sagte, dass ihr Leben in Gefahr war. Nicht am Telefon. Also brachte er nur die vage Warnung hervor, sie solle sich im Allgemeinen vorsichtig verhalten und keine Fremden in ihre Wohnung lassen. Er redete völlig unzusammenhängend und klang vermutlich total verrückt. Am Ende fragte ihn die Frau, worauf er eigentlich hinauswolle. Da legte er auf und ließ es bleiben, auch noch die letzte Nummer auf seiner Liste anzurufen.

Eine solche Angelegenheit ließ sich nicht telefonisch erledigen. Das ging einfach nicht.

Aber er konnte auch niemanden mehr persönlich aufsuchen. Er konnte rein gar nichts tun.

Was er denn zu den Ermittlungen beitrug, hatte Vanja gefragt. Die Antwort war einfach und niederschmetternd. Nichts. Er musste Hinde erneut treffen. Bei ihm lag die Lösung. Dort gab es etwas, womit er arbeiten konnte, etwas, das er begreifen konnte. Er war gezwungen, Hinde zu treffen. Und vorher zu Mittag zu essen.

Sebastian holte sich beim Italiener an der Ecke eine Pizza zum Mitnehmen. Er hatte an diesem Morgen das Frühstück ausgelassen und fühlte sich vom vielen Kaffee übersäuert. Er musste dem Magen etwas geben, womit der etwas anfangen konnte. Etwas zum Auffüllen. Er entschied sich für die Pizza »Belker«. Schinken, Champignons, Bacon, Zwiebeln, Salami, Banane, Curry, Knoblauch und Sauce béarnaise. Sebastian mochte kein Obst im Essen, hatte es noch nie gemocht, also tauschte er die Banane gegen einige Krümel Gorgonzola aus.

Er nahm die Pizza mit in den Besprechungsraum und schlang sie in weniger als einer Viertelstunde in sich hinein. Er fraß mit den Händen direkt aus dem Karton und spülte das Essen mit einem halben Liter Cola herunter. Der Effekt trat innerhalb weniger Minuten ein.

Er hatte zu schnell gegessen. War zu satt geworden. Sein Bauch war so voll, dass er kaum noch tief einatmen konnte. Er stieß ein wenig Kohlensäure auf, wodurch es etwas besser wurde. Etwas, aber nicht viel.

Er lehnte sich im Stuhl zurück und streckte die Beine unter dem Tisch aus. Faltete die Hände über dem Bauch und schloss die Augen.

Er war müde. In der Nacht war er nach all den Erledigungen rund um Annas Sicherheit nicht zur Ruhe gekommen. Zu Hause angekommen, war er völlig aufgekratzt gewesen, hatte kurz mit dem Gedanken gespielt, Trolle Gesellschaft zu leisten, es dann aber doch seinlassen. Dann hatte er sich ins Bett gelegt und ferngesehen, bis er gegen halb drei einschlief.

Um kurz vor fünf hatte ihn dann der Traum geweckt,

seine rechte Hand war zur Faust geballt. An zwei Stellen hatten seine Nägel blutige Risse in die Haut gebohrt. Er streckte seine Finger aus und spürte, wie der Krampf nachließ. Anschließend lag er eine Weile wach und überlegte, ob er den Traum ein zweites Mal zu sich einladen sollte. Manchmal tat er das, ließ zu, dass sich der Traum erneut einschlich, und genoss jede Sekunde des unverfälschten Gefühls der Liebe, das dieses Träumen trotz allem beinhaltete. Richtiger wäre es natürlich, sofort aufzustehen und alles zurück ins Unterbewusstsein zu verbannen. Aber manchmal tat er das nicht. Obwohl der Rest des Morgens und der gesamte Tag dann so viel schwerer durchzustehen waren.

Manchmal brauchte er den Traum.

Brauchte es, Sabine zu spüren. Ganz nah. Ihre kleine Hand in seiner. Ihren Geruch wahrzunehmen. Wieder zu erleben, wie sie mit ihren kurzen, eifrigen Beinen auf das Wasser zurannte. Sie zu hören.

»Papa, so einen will ich auch.«

Ihre letzten Worte an ihn. Als sie ein anderes Mädchen mit einem aufblasbaren Delfin spielen sah. Er brauchte es, ihr Gewicht zu fühlen, wenn er sie trug. Ihre weichen Hände an seiner sonnenwarmen, unrasierten Wange. Ihr Lachen zu hören, als sie fast gestolpert wäre.

Er wollte sich von ihr umschließen lassen.

Bis das Geräusch kam.

Das Donnern.

Die Welle, die sie ihm wegnehmen würde. Für immer.

Die Tür zum Besprechungsraum wurde geöffnet, und Vanja, Billy und Torkel kamen herein. Sebastian zuckte auf seinem Stuhl zusammen und wäre fast heruntergefallen.

»Hast du etwa geschlafen?«, fragte Torkel ohne den Anflug eines Lächelns, während er sich einen Stuhl herauszog und an den Tisch setzte.

»Ich habe es zumindest versucht«, antwortete Sebastian und richtete sich auf. Er sah auf die Uhr. Eine Viertelstunde war spurlos verschwunden, aber ihm war immer noch leicht übel.

»Was hast du denn getan, das dich so ermüdet hat?«

Irgendwie gelang es Vanja ohnehin, die Antwort »Nichts, wie immer« gleich in ihrer Frage mitschwingen zu lassen, sodass Sebastian darauf verzichtete, etwas zu erwidern.

»Wo ist Ursula?«, fragte er stattdessen. Er vermutete, dass sie eine Art Besprechung abhalten würden.

»Immer noch in der Kiesgrube, vermute ich«, sagte Torkel. »Ich habe nichts mehr von ihr gehört.«

Er wandte sich an Vanja und Billy, die auf der anderen Seite des Tisches saßen. Beide schwiegen. Sie sahen einander an, aber keiner schien große Lust zu haben, das Wort zu ergreifen.

»Mach du«, sagte Billy knapp und lehnte sich fast demonstrativ in seinem Stuhl zurück.

»Warum?«

»Ist wohl das Beste.«

Sebastian beobachtete die Szene, die sich ihm gegenüber abspielte, mit wachsender Neugier. Die beiden hatten heute Vormittag nicht nur einen harmonischen Arbeitsausflug gemacht, so viel stand fest. Es war etwas vorgefallen. Trotz der Kürze ihres Dialogs war die eisige Kälte zwischen ihnen deutlich spürbar. Interessant.

Vanja zuckte mit den Schultern und fasste kurz zusammen, was passiert war, seit sie das Präsidium verlassen hatten.

Das Auto in der Kiesgrube, der Zeuge, Roland Johansson, der Busfahrer und Brunna.

»Wir haben in Brunna alles nachgeprüft.« Billy ergriff ungefragt das Wort. »Dort wohnt kein Roland Johansson, und es wurde auch keine Post an ihn in diesen Ort weitergeschickt.«

»Aber gestern wurde genau da ein Auto gestohlen.« Vanja riss das Gespräch wieder an sich. »Ein silberfarbener Toyota. Die Zeit würde passen.«

»Das ist er!«, brach es aus Sebastian heraus. Etwas zu laut und etwas zu enthusiastisch, wie er begriff, als jedwede Aktivität im Raum für einen kurzen Moment unterbrochen wurde und sich alle gleichzeitig zu ihm umdrehten wie in einem gut choreographierten Film.

»Woher weißt du das?« Vanja fasste genau das in Worte, was sich die anderen auch gerade fragten.

Sebastian schwieg. Verfluchte sich innerlich. Er wusste, dass Trolle gesagt hatte, sein Verfolger hätte einen silberfarbenen Japaner gefahren. Er wusste es, weil Trolle ihn vor Anna Erikssons Haus gesehen hatte. Doch was er wusste und was er erzählen konnte, das waren zwei völlig unterschiedliche Paar Schuhe. Er durfte nichts über Trolle und Anna erzählen. Kein Wort. Und aus denselben Gründen durfte er auch nicht wissen, dass der gestohlene Toyota etwas mit ihrem Fall zu tun hatte. Trotzdem hatte er genau das gerade gesagt. Noch dazu mit großem Nachdruck. Die anderen sahen ihn immer noch gespannt an.

»Ich weiß nicht«, antwortete Sebastian leise. Er räusperte sich. Seine Stimme durfte ihn nicht im Stich lassen, wenn er aus dieser Sache wieder herauskommen wollte. »Ich *weiß* es natürlich nicht«, wiederholte er. »Es war nur so ein ... Gefühl.«

»Ein Gefühl? Seit wann vertraust du auf Gefühle?«

Das fragte Torkel nun ganz zu Recht. Immerhin kannte er Sebastian von allen hier am besten. Sebastian präsentierte

Theorien und Hypothesen, einige davon fehlerhaft, wie sich später manchmal herausstellte, aber dennoch immer mit Fakten untermauert. Möglich. Denkbar. In all den Jahren, die sie zusammenarbeiteten, hatte Sebastian Torkel noch nie eine Annahme verkündet, die auf einem Gefühl beruhte.

Sebastian zuckte mit den Schultern.

»Roland ist in Brunna ausgestiegen, das Auto wurde dort gestohlen, Roland ist also irgendwie in die Sache verwickelt. Alles stimmt. Das ... stimmt.«

Im Raum wurde es still. Vanja schüttelte den Kopf. Billy starrte vor sich hin, es schien, als hätte er überhaupt nicht zugehört. Torkels Blick sprach Bände darüber, was er von Sebastians letztem Beitrag hielt. Sebastian hatte herumgeschwafelt. Jetzt schien Torkel gerade darüber nachzudenken, ob es einen Grund für dieses Geschwafel gab. Etwas, das es wert war, näher untersucht zu werden. Sebastian überlegte, ob er seine Ausführung weiter erklären musste, da verlor Torkel das Interesse an ihm und richtete sich wieder an Vanja und Billy.

»Wie auch immer, das ist ein Umstand, den wir nicht länger außer Acht lassen können. Ihr müsst eine Fahndung nach dem Toyota einleiten.« Er nickte Billy zu.

»Schon passiert«, sagte der mit einem verstohlenen Seitenblick zu Vanja.

»Gut. Ich wiederum habe mit Roland Johanssons Sozialarbeiter in Göteborg gesprochen, diesem Fabian Fridell.«

»Was hat er gesagt?« Sebastian heuchelte mehr Interesse, als er eigentlich hatte. Alles nur, um seine Reaktion auf den silberfarbenen Toyota zu überspielen.

»Er hat Roland Johansson schon seit ein paar Tagen nicht mehr gesehen.«

»Was heißt das?«, fragte Vanja. »Zwei Tage? Eine Woche?«

»In diesem Punkt war unser Freund Fabian ziemlich vage.«

»Er wird unter Druck gesetzt.«

Das war keine Frage.

»Den Eindruck hatte ich, ja«, erwiderte Torkel und nickte.

Erneut schwiegen alle und schienen das Gesagte zu verarbeiten. Billy war derjenige, der schließlich laut zusammenfasste, was alle dachten: »Also ist Roland Johansson ebenfalls irgendwie in den Fall verwickelt, aber die Spuren vom Tatort schließen ihn als Täter aus, und er hat ein Alibi für den ersten und den dritten Mord.«

»Wobei sein Alibi von Fridell stammt«, gab Vanja zu bedenken. »Und wenn Johansson ihn bedroht, könnte das auch gelogen sein.«

Billy schüttelte den Kopf. »Nein, ich habe die Angaben über die Reise nach Österlen nachgeprüft. Roland Johansson war tatsächlich dabei.«

»Also suchen wir mehrere Beteiligte«, hielt Torkel fest.

»Aber Hinde lenkt das Ganze«, sagte Sebastian, dem es darauf ankam, dass sie zwischen all diesen Informationen nicht das Wichtigste aus den Augen verloren. »Das weiß ich.«

»Ach, das weißt du?«, fragte Vanja mit einem spöttischen Lächeln. »Oder ist es nur ein ... Gefühl?«

»Halt den Mund. Du weißt es auch. Alle hier wissen es.« Sebastian stand auf und ging im Raum auf und ab. »Ich habe Roland Johansson nie getroffen. Dass er sich an mir rächen will, ist ausgeschlossen. Aber er steht mit Hinde in Verbindung. Alles hängt mit Hinde zusammen.« Er blieb stehen und drehte sich zu Torkel um. »Wie sieht es mit meiner Besuchserlaubnis aus?«

»Letztes Mal hat es zwei Tage gedauert.«

»Hast du gesagt, dass es eilt? Dass es wichtig ist?«

»Rate mal!« Torkel wandte sich wieder an Billy und Vanja. »Wie gehen wir weiter vor?«

»Ich habe Uniformierte zu den Empfängern dieser Telefongespräche aus Lövhaga geschickt«, berichtete Vanja. »Es müssten bald die ersten Protokolle eintrudeln.«

»Die Liste des Personals im Sicherheitstrakt ist gerade gekommen«, ergänzte Billy. »Die werde ich mir gleich näher ansehen.«

Torkels Blick fiel wieder auf Sebastian. Für einen kurzen Moment wirkte er völlig verständnislos, ehe er begriff, dass sich die Frage nach dem weiteren Vorgehen auch an ihn gerichtet hatte.

»Ich mache mit meinen Sachen weiter«, murmelte er.

Niemand fragte nach, was das denn war, und die Besprechung wurde aufgelöst. Sebastian war der Letzte, der den Raum verließ. Also jagten sie jetzt nicht mehr den blauen Ford, sondern einen silberfarbenen Toyota. Und Roland Johansson. Vom Toyota wusste Trolle ja bereits, aber er musste unbedingt darüber informiert werden, dass noch eine weitere Person in den Fall verwickelt war. Das konnte wichtig sein.

Auf dem Weg nach draußen wählte Sebastian erneut Trolles Nummer. Der antwortete noch immer nicht.

Er hatte gegen seine eigene Regel verstoßen, den Laptop erst nach dem Einschluss zu benutzen. Gleich nach dem Mittagessen hatte er seine Tür geschlossen und sich schnell ins Internet eingewählt. Die nächste Stunde dürfte er relativ sicher sein. Er war zu diesem Risiko gezwungen, um seinen dringenden Verdacht zu bestätigen. Als er Ralphs Mail gelesen hatte, war es, als ob die Zeit aufgehört hätte zu existieren. Er saß andächtig vor dem Computer und starrte auf den Bildschirm. Er wusste nicht, ob seither fünf, zehn oder zwanzig Minuten vergangen waren. Es war egal. Sie konnten den Computer jetzt ruhig beschlagnahmen.

Er wusste ohnehin schon alles, was er wissen musste.

Anna Eriksson hatte Valdemar Lithner erst eineinhalb Jahre nach Vanjas Geburt geheiratet. In jenem Herbst, als Anna Eriksson schwanger wurde, hatte er in Göteborg studiert. Nichts deutete darauf hin, dass er sie zu dieser Zeit überhaupt schon gekannt hatte. Und als Vanja geboren wurde, hatte er gerade in Essex ein Praktikum gemacht. Welcher frischgebackene Vater tat so etwas? Erst als Vanja sechs Monate alt war, war er nach Stockholm gezogen.

Und dann gab es noch den Eintrag beim Standesamt, den Ralph irgendwie ausfindig gemacht und kopiert hatte.

Vater unbekannt, stand da. Zwei einfache Worte. Welche Frau machte eine solche Angabe und heiratete achtzehn Monate später den angeblich unbekannten Vater? Keine.

Viel wahrscheinlicher schien es doch, dass der wahre

Vater ganz und gar nicht unbekannt war, sondern lediglich verantwortungslos. Ein nachlässiger Typ, der noch nie seinen Verpflichtungen nachgekommen war, sondern nur von einer Frau zur nächsten rannte. Der einfach auf sie pfiff und in die USA reiste, weil er das unbedingt wollte.

Sebastian Bergman.

Dass er Vanja nun verfolgte, wäre dann mit einem Mal verständlich. Und seine Besessenheit, sie aus der Distanz zu beobachten, ohne sich zu erkennen zu geben, rational nachvollziehbar. Sein Bedürfnis, sie während ihres gemeinsamen Verhörs zu beschützen, logisch.

Die Indizien waren stark, aber Edward musste sich sicher sein. In dieser Sache durfte er sich auf keinen Fall täuschen. Er musste wissen, ob Anna Eriksson und Sebastian Bergman sich schon früher kennengelernt hatten. Ob sie 1979 eine Beziehung gehabt hatten. Da Anna Eriksson nicht in Stockholm studiert hatte, war das nicht ganz einfach herauszufinden. Aber Ralph hatte sich die anderen Teilnehmer in Sebastians Seminar im Frühjahr und im Herbst 1979 angesehen und eine Verbindung zwischen den beiden entdeckt.

Ausgerechnet auf Facebook.

Hinde fand es unglaublich, wie viel manche Leute dort preisgaben. Vollkommen ungeniert. Mit der niedrigsten Sicherheitseinstellung, bei der jeder Fremde nach Belieben surfen und blättern konnte. Karin Lestander war eine solche Person. Sie war eine von Sebastians Studentinnen aus dem Jahr 1979 und liebte es, alte Fotos aus der Vergangenheit ins Netz zu stellen, als sie und ihre Kommilitonen noch jung und schön waren. Die beste Zeit ihres Lebens, wie sie selbst schrieb. Ihre gesamte Fotogalerie war für alle Besucher frei zugänglich, und Ralph war einer von ihnen. Um es den Besuchern noch leichter zu machen, hatte Karin die Bilder gleich nach Jahreszahlen sortiert und viel Zeit darin investiert, kleine, banale Kommentare unter jedes Foto zu schreiben. Eine richtige Fundgrube für jemanden, der auf der Suche nach der Wahrheit war.

Das Album 1979 hatte fünf Bilder enthalten.

Die wichtigste Aufnahme war offenbar auf einer Party irgendwo in Schweden entstanden. Darauf zu sehen waren Karin, Sebastian und eine Frau, die Hinde nicht kannte. Anna Eriksson. Alle lächelten in die Kamera, und Sebastian hatte die Hand auf die Schulter der Frau gelegt. Ein wenig zu liebenswürdig.

Unter dem Foto stand: »Herbstfest an der Uni. Anna Eriksson war mit dabei. Was wohl aus ihr geworden ist?«

Tja, was wohl aus ihr geworden war?

Jetzt gab es immerhin einen, der es wusste. Er hatte gerade das letzte Puzzleteil gefunden, das einen hartnäckigen Verdacht zur Realität machte.

Alles passte zusammen. Sie musste im Herbst 1979 schwanger geworden sein. Vielleicht sogar rund um dieses Herbstfest.

Er stand auf. Er konnte nicht länger stillsitzen, sosehr er es auch versuchte. Der feine Riss, den er bemerkt hatte, hatte sich mittlerweile in eine abgrundtiefe Schlucht verwandelt. Groß genug, um fantastische Möglichkeiten zu bergen. Meisterwerke. Die perfekte Rache. Es war geradezu schwindelerregend, sein ganzer Plan hatte sich radikal geändert.

Seine Rolle darin auch.

Vanja Lithner war Sebastians Tochter.

Jetzt bestand kein Zweifel mehr daran. Dies war einer der besten Tage seines Lebens, mit einem richtigen Davor- und Danach-Augenblick.

Vor dem Wissen über Vanja.

Nachdem er über Vanja wusste.

Jetzt war er gefordert. Und nur er.

Ralph war ihm hierbei lediglich im Weg. Bisher war er nützlich gewesen, und die Information, die er soeben geschickt hatte, war sogar ganz entscheidend. Trotzdem war er weiterhin nur ein kleiner Wurm, der es nicht einmal wagte, Hinde in die Augen zu sehen. Ein kleiner Junge in einem großen Körper, der in der letzten Zeit versucht hatte, eine Rolle einzunehmen, die ihm über den Kopf wuchs. Hinde war auf Ralphs zunehmendes Selbstbewusstsein aufmerksam geworden, als er zwischen all dem zufällig ausgewählten Material, aus dem fyghor.se hauptsächlich bestand, auf einmal vereinzelte Links und Zitate über den Frauenmörder fand, der die Stadt in Angst und Schrecken versetzte. Auf jeder Seite etwas.

Für Hinde hatte der mediale Teil der Tat nie eine Bedeutung gehabt. Er war banal, eindimensional und führte zu keiner echten Befriedigung. Aber Ralph war davon beeindruckt, er war plötzlich wie ein Teenager, der nach Aufmerksamkeit heischte. Verhaltensauffällig. Auf der Suche nach Bestätigung. Das war sicherlich eine natürliche Entwicklung, und Edward hatte die ganze Zeit gewusst, dass es einmal so weit kommen würde. Aber die Geschwindigkeit von Ralphs Persönlichkeitsveränderung hatte ihn doch verwundert. Früher hatte er sich einzig und allein vor Edward verneigt, jetzt machte er einen Kniefall vor einem anderen Gott – dem Rampenlicht.

Er erinnerte sich daran, wie sie sich zum ersten Mal begegnet waren. Ralph hatte unsicher nuschelnd hervorgebracht, dass er alles über Hinde gelesen und das Gefühl hätte, sie wären sich ähnlich und hätten viele Gemeinsamkeiten. Hinde hatte ihn höflich zu einem Gespräch ermuntert. Der dünne große Mann vor ihm hatte so eindeutige

Zeichen von Gefügigkeit und Schwäche gezeigt, dass Hinde sofort eine Chance gewittert hatte, ihn lenken zu können. Wohin, hatte er noch nicht gewusst. Damals. Aber er hatte sofort angefangen, auf Ralph einzuwirken, und das Ergebnis war noch besser als erwartet. Ralph hatte von seiner kranken Mutter geredet – etwas, das sie eindeutig gemein hätten. Hinde hatte kurz überlegt, Ralph sofort zu bestrafen, weil er seine Mutter als krank bezeichnet hatte, entschied sich dann jedoch anders. Die Möglichkeit zur Strafe gab es immer, die Chance, jemanden genau nach seinen eigenen Vorstellungen zu manipulieren, bekam man definitiv viel seltener. Ralph hatte von seinem »Opa« erzählt, von dem Ferienhaus, den Menschen mit den Tiermasken. Noch eine Sache, die sie teilten. Die Übergriffe. Edward hatte ihn gewähren lassen. Ralph würde nie verstehen, dass ihre angeblichen Gemeinsamkeiten letzten Endes immer von ihren Unterschieden überschattet werden würden.

Ralph hatte noch nie in seinem Leben seinen Willen durchgesetzt.

Hinde bekam immer seinen Willen.

Aber gleichzeitig war Ralph dort draußen. Einer seiner Stellvertreter in der wirklichen Welt. Seine direkte Informationsquelle in seinem großen Plan.

Auf kurze Sicht: unschätzbar.

Auf lange Sicht: austauschbar.

Während er so nachdachte, kam ihm plötzlich eine Idee. In ihrer einfachen Klarheit sah Hinde die geeignete Funktion für diesen Wurm. Den Ort, an dem jemand, der sich immer wieder allem beugte, den größten Nutzen hatte. In der neuen Landschaft, die Edward vor sich sah. Der Plan war perfekt, wenn man ihn nur richtig ausführte. Um Sebastian den größtmöglichen Schmerz zuzufügen.

Er würde Ralph noch einen Auftrag erteilen.
Jetzt waren nicht mehr viele übrig.
Eine wollte Edward für sich aufheben.
Also blieb nur noch Ellinor Bergkvist.

Planung. Geduld. Entschlossenheit.

Das waren zurzeit die drei wichtigsten Wörter für ihn. Diesmal durfte nichts schiefgehen. Das lange Küchenmesser, das Nachthemd und die Nylonstrümpfe lagen perfekt eingepackt in der schwarzen Tasche im Flur. Der Proviant in einer Tüte daneben. Die Digitalkamera hatte er zusammen mit seinem kleinen, rasierklingenscharfen Leatherman-Taschenmesser in seiner Hosentasche verstaut. Diesmal trug er ein blaues Polohemd und ein paar beigefarbene Chinohosen. Genau dieselben Sachen wie bei den vier ersten Morden. Gute, aber anonyme Kleidung. Bei Anna Eriksson hatte er sich zum ersten Mal verkleidet. Er hatte das Gefühl gehabt, dass es notwendig wäre. Er hatte nur einen minimalen Zeitraum zur Vorbereitung gehabt, und er war gezwungen gewesen, um eine bestimmte Uhrzeit zuzuschlagen. Sie lebte nicht allein, und vielleicht war sie auch gewarnt worden. Er hatte sichergehen müssen, dass sie ihn auch wirklich in ihre Wohnung ließ. Deshalb die Verkleidung. Er war vom Ritual abgewichen, und das hatte sich gerächt. Der dicke Mann war gekommen und hatte ihn überrascht.

Ralph war zum Friseur um die Ecke gegangen, kaum dass er Ellinors Namen auf fyghor.se erhalten hatte. Eigentlich wollte er sich nicht die Haare schneiden lassen, denn das tat er normalerweise nur exakt alle einundneunzig Tage. Rituale. Eigentlich wollte er die Haare auch nicht richtig kürzen, sondern nur eine andere Frisur haben, doch das war beängstigend genug. Er wählte eine Mütze des gleichen Modells, aber in einer anderen Farbe, stopfte sie in die Gesäßtasche und befestigte die Sonnenbrille an der Knopfleiste seines Polohemds, anstatt sie aufzusetzen. Hauptsache, sie war dabei. Das Ritual wurde nicht gebrochen, redete er sich ein. Nur abgeändert.

Er betrachtete sich im Badezimmerspiegel und hasste sein Aussehen. Fuhr sich mit den Händen durch das ungewohnt gepflegte Haar. Es fühlte sich merkwürdig klebrig und stachelig an. Die Friseurin hatte ihn informiert, dass es sich um eine bestimmte Art von Haarwachs handelte, mit dem er seine Haare nach hinten kämmen konnte. Sie hatte ihn dazu überredet, gleich zwei Dosen zu kaufen, damit er auf der sicheren Seite war. Er lächelte sich und seinen neuen Stil an. Versuchte, sich daran zu gewöhnen. Redete sich ein, dass er jetzt eher wie ein Schnösel aussah, der sich am Stureplan heimisch fühlte, als wie der große Mann, den niemand bemerkte. Dass es eine Verbesserung war. Das war es zwar nicht, aber es diente einem guten Zweck. Diesmal durfte nichts schiefgehen. Gar nichts. Der Mann, den er vergötterte, hatte ihm noch eine Chance gegeben, weil das für Ralph wichtig war. Der Meister interessierte sich für seine Gefühle. Das hatte bisher noch nie jemand getan, und er hatte nicht vor, dieses Vertrauen zu enttäuschen. Selbst wenn es dazu kleiner Veränderungen seiner Kleidung und teilweise auch seiner Frisur bedurfte, waren das doch insgesamt gesehen nur minimale Opfer. Wichtiger war, dass er von jetzt an alles richtig machte. Er musste ganz eindeutig vorsichtiger vorgehen.

Er hatte keine Ahnung, wie viel oder wenig diejenigen wussten, die ihm auf den Fersen waren. Doch je mehr Stunden vergangen waren, seit der Mann im Auto gestorben war, desto sicherer hatte er sich gefühlt. Hätten sie gewusst, wer er war, dann hätten sie längst vor seiner Tür gestanden. Er war niemand, den man erst eine Weile beobachtete. Er war jemand, den man sofort verhaftete.

Der Meister hatte vier bekommen. Er war auf dem Weg zur fünften. Bald würde er in die Geschichte eingehen. Dieser Gedanke brachte ihn dazu, sich zusammenzureißen. Sich und seine Gefühle in den Griff zu bekommen. Zu verstehen, wie wichtig es war, jetzt die Ruhe zu bewahren.

Draußen war es etwas kühler als in der letzten Woche, und er ging mit schnellen Schritten zur U-Bahn-Station, die ungefähr zehn Minuten entfernt lag.

Es gefiel ihm ganz und gar nicht, das Fortbewegungsmittel zu wechseln, aber seinen grünen Polo wollte er nicht nehmen und hätte es auch gar nicht gewagt. Er hatte den silberfarbenen Toyota den Anweisungen gemäß in Ulvsunda abgestellt, aber der Meister hatte in seiner kurzen Nachricht nichts von einem neuen Auto geschrieben. Bisher war er für die Beschaffung der gestohlenen Autos zuständig gewesen. Ralph hatte nur eine einfache Anweisung erhalten, wo er sie abholen und zurücklassen sollte. Jemand anders sorgte dafür, dass sie für ihn abgestellt wurden, Ralph war egal, wer. Er wusste, dass der Meister mehrere Leute hatte, die für ihn arbeiteten. Diesmal wurde ihm jedoch kein neues Auto zugewiesen, und er musste mit der U-Bahn von und nach Vasastan fahren. Unterwegs ging er in einen Blumenladen. Kaufte zwanzig rote Rosen, bat die Verkäuferin, einen romantischen Strauß daraus zu binden, und kaufte ein Kärtchen dazu. Er wählte einen einfachen Gruß. »Entschuldigung. Dein Sebastian«. Das gefiel ihm. Einerseits, weil er wusste, dass Sebastian zu den Menschen gehörte, die nie um Entschuldigung baten, andererseits war es ein schönes Gefühl, Sebastian noch mehr mit der bald schon toten Frau in Verbindung zu bringen. Ralph beschloss, den Strauß bei ihr auf dem Küchentisch zu hinterlassen, die Karte für die Polizei gut sichtbar. Er wünschte sich, er könnte ihre Gesichter sehen, wenn sie eine Leiche im

Schlafzimmer und einen romantischen Strauß in der Küche vorfanden.

Er redete sich ein, dass es dem Ritual entsprach. Er hinterließ Spuren. Dies war lediglich eine andere Spur, eine neue Art und Weise. Der Meister würde die Geste zu schätzen wissen, da war er sich sicher.

Ralph bezahlte die Blumen und trat wieder hinaus in die Sonne. Er musste wie ein Frischverliebter aussehen. Ein Snob, der Blumen kaufte für eine Frau, die er vielleicht gerade erst kennengelernt hatte. Er entfernte den kleinen Aufkleber auf dem Papier, der verriet, dass der Strauß aus Västertorps Blumenhandel kam.

Spuren, ja.

Aber nur solche, die er selbst hinterlassen wollte.

Das wollte genau geplant sein.

Ellinor hatte an diesem Tag allerhand zu erledigen gehabt. Sie hatte im Kaufhaus angerufen und kurzfristig um Urlaub gebeten. Man hatte ihn ihr gewährt. Dann hatte sie sämtliche Blumen in der Wohnung gegossen und Witwe Lindell aus dem dritten Stock gebeten, in den nächsten Tagen nach ihnen zu sehen. Die alte Lindell hatte sie überredet, zu Kaffee und Kuchen zu bleiben, und sie hatten fast eine Stunde zusammengesessen. Es war sehr gemütlich gewesen, aber nach einer Weile wurde Ellinor unruhig, weil sie sich noch um so vieles kümmern musste.

Man konnte für einen Mann nicht alles stehen und liegen lassen, egal, wie wundervoll er war. Nein, man musste sich beherrschen und zusehen, dass man die Wohnung in einem ordentlichen Zustand zurückließ. Insbesondere, wenn eine Nachbarin allein durch die Räume streifte.

Also putzte sie gründlich. Saugte und wischte Staub und feudelte den Boden. Putzte die Fenster. Bezog das Bett neu und klopfte die Kissen auf dem Sofa zurecht. Dann räumte sie den Kühlschrank leer und stellte alle Pflanzen auf den Balkon, damit Witwe Lindell nicht durch die ganze Wohnung lief.

Als sie mit allem fertig war, setzte sie sich mit einem Gläschen von ihrem Lieblingscognac aufs Sofa. Sie hatte die Flasche schon seit mehreren Jahren und trank nur bei besonderen Gelegenheiten davon. Der Cognac stammte von einem kleineren Produzenten, Delamain, und sie hatte in einer Zeitschrift von seinem »Réserve de la Famille« gelesen. Er war teuer, aber ergiebig, und sie liebte den sanften Schnapsgeschmack und seinen fruchtigen Abgang. Dieser Cognac sorgte dafür, dass sie sich auserwählt und exklusiv fühlte in einer Welt voller profaner Belohnungen. Einer Welt, die nicht so genießen konnte wie sie.

Nicht so leben.

Nicht so lieben.

Seit sie Sebastian Bergman zum ersten Mal getroffen hatte, waren einige intensive Tage vergangen. Sebastian, dieser Seelenverwandte, der ihr Leben im Sturm erobert hatte. Nun brauchte sie eine kurze Zeit für sich und ihre Gedanken, ehe sie weiterging. Sie nippte an ihrem Cognac und saß einfach nur da.

Eine Zeit für sich. Im Hier und Jetzt.

Bevor ihr Leben weiterging.

Ralph stieg am Odenplan aus. Er war nicht ganz sicher, ob das tatsächlich die U-Bahn-Station war, die am nächsten an der Västmannagatan lag, dafür fuhr er zu selten mit der grünen Linie, aber auf der Karte hatte es so ausgesehen. Unten am Bahnsteig waren nicht viele Fahrgäste unterwegs, und er gelangte schnell aus dem U-Bahn-Schacht nach oben. Er überquerte die breite Straße und ging Richtung Westen. Die Västmannagatan müsste einige Querstraßen weiter liegen. Er war noch nie zu Fuß dorthin gegangen. Unterwegs machte er sich Gedanken, wie er vorgehen sollte. Er nahm sein Handy und wählte Ellinor Bergkvists Nummer. Sie meldete sich nach dem dritten Klingeln.

»Ja, hallo, hier ist Ellinor?«

Ralph legte sofort auf. Sie war zu Hause. Er wusste, dass sie allein wohnte. Am Tag nach Sebastians Besuch war es ihm gelungen, den Türcode zu erspähen, weil er so getan hatte, als wollte er einer alten Frau beim Betreten des Hauses helfen. Das erste Hindernis war also schon einmal überwunden. Anschließend wäre er jedoch zur Improvisation gezwungen. Genau wie bei Anna Eriksson war die Planung unvollkommen, und das störte ihn. Alternativ hätte er sie jedoch einige Wochen oder wenigstens Tage beobachten müssen, und er wusste, dass ihm diese Zeit nicht mehr blieb. Eine neue Phase war angebrochen. Alles musste schneller gehen. Sowohl Entscheidungen als auch Handlungen. Er musste es schaffen. Er sollte es schaffen. Inzwischen war er erfahren. Und kurz davor, in die Geschichte einzugehen. Er, der einfache Blumenbote, der ein Geschenk brachte. Welche Frau würde ihm nicht die Tür öffnen?

»Entschuldigung. Dein Sebastian«.

Er lächelte, als er an seinen Plan dachte.

Er gelangte zu dem Hauseingang und seinem endgültigen Ziel, ging jedoch zunächst vorbei, ohne dort anzuhalten. Stattdessen lief er zu dem kleinen Park hinauf und setzte sich für einen kurzen Moment auf die dunkelgrünen Bänke. Er sah sich um. Soweit er es erkennen konnte, war niemand in der Nähe. Niemand, der ihm oder dem Eingang besondere Aufmerksamkeit widmete. Ein Müllauto fuhr langsam vorbei, verschwand jedoch hinter der Ecke. Ralph stand wieder auf und hielt den Blumenstrauß so, dass er einen Großteil seines Gesichts verbarg.

Dann ging er langsam zurück. Nicht zu schnell. Er durfte nicht gestresst wirken. Nicht auffallen.

Durfte nur als Arm voller Rosen zu sehen sein.

Eine Liebesgabe auf dem Weg zu einer Frau.

Der Code lautete 1439. Er kontrollierte ihn noch einmal mit einem Blick auf sein Handy, wo er die Zahl sicherheitshalber gespeichert hatte.

Die Zahl stimmte.

Die Haustür öffnete sich von selbst. Sie war mit einem

automatischen Mechanismus ausgestattet, um Leuten mit Kinderwagen und älteren Menschen das Betreten zu erleichtern. Das gefiel ihm nicht. Es machte seinen Auftritt zu groß, zu dramatisch, als würde er eine Bühne betreten. Er ging schnell in das große Foyer, wo er so tat, als suchte er an der Übersichtstafel nach dem Namen, obwohl er genau wusste, wo sie wohnte. Im vierten Stock. Drei Nachbarn. Die automatische Tür fiel langsam hinter ihm zu, und es kehrte eine befreiende Stille ein, als der Lärm von der Straße ausgeschlossen wurde. Es kam ihm vor, als wäre er unsichtbar, wie er so in dem weiß gestrichenen schönen Eingang mit seinen zierlichen, griechisch anmutenden Figuren im neoklassizistischen Stil stand. Die Rosen passten hierher.

Rot und weiß.

Die Farben der Liebe und der Unschuld.

Wie poetisch, wenn der Tod in diesem Gewand kam.

Er beschloss, den Aufzug nach oben zu nehmen. Dort angekommen, würde er die innere Tür des Fahrstuhls blockieren, damit ihn niemand benutzen konnte und alle gezwungen waren, die Treppen zu steigen. Dadurch würde er hören können, ob jemand auf dem Weg nach unten oder oben war, was ihm Zeit zum Handeln ließ. Es konnte um Sekunden gehen.

Der Aufzug war nicht da, und er drückte auf den abgewetzten schwarzen Bakelitknopf. Der Lift setzte sich mit einem mechanischen Rattern in Bewegung. Er blickte durch den Aufzugschacht nach oben und sah, dass die Kabine ganz oben im vierten oder fünften Stock war. Sie bewegte sich nervenaufreibend langsam nach unten.

Am kritischsten war der Zeitraum vom Öffnen der Tür bis zum Betreten der Wohnung, bevor die Tür geschlossen und die Frau in seiner Gewalt war. Es durfte nur wenige Sekunden dauern und musste so lautlos wie möglich vonstattengehen.

Die Akustik des Treppenhauses würde jedes Geräusch verstärken. Er nahm sein Leatherman-Messer, klappte es auf und versteckte es in seiner rechten Hand hinter den Rosen.

Ellinor drehte eine abschließende Runde in der Wohnung. Entschied sich in letzter Sekunde, die Balkontür einen Spalt offen zu lassen, damit es nicht muffig roch, wenn Witwe Lindell kam. Schätzte Ellinor die alte Dame richtig ein, dann würde sie schon heute Abend auftauchen. Ellinor drehte die Balkonklinke so, dass die Tür gekippt stand, wodurch etwas frische Luft hereinkam. Danach war sie zufrieden. Die Wohnung war in einem perfekten Zustand.

Sie öffnete die Wohnungstür und ging ins Treppenhaus. Schloss hinter sich ab. Sah, wie der Aufzug auf dem Weg nach unten an ihrem Stockwerk vorbeifuhr. Typisch. Wäre sie eine Minute früher gegangen, hätte sie ihn noch erwischt. Jetzt war sie gezwungen zu warten. Sie rollte den kleinen schwarzen Koffer in Handgepäckgröße, den sie mit Personalrabatt gekauft hatte, zum Fahrstuhl. Mit diesem Koffer war sie sehr zufrieden, denn er war praktisch und lag gleichzeitig voll im Trend. Der Fahrstuhl setzte im Schleichtempo seinen Weg nach unten fort.

Bei der letzten Eigentümerversammlung hatten sie darüber gesprochen, ihn zu renovieren, die Angelegenheit jedoch vertagt. Durch seinen alten, offenen Stil mit einem Gitterkäfig und dunklem Holz war er sehr apart, ließ jedoch funktionsmäßig einiges zu wünschen übrig. Ellinor und einige andere Bewohner hatten ein moderneres und schnelleres Modell vorgeschlagen, dessen Knopf man immer drücken konnte und auf den man dann nur noch zu warten brauchte. Jetzt musste man warten, bis er stillstand, um überhaupt drücken zu können.

Ralph erstarrte, als er hörte, wie über ihm eine Tür geöffnet wurde. Er war sich unsicher, aus welchem Stockwerk das Geräusch kam. Das erste konnte er direkt ausschließen, denn es war auf jeden Fall weiter oben gewesen, aber aufgrund der Akustik war alles andere unmöglich genauer zu bestimmen. Er lauschte angestrengt, hörte aber nur das Brummen des Aufzugs. Er wartete darauf, Schritte auf der Treppe zu vernehmen, doch es kamen keine. Die betreffende Person wartete anscheinend auf den Lift. So wie er. Jetzt musste er einen kühlen Kopf bewahren. Er hob seinen Blumenstrauß noch etwas an, bis er nur noch ein Körper war, dessen Haupt von Blumen verdeckt wurde, und nahm das Messer noch fester in die Hand. Endlich kam der Aufzug an und hielt mit einem dumpfen Rums, gefolgt von einem schärferen, metallischen Klicklaut, als der Schließmechanismus nachgab. Er öffnete die Tür, so leise er konnte, wusste aber nicht so recht, was er jetzt tun sollte. Es gab zwei Möglichkeiten: abbrechen oder hochfahren.

Er entschied sich für Letzteres. Abbrechen konnte er immer noch. Erst musste er die Person dort oben zum Handeln zwingen. Er hielt die Tür auf, sodass der Aufzug stehenblieb. Im Haus war es still. Mucksmäuschenstill.

Es vergingen einige Minuten, während derer sich Ralph die Alternativen mehrmals durch den Kopf gehen lassen konnte. Zu oft. Vielleicht wäre es doch das Beste, jetzt abzubrechen. Nach einer Weile zurückzukommen und von vorn anzufangen. Er wollte gerade die Aufzugtür zufallen lassen und weggehen, als er hörte, wie die Person dort oben begann, die Treppen hinabzusteigen. Ihre Schritte waren ziemlich schnell und schienen sich ihm umso schneller zu nähern. Er entschied sich sofort. Es gab keinen Schritt zurück. Er betrat den Aufzug.

Ellinor war genervt. Das war mal wieder typisch. Eigentlich hatte sie nichts dagegen, die Treppen zu benutzen. Bewegung war gesund, aber heute war da noch ihr Koffer. Er war etwas zu schwer, um ihn den ganzen Weg nach unten zu tragen. Außerdem hatte sie neulich einen Artikel gelesen, der eindeutig darüber aufgeklärt hatte, dass es schlecht war, Treppen hinabzusteigen. Offenbar belastete es die Knie sehr. Treppauf war gesund. Treppab sollte man vermeiden. Aber jetzt blieb ihr keine andere Wahl. Sie hatte keine Lust, noch länger zu warten. Ärgerlicherweise setzte sich der Aufzug gerade da in Bewegung, als sie schon den halben Weg in den dritten Stock zurückgelegt hatte. Sie überlegte für eine Sekunde, ob sie umdrehen und zurückgehen sollte. Nein, sie konnte genauso gut weitergehen und darauf hoffen, dass der Aufzug im dritten Stock hielt, dann konnte sie dort einsteigen. Sie ging die letzten Stufen bis zur nächsten Etage hinunter und wartete. Wenn sie Glück hatte, war es Robert Andersson aus dem Dritten, der gerade auf dem Weg nach oben war. Er kam für gewöhnlich um diese Zeit nach Hause. Endlich kam der Fahrstuhl, und sie trat einen Schritt beiseite, um Robert vorbeizulassen, falls er es war. Aber es war nicht Robert, sondern irgendein ziemlich großer Typ. Sie sah nicht viel mehr von ihm als ein paar beigefarbene Hosen, ein blaues Polohemd und einen riesigen Blumenstrauß, der sein Gesicht verdeckte. Der Aufzug fuhr weiter, ohne anzuhalten. Ellinor lächelte vor sich hin. Irgendjemand aus den oberen Stockwerken würde heute einen schönen Strauß bekommen. Der Gedanke an die Liebe gab ihr neue Energie, und sie beschloss, auch das letzte Stück zu Fuß zu gehen. Sie hatte keine Zeit, noch länger hier herumzustehen und auf Fahrstühle zu warten.

Nicht schon wieder. Nicht schon wieder. Nicht schon wieder.

Instinktiv dachte er daran, den Notknopf zu drücken. Doch als er seinen Gedanken in die Tat umsetzen wollte, befand er sich bereits einen halben Meter über dem dritten Stock und wäre wohl in der Mitte zwischen zwei Stockwerken stecken geblieben. Durch das Fahrstuhlgitter sah er Ellinor weitertraben. Nach unten. Weg von ihm. Er hatte das Ritual zu sehr abgewandelt. Sie entkam ihm. Der starke, süße Duft der Rosen erschien ihm plötzlich ekelerregend. Als er endlich im vierten Stock ankam, riss er die Tür auf und begann zu rennen. Er pfiff auf die Vorsicht. Diesmal durfte er sie nicht verpassen, selbst wenn er dabei allzu große Risiken einging. Es musste sein. Die Frage, wie er das Ritual ausführen sollte, musste er auf später vertagen. Seine eigenen Schritte hallten so laut im Treppenhaus wider, dass er die ihren nicht mehr hörte. Er hielt für eine Sekunde inne – da waren sie wieder. Weit konnte sie nicht gekommen sein. Befand sich vielleicht ein Stockwerk unter ihm. Höchstens. Er erhöhte sein Tempo.

Jetzt hatte er den zweiten Stock hinter sich gelassen. Er versuchte, zwei Stufen auf einmal zu nehmen, aber mit sowohl Tasche, Tüte als auch Blumen in den Händen konnte er nur schwer die Balance halten. Er schlitterte ein wenig, hielt sich am Geländer fest und gewann die Kontrolle wieder. Im ersten Stock warf er die Rosen von sich und rannte weiter, bis er endlich das elegante Foyer erreicht hatte, in dem er eben noch gestanden hatte.

Es war leer.

Die Außentür war offen, also musste sie gerade hinausgegangen sein. Er verbarg die Messerklinge in seiner Hand und sprang zur Tür. Sie musste noch nah sein. Ganz nah.

Und so war es auch. Sie ging in Richtung des Norra Bantorget. Nur acht oder zehn Meter von ihm entfernt. Auf dem Bürgersteig war sie die Einzige, aber es fuhren regelmäßig Autos vorbei. Etwas weiter vor ihr gingen ein paar Lattemacchiato-Mamas mit ihren Kinderwagen. Er konnte unmöglich jetzt etwas unternehmen. Also war er gezwungen, ihr zu folgen und auf eine bessere Gelegenheit zu hoffen, ohne sie aus den Augen zu verlieren.

Er japste nach Luft und spürte, wie sehr er schwitzte, er verlangsamte seine Schritte, klappte unauffällig das Messer zusammen und legte es wieder in die Tasche zurück. Er wollte ihr einige Meter Vorsprung lassen.

Geduld. Entschlossenheit.

Genau das brauchte er jetzt.

Er hatte sie im Blick. Und er würde sie nicht entkommen lassen.

Sie gehörte ihm.

Ellinor hielt nach einem Taxi Ausschau. Normalerweise standen vor dem Hotel am Norra Bantorget welche, also ging sie dorthin. Eigentlich fuhr sie nicht besonders oft Taxi. Sie ging gern zu Fuß. Besonders, wenn das Wetter so schön war und Stockholm sich in seiner ganzen sommerlichen Pracht zeigte. Wäre heute ein Tag wie jeder andere, wäre sie sicher den ganzen Weg gelaufen. Aber heute war ein besonderer Tag, heute hatte sie ein Ziel, das sie so schnell wie möglich erreichen wollte. Der Tag war schneller fortgeschritten, als ihr lieb gewesen war. Es war wirklich merkwürdig mit der Zeit. Wie etwas so Konstantes trotzdem so relativ sein konnte. Wenn man dringend etwas erledigen musste, verging die Zeit schnell. Wenn man sich nicht vorwärtsbewegte und nach einem Sinn suchte, verging sie langsam. Umgekehrt wäre es besser – wenn man für die wichtigen

Stunden mehr Zeit hätte als für die des Stillstands. Ein Taxi kam auf sie zugefahren, es schien frei zu sein, also hob sie schnell den Arm, um es anzuhalten. Erfreut sah sie, dass es langsamer wurde und direkt vor ihr bremste. Sie schob den Koffer auf die Rückbank und setzte sich daneben. Ein Stück entfernt sah sie einen großgewachsenen Typen stehen, der sie anstarrte und auf die Straße sprang, nachdem sie die Autotür zugezogen hatte. Anscheinend suchte er auch ein Taxi, dachte sie, während sie beobachtete, wie er einen Wagen auf der anderen Straßenseite anzuhalten versuchte, der aber einfach weiterfuhr. Sie lächelte. Was für ein Glück, dass sie diesen hier bekommen hatte.

Heute war unbestritten ihr Glückstag.

Sie bat den Fahrer, sie nach Östermalm zu fahren.

In Richtung Liebe.

Sebastian Bergman hatte den ganzen Tag versucht, Trolle zu erreichen. Sein Unbehagen wuchs mit jedem unbeantworteten Anruf. Seit sie sich vor Anna Erikssons Haus getrennt hatten, waren fast sechzehn Stunden vergangen. Sie waren einander noch nie so nahe gewesen wie in diesem Moment, und die Nähe, die Sebastian gespürt hatte, ließ seine Unruhe immer konkreter werden. Vor allem, da Anna Eriksson in Sicherheit war. Denn das hätte Trolle ihm auf jeden Fall mitgeteilt, war das doch der ganze Sinn der Aktion gewesen: ihre Wohnung zu überwachen.

Sie zu beschützen.

Vanja zu beschützen.

Das Geheimnis zu schützen.

Sebastian hatte keine Idee, was er noch tun konnte, außer weiterhin bei ihm anzurufen. Er sah keine andere Möglichkeit und fühlte sich vollkommen allein mit seiner Angst. Normalerweise brauchte er niemanden. Nur sich selbst. Aber jetzt kam sogar er an seine Grenzen.

Um sich abzulenken, versuchte er, sich auf sein bevorstehendes Treffen mit Hinde zu konzentrieren. Zurzeit nutzte er dem Team wirklich nicht viel, da hatte Vanja ganz recht. Allerdings musste das neue Treffen mit Hinde auch erst einmal zustande kommen. Irritiert begann er, wegen der Genehmigung nach Torkel zu suchen. Edward Hinde war der Schlüssel zu allem. Sebastians Widerwille war wie weggeblasen. Jetzt lechzte er geradezu danach, Hinde allein konfrontieren zu dürfen, ohne sich um Vanja sorgen zu müssen. Diesmal würde er gewinnen. Ihn überrumpeln.

Torkel war nicht in seinem Büro. Seine Sekretärin behauptete, er habe administrative Dinge zu erledigen, als Sebastian nach ihm fragte. Eine Besprechung mit der Führungsebene – in der Chefetage. Sebastian flitzte eine Treppe nach oben. Er ging zu dem Innenfenster des großen Konferenzraums, in dem solche Treffen normalerweise stattfanden. Dort drinnen saß tatsächlich Torkel mit ein paar anderen; eindeutig hohe Tiere. Einige trugen sogar diese alberne weiße Chefuniform mit goldenen Epauletten. Sebastian hasste Polizisten mit glänzenden Schulterstücken. Weiter konnte man sich doch gar nicht von der Polizeiarbeit entfernen. Diese Leute waren nie an Tatorten, man sah sie allenfalls mal im Fernsehen oder in Konferenzräumen wie diesem, mit Mineralwasser vor sich. Sebastian setzte sich demonstrativ mit einem Stuhl direkt vor die große Scheibe des Konferenzraums. Bisher hatte Torkel ihn noch nicht entdeckt oder tat zumindest so. Sebastians Frustration wuchs, und als er eine Viertelstunde lang dort gesessen hatte, riss ihm der Geduldsfaden. Er stand auf und stieß ohne Vorwarnung die Tür auf.

»Hallöchen! Löst ihr gerade den Palme-Mord?«

Alle verstummten und starrten ihn an. Einige der Gesichter weckten bei ihm eine vage Erinnerung aus früheren Zeiten, aber die meisten kannte Sebastian nicht. Der Einzige, den er gut kannte, stand jedoch auf.

»Sebastian, die Tür war aus gutem Grund geschlossen«, sagte Torkel mit unterdrücktem Zorn in der Stimme. »Wir haben ein Meeting.«

»Ja, das sehe ich. Aber ich muss Hinde heute treffen. Heute! Wir können nicht länger warten.«

»Wir haben noch keine neue Besuchserlaubnis. Ich beschleunige den Vorgang ja schon, so sehr ich kann.«

»Dann musst du eben mehr können! Kümmere dich darum!«

»Darüber reden wir aber nicht hier und jetzt, Sebastian.« Torkel warf den anderen im Raum einen entschuldigenden Blick zu, ehe er sich wieder Sebastian zuwandte: »Und nun geh bitte!«

»Wenn ich diese Erlaubnis bekomme, mache ich mich sofort aus dem Staub. Versprochen.«

Sebastian betrachtete die Menschen am Tisch. Sie beäugten ihn mit einer Mischung aus Erstaunen und Verachtung. Er merkte, dass er auf einem ziemlichen Holzweg war, aber er hatte keine Lust mehr, ihre affigen Regeln zu befolgen. Es standen Leben auf dem Spiel. Und nicht nur sein eigenes.

»Deine herausgeputzten Freunde hier wollen den Fall doch sicher auch lösen, bevor er der fünften Frau den Hals durchschneidet. Und ich bin der Schlüssel dazu.«

Sebastian sah, wie Torkels Augen vor Wut zu glühen begannen. Jetzt war er eindeutig zu weit gegangen. Eine Frau, die rechts neben Torkel gesessen hatte, stand kontrolliert auf. Sebastian erkannte, dass es die Chefin der Reichspolizei war.

»Ich glaube nicht, dass wir uns kennen«, sagte sie mit einer Stimme, die garantiert Frostbeulen verursachte. Eine zivilisierte Art und Weise zu fragen: Wer zum Teufel bist du?

»Nein, das stimmt«, entgegnete Sebastian und setzte sein gewinnendstes Lächeln auf. »Aber wenn Sie mir helfen, diese Genehmigung zu erhalten, gebe ich Ihnen gern mal die Gelegenheit zum Kennenlernen.«

Torkel ging schnell auf Sebastian zu und packte ihn hart am Arm.

»Bitte entschuldigen Sie mich. Ich bin gleich zurück.«

Er schleifte Sebastian mit hinaus und schloss die Tür hinter sich.

»Was tust du da, verdammt noch mal? Bist du jetzt völlig durchgedreht? Willst du, dass ich dich rausschmeiße?!«

»Warum dauert das so ewig? Liegt das etwa an Haraldsson, der sich querstellt?«

»Ich weiß es nicht! Und es spielt auch keine Rolle! Wir müssen darauf warten. Du bist eben kein Polizist, deshalb dauert es ein bisschen länger. Und wenn dir das nicht passt, kannst du gleich deine Sachen packen.«

»Na klar. Damit kannst du mir so oft drohen, wie du willst. Ich bin der Einzige, der die Morde stoppen kann. Und das weißt du.«

»Stimmt, deine Expertise und dein untrüglicher Instinkt haben uns bisher ja auch sehr gut vorangebracht.«

»Sarkasmus steht dir nicht, Torkel.«

Sie schwiegen eine Weile.

Torkel seufzte schwer und sammelte sich. »Okay, aber bitte schön: Fahr jetzt nach Hause. Du kostest zu viel.«

»Ich arbeite umsonst.«

»Ich meinte nicht das Geld.«

Sebastian sah Torkel an und verkniff sich den letzten Kommentar, der ihm auf der Zunge lag.

»Ich sage Bescheid, sobald die Erlaubnis da ist.«

Anschließend öffnete Torkel die Tür und ging wieder in seine Sitzung. Sebastian hörte, wie er sich entschuldigte, bevor die Tür hinter ihm zufiel und die Stimmen nur noch als undeutliches Gemurmel wahrzunehmen waren.

Im ersten Moment wollte Sebastian erneut hineingehen. Sich noch mehr blamieren.

Aber er war bereits zu weit gegangen. Viel zu weit.

Nach seinem Auftritt stand er mehr als schlecht da.

Ausnahmsweise hörte er auf Torkel und fuhr nach Hause.

Das dauerte ziemlich lange. Er war gezwungen, zuerst nach eventuellen Verfolgern Ausschau zu halten. Vor allem nach einem silberfarbenen Toyota. Aber eigentlich beäugte er alle Autos, die vorbeifuhren oder am Straßenrand parkten, mit einem gewissen Misstrauen. Er spähte überall hinein, denn der Mörder hatte das Auto ja auch früher schon mal gewechselt und konnte es wieder tun. Er lief im Zickzack nach Hause, drehte Kreise und nahm sich viel Zeit. Erst als er wirklich überzeugt war, dass ihm niemand folgte, ging er durch seinen Hauseingang in der Grev Magnigatan. Stieg die Treppen zu seiner Wohnung hinauf. Betrat sie und setzte sich in seinem Zimmer aufs Bett.

Seine ständige Beunruhigung darüber, verfolgt zu werden. Die Geheimnisse. Das doppelte Spiel. Trolle. Die Frauen. Vanja. All das zehrte an ihm und brachte ihn dazu, irrational zu handeln, und wenn er so weitermachte wie eben, würde er Hinde wahrscheinlich gar nicht mehr treffen dürfen. Eine Organisation wie die Polizei akzeptierte nur ein gewisses Konfliktniveau bei gleichzeitigem Ausbleiben von Ergebnissen, das wusste er.

Er legte sich aufs Bett, um seinen Kopf frei zu bekommen, schloss die Augen und versuchte, seine Gedanken zu zerstreuen. In der Wohnung war es vollkommen still. Es war ein schönes Gefühl, einfach nur so dazuliegen. Das brauchte er jetzt. Er versuchte, ruhig und meditativ zu atmen, wie Lily es ihm einmal beigebracht hatte.

Tiefe Atemzüge. Regelmäßig. Langsam. Die eigene Stille finden.

Er hatte Lily so sehr geliebt. Die Erinnerung an sie lag immer direkt hinter dem Bild von Sabine, es war weicher und schwächer in den Konturen, aber immer noch vorhanden, wie ein Schatten. Er wusste, warum sie nur die Zweite war. Weil er sich schämte. Weil er ihre gemeinsame Tochter losgelassen hatte. Sie ans Meer verloren hatte.

Das Gefühl des Verlusts überwältigte ihn mit voller Kraft, und er stand hastig auf. Das ruhige Atmen war sofort von den unregelmäßigen Atemzügen der Trauer vertrieben worden. Er fühlte sich gejagt. Von sich selbst und seinen Erinnerungen. Nirgends war er frei von ihnen.

Seine Augen fielen auf Trolles Ica-Tüte, deren Plastikhenkel unter dem Bett hervorragten. Sogar hier sprangen sie ihm ins Auge – die Beweise, was er eigentlich für ein Mensch war. Halb versteckt unter dem Bett lagen die Dokumente, die er bestellt und bezahlt hatte, um Vanjas Eltern in den Schmutz zu ziehen. Was hatten sie ihm eigentlich getan? Nichts. Anna hatte nur versucht, ihre Tochter vor dem Mann zu beschützen, der zu allem fähig war. Valdemar wusste nichts von ihm, hatte Anna gesagt. Das stimmte sicher auch. Doch obwohl sie eigentlich beide unschuldig waren, sollten sie heimgesucht werden, bestraft werden. Dabei waren sie nicht einmal seine wirklichen Gegner. Das war nur er. Er allein.

Sein eigener Feind.

Langsam hob er die Tüte vom Boden auf. Er sollte sie verbrennen. Vernichten. Er hatte kein Anrecht auf ihr Leben. Eigentlich hatte er nicht mal besonders viel Recht auf sein eigenes. Er betrachtete den weißen Kachelofen, den er noch nie benutzt hatte. Wenn er nur wüsste, wo er Streichhölzer hatte. Vielleicht in der Küche. Er ging hinein und begann mit den Schubladen. Besteck in der obersten. Diverse Küchenutensilien in der zweiten. Keine Streichhölzer. Topflappen und Untersetzer, die er nie benutzte, in der dritten. Plötzlich klingelte es an der Tür. Er blickte völlig entgeistert in den Flur und konnte sich nicht erinnern, wann das zum letzten Mal vorgekommen war. Wahrscheinlich, als ein Vertreter dagestanden hatte. Oder die Zeugen Jehovas. Es klingelte erneut. Er beschloss, das Klingeln zu ignorieren, er hatte weder Zeit noch Lust, jemanden abzuwimmeln. Doch dann hörte er die Stimme draußen.

»Sebastian. Mach auf. Ich weiß, dass du da bist!«

Es war Ellinor Bergkvist. Das konnte doch nicht wahr sein. Was hatte die hier zu suchen?

»Huhu, Sebastian, aufmachen!«

Er hielt kurz inne und beschloss dann, seinem ursprünglichen Plan zu folgen und das Klingeln zu ignorieren. Doch sie läutete noch einmal. Diesmal länger. Hartnäckig. Konnte sie wirklich wissen, dass er da war? Bei Ellinor war nichts undenkbar. Erneutes Klingeln.

»Sebastian!«

Fluchend verließ Sebastian die Küche, pfefferte die Ica-Tüte wieder unter das Bett, als er am Gästezimmer vorbeikam, ging hastig in den Flur und riss die Tür auf, wobei er versuchte, so wütend auszusehen, wie er nur konnte. Das war nicht besonders schwer. Nicht, wenn Ellinor Bergkvist im Treppenhaus stand.

Sie hatte einen kleinen schwarzen Rollkoffer dabei und lächelte ihn so fröhlich und erwartungsvoll an, als gäbe es auf der Welt nichts Schlechtes. »Hier bin ich also«, war das Erste, was sie sagte. Genauso selbstverständlich wie ihr Lächeln.

Seine Antwort war ebenso selbstverständlich. »Was zum Teufel machst du hier?«

»Ich glaube, das weißt du ganz genau!« Sie hob ihre Hand, als wollte sie ihn berühren, ihm womöglich über die Wange streichen.

Sebastian wich aus Reflex einen Schritt zurück.

Ellinor strahlte ihn weiter an. »Nimmst du meinen Koffer?«

Sebastian schüttelte den Kopf. »Ich habe dich gebeten, eine Zeit lang zu verschwinden. Bis der Mordfall aufgeklärt ist.« Er sah sie ernst an. »Kapierst du das denn nicht? Du bist in Gefahr.«

Statt einer Antwort nahm sie selbst den Koffer und drängte

sich an ihm vorbei in den Flur. Er ließ sie gewähren. Oder besser gesagt, er war nicht schnell genug, um sie aufzuhalten. Ellinor hatte ein besonderes Talent, ihn zu überrumpeln. Sie stellte den Koffer ab.

»Bin ich wirklich in Gefahr?« Sie zog die Tür hinter sich zu. Dann drehte sie sich zu ihm um. Ging auf ihn zu. Mit diesen grünen Augen, denen er tatsächlich nur schwer widerstehen konnte. »Oder ist es in Wahrheit so, dass du mich in deiner Nähe haben willst?«

Sie streckte erneut die Hand aus, um ihn zu berühren, und diesmal ließ er es zu. Warum, wusste er auch nicht so recht. Ellinor hatte irgendetwas, das er nur schwer einordnen konnte. Er roch ihren Atem, eine süßliche Frische, wahrscheinlich hatte sie gerade ein Pfefferminzdragee gelutscht. Allzeit bereit.

»So, wie ich dich auch haben will?«, fuhr sie fort, während sie seine Wange streichelte, mit der Hand über seinen Hals und unter sein Hemd glitt.

Plötzlich war er wütend und erregt zugleich. Er hatte schon viele Frauen kennengelernt, aber keine wie sie. Sie hörte ihm nie zu. Was er auch sagte, sie drehte ihm immer das Wort im Mund um. Machte etwas Positives daraus. Positiv für sie. Sie war der Fixstern in ihrem ganz eigenen Universum, eine vollkommen unbändige Naturkraft im Widerstreit mit der Wirklichkeit.

Er versuchte es noch einmal. »Das, was ich dir gesagt habe, ist wahr. Ich habe es mir nicht ausgedacht.«

»Ich glaub dir ja«, erwiderte Ellinor in einem unbekümmerten Ton, der das genaue Gegenteil ausdrückte. »Aber ich kann doch genauso gut hier bei dir sein, anstatt allein in einem Hotelzimmer zu hocken.« Sie nahm seine Hand und führte sie an ihre Brust. »Hier ist es doch viel netter und kuscheliger.«

Sebastian versuchte, seine Gedanken zu sammeln. Ellinor zeigte deutliche Symptome von Liebeswahn. Stalker-Tendenzen. Das Händchenhalten am ersten Abend, die Blumen zum Namenstag, ihre Interpretation seiner Warnung. Möglicherweise war sie nicht im medizinischen Sinne krank, aber ihre Fixierung auf Sebastian war eindeutig ungesund. Er müsste sie hinauswerfen.

»Wir haben uns bis jetzt nur bei mir zu Hause geliebt ...«, flüsterte Ellinor in sein Ohr.

»Wir haben uns nirgendwo geliebt. Wir haben gevögelt.«

»Zerstör diesen schönen Moment doch nicht mit deinen hässlichen Worten.«

Sie biss ihn leicht ins Ohrläppchen. Sie roch nach Seife, ihre Haut war warm und zart, und er ließ seine Hand über ihre Brust gleiten und weiter hinauf zu ihrem Hals. Er musste ihr dringend erklären, dass die Geschichte ganz und gar kein verrückter Plan war, um sie zu ihm zu locken. Sondern dass sie ihm zuhören musste und begreifen, dass er es ernst meinte.

Aber wenn das sein Ziel war – warum stand er dann knutschend mit ihr im Flur? Warum zog er sie an sich und führte sie zu dem Bett im Gästezimmer? Er musste diesen grünen Augen die Schuld geben.

Es war ihre Schuld.

Denn irgendetwas hatte Ellinor.

Sie mogelte sich immer an seinem Widerstand vorbei.

Anschließend blieb er im Bett liegen, während sie seine Wohnung inspizierte. Erstaunlicherweise fühlte er sich entspannt wie schon lange nicht mehr. Seit der Zeit mit Lily hatte er in dieser Wohnung mit niemandem mehr geschlafen, er ging immer nur zu Auswärtsspielen. Erstaunlicherweise spürte er keine Schuld, und seine übliche Angst nach dem Sex glänzte durch Abwesenheit. Widerwillig gestand er sich ein, dass er Ellinor lauschte, wie sie durch die Wohnung ging. Sie klang glücklich. Er lächelte, als er ihre munteren Ausrufe über die Anzahl der Räume und Möglichkeiten hörte.

»Was für ein großes Zimmer! Hier könnte man ja ein wunderbares Esszimmer einrichten!«

Immerhin hatten sie es nicht in Lilys und seinem Bett getan, beruhigte er sich. Und diese Wohnung war auch nie ihr richtiges Zuhause gewesen. Sie hatten eine Zeit lang hier gewohnt, aber nach ihrer Heirat waren sie nach Köln gezogen.

»Du hast auch eine Bibliothek!?«

Irgendetwas war wirklich besonders an dieser Frau, die jetzt durch all die Räume streifte, die er nicht mehr benutzte. Sie war faszinierend auf eine Art, die er nicht richtig fassen konnte. Ganz gleich, wie oft er sie von sich stieß – sie kehrte immer wieder zu ihm zurück. Wie ein Flummiball, der die Kraft des Abstoßes absorbierte. Mit so etwas hatte er nicht gerechnet, als er ins Volksbildungswerk gegangen war, wo er sie kennengelernt hatte. Andererseits war seither viel passiert, mit dem er nicht gerechnet hatte. Dinge, an die er nun schon eine ganze Weile nicht mehr gedacht hatte. Man konnte über Ellinor vieles sagen, aber eines war sicher: Sie brachte ihn auf andere Gedanken.

Nach einigen Minuten kam sie zurück. Sie hatte sich sein Hemd übergezogen, ohne es zuzuknöpfen. Ihr rotes Haar leuchtete, und sie sah aus wie eine Frau aus einem französischen Film. Feminin und unwiderstehlich. Fast kam es ihm so vor, als hätten sie den gleichen Film gesehen. Sie setzte sich aufs Bett, zog die Beine an und sah ihn an.

»Das ist ja eine riesige Wohnung.«
»Ich weiß.«

»Warum benutzt du sie nicht?«

»Deinetwegen.«

Ihre Augen leuchteten auf wie die eines Kindes an Heiligabend.

»Wirklich?«

»Nein, aber du hörst ja sowieso nicht auf mich, egal, was ich sage.«

Sie boxte ihn spielerisch in die Seite und ignorierte seine Boshaftigkeit. Wie immer. So etwas schien keinerlei Wirkung auf sie zu haben.

»Wir werden hier schon Ordnung reinbringen, das verspreche ich.«

»*Wir* werden hier gar nichts reinbringen. Meinetwegen kannst du ein paar Tage hier wohnen bleiben. Aber dann musst du wieder umziehen.«

»Natürlich. Wir lassen das alles ruhig angehen. Und wenn du mich nicht hierhaben willst, fahre ich sofort wieder.« Sie setzte sich rittlings auf ihn und küsste ihn auf den Mund.

Sie musste denselben Film gesehen haben.

»Das ist gut. Ich möchte nämlich nicht, dass du hier wohnst.«

Sie lächelte über seinen Versuch und hörte schon wieder nicht richtig zu. »Aber warum denn nicht? Du machst dir doch Sorgen um mich. Wenn ich hier bin, hast du mich im Blick. Außerdem brauchst du mich.«

»Ich brauche niemanden.«

»Nun lüg doch nicht, Liebling. Du brauchst jemanden. Das sieht man dir schon von weitem an.«

Er wusste nicht, was er noch antworten sollte. Sie hatte recht. Er brauchte jemanden, aber wohl kaum sie. Sie auf gar keinen Fall. Ohne seine Antwort abzuwarten, ging Ellinor in die Küche und kochte für sie beide Kaffee. Er blieb im Bett liegen und lauschte den Geräuschen, die sie machte.

Als sie in seiner Küche nach dem Kaffee suchte, pfiff sie vor sich hin.

Das hatte noch nie jemand getan.

Aber das war noch lange nicht das Schlimmste.

Das Schlimmste war, dass es ihm gefiel.

Edward Hinde möchte mit dir sprechen.«
Annika steckte ihren Kopf zu Haraldssons Tür hinein. Er saß in einem der beiden Besuchersessel und sah von der Mappe auf, in der er gerade gelesen hatte. »Lövhaga 2014, Visionen und Ziele« stand auf der Vorderseite. Haraldsson hatte gerade mal die ersten zwei Seiten des dreißig Seiten umfassenden Dokuments gelesen. Vor ihm auf dem Tisch lag ein Collegeblock, auf dem er die Formulierungen notierte, die er nicht verstand, oder die Abschnitte, über die er sich noch mehr Hintergrundwissen und Information aneignen musste. Er hatte schon fast eine halbe DIN-A4-Seite vollgeschrieben. Im Prinzip war ihm ein Viertel des Textes unbegreiflich. Deshalb war er unerhört froh über die Gelegenheit, seine Notizen beiseitezulegen und sich wichtigeren Dingen zuzuwenden.
»Wirklich?«
»Ja, einer der Aufseher hat gerade angerufen. So schnell wie möglich.«
»Dann gehe ich sofort los.«
Haraldsson sprang aus seinem Sessel auf und verließ das Zimmer. Endlich. Er hatte schon oft wieder zu Hinde gehen wollen. Auf einen spontanen Besuch. Doch es war ein schwieriger Balanceakt, denn er durfte weder übereifrig wirken, noch den Kontakt zu Hinde verlieren. Jetzt hatte Hinde den ersten Schritt gemacht. Die Initiative ergriffen. Das verhieß Gutes. Haraldsson hatte wirklich auf ein baldiges Treffen gehofft, denn er konnte den Besuchsantrag von der Reichsmordkommission nicht länger hinauszögern. Er

war wohl oder übel gezwungen, ihnen ihr Plauderstündchen zu genehmigen. Aber Haraldsson wollte die Chance haben, als Erster dranzukommen. Die Nuss zu knacken. Was für eine Vorstellung, wenn Hinde ihm etwas Entscheidendes mitteilen würde! Wenn er morgen nicht nur seinen Hochzeitstag feiern könnte, sondern auch in der Zeitung lesen, dass der Serienmörder, der Stockholm in Angst und Schrecken versetzt hatte, nun dingfest gemacht worden war. Dass unbestätigten Angaben zufolge von der Gefängnisdirektion der entscheidende Hinweis gekommen war. Im Idealfall würde er sogar namentlich erwähnt. Gestern war *Expressen* auf die Verbindung zwischen Edward Hinde und den neuen Morden gestoßen. Sie hatten zwar nichts darüber geschrieben, dass Hinde involviert war, doch anscheinend war die ähnliche Vorgehensweise an die Öffentlichkeit gesickert. Der Aspekt des Nachahmungstäters wurde heute überall ausgebreitet, das hatte Haraldsson im Internet gelesen. Die Opfer aus den neunziger Jahren waren erneut Stoff für die Seite eins. Sogar ein Infokasten zu Hinde war abgedruckt worden, eine kurze Übersicht über die Ereignisse damals bis zu seiner Verhaftung.

Der Mörder wäre gefasst, und der Mann, der den Fall gelöst hatte, arbeitete in Lövhaga, wo Hinde einsaß. Das wäre eine große Geschichte. Richtig groß.

Er lächelte noch immer, als er Edward Hindes Zelle betrat.

»Sie sehen so glücklich aus.« Hinde saß wie immer auf dem Bett, den Rücken an der Wand, die Beine übereinandergeschlagen. »Ist irgendwas Tolles passiert?«

Der Schreibtischstuhl stand schon vor dem Bett bereit. Haraldsson setzte sich. Von den Hoffnungen, die er in das bevorstehende Gespräch setzte, erzählte er besser nichts, gleichzeitig wollte er Hinde aber auch bei Laune halten und hatte den Eindruck, dass dieser den persönlichen Smalltalk zwischen ihnen bisher immer sehr zu schätzen gewusst hatte. Und er hatte schließlich mehrere Gründe, glücklich zu sein.

»Morgen ist Jennys und mein Hochzeitstag.«

Was ihn an etwas erinnerte ... Haraldsson blickte sich hastig in der Zelle um, ob er das Foto von seiner Frau irgendwo sehen konnte. Immerhin schien Hinde es nicht aufgehängt zu haben. Was für ein Glück. Nicht auszudenken, was passiert wäre, wenn das Personal sah, dass Hinde ein Foto von der Frau des Gefängnisdirektors an der Wand hängen hatte.

»Wie schön«, sagte Hinde. »Wie viele Jahre sind Sie schon verheiratet?«

»Fünf.«

»Hölzerne Hochzeit.«

»Das wissen Sie! Nur die wenigsten wissen das.« Haraldsson war aufrichtig beeindruckt. Er selbst hatte es vor einigen Monaten googeln müssen.

»Sie würden staunen, wenn Sie wüssten, was ich alles weiß«, erwiderte Edward und hörte selbst, dass er süffisanter klang, als er es bezweckt hatte.

»Sie sollten an einem Wissensquiz teilnehmen!«

»Ja ... aber dazu wird es in nächster Zeit wahrscheinlich nicht kommen.«

»Nein.«

Amüsiert betrachtete Hinde den verstummten Haraldsson. In seinem Kopf nahm allmählich ein Plan für die Zukunft Formen an. Damit er funktionierte, musste er nur noch ein paar Dinge herausfinden. Bei den meisten konnte ihm Thomas Haraldsson behilflich sein. Und in seinen zweihundertvierzig Minuten am Computer würde er heute Nacht den Rest herausfinden.

Edward wusste längst, dass Haraldsson morgen Hochzeitstag hatte. Genau wie er auch schon lange wusste, dass der neue Anstaltsleiter vorher Polizist gewesen war. Als er erfahren hatte, dass Lövhaga einen neuen Direktor bekommen sollte, hatte er gründlich recherchiert. Wenn Haraldsson das Thema Hochzeitstag nicht selbst angesprochen hätte, hätte Hinde irgendwann versucht, das Gespräch unauffällig auf dieses Thema zu lenken. So blieb ihm diese Mühe erspart.

»Und wie werden Sie ihn feiern?«, fragte er mit ehrlichem Interesse in der Stimme. »Den Hochzeitstag«, fügte er zur Verdeutlichung hinzu.

»Erst Frühstück im Bett, und dann habe ich mit Jennys Arbeit gesprochen, damit sie ein paar Stunden freinehmen darf. Kurz vor der Mittagszeit wird sie von einem Taxi abgeholt, und dann bekommt sie eine ganz luxuriöse Wellnessbehandlung.«

»Sieh an. Wo arbeitet sie denn?«

»BBO heißt die Firma. Eine Wirtschaftsprüfungsgesellschaft. Abends gibt es dann ein ganz tolles Dinner.«

»Also wirklich ein vollkommener Tag!«

»Und einen Apfelbaum bekommt sie auch. Einen Ingrid Marie. In den Garten.«

»Sie sind wirklich sehr fürsorglich.«

»Sie ist es wert.«

»Das glaube ich ganz bestimmt.«

Es wurde erneut still. Das Schweigen war jedoch in keiner Weise qualvoll oder verunsichernd. Haraldsson ertappte sich bei dem Gedanken, dass er sich in der kleinen Zelle beinahe wohl fühlte. Es verwunderte ihn, wie nett man mit Hinde trotz allem reden konnte. Er hörte zu. Und zwar richtig. Außer Jenny fiel Haraldsson niemand in seinem Bekanntenkreis ein, der so aufrichtig interessiert war und so ... ermutigend. Aber so angenehm der Kontakt auch war, den Haraldsson inzwischen zu Hinde aufgebaut hatte – er durfte den Hintergedanken seines Besuchs nicht vergessen.

»Ich habe einige Fragen an Sie, auf die ich gern eine Antwort hätte, wie Sie bestimmt verstehen werden.« Er hoffte, nicht zu direkt gewesen zu sein. Zu forsch. Er wollte Hinde keinesfalls das Gefühl vermitteln, dass sie sich nur trafen, weil Haraldsson einen Nutzen aus diesen Begegnungen ziehen wollte. Doch seine Angst war unbegründet gewesen, stellte er fest, als Hinde die Beine vom Bett nahm und sich nach vorn beugte.

»Das ist ja wunderbar, denn es gibt da auch ein paar Sachen, die ich gern hätte.« Edward lächelte entwaffnend und breitete die Arme aus. »Win-win!«

»Ja«, sagte Haraldsson und lächelte zurück, überzeugt, dass er derjenige war, der am meisten zu gewinnen hatte. Worin Hinde ihm sogar zugestimmt hätte, denn er wusste, dass Haraldsson auf der anderen Seite auch am meisten zu verlieren hatte.

Zwei Dinge. Zwei Dinge wollte Hinde haben, wie sich herausstellte. Keines der beiden hatte Haraldsson dabei. Er konnte sie nicht einmal in Lövhaga beschaffen, jedenfalls nicht, ohne viele unangenehme Fragen über sich ergehen lassen zu müssen. Also hatte er die Zelle verlassen, war zu seinem Büro zurückgegangen und hatte Annika Bescheid gegeben, dass er für eine Weile weg sein würde, woraufhin er mit seinem Auto in das kleine Stadtzentrum gefahren war.

Zwei Dinge. Zwei schnelle Ladenbesuche. Als er wieder zurück nach Lövhaga fuhr, schielte Haraldsson zu seinen Einkäufen auf dem Rücksitz und versuchte zu ergründen, was Hinde damit vorhatte. Er grübelte auch darüber, ob es unethisch oder falsch war, sie ihm zu geben, und entschied, dass dem nicht so war. Das eine war ein rezeptfreies Arzneimittel, das andere Gemüse. Möglicherweise Knollengewächse, bei der Gattung war Haraldsson sich nicht ganz sicher.

Thomas Haraldsson bog auf seinen privaten Parkplatz ein, nahm die Tüten aus dem Auto und lief direkt zum Hochsicherheitstrakt. Er hatte das Gefühl, nur wenige Minuten von der großen Entscheidung entfernt zu sein, und hatte sich genau überlegt, was er Hinde fragen würde. Zwei Fragen würde er heute stellen dürfen, wenn er Hinde richtig verstanden hatte. Das sollte genügen.

Die Wärter öffneten die Türen zum Sicherheitstrakt, und einer von ihnen begleitete ihn zu Hindes Zelle. Haraldsson hatte die beiden Tüten unter seine dünne Jacke gesteckt, er wollte keine unnötigen Fragen darüber provozieren, was er dem verurteilten Serienmörder mitbrachte.

Hinde saß noch genauso auf dem Bett, wie Haraldsson ihn verlassen hatte. Er wartete, bis die Türen ordentlich verschlossen waren, ehe er das Schweigen brach.

»Haben Sie alles bekommen?«

Haraldsson zog die Tüten unter seiner Jacke hervor und griff in eine. Er ging die letzten Schritte auf das Bett zu und stellte langsam, geradezu dramatisch, das Einweckglas von Ica auf Hindes Nachttisch. Hinde warf einen schnellen Blick auf die Verpackung und nickte.

»Was wollten Sie fragen?«

»Wissen Sie, wer diese vier Frauen umgebracht hat?«

»Ja.«

»Wer?«

Hinde schloss die Augen und atmete tief ein. Er versuchte, seine Enttäuschung zu verbergen. Wie konnte das möglich sein? Haraldsson hatte doch ausreichend Zeit gehabt, um sich auf dieses Treffen vorzubereiten. Er hätte die Gelegenheit gehabt, seine Fragestellung so gewinnbringend wie möglich zu gestalten. Warum lautete seine erste Frage dann nicht: *»Wer hat die vier Frauen umgebracht?«* Hinde kannte die Antwort. Der neue Anstaltsleiter bestätigte Hindes Vorurteile über den Strafvollzug. Er zog nicht gerade die brillantesten Denker an. Jedenfalls waren sie nicht unter denen zu finden, die dieses Gebäude am Abend wieder verlassen durften. Hinde seufzte. Die Sache war viel zu einfach. Die Herausforderung gleich null. Wie langweilig.

»›Wer‹ ist eine neue Frage«, sagte Hinde geradezu überdeutlich.

Haraldsson fluchte vor sich hin. Es lief nicht nach seinem Plan. Die erste Frage hätte ihm einen Namen liefern sollen und die zweite einen Ort, an dem die Polizei – nachdem Haraldsson ihnen den Tipp gegeben hatte – den Mörder finden würde. Er war zu eifrig gewesen. Jetzt würde er nur einen Namen erfahren. Doch auch das reichte im Grunde. Es war mehr, als die Reichsmordkommission hatte. Es wäre immer noch eine ganz entscheidende Information. Und immer noch wäre er derjenige, der den Fall gelöst hätte.

Haraldsson holte die Apothekentüte hervor. Er wusste nicht viel darüber, was sich in der Flasche befand. Hatte das Medikament nie selbst eingenommen. Es klang irgendwie widerlich. Er zögerte einen Moment lang, die Verpackung in der Hand. Es war ein ähnliches Gefühl wie damals, als er Hinde das Foto von Jenny übergeben hatte. Eine nagende Unruhe, dass er möglicherweise einen Fehler beging. Haraldsson traf einen schnellen Entschluss und warf Hinde die Flasche zu.

»Wer tötet sie?«

Schweigen. Hinde studierte eingehend die kleine Glasflasche in seinen Händen, ehe er zu Haraldsson aufsah. Er schien die Antwort herauszögern zu wollen wie die Geschworenen in einer Doku-Soap. Um die Spannung zu erhöhen.

»Ein Mann, den ich kenne«, sagte er zum Schluss.

»Das ist keine Antwort.« In Haraldssons Stimme lag eine fast kindliche Enttäuschung. Als wäre er ein Fünfjähriger, der gerade eine Süßigkeitentüte geöffnet hatte und feststellte, dass in Wahrheit Gemüse darin war.

Hinde zuckte mit den Achseln. »Ich bin nicht dafür verantwortlich, dass Sie die falschen Fragen stellen.«

»Ich habe gefragt ›wer‹.«

»Sie hätten fragen müssen, wie er *heißt*.«

Schweigen. Mit einer kontrollierten Bewegung beugte Hinde sich vor und stellte die Flasche auf seinen Nachttisch. Haraldsson folgte seiner Bewegung mit dem Blick und verharrte bei der kleinen Glasflasche. Überlegte, ob er sie aus Protest wieder an sich nehmen sollte. Hinde hatte sie sich weiß Gott nicht verdient. Die erste Frage hatte Haraldsson falsch gestellt, das stimmte schon. Aber bei der zweiten hatte Hinde sich schlicht und ergreifend durchgemogelt.

»Ich möchte noch etwas haben«, unterbrach ihn Hinde in seinen Gedanken.

Haraldsson dachte um. Ein Wunsch, eine Frage, so lautete die Regel. Es war also doch noch nicht zu spät, um als Sieger aus dieser Partie hervorzugehen.

»Aha, was denn?« Haraldsson konnte seinen Eifer kaum verbergen.

»Ich möchte morgen mit Vanja Lithner von der Reichsmordkommission telefonieren.«

»Und warum?«

»Weil ich mit ihr sprechen will.«

»Okay. Wie heißt derjenige, der die vier Frauen umgebracht hat?« Haraldsson feuerte seine Wörter geradezu ab und konnte sich kaum mehr auf dem Stuhl halten. Er war so dicht dran.

Edward schüttelte langsam den Kopf. »Sie haben keine Antwort mehr frei.«

»Ich bin darauf eingegangen, dass Sie Vanja Lithner anrufen wollen, oder etwa nicht?« Jetzt konnte Haraldsson sich nicht mehr beherrschen. Er sprang auf und trat einen Schritt auf das Bett zu. »Das ist eine Antwort wert.«

»Ja, und Sie haben mich gefragt, warum ich sie anrufen will. Ich habe darauf geantwortet. Wahrheitsgemäß.«

Haraldsson hielt inne. Man konnte geradezu sehen, wie die Luft aus ihm entwich. Sein »warum« war ganz reflexmäßig gekommen. Es war nicht einmal eine Frage gewesen. Es war ja wohl klar, dass Hinde mit ihr sprechen wollte, sonst hätte er doch nicht darum gebeten, mit ihr telefonieren zu dürfen. Das zählte nicht. Hinde schummelte. Aber Haraldsson konnte auch energisch Kontra geben, wenn es darauf ankam. Von nun an würde er Hinde nicht mehr mit Samthandschuhen anfassen.

»Dieses Gespräch können Sie vergessen«, sagte er und verlieh seinen Worten mit erhobenem Zeigefinger Gewicht. »Es sei denn, Sie verraten mir einen Namen.«

»Brechen Sie niemals eine Absprache, die Sie bereits getroffen haben, Thomas Haraldsson. Nicht bei mir.«

Plötzlich sah Haraldsson einen anderen Hinde. Obwohl der immer noch unbeweglich in derselben Stellung auf dem Bett saß. Obwohl er seine Stimme nicht erhoben hatte. Seine Augen hatten sich verfinstert. Und in dem, was er sagte, lag eine Intensität, wie Haraldsson sie zuvor nicht wahrgenommen hatte. Hinde signalisierte Ernst. Bedrohung.

Lebensgefahr.

Haraldsson hatte mit einem Mal das Gefühl, dass das Letzte, was die vier Frauen, die Hinde ermordet hatte, gesehen hatten, genau der Mann war, der jetzt vor ihm saß. Er wich in Richtung Tür zurück.

»Ich werde wiederkommen.«

»Sie sind jederzeit willkommen.«

Als Hinde sich gelassen vorbeugte und schnell das Fläschchen und das Einweckglas unter dem Bett verschwinden ließ, war er wieder der Alte. Die Verwandlung war so schnell vor sich gegangen, dass Haraldsson daran zweifelte, ob sie überhaupt stattgefunden hatte, doch ein Blick auf die Gänsehaut seines Unterarms zeugte noch von dem soeben Erlebten.

»Sie werden Ihren Namen bekommen«, sagte Hinde mit tiefer Stimme. »Wenn Sie mir einen letzten Gefallen tun.«

»Was denn?« Haraldsson flüsterte beinahe.

»Antworten Sie mit Ja.«

»Worauf?«

»Sie werden schon noch verstehen, wann der Moment gekommen ist – und worum es geht. Antworten Sie dann einfach mit Ja, und ich werde Ihnen eine weitere Frage beantworten.«

Mit einem kurzen, letzten Blick auf Hinde ging Haraldsson in den Korridor hinaus. Es war nicht wie geplant verlaufen. Ganz und gar nicht. Aber er hatte noch eine letzte Chance. Mit Ja zu antworten. Was konnte er nur damit meinen? Was wollte Hinde mit Vanja Lithner? Was hatte Hinde mit den Sachen vor, die er ihm gegeben hatte? Fragen über Fragen. Zu viele Fragen, um sich jetzt auf »Lövhaga 2014. Visionen und Ziele« zu konzentrieren.

Er beschloss, seine Gleitzeit erneut zu nutzen und nach Hause zu fahren. Zu Jenny.

Sebastian wachte gegen fünf Uhr auf. Er hatte besser geschlafen als gedacht. Der Traum hatte ihn wie immer aufgeweckt, aber seine Wirkung war nicht ganz so verheerend wie sonst. Er entspannte seine rechte Hand und streckte sich vorsichtig. Ellinor lag neben ihm.

Leise stieg er aus dem Bett, schlüpfte in seine Boxershorts und ging in den Flur, um zu sehen, ob die Zeitung schon im Briefschlitz steckte. Die Türen zu den anderen Zimmern waren weit aufgerissen. So, wie Ellinor sie hinterlassen hatte. Mit einem gewissen Widerwillen machte er sich daran, sie wieder zu schließen. Es war wirklich eine schöne Wohnung, wenn man sie mit anderen Augen sah. Ihren Augen. Insbesondere, wenn die tiefstehende Morgensonne durch die großen Fenster hereinfiel. Doch die offenen Türen und die Zimmer dahinter gehörten zu einem anderen Leben, an das er nicht erinnert werden wollte. Dass Ellinor sich hineingedrängt hatte, war Veränderung genug. Der Rest seines Lebens sollte unangetastet bleiben, intakt.

Gestern Abend hatten sie über alles Mögliche geredet, er und Ellinor. In der Küche. Sie hatte von ihrem Exmann Harald erzählt, der eines Tages nach Hause gekommen war und sich hatte scheiden lassen wollen. Einfach so. Er hatte eine andere kennengelernt. Das war für Ellinor offenbar sehr schmerzhaft gewesen. Sie hätte begonnen, an sich selbst zu zweifeln, erzählte sie. Inzwischen war das schon einige Jahre her. Eine Zeit lang hätte sie versucht, über das Internet jemanden kennenzulernen, aber nicht den passenden Mann gefunden. Es sei einfach schwierig. Aber wie sei das eigentlich mit ihm? Warum war er allein? Sebastian war wortkarg, aber erfolgreich ausgewichen. Während sie mit ihrem Kaffee in der Küche saßen, hatte er meistens ihr das Wort überlassen und sich die Platituden und taschenpsychologischen Analysen zum Thema Beziehung und Zusammenleben angehört. Merkwürdigerweise verabscheute er ihr Geschwätz nicht so sehr, wie er es normalerweise getan hätte. Wahrscheinlich war er nach allem, was passiert war, einfach nur schwach, in schlechter Verfassung. Aber wie er es auch drehte und wendete – er kam immer wieder zum selben Schluss.

Es gefiel ihm, sie bei sich zu haben.

Sie lachte häufig, hielt ein alltägliches und ungezwungenes Gespräch in Gang und hörte nicht allzu genau hin, was er sagte. Es war merkwürdig, jemandem zu begegnen, bei dem seine Sticheleien überhaupt nicht wirkten. Dadurch hatte er weniger Bedarf, sie fortzusetzen. Ellinor war unterhaltsam und brachte Alltag und Alltäglichkeit in sein Leben. Er war sich zwar nicht sicher, ob er das wirklich haben wollte. Aber es war ein willkommener Kontrast. Etwas Neues.

Er legte die Zeitung auf den Küchentisch, nahm das Telefon und versuchte, Trolle zu erreichen, der immer noch nicht reagierte. Seine Unruhe kehrte zurück. Was war geschehen? Warum antwortete er nicht? Etwas musste passiert sein. Plötzlich spürte er das merkwürdige Verlangen, wieder zu Ellinor ins Bett zu schlüpfen. Die Wirklichkeit erneut zu vertagen. Auf alles zu pfeifen. Mit einem Mal begriff er, was sie für ihn war. Sie war jemand, mit dem er schmusen konnte, wenn das Leben hart zu ihm war. Eine, die sich immer freuen würde, ihn zu sehen. Die alle Gemeinheiten einfach wieder vergaß.

Es fiel ihm wie Schuppen von den Augen, warum er Lily gegenüber kein schlechtes Gewissen zu haben brauchte.

Ellinor war wie ein Haustier.

Manche Leute schafften sich einen Hund an – ihm war Ellinor Bergkvist zugelaufen.

Zufrieden mit seiner Definition ihrer Beziehung, kochte er Kaffee und las die Zeitung. Er ging zum 7-Eleven an der nächsten Ecke und kaufte für sie beide Frühstück und für Ellinor Mittagessen ein. Er wollte nicht, dass sie nach draußen ging, sicherheitshalber sollte sie die Wohnung nicht verlassen.

Als er nach Hause kam, war sie wach und saß in seinem Hemd in der Küche. Natürlich interpretierte sie seinen Einsatz als Geste der Zuneigung.

»Oh, hast du etwas zum Frühstücken eingekauft? Wie goldig du bist!«

Er fing an, das Essen auszupacken. »Ich möchte nicht, dass du rausgehst. Du musst in der Wohnung bleiben.«

»Übertreibst du jetzt nicht ein bisschen?« Sie kam zu ihm, gab ihm einen Kuss auf die Wange, stellte sich mit dem Rücken zur Arbeitsfläche, drückte sich mit den Armen hoch und hüpfte hinauf. »Ich werde schon nicht gleich verschwinden, nur weil ich mal für ein Weilchen vor die Tür gehe.«

Sebastian seufzte. Er hatte keine Lust, mit ihr zu diskutieren. »Kannst du nicht einfach tun, was ich dir sage? Bitte.«

»Natürlich. Aber dann musst du uns auf dem Heimweg auch was fürs Abendessen einkaufen. Ich schreibe eine Liste.« Sie sprang wieder von der Arbeitsplatte. »Wo hast du Papier und Stift?«

Sebastian zeigte auf eine der beiden Schubladen unter der Arbeitsfläche, wo sie gerade gesessen hatte. Ellinor zog sie auf und holte einen schwarzen Stift und einen kleinen Block heraus. Dann setzte sie sich an den Küchentisch und begann zu schreiben.

»Pasta, Rinderfilet, Gemüse für einen Salat, Schalotten,

Rohrzucker, Balsamicoessig, Kalbsfond, Maisstärke. Du musst es natürlich sagen, falls du irgendetwas davon sowieso dahast«, unterbrach sie sich. »Butter hast du doch bestimmt? Und wie sieht es mit Rotwein aus?«

»Ich trinke nicht.«

Ellinor sah mit einem leicht erstaunten Gesicht von ihrer Liste auf. »Überhaupt nicht?«

»Jedenfalls keinen Alkohol. Nein.«

»Aber warum?«

Das hatte verschiedene Gründe. Weil er vor einigen Jahren mehrere Monate lang versucht hatte, seinen Traum mit Hilfe von Alkohol zu vertreiben, und dabei fast abhängig geworden wäre. Weil er generell eine Suchtveranlagung hatte. Weil es ihm schwerfiel, Grenzen zu setzen. Aber das war nichts, was sie wissen musste.

»Ich tue es einfach nicht«, sagte er achselzuckend.

»Aber bring bitte trotzdem eine Flasche Wein mit, wenn du am Systembolaget vorbeikommst. Für die Soße. Und es stört dich doch wohl nicht, wenn ich ein Gläschen trinke?«

»Nein.«

»Hättest du lieber Kartoffeln oder Nudeln?«

»Mir egal.«

»Okay. Gibt es irgendeinen Nachtisch, auf den du besonders Lust hättest?«

»Nein.«

»Dann entscheide ich.«

Sie schrieb weiter. Er frühstückte weiter. Alltag und Alltäglichkeit. Er hatte noch nie in seinem Leben mit einer Liste eingekauft. Andererseits war er in seinem Leben auch noch nie jemandem wie Ellinor begegnet.

Sebastian hatte beschlossen, zu Fuß zu gehen. Er spazierte durch die Stadt bis nach Kronoberg und kam als Erster im Besprechungsraum der Reichsmordkommission an. Er setzte sich allein an den Tisch und wartete auf die anderen. Dann nahm er sein Handy und wählte dieselbe Nummer, die er nun schon unzählige Male angerufen hatte. Obwohl Trolle sich noch immer nicht gemeldet hatte, beunruhigte es ihn diesmal nicht ganz so sehr. Nach dem Frühstück hatte er mit Ellinor geschlafen. Was das Sexuelle anging, passten sie hervorragend zusammen. Es war keine Liebe. Ganz und gar nicht. Aber irgendetwas war da. Liebe tat weh, und das war hier nicht der Fall.

Bevor er gegangen war, hatte Ellinor ihm ein frisches Hemd herausgehängt und ihn gebeten, sich ordentlich zu rasieren. Das Leben war merkwürdig. Die Ereignisse der letzten Zeit waren so intensiv gewesen, dass ihn nichts mehr wunderte. Trotzdem musste er Trolle finden. Die Frage war nur, wie er vorgehen sollte. Vielleicht konnte er Billy mit einbeziehen? Ihm nicht die ganze Wahrheit erzählen, den Kollegen aber trotzdem verstehen lassen, dass er bei Trolle gewesen war, als er begriffen hatte, dass er verfolgt wurde. Es würde nicht ganz unglaubwürdig erscheinen, dass Sebastian einen alten Freund um Hilfe gebeten hatte. Billy war jemand, der Geheimnisse für sich behalten konnte, und sein Verhältnis zu Vanja schien gerade so angespannt, dass er ihr garantiert nichts verraten würde.

Billy hatte eindeutig versucht, in der Hierarchie aufzusteigen. Vanja kämpfte dagegen an. Auch wenn sie es nie zugegeben hätte, so war sie doch der Meinung, Billy würde sich in letzter Zeit zu viel herausnehmen. Das war für Sebastian offensichtlich. Eine Gruppe funktionierte immer am besten, wenn alle ihre Rollen akzeptierten und die der anderen nicht in Frage stellten. Deshalb hatte er selbst nie in eine Gruppe gepasst. Er lebte davon, andere in Frage zu stellen. Billy allerdings hatte ihn wirklich beeindruckt und sich als ziemlich guter Polizist erwiesen. Außerdem hatte er ihm in Västerås heimlich dabei geholfen, Anna Eriksson und ihre aktuelle Adresse zu finden. Bei Sebastians Suche nach Trolle konnte er ein geeigneter Verbündeter sein.

Zunächst wollte Sebastian jedoch nach der morgendlichen Sitzung bei Trolle zu Hause vorbeifahren. Wenn er ihn dort nicht antraf, würde er mit Billy reden. Mit seinem Plan zufrieden, ging er los und holte sich einen Kaffee aus dem Automaten. Er sammelte seine Gedanken und versprach sich selbst, heute weder mit Vanja noch mit Torkel in Konflikt zu geraten. Er musste seinen Platz in der Gruppe halten und sich kooperativ zeigen. Nicht konfrontativ.

Dreißig Minuten und zwei Tassen Kaffee später trafen die anderen gesammelt ein. Sie beachteten ihn kaum, obwohl er ein neues Hemd trug. Müsste denn nicht wenigstens den Frauen im Team so etwas auffallen? Ursula nahm sofort Platz und wandte sich den anderen zu, während sie ihre Mappe auf den Tisch legte.

»Soll ich anfangen? Ich habe den Obduktionsbericht von Annette Willén bekommen.«

»Tu das«, sagte Torkel.

Ursula legte einige vergrößerte Fotografien von Annettes misshandeltem nacktem Körper auf den Tisch. Die Wunde im Hals klaffte ihnen offen entgegen. Es war das erste Mal, dass Sebastian sie tot sah, und es traf ihn schlimmer als erwartet. Keine leichte Sache, gefühlsmäßig den Sprung zu vollziehen – von dem Bild, das er von der lebenden Annette hatte, in ihrem Kleid, warm und liebeshungrig – bis hin zu diesen Bildern. Ursula legte eine weitere Nahaufnahme des durchgeschnittenen Halses vor sie hin.

»Die Luftröhre und die Halsschlagader wurden durchgetrennt. Ein einziger Messerhieb und ein kraftvoller Schnitt nach hinten. Genau wie bei den anderen.«

»Hat sie viel leiden müssen?«

Ursula sah Sebastian an. Es bestand kein Zweifel, dass seine Frage von Herzen kam. Sie antwortete ohne Empathie. »Es ging relativ schnell. Sie ist erstickt, bevor sie verblutete, also trat der Tod schnell ein. Relativ schnell.«

Sebastian reagierte nicht. Aber er wirkte mit einem Mal etwas blasser.

Ursula wandte ihren Blick von ihm ab und richtete sich an die anderen. Er konnte ruhig ein bisschen leiden.

»Wir haben Schwierigkeiten, die exakte Tatzeit zu bestimmen. Annette Willén lag direkt in der Sonne. Aber wenn Sebastian gegen fünf gegangen ist, muss der Mörder definitiv kurz danach gekommen sein. Die vorläufige Tatzeit liegt zwischen fünf und zehn Uhr.«

»Also ist er ihnen zur Wohnung gefolgt?«

»Das ist ziemlich wahrscheinlich. Insbesondere jetzt, da wir wissen, dass Sebastian verfolgt wird.«

Im Raum breitete sich ein Schweigen aus, das der Nähe zwischen Sebastian und dem Mörder nur angemessen schien. Sebastian versuchte sich fieberhaft an jenen schicksalsschweren Morgen zu erinnern. Hatte er jemanden gesehen? War ihm jemand im Treppenhaus begegnet? Hatte er vielleicht gehört, wie eine Autotür zuschlug, und sich umgedreht? Eine Silhouette gesehen? Nichts.

»Ich hab niemanden gesehen. Aber ich habe ja auch nach niemandem Ausschau gehalten ...«

»Nein, du wolltest nur so schnell wie möglich von dort weg. Ein gemütliches Frühstück am nächsten Morgen scheint ja nicht so dein Ding zu sein«, bemerkte Vanja trocken.

Sebastian senkte den Blick. Wollte nicht antworten. Sollte nicht antworten. Nicht schon wieder an diesem Punkt ankommen. Zusammenarbeit, nicht Konfrontation.

Torkel schaltete sich in das Gespräch ein. »Wir schicken ein paar Streifenwagen dorthin und befragen die Nachbarn, jetzt, wo wir ein engeres Zeitfenster haben. Vielleicht haben sie irgendeine auffällige Person beobachtet.«

»Idealerweise in der Nähe eines blauen Ford Focus«, ergänzte Billy.

»Apropos, wie weit sind wir mit den Autos vorangekommen?«, fragte Torkel.

»Der Ford hat uns leider nicht mehr viele Hinweise geliefert, und der Toyota hat einige City-Mautstationen passiert, zuletzt gestern Vormittag ...«

In diesem Moment klopfte es an der Tür, und eine der jüngeren Polizeibeamtinnen steckte den Kopf ins Zimmer.

»Bitte entschuldigt die Störung. Ein Anruf für dich, Vanja. Es ist anscheinend wichtig.«

»Das muss warten, wir sind gerade mitten in einer Besprechung.«

»Der Anruf kommt aus Lövhaga. Ein Edward Hinde ...«

Vanja und die anderen erstarrten. Eine Sekunde lang dachten alle, sie hätten sich verhört.

»Bist du sicher?«, fragte Vanja zweifelnd. »Dass es Hinde ist?«

»Ja, das hat er zumindest gesagt.«

Vanja sammelte sich und zog das Telefon zu sich heran, das auf dem Tisch stand.

»Stell ihn hierher durch.«

Die junge Polizistin drehte sich schnell um und eilte hinaus. Vanja beugte sich über den Tisch und wartete auf das Gespräch. Auch die anderen rückten näher heran. Es war, als würde das cremeweiße Gerät in der Mitte plötzlich zum Gravitationszentrum, das alles anzog. Billy stellte sich neben Vanja und hielt die eine Hand über dem Lautsprecherknopf bereit, während er mit der anderen sein Handy neben den Lautsprecher legte. Alle warteten schweigend. Nur Sebastian rückte ein Stück vom Tisch ab. Fieberhaft versuchte er zu verstehen, was gerade passierte. Warum rief Hinde an? Was war der Anlass für dieses Gespräch? Sollte er versuchen, es zu verhindern? Dass es nichts Gutes verhieß, spürte er instinktiv. Hinde, der ihnen immer einen Schritt voraus war.

Er agierte.

Sie reagierten.

Nie umgekehrt.

Als das Klingeln die Stille durchschnitt, zuckten sie alle zusammen, obwohl sie darauf vorbereitet waren. Billy drückte gleichzeitig auf die Lautsprechertaste und die Aufnahmefunktion seines Handys. Am andern Ende war jemand. Hinde. Er war plötzlich unter ihnen. Vanja beugte sich unbewusst noch weiter vor, als wollte sie hören, dass er es wirklich war.

»Vanja Lithner«, sagte sie.

Die Antwort kam schnell und deutlich.

»Hier ist Edward Hinde. Ich weiß nicht, ob Sie sich an mich erinnern.«

Ohne Zweifel. Er war es. Seine wohlmodulierte Stimme. Ruhig, konzentriert und hinter dieser Gelassenheit das Wissen um seine Überlegenheit. Es war ganz eindeutig sein nächster Schachzug. Sebastian konnte ihn genau vor sich sehen. Das Lächeln, die kalten, wässrigen Augen, das Telefon dicht an seinem Mund.

Vanja versuchte, genauso ruhig zu klingen.

»Ja, ich erinnere mich.«

»Und, wie geht's?« Hinde klang entspannt und persönlich. Als riefe er eine alte Freundin an, um ein bisschen mit ihr zu plaudern.

»Was wollen Sie?«, fauchte Vanja zurück. Sie hatte keine Zeit für irgendwelche Spielchen. »Warum rufen Sie an?«

Sie hörten, wie Edward vergnügt gluckste.

»Vanja, das ist mein erstes Telefonat seit einer ganzen Ewigkeit. Können wir es nicht ein bisschen in die Länge ziehen?«

»Ich dachte, Sie dürften überhaupt nicht telefonieren.«

»Sie haben eine Ausnahme gemacht.«

»Und warum?«

Sebastian ging einen Schritt auf Vanja zu. Genau das hatte er sich auch gefragt. Irgendjemand in Lövhaga hatte mit Hinde gefeilscht. Und zweifelsohne verloren. Sebastian spürte instinktiv, dass dieses Gespräch so schnell wie möglich beendet werden musste. Hindes Tonfall war zu spielerisch, zu familiär. Zu vergnügt. Etwas daran jagte Sebastian eine irrsinnige Angst ein. Immerhin saß seine Tochter hier vor ihm, im Gespräch mit einem Mann, der stets einen Plan hatte. Einen Plan, den er immer zu Ende führte.

Torkel sah, was Sebastian vorhatte, und hielt ihn mit einem strengen Blick auf. Sebastian wurde unsicher. Seine Position war schwächer denn je. Er hatte Torkels Vertrauen verloren. Flehend blickte er seinen Chef an, der jedoch erneut den Kopf schüttelte.

In der Zwischenzeit ging das Gespräch weiter.

»Ich habe Informationen, von denen Sie profitieren.«

»Ich höre.«

»Aber nur Sie. Denn ich gehe doch davon aus, dass die anderen unserem Gespräch lauschen?«

Vanja warf Torkel einen kurzen Blick zu, der sofort eifrig nickte. Edward wusste mit größter Wahrscheinlichkeit, dass Vanja dieses Gespräch nie allein annehmen würde und es zu riskant erschien, zu lügen.

Vanja beugte sich wieder zum Telefon vor. »Ja, das tun sie.«

»Die Information, die ich Ihnen mitteilen will, ist jedoch nur für Sie bestimmt. Aber Sie dürfen natürlich nicht einfach losfahren und mich treffen?«

»Weshalb?«

»Sebastian schienen Sie jedenfalls sehr am Herzen zu liegen. Als würde er glauben, dass Sie ohne ihn gar nicht zurechtkämen. Ist er auch da?«

Sebastian antwortete, ohne Torkel vorher um Erlaubnis zu bitten. Er stellte sich neben Vanja.

»Ja, hier bin ich. Was wollen Sie?«

»Vanja darf doch hoffentlich herkommen und mit mir sprechen? Wenn ich ganz freundlich darum bitte?«

»Warum denn? Wenn Sie etwas zu sagen haben, dann sagen Sie es jetzt.«

»Nein. Nur zu Vanja. Unter vier Augen.«

»Niemals«, hörte Sebastian sich selbst sagen.

Aber es war schon zu spät. Es schepperte laut, als der Hörer aufgelegt wurde und das Rauschen verschwand, woraufhin nur noch das regelmäßige Tuten aus dem Lautsprecher drang. Das Gespräch war unterbrochen. Hinde war weg. Vanja sprang resolut auf. Sebastian verstand sofort, wo sie hinwollte.

»Nein, tu es nicht. Fahr nicht nach Lövhaga!«

Vanja warf ihm nur einen irritierten Blick zu.

»Weil?«

»Er dir nichts geben wird. Er will nur Aufmerksamkeit haben. Ich kenne ihn.«

»Warte mal. Wir verdächtigen ihn, etwas mit unserem Fall zu tun zu haben. Er meldet sich und bietet uns Informationen an. Sollen wir das einfach ignorieren?«

»Ja.«

Sebastian sah sie flehend an. Als würde sie das überzeugen. Er spürte, wie ihm allmählich die Kontrolle über alles entglitt, doch er war gezwungen zu kämpfen. Er wusste, dass er unter keinen Umständen aufgeben durfte. Nicht noch einmal. Vanja durfte nicht dorthin fahren. Niemals.

»Stört es dich etwa, dass er nicht dich angerufen hat? Drückt da der Schuh? Dass er womöglich ausgerechnet mir etwas erzählen möchte?« Vanja sah ihn zornig an. Durch und durch kampfbereit.

»Nein. Aber er ist gefährlich!«

»Wovon sprichst du, verdammt noch mal? Ich kann gut auf mich selbst aufpassen.« Sie wandte sich Torkel zu, auf der Suche nach Unterstützung, die er ihr sofort gewährte. Es verwunderte sie fast schon.

»Fahr nur. Wir können uns ja mal anhören, was er dir sagen will.«

»Aber die Besuchserlaubnis ...«

»Darum werde ich mich schon kümmern.«

»Aha, jetzt kannst du dich auf einmal darum kümmern?«

Torkel tat so, als hätte er Sebastian nicht gehört.

»Ich kann dich mit einem Aufnahmegerät ausrüsten«, sagte Billy und eilte zur Tür.

Vanja hielt ihn zurück. »Nein, wenn er das herausfindet, sagt er womöglich gar nichts mehr.«

»Er wird dir so oder so nichts sagen«, kommentierte Sebastian, der fest entschlossen war, nicht nachzugeben. »Er wird nur Geschwätz von sich geben. Eine Menge Dreck ... und Lügen.«

Vanja unterbrach Sebastian: »Dann habt ihr beide ja was gemeinsam.«

»Vanja...«

Sebastian sah, wie sie zur Tür ging, und wurde von einer ganz konkreten Angst erfasst. Sie war auf dem Weg zu Hinde. Zu diesem Monster. Das ihn bereits mit einer solchen Kraft verletzt hatte. Und jetzt würde Hinde seine Tochter treffen.

Er konnte nicht aufgeben, aber seine letzten Worte an sie waren nur noch ein schwaches Flehen. »Lass mich wenigstens mitkommen.«

Vanjas Reaktion war alles andere als verständnisvoll. Sie sah ihn nicht einmal an. »Tut mir leid, du bist nicht eingeladen.«

Dann ging sie.

Plötzlich hatte Sebastian das Gefühl, dass er sie gerade zum letzten Mal gesehen hatte und sein ganzer Kampf um sie vergebens gewesen war. Er ließ sich auf seinen Stuhl fallen.

Die anderen sahen ihn an. Sie verstanden ihn einfach nicht. Natürlich wussten sie genau, wie egozentrisch Sebastian war, doch seine Reaktion konnten sie dennoch nicht begreifen.

Aus Torkels Sicht brachte sein Verhalten das Fass zum Überlaufen. Sebastian schien tatsächlich jegliches Urteilsvermögen abhandengekommen zu sein. Offenbar fasste er die Tatsache, dass Vanja allein zu Hinde fuhr, als persönliche Niederlage auf. Seine jetzt so resignierte Haltung erinnerte ihn ein wenig an den Moment, als Sebastian ihm gestanden hatte, dass er mit allen Mordopfern im Bett gewesen war. Damals hatte Torkel die gleiche, von Panik durchmischte Traurigkeit in seinen Augen gesehen. Aber damals war das verständlich gewesen, jetzt hingegen nicht.

Es war schlicht inakzeptabel. Allein die Idee, Vanja, die beste Polizistin in seinem Team, daran hindern zu wollen, an neue Informationen zu gelangen, war schon anmaßend. Ganz gleich, ob Sebastian dachte, dass es sie überfordern würde, oder ob er sich selbst als den rechtmäßigen Gesprächspartner verstand.

Sebastian sah sie der Reihe nach an, vor allem Torkel, und er sah ihre Verwunderung. Aber er hatte nicht die Kraft, sich herauszureden. Das Gesamtbild würden sie ohnehin nicht verstehen, es war zu komplex. Plötzlich erstarrte Sebastian. Was, wenn Hinde davon wusste?

Er wandte sich an Ursula. »Darf ich mir dein Auto leihen?«

Sie schüttelte den Kopf. »Sebastian.«

»Darf ich mir dein verdammtes Auto leihen!?«

Verblüfft blickte Ursula zu Torkel, der ebenfalls den Kopf schüttelte.

»Jetzt reicht es, Sebastian.« Torkel sah ihn wütend an.

»Mir reicht es nicht! Gib mir die Schlüssel!«

»Sebastian, so geht das nicht mehr …«, begann Torkel.

»Na gut! Toll!«, rief Sebastian. »Wirf mich raus. Ich scheiß drauf! Aber gib mir jetzt endlich diese verdammten Autoschlüssel, Ursula.«

Nach einem erneuten Blick zu Torkel, der nur mit einem resignierten Schulterzucken antwortete, wühlte Ursula in ihrer Tasche, die über der Stuhllehne hing. Sie angelte die Autoschlüssel heraus und warf sie Sebastian zu.

Er sprintete aus dem Zimmer.

Irgendwie musste er Vanja aufhalten.

Er wusste nur noch nicht, wie.

Er lief durch den offenen, sonst so ruhigen Korridor. Diejenigen, die noch arbeiteten, sahen ihm neugierig nach, aber das kümmerte ihn nicht. Im Gegenteil, er wurde immer schneller und hoffte, dass Vanja lange auf den Aufzug warten musste und er sie einholen konnte, indem er die Treppen hinunterrannte. Am Treppeneingang stieß er mit zwei Frauen zusammen, die ihren Kaffee zum Mitnehmen in der Hand hielten. Die eine ließ vor Schreck ihren Becher fallen, aber Sebastian riss eilig die Tür auf und ignorierte das entstandene Durcheinander. Seine Beine flogen nur so die Treppen hinab, und er zählte die Stockwerke, während er nach unten hastete.

Dritter Stock, zweiter, erster, dann kamen zwei Parkebenen, und er hoffte, dass Vanja wie gewöhnlich auf der oberen geparkt hatte. Er erreichte sie und riss die schwere graue Metalltür auf. Rannte zwischen den Autos hindurch. Die Garage war nahezu voll. Er hörte, wie ein Stück entfernt ein Auto losfuhr, und rannte dorthin. Dann sah er es. Sie bog gerade auf den Fridhelmsplan ein.

»Vanja! Warte!«

Vermutlich hatte sie ihn nicht bemerkt. Oder es war ihr egal. Jedenfalls fuhr sie weiter, und er sah das Auto verschwinden. Blickte sich um. Begriff, dass er nicht wusste, was für ein Auto Ursula eigentlich fuhr. Und auch nicht, wo es parkte. Er starrte auf den Schlüssel in seiner Hand. Volvo. Dann rannte er zwischen den Autos umher und drückte auf den schwarzen Schlüssel, in der Hoffnung, dass die Scheinwerfer ihres Wagens aufleuchten und ihm den rechten Weg weisen würden. Aber er wurde nicht fündig. Er drehte eine schnelle Runde durch die Tiefgarage und drückte und drückte. Endlich hörte er Ursulas Volvo. Er stand ganz am anderen Ende, weit entfernt von der Ausfahrt, und antwortete mit einem gelassenen Blinken auf sein hektisches

Knopfdrücken. Er rannte darauf zu, riss die Tür auf und setzte sich. Fummelte eine Weile mit dem Schlüssel herum, bis er das Auto endlich in Gang bekam.

Er gab Vollgas. Die Reifen quietschten auf dem Betonboden, als er um die Ecke bog.

Er hatte immer noch keinen Plan.

Außer so schnell zu fahren wie möglich.

Um sie aufzuhalten.

Haraldssons Morgen war genau so gewesen, wie er es erwartet hatte.

Der Wecker hatte um 6.20 Uhr geklingelt, und er war sofort aufgestanden. Voller Erwartung. Jenny hatte auf ihrer Seite des Bettes tief und fest weitergeschlafen. Vorsichtig hatte er die Tür zum Schlafzimmer hinter sich geschlossen, hatte sich ein T-Shirt und Jogginghosen übergezogen und das Obergeschoss verlassen. Das Gefühl, das er hatte, als er die Treppe hinunterging, um Frühstück zu machen, erinnerte ihn an Weihnachten und Geburtstage in seinen Kindertagen. Er ging ins Bad und duschte schnell, dann begab er sich in die Küche. Zuerst erhitzte er Kuvertüre in einem Wasserbad und tunkte die Erdbeeren hinein, die er gestern auf dem Heimweg gekauft hatte. Er legte sie auf einen Teller, damit die Schokolade wieder abkühlte und fest wurde, und holte den Toaster und die Bratpfanne hervor. Er toastete und briet Brot und Speck. Schnitt eine Melone. Schlug vier Eier auf, verquirlte sie mit Milch und schmolz Butter in der Pfanne. Schaltete den Wasserkocher ein und legte einen Beutel Grüntee in eine Tasse. Dann holte er den Käse und die Himbeermarmelade aus dem Kühlschrank und stellte alles auf das größte Tablett, das sie hatten. Zufrieden registrierte er, dass nun alles an seinem Platz war. Zuletzt ging er zum Auto hinaus und öffnete das Handschuhfach, in dem eine kleine rote Schachtel lag. Mit einem Ring. Gold mit einem Diamanten und zwei Rubinen. Er hatte Jenny am Tag nach ihrer Hochzeit keine Morgengabe geschenkt. Wusste damals nicht, dass es von ihm erwartet wurde. Hatte es versäumt. Jennys Freunde und Haraldssons Kolleginnen waren sehr erstaunt gewesen, als sie hörten, dass Jenny kein Geschenk bekommen hatte. Oder wie Margareta von der Polizei in Västerås es formuliert hatte: »Wie merkwürdig, dass Jenny nach ihrer Hochzeitsnacht leer ausgegangen ist!« Als zählte die Tatsache, dass sie Thomas Haraldsson als Ehemann bekommen hatte, überhaupt nichts.

Jenny hatte sich nie dazu geäußert. Nie auch nur ein Wort der Enttäuschung verlauten lassen oder angedeutet, dass sie das Geschenk vermisst hatte. Jetzt sollte sie eines bekommen. Fünf Jahre zu spät, aber besser spät als nie.

Haraldsson eilte wieder ins Haus und stellte die kleine rote Schachtel auf das Tablett. Perfekt. Er nahm das Tablett und ging die Treppe hinauf. Zu ihr. Er musste sich beherrschen, dabei nicht »Hoch soll sie leben« zu singen.

Sie war schon wach, als er hereinkam, und lächelte ihn an.

Mein Gott, wie sehr er sie liebte.

»Herzlichen Glückwunsch zum Hochzeitstag, mein Liebling«, sagte er und stellte das Tablett auf dem Boden ab, ehe er sich vorbeugte und sie küsste. Sie schlang die Arme um seinen Hals und zog ihn zu sich ins Bett.

»Selber herzlichen Glückwunsch!«

»Ich habe Frühstück gemacht.«

»Ich weiß. Ich habe dich gehört. Du bist der Beste.«

Sie küsste ihn. Er stand vom Bett auf und holte das Tablett, während sie die Kissen gegen die Wand puffte. Dann saßen sie Seite an Seite und frühstückten. Er fütterte sie mit den Erdbeeren. Sie war von ihrem neuen Ring begeistert.

Genau, wie er es vorausgeahnt hatte, kam er zu spät zur Arbeit.

Annika war natürlich schon da, als er eintraf.

»Tut mir leid, dass ich so spät dran bin«, sagte Haraldsson, als er pfeifend das Vorzimmer betrat. »Aber heute ist mein Hochzeitstag.«

Er musste sich vor Annika zwar keinesfalls rechtfertigen, aber auf diese Weise konnte er ihr mitteilen, dass er etwas zu feiern hatte. Etwas, das sie wissen sollte. Annika schien jedoch nur leidlich interessiert.

»Aha. Na, herzlichen Glückwunsch.«

»Danke.«

»Victor hat vorhin angerufen«, fuhr Annika fort, rasch das Thema wechselnd. »Er hat eine Mail geschickt, auf die er so schnell wie möglich eine Antwort braucht.«

»Was stand denn drin?«

»Sie können sie selbst lesen«, antwortete seine Sekretärin mit einem Nicken in Richtung von Haraldssons Büro. »An Ihrem Computer«, fügte sie vorsichtshalber hinzu.

»Können Sie sie mir nicht ausdrucken? Das geht schneller, mein Computer ist immer noch ausgeschaltet, und Ihrer läuft bereits, dann kann ich sie lesen, während mein PC hochfährt, und dann gleich antworten ...«

»Okay ...«

»Gut. Kommen Sie dann einfach damit zu mir, ja?«

Ohne ihre Antwort abzuwarten, ging er in sein Büro, zog die Jacke aus und setzte sich hinter seinen Schreibtisch. Er schaltete seinen Computer ein und nahm »Lövhaga 2014, Visionen und Ziele« zur Hand. Kaum hatte er die Mappe aufgeschlagen, klopfte auch schon Annika an der Tür, kam herein und reichte ihm seinen Ausdruck.

»Danke.«

Haraldsson legte die Mappe beiseite und las die Mail.

Hallo, Herr Haraldsson,
es geht um Edward Hindes Telefonat mit Vanja Lithner, das Sie gestern bewilligt haben. (Im Übrigen ist das etwas, worüber wir noch einmal sprechen müssen. Ich würde gerne vorab informiert werden, wenn Sie die Sicherheitsvorschriften gegenüber einzelnen Inhaftierten lockern.) Das Telefonat an diesem Morgen hat nun anscheinend dazu geführt, dass die Reichsmordkommission bereits heute hierherkommt. Aus meiner Sicht stellt das kein Problem dar, aber in diesem Fall müssen Sie natürlich wie üblich erst eine Besuchserlaubnis genehmigen.

Mit freundlichen Grüßen
Victor Bäckman

Er las die Mail noch einmal. Hinde hatte Vanja Lithner angerufen, und jetzt würde sie nach Lövhaga kommen. Heute.

Er hatte kein gutes Gefühl dabei.

Ganz und gar kein gutes Gefühl.

Haraldsson stand auf und verließ mit schnellen Schritten sein Büro.

Edward Hinde saß auf seinem gewohnten Platz in der oberen Etage der Bibliothek und las, als er auf der Treppe Schritte hörte, die sich näherten. Eine Welle der Irritation erfasste ihn. War das schon wieder der Neuankömmling? In diesem Fall wäre er wohl gezwungen, umgehend mit Igor zu sprechen, damit der dem Greenhorn erklärte, dass es gewisse Regeln gab. Aber es war nicht der Neuling, sondern Haraldsson. Edward klappte das Buch über Napoleon zu und schob es zur Seite. Haraldsson nickte dem Aufseher zu, der ein Stück entfernt stand, nahm sich einen Stuhl und setzte sich Edward gegenüber.

Eifrig lehnte er sich über den Tisch. »Ich möchte dabei sein«, flüsterte er.

Edward wusste nicht, ob er so leise sprach, weil er sich in einer Bibliothek befand, oder ob der Wärter ihn nicht hören sollte. Aber es spielte sowieso keine Rolle.

»Bei was dabei sein?«, fragte Hinde ehrlich ratlos.

»Wenn Sie Vanja Lithner treffen.«

»Das halte ich für keine gute Idee.«

»Das steht aber nicht zur Verhandlung. Ich muss dabei sein.« Haraldsson unterstrich seine letzten Worte, indem er beinahe mit der Hand auf den Tisch schlug, aber einige Zentimeter oberhalb der Holzplatte innehielt. Vermutlich, weil sie in einer Bibliothek waren, dachte Hinde. Eigentlich gab es keinen Grund, warum der Wärter nicht einen leichten Schlag aus ihrer Richtung hören sollte.

»Das halte ich für keine gute Idee«, wiederholte Hinde ruhig.

»Dann dürfen Sie sie nicht treffen.«

Edwards Blick verfinsterte sich, aber Haraldsson war darauf vorbereitet und hatte sein Argument parat.

»Ich habe Ihnen nie versprochen, dass Sie sie treffen dürfen«, sagte er zufrieden. »Anrufen ja, aber von Treffen war keine Rede. Das kostet Sie eine Antwort.«

Hinde stellte sich vor, wie er vorschnellte, Haraldssons Kopf packte und ihn brutal auf die Tischplatte schlug. Wie er, ehe der Gefängnisleiter überhaupt reagieren konnte, um den Tisch herumging, die Handflächen an Haraldssons Schläfen legte und seinen Kopf herumdrehte. Er konnte das Knacken des brechenden Genicks förmlich hören.

So verlockend es auch schien, er würde es nicht tun. Trotzdem war es an der Zeit, ihm zu zeigen, wer hier bestimmte.

»Sie scheinen ein ehrgeiziger Mann zu sein, Haraldsson«, sagte er leise, aber dennoch mit einer Intensität, die jede Silbe deutlich hervorhob. »Korrigieren Sie mich, wenn ich mich irre, aber dieser Job ist doch wichtig für Sie?«

Haraldsson nickte. Er fühlte sich nicht ganz wohl angesichts der Richtung, die das Gespräch gerade nahm.

»Ich habe Ihre ... Geschenke in meiner Zelle«, fuhr Hinde fort. »Wie wollen Sie Ihren Vorgesetzten erklären, dass Sie etwas für mich hereingeschmuggelt haben?«

»Ich werde es abstreiten.«

»Und das wird man Ihnen glauben?«

»Jedenfalls wird man mir eher glauben als Ihnen.«

Edward saß unbeweglich vor ihm, er hob nur fragend eine Augenbraue.

»Ach, wirklich?«

»Ja.«

Haraldsson blickte in diese finsteren, forschenden Augen und wünschte, er wäre sich tatsächlich genauso sicher, wie er hoffentlich klang.

»Das heißt also, wenn ich von unserer kleinen Abmachung berichte ... Sie wissen schon. Wenn ich alles erzähle, was ich weiß, im Austausch gegen das, was ich haben will ... dann wird man Ihnen glauben und nicht mir.«

»Ja.«

Haraldsson hörte selbst, dass sein Wunsch nicht den Tatsachen entsprach.

»Und wie wollen Sie erklären, dass ich diese Sachen habe?«, fragte Hinde in einem alltäglichen Ton, der in krassem Widerspruch zu seinem eindringlichen Blick stand.

»Jemand anders hat sie Ihnen gegeben.«

»Und für diese Lüge würden Sie Ihre ganze Karriere aufs Spiel setzen?«

Haraldsson saß schweigend da. Er fühlte sich wie ein Schachspieler, der nur noch den König übrig hatte, während sein Gegner sich gerade eine zweite Dame zugelegt hatte.

»Wenn sie Ihnen nicht glauben, verlieren Sie nicht nur Ihren Job. Dann sitzen Sie vielleicht sogar hinter Gittern, wenn das Baby kommt.«

Haraldsson sprang heftig auf und rannte ohne ein Wort des Abschieds die Treppen hinab. Edward konnte sich ein breites Grinsen nicht verkneifen. Sein Plan schritt voran.

Haraldsson eilte aufgebracht zu seinem Büro zurück. Die Sache war überhaupt nicht nach Plan verlaufen. Jetzt wäre er gezwungen, diese Besuchserlaubnis zu erteilen. Hinde würde Vanja Lithner ohne sein Beisein treffen. Aber Haraldsson würde dafür sorgen, dass sie danach gleich zu ihm käme. Er würde sie zwingen zu erzählen, was bei dem Treffen herausgekommen war. Das konnte er tun.

Immerhin war es seine Justizvollzugsanstalt.

In der seine Regeln galten.

Für einen Augenblick spielte er mit dem Gedanken, sich in Hindes Zelle zu begeben und das Foto von Jenny, die Flasche und das Glas zu suchen. Aber wie sollte er das begründen, wenn ihn jemand in der leeren Zelle ertappte? Unangekündigte Durchsuchung. Nein, die würde er nie selbst durchführen. Das gehörte nicht zu seinen Aufgaben und würde nur verdächtig erscheinen. Und was wäre, wenn er die Sachen nicht einmal fände? Nein, es war wohl am besten, Hinde sein Treffen mit Vanja zu gestatten und sie anschließend auszufragen. Informationen aus zweiter Hand. Nicht gerade der Idealzustand, aber schließlich würde erst das, was er aus den Informationen machte, den Ausschlag geben. Vanja würde sie an Torkel weitergeben. Er konnte direkt zur höchsten Ebene gehen. Die Angelegenheit war noch zu retten.

Es konnte noch immer ein ganz perfekter Tag werden.

Sie wurde bereits erwartet.

Der Wachmann öffnete das Tor, sobald er sie erblickte. Es gab nur einen Zugang zu Lövhaga, und der führte an dem kleinen Wachhäuschen aus Ziegelstein vorbei. Als sie die ersten beiden Male hier gewesen war, hatte sie sich an der Luke ausweisen müssen. Jetzt erkannten die Männer sie bereits wieder und winkten sie sofort durch, als sie heranfuhr. Nachdem sie geparkt hatte, ging sie den Weg zum Gebäude hinunter, an einem hohen Zaun mit Stacheldraht vorbei. Auf der anderen Seite lag der offene Trakt. Sie sah einige der Insassen im Hof sitzen und die Sonne genießen. Anscheinend war es ihnen zum Fußballspielen zu heiß. Sie hatten ihre Trikots ausgezogen und faulenzten. Einer von ihnen stand auf, um sie zu beäugen.

»Bist du hier, um mich zu treffen?«, fragte er und ließ seine Muskeln spielen.

»Das hättest du wohl gern, was?«, antwortete sie und ging zu der zweiten Schranke im zweiten Zaun, der ebenfalls mit Stacheldraht besetzt war. Dies war die Barriere, die den Sicherheitstrakt von den übrigen Gebäuden trennte. Hier verlangte der Wärter, dass sie sich auswies und ihre Waffe abgab. Aber auch hier hatte man sie bereits erwartet.

»Das ging schnell«, sagte der Wärter. »Die anderen glaubten, Sie würden erst gegen zwölf hier eintreffen?«

»Es war so wenig Verkehr.«

»Haraldsson bat mich, Sie sofort hereinzulassen.«

»Er kommt aber nicht mit, oder?« Vanja konnte ihr Missfallen angesichts dieses Gedankens nicht ganz verbergen.

»Nein, aber er wollte darüber informiert werden, wenn Sie kommen.« Der Wärter schloss ihre Pistole in den grauen Tresor ein, nahm den Schlüssel und bestellte über Funk seinen Kollegen.

»Der Besuch für Hinde ist jetzt da.«

Vanja nickte ihm zum Abschied zu und stellte sich auf den Kiesplatz vor dem Wachhäuschen. Es dauerte einige Minuten, ehe ein anderer Wärter kam und sie holte. Er führte sie zu der großen, gepanzerten Tür und öffnete sie. Sie passierten zwei weitere Sicherheitstüren, liefen links einen Korridor entlang und einige Treppen hinauf. Anscheinend gingen sie jedoch nicht zu demselben Raum wie beim letzten Mal. Allerdings war sie sich nicht ganz sicher, denn die Inneneinrichtung sah in Lövhaga überall gleich aus. Institutionshellblau und alles relativ schlecht beleuchtet. Hier drinnen schien die Zeit stillzustehen.

Nach einer Weile blieb der Wärter stehen und bat sie um etwas Geduld. »Warten Sie bitte hier. Da Sie allein sind, müssen wir ihn erst gründlich sichern.«

Vanja nickte, überlegte jedoch, ob sie dasselbe Sicherheitsdenken auch an den Tag legen würden, wenn sie ein Mann wäre. Vermutlich nicht. Das war aber auch nicht weiter verwunderlich, denn Hinde hatte unbestritten ein besonderes Verhältnis zu Frauen. Obwohl sie überzeugt davon war, dass sie sich selbst verteidigen konnte, war sie trotzdem dankbar. Die Gefahr flößte ihr durchaus Respekt ein, auch wenn sie niemals zugegeben hätte, dass sie ein wenig nervös war.

Sie ging in einen kleinen Warteraum und setzte sich auf ein einfaches einfarbiges Sofa. Hier drinnen war es stickig und dunkel, das einzige Licht fiel durch ein kleines Gitterfenster weit oben in der Wand. Sie lehnte sich auf dem harten Sofa zurück und versuchte, sich zu beruhigen. Der gesamte Tag war wie im Zeitraffer vergangen. Die Besprechung, die von Hinde unterbrochen worden war, und die schnelle, improvisierte Fahrt nach Lövhaga. Und dann Sebastians Benehmen. Heute war er wirklich zu weit gegangen, überhaupt schien er gerade völlig durchzudrehen. Torkel hatte einige Minuten später angerufen und berichtet, dass Sebastian ihr in Ursulas Auto hinterhergerast sei. Daraufhin war Vanja den restlichen Weg mit Blaulicht gefahren und hatte Ursulas Auto zum Glück auch nie im Rückspiegel gesehen.

Einen Moment lang hatte sie überlegt, die Kollegen anzurufen und sie zu bitten, Sebastian aufzuhalten, aber das wäre Verschwendung von Arbeitskraft gewesen, obwohl sie sich sicher war, dass er sich nicht an die Geschwindigkeitsbegrenzungen hielt. Außerdem würde Sebastian wahrscheinlich sowieso nicht mehr lange im Team sein. Das war das einzig Positive an der Situation. Sie merkte genau, wie sehr Sebastian unter Druck stand nach allem, was passiert war. So kalt und gefühlsgestört er auch sein mochte, so etwas beeinflusste selbst ihn. Trotzdem war es verrückt, dass er auch nur annähernd etwas mit den Ermittlungen zu tun haben durfte. Sie würde wohl nie verstehen, dass Torkel, den sie trotzdem respektierte, ihn so lange verteidigt hatte. Gleichzeitig hatte sie Sebastian zu seinen Glanzzeiten nie erlebt. Wahrscheinlich lag es daran. Sie hatte ihn nicht gekannt, als er noch funktioniert hatte. Für Torkel war niemand ein Idiot. Abgesehen von diesem Irrtum war er der beste Chef, den sie je gehabt hatte, und sie entschied, keinen allzu großen Wind um das zu machen, was passiert war. Sebastians Bücher hatten sogar ihr einmal imponiert. Etwas hatte ihn also tatsächlich einmal ausgezeichnet, aber das war Vergangenheit. Und inzwischen hatte sogar Torkel das begriffen – endlich.

Sie sollte sich lieber darauf konzentrieren, das Morden zu beenden und ihre Beziehung zu Billy wieder ins Reine zu bringen. Sie vermisste die Nähe zu ihm. Steckte womöglich Billys neue Freundin hinter seinem plötzlichen Sinneswandel? Dass er sich auf einmal nicht mehr mit der technischen Seite der Ermittlungen zufriedengab, mit der sie und die anderen im Team ihn beauftragten? Vielleicht hatte er ja auch recht. Vanja hatte seine Hilfe als gegeben genommen und ihn nicht immer nach seiner Meinung gefragt. Andererseits waren sie eigentlich stets ehrlich zueinander gewesen. Und deshalb verstand sie seinen plötzlichen Wandel nicht. Warum genau jetzt? Warum war er nun plötzlich unzufrieden, und warum hatte er nie etwas gesagt? Nie darüber gesprochen, wie es ihm ging? Vanja hatte eigentlich gehofft, dass sie die Vertrauensbasis dafür hätten, was aber offensichtlich nicht der Fall war. Sie beschloss, ausführlich mit ihm darüber zu reden, sobald sich die Möglichkeit dazu bot. Wahrscheinlich war das der einzige Weg.

Sie hörte, wie ein Stück entfernt eine Tür geöffnet wurde, und ging hinaus, um nachzusehen. Es war der Wachmann, der zurückkam.

»Er ist jetzt so weit.«

Angespannt folgte sie ihm, richtete sich auf und versuchte, so ruhig wie möglich auszusehen. Sie hatte Hinde bisher nur einmal getroffen, doch eines hatte sie gleich verstanden. Er konnte in Menschen hineinsehen. Ihre Gedanken lesen. Deshalb durfte sie jetzt weder nervös wirken noch angespannt.

Sie musste ganz einfach bluffen.

Es war ein anderer Raum. Kleiner als derjenige, in dem sie sich beim ersten Mal begegnet waren. Fensterlos. Die gleiche schmutzige hellblaue Farbe wie im Korridor. Er sah aus wie eine Zelle, die nicht mehr benutzt wurde. Zwei Stühle und ein Tisch in der Mitte, das war alles. Hinde saß mit dem Rücken zu ihr, sowohl seine Füße als auch seine Hände waren mit Handschellen oben und unten am Tisch festgekettet. Der Tisch wiederum war mit dem Fußboden verschraubt. Im Untersuchungsgefängnis würde die Polizei nie so weit gehen. Dafür würde schon der rechtliche Beistand der Inhaftierten sorgen, aber hier gab es keine Anwälte. Dies war Lövhaga, und es handelte sich nicht um ein gewöhnliches Verhör. Die strengen Sicherheitsvorkehrungen waren vermutlich eine von Haraldssons Bedingungen, damit Vanja Hinde überhaupt treffen durfte. Sie wunderte sich, wie es dem Serienmörder gelungen war, so kurzfristig ein Treffen durchzusetzen. Sebastian hatte immer noch keine Besuchserlaubnis erhalten. Etwas musste Hinde dem Gefängnisdirektor im Gegenzug dafür gegeben haben. Auch wenn es ihr gelegen kam, das erkannt zu haben, gefiel es ihr gar nicht, dass Haraldsson die Ermittlungen überhaupt beeinflussen konnte.

Hinde saß immer noch unbewegt da, obwohl er ihre Anwesenheit längst bemerkt haben musste. Das einzige Geräusch, das von ihm zu hören war, war das metallische Rasseln der Ketten, als er vorsichtig seine Hände bewegte. Der Wärter reichte ihr eine kleine schwarze Dose mit einem roten Knopf.

»Das ist der Überfallalarm. Ich stehe direkt vor der Tür. Klopfen Sie, wenn Sie fertig sind.« Vanja nahm den Alarm entgegen und warf einen skeptischen Blick darauf.

Der Wärter lächelte. »Zu Ihrer Sicherheit. Die Regeln besagen eigentlich, dass Sie zu zweit sein müssen. Und Haraldsson möchte Sie anschließend sofort treffen, er will einen Bericht von Ihnen.«

»Natürlich«, sagte sie und nickte, obwohl sie keineswegs vorhatte, Haraldsson irgendetwas zu verraten. Nicht, bevor sie mehr über seine Rolle in dem Ganzen wusste.

Der Gefängnisaufseher schloss die Tür hinter sich. Vanja betrachtete erneut Hindes unbeweglichen Rücken und wartete einige Sekunden, bevor sie langsam zu ihm ging.

»Ich bin jetzt da«, sagte sie, noch bevor sie am Tisch angekommen war und ihn ansehen konnte.

Er antwortete, ohne sich umzudrehen. »Ich weiß.«

Vanja machte einen Bogen um den Tisch, um den Abstand zu ihm zu wahren. Jetzt blickte sie ihm zum ersten Mal in die Augen. Er sah sie mit einem entspannten Lächeln an und sah eher so aus, als säße er mit einer Tasse Kaffee im Restaurant als in einem Gefängnisraum, eingesperrt und angekettet.

»Ich bin so froh, dass Sie gekommen sind. Setzen Sie sich doch«, forderte er sie mit einem Nicken zu dem Stuhl vor sich auf.

Sie ignorierte seine Worte. »Was wollen Sie?«

»Ich beiße nicht.«

»Was wollen Sie?«

»Ein bisschen reden. Ich treffe ja keine Frauen mehr, also muss ich jede Gelegenheit nutzen, die sich mir bietet. Das würden Sie an meiner Stelle doch genauso machen.«

»Ich werde nie an Ihrer Stelle sein.«

»Ich bin gar nicht so gemein, wie Sebastian immer sagt. Es gibt für alles Gründe.«

Vanja hob ihre Stimme und trat einen Schritt auf ihn zu. »Ich bin aber nicht gekommen, um ein bisschen zu reden. Ich bin hier, weil Sie behauptet haben, Sie hätten etwas zu berichten. Aber das war ja anscheinend nur hohles Gewäsch.«

Vanja drehte sich um und ging wieder zur Zellentür zurück. Sie hob die Hand und wollte gerade klopfen, als er weitersprach.

»Das werden Sie bereuen.«

»Weshalb denn?«

»Weil ich weiß, wer die Frauen umgebracht hat.«

Vanja ließ die Hand sinken und drehte sich wieder zu Hinde um. Er saß genauso unbeweglich da wie zuvor.

»Wie können Sie das wissen?«

»Hier drinnen erfährt man so einiges.«

»Dummes Geschwätz.«

»Sie wissen, dass ich es weiß.« Zum ersten Mal drehte Hinde sich um und sah sie unverwandt an. »Sie haben es mir angesehen, als Sie letztes Mal hier waren.«

Vanja erstarrte. Riet er nur, oder hatte er tatsächlich eine Reaktion bei ihr beobachtet? Hatte er den Instinkt gewittert, den sie selbst nur als Gefühl registriert hatte? In diesem Fall war seine Fähigkeit, Menschen zu durchschauen, besser ausgeprägt als bei jeder anderen Person, der sie jemals begegnet war. Besser und gefährlicher.

»Wenn Sie es letztes Mal schon gewusst haben, warum haben Sie dann nichts gesagt?«

»Ich war mir eben nicht ganz sicher. Aber jetzt bin ich es.«

»Wie das?«

»Ich habe gestern mit dem betreffenden jungen Mann gesprochen. Er arbeitet hier. Er hat es gestanden. Eigentlich hat er sogar damit geprahlt. Er vergöttert mich. Können Sie sich das vorstellen?«

»Nein. Wie heißt er?«

»Erst möchte ich eine Sache über Sie wissen. Eine persönliche Sache. Sind Sie eher Ihrem Vater oder Ihrer Mutter ähnlich?«

»Ich habe nicht vor, mit Ihnen auf einer persönlichen Ebene zu reden.«

»Es war ja nur eine Frage.«

»Was soll das bitte für eine bescheuerte Frage sein?!«

Vanja ging wieder um ihn herum. Er folgte ihr mit dem Blick. Sein Lächeln war verschwunden. Sein Gesichtsausdruck wirkte immer noch freundlich, aber auch auf eine beängstigende Weise forschend. Sie spürte, wie er versuchte, in sie hineinzudringen. Ihre Gedanken zu lesen. Sie zu durchschauen.

»Es interessiert mich einfach. Ich selbst bin meiner Mutter ähnlich. Das haben die Leute gesagt, als ich größer wurde.«

Vanja schüttelte den Kopf.

»Meinem Vater, glaube ich. Wer ist der Mörder?«

Hinde sah sie an und schloss die Augen. Für eine Sekunde dachte er sich von hier fort und holte tief Luft. Stellte ihn sich vor seinem inneren Auge vor. Vanjas wahren Vater. Er war gezwungen, sich zu entscheiden. Sollte er es ihr erzählen? Sollte er das schmutzige Geheimnis lüften, das beinahe überdeutlich wurde, sobald man es wusste? Sie hatte seine Augen. Seine rastlose Energie. Er wollte nichts lieber, als ihr all diese Energie rauben. Sie zerstören. Sie schänden. Aber er musste sich selbst dazu ermahnen, sich zu bremsen.

Planung. Geduld. Entschlossenheit.

Die Ecksteine.

»Das glaube ich auch«, sagte er träumerisch und öffnete die Augen wieder. »Ich glaube auch, dass Sie ihm ähnlicher sind.«

»Letzte Chance, dann gehe ich. Raus mit dem Namen.«

Hinde nickte vor sich hin, dann beugte er sich vor. »Ich habe wohl nicht nur Sebastian wütend gemacht, als ich sagte, dass ich Sie anfassen möchte«, meinte er mit einer tiefen, vieldeutigen Stimme.

Vanja stellte sich mit verschränkten Armen vor ihn hin.

»Sie werden mich nie anfassen.«

»Vielleicht ... aber ich habe etwas, das Sie haben wollen. Und meiner Erfahrung nach sind die Leute sehr weit zu gehen bereit für das, was sie haben wollen. Stimmen Sie mir da nicht zu?«

Er öffnete seine rechte Hand, die bisher zur Faust geballt gewesen war. In seiner Handfläche lag ein kleiner, fest zusammengefalteter Zettel, nicht größer als ein Daumennagel.

»Hier haben Sie ihn. Nur wenige Meter von Ihnen entfernt.« Er lächelte sie erneut an.

Plötzlich beugte er sich blitzschnell vor und schnappte den Zettel mit dem Mund. Dann richtete er sich wieder auf und zeigte ihr ihn erneut, nun hielt er den Zettel mit den Vorderzähnen.

»Es dauert nur zwei Sekunden, ihn runterzuschlucken«, nuschelte er mit zusammengebissenen Zähnen. »Dann ist er für immer weg, und ich werde kein Wort mehr verraten. Darf ich Sie immer noch nicht anfassen?«

Vanja blieb mit verschränkten Armen stehen und fixierte den kleinen Zettel.

»Nicht die Brust. Nur Ihr Haar«, fuhr Hinde fort. »Das ist doch wohl kein großes Opfer für Sie?«

Mit einer übertriebenen Geste streckte er die Hand nach ihr aus. Nach einigen Dezimetern hielt ihn die Stahlkette zurück. Seine Finger bewegten sich lockend und fordernd.

»Legen Sie Ihr Haar in meine Hand, bitte!«

Vanja wusste nicht so recht, was sie tun sollte. Konnte dieser Zettel wirklich die Antwort auf das Rätsel enthalten, nach der sie so lange gesucht hatten? Oder handelte es sich um einen Trick? Sebastian hatte sie davor gewarnt, auf Hindes Spielchen einzugehen. Und diesen Rat war sie ausnahmsweise tatsächlich geneigt zu befolgen.

»Wie kann ich wissen, dass Sie nicht lügen?«

»Ich halte meine Versprechen immer. Das wissen Sie, wenn Sie brav Ihre Hausaufgaben gemacht haben. Die Entscheidung liegt ganz bei Ihnen.«

Hinde grinste sie erneut an, den Zettel noch immer sichtbar zwischen den Zähnen, die Finger der linken Hand in derselben neckenden Bewegung.

Vanja versuchte, die Situation blitzschnell zu analysieren. Sie war in jeglicher Hinsicht extrem. Das Risiko dafür, dass es sich um eine Falle handelte, war groß, aber gleichzeitig wurde sie das Gefühl nicht los, dass Hinde die Wahrheit sagte. Das alles schien viel zu raffiniert, um in eine banale Geiselnahme zu münden. Er war sorgfältig festgekettet. Sie hatte den Überfallalarm. Die Unruhe, die sie zuvor verspürt hatte, mischte sich nun mit einer merkwürdigen Form der Neugier. Einem gewissen Wagemut. Wenn sie sich einfach umdrehte und aus dem Raum ginge, würde sie es vielleicht bereuen. Denn wenn der kleine Zettel zwischen Edwards Zähnen tatsächlich die Lösung enthielte, dann wäre es das wert.

Sollte Hinde die Wahrheit sagen, bedeutete das nicht nur, dass sie weiteren Opfern das Leben rettete. Sie wäre auch diejenige, der es gelungen war, Edward Hinde die entscheidende Information zu entlocken. Ganz allein. Sie und kein anderer. Das würde Sebastians Anwesenheit im Team für immer überflüssig machen. Denn wenn sie diesen Fall löste, wann sollten sie Sebastian Bergmans Mitarbeit dann jemals wieder als unabdingbar ansehen? Nie.

Vorsichtig ließ sie ihren linken Daumen zum Knopf des Überfallalarms wandern. Es würde keine Sekunde dauern, ihn zu drücken. Vielleicht eine halbe Minute, bis der Wachmann im Zimmer war. Hinde konnte mit der rechten Hand nicht bis zu ihr gelangen und sie zusätzlich packen. Eine Hand. Sie würde sich mit einem einzigen Ruck befreien können. Vielleicht nicht ganz schmerzlos, aber es würde gelingen. Und diesem relativ geringen Risiko würde sie sich höchstens eine Minute lang aussetzen.

Sie entschied mitzuspielen. Beugte sich langsam vor und hockte sich vor den festgeketteten Mann. Weit genug entfernt, aber gleichzeitig so nahe, dass er mit der linken Hand ihre Haarspitzen erreichen konnte. Wenn er sie so weit ausstreckte, wie die Ketten es zuließen. Sie hörte, wie sie rasselten, kurz bevor seine Finger ihr blondes Haar erreichten. Sie begegnete seinem Blick. Was sah sie darin?

Erwartung?

Glück?

Seine Finger streichelten sanft über das samtweiche Haar. Es war feiner und dünner, als er es sich vorgestellt hatte. Fühlte sich leichter an in seiner Hand. Er ahnte den Duft eines fruchtigen Shampoos und beugte sich ein wenig vor, um besser daran schnuppern zu können. Plötzlich wünschte er sich, dass sie an seiner Stelle festgekettet war. Dass er eine größere Bewegungsfreiheit hätte. Sie richtig spüren könnte. Es erregte ihn mehr, als er zunächst gedacht hatte, und er musste mit sich kämpfen, um seine Gefühle nicht zu zeigen. Seine Mutter war auch blond gewesen. Ihr Haar war länger, aber nicht ganz so weich. An Vanjas Haar wollte man ziehen. Brutal. Aber er konnte nicht alles haben. Nicht jetzt.

Planung. Geduld. Entschlossenheit.

Das musste reichen. Widerwillig zog er die Hand zurück und spuckte den Zettel aus, der mitten auf dem Tisch landete. Er sah sie so sanft an, wie er konnte.

»Wie Sie sehen, halte ich meine Versprechen.« Dann lehnte er sich zurück und senkte seine Hand, um zu zeigen, dass er fertig war.

Vanja stand auf und schnappte sich blitzschnell den Zettel. Ohne ihn zu entfalten, ging sie zur Tür.

»Wir sehen uns wieder, Vanja.«

»Das kann ich mir nicht vorstellen.« Sie klopfte energisch an die Tür. »Ich bin jetzt fertig.«

Nach wenigen Sekunden öffnete der Aufseher, und sie verschwand aus dem kleinen Zimmer. Hinde blieb regungslos sitzen, er konnte sich immer noch an ihren Duft erinnern.

Ich halte meine Versprechen, dachte er.

Wir sehen uns wieder, Vanja.

Sie wollte dem Wärter den Zettel nicht zeigen, sondern bat gleich, auf die Toilette gehen zu dürfen.

Die Besuchertoilette lag eine Treppe höher in einem Verwaltungstrakt. Auch hier die gleichen deprimierenden Farben wie im Rest von Lövhaga, aber immerhin war alles frisch geputzt. Vanja setzte sich auf einen der Toilettendeckel und faltete das kleine Papierstück auseinander. Darauf stand in Großbuchstaben ein mit Bleistift geschriebener Name:

RALPH SVENSSON.

Irgendwie kam er ihr bekannt vor. Vielleicht nicht der Nachname. Aber Ralph mit ph am Ende. Irgendwo hatte sie ihn schon mal gelesen. Aber wo? Sie nahm ihr Handy und rief einen an, der es wissen musste. Billy. Nach einiger Zeit meldete er sich.

»Hallo. Ich möchte, dass du für mich einen Namen überprüfst. Ralph Svensson. Ralph mit ph. Falls das für dich okay ist?«, fügte sie schnell hinzu.

»Hast du den von Hinde?«

Billy schien ihre kleine Ergänzung nicht einmal bemerkt zu haben. Sie hörte ihn mit der Tastatur klappern.

»Hinde sagt, dass er der Mörder ist. Und irgendwie kommt mir der Name bekannt vor.«

»Mir auch. Warte.«

Billy hatte den Hörer beiseitegelegt, und Vanja hörte weiterhin Tastaturgeklapper, während sie darauf wartete, dass er sich wieder meldete. Nervös knibbelte sie an ihren Nägeln. Die Frage war, wie glaubwürdig dieser Tipp war, aber das konnte nicht ihre Sorge sein. Sie mussten ihm auf den Grund gehen. Alles über Ralph Svensson herausfinden. Jetzt war Billy wieder in der Leitung. Sie hörte sofort, wie aufgeregt er war.

»Er ist kein direkter Angestellter, aber er steht auf der Liste derjenigen, die einen Passierschein für Lövhaga haben. Er arbeitet für eine Putzfirma. LS-Gebäudereinigung. Wir haben ihn schon einmal überprüft, aber dabei nichts Auffälliges entdeckt.«

»Versuch, alles über ihn herauszufinden. Ich rufe dich gleich vom Auto aus noch mal an. Und erzähl es Torkel.«

Sie beendete das Telefonat und stand auf. Wusch sich die Hände und spülte vorsichtshalber, bevor sie die Toilette verließ.

Der Wärter stand ein Stück entfernt und sprach sie sofort an: »Sind Sie bereit?«

»Ja. Ich muss dringend fahren.«

»Aber was ist mit Haraldsson? Ich habe ihm gesagt, dass wir schon auf dem Weg zu ihm sind.«

»Richten Sie ihm aus, dass er direkt bei der Reichsmordkommission anrufen kann, wenn es wichtig ist. Ich bin schon viel zu spät dran.«

Mit diesen Worten ging Vanja in die Richtung, in der ihrer

Erinnerung nach der Ausgang lag. Der Wärter sah für eine Sekunde verwirrt aus, folgte ihr dann aber. Brachte sein Anliegen erneut vor. Beinahe flehentlich. Doch diese Sache stand nicht zur Verhandlung. Für Idioten hatte sie jetzt keine Zeit mehr.

Billy rief zurück, noch bevor Vanja ihre Waffe beim Wachhäuschen abgeholt hatte. Er sprach hastig, und im Hintergrund konnte sie Torkels Stimme hören.

»Torkel lässt fragen, wie sicher das ist? Glaubst du, wir können dem Staatsanwalt gegenüber mit einem konkretisierten Anfangsverdacht argumentieren?«

»Ich weiß nicht, wie sicher es ist. Hinde hat mir den Namen gegeben, das ist alles. Habt ihr nichts gefunden?«

»Nichts Besonderes. Geboren 1976. Wohnt in Västertorp. Keine Einträge im Strafregister. Arbeitet schon seit sieben Jahren bei der LS-Gebäudereinigung. Ich habe mit dem Chef der Firma gesprochen. Er hatte nur Gutes über ihn zu sagen. Verdächtig ist lediglich, dass Ralph letztes Jahr ein Angebot erhalten hat, gegen bessere Bezahlung und mit besseren Arbeitszeiten in einem Krankenhaus zu putzen, das näher an seiner Wohnung liegt, aber er wollte die Stelle nicht annehmen. Es gefiele ihm gut in Lövhaga, hat er gesagt.«

»Ist er denn jetzt gerade da?«

»Nein. Er hat sich gestern um die Mittagszeit herum krankgemeldet.«

Vanja nickte und wandte sich ab, damit der Wachmann in dem Häuschen, der gerade den Tresor aufschloss, nicht hören konnte, was sie sagte.

»Hatte er Zugang zu Hindes Abteilung?«

»Ja, er putzt sowohl in der offenen Abteilung als auch im Sicherheitstrakt.«

»Das dürfte reichen. Wir haben einen Verdacht und einen Hinweis auf einen möglichen Kontakt zwischen den beiden.«

Sie hörte, wie Billy mit Torkel besprach, was sie gerade gesagt hatte, und dann wieder den Hörer aufnahm.

»Torkel spricht jetzt mit dem Staatsanwalt über die Hausdurchsuchung. Er muss genau wissen, was Hinde erzählt hat.«

»Er hat nicht viel gesagt. Nur, dass dieser Ralph ihm die Tat gestanden und mit den Morden geprahlt hätte. Anscheinend ist Hinde irgendwie ein Vorbild für ihn.«

»Vielleicht will Hinde ihn auch nur anschwärzen.«

»Schon möglich, aber er ist es, davon bin ich überzeugt. Ich glaube nicht, dass Hinde gelogen hat.«

»Weiter hat er nichts gesagt?«

»Nein.«

Gewisse Dinge musste niemand wissen. Die Details der Begegnung mit Hinde gehörten dieser Kategorie an. Wie sie an die Information gekommen war. Es würde keinen Einfluss darauf haben, ob man ihnen eine Hausdurchsuchung genehmigte oder nicht.

»Warum hilft er uns, hat er das gesagt?«, fragte Billy.

Vanja schwieg einen Moment. Sie war so sehr damit beschäftigt gewesen, dass Hinde Kontakt zu ihnen aufgenommen hatte, dass sie die höchst gerechtfertigte Frage, warum er es tat, völlig verdrängt hatte.

»Nein. Weil er ein gesetzestreuer Bürger ist?«

»Nicht direkt, oder?«

»Ist das denn wichtig?«

»Vielleicht nicht.«

»Sollte es sich als wichtig erweisen, werden wir es schon noch herausfinden.« Sie wandte sich wieder dem Wachmann zu, nahm ihre Waffe entgegen und steckte sie ins Holster.

»Ruf mich an, wenn wir die Genehmigung für die Durchsuchung bekommen haben. Ich fahre jetzt nach Stockholm zurück.«

Sie bedankte sich für die Hilfe und legte auf.

Der Gefängnisaufseher zeigte zu dem großen Tor hinüber. »Da draußen steht ein Mann, der nach Ihnen gefragt hat. Er hatte keine Besuchsgenehmigung.«

Vanja wusste sofort, wer das war.

Der Mann ohne Besuchsgenehmigung. Eine Sekunde lang dachte sie, dass sogar Haraldsson ihm vorzuziehen wäre.

Es gab unterschiedliche Kategorien von Idioten.

Sebastian stand vor Ursulas Auto und blickte auf die hohen Mauern und die schmutzig grauen Gebäude. Er hatte auf dem Standstreifen direkt vor dem Haupteingang geparkt, so weit am Rand, wie es ging. Das war sein Kompromiss gewesen. Das Personal war herausgekommen, und er hatte eine hitzige Diskussion mit ihnen geführt. Sie behaupteten, dass er den ein- und ausfahrenden Verkehr störe, und wiesen darauf hin, dass er außerdem weder einen Polizeiausweis noch eine Besuchserlaubnis hätte. Er wiederum beschimpfte sie als idiotische Paragraphenreiter, die nicht kapierten, dass er unbedingt hinein müsste. Nachdem er sie einige Minuten angeschrien hatte, hatten sie am Ende nur noch die Köpfe geschüttelt und ihn stehenlassen.

Sebastian wanderte nervös hin und her, von der einen Straßenseite zur anderen und wieder zurück. Er kickte frustriert gegen den Kies auf dem Standstreifen. Pflückte Löwenzahn und blies gegen die Pusteblumen, genau wie er es als Kind getan hatte. Er musste Lövhagas absurde Bürokratie und vor allem seine Sorge um Vanja für einen Moment vergessen, und dabei halfen ihm einfache Handlungen.

Die Leute hinter dem Zaun wollten nicht einmal bestätigen, dass Vanja dort drinnen war. Aber er konnte ihr Auto auf dem Parkplatz vor dem Gefängnis sehen. Sie hatten ihn einfach draußen vor dem Tor stehenlassen. Das schien symptomatisch für sein momentanes Leben zu sein. Er befand sich in einem Niemandsland, in dem keiner mehr Lust hatte, noch länger Krieg mit ihm zu führen.

Er entfernte sich immer mehr vom Zentrum der Handlung, aber so hatte er sein Mitwirken an den Ermittlungen wirklich nicht geplant, nachdem es ihm endlich gelungen war, sich wieder einzunisten. Damals hatte er damit bezwecken wollen, Vanja näher zu sein. Sich ein eigenes Leben zuzulegen. Vielleicht sogar diesen Fall zu lösen, auch wenn das nicht seine wichtigste Triebfeder gewesen war. Aber all das war vor Hinde gewesen. Bevor sich die Angelegenheit zu einem persönlichen Krieg entwickelt hatte. Bevor sich ihm alle Türen verschlossen hatten.

Denn ihm war nicht nur das Stahltor von Lövhaga vor der Nase zugeschlagen worden. Er hatte Torkel vorhin vom Auto aus angerufen, um ihn irgendwie dazu zu bringen, Vanja aufzuhalten. Torkel war nicht ans Telefon gegangen. Hatte auch nicht zurückgerufen. Genauso wenig wie Billy. Und es war seine eigene Schuld, er hatte es sich selbst zuzuschreiben, wie feindlich sie ihm gegenüber eingestellt waren. Sosehr er es auch wollte, er konnte keinem anderen die Schuld dafür geben. Gleichzeitig hatte seine Sorge, wegen der Gefahr, in der Vanja schwebte, immer mehr abgenommen, je mehr Zeit vergangen war. Denn Vanja war schlau und würde keine unnötigen Risiken eingehen. Und Hinde wäre nicht an etwas so Banalem wie einer einfachen Geiselnahme interessiert. Nein, er hatte in der Regel größere Pläne. Fragte sich nur, welche.

Hinde kannte die Wahrheit über Vanja und ihn, das hatte

Sebastian im Gefühl. Deshalb hatte er darum gebeten, Vanja treffen zu dürfen.

Würde er es ihr erzählen?

Oder wäre ihm auch das zu banal?

Sebastian hasste diese Ungewissheit. Er begann erneut zu gehen. Drehte eine Runde am Zaun vorbei und spähte hinein. Plötzlich erblickte er Vanja. Sie überquerte den Hof und ging mit schnellen Schritten auf ihr Auto zu. Sollte er sie rufen? Ihr zuwinken? Oder einfach nur stehen bleiben? Was wusste sie? Sebastian beschloss, sich so groß wie möglich zu machen und sich ihr mitten in den Weg zu stellen, damit sie nicht vorbeifahren konnte. Das erschien ihm am natürlichsten. Einfach nur ein Hindernis darzustellen. Er sah, wie sie zu ihm herüberschaute, konnte in ihrem Gesicht jedoch keinerlei Reaktion lesen. Als wäre er lediglich Luft für sie. Ihr Desinteresse erfreute ihn.

Sie wusste es nicht.

Hätte sie es gewusst, dann hätte er Wut oder Abscheu gesehen, aber keine totale Gleichgültigkeit. Normalerweise hätte er sich darüber wahrscheinlich nicht so sehr gefreut, aber momentan war diese Lage eindeutig vorzuziehen. Er bemerkte, dass er unbewusst lächelte. Breit.

Sie traute ihren Augen nicht, als sie mit dem Auto an das Tor heranfuhr. Stand er dort etwa und grinste sie höhnisch an? Oder versuchte er lediglich, möglichst entspannt auszusehen? Sie wusste nicht, was sie glauben sollte. Sebastian Bergman war wirklich nicht wie andere Menschen. Aber das hatte nun keine Bedeutung mehr. Bald würde sie ihn nicht mehr sehen müssen. Sie ließ die Fensterscheibe herunter und lehnte sich hinaus.

»Tut mir leid, aber du stehst im Weg.«

Unterdessen öffnete sich automatisch die Schranke, und sie fuhr im Schritttempo auf ihn zu. Er blieb stehen und machte keinerlei Anstalten, sich zur Seite zu bewegen.

»Ich will mit dir sprechen«, setzte er an.

»Aber ich nicht mit dir. Und zu einem Gespräch gehören immer noch zwei, auch wenn du dieses Prinzip nicht zu kennen scheinst.«

Sie bremste einen halben Meter vor ihm ab. Er wagte es nicht, sich zu rühren. Dann würde sie vermutlich Gas geben und verschwinden.

»Ich muss es wissen. Was wollte Hinde?«

»Er hat mir den Namen des Mörders gegeben.«

Das kleine Lächeln, das während der gesamten Konversation noch auf Sebastians Lippen gelegen hatte, verschwand sofort. Damit hatte er nicht gerechnet.

»Was? Wie meinst du das?«

»Er sagte, er wüsste, wer der Mörder ist. Ein Ralph Svensson anscheinend. Er arbeitet hier als Putzmann. Wir wissen, dass er Kontakt zu Hinde gehabt haben kann.«

»Und du glaubst ihm?«

»Ich habe keinen Grund, es nicht zu tun. Wir gehen allen Spuren nach, oder etwa nicht?«

»Warum sollte er dir das erzählen?«

»Es stellt sich wohl eher die Frage, warum er es dir nicht erzählt hat. Du bist doch der angebliche Experte. Derjenige, der weiß, wie man ihn zum Reden bringt.«

Es gelang ihr nicht, ihre Schadenfreude zu verbergen. Eigentlich versuchte sie es nicht mal.

Ohne nachzudenken, ging Sebastian zu ihr. »Und er selbst soll nichts mit der Sache zu tun haben? Glaubst du das wirklich?«

»Ich bin Polizistin. Ich glaube nicht. Ich finde etwas heraus. Und jetzt entschuldige mich.«

Sie trat aufs Gas, die Reifen griffen quietschend auf dem Asphalt, und das Auto raste davon.
Sebastian war schon wieder stehengelassen worden.
Allmählich gewöhnte er sich daran.
Er rannte zu Ursulas Wagen.

Torkel hatte die Bewilligung der Hausdurchsuchung bei Ralph Svensson erhalten, während er bereits im Auto auf dem Weg zu dessen Wohnung in Västertorp gesessen hatte. Staatsanwalt Gunnar Hallén hatte sie ihm nach einem langen Telefonat am Ende schließlich doch gegeben. Es gab zwar eine starke Indizienkette, aber die Bewertung von Hindes Zeugenaussage stellte natürlich ein Problem dar. Eine Verurteilung zur lebenslangen Haft stützte dessen Glaubwürdigkeit nicht unbedingt. Torkel hatte ziemlich viel Überredungskunst aufbringen müssen. Doch schon nach einigen Minuten wusste Torkel, dass Hallén ihm die Genehmigung letztendlich erteilen würde. Dies war einer jener Fälle, die mit hoher öffentlicher Aufmerksamkeit verbunden waren und deswegen für eine Karriere entscheidend sein konnten. Eine Hausdurchsuchung aufgrund von vagen Vermutungen zu genehmigen war nicht so gravierend, wie überhaupt nicht zu reagieren.

Torkel hatte Billy gebeten, schnell ein Team für die Öffnung der Wohnung zusammenzustellen, und kurz darauf setzten sie sich ins Auto. Er wollte vor Ort bereit sein, sobald sie grünes Licht bekamen. Sie konnten es sich nicht leisten, mit Transporten und Logistik Zeit zu verlieren. Vanja würde dazustoßen, so schnell sie konnte. Torkel hatte versprochen, auf sie zu warten, sofern es ging. Sebastian informierte er nicht einmal.

Billy parkte in einem Wendehammer hinter einigen roten Mietsblöcken aus den Fünfzigern. Ralph Svenssons Wohnung lag dreihundert Meter davon entfernt auf einer kleinen Anhöhe, etwas näher am Zentrum von Västertorp, dessen Blütezeit längst vergangen war. Billy kontaktierte den Einsatzleiter, der versprach, in spätestens fünf Minuten da zu sein. Dann rief er Ursula an und erklärte ihr, wo sie geparkt hatten.

Torkel drehte eine Runde und nahm die grüne Umgebung mit den vielen Bäumen und die frei stehenden Hochhäuser in Augenschein. Der laue Wind wehte Essensgerüche und Musik aus den oberen Fenstern herunter. Irgendwo war ein Lachen zu hören. Eine Horde lärmender Kinder hatte sich ein Stück entfernt um einen Sandkasten versammelt. Alles wirkte sommerlich friedvoll.

Billy ging zum Kofferraum, öffnete ihn und kramte eine schusssichere Weste hervor, die er sich umlegte.

Torkel beobachtete ihn erstaunt. »Wir überlassen der Spitze den Zugriff.«

»Ich will aber dabei sein. Es ist doch immerhin unser Fall.«

»Das stimmt. Aber um das zu beweisen, müssen wir keine Türen eintreten.«

»Okay. Dann gehe ich eben nur als Beobachter mit.«

Torkel schüttelte den Kopf. Irgendwas war in den letzten Wochen wirklich mit Billy passiert. Früher hatte es ihm nie Probleme bereitet, die zweite Geige zu spielen und sowohl ihn als auch – in erster Linie – Vanja zu unterstützen, wenn es um Informationstechnik ging. Jetzt wollte er auf einmal mit vorgehaltener Waffe Wohnungen erstürmen.

»Wir verhalten uns so, wie wir es immer getan haben«, sagte Torkel entschieden. »Die anderen sichern den Verdächtigen. Wir übernehmen später.«

Billy nickte, zog die Weste jedoch nicht wieder aus. Wie er so dastand, glich er einem bockigen Teenager.

»Du kannst dieses Ding meinetwegen gern anbehalten. Aber du bleibst bei mir.«

»Okay. Du entscheidest«, erwiderte Billy mürrisch.

»Allerdings.«

Torkel trat einen Schritt auf ihn zu und legte seine Hand auf Billys Schulter. »Sag mal, ist irgendwas vorgefallen? Mir scheint, als gäbe es da einige Spannungen im Team. Vor allem zwischen dir und Vanja.«

Billy antwortete nicht.

Torkel nahm seine Hand nicht weg. »Du musst mit mir darüber reden. Wir sind ein Team. Momentan kommt es mir allerdings manchmal nicht ganz so vor ...«

»Findest du, dass ich ein guter Polizist bin?« Billy drehte sich um und sah ihn mit ehrlicher Miene an.

Soweit Torkel sich erinnerte, war es das erste Mal, dass Billy einen gewissen Selbstzweifel an den Tag legte. »Wenn das nicht so wäre, würdest du nicht für mich arbeiten.«

Billy nickte. »Aber wenn wir ein Team sind, warum werden wir dann unterschiedlich behandelt?«

»Weil wir unterschiedlich sind«, antwortete Torkel wie selbstverständlich. »Wir haben unterschiedliche Stärken und unterschiedliche Schwächen. Das macht uns ja erst zu einem Team. Wir ergänzen uns gegenseitig.«

»Und Vanja ist die beste Polizistin.«

»Das habe ich nicht gesagt.«

»Okay, aber mal angenommen, Vanja hätte sich die Weste übergezogen und als Beobachterin dabei sein wollen – hättest du sie auch aufgehalten?«

Torkel wollte gerade wie selbstverständlich ja sagen, was ihm schon auf der Zunge lag, als er innehielt und begriff, dass Billy vielleicht doch recht hatte. Wäre er Vanja gegenüber auch so bestimmt aufgetreten? Vermutlich nicht. Weil sie eine bessere Polizistin war? Vermutlich.

Also schwieg er. Das war Antwort genug.

Ralph hatte sich gerade an den Computer gesetzt und loggte sich auf fyghor.se ein. Er wollte dem Meister eine Nachricht schicken, in der er sein Versagen gestand. Er hatte gestern, solange es hell war, vor Ellinors Hauseingang gewartet und gehofft, dass sie zurückkommen würde. Aber das war sie nicht.

Als er nach Hause gekommen war, war er erschöpft und müde gewesen. Er hatte seine gewohnte Runde gedreht und alle Lampen in der richtigen Reihenfolge eingeschaltet. Dann hatte er innegehalten. Ratlos. Die Sporttasche und der Proviant. Was sollte er damit anstellen? Leider schien es so, als müsste er ein neues Ritual für den Fall seines Versagens finden. Er überlegte eine Weile, wie er es gestalten könnte, und kam zu dem Schluss, dass es am besten und natürlichsten wäre, das Vorbereitungsritual auszuführen, allerdings in umgekehrter Reihenfolge.

Er nahm die Chlorin-Flasche aus der Tüte und stellte sie zurück in den Schrank unter der Spüle, legte alle Nahrungsmittel und Getränke wieder in den Kühlschrank, faltete die Tüte zusammen und legte sie in den Besenschrank. Danach ging er ins Schlafzimmer, packte die Nylonstrümpfe und das Nachthemd aus und legte sie in die oberste Schublade. Anschließend geriet er ins Stocken.

Eigentlich müsste er jetzt die Sporttasche in die Lücke zwischen den zwei Stapeln legen, aber wohin mit dem Messer? Es war nicht benutzt, aber bei all den Rückschlägen, die er in letzter Zeit erlitten hatte, war das Bedürfnis, dem Ritual auf den Punkt genau zu folgen, nur umso größer. Er beschloss, mit der Tasche zur Spüle in der Küche zu gehen. Dort nahm er das Messer heraus, wusch es ab und trocknete es und legte es zusammen mit einer neuen Plastiktüte in die Tasche. Die alte entsorgte er im Mülleimer unter der Spüle und ging erneut mit der Tasche ins Schlafzimmer. Jetzt konnte er sie in die oberste Kommodenschublade legen und sie schließen.

Erschöpft fiel er ins Bett. Im Zimmer war es hell und warm, die Hundert-Watt-Lampen, die in jeder Ecke standen, beruhigten ihn, sie verjagten die Schatten und jedes kleine bisschen der beängstigenden Dunkelheit.

Er hatte einige Stunden geschlafen, war aus seinem traumlosen Schlaf erwacht und hatte versucht, sich wieder aufzuraffen. Den Vormittag hatte er damit zugebracht, Ellinor Bergkvist zu suchen. Bei der Arbeit war sie nicht, und man hatte ihm nicht sagen wollen, wann sie voraussichtlich wieder zurückkäme. Er hatte bei Taxi Stockholm angerufen und gefragt, wo der Wagen mit dem Kennzeichen JXU 346 den Fahrgast abgesetzt hatte, den er gestern gegen sechzehn Uhr in der Västmannagatan aufgenommen hatte. So eine Information gaben sie jedoch nicht weiter, und als sie nachfragten, wer er eigentlich sei, legte er schnell auf. Er hatte sie nicht gefunden. Er hatte versagt.

Ralph tippte den Benutzernamen und das Kennwort ein. Eine Nachricht vom Meister. Letzte Nacht gesendet. Der Inhalt war kurz und knapp.

»Du bist jetzt ich.«

Mehr stand dort nicht. Ralph erhob sich und drehte eine Runde durchs Zimmer, verwirrt, aber auch ein wenig aufgekratzt, Was auch immer das genau bedeuten mochte, es war eine Anerkennung. Er war zu einem Ebenbürtigen erklärt worden. Anders ließ sich die Nachricht nicht interpretieren. Ihm wurde innerlich ganz warm, mit so etwas hatte er absolut nicht gerechnet.

Aber was bedeutete es? Würde er keine weiteren Aufträge mehr von seinem Meister erhalten? Würde er vollkommen eigenverantwortlich handeln? Sich selbst weiterentwickeln?

Diesen Gedanken hing er gerade nach, als er an der Haustür einen Schlag hörte, der wie eine kleinere Explosion klang. Sekunden später sah er schwarz gekleidete Gestalten mit Helmen und etwas, das wie Maschinengewehre aussah, auf ihn zurennen, die Läufe ihrer Waffen gegen ihn gerichtet.

»Polizei! Auf den Boden!«, schrien die Gestalten. Blitzschnell stürzte Ralph sich auf den Computer, bekam ihn zu fassen und warf ihn mit voller Wucht gegen die Wand. Plastik und Elektronikteilchen regneten durch die Luft. Er rannte zu den Resten des Computers und trampelte darauf herum, bis er von den starken Männern gepackt und auf den Boden gedrückt wurde.

Als sie seine Arme auf den Rücken bogen und ihm Handschellen anlegten, wehrte er sich nicht einmal. Er blickte nur auf den zerstörten Computer, der vor ihm auf dem Boden lag. Er hatte den Meister geschützt.

Sie waren grob zu ihm, aber das machte nichts. Ralph spürte vielmehr, dass ihn eine plötzliche Ruhe überkam. Das Gefühl wurde stärker, als mehrere dieser Gestalten kamen und ihn aus der Wohnung trugen. Er hatte das nächste Stadium erreicht und verstand nun den wahren Sinn der Nachricht seines Meisters.

Du bist jetzt ich.

Das war er wirklich.

Vanja traf genau in dem Moment ein, als der Einsatzbus mit Ralph Svensson davonfuhr. Vom Auto aus hatte sie gesehen, wie die Kollegen einen langen, dürren Mann in Polohemd und beigen Hosen aus dem Haus getragen und auf den Rücksitz gesetzt hatten. Er leistete keinen Widerstand, sondern hing vollkommen regungslos zwischen den vier Polizisten in der Luft. Vanja sah dem davonbrausenden Auto nach, ehe sie ausstieg. Sie knallte die Wagentür zu und ging zu dem Mietshaus hinüber. Sie war stinkwütend, und ihre Gemütslage besserte sich nicht, als sie Billy in seiner schusssicheren Weste lächelnd neben dem Eingang stehen sah.

»Wir haben ihn, Vanja. Er ist es!«

»Warum konntet ihr nicht auf mich warten?« Sie kam näher. »Es war mein Tipp! Ich habe den Namen bekommen.«

Billys kindliches Strahlen verschwand sofort und wurde von derselben frostigen Miene abgelöst, die sie schon einmal erlebt hatte.

»Sprich mit Torkel. Es war seine Entscheidung.«

Er ging weg und ließ sie stehen. Ein Stück entfernt sah sie, wie Torkel sich mit dem Einsatzleiter näherte. Sie waren in ein Gespräch vertieft, und der Kollege gestikulierte wild. Anscheinend besprachen sie den Zugriff. Vanja wollte auf sie zugehen, überlegte es sich dann aber doch anders. Sie hatte keine Lust, sich auch noch mit Torkel zu streiten. Außerdem war seine Entscheidung natürlich korrekt. Sie hätte an seiner Stelle genauso gehandelt. Es kam darauf an, dass man schnell reagierte, und nicht, wer es tat.

Allerdings war der polizeiliche Aspekt nur die eine Seite. Die andere war persönlich und hatte etwas mit ihrem Platz in der Gruppe, den Rollen der Einzelnen und der Verteilung von Verantwortung zu tun. All dem, was vor diesem Fall so deutlich und einfach gewesen war. Sie sah, wie Torkel dem Kollegen die Hand gab und sie sich trennten.

»Gute Arbeit, Vanja«, rief Torkel und kam zu ihr.

»Danke. Wie sicher sind wir?«

»Ursula ist gerade gekommen. Die vorläufige Untersuchung macht sie allein, um eine Kontaminierung zu verhindern. Aber die Wohnung scheint eine echte Fundgrube zu sein.«

»Wirklich?«

Torkel nickte. Er wirkte auf beruhigende Weise entspannt. Offenbar war er bereits davon überzeugt, dass sie den richtigen Mann erwischt hatten. Vanja spürte, wie ein Teil ihrer Wut verflog und der Freude Platz machte. Möglicherweise hatten sie den Fall tatsächlich gelöst.

»Zehn identische Nachthemden, Nylonstrümpfe und eine Ledermappe mit Zeitungsausschnitten über die Morde«, berichtete Torkel. »Ein Messer, das zu den festgestellten Schnittkanten passt. Und eine Wand mit Bildern von den Opfern.«

»Das ist ja großartig!«, rief Vanja überrascht. Sollte es am Ende wirklich so leicht sein, Ralph Svensson der grausamen Morde zu überführen?

»Allerdings. Und Ursula hat gerade erst angefangen. Die DNA-Ergebnisse dürften höchstens einen Tag dauern, jedenfalls für einen vorläufigen Bescheid.«

Vanja nickte, und sie sahen sich beinahe liebevoll an. Sie hatten die Bedeutung dieses Augenblicks beide erfasst. Es war ein schöner Tag. Sie standen in dem langen Schatten des Hauses, aber ringsherum schien die Sonne und ließ das Gras einladend grün erstrahlen. Es war ein Gefühl, als wären sie selbst auf dem Weg in die Sonne. Weg von dem Schatten, in dem sie nun schon so lange gestanden hatten.

»Es tut mir leid, dass wir ihn ohne dich gefasst haben«, sagte Torkel freundlich. »Aber wir konnten nicht länger warten.«

»Das verstehe ich«, antwortete Vanja ohne Zögern. »Es war eine gute Entscheidung«, fügte sie hinzu.

Billy kam zu ihnen herüber. Er hatte die schusssichere Weste ausgezogen. Jetzt gesellte er sich zu seinen Kollegen und betrachtete ebenfalls die Sonne und das Grün vor ihnen. »Es wird noch ein paar Stunden dauern, bis wir alle hineinkönnen, sagt Ursula.«

Torkel und Vanja nickten, erwiderten aber nichts. Schweigend standen sie beisammen.

Wie eine Gruppe.
Wie ein Team.
Wie es sonst immer gewesen war.

Billys Handy unterbrach das Schweigen. Die anderen konnten unschwer erraten, dass es seine neue Freundin war, als sie seinen zärtlichen Tonfall hörten. Er entfernte sich ein Stück, um die Pläne für den Abend mit ihr zu besprechen.

Torkel sah Vanja an. »Hallén wird heute Nachmittag eine Pressekonferenz haben wollen. Ich möchte, dass du dabei bist.«

Vanja war aufrichtig erstaunt. »Aber die übernimmst du doch sonst immer selbst?«

»Ja, aber diesmal hätte ich dich gern dabei. Dank dir haben wir diesen Fall gelöst.«

Sie lächelte ihn an und erinnerte sich wieder, warum sie sich seinerzeit bei Torkel Höglund und der Reichsmordkommission beworben hatte. Weil er ein guter Chef war. Und ein guter Menschenkenner. Er verstand, dass alle Menschen das Gefühl brauchten dazuzugehören.

Sebastian war um kurz vor eins zurück im Polizeipräsidium gewesen und hatte Torkel und die anderen gesucht. Erst hatte ihm niemand sagen können, wo sie steckten. Bei einem Einsatz, so erfuhr er schließlich von einem der uniformierten Polizisten, den er meistens grüßte. Irgendwo südlich von Stockholm, und es sei gut gelaufen. Frustriert versuchte Sebastian, jemanden zu erreichen. Er begann mit Torkel und arbeitete sich in der Hierarchie abwärts. Keiner ging an sein Handy. Dann hatte er eine Idee und spazierte zum Untersuchungsgefängnis hinüber, das direkt an das Präsidium angeschlossen war, um zu sehen, ob er dort jemanden antraf. Vielleicht waren sie dabei, diesen Ralph Svensson einzusperren, dessen Namen Hinde aus irgendeinem unerfindlichen Grund Vanja genannt hatte. Aber auch dort war keiner. Und niemand wollte ihm verraten, ob ein Häftling erwartet wurde. Er befand sich wieder mal im Niemandsland. Einem Ort, an dem er nicht zu existieren schien. Er ging hinaus zum Fridhelmsplan und der bewachten Garageneinfahrt, die sie mit größter Wahrscheinlichkeit benutzen würden, wenn sie zurückkamen. Ein Stück davon entfernt setzte er sich ins Gras und wartete einfach nur ab. Der Mann im Wachhäuschen beobachtete ihn misstrauisch, ließ ihn jedoch dort sitzen. Schließlich befand er sich auf einem öffentlichen Platz und hatte nichts Unerlaubtes getan. Ein Mann mittleren Alters mit einem zerknitterten Jackett, der sich in das hohe Gras legte. Für den Wachmann musste er aussehen wie ein Alkoholiker, der auf dem Weg zum Kronobergs-Park gewesen war, dann aber nicht weiterlaufen konnte und sich deshalb auf der erstbesten Grünfläche niedergelassen hatte. Fehlte nur noch die Flasche.

Er fühlte sich vollkommen wertlos. Die besten Universitätsabschlüsse, Jahre der Weiterbildung, unter anderem an der Quantico Academy des FBI in den USA, Bestsellerautor, jahrelang einer der besten Profiler Schwedens – und das Einzige, worauf er noch hoffen konnte, war die Rückkehr der anderen und dass sie ihn auf wundersame Weise wieder in ihr Team aufnehmen würden. Das war der einzige Plan, die einzige Lösung, die er aus seiner enormen Werkzeugkiste des Wissens noch hervorkramen konnte: nicht lockerzulassen.

Sein Telefon klingelte, und er holte es eilig hervor. Es könnte einer von ihnen sein. Aber so war es nicht. Es war eine Nummer, die er kannte, obwohl sie ihn noch nie angerufen hatte.

Seine eigene Festnetznummer.

Er ging ran.

Natürlich war es Ellinor.

Er war fest entschlossen, seinen Frust an ihr auszulassen, sie anzubrüllen, sie seinen Schmerz spüren zu lassen. Aber sie klang so fröhlich, dass er wieder davon abkam. Ihre Stimme war so perlend und mitreißend.

»Entschuldige, Liebling, ich weiß, wie nervig es sein kann, wenn jemand bei der Arbeit anruft und stört. Aber ich mache mir ein bisschen Sorgen, dass du böse auf mich sein könntest.«

»Warum?«

»Weil ich die Wohnung verlassen habe.«

»Warum hast du das getan?«

Seine Wut verwandelte sich in Sorge. Möglicherweise war sie unberechtigt, denn wenn die Verhaftung gelungen war und Ralph tatsächlich derjenige war, den sie suchten, war die Gefahr gebannt. Dann konnte sie gehen. Für immer. Er konnte sie vor die Tür setzen.

»Also ... ich habe nicht direkt das Haus verlassen.«

»Was? Wohin bist du denn dann gegangen?«

»Zu den Nachbarn. Ich wollte mich vorstellen.«

Sebastian verstummte. Alles Negative, was er anfangs gespürt hatte, wurde plötzlich von dem merkwürdigen Gefühl verdrängt, dass er sich in einer Parallelwelt zu Ellinor befand. Im Grunde waren sie vollkommen inkompatibel. Hatten überhaupt nichts miteinander gemein. Konnten einander niemals finden.

»Ich habe keinen Kontakt zu meinen Nachbarn«, sagte Sebastian kurz.

»Ja, das haben sie auch gesagt. Aber sie sind sehr neugierig auf dich. Deshalb musst du ein bisschen mehr einkaufen. Wir müssen die Liste ergänzen.«

»Ich verstehe nicht ganz ...« Er setzte sich im Gras auf.

»Du darfst mir jetzt nicht böse sein, aber ich habe deinen direkten Nachbarn zum Essen eingeladen. Jan-Åke. Seine Familie ist gerade verreist. Er ist auch Arzt, genau wie du!«

»Ich bin kein Arzt, sondern Psychologe.«

»Du musst also gegen fünf zu Hause sein«, fuhr Ellinor fort, als hätte sie seine Berichtigung gar nicht gehört. »Und ruf mich an, wenn du im Supermarkt bist. Das wird bestimmt nett, heute Abend. Oder bist du jetzt sauer?«

Sebastian wollte wieder auf seinen ursprünglichen Zorn zurückgreifen, irgendwelche Worte finden, die sie so sehr verletzten, dass sie die Flucht ergriff. Aber ihm fiel nichts ein. Ellinors Welt war so viel wärmer. Angenehmer. In ihrer Welt hatte er einen Wert.

»Ich tue das, weil ich dich liebe, das verstehst du doch hoffentlich, oder? Du kannst nicht wie ein Eremit hausen, wenn du so schön wohnst. Das geht doch nicht. Bist du um fünf da?«

»Ja.«

»Küsschen.«

»Küsschen«, hörte er sich selbst sagen. Dann hatte sie aufgelegt.

Er stand auf und war verwirrt. Er würde mit einem Nachbarn zu Abend essen, mit dem er seit zwanzig Jahren kein Wort gewechselt hatte. Aber das war nicht das Schlimmste. Das Schlimmste war, dass er sich sogar ein wenig darauf freute. Es gab doch noch einen Ort, an dem er im Zentrum stand. Wo er noch sehnlichst erwartet wurde.

Einen Ort, den er lange schon nicht mehr gehabt hatte.

Ein Zuhause.

Zwar wurde es gerade von einer sehr merkwürdigen Frau bewohnt, aber dennoch. Es war ein Zuhause.

Staatsanwalt Hallén war so aufgekratzt, dass er im ersten Moment vergaß, wie man eine Krawatte band. Er wollte zur Feier des Tages den halben Windsorknoten in der selbstlösenden Variante binden, den er nur selten verwendete. Es gelang ihm erst nach mehreren Versuchen. Er hatte seine Frau angerufen und sie gebeten, die Nachrichten auf SVT und TV4 aufzunehmen. Im Idealfall würde es sogar noch eine Sondersendung geben, aber darauf hatte er keinen Einfluss, er konnte es nur hoffen. Die vorläufigen Beweise waren überwältigend. Streng genommen hätten sie warten müssen, bis die Spurensicherung ihre Arbeit vollständig abgeschlossen hatte, aber das war nicht realistisch. Die Nachricht über die Verhaftung würde schnell an die Öffentlichkeit dringen, und sie mussten die Verbreitung von Gerüchten verhindern. Und Ergebnisse vorweisen.

Torkel Höglund und Vanja Lithner waren gerade angekommen und hatten Bilder aus der Wohnung des Verdächtigen mitgebracht. Sie waren belastend und grausig. Der Mann hatte anscheinend eine ganze Fotowand mit je sechsunddreißig Bildern von jedem Opfer, nur von der ersten Frau gab es lediglich vierunddreißig. Hallén war beim Anblick der Bilder übel geworden. Die Frauen, noch am Leben, gefesselt, im Nachthemd. Nur wenige Sekunden vom Tod entfernt.

»Er ist es«, sagte er und wandte den Blick sofort wieder ab und seinen Kollegen in dem kleinen Konferenzraum zu. »Mehr brauche ich nicht zu sehen.«

Gemeinsam gingen sie zum Presseraum im ersten Stock.

Bereits als sie die Treppe hinabstiegen, sahen sie, dass die Pressekonferenz gut besucht sein würde. Draußen auf der Straße standen Übertragungswagen aller großen Fernsehstationen, und vor der Rezeption hatte sich eine Schlange gebildet.

Hallén wandte sich Torkel zu. »Ich übernehme die Begrüßung und die Einführung, ihr den Bericht, und die Fragen beantworten wir anschließend gemeinsam, einverstanden?«

»Natürlich.«

Hallén richtete sich auf und bahnte sich seinen Weg durch ein Meer von neugierigen Journalisten. Vanja lächelte, als sie den Staatsanwalt vor ihnen herstolzieren sah. Er nickte den ihr unbekannten Gesichtern zu, die sich dort drängten. Torkel hasste so etwas, das wusste sie. Und seiner Körpersprache konnte man es auch deutlich ansehen. Hochgezogene Schultern, das Kinn auf der Brust. Sicher kannte auch er die meisten, aber er grüßte niemanden. Seine ganze Haltung signalisierte, dass er die Veranstaltung so schnell wie möglich hinter sich bringen wollte, um sich wieder an die Arbeit zu machen. Sie selbst spürte ein wachsendes Gefühl der Euphorie. Sie könnte sich mit so etwas durchaus anfreunden, das merkte sie. Mit etwas Glück war es vielleicht nicht das letzte Mal, dass sie dabei sein durfte. Wenn Billy unbedingt anfangen musste, seine Position in der Gruppe neu zu bestimmen, konnte auch sie sich verändern und neue Herausforderungen annehmen.

Ein Stück entfernt sah sie Sebastian stehen. Sein Blick war resigniert und müde. Er hatte neben der Garageneinfahrt auf sie gewartet, als sie aus Västberga zurückgekommen waren. Hatte sie angestarrt, als sie vorbeifuhren. Vanja hatte zunächst gehofft, dass Torkel ihn ignorieren würde, aber ihr Chef war nicht so kindisch wie sie. Sie hatten kurz angehalten, und Torkel hatte die Tür geöffnet und Sebastian mit ein paar knappen Sätzen darüber informiert, dass sie Ralph Svensson gefasst hatten und jetzt eine Pressekonferenz abhalten würden. Er dürfe gerne zuhören, wenn er an den Details interessiert sei. Dann hatte er die Tür geschlossen und war weitergefahren.

Er war vielleicht nicht ganz so kindisch. Aber effektiv. Vanja begriff, dass sie Torkel auf keinen Fall zum Feind haben wollte. Niemals.

Ralph sah sich in der kleinen Zelle um. Er war schon oft am Untersuchungsgefängnis von Kronoberg vorbeigegangen und hatte überlegt, wie es wohl drinnen aussah. Jetzt wusste er es. Ein Bett, ein Tisch mit einem Stuhl und eine Toilette. Die Möbel aus hellem Kiefernholz, die Wände zweifarbig, unten gelb und oben grauweiß. Für die meisten war das wahrscheinlich nicht ungewöhnlich, aber er fühlte sich innerlich ganz kribbelig. Von der Straße aus wirkte das anonyme, bunkerähnliche Gebäude, das mitten auf Kungsholmen lag, ziemlich bedrohlich. Die Außenansicht verriet keinerlei Geheimnisse, da war nur eine Mauer, die die Geschichten versteckte, die sich dahinter verbargen. Aber wenn man einmal dort drinnen war, spürte man sie. Die Erinnerungen, die in den Zellenwänden hingen.

Hier hatten sie den Meister damals hingeführt. Ralph wusste nicht, in welcher Zelle er gesessen hatte, aber das hatte auch keine Bedeutung. Er war in seine Fußstapfen getreten. Sie waren denselben Korridor entlanggegangen.

Er hatte sich ausziehen müssen, und die Wärter hatten ihm graue Häftlingskleidung aus verwaschener Baumwolle gegeben. Dann hatten sie seine Körperöffnungen nach Gegenständen abgesucht. Er hatte es genossen, denn er wusste, dass ihre grobe Gründlichkeit nur eines bedeutete – dass sie ihn fürchteten.

Er war wichtig.

Er war jemand.

Er sah es in ihren Augen, hörte es daran, wie sie über ihn sprachen. Alle fünf Minuten kontrollierten sie ihn durch die kleine Luke in der Stahltür. Entweder fürchteten sie, er könnte sich umbringen, oder sie waren einfach nur neugierig. Der wahre Grund war ihm egal. Er genoss ihre Aufmerksamkeit, und Selbstmord zog er in keiner Weise in Erwägung, denn das wäre eine Niederlage. Jetzt fing es doch erst an, das richtige Match. Bald würden sie kommen und ihn zu seinem ersten Verhör führen. Das würde mindestens einen Tag dauern, so war es auch beim Meister gewesen. Sie würden gründlich vorbereitet sein, um den Tatverdächtigen mit den überwältigenden Beweisen zu überführen. Ihn direkt aus dem Gleichgewicht bringen wollen. Aber er war bereit. Er hoffte nur eines: dass ihm Sebastian Bergman im Verhörraum gegenübersitzen würde. Was für eine Vorstellung, denjenigen treffen zu dürfen, den auch der Meister traf. Am eigenen Leib zu spüren, wie Sebastian Bergman sich tief in sein Gehirn zu bohren versuchte, um die Dinge herauszuholen, die er so gern erfahren wollte.

Das Geständnis.

Sie würden zusammen einen Tanz vollführen, Sebastian und er. Lange, hoffte Ralph. Genau wie der Zweikampf, den Sebastian und der Meister einmal ausgefochten hatten.

Ralph lächelte vor sich hin. Er war so weit gekommen. Hatte gelernt, mit dem Messer, dem Blut und den Schreien umzugehen. Jetzt würde er lernen, seinem Gegner in der Realität zu begegnen. Plötzlich spürte er, wie er auf eine Weise erregt wurde, die er nie zuvor erlebt hatte.

Sexuell.

Es pulsierte in seinem Körper, und er konnte kaum stillsitzen. Tastete nach seinem Penis, der steif war. Es war ihm egal, was sie durch ihre Luke sehen konnten. Er dachte nur an eines. Wenn Sebastian ihm nicht im Verhörraum gegenübersäße, wäre er sehr enttäuscht.

In mehrfacher Hinsicht.

Die Pressekonferenz hatte angefangen. Das laute Stimmengewirr verstummte sofort, als der Staatsanwalt seine Rede begann. Sebastian hatte sich so nah wie möglich an den Ausgang gestellt. Er ging im Kopf seine Möglichkeiten durch. Man hatte ihn von dem Fall ausgeschlossen, das war ziemlich offensichtlich. Gleichzeitig war er davon überzeugt, dass die Anwesenden oben auf dem Podium nicht die ganze Wahrheit sehen wollten. Und dass Hinde sich damit zufriedengeben würde, war im Prinzip undenkbar. Es widersprach seiner Natur.

Der Staatsanwalt beendete seine vage Ausführung, die vor allem seine Handlungskraft und die der Staatsanwaltschaft im Allgemeinen betonen sollte. Dann übernahm Torkel. Wie immer kam er ohne Umschweife zur Sache, als wollte er so schnell wie möglich wieder weg.

»Heute um 12.45 Uhr konnten wir den Mann fassen, den wir dringend verdächtigen, eine Serie brutaler Frauenmorde in Stockholm und Umgebung begangen zu haben. Er wurde in seiner Wohnung verhaftet, wo wir auch aussagekräftige Beweise sichergestellt haben, die den Tatverdacht unserer Meinung nach erhärten.«

Sebastian sah, wie Vanja sich aufrichtete und ihren Blick über die versammelte Presse schweifen ließ. Sie schaute ihn direkt an, ohne seinem Blick auszuweichen. Es war ein Moment, an den er sich später mit Sicherheit erinnern würde. Seine Tochter. Sie war ihm wirklich ähnlich, so wie er früher gewesen war, in seiner großen Zeit. Ein unerschütterlicher Blick, der sogar noch stolzer wurde, je mehr Menschen sie vor sich hatte. Er verstand, was sie fühlte. Mehr, als sie je ahnen konnte. Sie war diejenige, die zu ihnen sprechen sollte, nicht Torkel. Sie war dafür geboren. Eines Tages würde ihre Chance sicher kommen. Die Frage war nur, ob er dann dabei sein würde und zuhören konnte. Obwohl er wusste, dass sie gerade einen Fehler machte oder zumindest nicht alles sehen wollte, konnte er es sich nicht verkneifen, ein wenig stolz auf sie zu sein. Wenn es darauf ankam, waren sie sich so ähnlich.

»Wir haben die Mordwaffe, Blutspuren und eine Reihe von Objekten gefunden, die direkt mit dem Mord in Verbindung stehen. Außerdem haben wir an den Tatorten DNA-Spuren gesichert, die wir jetzt mit denen des Festgenommenen abgleichen«, fuhr Torkel fort.

Ein Journalist von der besonders eifrigen Sorte stand auf. Er schien nicht länger warten zu können. Sebastian erkannte ihn wieder, es war einer der ganz erfahrenen alten Hasen beim *Expressen*. Sebastian glaubte sich zu erinnern, dass er Weber oder so ähnlich hieß.

»Was sagen Sie zu dem Gerücht, dass Edward Hinde in die Morde verwickelt ist?«, stieß er hervor.

Torkel beugte sich zum Mikrophon vor und antwortete so deutlich wie möglich: »Ich möchte unseren Ermittlungsergebnissen nicht vorgreifen, aber momentan gehen wir davon aus, dass der Täter eigenmächtig gehandelt hat. Wir können allerdings bestätigen, dass er von Edward Hindes früheren Taten inspiriert wurde.«

Dies schien der Startschuss für immer neue Fragen zu sein. Die anderen Journalisten verfolgten die gleiche Spur.

Hinde. Hinde. Hinde.

Vermutlich gab das die besten Schlagzeilen. Ein Nachahmungstäter, inspiriert von dem großen Hinde. So wäre es allen am liebsten gewesen.

Einfach und deutlich.
Leicht erklärbar.

Doch so einfach war es nie. Das wussten sowohl Sebastian als auch Edward Hinde. Sie wussten, dass die Dinge auf mehr als nur eine Weise zusammenhingen. Dass sich hinter jeder Handlung mehr verbarg, als man zunächst ahnte.

Sebastian hatte genug gehört. An Vereinfachungen war er nicht interessiert. Er verließ die Pressekonferenz. Vanja schien ihn kaum zu bemerken. Er sah ein, dass er die Wahrheit selbst herausfinden musste. Er wollte Edward Hindes eigentlichem Grund, den Mörder genau jetzt zu verraten, auf die Spur kommen.

Sollten die dadrinnen sich ruhig mit Ralph Svensson zufriedengeben.

Das passte perfekt in ihr einfaches Weltbild.

Der Morgen war genau so gewesen, wie sie ihn sich erhofft hatte.

Thomas' Wecker hatte um 6.20 Uhr geklingelt, und er war sofort aufgestanden. Sie hatte sich schlafend gestellt, bis er vorsichtig die Tür zum Schlafzimmer geschlossen hatte. Jenny rekelte sich im Bett. Fünf Jahre verheiratet. Seit mehr als acht Jahren zusammen. Schlecht war es ihnen nie gegangen, aber die Frage war, ob sie es jemals besser gehabt hatten als jetzt. Sie wusste, dass sie beide der Schwangerschaft vieles zu verdanken hatten. Und Thomas' neuer Arbeit. Sein früherer Job hatte ihm nicht gefallen, zumindest seit es die neue Chefin gab. Kerstin Hanser. Sie hatte die Stelle angetreten, die zu bekommen Thomas sich sicher gewesen war. Seine Arbeit bedeutete ihrem Mann viel.

Er wollte der Beste sein.

Er wollte, dass andere erkannten, dass er der Beste war.

Weil das allerdings nur so wenige taten, hatte Jenny mitunter das Gefühl, dass Thomas ganz einfach nicht der Beste war. Manchmal vielleicht nicht einmal gut. An Ehrgeiz mangelte es ihm nicht, aber mitunter machte er die Dinge unnötig kompliziert. Er versuchte, seine Fehler und Schwächen zu vertuschen, und je mehr er das tat, desto deutlicher kamen sie paradoxerweise zum Vorschein. Aber er war viel besser darin geworden, offener mit anderen Menschen umzugehen. Zumindest zu Hause. Wie es sich an seiner neuen Arbeitsstelle verhielt, wusste sie nicht, aber dass er sie bekommen hatte, war ein Geschenk des Himmels gewesen. Vorher hatte er sich unzulänglich gefühlt, sowohl bei der

Arbeit als auch zu Hause. Die Enttäuschung darüber, dass Jenny nicht schwanger wurde, hatte an ihnen gezehrt und ihre Beziehung belastet. Dennoch hatte sie nie daran gezweifelt, dass sie es hinbekämen. Thomas schon, vermutete sie, aber sie nicht.

Dann wurde er angeschossen. In die Brust, wenn man ihn fragte. In die Schulter, sagten alle anderen. Doch ganz gleich, wo die Kugel wirklich eingeschlagen war, hatte dieses Erlebnis jedenfalls eine Alarmglocke schrillen lassen. Bei ihnen beiden. Und ihnen die Augen für die wichtigen Dinge im Leben geöffnet. Das klang natürlich banal und seicht wie ein Vogelbad, aber es stimmte.

Die Arbeit war wichtig, aber sie war nicht alles.

Kinder waren wichtig, aber man konnte sie auch adoptieren.

Sie beide zusammen jedoch waren unersetzlich.

Und jetzt waren sie wieder ganz die Alten. Oder mehr als das. Sie war glücklich und sicher, dass Thomas es auch war. Sie hörte ihn in der Küche rumoren. Die Erdbeeren hatte sie gestern in der hintersten Ecke des Kühlschranks entdeckt und ahnte, dass er sie in Schokolade tauchen würde. Wenn sie ehrlich war, wusste sie schon genau, wie das Frühstück aussehen würde. Es hatte bisher an jedem Geburtstag und an jedem Hochzeitstag aus exakt denselben Zutaten bestanden. Das war ja auch nicht verkehrt, sie mochte Rührei, Bacon, getoastetes Brot mit Himbeermarmelade, Melone und Erdbeeren mit Schokoglasur, aber es überraschte sie nicht. Das gelang Thomas nur selten. Heute hätte er sie tatsächlich überraschen können, wenn sie nicht kürzlich nach einem USB-Stick gesucht hätte, den sie im Auto vermutete. Vielleicht war er irgendwie im Handschuhfach gelandet. Das war nicht der Fall gewesen, aber dort hatte eine kleine rote Schachtel gelegen, die nur Schmuck enthalten konnte.

Einen Ring, um genau zu sein. Einen richtig edlen Ring. Sie würde die Überraschte spielen müssen, freute sich aber auch ehrlich darüber.

Sie hörte, wie Thomas das Haus verließ – um den Ring zu holen, vermutete sie – und wieder zurückkam. Kurz darauf stieg er die Treppe hinauf. Sie entschied, sich nicht mehr schlafend zu stellen. Die Tür ging auf, und sie lächelte ihn an.

Mein Gott, wie sehr sie ihn liebte.

Anschließend war sie zu spät zur Arbeit gekommen.

Aber das war nicht weiter schlimm. Sie hatte die ganze Woche über im Büro gearbeitet. Es war viel zu tun gewesen, aber sie hatte das Gefühl, dort effektiver zu sein, als wenn sie einen Kunden besuchte. Denn außerhalb des Büros gehörte auch der soziale Umgang dazu, der ihr mitunter zeitraubender zu sein schien als die eigentliche Arbeit. Außerdem hinkte sie mit ihrer Zusatzausbildung hinterher. Das höhere Steuerprüferexamen rückte näher. Sie wollte sich autorisieren lassen. Zugelassene Steuerprüfer waren eigentlich zwar nicht mehr als das, nämlich zugelassen, aber wenn sie autorisiert wäre, hätte sie mehr Möglichkeiten und würde höhere Honorare erhalten. Heute Abend würde sie jedoch wieder nicht zum Lernen kommen. Sie war sich ziemlich sicher, dass Thomas einen Tisch im *Karlsson på Taket* gebucht hatte. Das tat er immer.

Sie wurde aus ihren Gedanken gerissen, als jemand an den Türrahmen klopfte. Als sie aufblickte, sah sie einen Mann in Taxifahreruniform dort stehen.

»Jenny Haraldsson?«

»Ja?«

»Ich soll Sie abholen.«

»Wie bitte?«

»Ich soll Sie abholen«, wiederholte der Mann.

Jenny warf einen kurzen Blick in den Kalender auf ihrem Schreibtisch. Bis auf eine Notiz ganz oben, dass heute ihr Hochzeitstag war, stand dort nichts.

»Nein, das muss ein Missverständnis sein ...« Sie sah den Mann erneut an. »Wohin sollen Sie mich denn fahren?«

»Ich glaube, das soll eine Überraschung bleiben.« Der Mann im Türrahmen grinste breit.

Jetzt fiel der Groschen. Im selben Moment erklang hinter dem Mann ein verzücktes Kichern. Ihre Chefin Veronica und ihre Kollegin Amelia tauchten in der Tür auf. Jenny stand auf und ging zu ihnen.

»Wusstet ihr davon?«

»Ja, er ist zwar etwas früher dran, als ich dachte«, antwortete Veronica mit einem Blick auf ihre exklusive Armbanduhr. »Aber doch, ich wusste davon.«

»Ich auch«, erklärte Amelia. »Und ich bin so was von neidisch!«

»Wo werde ich denn hingebracht?« Jenny spürte, dass sie vor Aufregung kurz davor war, wie ein kleines Mädchen auf der Stelle zu hopsen.

»Wir verraten nichts«, sagte Veronica und setzte eine ernste Miene auf. »Fahr du nur und entspann dich ein bisschen. Wir sehen uns morgen wieder.«

»Ich muss das hier nur kurz speichern und meine Sachen holen!«, rief Jenny dem Fahrer zu.

Sie eilte zu ihrem Platz zurück. Von der Arbeit abgeholt! Und sie hatte nichts geahnt. Thomas hatte sich wirklich Mühe gegeben. Sie sicherte und schloss die Dokumente, in denen sie gearbeitet hatte. Entspannen, hatte Veronica gesagt. Im Frühjahr hatten sie mal einen Prospekt vom Hasslö Spa in ihrem Briefkasten gehabt. Sie hatte damals gesagt, wie schön das aussah und wie gern sie einmal dort hinwolle. Hatte Thomas sich das etwa gemerkt? Sie drückte die Daumen. Jenny nahm ihre Jacke und ihre Handtasche vom Haken hinter der Tür. Dies konnte der schönste Hochzeitstag werden, den sie je erlebt hatte.

»Ich bin bereit.«

»Dann geht es jetzt los«, sagte der Fahrer und bedeutete Jenny mit einer ausholenden Geste, dass sie vorangehen sollte. Er lächelte erneut. Das sollte er öfter tun, dachte Jenny. Es ließ seine groben Gesichtszüge sanfter erscheinen und lenkte ein wenig von der grässlichen Narbe unter seinem linken Auge ab.

Sie verließen das Büro.

Sebastian hatte Ralph Svenssons Adresse von einem der Polizisten bekommen, die vor dem Presseraum warteten. Er war eindeutig noch nicht offiziell von den Ermittlungen suspendiert, denn der Polizist, der Sebastian aus Liljeholmen und von dem Mordfall Annette Willén wiedererkannte, hatte ihm freudig von den jüngsten Entwicklungen berichtet.

Er war selbst bei dem Zugriff dabei gewesen, hatte aber nichts Substanzielles zu erzählen. Es sei schnell gegangen, denn sie wollten den Mann sofort aus der Wohnung bringen. Ansonsten sei alles erwartungsgemäß verlaufen. Bis auf einen Schnitzer. Anscheinend war es Ralph Svensson gelungen, seinen Computer gegen die Wand zu schmettern und ihn auf diese Weise komplett zu zerstören. Ralph war in die Untersuchungshaft überführt worden, aber soweit der Polizist wusste, hatte man ihn noch nicht verhört.

Sebastian überlegte für eine Sekunde, ob es ihm gelingen konnte, ein eigenes Verhör mit Ralph zu arrangieren, schlug sich die Idee aber gleich wieder aus dem Kopf. Ohne Torkels direkte Zustimmung würde niemand Zugang zu dem Häftling erhalten, so war die Praxis. Die Wahrscheinlichkeit, dass Torkel einem solchen Treffen zustimmen würde, war gleich null.

Also nahm er sich stattdessen ein Taxi nach Västertorp. Mit etwas Glück würde er Zugang zur Wohnung erhalten und vielleicht etwas finden.

Vor dem Haus stand ein Polizeiwagen, aber der Eingang war unbewacht. Er ging zur Wohnung hinauf, wurde aber von einem kräftigen Polizisten aufgehalten, der auf dem Flur stand und fragte, wo er hinwolle. Sebastian bot all seine Überredungskunst auf und begann zu bitten und zu betteln. Nach einer Weile tauchte Ursula in ihrer weißen Schutzkleidung in der Türöffnung auf. Sie sah ihn verwundert an.

»Was machst du hier?«

»Ich dachte, ich könnte hereinkommen und mich ein bisschen umsehen. Falls du fertig bist?«

Sie musterte ihn und schüttelte den Kopf. »Ich weiß nicht einmal mehr, welchen Status du in den Ermittlungen hast. Bist du überhaupt noch dabei?«

Sebastian zuckte mit den Schultern. »Keine Ahnung.« Er war ehrlich, anders ging es mit Ursula gar nicht. »Aber ich würde nichts lieber tun, als diesen Fall zu lösen, das weißt du. Ich habe eben nur eine andere Auffassung davon, wie man das machen sollte.«

»Du hast zu vielen Dingen eine ausgefallene Meinung, das können wir ja auch verkraften. Aber normalerweise bist du einfach besser. Viel besser.«

»Das tut mir leid.«

»Es ist nicht deine Schuld. Wir hätten dich rauswerfen sollen, als du die Verbindung zwischen den Opfern erkannt hast«, erwiderte sie trocken.

»Darf ich reinkommen? Meistens finde ich irgendetwas Brauchbares. Ich verspreche auch, dass ich nichts anfasse.«

Sie betrachtete ihn. Irgendetwas an Sebastian war ungeheuer rührend. Er hatte seinen ohnehin schon wackeligen Halt verloren und war Hals über Kopf vor ihnen in die Tiefe gestürzt. Sie hatte ihn noch nie so schwach gesehen. Ihr Blick suchte seine müden Augen.

»Wenn du mir eine Frage beantwortest.«

»Was denn?«

»Komm rein.«

Sie gab dem Polizisten ein Zeichen, dass er beiseitegehen sollte, und bat Sebastian in die Wohnung. Sie war hell und sehr sparsam möbliert. Die Küche lag linker Hand und schien selten benutzt worden zu sein. Am Ende des Flurs lag rechts ein Wohnzimmer, das nur mit einem Sofa und einem großen Couchtisch möbliert war. Auf dem Tisch lag eine Taschenlampe, und überall im Raum waren große Stehlampen verteilt. Die ganze Wohnung machte einen sehr pedantischen Eindruck, gerade so, als wohnte in Wirklichkeit niemand darin. Es war warm, was vor allem daran lag, dass es weder Gardinen noch Rollläden gab und die Sonne direkt hineinschien. Sebastian folgte Ursula ins Schlafzimmer.

»Er war anscheinend ein sehr penibler Mensch. Alles hat seine perfekte Ordnung.« Sie öffnete die oberste Kommodenschublade und zeigte auf einen Stapel mit zusammengelegten, hellblauen Nachthemden. Daneben lagen ungeöffnete Packungen mit Nylonstrümpfen.

»Gruselig, oder?«

Er nickte.

Ursula fuhr fort: »Und wenn du da drüben reinguckst, wird dir ganz schlecht.«

Sie zeigte auf eine Tür, die aussah, als würde sie zu einem begehbaren Kleiderschrank oder einer kleinen Vorratskammer führen. Sebastian ging hinüber.

»Zieh die Schuhschützer an.«

Ursula reichte ihm ein Paar. Er nahm sie entgegen, beugte sich nach unten und zog sie über seine schwarzen Schuhe. Dann gab sie ihm sterile Handschuhe.

»Die auch.«

Er nahm sie dankbar entgegen.

»Was wolltest du mich eigentlich fragen?«, sagte er dann.

»Warum hast du mit meiner Schwester geschlafen?«

Er sah sie verwundert an. Selbst wenn er hundert Jahre lang geraten hätte, wäre er nie auf diese Frage gekommen.

»Das habe ich mich immer gefragt«, ergänzte sie.

Barbro. So lange her. Warum? Was sollte er darauf antworten? Was konnte er antworten? Nichts. Er schüttelte den Kopf. »Ich glaube, darauf kann ich nicht antworten.«

Ursula nickte vor sich hin. »Okay. Ich versuche ja nur, einen Weg zu finden, wie ich dir verzeihen kann.«

»Und warum?«

»Weil ich das Gefühl habe, dass du das brauchst.«

Ihre Blicke trafen sich. Fixierten sich. Sie kannte ihn gut. Doch dann vertrieb Ursula diesen Augenblick sofort und machte eine resignierte Armbewegung.

»Aber ich kann mich auch täuschen«, sagte sie unbekümmert. »Dreh du deine Runde, wenn du willst.«

Sie drehte sich um und ging in die Küche. Er blieb stehen und sah ihr nach, wusste aber nicht, was er ihr antworten sollte. Er würde sie verletzen, ganz gleich, wie seine Antwort ausfiel. Und das wollte er nicht.

Er öffnete die Tür, auf die Ursula gezeigt hatte. Der Raum dahinter war klein. An der einen Wand stand ein Regal mit einem Drucker. Kartons mit Fotopapier. Eine Masonittafel an der Wand. Sebastian ging darauf zu. Vier zusammengeheftete Fotostapel waren mit je einer Klammer an der Tafel befestigt. Darüber standen die Nummern 1, 2, 3, 4, mit Filzstift geschrieben und eingekreist. Als Sebastian näher kam, erkannte er die Motive. Seine Frauen. Alle vier. Schreckerfüllt. Aus einer Position fotografiert, die man am ehesten als Gottesperspektive beschreiben konnte. Der Fotograf blickte auf sie herab. Beherrschte sie. Sebastian zog die Handschuhe an und nahm den Packen herunter, der unter der Nummer 3 hing. Katharina Granlund. Nackt und weinend auf dem ersten Bild, tot und mit starrem Blick auf dem letzten. Er blätterte auch die anderen Bündel durch. Hastig. Er wollte nicht an irgendwelchen Details hängenbleiben. Das letzte Bild war in allen Bilderserien gleich. Das Messer, das ihren Hals durchschnitt. Sebastian wurde übel.

Am liebsten wäre er weggerannt, so weit wie möglich. Als ob seine Flucht die Taten rückgängig machen könnte. Aber er blieb stehen, hängte die Bilder zurück und vermied es, sie dabei noch einmal anzusehen. Er hörte Ursula in der Küche arbeiten. Sie hatte recht, aber gleichzeitig täuschte sie sich auch. Wie sollte ihm jemals verziehen werden? Nach diesen Bildern.

Er ging wieder ins Schlafzimmer. Vor allem, um von all den grausigen Eindrücken wegzukommen. Der kleine Raum war im gleichen Stil gehalten wie die übrige Wohnung. Nur das helle, ordentlich gemachte Einzelbett hob sich davon ab. Genauso viele Stehlampen. Eine Taschenlampe auf dem Nachttisch. Viel Licht. Doch nach den Bildern in der Kammer erschien diese Helligkeit wie eine Lüge. Dies war die finsterste Wohnung, die er je betreten hatte. Er warf einen Blick in den einzigen Schrank. Einige ordentlich gebügelte Hemden und Hosen hingen in Reih und Glied. Darunter lagen in Drahtkörben Batterien und Taschenlampen in militärischer Ordnung und in den Körben unter ihnen Socken und Unterhosen.

Ralph Svensson hatte den Taschenlampen eine höhere Priorität zugedacht als der Unterwäsche. Es stand außer Zweifel, dass er unter Zwangsstörungen litt. Die Frage war nur, wie viele Diagnosen man über ihn stellen konnte. Und ob man sich überhaupt noch die Mühe machen wollte. Sebastian war die Lust jedenfalls gründlich vergangen.

Er nahm eine der großen Taschenlampen in die Hand und drückte den breiten Gummiknopf. Das Licht ging sofort an. Aufgeladen und bereit. Als er sie zurückstellen wollte, entdeckte er etwas, das unter der Lampe versteckt gelegen hatte. Es sah aus wie ein Führerschein, jedenfalls hatte es dieselbe hellrosa Farbe wie sein eigener. Er hob ihn vorsichtig auf und drehte ihn um.

Von dem Foto auf dem Führerschein starrte ihn Trolle Hermansson an.

Sofort überkam Sebastian eine innere Kälte. Und der Schmerz. Er war gezwungen, das Dokument erneut anzusehen. Die Einträge zu lesen. Mehrmals. Doch er las jedes Mal den Namen Trolle Hermansson.

Deshalb war er nicht an sein Handy gegangen.

Deshalb war er nicht zu Hause gewesen.

Er hatte denjenigen gefunden, der Sebastian verfolgt hatte. Womöglich sogar Anna gerettet. Aber er hatte dafür mit seinem Leben bezahlen müssen.

Eine andere Erklärung gab es nicht. Aus welchem Grund sollte Trolles Führerschein sich sonst in der finstersten aller Wohnungen befinden?

Sebastian hatte erneut verloren.

Alle, denen er nahekam, wurden von ihm weggerissen. Brutal und gewaltsam. Das war die Wahrheit. Die einzige Wahrheit, die sich ihm wieder und wieder offenbarte. Er hatte lange versucht, dagegen anzukämpfen, sie von sich fernzuhalten. Nicht sich selbst, sondern immer den anderen die Schuld gegeben. Gott, seiner Mutter, seinem Vater, Anna, Vanja, ja, allen anderen als dem, der die Verantwortung wirklich trug. Denn es blieb nur einer zurück, den die Schuld traf. Vorsichtig legte er die Taschenlampe ab und steckte den Führerschein in seine Tasche.

Jetzt war es vorbei. Er gab auf.

Da stand sie plötzlich hinter ihm.

»Er hatte auch einen Computer. Billy wird ihn sich ansehen. Nachdem Svensson ihn gegen die Wand geschleudert hat, ist nicht sicher, ob wir noch etwas darauf finden können.«

Er erwiderte nichts. Als sie sich gerade umdrehte und wieder gehen wollte, brachte er das letzte bisschen Kraft auf, das er noch hatte, und versuchte, sie aufzuhalten.

»Ursula?«

Sie antwortete nicht, blieb aber stehen.

»Ich glaube auch, dass ich Vergebung brauche. Aber ich weiß nicht, wie ich sie jemals bekommen kann.«

»Ich eigentlich auch nicht. Aber die, die es wissen, sagen, dass Ehrlichkeit am besten hilft.«

Sie ging wieder.

Er sagte nichts mehr.

Aber er spürte Trolles Führerschein in seiner Tasche. Und die Schuld, die auf seinen Schultern lastete.

Ihm würde nie vergeben werden.

Niemals.

Er saß auf einem Stein vor dem Haus, als sie neben dem Polizeiwagen parkten. Er hatte dort bestimmt eine halbe Stunde lang regungslos gesessen und den Führerschein in der Hand gehalten, als könnte er damit seinen Schmerz lindern. Die beiden stiegen aus und stapften auf das Haus zu. Vanja ging voran, Torkel hinterher. Sie waren mitten in einer Diskussion und unterhielten sich aufgekratzt. Als wäre er gar nicht da. Und das stimmte ja auch. Eigentlich war er nicht mehr da.

Vanja schien stolz auf ihren ersten Fernsehauftritt.

»Anna hat es im Fernsehen gesehen. Sie hat von Oma aus angerufen.«

»Wie geht es deiner Oma? War sie nicht krank?«, fragte Torkel besorgt, während er sie einholte.

Sebastian stand langsam auf und steckte den Führerschein in die Tasche seines Jacketts. Dann nahm er seinen Passierschein in die Hand und ging ihnen entgegen.

»Es geht ihr schon viel besser, Anna kommt wieder nach Hause«, fuhr Vanja fort.

»Wie gut, dass es nichts Schlimmes war.«

Erst jetzt schienen sie den Mann zu sehen, der auf sie zukam. Sie erstarrten, verstummten und warteten, bis er sie erreicht hatte. Sie verrieten keinerlei Gefühlsregung. Als begegneten sie einer Erinnerung, die sie längst hinter sich gelassen hatten.

Sebastian blieb vor ihnen stehen.

»Wir müssen reden«, sagte Torkel.

Er wollte es ihnen leichtmachen und reichte Torkel den Passierschein, den er erst Anfang der Woche erhalten hatte.

»Ich fahre jetzt nach Hause.«

»Okay …« Torkel nahm die Karte entgegen und nickte seinem ehemaligen Kollegen und Freund zu.

»Mir tut das alles sehr leid«, murmelte Sebastian.

»Immerhin haben wir ihn gefasst«, sagte Torkel. Er hatte keine Lust, sich zu streiten.

Sebastian auch nicht. Aber er musste sie warnen, selbst wenn sie wahrscheinlich nicht auf ihn hören wollten. Er tat es seinem eigenen Gewissen zuliebe. »Hinde ist noch nicht fertig. Ich hoffe, das wisst ihr?«

»Was sollte er denn noch tun können?«, hörte er Vanja fragen.

»Ich weiß es nicht. Aber er ist noch nicht fertig.« Er steckte die Hände in die Taschen seines Jacketts und spürte Trolles Führerschein. »Im Gegensatz zu mir. Also ist das jetzt euer Problem.«

Er wollte davongehen, brachte es aber nicht über sich. Vermutlich war das sein letzter Moment mit Vanja. Er würde sie nicht mehr verfolgen. Nie wieder in einem Baum hängen und hoffen, sie zu sehen. Der Traum war vorbei, denn mehr als das war es nie gewesen. Dies war der einzige Abschied, den er bekommen würde. Ein letzter Augenblick mit der Tochter, die er nie richtig gehabt hatte.

Die er sich nur insgeheim gewünscht hatte.

Er flüsterte fast. »Sei vorsichtig. Versprich mir das.«

Sie verstand seinen traurigen Blick nicht.

»Glaubst du wirklich nicht, dass es Ralph war?«

»Doch. Aber wisst ihr, was mich beunruhigt?«

»Dass du den Fall nicht selbst gelöst hast?« Vanjas Stimme war spitz. Offensichtlich kämpfte sie immer noch in dem Krieg, den er längst hinter sich gelassen hatte.

»Nein. Dass ihr nicht sehen wollt, dass Edward hinter allem steckt. Er gibt nie auf. Niemals.«

Dann ging er.

Ein besonders großer Abschied war das nicht gewesen.

Aber es war der einzige, den er bekommen konnte.

Ralph Svensson.

Einer der Putzmänner. So nah und doch außer Reichweite. Für Haraldsson war der Tag gelaufen. Nicht einmal der Gedanke an den bevorstehenden Abend konnte ihn noch aufmuntern. Die Reichsmordkommission hatte den Namen von Hinde bekommen. Sie hatten Ralph Svensson gefasst, schon eine knappe Stunde nachdem Vanja Lithner Lövhaga verlassen hatte, ohne noch mit ihm zu sprechen. Obwohl das seine Bedingung dafür gewesen war, dass sie Hinde überhaupt treffen durfte. Sie hatte ihre Abmachung nicht eingehalten. Er hätte es wissen müssen, auf die Leute von der Reichsmordkommission war einfach kein Verlass. Sie enttäuschten ihn immer wieder. Was konnte Vanja Hinde angeboten haben, dass er ihr sofort einen Namen gab. Er selbst hatte eine Beziehung zu Hinde aufgebaut, sich kooperativ gezeigt, vereinbarungsgemäß geliefert. Was hatte sie, was er nicht hatte? Die Antwort lag auf der Hand, aber sie hatten wohl nicht ... Sie konnte doch nicht darauf eingegangen sein, dass ... Gewiss waren sie in dem Besucherraum allein, aber trotzdem. Dafür schien sie auch nicht der Typ zu sein.

Ein Klingelton unterbrach seine Spekulationen. Abba. Das Handy. Er nahm es und sah auf das Display. Eine Handynummer, die er nicht kannte.

»Thomas Haraldsson.«

»Hallo, hier ist Taxi Västerås«, sagte eine männliche Stimme. »Sie hatten heute eine Fahrt bestellt.«

Haraldsson runzelte die Stirn. Riefen sie etwa jetzt an, um den Auftrag zu bestätigen? Waren sie damit nicht etwas spät dran? Er warf einen Blick auf seine Armbanduhr. Eigentlich sollten sie Jenny in diesem Moment abholen.

»Ja, genau«, antwortete er abwartend.

»Wir sind gerade bei der betreffenden Adresse, aber sie ist nicht da.«

»Wie, sie ist nicht da?« Haraldsson vermutete, dass der Taxifahrer meinte, Jenny wäre gerade nicht an ihrem Platz. Alles andere war höchst unwahrscheinlich. Die Firma war zwar nicht die größte, aber irgendjemand musste doch wohl wissen, wo sie war.

Jenny musste da sein.

Sollte da sein.

Also lautete seine logische Folgefrage: »Sind Sie am richtigen Ort?«

»Engelbrektsgatan 6. Die Kolleginnen Ihrer Frau sagen, es sei schon ein anderer Taxifahrer gekommen und hätte sie abgeholt. Am Vormittag.«

»Aha, haben Sie denn zwei Taxen geschickt?«

»Nein, deshalb rufe ich ja an! Haben Sie noch einen anderen Fahrdienst bestellt?«

»Nein.«

Haraldsson verstand nur Bahnhof. Offensichtlich war etwas schiefgelaufen, und er konnte sich beim besten Willen nicht vorstellen, dass der Fehler bei ihm lag. Was ihre Feier anging, war dieser Tag minuziös durchgeplant. Er rief Veronica an, die allerdings genau dasselbe sagte wie der Taxifahrer. Vor einer Stunde sei Jenny von einem Mann abgeholt worden, der eine Taxiuniform getragen habe. Ein großer Typ mit Pferdeschwanz und einer Narbe im Gesicht. Er hätte ein wenig darüber gescherzt, dass es ja eine Überraschung sei, also musste er derjenige sein, den Thomas bestellt hatte.

Haraldsson beendete das Gespräch und war kein bisschen schlauer als am Anfang. Die Taxifirma musste etwas verwechselt haben. Die Frage war nur, wo Jenny in diesem Fall steckte. Er wählte ihren Namen in seinem Adressbuch und rief sie auf dem Handy an, doch sie meldete sich nicht. Er stand auf und ging im Zimmer auf und ab. Es tutete, also war das Handy eingeschaltet. Nach einer Weile sprang die Mailbox an. Er hinterließ eine kurze Nachricht, dass sie ihn zurückrufen solle, sobald sie dies hörte. Dann legte er erneut auf und rief zu Hause an. Auch dort ging niemand ans Telefon. Er hinterließ dieselbe Nachricht, diesmal mit etwas mehr Besorgnis und Dringlichkeit in der Stimme. Er legte zum vierten Mal auf, überlegte kurz und ging dann zu seinem Schreibtisch zurück.

Er suchte im Internet nach dem Spa, fand es und rief dort an. Diesmal meldete sich immerhin jemand, aber nein, Jenny Haraldsson sei noch nicht eingetroffen. Allerdings beginne ihr Termin auch erst in einer Viertelstunde, sollten sie die Dame bitten, sich bei ihm zu melden, sobald sie eintreffe? Haraldsson bat die Frau am Telefon, Jenny auszurichten, sie solle ihren Mann anrufen.

Er lehnte sich in seinem Bürostuhl zurück. Eigentlich war er nicht beunruhigt, aber es sah Jenny gar nicht ähnlich, dass sie nicht an ihr Handy ging. Er ließ seinen Gedanken freien Lauf. Versuchte, irgendein Ende zu finden, von dem aus er aufrollen konnte, was passiert war. Wo sie war.

Veronica zufolge wusste der Mann, der Jenny abgeholt hatte, dass es eine Überraschung war. Das wussten nicht viele. Eigentlich nicht einmal Taxi Västerås, fiel ihm plötzlich siedend heiß ein. Er hatte lediglich einen Wagen zu Jennys Arbeit bestellt. Und mit keinem Wort erwähnt, dass diejenige, die abgeholt wurde, nichts davon wusste. Die Einzige, mit der er über eine Überraschung gesprochen hatte, war Veronica. Damit sie Jenny freigab. Sie war die Einzige.

Sie ... und Edward Hinde.

Plötzlich lief es ihm eiskalt über den Rücken.

Konnte Hinde etwas damit zu tun haben? Es schien unmöglich. Unglaublich. Haraldsson und er hatten zusammengearbeitet. Hinde hatte alles bekommen, worum er gebeten hatte. Wenn irgendjemand einen Grund hatte, mit dem Ausgang ihres Gesprächs unzufrieden zu sein, dann ja wohl Haraldsson. Was sollte Hinde von Jenny wollen? Er hatte Interesse an ihr gezeigt, das schon. Das Foto bekommen. Aber Hinde saß, wo er saß. Und selbst wenn er mit diesem Ralph zusammengearbeitet hatte, wie die Reichsmordkommission zu glauben schien, war der nun ja auch hinter Gittern. Und sie hatten ihn, fast eine Stunde nachdem Jenny von diesem mysteriösen Taxifahrer abgeholt worden war, festgenommen.

Für einen kurzen Moment spielte er mit dem Gedanken, Hinde aufzusuchen und ihn mit der Sache zu konfrontieren, nahm aber schnell davon Abstand. Zum einen erschien ihm der Gedanke wahnsinnig, dass Hinde etwas mit Jennys Verschwinden zu tun haben sollte. Ihrem eventuellem Verschwinden, korrigierte er sich selbst, zur eigenen Beschwichtigung. Vermutlich gab es eine ganz simple Erklärung für das, was passiert war.

Und zum anderen hatten sich direkte Konfrontationen mit Hinde bisher als wenig erfolgreich erwiesen.

Haraldsson schüttelte die beängstigenden Gedanken ab. Er war paranoid. Er hatte zuviel Zeit mit Edward Hinde verbracht. Diesem widerwärtigen Mann war es tatsächlich gelungen, ihm unter die Haut zu kriechen. Er rief erneut auf Jennys Handy an. Es tutete, keine Reaktion, dann die Mailbox. Nun konnte Haraldsson sein Unbehagen doch nicht mehr unterdrücken. Er öffnete wieder die Mappe mit den Visionen und Zielen, legte sie aber schnell beiseite. Dann sah er in seinen Posteingang. Er musste einige Mails beantworten, aber er konnte sich nicht konzentrieren.

Jemand hatte sie abgeholt.

Sie war mitgegangen und verschwunden.

Er konnte nicht einfach hier sitzen bleiben und so tun, als wäre nichts passiert.

Haraldsson verließ sein Büro und fuhr nach Hause.

Edward Hinde saß im Schneidersitz auf seinem Bett. Die Augen geschlossen. Er atmete ruhig und regelmäßig.
Konzentriert.
Gefasst.
Nach innen gewandt.

Sobald sich die ersten Gerüchte über Ralph in der Abteilung verbreitet hatten, war er ans Werk gegangen. Er hatte einem der Wärter gegenüber angedeutet, dass es ihm nicht gutginge und er sich deshalb für eine Weile in seine Zelle zurückziehen und ausruhen wolle. Dort angekommen, zog er die Tür fest hinter sich zu, kroch unter das Bett und fing sofort an, das Gitter des Ventils abzuschrauben. Er arbeitete schnell, wohl wissend, dass dies der schwächste Punkt seines Plans war. Es war höchst unwahrscheinlich, dass ein anderer Häftling hereinkam. Und sollte es trotzdem passieren, war das eine kurze Ablenkung, mehr nicht. Aber wenn ein Wärter die Tür öffnete, wäre es vorbei. Dieser Druck trieb ihn an, er hatte das Gitter noch nie so schnell abgenommen. Er reckte sich und zog die Gabel heraus, die er gestern aus der Kantine hatte mitgehen lassen, zusammen mit dem Glas, das er von Thomas Haraldsson bekommen hatte.

Siebenhundertfünfzig Gramm eingelegte Rote Beete.

Hinde steckte das Gitter wieder auf die Öffnung, schraubte es jedoch nicht an. Er stand auf, stopfte die Gabel in seinen Strumpf und ließ das Einweckglas unter seinem Pullover verschwinden. Dies war das nächste Gefahrenmoment. Selbst wenn er sich die Hände vor den Bauch hielt, als hätte er Schmerzen, könnte ein wachsames Auge das Glas trotzdem entdecken. Aber dieses Risiko musste er eingehen. In leicht gekrümmter Haltung verließ er die Zelle und eilte in Richtung Toilette.

Die Hände vor den Bauch gepresst. Schlurfende, schnelle Schritte. Ein Mann mit einem dringenden Bedürfnis.

In einer der Toiletten angekommen, holte er das Glas heraus und stellte es auf den Rand des Waschbeckens. Er zog einen ordentlichen Stapel Papiertücher aus dem Spender und verteilte sie auf dem Klodeckel. Dann öffnete er das Glas, angelte mit der Gabel einige Scheiben heraus, ließ sie auf den Papierservietten abtropfen und begann, sie anschließend sorgfältig zu zerdrücken. Als nicht das kleinste Stück Rote Beete mehr übrig war, sondern nur noch ein feines Mus, kratzte er die breiige Masse mit der Gabel auf und steckte sie in den Mund. Diese Prozedur wiederholte er so lange, bis das Glas leer war. Am Ende musste er mit sich kämpfen, denn siebenhundertfünfzig Gramm Rote Beete waren mehr, als er gedacht hatte. Bevor er die Toilette verließ, nahm er das Glas mit der roten Lake und trank es in großen Zügen aus. Dann spülte er das Behältnis, steckte es wieder unter den Pullover und die Gabel in den Strumpf, und ging in die Zelle zurück. Dort angekommen, machte er sich nicht die Mühe, das Glas erneut zu verstecken. Es musste genügen, es hinter den Schreibtisch zu stellen. Er setzte sich auf das Bett, kreuzte die Beine und schloss die Augen.

Planung. Geduld. Entschlossenheit.

Jetzt hatte er fast eine Stunde auf dem Bett gesessen. Roland Johansson musste seinen Auftrag in Västerås inzwischen erledigt haben. Also war er bereit für den nächsten. Höchste Zeit für die zweite Phase.

Langsam und kontrolliert streckte Hinde seine Beine aus und stand auf, nur um kurz darauf erneut unter das Bett zu kriechen und die Flasche hervorzuholen, die er ebenfalls von Haraldsson bekommen hatte.

Ipecacuanha.

Brechwurzel.

Zweihundertfünfzig Milliliter.

Er schraubte den Deckel auf und stürzte den Inhalt der Flasche in zwei Schlucken herunter. Ein Genuss war das nicht, aber das spielte keine Rolle, denn er würde das Zeug ohnehin nicht lange bei sich behalten. Bevor er die Zelle verließ, entschloss er sich, die leeren Behälter doch wieder im Ventil zu verstecken. Es wäre dumm, wenn sein Vorhaben aus reiner Faulheit und Nachlässigkeit misslänge. Er spürte jedoch, dass er es nicht mehr schaffen würde, das Gitter wieder anzuschrauben. In seinem Magen blubberte es. Er ging in den Gemeinschaftsraum, hielt sich noch immer die Hände vor den Bauch. Sein Kiefer verkrampfte sich, und er fühlte, wie er zu schwitzen begann. Mitten im Raum blieb er stehen.

Showtime!

Als er die ersten Anzeichen spürte, dass sich sein Magen zusammenkrampfte, sackte er zu Boden. Schreiend. Alle anderen im Raum erstarrten und glotzten nur. Hinde hielt sich den Magen und wand sich auf dem Boden. Er holte Luft, um erneut zu schreien, kam aber nicht mehr dazu, weil nun sein Mageninhalt in gewaltigen Schwallen aus ihm herausschoss. Die Mithäftlinge, die am nächsten bei ihm standen, sprangen angeekelt beiseite. Die Aufseher, die sich genähert hatten, als er zusammengebrochen war, blieben abrupt stehen, unsicher, was sie tun sollten. Es war eine bekannte Tatsache, dass das Personal im Strafvollzug wenig über Krankheiten wusste. Hinde hatte darauf spekuliert, und die beiden, die heute Dienst taten, enttäuschten ihn in dieser Hinsicht nicht. Sie standen wie paralysiert da. Genau wie geplant. Ihm drehte sich erneut der Magen um. Zu seiner Freude sah Hinde durch seine tränennassen Augen, dass diese Portion fast schwarz und sehr zähflüssig war. Die richtige Konsistenz, die richtige Farbe. Die Rote Beete hatte mit der Magensäure reagiert, und die meisten Farbpigmente waren weg. Wenn man nicht zu nahe kam und daran roch, würde sie unmöglich von einer inneren Blutung zu unterscheiden sein. Hinde rechnete kaltblütig damit, dass niemand die Nase in das stecken würde, was er nun zum dritten Mal erbrach, diesmal in einem etwas schwächeren Strahl. Der eine Wärter hatte bereits sein Funkgerät genommen und schlug Alarm, der andere überlegte noch, wie er sich Hinde nähern sollte, ohne in dessen Mageninhalt zu trampeln. Die Krämpfe ebbten ab. Hinde atmete durch die Nase und schluckte einen Teil des Erbrochenen, der in ihr hängengeblieben war. Es schmeckte nach Rote Beete und Ipecacuanha. Hinde krümmte sich zusammen und schrie noch einmal laut vor Schmerz, ehe er dazu überging, sich von einer Seite auf die andere zu rollen und hilflos zu wimmern. Einer der Aufseher kam zu ihm, kniete sich neben den Häftling und legte behutsam eine Hand auf seine Schulter. Hinde hustete kurz, was ihm offenbar große Qualen bereitete.

»Helfen Sie mir«, jammerte er mit schwacher Stimme. »Bitte helfen Sie mir!«

»Keine Sorge, das werden wir«, sagte der Wärter, ohne zu begreifen, wie sehr er damit recht hatte.

Haraldsson war in neuer Rekordzeit nach Hause gefahren und hatte dabei gegen alle Geschwindigkeitsbegrenzungen und Verkehrsregeln verstoßen. Seine Sorge wuchs und trieb ihn an. Er bog in die Garageneinfahrt ein und bremste, stellte den Motor ab und stieg aus.

Eine Frau vom Spa hatte sich gemeldet, eine andere als die, mit der er zuvor gesprochen hatte. Jenny Haraldsson sei nicht aufgetaucht. Ober zufällig wisse, ob sie sich nur verspätet hätte? Er sagte es, wie es war. Er glaubte nicht, dass sie noch käme. Die Frau informierte ihn darüber, dass sie bei einer so späten Stornierung gezwungen sei, fünfundsiebzig Prozent des Preises zu berechnen. Sie entschuldigte sich dafür. Ihm war es egal. Eine unnötige Ausgabe war noch sein geringstes Problem. Er schloss die Haustür auf und ging hinein.

»Jenny!«

Stille schlug ihm entgegen. Ohne seine Schuhe auszuziehen, betrat er das Haus.

»Jenny! Bist du hier?!«

Weiterhin Stille. Hastig ging er ins Wohnzimmer, dann in die Küche, warf einen Blick in das kombinierte Gäste- und Nähzimmer. Riss die Tür zur Waschküche und zur Toilette auf.

Leer.

Still.

Er ging in den Flur zurück und die Treppe hinauf. Einige Stufen vor dem oberen Absatz blieb er stehen. Es war merkwürdig, wie das Gehirn arbeitete. Er hatte an nichts gedacht, die Besorgnis hatte alles andere verdrängt. Aber jetzt, plötzlich, fiel es ihm ein. Hinde und die vier Morde aus den Neunzigern. Alle gleich. Der Nachahmungstäter, Ralph Svensson, von den Zeitungen als »Sommerschlächter« bezeichnet. Auch hier vier Frauen. Er hatte darüber gelesen. Die Art der Durchführung. Identisch.

Gefesselt, vergewaltigt und mit durchgeschnittenen Hälsen.

Zu Hause, in ihren Schlafzimmern.

Haraldsson hob den Blick. Zu ihrem Schlafzimmer. Jennys und seinem. Dort hatten sie heute Morgen noch gefrühstückt und sich geliebt. Die Tür war geschlossen. Das war sie normalerweise nicht. Warum sollten sie sie auch zumachen, wenn niemand zu Hause war? Ein leises Geräusch unterbrach die Stille, und Haraldsson begriff, dass es aus ihm selbst kam. Ein leichtes Wimmern. Verletzt. Verängstigt. Er musste sich die Treppe hochzwingen. Schritt für Schritt. Als er oben war, klammerte er sich am letzten Stück des Treppengeländers fest, um nicht rücklings wieder herunterzufallen. Er konnte die verschlossene Tür nicht aus den Augen lassen. Musste sie anstarren. Insbesondere jetzt, im Sommer, würde es viel zu warm werden, um überhaupt dort schlafen zu können, wenn die Tür den ganzen Tag geschlossen war. Jenny hatte sie nicht zugezogen. Warum sollte sie? Er atmete tief ein, ehe er weiterging. Da hörte er plötzlich Abba und zuckte zusammen. Sein Telefon. Er meldete sich, ohne auf das Display zu sehen.

»Haraldsson.«

Er hoffte, dass sie es wäre. Dass er ihre Stimme hören dürfte. Dass alles gut wäre, nur ein albernes Missverständnis.

»Hier ist Victor Bäckman«, drang es aus dem Handy.

Nicht Jenny. Nichts war gut. Die Enttäuschung übermannte ihn sofort, und er konnte sich nur mit letzter Kraft auf den Beinen halten.

»Edward Hinde ist im Gemeinschaftsraum zusammengebrochen und hat große Mengen an Blut erbrochen.«

»Was?«

»Ja ... Er scheint ziemlich schlimm dran zu sein, wir können uns hier nicht um ihn kümmern. Offenbar hat er irgendwas mit dem Magen.«

»Okay ...« Haraldsson hörte, was Victor sagte, und verstand nicht, warum er das ausgerechnet jetzt erfahren musste. Er konnte die Information in diesem Moment ohnehin nicht verarbeiten.

»Der Krankenwagen ist gleich da, deshalb rufe ich auch an. Sie müssten einem Transport ins Krankenhaus zustimmen.«

»Muss ich?«

»Ja. Sollen wir ihn ins Krankenhaus bringen lassen?«

Wie aus dem Nichts schoss Haraldsson ein Gedanke durch den Kopf, ein Bild, eine Erinnerung: Hinde sitzt in seiner Zelle auf dem Bett. Haraldsson selbst steht an der Tür, mit Gänsehaut auf dem Unterarm.

Hindes tiefe Stimme. *»Antworten Sie mit Ja.«*

»Worauf?«

»Sie werden schon noch verstehen, wann der Moment gekommen ist – und worum es geht. Antworten Sie dann einfach mit Ja.«

»Sind Sie noch dran?«, fragte Victor an seinem Ohr.

»Was? Ja.«

»Sollen wir ihn verlegen? Ja oder nein.«

Antworten Sie dann einfach mit Ja.

Haraldsson versuchte, die Tragweite dessen zu begreifen, was er gerade gehört hatte, die Verbindung, die er gerade hergestellt hatte.

Hinde hatte also die ganze Zeit gewusst, dass er krank werden würde. Dass dieses Gespräch stattfinden und genau diese Frage gestellt werden würde. Es musste so sein. Aber wie? Spielte er nur, oder ... Hatte das irgendwas mit den Sachen zu tun, die Haraldsson ihm gegeben hatte? Rote Beete und eine Flasche aus der Apotheke. Irgendein Name, der südamerikanisch klang. Icacaca ... irgendwas. Warum war er krank? Vorgetäuscht oder echt? Um abgeholt zu werden. Nach draußen zu kommen. Zu fliehen. Sollte er Victor warnen? Ihm von seinem Verdacht erzählen?

Antworten Sie dann einfach mit Ja.

Diese Anweisung beinhaltete nicht die Möglichkeit, zu warnen oder etwas zu verhindern. Es war die einfache Aufforderung, nur ein Wort zu sagen. Eine Zustimmung zu geben. Einem Befehl zu gehorchen. Sosehr Haraldsson es auch versuchte, er konnte die Konsequenzen nicht absehen. Die Vor- und Nachteile nicht gegeneinander abwägen. In seinem Kopf herrschte Chaos. Die Schlafzimmertür war geschlossen. Er musste die letzten Schritte gehen. Musste es wissen.

»Hallo? Sind Sie noch dran?«

Haraldsson legte die Hand auf die Türklinke. Atmete tief durch. Schloss die Augen. Betete zu einem Gott, an den er nicht einmal glaubte. Mit einem kurzen Ausatmen stieß er die Tür auf. Schnell, so wie man ein Pflaster abzog. Auf das Schlimmste gefasst und gleichzeitig nicht darauf vorbereitet.

Das Zimmer war leer.

Jenny war immer noch weg.

»Ja«, sagte er. Es klang eher wie ein kurzes Knarren.

»Wie bitte?«, fragte Victor.

Haraldsson räusperte sich. »Ja«, wiederholte er mit festerer Stimme. »Verlegen Sie ihn.«

»Okay. Wo sind Sie eigentlich? Kommen Sie heute noch mal rein?«

Haraldsson legte einfach auf. Er steckte das Handy wieder in die Tasche. Stand in der Tür zu seinem leeren Schlafzimmer und fing an zu weinen.

Bevor Ursula es wagte, den heutigen Arbeitstag zu beenden, fragte sie sicherheitshalber noch beim SKL in Linköping nach, ob die beiden sterilen Pakete mit dem sichergestellten DNA-Material aus Svenssons Wohnung dort angekommen waren. Sie hatte sie einige Stunden zuvor mit einem Spezialtransport losgeschickt, und wenn alles nach Plan verlief, sollte Torkel sich schon bei seinem ersten Verhör morgen Vormittag auf die vorläufigen Ergebnisse stützen können. Sie bekam den technischen Chef an den Apparat, Walter Steen, der sie beruhigen konnte. Alles sehe gut aus, das SKL habe seine Arbeit begonnen, und er werde persönlich dafür sorgen, dass sie das Ergebnis morgen weitergaben. Das reichte Ursula aus, sie kannte Steen schon lange und wusste, dass er sein Wort hielt. Zufrieden verließ sie Ralph Svenssons stickige Wohnung.

Die Ablösung war gerade angekommen, und sie sprach kurz mit den beiden Polizisten im Treppenhaus und impfte ihnen ein, dass niemand außer ihr Zugang zu der Wohnung erhalten sollte, zumindest nicht ohne ihre Genehmigung. Sicherheitshalber hinterließ sie ihnen ihre Telefon- und Handynummer und ging dann die Treppen hinunter. Es war ein ungemein intensiver Tag gewesen, und sie spürte, wie erschöpft sie war, sowohl körperlich als auch seelisch. Sie blieb vor der Tür stehen und genoss für einen Moment den sommerlichen Duft von warmem Gras. Trotz ihrer Müdigkeit war sie zufrieden. Die Wohnung hatte sich als Schatzkiste erwiesen, und sie hatte sich schnell darauf eingestellt, eher Prioritäten setzen zu müssen, als in die Tiefe zu gehen.

Obwohl ihr noch viele Stunden Arbeit bevorstanden, war sie überzeugt, bereits ausreichend Beweise gefunden zu haben, um Ralph Svensson sämtlicher Morde zu überführen, ganz gleich, ob mit oder ohne Geständnis. Genau das war das eigentliche Ziel ihrer Arbeit. Beweise zu finden, die so stark waren, dass die Aussage des Verdächtigen nicht unbedingt das größte Gewicht hatte. Dann hatte sie gute Arbeit geleistet. Wenn die Wahrheit objektiv und messbar wurde.

Sie ging zu ihrem Auto und spielte vorsichtig mit dem Gedanken, Torkel anzurufen. Nach der Pressekonferenz hatten Vanja und er noch einmal bei ihr vorbeigeschaut. Sie mussten vor der Wohnung Sebastian in die Arme gelaufen sein, denn Torkel erzählte als Erstes, dass Sebastian ab sofort nicht mehr an den Ermittlungen beteiligt war. Insbesondere Vanja wirkte darüber erleichtert. Sie schien vor Energie nur so zu sprudeln und gab einige vernichtende Urteile über den unmöglichen Mann von sich, den sie so sehr hasste. Ursula spürte dagegen eher einen leisen Kummer. Nicht weil sie der Meinung war, dass Sebastian diesmal etwas Großartiges geleistet hätte. Aber sie kannte ihn noch von früher. Als er eine unglaubliche innere Kraft besessen hatte. Der Mann, der mit hängenden Schultern Ralph Svenssons Wohnung verlassen hatte, war nicht derselbe. Niemand sollte so tief fallen müssen. So schwer getroffen werden. Nicht einmal Sebastian Bergman. Und aus diesem Grund konnte sie Vanjas Freude nicht ganz teilen.

Bevor er wieder ging, war Torkel noch kurz im Flur stehen geblieben und hatte ihren Blick gesucht. Sie kannte diesen Glanz in seinen Augen schon von ähnlichen Momenten, wenn er im Dienst war. Er wurde nur dann sichtbar, wenn sie einen großen Durchbruch geschafft hatten, und scheinbar konnten sie diese Augenblicke im Beisein des anderen verlängern.

Aber diesmal würde sie es nicht zulassen. Es erschien ihr irgendwie nicht angemessen. Wenn sie in einer anderen Stadt waren, war das in Ordnung. Dann war es nicht so ernst. Jetzt schien es zwar verlockender, aber gleichzeitig auch schmutziger. Und außerdem war da noch die Sache mit Mikael.

Sie setzte sich ins Auto und fuhr Richtung Stadt, ohne zu wissen, wo sie hinwollte. Vielleicht wäre es ein Kompromiss, noch mal kurz im Büro vorbeizuschauen, aber eigentlich hatte sie darauf keine große Lust. Sie beschloss, nach Hause zu fahren.

Mikael war da.

Er saß auf dem Sofa, als sie hereinkam, und sah ebenfalls erschöpft aus.

»Du siehst müde aus.«

Er nickte und stand auf. »Möchtest du einen Kaffee?«

»Gern.«

Er ging hinaus, um die Kaffeemaschine anzustellen, während sie sich neben das offene Fenster setzte. Draußen war es herrlich ruhig, und sie genoss es, ihn in der Küche werkeln zu hören. Sie spürte, dass sie eine gute Entscheidung getroffen hatte. Regeln waren nun mal Regeln, und nur weil man sie einmal gebrochen hatte, musste man nicht gleich damit weitermachen. Mikael hatte eine beruhigende Wirkung auf sie, das musste sie zugeben. Er war vielleicht nicht unbedingt der leidenschaftlichste Mann der Welt, aber er war immer für sie da. Und das war viel wert.

»Ich habe im Radio gehört, dass ihr jemanden verhaftet habt«, hörte sie ihn aus der Küche rufen.

»Ja, ich habe den ganzen Nachmittag in seiner Wohnung verbracht«, erwiderte sie.

»Hast du etwas gefunden?«

»Massenhaft. Er ist schuldig.«

»Gut.«

Mikael kam wieder herein. Er sah sie an.

»Setz dich«, begann sie und klopfte auf den Platz neben sich auf dem Sofa.

Aber er lehnte ab. »Nicht jetzt. Wir müssen reden.«

Sie stutzte kurz, dann richtete sie sich auf und sah ihn an. Es passierte nicht oft, dass Mikael reden wollte, dass er sie darum bat, ihm zuzuhören.

»Ist irgendwas mit Bella …?«

Er schüttelte den Kopf. »Es hat nichts mit Bella zu tun. Es hat etwas mit uns zu tun.«

Jetzt erstarrte sie. Seine Stimme klang plötzlich so anders. Als habe er das, was er nun sagen wollte, vorher eingeübt. Als hätte er sich schon lange darauf vorbereitet.

»Ich habe jemanden kennengelernt, und ich will ehrlich zu dir sein.«

Im ersten Moment verstand sie gar nicht, was er sagte. Schließlich sah sie sich gezwungen, noch einmal nachzufragen, obwohl sie die Antwort bereits ahnte.

»Ich verstehe nicht ganz … meinst du, du hast eine andere Frau kennengelernt?«

»Ja, aber jetzt gerade liegt die Sache auf Eis. Ich fand es ihr gegenüber nicht ehrlich. Und dir gegenüber auch nicht.«

Sie sah ihn schockiert an. »Du hattest eine Affäre und hast Schluss gemacht?«

»Es war keine richtige Affäre. Wir haben uns ein paarmal getroffen, und ich habe das Ganze auf Eis gelegt. Vorübergehend. Ich wollte das erst mit dir klären.«

Sie saß einfach nur stumm da. Ohne zu wissen, wie sie reagieren sollte. Wut wäre der einfachste Weg. Direkt und ungefiltert. Aber sie konnte keine Wut in sich finden. Sie fand nur Leere. Jetzt schwiegen sie beide.

»Ursula, ich habe mir in letzter Zeit wirklich Mühe gegeben, mit der Paris-Reise und allem. Aber ich hab nicht länger die Kraft für all das. Es tut mir leid. Es ist mein Fehler.«

Sein Fehler.

Wenn es nur so einfach wäre.

Sie wusste wirklich nicht, was sie sagen sollte.

Genau achtzehn Minuten nachdem der Anruf bei der Notrufzentrale eingegangen war, traf der Krankenwagen aus Uppsala in Lövhaga ein. Fatima Olsson sprang heraus und lief zum Heck des Wagens, um die Bahre herauszuziehen. Sie war froh, dass sie endlich da waren. Den Rückweg zur Klinik konnte sie hinten beim Patienten verbringen und brauchte nicht mehr vorn neben Kenneth Hammarén zu sitzen. Sie mochte ihn nicht. Aus dem einfachen Grund, weil er sie nicht mochte. Sie wusste nicht, warum. Ob es daran lag, dass sie im Iran geboren war, oder an ihrer besseren Ausbildung – sie war Intensivkrankenschwester, er lediglich Sanitäter – und damit auch ihrem besseren Verdienst oder weil sie eine Frau war. Vielleicht war es eine Mischung aus allen drei Faktoren oder etwas ganz anderes. Sie hatte ihn nicht gefragt. Seine Arbeit erledigte er zwar halbwegs ordentlich, aber er war immer schlecht gelaunt und abweisend und ergriff jede denkbare Gelegenheit, sie von oben herab zu behandeln oder zu kritisieren. Und so verhielt er sich ausschließlich ihr gegenüber. Sie hatte ihn mit anderen Kollegen zusammenarbeiten sehen, mit denen er vollkommen normal umging. Nein, es lag an ihr. Er mochte sie nicht.

Kenneth stieg aus dem Wagen, wie immer eine halbe Minute nach ihr, damit er die Bahre nicht herausziehen musste. Fatima nahm die Akut-Tasche, legte sie auf die Liegefläche und eilte mit der Bahre zum Sicherheitstrakt, wo sie bereits ein Wärter erwartete. Kenneth hatte sie inzwischen überholt und lief gewohnheitsgemäß fünf Meter vor ihr.

Der Aufenthaltsraum war leer, bis auf Hinde, der noch auf

dem Boden lag, und einen der Wachmänner, der ein Kissen unter seinen Kopf gelegt hatte. Die anderen Insassen waren in ihren Zellen verschwunden. Fatima machte sich schnell ein Bild von der Situation: Mann mittleren Alters. Heftiges Erbrechen, kaffeesatzartige Farbe. Der Körperhaltung nach zu urteilen schwere Bauchschmerzen. Möglicherweise ein blutendes Magengeschwür. Definitiv innere Blutungen.

Fatima beugte sich zu Hinde hinab. »Hallo. Können Sie mich hören?«

Der Mann auf dem Fußboden öffnete die Augen und nickte erschöpft.

»Ich heiße Fatima Olsson. Können Sie mir erzählen, was passiert ist?«

»Ich bekam Magenschmerzen, und dann ...« Seine Stimme versagte. Er deutete matt in Richtung des besudelten Bodens.

Fatima nickte. »Haben Sie jetzt auch Schmerzen?«

»Ja, aber es ist schon ein bisschen besser.«

»Wir müssen Sie mitnehmen.«

Nachdem sie Kenneth mit einem Blick dazu auffordern musste, hoben sie den Mann auf die Bahre und fixierten ihn. Er war nicht besonders schwer und schien sehr mitgenommen zu sein. Sie würden wohl mit Blaulicht zurückfahren.

Der Wärter, der an der Seite des Mannes gesessen hatte, begleitete sie über den Flur bis zum Krankenwagen. Sie rollten den Patienten ohne Kenneths Hilfe hinein, und Fatima wollte gerade die Türen schließen, als der Aufseher neben ihr Anstalten machte, mit an Bord zu klettern.

»Was machen Sie denn da?«

»Ich muss mitfahren.«

Edward lag auf der Bahre und lauschte interessiert. Über diesen Teil des Plans hatte er die geringste Kontrolle. Er hatte keine Ahnung, welche Bewachung von Seiten Lövhagas für einen Krankentransport vorgesehen war. Wie viele Wärter? Waren sie bewaffnet? Im Trakt trugen sie nur Schlagstöcke und Elektroschockpistolen. War das während der Transporte anders? Fuhr ein weiterer Wagen mit? Oder zwei? Oder hatten sie vor, auf eine Polizeieskorte zu warten? Er hatte keine Ahnung.

Jetzt hörte er, wie der Wärter Fatima erklärte, wer Edward Hinde war und dass es vollkommen undenkbar wäre, ihn unbewacht mit dem Krankenwagen davonfahren zu lassen. Der Wärter an seinem Fußende würde gemeinsam mit ihr und Hinde hinten sitzen, und ein weiterer Kollege war unterwegs, um vorn mitzufahren. Also waren es zwei, dachte Hinde. Im Krankenwagen verteilt und womöglich bewaffnet. Das würde dennoch kein Problem darstellen. Immerhin sprachen sie nicht davon, auf die Polizei zu warten.

Nun kam der andere Aufseher angerannt und setzte sich direkt neben den Fahrer. Sein Kollege kletterte neben Hinde und bekam von Fatima einen Platz zugewiesen. Sie zogen die Türen zu, Fatima klopfte zweimal an das gefrostete Glas der Trennscheibe zur Fahrerkabine, und sie fuhren los. Nach wenigen Metern wurden die Sirenen eingeschaltet. Hinde spürte, wie er immer angespannter wurde. Bisher war alles nach Plan verlaufen, aber der schwierigste und riskanteste Teil stand ihm noch bevor.

Fatima wandte sich ihm zu. »Haben Sie irgendwelche Arzneimittelunverträglichkeiten?«

»Nein.«

»Sie haben viel Flüssigkeit und Elektrolyte verloren, ich werde Ihnen ein bisschen Natriumchloridlösung geben.«

Sie zog eine Schublade auf und nahm mit sicheren Bewegungen einen Infusionsbeutel heraus, den sie an einem Haken über dem Patienten befestigte. Dann stand sie auf, öffnete einen Schrank in der Nähe von Edward und holte eine kleine Nadel heraus. Während sie sich wieder neben ihn setzte, drückte sie eine Kompresse gegen eine Pumpflasche, die auf der Ablage neben ihr stand. Sie tupfte das feuchte Wattepad auf seine Armbeuge.

»Jetzt pikst es kurz.« Routiniert stach sie die Nadel in seinen Arm, klebte sie mit einem Pflaster fest, zog den Schlauch von dem Infusionsbeutel herunter und steckte ihn in den Zugang. Dann beugte sie sich vor, um den Tropf zu öffnen. Ihre Brust hing direkt vor Hindes Augen, und er dachte an Vanja. Die Lösung begann, in ihn hineinzurinnen.

»Na schön, dann müsste ich Ihnen noch ein paar Fragen stellen. Glauben Sie, Sie schaffen das?«

Edward nickte und lächelte tapfer.

Fatima erwiderte das Lächeln. »Wann sind Sie geboren?«

Er konnte nicht mehr antworten, da der Krankenwagen im nächsten Moment heftig abbremste und schließlich ganz zum Stehen kam. Durch die Trennscheibe hörte er den Fahrer gedämpft fluchen. Edwards Nerven waren bis zum Zerreißen gespannt.

Natürlich konnte es einfach nur ein unvorsichtiger Verkehrsteilnehmer gewesen sein, der sie zum Bremsen gezwungen hatte, aber es konnte auch der letzte Schritt in die Freiheit sein. Er sah, wie der Aufseher neben ihm erstarrt war und noch wachsamer schien, während Fatima sich für das abrupte Anhalten entschuldigte. Edward sah sich im Wagen nach irgendeiner Waffe um, idealerweise einer Stichwaffe. Aber er fand nichts, und außerdem war er auf der Bahre festgeschnallt. Er konnte nichts ausrichten. Nur warten.

Kenneth fluchte erneut und legte sich mit dem ganzen Oberkörper auf die Hupe. Irgendjemandem musste doch dieser rote Saab gehören, der so rücksichtslos auf der linken Straßenseite geparkt hatte, dass sie unmöglich daran vorbeikamen. Direkt hinter der Kurve noch dazu. Idiot. Zum Glück war er so reaktionsschnell, sonst wären sie direkt in den Wagen reingefahren. Kenneth hupte noch einmal. Wo zum Teufel steckte der Typ, dem das Auto gehörte? Er konnte ja wohl nicht so gemeingefährlich geparkt haben, um dann einen gemütlichen Waldspaziergang zu machen? Also musste er in der Nähe sein. Und die Sirenen gehört und das Blaulicht gesehen haben. Typisch. Nur zweihundert Meter vor der E55. Dort hätte Kenneth sich irgendwie vorbeizwängen können, aber auf dieser beschissenen kleinen Straße war es unmöglich. Auf der einen Seite des Saabs war ein Drahtzaun, auf der anderen lag ein tiefer Graben. Kenneth hupte erneut.

Der Mann, der ihm in der Führerkabine Gesellschaft leistete, wirkte nervös. Er sah sich die ganze Zeit um und hatte die Hand auf eine Elektroschockwaffe gelegt, die er im Gürtel trug.

»Was ist hier los?«, fragte Kenneth.

»Ich weiß es nicht. Können Sie zurückfahren?«

Kenneth zuckte mit den Schultern und legte den Rückwärtsgang ein. Er sah, wie der Mann neben ihm sein Walkie-Talkie nahm und es an den Mund hob.

Dann explodierte die Welt um sie herum.

Hinten im Krankenwagen waren neben den Sirenen zwei Schüsse und das Geräusch von Glas zu hören, das zerschlagen wurde. Es schien alles auf einmal zu passieren. Ein Schatten flog an der gefrosteten Glasscheibe vorbei in die Führerkabine, und eine dunkle Flüssigkeit spritzte dagegen. Der Wachmann, der neben Edward gesessen hatte, sprang auf. Fatima schrie, verschränkte die Hände im Nacken, presste ihre Unterarme gegen die Ohren und beugte sich vor. Kriegstraumata, dachte Hinde für sich, als er ihre Reaktion sah. Er selbst lag nur da und beobachtete das Chaos, das innerhalb weniger Sekunden ausgebrochen war. Kurz darauf hörte man drei dumpfe Schläge gegen das Wagenblech.

»Was ist hier los?«, schrie Fatima.

Der Aufseher hielt seine Elektroschockpistole in der Hand, wusste aber nicht, auf wen er sie richten sollte. Edward lag vollkommen ruhig da. Er wollte keine Aufmerksamkeit erregen. Nun war er schon so weit gekommen, da konnte er nicht riskieren, dass ein Gefängniswärter mit dünnen Nerven auf dumme Ideen kam.

Plötzlich verstummten die Sirenen. Statt des konstanten Lärms im Hintergrund war es auf einmal vollkommen still. Beunruhigend still. Der Aufseher stand reglos da, bewegte lediglich seinen Kopf. Lauschte. Draußen war nichts zu hören. Fatima richtete sich auf und sah schockiert den Wachmann an.

»Was ist hier los?«, flüsterte sie.

»Anscheinend versucht jemand, ihn zu befreien«, antwortete der.

Fast wie zur Bestätigung wurde die Hintertür aufgerissen, und zwei weitere Schüsse wurden abgefeuert und trafen den Wärter. Die erste Kugel durchschlug seine Weichteile unter den Rippen, trat durch den Rücken aus und zertrümmerte die gefrostete Scheibe. Die andere landete direkt in seinem Brustbein. Er sackte zusammen. Fatima schrie.

Roland Johansson riss auch die andere Tür auf, wodurch sie für ihn sichtbar wurde, und richtete seine Waffe auf sie.

»Nein«, sagte Edward nur.

Roland senkte die Pistole und stieg in das enge Wageninnere. Durch den riesigen Mann schien es noch mehr zu schrumpfen. Schweigend löste er die Riemen und befreite Edward, der sich auf der Bahre aufsetzte. Am liebsten wäre er einfach hinausgesprungen. Davongerannt. Er musste all seine Willenskraft aufbringen, um nicht die Kontrolle zu verlieren. Jetzt war er so nah dran.

Sein Blick fiel nach oben auf den Tropf. Er streckte sich nach dem Beutel und hakte ihn von dem Gestell los. »Den hier nehme ich mit.«

Keine Reaktion. Fatima stand unter Schock. Sie heulte tonlos und wiegte sich vor und zurück. Ihr Blick war starr. Roland streckte den Arm aus und stützte Edward, als er von der Bahre und aus dem Auto stieg. Die kleine Vorführung im Gefängnis hatte ihn mehr geschwächt, als er gedacht hatte. Langsam gingen sie um den Krankenwagen herum und blieben an der Längsseite stehen.

»Kommst du alleine klar?«

»Ja. Danke.«

Edward lehnte sich gegen den Wagen. Roland klopfte ihm auf die Schulter und ließ ihn stehen, um nach vorn zu gehen und die Beifahrertür zu öffnen. Ohne erkennbare Anstrengung hob er den Gefängnisaufseher heraus, der reglos auf dem Sitz zusammengesunken war. Edward registrierte blutende Wunden am Hals direkt unter dem Kiefer und unter dem Schlüsselbein, als Roland den Mann an ihm vorbei in Richtung Hintertür schleifte. Er war noch am Leben, aber wohl nicht mehr lange. Edward hörte Fatima erneut schreien, als Roland den sterbenden Aufseher hinten in den Wagen warf. Er schloss die Augen.

Anschließend ging Roland zur anderen Seite der Fahrerkabine. Als er den Wärter erschossen hatte, hatte der Fahrer einen Fluchtversuch unternommen. Doch er war nicht schnell genug gewesen. Roland hatte ihn eingeholt, gepackt und seinen Kopf dreimal gegen das Blech des Autodachs geschlagen. Jetzt packte er den bewusstlosen Fahrer, damit dieser den anderen Gesellschaft leisten konnte. Die Wärter kümmerten sich nicht um ihn. Der eine war schon gestorben, der andere war gerade dabei. Roland nahm die Handschellen von ihren Gürteln, drehte den Sanitäter um und fesselte ihm die Hände auf den Rücken. Dann wandte er sich Fatima zu, die noch immer auf dem Stuhl neben der Bahre saß.

»Komm.«

Fatima schüttelte nur den Kopf, nicht in der Lage, sich zu rühren. Roland trat einen Schritt zu ihr, hob sie vom Stuhl und drückte sie neben die anderen beiden auf den Boden. Sie leistete keinen Widerstand, als er ihr die Hände auf den Rücken fesselte. Er griff sich eine Decke, verließ den Krankenwagen und ging wieder an Edward vorbei zum Führerhaus. Rasch fegte er die Scherben weg, die überall auf dem Sitz verstreut lagen. Als er sie fast alle beseitigt hatte, breitete er die Decke darauf aus. Dann ging er zu Edward zurück und half ihm mitsamt seinem Tropf auf den Beifahrersitz. Bevor er die Tür schloss, schlug er mit der Faust die letzten Glasreste aus dem Fenster, sodass es zwar offen aussah, aber nicht mehr kaputt. Nun, da Edward versorgt war, eilte er zu dem geparkten Saab und nahm eine Rolle Isolierband vom Rücksitz. Er ging wieder zu den Hintertüren und den vier Menschen im Innenraum und band die Füße des Sanitäters und der Frau zusammen. Er glaubte zwar nicht, dass sie versuchen würden, auf sich aufmerksam zu machen, denn der Kerl würde noch geraume Zeit bewusstlos sein, und das Weib schien vollkommen apathisch. Aber sicherheitshalber. Roland beendete sein Werk, indem er das Klebeband zweimal über ihre Münder wickelte. Er sprang hinaus, schlug die Türen zu, setzte sich dann hinters Steuer und drehte den Zündschlüssel um. Das alles hatte keine fünf Minuten gedauert. Niemand hatte sie gesehen. Nirgends rührte sich etwas. Keine Sirenen, die sich näherten. Nur das Rauschen des Waldes war zu hören.

Dann fuhren sie los. Edward warf einen Blick in den Rückspiegel und sah, wie der rote Saab immer kleiner und kleiner wurde. Sie ließen ihn hinter sich. Verließen ihn. So wie er Lövhaga hinter sich gelassen, es verlassen hatte.

Jetzt konnte und musste er nach vorn blicken.

Roland fuhr knapp über der zulässigen Höchstgeschwindigkeit. Die E55 zählte nicht zu den Lieblingsstraßen der Polizei, wenn es um Geschwindigkeitskontrollen ging, und schon gar nicht bei Rettungsfahrzeugen. Dessen war Edward sich sicher, aber es wäre natürlich dumm, ein unnötiges Risiko einzugehen. Eine Begegnung mit den Ordnungshütern wäre aus mehreren Gründen nicht optimal: Sie würden sich über die fehlende Seitenscheibe wundern. In der Fahrerkabine gab es Blutspuren. Roland trug keine Berufskleidung. Einem aufmerksamen Polizisten würde all das auffallen. Aber das war ein Problem, das sie erst dann lösen mussten, wenn es tatsächlich auftrat.

Draußen war es schön. Sommerlich grün. Edward wurde fast schwindelig, als er die wogende Landschaft sah, die sich da vor ihm ausbreitete. So viel Fläche. Raum. Aus dieser Perspektive erschienen ihm seine letzten vierzehn Jahre noch unfreier, noch begrenzter. Wenn er sah, was ihm vorenthalten worden war. Er genoss die Fahrt, genoss jede neue Aussicht, die sich ihm entlang der kurvenreichen Straße bot. Durch das offene Fenster kam der Wind hereingeweht und erfasste sein dünnes Haar. Er schloss die Augen. Atmete tief durch. Leistete es sich zu entspannen. Die Luft fühlte sich leichter an. Anders. Mit jedem Atemzug wuchs seine Kraft. So atmete ein freier Mann.

Roland wurde langsamer. Edward öffnete die Augen. Sie erreichten die E18. Noch eine halbe Stunde, und sie wären in Stockholm. Edward drehte sich zu Roland um.

»Hast du ein Telefon?«

Roland steckte die Hand in die Tasche und reichte ihm sein Handy. Edward wählte aus dem Gedächtnis eine Nummer und wartete, dass sich jemand meldete, während Roland die Geschwindigkeit auf hundertzehn Stundenkilometer erhöhte.

Haraldsson stand im Schlafzimmer am Fenster. Er verharrte dort, seit er die Tür geöffnet und den Raum leer vorgefunden hatte. Er war an dem ungemachten Doppelbett vorbei zum Fenster gegangen und dort stehen geblieben. Was hätte er sonst tun sollen? Nach Jenny suchen? Wo? Er hatte keine Ahnung. Er war buchstäblich paralysiert.

Die Sorge, die Angst, Jenny, seine Arbeit.

Im Garten hatten mittlerweile die Apfelbaumtypen ihre Arbeit aufgenommen. Er sah, wie sie ankamen und anfingen herumzulaufen. Irgendwo hindeuteten und diskutierten. Dann wurden sie sich über die ideale Lage einig und begannen, auszumessen und zu graben. Holten Säcke mit Erde. Ein ganz normaler Arbeitstag für die beiden. Ein normales Leben, das nur wenige Meter von ihm entfernt stattfand. Eine Wirklichkeit, die zum Greifen nah war.

Es fiel ihm schwer, klar zu denken. Was konnte er tun? Er konnte doch nichts damit zu tun haben? Durfte nichts damit zu tun haben! Jenny war weg. Er hatte etwas damit zu tun. Aber das musste niemand wissen. Jenny durfte auf keinen Fall etwas zustoßen. Seine Gedanken hüpften hin und her, wie die Nadel auf einer zerkratzten Schallplatte die Rillen wechselt.

Hinde sollte ins Krankenhaus verlegt werden. Vermutlich hatte er Lövhaga bereits verlassen. Er wollte verlegt werden. Irgendetwas würde passieren. Was? Sollte Haraldsson Alarm schlagen? */Sprung/*

Könnte das Jenny retten? Jenny war weg. */Sprung/*

Was sollte er als Begründung dafür angeben, dass er Alarm schlug? Er konnte wohl kaum von gewissen Diensten erzählen, die er Hinde geleistet hatte, und dass einer davon es Hinde offenbar erst ermöglicht hatte, das Gefängnis überhaupt zu verlassen. Das wäre nicht nur Karriereselbstmord, sondern sicher auch strafbar. /Sprung/

Jenny. Wo war sie? Sie durfte nicht tot sein. Was sollte er nur ohne sie tun? Wie sollte er dann noch weiterleben? /Sprung/

Zu dem Zeitpunkt, als Jenny verschwand, hatte Hinde Lövhaga allerdings noch nicht verlassen, und Ralph war bereits verhaftet worden. Was bedeutete das? Hatte Hinde noch andere Helfer außerhalb des Gefängnisses? /Sprung/

Ingrid Marie durfte nicht mit einem Vater aufwachsen, der im Knast saß. /Sprung/

Sollte er Alarm schlagen? Konnte er Alarm schlagen? Wie sollte er seine Sorge begründen? Vielleicht war Hinde wirklich krank. Vielleicht war er tatsächlich ins Krankenhaus gekommen. Dann würde die Warnung vor einem Fluchtversuch gelinde gesagt verdächtig wirken. Und wenn er so etwas befürchtete, warum hatte er den Transport dann überhaupt genehmigt? /Sprung/

Ich habe noch nie eine schwangere Frau getötet. /Sprung/

Was würde passieren, wenn er Alarm schlug?

Was würde passieren, wenn er es nicht tat?

Mit Jenny.

Sein Handy klingelte erneut. Haraldsson spürte, wie sein Herz vor Hoffnung schneller schlug, als er das Telefon aus der Tasche nahm. Eine ihm unbekannte Nummer. Nicht Jenny. Er nahm das Gespräch vorsichtshalber trotzdem an.

»Haraldsson.«

»Hier ist Edward Hinde.«

Auf einen Schlag war Haraldssons Kopf vollkommen leer.

Alle Gedanken, die sich dort zuvor überschlagen hatten, waren wie weggeblasen.

»Von wo aus rufen Sie an?«, war das Einzige, was er hervorbrachte.

»Das spielt keine Rolle. Sie haben getan, worum ich Sie gebeten hatte, also steht Ihnen jetzt eine Frage zu.«

Haraldsson hörte jedes Wort. Hörte es, verstand es aber nicht. »Wie bitte?«

»Was ich verspreche, halte ich auch. Sie haben mit Ja geantwortet, genau, wie ich es verlangt habe, und dafür dürfen Sie mir jetzt eine Frage stellen.«

»Was haben Sie ...«

»Warten Sie«, unterbrach Edward Hinde ihn.

Haraldsson verstummte sofort.

»Ich möchte mich ja nicht einmischen«, fuhr Hinde mit sanfter Stimme fort, »aber ich würde an Ihrer Stelle lieber fragen ›Wo ist meine Frau?‹«

Haraldsson schloss die Augen. Hinter seinen Lidern zuckten Blitze. Er befürchtete, dass er gleich ohnmächtig würde. Das durfte er nicht. Dann würde er es nie erfahren. Tränen rannen seine Wangen hinab.

»Wo ist meine Frau?«

Fast hätte seine Stimme versagt.

Hinde begann zu berichten.

In der ganzen Wohnung standen die Fenster offen, und trotzdem war es warm. Klebrig. Stickig.

Vanja saß mit der Fernbedienung auf dem Sofa und schaltete zwischen den einzelnen Programmen hin und her. Nicht gerade die beste Sendezeit, diese Tageszeit, das war fast schmerzlich deutlich. Sie schaltete den Fernseher aus, warf die Fernbedienung aufs Sofa und schnappte sich die Sonderausgabe der beiden Boulevardzeitungen, die auf dem Tisch lagen. *Expressen* brachte zehn Seiten über die Verhaftung von Ralph Svensson. Die erste Seite nicht mitgerechnet, die mit einem großen Porträt von ihm aufmachte. Ohne schwarzen Balken, direkt unter der Schlagzeile: »ER IST DER SOMMERSCHLÄCHTER«. Wenn man genau hinsah, konnte man darüber die Zeile erkennen: »Die Polizei glaubt« – in bedeutend kleineren Buchstaben. Ralph war noch nicht verurteilt. Soweit Vanja wusste, war er noch nicht einmal dem Haftrichter vorgeführt worden, und dennoch stand er bereits am Pranger. Es entsprach nicht mehr dem Zeitgeist, die Veröffentlichung von Bildern und Namen zu begrenzen. Den Verdächtigen frühzeitig zu identifizieren und Foto und Namen bekannt zu machen, war angeblich »von öffentlichem Interesse«. Was bedeutete, dass die Leser nicht willens waren, für ein verpixeltes Foto zu bezahlen. Davon abgesehen, dass Vanja diese Entwicklung persönlich unethisch fand, erschwerte sie ihnen mitunter auch die Arbeit. Zeugenkonfrontationen waren plötzlich viel weniger wert, wenn der Verdächtige einem von jeder Titelseite entgegenstarrte. Das Bild auf der ersten Seite des *Expressen* stammte aus Ralphs Pass und war nicht gerade schmeichelhaft. Er sah genauso durchgeknallt aus, wie alle anderen Menschen auf Passbildern. In der Zeitung konnte man seine gesamte Lebensgeschichte nachlesen. Von seiner kranken Mutter, dem Vater, der neu geheiratet hatte, der lieben Verwandtschaft, den Umzügen, dem Geld, den verschiedenen Schulen und Arbeitsplätzen. Sie hatten einige alte Klassenkameraden aufgetrieben, die Ralph Svensson als still und zurückhaltend erlebt hatten. Ein bisschen merkwürdig. Unnahbar. Einer, der meistens für sich blieb. Das mochte schon stimmen, darüber wusste Vanja nichts. Aber sie fragte sich, ob die Zeitung die gleiche Antwort bekommen hätte, wenn sie angerufen und berichtet hätte, Ralph Svensson sei gerade der Nobelpreis verliehen worden – anstelle der Nachricht, dass er ein vermeintlicher Serienmörder war. Irgendwie passte das alles zu gut ins Bild. Der einsame Wolf. Der Einzelgänger. Der Sonderling. Vanja glaubte, dass diese ehemaligen Klassenkameraden, die sicherlich schon seit zwanzig Jahren keinen Gedanken mehr an Ralph verschwendet hatten, ganz einfach der Last der Erwartungen erlegen waren. Nachdem die Zeitung Ralphs Leben ausgebreitet hatte – ohne auf seine eventuellen Träume, Hoffnungen, Wünsche und andere Nebensächlichkeiten einzugehen, die ihn zu sehr vermenschlicht hätten –, berichtete sie mindestens genauso ausführlich über Edward. Die Journalisten hatten Glück, dass Ralph ein Nachahmungstäter war, denn so konnten sie die Nachrichten von 1996 noch einmal breittreten. Vanja hatte keine Lust, das alles erneut durchzulesen. Sie warf die Zeitung aufs Sofa, stand auf und ging in die Küche, um ein Glas Wasser zu trinken. Es war kurz nach halb sieben. Die Sonne würde erst in zwei Stunden untergehen, aber die Temperaturen wurden allmählich erträglich. Eine laue Brise wehte durch das offene Fenster herein.

Sie war rastlos.

Normalerweise wurde sie von einer angenehmen Müdigkeit erfasst, wenn sie einen Fall abgeschlossen hatten. Als könnten ihr Körper und ihr Gehirn nach der wochenlangen Anspannung endlich abschalten. Runterkommen. Sonst genügte es ihr an solchen Tagen, Pizza zu essen, ein bisschen zu viel Wein zu trinken und einfach nur auf dem Sofa herumzulümmeln. Aber diesmal war es anders.

Sie hatten den richtigen Mann gefasst, da war sie sich sicher. Sebastian Bergman war vollkommen ausgebootet, auch das war ausgezeichnet. Sie konnte sich nicht vorstellen, dass es ihm ein weiteres Mal gelingen würde, sich in ihr Team zu drängen. Torkel hatte deutlich gezeigt, dass auch er der Meinung war, es sei jetzt genug, und sogar Sebastian selbst schien die Nase voll zu haben. Alles in allem also eine gute Arbeit. Ein guter Tag. Warum konnte sie sich trotzdem nicht entspannen?

Weil noch nicht alles gut war. Nicht zwischen ihr und Billy. Nun, da der Fall in eine ruhigere Phase eingetreten war, konnte sie sich mehr auf die Spannungen zwischen ihnen beiden konzentrieren. Seit sie im Auto gesagt hatte, sie sei die bessere Polizistin, war ihr Verhältnis verständlicherweise ziemlich angespannt. Vorher auch schon, wenn sie ehrlich war, aber seit ihrer Beleidigung führten sie einen offenen Krieg.

Jedenfalls erlebte sie es so. Er hatte zwar mit alldem angefangen, aber sie hatte die Situation mit ihren dämlichen Kommentaren zum Eskalieren gebracht, also musste sie den Streit auch beilegen. Sie würde ihm zumindest die Hand zur Versöhnung reichen. Billy war zu wichtig, als dass sie das auf sich beruhen lassen könnte. Denn wenn es so weiterginge, würde sich einer von beiden wegbewerben müssen. Und das wollte sie auf keinen Fall. Es war dringend nötig, die Lage zu normalisieren. Sie ging ins Wohnzimmer und nahm ihr Handy.

My öffnete den Backofen und zog das mit Schafskäse gratinierte Schweinefilet heraus. Billy stellte die Schüssel mit dem Couscous und dem kurzgebratenen Gemüse auf den Tisch. Es war ein frühes Abendessen. Als sich herausstellte, dass er an diesem Abend freihaben würde, hatten sie beschlossen, ins Theater zu gehen. Das war nicht von Anfang an seine Idee gewesen, aber sie hatten die Entscheidung gemeinsam getroffen. Billy hatte noch nie von dem Ensemble gehört, das My zufolge in dieser Woche nur vier Gastspiele gab. Spymonkey hießen sie, eine englische Theatergruppe. Physisches Komödientheater, hatte My erklärt. Billy konnte sich darunter nichts vorstellen. Ihm fehlten die Vergleiche.

»Wie eine Mischung aus Monty Python und Samuel Beckett.«

Okay, immerhin eine Referenz, die er verstand. Monty Python mochte er. Zumindest manches von ihnen. Nicht alles.

Aber diesmal war ohnehin My an der Reihe, etwas auszuwählen. Beim letzten Mal hatte er den Film ausgesucht. Außerdem hatte er viel gearbeitet, und sie hatten sich selten gesehen. Also würde er den britischen Körperhumor problemlos durchstehen, solange er nur in ihrer Nähe sein durfte.

Er schenkte ihnen Wein ein und setzte sich an den Tisch. Seine Essensgewohnheiten hatten sich um tausend Prozent verbessert, seit er My kannte. Das gefiel ihm. Überhaupt gefiel ihm vieles an My. Eigentlich alles. Da klingelte das Telefon. Billy blickte auf das Display, um zu sehen, wer es war. Vanja.

»Tut mir leid, ich muss kurz drangehen.«
»Okay. Mach es kurz.«

Billy stand auf und ging in das andere Zimmer. Er hatte My nicht von dem Gespräch zwischen Vanja und ihm im Auto erzählt. Er mochte sie beide. Und er wollte, dass sie sich auch mochten. Die Chancen dafür würden allerdings beträchtlich sinken, wenn My von dem Wortwechsel erführe, der so vieles zwischen ihnen zerstört hatte. Er setzte sich auf das Sofa und meldete sich.

»Hallo, ich bin es«, hörte er Vanja sagen.

»Ich weiß.«

»Was machst du gerade?«

Billy dachte hastig nach. Was sollte er sagen? Die Wahrheit, solange es ging, beschloss er. »Wir wollten gerade essen.«

»Du und My?«

Hörte er einen kleinen Widerwillen in der Art, wie sie Mys Namen aussprach, mitschwingen? Betonte sie das y nicht ein wenig zu lange? Myyy. Oder bildete er sich das nur ein? Suchte er bewusst nach Fehlern? Möglich.

»Ja. Ich und My.« Er sah zur Küche hinüber, wo My gerade am Wein nippte. Anscheinend wartete sie mit dem Essen auf ihn. Sicher irgendeine Etikette. »Jedenfalls ist das Essen gerade fertig, wolltest du irgendwas Besonderes?«, fuhr Billy fort und gab sich Mühe, nicht abweisend zu klingen.

»Hast du Lust, anschließend eine Runde mit mir joggen zu gehen?«

»Jetzt?«

Auf diese Frage war er nicht vorbereitet gewesen. Er hätte nicht geglaubt, dass sie sich mit ihm verabreden wollte.

»Später. Wenn du gegessen hast. Inzwischen kühlt es draußen auch langsam ab.«

»Ich weiß nicht...«

»Ich dachte, wir könnten dabei ein bisschen reden. Über uns.«

Billy verstummte. Da war er. Der erste Schritt. Vanja hatte ihn gemacht. Billy sah erneut zur Küche. My schaute ihn lächelnd an und machte mit der Hand Schnatterbewegungen. Er lächelte zurück und verdrehte die Augen, um ihr zu zeigen, dass am anderen Ende der Leitung in der Tat viel geredet wurde. Währenddessen ging er schnell im Kopf seine Möglichkeiten durch. Er wollte joggen. Er wollte auf jeden Fall mit Vanja reden. Über sie beide. Aber er konnte nicht sowohl mit Vanja laufen als auch mit My ins Theater gehen. Ins Theater wollte er wiederum eigentlich gar nicht, aber er wollte Zeit mit My verbringen. Wollte Wein trinken und bei seiner Freundin sein. Er war gezwungen, eine Entscheidung zu treffen. Vanja und er mussten ihre Probleme lösen, das spürte er. Er wusste es. Aber nicht an diesem Abend. Er entschied sich für My. Das musste sie verstehen.

»Es tut mir sehr leid«, sagte er und meinte es ernst. »Aber ich kann nicht.«

»Was hast du denn vor?«

Klang ihre Stimme enttäuscht? Diesmal bildete er es sich wohl nicht ein.

»Wir wollen ins Theater gehen. Uns ein Stück ansehen.«

»Ein Stück?«

Er begriff, wie das klingen musste. Sie wusste, dass er Theater nicht ausstehen konnte. Er entschied sich für etwas, das für ihn grässlich war – und gegen sie. So musste es ihr vorkommen. Aber so war es ja nicht. Schon möglich, dass er My ihr vorzog, aber das wollte er auch nicht sagen.

»Ja, das steht schon so lange fest...« Er hatte die Karten erst vor einer Stunde bestellt, aber jetzt war es an der Zeit, den Weg der Wahrheit zu verlassen und zu retten, was zu retten war.

»Okay. Dann ein anderes Mal.«

»Ja.«

»Viel Spaß. Und schöne Grüße.«

»Ja. Ich möchte wirklich, dass wir ...« Aber sie hatte schon aufgelegt. Billy blieb sitzen und überlegte kurz, ob er sie zurückrufen und den Satz vollenden sollte. Er entschied sich dagegen, nahm sich aber vor, die Sache morgen im Büro in Angriff zu nehmen. Oder sie anzurufen, falls sie nicht da war. Manchmal kam sie am Tag nach einer Verhaftung nicht ins Präsidium.

Billy stand auf und ging wieder in die Küche.

»Wer war es denn?«, fragte My und begann, sich Essen aufzutun. Sie hatte tatsächlich auf ihn gewartet.

»Vanja.«

»Was wollte sie?«

»Ach, nichts.«

Er setzte sich und griff nach seinem Weinglas. Das Gegenteil war der Fall: Es war nicht das gewesen, was Vanja gewollt hatte, sondern das, was sie bekommen hatte.

So hatte er sich ihren gemeinsamen Hochzeitstag nicht vorgestellt. Ganz und gar nicht.

Nach Edward Hindes Anruf war Haraldsson zu seinem Auto gerannt und hatte die genannten Koordinaten ins Navi eingegeben. Die Karte baute sich schnell vor ihm auf. An Surahammar und Ramnäs vorbei, nach links, in den Wald hinein, bis zum Öje-See. Er hatte gefragt, ob Jenny noch am Leben war, aber darauf keine Antwort mehr erhalten. Das sei eine neue Frage und Haraldsson habe nur eine frei, hatte Hinde gesagt und aufgelegt.

Den ganzen Weg über hatte Haraldsson sich einzureden versucht, dass Hinde nicht erzählt hätte, wo Jenny war, wenn er sie nicht würde retten können. Es wäre viel logischer, sie freizulassen, nachdem sie ihre Rolle als Druckmittel erfüllt hatte. Es gab keinerlei Grund, ihr Schaden zuzufügen. Aber sosehr er auch versuchte, sich selbst zu überzeugen, so sehr wusste er in seinem tiefsten Inneren auch, dass Hinde nicht unbedingt logisch handelte oder gute Gründe brauchte. Er hatte nicht umsonst vierzehn Jahre lang in Lövhaga gesessen.

Er war ein Psychopath. Gefährlich und mörderisch.

Haraldsson folgte den Anweisungen des GPS. Die Straßen wurden immer schmaler, der Wald immer dichter. Dann sah er zwischen den Bäumen eine Wasseroberfläche hindurchblitzen, und kurz darauf endete der Weg. Er parkte neben einem riesigen Rhododendron und stieg aus. Ein Sommerhaus. Ganz unten an dem Hang, der zum See abfiel. Vermutlich schon vor vielen Jahren errichtet, heute bekam man so nahe am Ufer nämlich keine Baugenehmigungen mehr. Haraldsson ging zu dem Haus und drückte die Klinke herunter. Zugeschlossen. Er spähte in das nächste Fenster. Es war die Küche. Anscheinend gab es weder Strom noch fließend Wasser. Ein alter Holzfeuerherd und eine umgedrehte Plastikwanne auf der kleinen Arbeitsfläche. Daneben kein Wasserhahn, sondern ein großer Metalleimer mit einer Schöpfkelle auf einem Hocker. Pittoresk, aber leer.

»Jenny!«, rief er. Keine Antwort.

Haraldsson ging weiter um das Haus herum und sah durch alle Fenster, die er erreichen konnte. Nichts. Er blieb stehen und studierte die Umgebung. Das Grundstück war nicht sehr groß, aber schön gelegen. Rasenflächen auf drei Seiten. Ein Badminton-Netz auf der Wiese, die sich bis zum See erstreckte. Auf der anderen Seite Gartenmöbel und eine Fahnenstange. Jemand hatte es sich hier schön gemacht.

»Jenny!«

Irgendwo draußen auf dem See antwortete ein Wasservogel. Haraldsson spürte Panik in sich aufsteigen. Ein Stück entfernt am Waldrand stand ein Klohäuschen. Er ging hin, doch es war ebenfalls leer. Bis auf einen summenden Fliegenschwarm. Er schloss die Tür wieder und hatte gerade entschieden, in das Haus einzubrechen, als er hinter der Fahnenstange einen unnatürlich runden Hügel sah. Zwischen dem Gras und dem Torf an der Seite ragten große Steine hervor. Ein Erdkeller. Haraldsson stürzte darauf zu. Als er näher kam, hörte er ein schwaches Pochen. Er hielt inne. War es wirklich so, oder bildete er sich das nur ein? Nein, da klopfte definitiv jemand. Im Keller. Leise, aber dennoch hörbar. Innerhalb weniger Sekunden war Haraldsson dort. Das Geräusch wurde lauter, und seine Hoffnung wuchs.

»Jenny!«

Er rannte um den kleinen Hügel herum und gelangte zu einer großen dunklen Holztür. Er schob den Riegel zurück und riss sie auf. Nach einigen Metern Zwischenraum gelangte er zur nächsten Tür. Jetzt konnte er das Klopfen laut vernehmen. Sie war auf jeden Fall am Leben. Vorher hatten die dicken Steinwände das Geräusch gedämpft, aber jetzt war es deutlich zu hören. In der nächsten Tür steckte ein Schlüssel. Haraldsson drehte ihn im Schloss herum und öffnete sie.

Direkt dahinter stand Jenny und blinzelte in die ungewohnte Helligkeit. Er stürzte auf sie zu und umarmte sie fest.

Sie klammerte sich an ihn. Lange.

Auf der Rückfahrt hatten sie zunächst geschwiegen. Natürlich hatte Jenny Angst gehabt. Todesangst. Erst als der große Mann vor dem Sommerhaus hielt, hatte sie gemerkt, dass etwas nicht stimmte. Dort hatte er ihre Tasche an sich gerissen, sie aus dem Auto gezerrt und in den Erdkeller gestoßen. Anschließend hatte sie vor Aufregung nicht mehr klar denken können. Doch jetzt, als sie wieder in Sicherheit war, kamen ihr Fragen. Sie musste verstehen.

Haraldsson hasste es, sie anzulügen, aber momentan war vieles noch zu unsicher, um auch nur eine frisierte Version der Wahrheit zu präsentieren. Stattdessen behauptete er, er habe mit seinen ehemaligen Kollegen gesprochen, nachdem der richtige Taxifahrer ihn angerufen hatte, und dass sich offenbar eine Bande darauf spezialisiert hatte, Leute an ihren Arbeitsplätzen abzuholen und so auszurauben. Die Polizei gehe davon aus, dass sie sich in das System des Taxiunternehmens eingehackt hatten und daher wussten, welche Autos vorbestellt worden waren.

Jenny gab sich damit zufrieden.

Vermutlich würde sie später noch mehr Fragen stellen, wenn sie das alles erst verarbeitet hatte, aber dann würde er auch wissen, wie die Ereignisse des Tages ausgegangen waren, und konnte seine Antworten dementsprechend anpassen. Aber jetzt würden sie erst einmal nach Hause fahren.

Er war so froh, dass sie unverletzt war.

Kaum hatten sie das Haus betreten, da rief Victor schon wieder an. Gestresst. In einer dringenden Angelegenheit. Der Krankenwagen mit Hinde sei nicht in Uppsala angekommen, und die Klinik könne keinen Funkkontakt mit ihm herstellen, genauso wenig, wie Lövhaga die Aufseher erreichen konnte, die als Begleitung mitgefahren waren. Haraldsson müsse sofort herkommen.

Er versuchte, sich herauszureden, aber Victor machte ihm deutlich, dass eine solche Situation die Anwesenheit des Anstaltsleiters erforderte. Also erzählte er Jenny, dass er gezwungen war, für eine Weile wieder zur Arbeit zu fahren. Wirklich gezwungen. Ob er sie zu einer Freundin bringen solle, damit sie nicht allein wäre? Nein, sie wollte bei ihm bleiben. Also gingen sie gemeinsam zum Auto zurück.

Jenny war einen Großteil der Fahrt über stumm. Vermutlich verarbeitete sie die Ereignisse des Tages. Haraldsson passte das eigentlich ganz gut. Er musste alle denkbaren Szenarien durchgehen und überlegen, wie er mit der entstandenen Situation umgehen sollte.

Er hatte das Gefühl, dass es an der Zeit war, Schadensbegrenzung zu betreiben. Unter keinen Umständen durfte herauskommen, dass er etwas mit dieser Sache zu tun hatte.

Zu seinem eigenen Wohl. Zu Jennys Wohl. Zum Wohle aller.

Er fing mit Jenny an. Niemand wusste, dass sie weg gewesen war. Oder doch, die Mädels bei ihrer Arbeit, aber sonst niemand. Was Jenny selbst wusste, würde nie bis zur obersten Leitung von Lövhaga durchdringen, also stellte sie kein Risiko dar. Selbst wenn sie jemandem bei der Arbeit von ihren unbehaglichen Erlebnissen erzählen würde, würde keiner die Verbindung zu Hinde herstellen. Check!

Die nächste Frage:

Sollte er versuchen, das Rote-Beete-Glas und die Medizinflasche aus der Zelle zu holen?

Das wäre riskant. Außerdem würde man bestimmt glauben, Ralph hätte sie reingeschmuggelt, wenn man sie fand. Denn man würde doch hoffentlich keine Fingerabdrücke von diesen Gegenständen nehmen? Nicht, wenn man bereits einen Verdächtigen hatte, der schon lange im Kontakt mit Hinde gestanden hatte. Natürlich würden alle denken, Ralph hätte ihm geholfen. Es wäre wohl am besten, sich Hindes Zelle fürs Erste nicht mehr zu nähern.

Oder sollte er es doch tun?

Er konnte seine Eigeninitiative unter Beweis stellen, indem er die Zelle durchsuchte. Und diese Sachen »fand«. Das würde auch seine Fingerabdrücke erklären, wenn man sie später möglicherweise untersuchte. Andererseits würden sich Ralphs Fingerabdrücke natürlich auf keinen Fall darauf befinden. Vermutlich trug er beim Putzen aber auch Handschuhe...

Seine Gedanken wurden vom Klingeln seines Handys unterbrochen. Es war der Koch, der gerade bei ihnen zu Hause angekommen war. Wo sie denn stecken würden? Haraldsson seufzte, das hatte er völlig vergessen. Er erklärte, dass eine Notsituation eingetreten sei und sie das kulinarische Erlebnis dieses Abends daher leider absagen müssten. Verständlicherweise war der Koch wütend. Haraldsson müsse die volle Summe zahlen. Das Essen, den Wein, die Reise und die Arbeitszeit. Nur dass er es wisse! Haraldsson protestierte nicht, bat um Entschuldigung und legte auf.

»Wer war das?«, fragte Jenny.

»Das war ein Koch, der heute Abend bei uns zu Hause für uns kochen sollte.« Es war schön, ausnahmsweise mal die Wahrheit sagen zu können. Nicht vorher nachdenken und sich anpassen zu müssen.

»Hattest du das organisiert?«

»Ja, aber irgendwie hat heute nichts so geklappt, wie ich es geplant hatte. Es tut mir sehr leid.«

»Aber es ist doch nicht deine Schuld!«

»Nein, aber trotzdem ...«

»Du bist der Beste.«

Sie beugte sich zu ihm hinüber und küsste ihn auf die Wange. Er lächelte, aber in Gedanken war er schon längst wieder beim Wesentlichen.

Ja, die Flasche und das Glas würde er überstehen. Aber was würde passieren, wenn sie die Zelle durchsuchten und das Foto von Jenny fanden? Wie sollte er das erklären? Er hoffte fast, dass Hinde es mitgenommen hatte. Aber wenn man Hinde fassen würde, falls man Hinde fassen würde, und ein Foto von der Frau des Gefängnisleiters bei ihm fände ... Dann musste er ganz einfach überrascht tun. Sich selbst wundern, wie um alles in der Welt Hinde da drangekommen sei. Es würde ein Mysterium bleiben ...

Victor Bäckman erwartete sie auf dem Parkplatz, als sie ankamen. Er warf einen fragenden Blick auf Jenny, aber Haraldsson erklärte nur, dass sie heute ihren Hochzeitstag hätten und wenigstens ein bisschen Zeit miteinander verbringen wollten. Victor kaufte es ihm ab. Er hatte gerade wichtigere Sachen im Kopf. Gemeinsam gingen sie zum Gebäude.

»Wir haben seine Zelle durchsucht und eine Flasche Brechmittel und ein Rote-Beete-Glas gefunden. Beide leer.«

»Wie ist er denn da drangekommen?«, fragte Haraldsson so unverfänglich wie möglich.

»Ralph muss sie ihm gegeben haben.«

»Ja, so muss es wohl gewesen sein«, erwiderte Haraldsson erleichtert.

»Aber das ist nicht das Schlimmste.« Victor sah äußerst bekümmert aus. »Wir haben auch ein Modem gefunden.«

»Was bedeutet das?«

»Er hatte uneingeschränkten Kontakt zur Außenwelt. Wir durchsuchen gerade seinen Computer, um zu sehen, ob wir etwas über die Flucht finden. Allerdings ist er mit einem Passwort geschützt, es kann also eine Weile dauern.«

Haraldsson hörte kaum mehr hin. Kontakt zur Außenwelt. Das würde sicher einiges erklären, wenn es darauf ankam. Victors Verantwortungsbereich, nicht seiner. Es sah ganz so aus, als würde die Sache glimpflich ablaufen. Er wagte es nicht, nach dem Foto zu fragen. Vermutlich hatten sie es nicht gefunden, sonst hätte Victor bestimmt davon erzählt.

Plötzlich fiel ihm auf, dass der Sicherheitschef stehen geblieben war und ihn auffordernd ansah.

»Was?«

»Die Klinik hat den Krankenwagen immer noch nicht geortet, habe ich gesagt. Was sollen wir machen?«

»Wir kontaktieren die Polizei und sagen, dass wir einen möglichen Fluchtversuch zu melden haben.« Haraldsson spürte, wie sicher er klang, als er das Kommando übernahm. Keine weiteren Fehler. Victor nickte, und sie gingen gemeinsam in den Bürotrakt.

Es dauerte nicht lange, bis aufgeweckte Journalisten, die ohnehin schon an Lövhaga interessiert waren, mitbekommen hatten, dass jemand ausgebrochen war. Manchmal war die Polizei undicht wie ein Sieb. Auch der Zusammenhang zu dem verschwundenen Krankenwagen war schnell hergestellt, und schon war der Zirkus im Gange. Haraldsson war eine Weile nicht erreichbar, begriff dann aber, dass es wohl doch gut wäre, wenn sie mit ihm sprechen konnten, damit er die Kontrolle über das, was gesagt wurde, behielt. Er gab Anweisung, dass die Presse grundsätzlich an ihn verwiesen werden sollte.

Es war, als hätte er Schleusentore geöffnet. Die Telefone klingelten ununterbrochen, und Annika stellte einen Anrufer nach dem anderen durch.

Zahllose Gespräche.

Immer dieselbe Antwort.

Ja, er konnte bestätigen, dass ein Krankenwagen, der einen Patienten in Lövhaga abgeholt hatte, vermisst wurde.

Ja, vieles sprach dafür, dass es sich um einen Fluchtversuch handelte, aber es war noch zu früh, um eine sichere Aussage zu treffen.

Nein, er habe nicht vor zu erzählen, wer sich in dem Krankenwagen befunden hatte.

Alle fragten, ob es Hinde sei, woraufhin er stets auflegte. Merkwürdigerweise riefen sie nicht noch einmal an. Er erhob sich und ging zu Jenny, die auf einem der Besuchersessel saß. Sie hatte eine Tasse Kaffee und ein Sandwich aus der Kantine bekommen und nicht einmal die Hälfte davon gegessen. Was für ein Hochzeitstag. Aber sie würden ein anderes Mal nachfeiern.

Hauptsache, sie waren zusammen. Eine derartige Berg- und Talfahrt seiner Gefühle hatte er noch nie erlebt. Aber bisher hatte er sich tapfer geschlagen und würde es auch weiterhin tun. Das Schlimmste war überstanden.

»Wie geht es dir?« Er ging vor ihr in die Hocke und strich ihr eine Haarsträhne aus dem Gesicht.

»Ich sitze hier und mache mir so meine Gedanken.«

»Ja, das kann ich gut verstehen ...« Haraldsson nahm ihre Hand und drückte sie. »Vielleicht musst du später mit jemandem darüber sprechen, was passiert ist. Jemandem vom Fach, meine ich.«

Jenny nickte abwesend.

»Liebling?«

»Ja?«

»Woher wusstest du, wo ich war?«

Haraldsson erstarrte.

Vielleicht war das Schlimmste doch noch nicht überstanden.

Er war früher nach Hause gekommen als verabredet. Als er am Östermalmstorg vorbeigekommen war, war ihm eingefallen, dass er Ellinor versprochen hatte, für den Abend einzukaufen. Wahrscheinlich hatte ihn der Mann mit den Einkaufstüten, der gerade vor ihm lief, daran erinnert. Erst wollte er einfach darauf pfeifen. Ein Abendessen mit Ellinor und einem unbekannten Nachbarn kam ihm völlig absurd vor – wie ein Puzzleteil, das unmöglich in sein Leben hineinpassen wollte. Aber sosehr er auch versuchte, es zu vergessen, es biss sich doch immer wieder fest.

Diese Einfachheit hatte etwas sehr Befreiendes. Eine Einkaufsliste und ein Korb, in den er das Essen legte. Zwischen den anderen Leuten zu stehen und einzukaufen, als wäre er ein ganz normaler Mensch. Als hätte er etwas, worauf er sich freuen konnte.

Er betrat die Markthalle und kaufte ein, wie er es nie zuvor getan hatte. Jemals. Rinderfilet, junge Kartoffeln, Gemüse, Obst und zehn verschiedene Käsesorten zum Dessert. Er probierte italienische Salami und Prosciutto, ehe er beschloss, beides zu kaufen. Nahm einen Bund Dill und ein Sträußchen Basilikum mit. Kaufte eine französische Pastete, die einfach göttlich schmeckte, und einen exklusiven französischen Kaffee, der vor Ort frisch gemahlen wurde. Er wollte gar nicht mehr aufhören mit dem Einkaufen. All diese Geschmackssorten waren Möglichkeiten von etwas, das er nie zuvor erlebt hatte. Als er die Markthalle verlassen hatte, kam er am Systembolaget vorbei und kaufte Champagner, Weißwein, Rotwein, Whisky und Cognac. Eigentlich wollte er auch noch einen gut gelagerten Portwein kaufen, aber er hatte nicht genug Hände und Plastiktüten. Auf dem Weg nach Hause musste er mehrmals anhalten und die Tüten abstellen, um nichts fallen zu lassen, weil seine Hände von dem Gewicht taub waren.

Ellinor kam herbeigesprungen und umarmte ihn, bevor er die Tüten abstellen konnte. Ihre Freude darüber, ihn zu sehen, war unwiderstehlich. Er schmiegte sich in ihre Arme. Sie roch gut. Ihr rotes Haar war weich, und ihre Lippen an seinem Mund waren noch viel weicher. Er drückte sie fest an sich, wollte einfach nur in ihr und ihrem befreienden Kichern verschwinden. So standen sie lange im Flur. Sie löste die Umarmung zuerst, ließ jedoch ihre Hand auf seinem Nacken ruhen. Dann betrachtete sie die Tüten auf dem Boden.

»Wie viel hast du eigentlich eingekauft?«

»Wahnsinnig viel. Ich habe mich nicht an die Liste gehalten.«

Sie stieß ein glückliches Lachen aus.

»Du bist ja verrückt!« Sie küsste ihn wieder auf den Mund. »Ich habe dich schon den ganzen Tag vermisst.«

»Ich habe dich auch vermisst.« Und das war nicht einmal gelogen, wie er im selben Moment feststellte. Vielleicht hatte er nicht sie persönlich vermisst. Nein, das auf keinen Fall. Aber die Richtung, in die sie ihn zog. Die hatte er lange vermisst. Sie trug einen Teil der Tüten in die Küche, er blieb stehen und sah ihr nach. Er hatte ein Gefühl, als wäre er plötzlich auf ein Nebengleis geraten, und wollte nie wieder auf die Hauptstrecke zurückkehren. Niemals.

Sie kam zurück und lächelte ihn an.

»Wie schön du eingekauft hast!«

»Danke.«

»Sollen wir gleich ins Bett schlüpfen oder erst ein Gläschen Champagner trinken?«

»Ich trinke nicht.«

»Nicht mal Champagner?«

»Nein.«

»Langweiler.« Sie lächelte ihn flirtend an. »Dann bleibt ja wohl nur noch eine Alternative.«

Sie warf ihr langes Haar in den Nacken und sah ihn mit diesem Blick an, dem er nur so schwer widerstehen konnte. Er war kurz davor, der Versuchung nach Nähe zu unterliegen. Aber dann überraschte er sich selbst. »Sollen wir nicht erst kochen? Der Nachbar kommt doch bald.«

Sie sah ihn voll gespielter Enttäuschung an. »Langweiler.«

Dann machte sie auf dem Absatz kehrt und ging in die Küche. Er folgte ihr, um ihr beim Auspacken der Ware zu helfen.

Er war, gelinde gesagt, verwundert über seine eigenen Prioritäten. Seinem Nachbarn den Vorzug vor Sex zu geben, das war neu für ihn.

Sie diktierte das Menü. Seine kulinarischen Fähigkeiten waren begrenzt, und so gab er sich damit zufrieden, das Gemüse zu waschen und es anschließend klein zu schneiden. Ellinor redete am laufenden Band, während sie das Fleisch mit Öl einpinselte. Sie hatte Pläne für seine Wohnung und für den Spätsommer und sorgte sich um ihre Blumen; sie überlegte, sie herzuholen. Sebastian lauschte die meiste Zeit schweigend, nicht so sehr dem, was sie sagte, sondern mehr dem Klang ihrer Stimme. Er ließ sich nicht in Diskussionen verwickeln. Sie war ein bisschen wie das Glas Champagner neben ihr. Perlend und wohlschmeckend und am besten, wenn man nur kurz daran nippte.

»Ist es in Ordnung, wenn ich das Radio anmache?«, fragte

sie plötzlich. Er hatte nicht einmal gewusst, dass er ein Radio besaß. Wo stand es überhaupt?

»Na klar.«

»Ich liebe es, wenn Musik läuft, während man so vor sich hin werkelt. Zusammen.« Sie schaltete das kleine Radio an, das oben auf dem Gewürzregal stand, wie er jetzt sah. Er versuchte sich zu erinnern, wie es in seine Wohnung gelangt war, jedoch ohne Erfolg. Jetzt erklang eine schmachtende Liebesballade. Er musste fast lachen. Sie war nicht einmal wie normaler Champagner, sie war roséfarbener Champagner. Die Sorte, die er immer gemieden hatte. Die er nur verächtlich angesehen hatte.

»Das ist Harmonie – das Schmuseradio«, zwitscherte sie. »Ich liebe Harmonie!«

»Ich auch«, behauptete er, obwohl er erst in dieser Sekunde erfahren hatte, dass es einen Radiosender mit einem derart beknackten Namen gab.

Ellinor ging für einen Moment ins Gästezimmer. Er legte die zerkleinerten Salatblätter in eine Schüssel und überlegte, ob er irgendein Dressing hatte. Gekauft hatte er jedenfalls keines. Eigentlich hatte er vorgehabt, einen teuren Balsamico zu besorgen, es nach seinem ausgiebigen Besuch an der Käsetheke aber wieder vergessen.

Ellinor kam zurück. »Ach, übrigens, ich habe ein bisschen geputzt und das hier gefunden. Sieht so aus, als wären es wichtige Papiere. Wo soll ich die denn hintun?« Sie hielt Trolles Plastiktüte hoch.

In ihrer Hand sah sie so leicht aus. Wenn er sie trug, wog sie viel schwerer. Bedeutend schwerer.

Plötzlich sah er Trolle vor sich. Sein beruhigendes Lachen, bevor er zum letzten Mal um die Ecke bog und für immer verschwand. Er sah sich selbst dort mit der Tüte stehen, nur ein paar Meter von der Storskärsgatan und dem verschwindenden Trolle entfernt. Es war erst wenige Tage her und kam ihm doch wie eine Ewigkeit vor. Das Nebengleis war plötzlich wieder zum Hauptgleis geworden, innerhalb weniger Sekunden.

So dicht lagen sie beieinander, diese beiden Welten. Sie verliefen Seite an Seite. Alles, was nötig war, um sie zu trennen, war eine Plastiktüte voller Schuld. Er schluckte und blickte in seine Salatschüssel. Er wollte zurück zum rosafarbenen Champagner. Jetzt sofort.

»Ach, das ist nur Müll. Wirf sie einfach weg«, sagte er, so nonchalant er konnte.

»Bist du sicher? Ich will ja nicht aus Versehen etwas wegwerfen, das vielleicht wichtig ist.«

»Ich bin mir ganz sicher.« Er lächelte sie an, um zu betonen, wie unwichtig ihm der Inhalt der Plastiktüte war.

Sie nickte und verschwand wieder nach draußen. Sang im Hinausgehen einen Song mit, der gerade im Radio lief. Er viertelte einige Tomaten. Wenn er sich jetzt entscheiden dürfte, dann würden das Lied im Radio und die Frau, die im Zimmer nebenan sang, nie verschwinden und ihm für immer die Illusion eines Lebens schaffen. Aber er durfte nicht.

So funktionierte es nicht.

Das Lied war zu Ende, und die Werbung kam, jemand wollte einen SMS-Kredit verkaufen.

Danach kamen die Nachrichten, und damit war die Illusion endgültig geplatzt.

Er donnerte zurück auf das Hauptgleis.

Erst hatte er nicht richtig verstanden, was die Radiosprecherin gesagt hatte. Irgendetwas über einen Krankenwagen, der verschwunden war. Aber dann kam das Wort, das ihn dazu brachte, das Messer fallen zu lassen. Lövhaga. Irgendeine Art von Krankentransport, mehr wusste die Polizei noch nicht, und schon folgte die nächste Nachricht, aber da war er bereits mit seinem Handy am Ohr im Flur. Mit zitternden Händen suchte er die Nummer von Lövhaga und fand sie unter den zuletzt gewählten, kurz hinter Trolles. Er hatte heute Vormittag dort angerufen, als er versucht hatte, zu Vanja hineinzugelangen.

Ellinor trat neugierig in den Flur. Sie sah ein wenig beunruhigt aus. »Ist was passiert?«

»Halt die Klappe!«

Sie blickte ihn verletzt an, aber das war ihm egal. Ihr banales Gewäsch interessierte ihn nicht mehr. Am anderen Ende meldete sich Haraldssons Sekretärin, er erkannte sie an der Stimme. Sie klang müde, aber auch darauf nahm er keine Rücksicht. Er verlangte ohne Umschweife, Thomas Haraldsson zu sprechen. Es sei wichtig. Es ginge um den verschwundenen Krankenwagen. Und um die Konsequenzen des Ganzen, wenn sie ihn nicht auf der Stelle weiterverbinden würde. Sie stellt ihn sofort durch, und er hörte es tuten.

Nur am Rande bemerkte er, wie Ellinor sich beleidigt abwandte und wieder in die Küche ging. Diesmal war ihre Enttäuschung nicht gespielt. Dennoch ließ sie übertrieben deutlich ihren Kopf hängen, als könnte ihn das dazu bringen, seine Worte zu bereuen.

Haraldsson meldete sich nach dem dritten Klingeln. Er klang erschöpft, kraftlos, als hätte er sich in den Standardsätzen verheddert, die er nun schon viel zu oft heruntergeleiert hatte.

»Anstaltsleiter Thomas Haraldsson, was kann ich für Sie tun?«

»Hier ist Sebastian Bergman. Reichsmordkommission. Wer war in dem verschwundenen Krankenwagen?«

»Wir haben beschlossen, diese Information nicht herauszugeben«, lautete die Antwort. »Es geht um den Schutz unserer ...«

Sebastian fiel ihm ins Wort. »Ich frage Sie ein letztes Mal. Wenn Sie dann nicht antworten, werde ich Ihnen das Leben zur Hölle machen. Sie wissen ja, dass ich den Chef der Reichsmordkommission kenne. Wollen Sie herausfinden, wen ich noch alles kenne?«

Haraldsson blieb stumm. Sebastian stellte ihm die Frage, deren Antwort er eigentlich schon kannte.

»Es war Hinde, oder?«

»Ja.«

»Und wann hatten Sie vor, uns das zu erzählen?«

Er wartete Haraldssons Reaktion gar nicht erst ab, sondern legte sofort auf. Jetzt wusste er immer noch nicht, wohin genau der Krankenwagen verschwunden und Hinde entkommen war. Aber der Vorfall musste eine Weile her sein, sonst wäre die Information nicht schon bis ins Radio vorgedrungen. Und Sebastian hatte das ungute Gefühl, dass es noch viel länger dauerte, bis eine Nachricht im Schmuseradio gesendet wurde. Hinde hatte einen Vorsprung.

Und eines wusste Sebastian genau: Er würde diesen Vorteil garantiert nutzen.

Sebastian musste Vanja erreichen. Sofort.

Sie joggte unglaublich gern. Im Winter wie im Sommer. Wie viele ihrer Freunde hatte sie Unmengen von unterschiedlichen Sportarten und Studios ausprobiert. Alles von Spinning bis Yoga. Aber das Laufen gab ihr die meiste Energie. Am meisten Raum zum Nachdenken. Es war, als ob der Rhythmus ihrer Schritte und ihres Atems das Gehirn frei pusteten und mit neuen Ideen füllten. Außerdem gehörte sie nicht zu denjenigen, die gern im Team trainierten. Am liebsten forderte sie sich selbst heraus, und an diesem Abend hatte sie vor, weit zu laufen. Die Runde zu drehen, die sie wählte, wenn sie viel Zeit hatte. Vielleicht sogar zwei Runden.

Morgen stand das erste Verhör mit Ralph Svensson an. Torkel wollte, dass sie bei sämtlichen Befragungen dabei war. Sie warteten nur noch auf das vorläufige DNA-Ergebnis. Torkel hatte gern so viele Trümpfe wie möglich in der Hand.

Vanja überquerte den Lidingövägen und lief hinab zum Storängsbotten. Ihr Ziel war der Lill-Jans-Wald mit dem beleuchteten Joggingpfad. Für Vanja gab es nichts Schöneres, als im Wald zu laufen. Die Ruhe und der Duft der Natur intensivierten das Erlebnis, und der Boden war weicher und weniger belastend für Knie und Gelenke. Sie erhöhte gerade ihr Tempo, als sie spürte, wie das Handy in ihrer Hosentasche vibrierte. Sie nahm es nicht immer mit. Meistens wollte sie lieber ihre Ruhe haben. Aber nach allem, was passiert war, wollte sie zurzeit rund um die Uhr erreichbar sein. Erst überlegte sie, es einfach zu ignorieren. Sie hatte sich gerade in den richtigen Atemrhythmus eingefunden, zweimal

kurz einatmen, einmal lang aus, und wollte ihn gern beibehalten. Allerdings könnte es Billy sein. Vielleicht hatte er es sich anders überlegt und wollte doch mit ihr joggen. Das wäre der perfekte Abschluss dieses Tages. Sie blieb stehen und holte ihr Handy heraus. Sah den Namen auf dem Display. Eine Handynummer, die sie längst löschen wollte.
Sebastian Bergman.
Sie steckte das Handy wieder ein.
Er konnte anrufen, so viel er wollte.
Sie würde nie ans Telefon gehen.

Sebastian versuchte, Vanja dreimal hintereinander zu erreichen. Zweimal ging sie nicht ran, das dritte Mal drückte sie ihn weg.

Ellinor kam wieder mit ihrem Champagnerglas aus der Küche. Sah ihn liebevoll an. Wollte sich versöhnen.

»Wollen wir weitermachen?«

Anstelle einer Antwort ging er einfach zur Tür und verließ die Wohnung, ohne sich noch einmal umzusehen. Er knallte ihr die Tür so energisch vor der Nase zu, dass es in dem leeren Treppenhaus widerhallte. Jetzt war er wieder allein in der richtigen Welt. In der sich auch Edward Hinde befand – auf freiem Fuß.

Während er die Treppe hinunterlief, rief er Torkel an. Ausnahmsweise ging der direkt ans Telefon, aber sein Ton war nicht gerade freundlich.

»Was willst du denn jetzt schon wieder?«

Sebastian blieb auf der Treppe stehen.

»Hör mir jetzt gut zu, Torkel. Hinde ist geflohen.«

»Was erzählst du da?«

»Du musst mir vertrauen. Ich glaube, er hat es auf Vanja abgesehen.«

»Warum sollte er? Und warum glaubst du, er wäre geflohen?«

Sebastian spürte, wie der Frust in rasendem Tempo in ihm hochstieg. Und in seinem Nacken saß die Panik und wartete nur darauf, ihn in Stücke zu reißen, aber er hielt sie in Schach. Er musste professionell klingen. Nicht panisch, denn dann würde Torkel ihm nie glauben. Und das musste er. Jetzt konnte jede Minute wichtig sein.

»Ich *glaube* nicht, dass er geflohen ist. Ich *weiß* es. Ich habe in Lövhaga angerufen. Hast du einen Fernseher in der Nähe?«

»Ja.«

»Guck mal im Videotext nach. Dort müsste es stehen. Nach einem Krankentransport von Lövhaga wird ein Rettungswagen vermisst. Das war Hinde.«

Der Ernst in Sebastians Stimme ließ Torkel nicht unbeeindruckt. Es lag eine Schärfe darin, gegen die er sich nur schwer wehren konnte. Er schaltete seinen Fernseher ein und wählte SVT1. Den Videotext. Die Nachricht stand ganz oben.

»Hier steht aber nicht, dass es Hinde ist.«

»Ruf diesen verdammten Idioten Haraldsson an, wenn du mir nicht glaubst.« Sebastian lief weiter treppab. Er brauchte das Gefühl, dass er irgendwo hinging, dass er etwas tat.

»Schon gut, ich glaube dir ja. Aber warum sollte er hinter Vanja her sein? Das verstehe ich nicht. Die anderen Morde waren doch gegen dich ganz persönlich gerichtet. Warum sollte er ausgerechnet hinter ihr her sein?«

Sebastian holte tief Luft. Jetzt waren sie an der Grenze, die er auf keinen Fall noch einmal überschreiten durfte, aber inzwischen schien es mehr und mehr unmöglich, die Hintergründe für sich zu behalten.

Sein Wissen.

Das, was Hinde mit größter Wahrscheinlichkeit auch wusste.

Die Wahrheit.

»Du musst mir einfach glauben«, war alles, was er hervorbrachte. »Bitte, Torkel, glaub mir. Ruf sie an. Sie geht nicht ran, wenn sie meine Nummer sieht.«

»Warst du etwa mit ihr im Bett?« Torkels Stimme war voller Misstrauen.

»Bitte! Nein, verdammt! Aber ich habe es ihm angesehen, als er und Vanja sich begegneten. Sie hat irgendetwas in ihm geweckt. Ich war dabei. Er hat gesehen, dass wir Kollegen sind. Das reicht ihm.«

Torkel nickte vor sich hin. Ganz absurd klang das jedenfalls nicht. Und sie war obendrein mit Hinde allein gewesen, da hatte Sebastian recht.

Noch dazu war Vanja ziemlich vage geblieben, was die Details über das Gespräch anging, bei dem Hinde ihr Ralphs Namen gegeben hatte. Hatte ausweichend geantwortet.

Vielleicht hatte diese Situation doch ein größeres Risiko geborgen, als er geahnt hatte. Ein Risiko, das er auf keinen Fall hatte eingehen wollen.

»Ich rufe sie direkt an. Wir sehen uns im Präsidium«, sagte er.

Dann wurde es still in der Leitung. Torkel hatte schon aufgelegt. Sebastian verließ das Haus und hielt fieberhaft nach einem Taxi Ausschau.

Vanja lief die längste Steigung der Strecke hinauf. Sie verkürzte die Schritte, stieß sich dabei vom Boden ab, behielt Tempo und Atmung bei. Atmete tief in den Bauch hinein. Es ging gut. Sie fühlte sich stark. Konzentrierte sich noch mehr auf die Atmung, als sie die Kuppe erreichte. Sie warf einen Blick auf die Pulsuhr. Achtundachtzig Prozent des HFmax. Ihr Telefon klingelte schon wieder. Jetzt musste er doch endlich mal aufgeben. Sie machte sich nicht mal mehr die Mühe, das Handy aus der Tasche zu nehmen, sondern rannte weiter. Es klingelte immer noch. Hast du es endlich begriffen, dachte sie erleichtert, als das Klingeln verstummte.

Sie machte größere Schritte bei gleicher Atmung. Ihre Beine gaben alles, sie zwang sich, noch mehr zu leisten. Bis zu neunzig Prozent auf der Pulsuhr. Für einen Sprint war es allerdings zu früh, sie hatte noch mehr als vier Kilometer vor sich. Sie senkte das Tempo etwas. Zweimal einatmen, einmal aus.

Sie lief weiter, jetzt kreuzte die beleuchtete Laufstrecke einen Waldweg. An der Weggabelung warf sie einen Blick zur Seite. Dort stand ein Auto, direkt neben einem Holzstapel geparkt. Ein silberfarbener Toyota, mit eingeschaltetem rechten Blinker. Erst nach einigen Metern begriff sie, was sie gesehen hatte, wurde langsamer und hielt an. Beugte sich kurz vor und stützte sich mit den Händen auf den Knien ab, richtete sich aber sofort wieder auf. War zu aufgeregt, um sich Zeit zu lassen. Stemmte stattdessen die Hände in die Hüfte, atmete ruhiger und ging zu dem Waldweg zurück. Dort stand das Auto, ohne laufenden Motor, zumindest hörte sie nichts. Und weit und breit war niemand zu sehen.

WTF 766.

Das war es. Das Auto, das in Brunna gestohlen worden war. Sie erinnerte sich wieder daran, weil sie Billy mit einem Kollegen diskutieren gehört hatte, ob in Schweden eigentlich auch Autos mit dem Nummernschild WTF herumfuhren. Eine Diskussion, die er mit ihr geführt hätte, wenn alles zwischen ihnen so gewesen wäre wie immer. Der Kollege wusste, dass es Nummernschilder mit der Buchstabenkombination LOL gab, also warum sollte es nicht auch WTF geben? Es musste für die Zulassungsstelle ganz und gar unmöglich sein, in der schnellen Welt des Netzjargons auf dem Laufenden zu bleiben.

Vanja bog in den Waldweg ein und näherte sich dem geparkten Auto. Mit dem Frotteeband an ihrem Arm wischte sie sich den Schweiß von der Stirn und streifte ihr Kinn an ihrem T-Shirt-Ärmel ab. Sie wurde sofort von neugierigen Insekten umschwärmt, die vom Schweiß und von der Wärme, die sie absonderte, herbeigelockt wurden.

Das Auto war leer. Sie legte die Hand an die Stirn und sah durch das Fenster. Irgendetwas Dunkles war vom Beifahrersitz auf den Boden geronnen. Möglicherweise Blut. Vorsichtig versuchte sie, die Tür zu öffnen, obwohl sie keine Handschuhe dabeihatte. Verschlossen. Sie ging ein Stück nach rechts, um auf den Rücksitz zu sehen. Nichts. Sie wollte gerade ihr Telefon zur Hand nehmen und ihren Fund melden, als sie es roch. Dieser Gestank war unverkennbar.

Vanja ging ans Heck des Autos und stellte sich neben den Kofferraum. Eigentlich musste sie ihn gar nicht öffnen. Sie wusste schon, was sie darin finden würde. Nicht wen, aber was.

Muffig. Süßlich, aber dennoch stechend. Leicht metallisch.

Verwesungsgestank.

Sie legte die Hand auf den Kofferraumgriff und hoffte, dass auch der verschlossen wäre. Das war er nicht. Der Kofferraum öffnete sich mit einem Klick. Vanja wandte sich schnell ab und hielt sich die Hand vor den Mund. Als sie den Brechreiz unter Kontrolle hatte, drehte sie sich wieder um. Sie atmete flach und nur durch den Mund.

Es war ein Mann. Schon älter. Aufgedunsen. Blaugrün. Aus aufgeplatzten Blasen auf seiner Haut rannen bräunlich rote Tropfen, aus Nase und Mund Verwesungsflüssigkeit. Er machte einen durch und durch aufgelösten, fast schon breiigen Eindruck. Vanja schlug den Kofferraumdeckel wieder zu, trat einige Schritte zurück und holte ihr Handy heraus.

Jetzt sah sie, dass zuletzt nicht Sebastian angerufen hatte, sondern Torkel.

In dem Moment knackte es hinter ihr. Sie wandte sich blitzschnell um. Durch und durch angespannt. Sechs oder sieben Meter von ihr entfernt stand ein gewaltiger Mann. Gebrochene Nase, das Haar zum Pferdeschwanz gebunden, eine rote Narbe, die vom linken Auge nach unten über die Wange lief. Roland Johansson. Er musste hinter dem Holzstapel hervorgekommen sein und sich ihr lautlos genähert haben. Geschmeidig, dafür, dass er so groß war.

Vanja wich langsam zurück. Roland ging auf sie zu. Ganz gelassen. Er wahrte den Abstand. Schon nach wenigen Schritten stieß Vanja gegen das Auto. Sie warf einen kurzen Blick hinter sich und schaute dann wieder zu Roland hinüber. Das Adrenalin pumpte durch ihre Adern. Sie spürte ihr Herz pochen, als sie sich am Auto entlang nach rechts tastete, bis sie es nicht mehr berührte. Sie machte noch einen Schritt nach rechts, jetzt stand sie mitten auf dem Weg. Hinter ihr gab es nichts mehr, was sie aufhalten konnte.

Vor ihr stand Roland Johansson. Groß und stark.

In einem Nahkampf würde sie ihn nie bezwingen können. Aber vor ihm wegrennen konnte sie. Er ging weiter auf sie zu.

Roland trat einen Schritt vor. Vanja einen zurück. Kontrolliert. Ruhig. Sie tastete mit dem Fuß über den Boden, bevor sie ihn absetzte. Sie durfte jetzt nicht stolpern, dann wäre alles vorbei. Sie hielt den Abstand. Bereitete sich darauf vor, sich blitzschnell umzudrehen und davonzurennen. Loszusprinten. Mit einem Vorsprung von sieben Metern würde er sie nicht einholen. Keine Chance. Sie würde es schaffen.

Roland blieb stehen, als sie gerade loslaufen wollte. Jetzt! Vanja stieß sich mit dem linken Fuß vom Boden ab, so fest sie konnte, und drehte sich gleichzeitig herum. Sie war in der Luft ...

... und spürte im nächsten Moment einen brennenden Schmerz in der Brust, der sich im ganzen Körper ausbreitete. Das rechte Bein, das sie noch weiter abstoßen sollte, zitterte hilflos, und der Fuß fand auf dem Kies keinen Halt mehr. Ihr Knie gab nach. Von weitem hörte sie einen Schrei, und als der Boden auf sie zuraste, merkte sie, dass sie selbst es war, die schrie. Sicherlich tat der Aufprall weh, aber sie registrierte ihn nicht. Der neue Schmerz war geringer als der erste, der noch immer ihren ganzen Körper erschütterte. Kleine Steine bohrten sich in ihr Gesicht, während sie dort lag und zitterte. Durch ihren Tränenschleier konnte sie sehen, wie sich eine Gestalt näherte. Sie blinzelte fest und wusste nicht einmal, ob sie es absichtlich tat. Ihr Körper wollte ihr noch immer nicht gehorchen. Für einige Sekunden sah sie klar. Aber das konnte nicht stimmen.

Es war undenkbar. Unmöglich.

Dort stand Edward Hinde.

Mit einer Elektroschockpistole.

Sebastian riss die Glastür auf und stürmte ins Polizeipräsidium. Ohne seine Passierkarte kam er jedoch nur bis zur Rezeption, und die Frau dahinter weigerte sich, ihn hineinzulassen, sosehr er auch schrie und tobte. Und Torkel war noch nicht da. Er hatte Sebastian wenige Minuten nach ihrem ersten Telefonat zurückgerufen und berichtet, dass Vanja auch bei ihm nicht an ihr Handy ging. Diesmal hatte er bedeutend besorgter geklungen als beim letzten Gespräch und wollte Billy anrufen, falls der vielleicht wusste, wo Vanja steckte. Er selbst war mittlerweile auf dem Weg ins Präsidium.

Das war vor zehn Minuten gewesen.

Sebastian rannte wieder nach draußen. Solange er sich bewegte, erschien ihm die Angelegenheit weniger beängstigend. Er nahm sein Telefon in die Hand und ging ein Stück die Hantverkargatan entlang, während er darauf wartete, ob sich Torkel noch einmal melden würde. Doch dann sah er ihn schon in einiger Entfernung in seinem Auto herannahen. Er steckte das Handy weg, rannte wild gestikulierend auf das dunkle Auto zu und rief Torkels Namen. Die Leute auf der Straße drehten sich nach ihm um, aber das war Sebastian egal. Jetzt musste Torkel ihn gesehen haben, denn er bremste ab, machte nach der Ampel kehrt und brauste auf ihn zu. Er fuhr an den Straßenrand und hielt direkt vor Sebastian.

Torkel streckte seinen Kopf aus dem Fenster. »Billy glaubt, dass sie joggen ist, das hatte sie zumindest vor, sagt er.«

»Sie läuft immer hinter der Technischen Hochschule.«
»Bist du sicher?«

»Ja. Oder ich glaube es zumindest. Das hat sie irgendwann mal erzählt.«

Natürlich wusste er exakt, wo sie trainierte. Auch da war er ihr einige Male gefolgt. Nicht über die ganze Laufstrecke. Aber er war dort gewesen. Am Start und am Ziel. Sie würde sicher die große Runde laufen. Das tat sie immer, wenn sie Zeit hatte. So, wie er ihr gefolgt war, hatte es womöglich auch Ralph getan. Der Schatten des Schattens. Dann konnte auch Hinde Bescheid wissen.

Sebastian hatte zu lange stillgestanden, die Panik kehrte zurück. »Wir müssen sie finden!«, schrie er und riss die Beifahrertür auf.

Torkel versuchte, ihn zu beruhigen. »Billy ist schon unterwegs. Wir warten auf ihn. Er ist ein paarmal mit ihr zusammen gelaufen. Vielleicht kennt er ihre Route genauer.«

Sebastian seufzte, er hatte keine Lust, noch länger zu warten. Aber Billys Wissen über die Laufstrecke würde die Angelegenheit für Sebastian erleichtern.

»Wo ist er denn?«

»Er wird jede Minute da sein.« Torkel sah ihm in die Augen, aus seinem Blick sprach äußerste Konzentration.

»Schick schon mal Leute hin!«

Torkel nickte und griff zum Handy. Sebastian wäre am liebsten auf der Stelle losgefahren. Er zitterte vor Nervosität, versuchte es aber zu verbergen. Während Torkel Streifenwagen zum Lill-Jans-Wald beorderte, zeigte er mit dem Finger auf eine Gestalt, die auf sie zuradelte. Es war Billy. Er schien die Situation genauso ernst zu nehmen wie Torkel und Sebastian. Sie konnten sehen, wie er sich abstrampelte, und liefen ihm entgegen. Billy keuchte.

»Wir fahren sofort los. Billy, du fährst!«, rief Torkel.

Billy schloss sein Fahrrad an einen Pfosten. Dann rannten sie zum Auto und wollten gerade einsteigen, als ein Handy klingelte. An der Vibration in seiner Tasche merkte Sebastian, dass es seines war. Er holte es mit zittrigen Fingern heraus und wandte sich an die anderen.

»Wartet mal!«

Er blickte auf das Display. Es war die Nummer, auf die er so sehr gehofft hatte. Er atmete durch.

»Es ist Vanja.« Sebastian ging sofort ran: »Wo bist du?«

Doch die Stimme am anderen Ende gehörte nicht Vanja.

»Hallo, Sebastian.«

Sie gehörte Edward Hinde.

Torkel und Billy konnten beobachten, wie Sebastian erbleichte. Zusammenzuckte. Zu Eis erstarrte.

»Was willst du?«, brachte er schließlich hervor.

In diesem Moment begriffen die beiden, mit wem Sebastian sprach. Niemand sonst hätte eine solche Reaktion bei ihm hervorrufen können.

In Hindes Tonfall lag die Unbekümmertheit eines Siegers. »Das müsstest du doch am besten wissen. Wann wolltest du es ihr eigentlich erzählen?«

Sebastian wandte sich von den anderen ab.

Er wollte seine Gefühle vor ihnen verbergen, weil er es nicht aushielt, angestarrt zu werden, während sein Leben in tausend Stücke zerbrach.

»Auf den ersten Blick seid ihr euch nicht besonders ähnlich, ihr beide«, fuhr Hinde fort. »Aber jetzt, wo ich die Chance dazu habe, werde ich sie natürlich eingehender untersuchen.«

»Ich bringe dich um, wenn du sie anfasst!«

»Ist das wirklich alles, was dir dazu einfällt? Du hast deine besten Zeiten wirklich hinter dir, Sebastian. Früher war es immer ein solcher Genuss, deinen Formulierungen zu lauschen. Aber du bist längst nicht mehr brillant, das habe ich inzwischen begriffen.«

Sebastian konnte durch das Telefon geradezu spüren, wie sehr Hinde das Gespräch genoss. Darauf hatte er all die Jahre gewartet.

»Halt den Mund. Ich bin deine Spiele leid. Du rührst Vanja nicht an!«

»Findest du es nicht geradezu poetisch, dass du mich nach vier Morden aufgehalten hast und ich wiederum Ralph ebenfalls nach vieren? Wir werden uns immer ähnlicher, du und ich.«

»Ich töte keine Frauen.«

»Nein, du vögelst sie nur. Aber deine Frauen sind genauso austauschbar wie meine. Sie sind einfach nur ... Dinge. Du hast dich nur noch nicht getraut, den Weg zu Ende zu gehen. Es würde dir gefallen ...«

Sebastian wurde beinahe schwarz vor Augen. Allein der Gedanke daran, dass sich Vanja in der Gewalt des Mannes am anderen Ende der Verbindung befand, war grauenhaft.

»Du krankes Arschloch ...«

Doch auf diesem Ohr war Hinde taub. Sebastian konnte ihn nennen, wie er wollte. Jede Beschimpfung, die das Wörterbuch zu bieten hatte. Es hatte keinerlei Bedeutung, es waren nur Worte. Hinde hielt jetzt alle wertvollen Spielkarten in der Hand.

»Wo wir gerade davon sprechen, den Weg bis zu Ende zu gehen ... Wirst du es verkraften, noch eine Tochter zu verlieren?«

Sebastian musste sich anstrengen, um das Handy weiter festzuhalten. Am liebsten hätte er es losgelassen und sich gleich mit zu Boden fallen lassen. Zwei Töchter, beide tot. Wofür sollte er dann überhaupt noch leben?

»Aber vielleicht gelingt es dir ja auch, mich zu finden? Wie in guten alten Zeiten.«

Dann war Hindes Stimme weg und die Leitung unterbrochen. Sebastian ließ das Telefon sinken und starrte Billy und Torkel an, die fast genauso so bleich wie er vor ihm standen.

»Hinde hat sie in seiner Gewalt. Er will, dass ich ihn finde.«

Darum ging es ihm also wirklich.

Er wollte sich nicht an Sebastian rächen, indem er andere umbrachte. Er suchte die echte Rache.

Hinde war auf Sebastians Leben aus.

Genau jetzt, in dieser Minute, war das etwas, das Sebastian akzeptieren konnte.

Wenn es ihm nur gelänge, Hinde zu finden. Er sah Torkel an.

»Ich muss Ralph treffen.«

Torkel zog Sebastians Passierkarte aus der Tasche und reichte sie ihm.

»Dann komm mit.«

Er erinnerte sich an die Zitronenfalter aus seiner Kindheit, die sich auf der Wiese hinter dem Haus so wohl gefühlt hatten. Als er klein war, war es ihm manchmal gelungen, welche zu fangen. Dann hatte er sie unter umgedrehte Duralex-Gläser gelegt und sie neugierig bei ihren verzweifelten Fluchtversuchen beobachtet. Manchmal hatte er sie im Glas sterben lassen, manchmal hatte er ihnen die Flügel ausgerissen und dabei zugesehen, wie sie hilflos im Kreis gekrabbelt waren, bis sie irgendwann still auf dem Rücken lagen. Welche Behandlung er wählte, hatte eigentlich keine Bedeutung. Er wollte den Kampf sehen. Den Kampf ums Überleben, dessen Ausgang von vornherein feststand. Das war immer ein roter Faden in seinem Leben gewesen. Den Moment zu finden, in dem die Opfer zu kämpfen aufhörten und sich ihrem Schicksal ergaben. Das zu beobachten, war nur wenigen Menschen vergönnt.

Er ging weiter zu dem Haus. Er war schon lange nicht mehr dort gewesen, und es war ein schönes Gefühl. Die zerschlagenen Scheiben und die verwitterte Holzfassade passten perfekt zu der Szene, die er so lange in seinem Kopf mit sich herumgetragen hatte.

Die er sich ausgemalt hatte.

Von der er geträumt hatte.

Jetzt würde sie endlich Wirklichkeit werden. Danach würde sich nur schwer eine bessere Fantasie zur Verwirklichung finden lassen. Denn sie war wirklich seine Tochter.

Darüber herrschte nun kein Zweifel mehr. Sebastians Reaktion am Telefon hatte seine letzte Unsicherheit verfliegen lassen.

Roland hatte sie vom Auto ins Haus getragen. Sie war stark und wehrte sich trotz des Sacks über ihrem Kopf und den Fesseln an ihren Armen und Beinen. Als sie die Tür erreicht hatten, hatte sie sich wie eine Stahlfeder gespannt, und Edward sah genau, wie Roland vorhatte, ihren Kopf gegen den massiven Türrahmen zu stoßen, damit sie endlich Ruhe gab. Es gelang Edward in letzter Sekunde, seinen Helfer daran zu hindern. Er wendete lieber die Elektroschockpistole an und drückte sie gegen ihren Nacken. Ihr ganzer Körper bäumte sich in Krämpfen auf, bevor sie schlaff in Rolands Armen zusammensackte. Er wollte nicht, dass sie irgendwelche Transportschäden davontrug. Sie sollte so rein und unbefleckt sein wie nur möglich. Keine blauen Flecken oder Schrammen.

Gemeinsam schleppten sie das alte Eisenbett in das große Schlafzimmer. Er war so froh gewesen, als Roland erzählt hatte, dass es noch im Haus stand. Die Tapeten waren abgeblättert, aber er konnte noch vereinzelte blaue Fleur-de-Lis-Blumen sehen, die hier und da hervorschimmerten. Es roch stickig und moderig, aber das war nicht weiter schlimm. Nichts, was ein Duftlicht nicht übertünchen konnte. Sie warfen die dünne Matratze, die Roland schon vorher dorthin gefahren hatte, auf das Bett und banden Vanjas Beine mit weiteren Kabelbindern gründlich am Fußende fest. Überprüften, ob sie auch stramm saßen. Sie war von ihrem Kampf verschwitzt, und Edward strich beruhigend über ihre warme Haut. Dann gingen sie hinaus, um die restlichen Sachen aus dem Auto zu holen.

Roland hatte den Toyota direkt vor dem Zaun geparkt. Es war ein lauer Abend, und sie gingen schweigend durch das Gras, das von der anhaltenden Dürre schon ganz gelb war. Edward fühlte sich immer ungemein sicher, wenn er neben dem riesigen Roland ging. Er hatte ihn vermisst. Jetzt schien alles wieder in Ordnung. Als sie am Auto angekommen waren, hob Roland den braunen Umzugskarton heraus, der die ganze Fahrt über auf der Rückbank gestanden hatte. Er schien nicht leicht zu sein. Edward sah seinen Freund an.

»Hast du alles dabei?«, fragte er.

»Ja, aber guck vorsichtshalber selbst noch mal nach.«

Hinde schüttelte den Kopf. »Ich vertraue dir, Roland.«

Er nahm den Karton und stellte ihn neben sich ab. Drehte sich zu Roland um, der seine Jacke aus dem Auto nahm und gerade zurückgehen wollte.

»Unsere Wege trennen sich hier. Den Rest übernehme ich. Bitte entsorge du das Auto. Die Leiche kannst du im Kofferraum liegen lassen.«

Roland nickte. Er streckte Hinde seine Pranke entgegen, und sie schüttelten sich die Hand.

»Pass auf dich auf.«

»Das werde ich.«

Zum Abschied umarmte er Roland kurz. Wie echte Freunde es taten. Roland sprang in das silberfarbene Auto, legte einen Gang ein und fuhr davon. Hinde blieb stehen und sah dem Auto nach. Es fuhr auf den Wald zu, der ein Stück vom Haus entfernt begann. Die Abenddämmerung warf lange Schatten, und das Auto war schon bald zwischen den Bäumen verschwunden. Nach einer Weile war auch das Motorengeräusch verebbt, und es wurde still.

Jetzt waren nur noch Vanja und er hier.

Und mit etwas Glück auch bald Sebastian.

Er hob den schweren Karton vom Boden auf und ging zu dem verfallenen Haus zurück. Es gab noch viel zu tun.

Der Raum war klein. Es roch stickig, nach Staub und Schweiß. Das Lüftungssystem war schon alt, und die Temperatur näherte sich der Dreißig-Grad-Marke. Im Stillen dankte Sebastian dem Architekten dafür, dass es keine Fenster gab. Wenn auch noch die Sonne hereingeschienen hätte, wäre es dort drinnen nicht auszuhalten gewesen. Torkel und Sebastian saßen nebeneinander. Ihnen gegenüber Ralph Svensson. In anonymer Sträflingskleidung. Leicht in sich zusammengesunken. Sein Blick wanderte zwischen den beiden Männern hin und her, um schließlich bei Torkel innezuhalten.

»Ich rede nur mit ihm.« Ralph nickte in Sebastians Richtung.

»Es ist nicht deine Entscheidung, mit wem du redest.«
»Na schön.«
Ralph verfiel in Schweigen. Faltete die Hände über dem Bauch. Senkte das Kinn. Torkel seufzte. Er hatte nicht vor, seiner Autorität den Vorzug vor möglichen Ergebnissen zu geben. Ralph war eine Verbindung zu Hinde, der eine Kollegin und Freundin in seiner Gewalt hatte. Es blieb keine Zeit für Grundsatzdebatten, sie mussten schnellstens einen Erfolg erzielen. Torkel schob seinen Stuhl zurück und stand auf. Er legte die Hand auf Sebastians Schulter, ehe er wortlos zur Tür ging, sie öffnete und nach draußen verschwand.

Kaum war die Tür zugefallen, hob Ralph den Kopf und blickte Sebastian an. Er setzte sich auf, streckte seinen Rücken durch, legte die Unterarme auf den Tisch und beugte sich vor. Sebastian blieb schweigend sitzen und wartete.

Ralph sah ihn forschend an. Das hatte er wohl von Hinde übernommen. Allerdings zweifelte Sebastian daran, dass bei Ralph annähernd das dahintersteckte, was einen solchen Blick gerechtfertigt hätte. Aber er konnte eine Zeit lang mitspielen. Es passte ihm ganz gut, dieses stille Feiglingspiel. So gewann er Zeit, um seine Gedanken zu sammeln und die Gefühle beiseitezuschieben. Die Unruhe zu verdrängen. Es würde Vanja nicht helfen, wenn er aufbrausend und emotional war. Jetzt galt es, jenen Sebastian hervorzuholen, den es irgendwann einmal gegeben hatte.

Kühl. Flexibel. Analytisch.

»Sebastian Bergman. Endlich darf ich Sie treffen.«

Ralph brach das Schweigen als Erster. Mit einer Eröffnung, die noch dazu eine gewisse Faszination für sein Gegenüber verriet. Er war für dieses Treffen dankbar. Das versetzte Sebastian in eine stärkere Position. Ralph spielte definitiv nicht in derselben Liga wie Hinde.

»Wie geht es Ihnen?«, fragte Sebastian neutral und ging nicht auf Ralphs Einleitung ein. Nicht einmal mit einem bestätigenden Lächeln.

»Wie denn, was meinen Sie?«

Sebastian zuckte mit den Schultern. »Das war doch eine leichte Frage. Wie geht es Ihnen?«

»Warum wollen Sie das wissen?«

Eigentlich wollte Sebastian das ganz und gar nicht wissen, aber seine jahrelange Erfahrung hatte ihn gelehrt, dass dies eine ausgezeichnete Einstiegsfrage war. In all ihrer Schlichtheit entlockte sie dem Gegenüber mehr, als man glaubte. In diesem Fall konnte der Unwillen zu einer Antwort beispielsweise bedeuten, dass Ralph Fragen zu seinen Gefühlen nicht gewohnt war. Sie waren ihm unangenehm. Vielleicht lag es daran, dass diejenigen, die ihn gefragt hatten, nie an der Antwort interessiert gewesen waren. Deshalb war es unnötig, sich zu diesem Thema zu äußern. Es konnte auch bedeuten, dass Ralph schlechte Erfahrungen damit gemacht hatte, seine Gefühle preiszugeben. Dass sich eine allzu große Offenheit gerächt hatte. Sebastian vertiefte sich nicht weiter in seine Überlegungen. Er reagierte schnell und probierte eine andere Taktik. Eine leichte Provokation.

»Wie fühlt es sich an, nur eine Figur in Edwards Spiel zu sein?«

»Es fühlt sich gut an. Besser, als einfach nur Ralph zu sein.«

Sebastian nickte vor sich hin.

Nur Ralph zu sein.

Ein schwaches Selbstbild. Er fühlte sich minderwertig. Dass er einfach so zu Hinde gegangen sein sollte und seine Taten zugegeben hätte, war natürlich Quatsch. Nie im Leben wäre der Mann, der Sebastian gegenübersaß, allein auf solche allmächtigen Ideen gekommen. Nie hätte er eine derartige Initiative gezeigt. Es würde Sebastian schwer verwundern, wenn ihm jemals irgendetwas in seinem Leben auf eigene Faust gelungen wäre. Wie sehr er Hinde verehrte, zeugte jedenfalls vom Gegenteil. Und auch die Zeitungsausschnitte, die sie bei Ralph zu Hause gefunden hatten, sprachen Bände.

Ruhm und Bestätigung.

Hinde hatte ihm beides gegeben, was es Sebastian erschweren würde, das zu bekommen, was er wollte. Erschweren, aber nicht unmöglich machen. Er musste es nur schaffen, einen Keil zwischen die beiden zu treiben.

»Wissen Sie, wie wir Sie gefunden haben?«

»Ja.«

»Sie wissen also auch, wer Sie verraten hat?«

»Ja, man hat es mir erzählt.«

»Es muss merkwürdig sein, wenn einen jemand, auf den man sich verlässt, so im Stich lässt.«

»Wenn der Meister einen Plan hat und dies ein Teil davon ist, dann ...« Ralph hob unschuldsvoll die Hände.

Wenn man nicht wusste, dass er vier Frauen umgebracht hatte, hätte man ihn schon fast als fromm einstufen können.

»Ich bin nur ein einfacher Mann, der versucht, in die Fußstapfen eines großen Mannes zu treten«, fuhr er fort.

Sebastian begann, in dem kleinen Raum auf und ab zu gehen. Ihm lief die Zeit davon. Er musste sich wirklich anstrengen, um seine Nervosität nicht sichtbar werden zu lassen. Leider würde er das Procedere nicht abkürzen können, das wusste er.

»Sie sind garantiert mehr als das. Deshalb hat Edward dafür gesorgt, dass Sie hier gelandet sind.«

»Wollen Sie mir schmeicheln?«

»Sind Sie das etwa nicht wert?«

»Alles, was ich bin, habe ich dem Meister zu verdanken. Und Sie auch.«

»Aha? Inwiefern?«

»Ihre Bücher, das sind seine Worte. Seine Handlungen haben Ihren Erfolg überhaupt erst ermöglicht. Und meinen. Er ist ein großer Mann.«

Sebastian hörte genau zu. Ralphs Worte klangen ein wenig heruntergeleiert. Als wären sie einstudiert. Wie ein Mantra. Als wären sie irgendwann einmal wahr gewesen, und jetzt schwang ein leiser Zweifel darin mit. Oder hörte Sebastian nur das, was er hören wollte?

»Sie meinen also, dass wir beide nur kleine Fische sind. Ziemlich ärgerlich, wenn Sie mich fragen.«

»Der Unterschied zwischen uns beiden ist, dass Sie glauben, Sie könnten sich mit ihm messen. Ich weiß, dass ich es nicht kann.« Ralph nickte vor sich hin, als hätte er gerade eine wichtige Einsicht gewonnen. »Das ist es doch, was er uns zeigen will. Unseren Platz in der Hölle, die sich Leben nennt.«

Sebastian ignorierte die Pseudorhetorik und kam zum Wesentlichen. Was würde man wollen, wenn man ganz unten wäre? Nach oben klettern.

»Aber Sie haben Ihren Platz verlassen.« Sebastian legte seine Handflächen auf den Tisch und beugte sich näher zu Ralph vor. »Sie haben sich entwickelt. Sie können mehr, als sich mit ihm zu messen.«

Ruhm und Bestätigung.

Es funktionierte offenbar. Ralph legte seinen Kopf ein wenig schief. Er hörte nicht nur zu, er schien auch zu grübeln. Im Idealfall überdachte er alles noch mal.

»Finden Sie es denn nicht interessant, dass Edward Sie gerade in dem Moment hinter Gitter gebracht hat, als Sie dabei waren, ihn zu übertrumpfen?«, fuhr Sebastian fort.

»Das sehe ich nicht so ...«

Vielleicht hatte er es früher nicht so gesehen, aber jetzt setzte sich der Gedanke allmählich in ihm fest. Das konnte Sebastian erkennen. Er setzte den eingeschlagenen Weg fort. Vielleicht führte er ja zu etwas.

Ruhm und Bestätigung.

»Edward sieht das aber so«, hielt er fest. »Er hat Sie garantiert nur aus einem Grund hierhergebracht. Weil er sich Sorgen machte, dass Sie größer werden könnten als er.«

Sebastian spürte, wie sich Ralph auf seinem Stuhl aufrichtete. Er wuchs mit jedem Wort, mit jeder Erkenntnis.

»Das glaube ich nicht.«

Doch, und wie du das glaubst, dachte Sebastian. Jetzt glaubst du es. Kann schon sein, dass du ein Vollblutpsychopath bist, aber deine Körpersprache hast du nicht gut unter Kontrolle.

Jetzt musste er es ihm nur weiter einreden. Ihm keine Zeit zum Nachdenken lassen. Der Keil war gesetzt. Jetzt galt es nur noch, Ralphs Panzer zu durchbrechen.

»Dann fragen Sie mich mal. Vor wem habe ich Angst, vor Edward oder vor Ihnen? An wen denke ich? Überlegen Sie.«

Die Worte sprudelten nur so aus ihm heraus. Er musste gar nicht groß nachdenken. Sich keine Gedanken über die Formulierungen machen. Im Grunde war es die Wahrheit, und es war schön, sie endlich auszusprechen. Welche Angst er gehabt hatte. Wie schlecht es ihm gegangen war. Er musste lediglich darauf achten, seine Wut im Zaum zu halten. Ralphs Ego zu stärken. Er beugte sich noch weiter vor, jetzt flüsterte er beinahe.

»Sie waren derjenige, der mich verletzt hat. Der mir den Schlaf geraubt hat. Sie waren der Held. Derjenige, der lebendig war. Über wen haben die Zeitungen geschrieben? Vor wem hatte die ganze Stadt Angst? Wer hat all die Aufmerksamkeit auf sich gezogen?«

»Und die habe ich immer noch.«

»Aber nicht mehr lange. Während Sie hier sitzen, ist Edward da draußen unterwegs. Mit dem Staffelstab in der Hand.«

Ralph blickte ihn mit einem Ausdruck völliger Verwunderung an. Sebastian hatte sich gefragt, ob Ralph wohl von Hindes Plänen gewusst hatte. Jetzt kannte er die Antwort, ohne dass er die Frage überhaupt hatte stellen müssen.

»Wie, da draußen? Ist er ausgebrochen?«

»Ja.«

Sebastian sah, wie Ralph versuchte, die Informationen zu verarbeiten. Wie er sie in einen Zusammenhang bringen wollte. Und daran scheiterte.

»Kannten Sie seine Pläne denn nicht? Hat er es Ihnen nicht erzählt?«

Ralph antwortete nicht. Das musste er auch gar nicht. Seine Enttäuschung war offensichtlich.

»Er wollte wohl nicht, dass Sie es erfahren«, fuhr Sebastian fort, damit Ralph auf jeden Fall klar wurde, wie sehr er hintergangen worden war, oder eine logische Erklärung dafür fand.

»Anscheinend wollte er Sie Ihrer Macht berauben«, verdeutlichte Sebastian. »Wer hat denn jetzt noch Angst vor Ihnen?«

Ralph sah zu ihm auf, fast schon verwirrt. Sebastian spürte, dass sein Gegenüber kurz davor war, die Niederlage anzunehmen.

»Aber Sie können Ihre Macht behalten«, fuhr er fort, so ruhig und vertrauenerweckend, wie er nur konnte. »Übernehmen Sie die Kontrolle über den, der Sie kontrolliert hat. Der Lehrjunge wird zum Meister! Haben Sie das nicht immer gewollt? So zu werden wie Edward Hinde?«

»Ich bin jetzt schon besser als Edward.«

Sebastian registrierte erfreut, dass er »Edward« sagte. Nicht mehr »der Meister«.

Ralph sah ihn mit einem entschlossenen Gesichtsausdruck an. »Ich habe fünf erledigt.«

Sebastian wurde innerlich ganz kalt. Fünf? Eine weitere Frau? Eine, die sie nicht gefunden hatten? Wie konnten sie das übersehen haben? Wer war es?

»Ich habe den dicken Mann kaltgemacht«, erklärte Ralph, als er Sebastians nervösen, verständnislosen Blick sah.

Trolle. Ja, Trolle war tot. Obwohl er es eigentlich schon gewusst hatte, traf Sebastian die Bestätigung dennoch wie ein Schlag. Er blinzelte. Behielt sein Ziel im Auge. Er bahnte sich einen Weg direkt in Ralphs Inneres. Er hatte schon viele Verteidigungslinien eingenommen. Ralphs Rüstung aufgebrochen. Jetzt durfte er nicht gefühlsduselig werden. Trolle war tot. Keine Neuigkeit. Er musste damit leben. Und Ralph bezwingen.

»Das reicht nicht.«

»Warum nicht?«

»Weil es nicht geplant war.« Sebastian bemerkte, dass er sich auf sehr dünnem Eis bewegte, hoffte aber, Ralph gut genug verstanden zu haben, damit es funktionierte. »Es braucht nicht viel, jemanden auf der Straße umzubringen«, fuhr er fort. »Das kann doch jeder Idiot.«

»Im Auto«, sagte Ralph nachdenklich.

»Was?«

»Ich habe ihn im Auto erstochen. Aber ich verstehe schon, was Sie meinen. Er war nicht Teil des Rituals.«

»Und Sie sind besser als das.«

Ralph sah mit Wärme im Blick zu Sebastian auf. Edward hatte gesagt, dass sie sich ähnlich waren, Sebastian und er. Und das waren sie auch. Beide sahen ihn. Erkannten in ihm das, was er war. Denjenigen, der er war. Er bedeutete etwas. Aber Edward hatte ihn im Stich gelassen. Hinter seinem Rücken.

Sebastian begegnete Ralphs bewunderndem Blick mit einem Lächeln. Ihm wurde warm. Er hatte ihn erreicht. War in diesen unsicheren Kern in seinem Inneren vorgedrungen, der nach Anerkennung schrie. Genau so musste er jetzt weitermachen.

»Wie geht es Ihnen jetzt? Sie hatten viel zu tun.«

»Merkwürdigerweise fühle ich mich irgendwie stark.« Ralph machte eine Pause, als wollte er das nachprüfen, dann nickte er vor sich hin. »Würdig.«

»Das sind Sie auch. Sie sind ein würdiger Gegner. Aber Sie müssen sich entscheiden, wessen Gegner Sie sein wollen. Nur so wird man zum Gewinner.«

»Meinen Sie, dass ich mich gegen ihn stellen soll?«

»Sie sind besser als er.« Sebastian holte tief Luft. Sie hatten den entscheidenden Punkt fast erreicht. Mehr Vorarbeit konnte er wirklich nicht leisten. Er war gezwungen, zu einem Ziel zu kommen. Für Vanja konnte jede Minute wichtig sein.

»Ich brauche Ihre Hilfe.«

Ralph sah zu ihm auf. Durch und durch verwundert.

»Ich soll Ihnen helfen?«

»Das ist die einzige Möglichkeit. Ohne mich können Sie Hinde nicht herausfordern. Sonst bleiben Sie nur eine Fußnote in den Geschichtsbüchern. Während Edward immer weiterlebt.«

»Und was soll ich tun?«

Sebastian musste mit sich kämpfen, um nicht in Gelächter auszubrechen. Was war er doch gut! Schön, endlich wieder zurück zu sein.

»Mir eine Frage beantworten.«

»Okay.«

»Angenommen, Hinde ist nicht bei dem Opfer zu Hause. Wo würde er die Frau stattdessen hinbringen?«

»Wissen Sie, wen er sich als Nächstes nehmen wird?«

»Ja.«

»Hat er es schon getan?«

»Ja.«

»Aber Sie wissen nicht, wo sie sind?«

»Nein.«

Ralph lächelte und schüttelte den Kopf. Jetzt hatte er sich wieder unter Kontrolle. Vielleicht ein bisschen zu sehr. Sebastian ahnte, dass Ralph bald nicht nur einen von ihnen als Gegner ansehen würde, sondern sie beide herausfordern wollte. Er musste die Sache beschleunigen, aber weiterhin untertänig wirken.

»Sie sollten Ihr Buch lesen«, erklärte Ralph.
»Welches?«
»Das erste. Seite 112.«

Er lächelte erneut. Gluckste sogar ein bisschen vor sich hin.

»Habe ich etwas verpasst?«, fragte Sebastian, der eigentlich bereits auf dem Weg nach draußen war.

»Das ist die Notrufnummer. 112. Bei der man anruft, wenn man gerettet werden will. Mir gefiel die Symbolik einfach.«

Sebastian kommentierte den Satz gar nicht erst. Er verließ den Raum und hoffte sehr, dass er nie wieder zurückkehren müsste.

Was hat er gesagt?«

Torkel hatte direkt vor dem Verhörraum gewartet und begleitete Sebastian den Flur entlang.

»Habt ihr meine Bücher irgendwo?«

»Welche Bücher?«

»Na, die Bücher, die ich geschrieben habe. Gibt es sie hier?«

»Ich habe sie oben in meinem Büro.«

Sebastian beschleunigte seine Schritte, riss die Tür zum Treppenhaus auf und lief die Treppe hinauf, wobei er zwei Stufen auf einmal nahm. Der Aufzug wäre schneller gewesen, aber er war gezwungen, sich zu bewegen. Die Energie durchströmte ihn wie eine physische Kraft. Torkel musste sich anstrengen, um Schritt zu halten.

»Gibt es etwas Neues von Vanja?«, fragte Sebastian über die Schulter, während er weiter die Treppen hinaufstieg.

»Nein. Wir haben die Laufstrecke im Lill-Jans-Wald abgesucht. Ohne Ergebnis.« Torkel keuchte angestrengt. Er war schon völlig außer Atem. »Aber wir haben den Krankenwagen gefunden. Zwei Tote, zwei Verletzte. Er hatte definitiv einen Helfer.«

»Roland Johansson.«

»Vielleicht. Vermutlich.«

Sebastian setzte seinen Weg nach oben mit unvermindertem Tempo fort.

»Was ist denn mit deinen Büchern? Was hat er gesagt?«

Torkel atmete schwer zwischen jedem Satz. Sebastian

antwortete nicht, rannte nur weiter die Treppen hinauf, auch er war inzwischen außer Atem.

»Sebastian, rede mit mir!«

Torkels Stimme überschlug sich fast. Er war außer sich vor Sorge. Verständlicherweise. Er hatte die Antworten verdient, die Sebastian ihm geben konnte.

»Er sagte, dass darin stehen würde, wo Hinde ist.«

»In deinen Büchern?«

»In einem davon, ja.«

»Aber du hast sie doch geschrieben. Erinnerst du dich denn gar nicht?«

Sebastian sparte sich die Antwort. Wüsste er die Stelle, würde er jetzt nicht die Treppen hinaufstürzen. Die Sorge um Vanja hinderte ihn daran, klar denken zu können. Er setzte seinen Weg fort, Torkel lief hinterher.

In Torkels Büro angekommen, ging Sebastian sofort zum Bücherregal. Er erkannte die braunen Buchrücken mit der gelben Beschriftung sofort und zog das erste Buch heraus. »Er wirkte doch immer so nett«, hieß es. Der Untertitel: »Edward Hinde – Serienmörder«. Das Zitat stammte von einem Mann, mit dem Edward drei Jahre lang zusammengearbeitet hatte. Genau wie alle anderen, mit denen Sebastian im Laufe seiner Arbeit gesprochen hatte, war dem Kollegen während der ganzen Zeit nichts Verdächtiges an Hinde aufgefallen. Das war auch nicht weiter verwunderlich. Edward Hinde war eine äußerst manipulative, tarnfähige Persönlichkeit. Die allermeisten sahen in ihm nur das, was sie sehen wollten.

»Weißt du, wo du suchen musst?«, fragte Torkel eifrig.

»Ja. Warte mal kurz.«

Sebastian schlug das Buch auf, fand die richtige Seite und begann zu lesen.

Für einen Serienmörder wie Hinde, der ein Bedürfnis nach Struktur hat, ist die Wahl des Ortes, an dem der Mord stattfinden soll, von extremer Wichtigkeit. Hierbei spielt nicht in erster Linie die geographische Lage wie beispielsweise der Abstand vom Wohnort, die Möglichkeiten, dorthin zu gelangen, oder die Fluchtwege eine Rolle. Sie alle sind dem symbolischen Wert untergeordnet...

Er übersprang einige Zeilen.

Bei der Entscheidung, in der privaten Umgebung des Opfers zuzuschlagen, geht es nicht so sehr um Kontrolle. In sämtlichen Fällen war er zum ersten Mal in der Wohnung des Opfers, als er den Mord beging. Stattdessen ist bei der Wahl des Tatorts primär ein Gefühl von Geborgenheit wichtig. Es mag widersprüchlich erscheinen, dass er sich an einem Ort sicher fühlte, den er zum ersten Mal betrat. Doch an einem Ort, an dem die Frauen nicht erwarten, dass man sie angreift, ist das Risiko geringer, dass sie Widerstand leisten oder zu flüchten versuchen...

Sebastian verstummte und überflog hastig die Seite.
»Hier!«

Wenn es aus irgendeinem Grund nicht möglich ist, das Verbrechen in der Wohnung des Opfers durchzuführen, ist es am wahrscheinlichsten, dass er aufgibt. Als letzte Alternative, so erklärt Hinde selbst, kann er sich vorstellen, einen jener Orte nachzustellen oder, noch besser, wieder zu besu-

chen, die ihm am meisten bedeuteten. Zum Beispiel den Ort, an dem die Fantasien oder die Mordserie einst begannen.

Sebastian schlug das Buch zu.

»Wo die Mordserie begann«, wiederholte Torkel. »Wo hat der erste Mord stattgefunden?«

»Ich erinnere mich nicht mehr an die exakte Adresse, aber es war im Süden der Stadt. Västberga oder Midsommarkransen oder etwas in der Art.«

»Billy muss das herausfinden.«

Torkel verließ das Zimmer, um Billy zu suchen. Sebastian folgte ihm.

»Die Fantasien müssen bei ihm zu Hause eingesetzt haben«, sagte er. »Nach dem Tod der Mutter. Als die Übergriffe begannen.«

Torkel und er sahen sich an. Die Erwartung und Spannung war geradezu greifbar.

»Sein Elternhaus liegt in Märsta.«

Edwards Mutter, Sofie Hinde, hatte bis zu ihrem Tod in ihrem eigenen Elternhaus gelebt. Ein einsamer Bauernhof in der Nähe von Rickeby, nördlich von Märsta. Dort war Edward aufgewachsen. Sebastian hatte den Hof zweimal besucht, als er Ende der Neunziger sein erstes Buch schrieb. Schon damals war das Gebäude unbewohnt und verlassen gewesen.

Torkel und Sebastian saßen in einem Leitfahrzeug der Einsatzgruppe und rasten mit Blaulicht auf der E4 in Richtung Norden. Hinter ihnen folgten zwei große Kastenwagen, in denen sich die übrige Einsatzgruppe befand. Torkel und der Einsatzleiter hatten eine Karte vor sich und diskutierten. Die Polizei in Märsta hatte die Zufahrtswege zum Haus bereits abgesperrt, aber Torkel hatte entschieden, dass die Einsatzgruppe selbst den eigentlichen Zugriff durchführen sollte, denn sie hatten sowohl die Ausbildung als auch die Ausrüstung dafür. Die Polizei von Märsta sollte nur als Reserveeinheit fungieren.

Es war ein komplizierter Einsatz. Zwar lag das Haus ein wenig abseits, da es jedoch von offenen Feldern umgeben war, würde es schwer werden, sich unentdeckt zu nähern. Dass die Geisel eine Polizistin war, erhöhte die Nervosität und den Druck auf alle zusätzlich. Natürlich waren sie in Momenten wie diesen immer angespannt, aber wenn es diesmal schiefging, wäre es in gewisser Weise noch schlimmer. Das Leben einer Kollegin stand auf dem Spiel.

Sebastian hatte die ganze Fahrt über geschwiegen, abgesehen davon, dass er seine Erinnerungen an den Ort möglichst detailliert an den Einsatzleiter weitergegeben hatte. Leider waren es nicht viele. Er wusste noch, dass das Gebäude groß war. Zwei Stockwerke. Heruntergekommen. Am besten erinnerte er sich an den kleinen Raum unter der Treppe, in dem Edward als Kind gesessen hatte. Das würde er nie vergessen. Kalt und roh, mit einer einzigen Glühbirne an der Decke. Grobe Bodendielen und ein Geruch nach altem Urin. Je mehr er an diesen dunklen Ort zurückdachte, desto banger wurde ihm. Schon der Gedanke an Vanja in Edwards Elternhaus war unerträglich.

Als sie bei Upplands Väsby waren, kam ein Bericht von Billy. Er hatte die Adresse des Hauses in Midsommarkransen im Archiv gefunden und war mit einem zweiten Einsatzteam auf dem Weg dorthin. Er versprach, sich wieder zu melden, sobald er mehr wusste.

Also waren sie jetzt zwei Teams. Mit ein und demselben Ziel: Vanja zu retten. Torkel sah von der Karte auf und zu Sebastian hinüber.

»Glaubst du, dass sie in Märsta ist?«

Sebastian nickte. »Das Elternhaus dürfte wichtiger für ihn sein als der Ort des ersten Mordes. Mehr Fantasien in ihm wecken.«

Sebastian verstummte wieder und sah aus dem Fenster.

Torkel überlegte für eine Sekunde, ob er nachhaken sollte, hatte aber keine rechte Lust. Er wollte lieber nicht zu viel darüber erfahren, wie Hinde dachte. Jedenfalls nicht in allen Einzelheiten. Die konnte Sebastian für sich behalten. Jetzt war es ihm einzig und allein wichtig, Vanja zu finden.

Der Einsatzleiter beugte sich zu ihm vor. »Wir sind in zwanzig Minuten da. Spätestens.«

Torkel nickte.

Bald würde es losgehen.

Hinde stand im Zimmer und betrachtete sie. Er hatte die Kabelbinder an ihren Beinen geöffnet und ihr die Jogginghosen ausgezogen. Sie hatte muskulöse Beine, weshalb er dabei sicherheitshalber nur jeweils einen Fuß losgebunden hatte. Aber sie hatte die ganze Zeit reglos dagelegen. Er war unsicher, ob sie unter dem Sack mitlerweile zu Bewusstsein gekommen war oder noch nicht. Er berührte ihre warmen, nackten Beine, betrachtete den schwarzen Slip, der unter der Bettwäsche hervorblitzte, und genoss den Anblick einen Moment lang.

Dann stand er auf und ging zu dem Umzugskarton, den er in die Mitte des Raums gestellt hatte.

Er öffnete ihn und nahm behutsam das Nachthemd heraus, das ganz oben lag. Es war aus weicher Baumwolle und noch nie benutzt worden. Es hatte fast genau dasselbe Muster wie das Original. Das Modell seiner Mutter wurde nicht mehr produziert, und Ralph hatte viele Geschäfte abgeklappert, bis er diese Sorte gefunden hatte, die Hinde schließlich akzeptiert hatte. Auch wenn der Schnitt ein wenig anders war, erzeugte der Anblick des Nachthemds doch dasselbe Gefühl wie bei denen, die er selbst in den Neunzigern verwendet hatte.

Er schüttelte das Nachthemd aus, um es zu lüften, und hängte es dann über das Fußende des Bettes. Danach ging er zu dem Karton zurück und holte die Nylonstrümpfe und das neu gekaufte Küchenmesser heraus. Darunter konnte er den Proviantbeutel erahnen, aber den würde er erst später herausnehmen. Erst musste er sie richtig vorbereiten. Er hängte die Nylonstrümpfe neben das Nachthemd und holte dann das Messer aus seiner Verpackung. Er befühlte die Schneide. Sie war scharf, und das Messer lag gut in der Hand. Die Klinge war aus hundert Schichten harten und weichen Stahls geschmiedet und konnte fast alles durchschneiden.

Plötzlich bewegte sie sich vor ihm. Nicht viel, aber doch so deutlich, dass sie bei Bewusstsein sein musste. Es war Zeit für den nächsten Schritt, der allerdings ein Risiko barg.

Er wollte, dass sie sich das Nachthemd selbst anzog. Vielleicht nicht freiwillig, aber doch aus eigener Kraft.

Er begann, ihren linken Fuß, der immer noch frei war, mit einem neuen Kabelbinder ans Bett zu fesseln. Sie sträubte sich ein wenig, aber er handelte entschlossen, und schon bald saß das Bein wieder fest. Er stand auf und beschloss, die Nylonstrümpfe erst später einzusetzen. Das musste Schritt zwei werden. Er ging um das Bett herum und setzte sich neben sie auf die Matratze. Die alten Federn quietschten, und sie fühlten sich durchgelegen und unbequem an. Aber das hatte keine Bedeutung. Sie sollte ja nicht darauf schlafen.

Hinde nahm das Messer und schnitt das Seil um ihre Taille durch, das den braunen Sack über ihrem Oberkörper hielt. Dann packte er das obere Ende des Sackes mit beiden Händen und zog ihn mit einer kraftvollen Bewegung hoch. Darunter kamen Vanjas Gesicht und ihre blonden Haare zum Vorschein. Sie war tatsächlich bei Bewusstsein. Er blickte sie neugierig an. Das Isolierband saß stramm über dem Mund und verzerrte ihr sonst so wohlgeformtes Gesicht. Aber sie war trotzdem schön. Ihr Haar war durcheinander, und sie war etwas rot im Gesicht von der Anstrengung, doch ihre Augen funkelten.

»Hallo, Vanja«, sagte er. »Ich habe dir doch gesagt, dass wir uns wiedersehen werden.«

Sie gab einen wütenden Laut von sich, und er beobachtete, wie sie sich umsah, um sich zu orientieren. Er beugte sich vor und streichelte ihr langes Haar. Versuchte behutsam, es ein wenig zu richten. Sie strengte sich an, seine Hand abzuschütteln, indem sie ihren Kopf vor und zurück warf. Er packte sie an den Haaren, damit sie sich nicht mehr wehrte. Beugte sich noch näher zu ihr.

»Ich will, dass wir Folgendes tun.« Er nahm das Messer heraus und berührte ihren Hals mit der scharfen Spitze der Klinge. Er bohrte sie in die weiche Hautpartie unter ihrem Kinn, direkt über der Luftröhre, und sah, wie sie sich voller Angst verkrampfte.

»Ich werde deine Arme losbinden, aber wenn du nicht brav bist, werde ich das hier anwenden. Und du weißt ja, dass ich dazu fähig bin«, fuhr er fort.

Sie antwortete nicht.

»Nicke, wenn du mich verstanden hast.«

Sie rührte sich nicht einen Millimeter, starrte ihn nur an.

Er lächelte ihr liebevoll zu.

Das würde ein guter Kampf werden.

Sie gefiel ihm immer besser.

Sie bewegten sich geduckt durch den Wald. Sebastian sah die Polizisten, die vor ihm schlichen. Die Einsatzgruppe hatte sich in drei Teams aufgeteilt. Das eine näherte sich von Osten und vom Wald her. Es war das Team, hinter dem Sebastian und Torkel herliefen. Die andere Gruppe sollte sich von Norden, vom See her, nähern und hatte hauptsächlich die Aufgabe, den möglichen Fluchtweg zu versperren und als Unterstützung zu dienen. Das dritte Team, das von Westen kommend auf das Haus zuging, war für den initialen Zugriff zuständig. Sie waren gezwungen, das letzte Stück bis zu ihrem Ziel durch das hohe Gras zu robben, um nicht gesehen zu werden. Aber dabei würden sie zum Glück auch die untergehende Sonne im Rücken haben, die dafür sorgte, dass sie schwerer zu entdecken waren. Der kritische Augenblick waren die letzten zwanzig Meter. Dann würden sie vom Haus aus die meiste Zeit sichtbar sein, und sie mussten das letzte Stück über eine freie Fläche rennen. Doch angesichts der akuten Situation gab es keine Alternative.

Der Einsatzleiter führte die von Westen kommende Gruppe persönlich an und stand mit den anderen über Funk in Kontakt. Er hatte mit Torkel abgesprochen, dass der Kommissar und Sebastian sich dem östlichen Team anschließen und während der Aktion in dem verfallenen Schuppen am Rand der Wiese warten sollten. Es wäre ein guter Ort, um das Hauptgebäude im Blick zu behalten. Das östliche Team würde seinen Weg bis zu dem Graben vor dem Schuppen fortsetzen und sich dem Zugriff anschließen, sobald das erste Team das Haus gestürmt hatte. Das

Zugriffsteam war mit Schockgranaten ausgerüstet, die es in die verschiedenen Zimmer werfen würde, um Hinde außer Gefecht zu setzen. Die Granaten waren im Prinzip ungefährlich, explodierten jedoch mit einem stark blendenden Blitz und einem enormen Knall, der diejenigen, die sich im Raum befanden, für einen Moment erschrecken und betäuben würde. Sie hatten die Hoffnung, dass ihnen das genügend Zeit geben würde, um zu verhindern, dass Hinde Vanja schadete.

Sie hatten noch etwa zwanzig Meter bis zum Schuppen vor sich und kamen auf eine Anhöhe, als Sebastian schließlich das Haus sah. Er hielt in seiner geduckten Position inne. Es sah noch schlimmer aus als vor Jahren, als er zuletzt hier gewesen war. Der Garten war verwildert, und die Fensteröffnungen klafften ihnen leer entgegen. Ein Teil der Fassade fehlte, und es wirkte vollkommen verlassen. Sebastian erinnerte sich daran, dass der Gerichtsvollzieher damals versucht hatte, das Haus in einer Zwangsversteigerung zu verkaufen, aber natürlich war niemand interessiert gewesen. Ehemalige Wohnorte von Serienmördern zählten nicht zu den begehrten Immobilien.

Sebastian sah, wie sich die nördliche Gruppe ihrer Zielposition annäherte. Er blickte in die Richtung, in der das Zugriffsteam stehen sollte, konnte es aber nicht entdecken. Das freute ihn. Wenn er sie nicht sah, würde auch Hinde die Polizisten nicht entdecken können. Eigentlich wäre er gern in dieser Gruppe dabei gewesen, aber Torkel war in dieser Sache ziemlich deutlich gewesen. Sebastian sollte ihm in der Rolle des Beobachters folgen. Mehr nicht. Dies war eine Operation für Profis, nicht für Amateure.

Vanja wartete, bis Hinde die Fesseln von ihren Handgelenken gelöst hatte. Sie versuchte ihn mit einem schnellen Schlag zu überraschen, aber er wich ihr geschickt aus, indem er einen Schritt zurücktrat. Er hatte nichts anderes erwartet. Sie fuchtelte weiter in der Luft herum, aber Hinde war ihre Bemühungen bald leid und versetzte ihr mit der Rückseite des Messers mehrere brutale Schläge gegen die Schläfe. Sie fiel aufs Bett zurück und spürte, wie ihre ganze linke Kopfhälfte vor Schmerz pochte. Es war ein warmes Pulsieren, fast so, als blutete sie. Sie hob die Arme zum Gesicht, um sich vor dem Schmerz zu schützen. Er betrachtete sie, das Messer in der Hand.

»Ich kann sanft sein oder brutal. Die Entscheidung liegt ganz bei dir.«

Nein, du bist derjenige, der hier entscheidet, dachte sie. Seine wässrigen Augen glänzten vor Erwartung.

Sie war überzeugt davon, dass es Hinde keine Probleme bereiten würde, sie zu töten. Aber sein Blick verriet noch mehr über ihn. Dass er die Situation genoss und sein Ritual mit ihr gemeinsam durchführen wollte.

Dass er in Lövhaga ihr Haar berühren wollte, war ein Teil dessen, was gerade geschah. Das begriff sie nun. Sebastian hatte die ganze Zeit über recht gehabt. Es hatte einen Grund dafür gegeben, dass Hinde sie unter vier Augen hatte treffen wollen. Er hatte ihr nahekommen wollen. Sie berühren. Und sie hatte es zugelassen, weil sie gedacht hatte, dies wäre ein geringer Preis dafür gewesen, Ralphs Namen zu erfahren. Dieser Meinung war sie jetzt nicht mehr.

Es war entsetzlich, sich plötzlich selbst an einem künftigen Tatort zu befinden. Als Opfer vorgesehen zu sein. Und es war grausam, die Bedeutung all dieser Details zu kennen. Nichts entging ihr mehr. Die Nylonstrümpfe, die neben ihren Füßen lagen. Das Nachthemd, das über dem Bettende hing. Das Messer, das er in der Hand hielt.

Die anderen Frauen hatten den Vorteil gehabt, nicht zu wissen, was ihnen bevorstand.

Im Gegensatz zu ihr.

Sie kannte jeden Moment dieses Rituals.

Gleichzeitig gab ihr das auch ein wenig Hoffnung. In gewisser Weise hatte sie die Zeit auf ihrer Seite. Je länger sie sich am Leben halten konnte, desto mehr Zeit bekamen diejenigen, die nach ihr suchten. Denn das taten sie, das wusste sie. Edward Hinde wurde sicherlich überall gesucht. Er war kein unbekannter Mörder. Er war keiner, der aus Lövhaga ausbrechen konnte, ohne dass eine Großfahndung eingeleitet wurde.

Sie suchten. Sie suchten.

Jedenfalls war sie gezwungen, sich das einzureden.

Plötzlich zerrte Hinde sie in eine sitzende Stellung hoch und riss ihr das Oberteil und den Sport-BH vom Leib. Die Attacke war aus dem Nichts gekommen. Er wollte anfangen. Jetzt trug sie nur noch ihren Slip. Sie ärgerte sich über ihren ersten Instinkt, ihre Brüste zu bedecken. Das machte sie nur schwach. Also ließ sie ihre Arme sinken, sodass er sie angucken konnte. Es war trotz allem nur ihr Körper. Und jetzt musste sie um ihr Leben kämpfen.

Er warf ihr das Nachthemd zu. Es landete auf ihren Knien.

»Zieh es an!«

Sie blickte auf das Stück Stoff hinunter. So ging es also vor sich. Die anderen hatten das Nachthemd freiwillig angezogen.

»Willst du etwas wissen, was alle, sogar Sebastian, übersehen haben? Ich habe mich immer gewundert, wie das möglich sein kann. Aber es liegt wohl daran, dass dies der am meisten unterschätzte unserer fünf Sinne ist.«

Sie sah ihn ausdruckslos an.

»Ralph habe ich es auch nicht erzählt. Aber du wirst es bald erfahren, Vanja. Bald haben wir keine Geheimnisse mehr voreinander.«

Er ging durch das Zimmer und zog etwas aus einem Umzugskarton, der ein Stück entfernt stand. Dann kehrte er mit einem kleinen, eckigen Parfümflakon in der Hand zurück. Er lächelte sie an und drückte ein paarmal darauf, um ihren nackten Körper zu bestäuben. Sie spürte, wie der feine, feuchte Parfümnebel ihren Hals erreichte.

»Mamas Lieblingsparfüm.«

Es roch stark.

Sie erkannte es wieder.

Chanel N° 5.

In den letzten Minuten hatte der Funkverkehr zugenommen. Erst hatte das nördliche Team bestätigt, dass es die Ausgangsposition erreicht hatte. Nach einer Weile teilte das Team vor Torkel und Sebastian dasselbe mit. Die beiden Männer hatten sich neben die Schmalseite des Schuppens gestellt, von wo aus sie die beste Sicht auf das Haus hatten, das noch immer so einsam dalag wie zuvor. Die Stille wirkte fast schon betäubend. Sogar die Fliegen hatten zu summen aufgehört. Sebastian war von Kopf bis Fuß angespannt. Er fühlte sich verschwitzt, sein ganzer Körper glühte. Er war an Tatorte, Verhöre und Vorlesungen gewöhnt. Aber nicht an das hier.

Hier fühlte er sich nur noch machtlos. Sein Leben stand auf dem Spiel, dennoch musste er das ganze Geschehen von einem Tribünenplatz aus beobachten.

»Jetzt gehen sie rein«, sagte Torkel im selben Moment, als Sebastian sah, wie sich sechs schwarz gekleidete Gestalten ein Stück vom Haus entfernt aus dem Gras erhoben. Jetzt mussten sie nur noch zwanzig kritische Meter zurücklegen. Sie rannten, so schnell sie konnten, das Ziel fest vor Augen. Ihre Hosenbeine wurden mit Klebeband zusammengehalten, sodass man lediglich das leise Rascheln des Grases hörte, das von ihren schwarzen Stiefeln platt gedrückt wurde.

Sebastian starrte beharrlich zum Haus hinüber und suchte in den fensterlosen Öffnungen fieberhaft nach einer Bewegung. Noch sah er keine. Er wusste nicht, ob ihn das beruhigen sollte.

Die erste Gruppe hatte das Haus erreicht, und die schwarzen Gestalten drückten sich neben der Haustür an die Wand. Die anderen Ankommenden verteilten sich weiter. Einer neben dem großen Fenster im Untergeschoss. Ein anderer auf der Rückseite neben dem Kellereingang. Zwei von ihnen nahmen ihre Granaten und schlichen zur Tür. Sebastian sah einen Helm aus dem Team im Graben vor ihnen auf- und abtauchen, die Polizisten wirkten genauso rastlos und ungeduldig.

Als alle ihre Positionen eingenommen hatten, verlief die Erstürmung des Hauses reibungslos und schnell. Sebastian sah, wie die beiden Männer vorn die Tür aufrissen und ihre Schockgranaten hineinwarfen, und die Männer an den Fenstern taten dasselbe. Für einen Moment war es still, dann konnte man vier nahezu simultane Explosionen hören. Die Fenster wurden von den Blitzen erleuchtet, und das Team stürmte hinein. Gleichzeitig stürzte die Gruppe vor ihnen aus dem Graben und rannte auf das Haus zu, vielleicht sogar noch schneller als die erste. Sebastian trat neben dem Schuppen hervor und hörte erneut Explosionen aus dem Haus dringen. Aus mehreren Fensteröffnungen drang weißer Rauch. Da begriff er, dass alles zum Scheitern verurteilt war.

Er sollte dort drinnen sein.

Auf ihn wartete Hinde.

Plötzlich rannte er ebenfalls auf das Haus zu, so schnell er konnte. Er hörte, wie Torkel ihm hinterherbrüllte.

»Sebastian, verdammt noch mal, was machst du?«

Aber er rannte einfach weiter.

Seine Beine flogen über das Gras. Bei dem Graben geriet er ins Straucheln, hatte sich aber rasch wieder gefangen. Jetzt wurde er noch schneller, lief so rasend schnell, wie er es nie zuvor getan hatte. Einer der Polizisten aus dem zweiten Team sah ihn, drehte sich um und versuchte, ihn mit einer Handbewegung aufzuhalten.

Sebastian ignorierte auch ihn. Er musste seine Tochter finden.

Schließlich erreichte er die Haustür und stürzte in das dunkle Haus hinein.

Drinnen war es neblig vom Rauch der Granaten, und der Duft von Magnesium und anderen Metallen hing schwer in den Räumen. Sebastian war so außer Atem, dass er kaum noch Luft bekam. Er steuerte auf den Verschlag unter der Treppe zu. Das war der erste Ort, der ihm einfiel, doch dann sah er, wie gerade einer der Polizisten herauskam, und hielt inne.

»War da drinnen etwas?«

Der Polizist schüttelte den Kopf.

»Nein, der Raum ist leer. Aber Sie haben hier nichts zu suchen!«

»Lag Essen auf dem Boden?«

»Wie bitte?«

Er hörte neue Explosionen aus dem Obergeschoss und stürmte die Treppe hinauf. Dort war das Schlafzimmer der Mutter gewesen. Vermutlich waren sie dort.

Oben war es noch dunkler als unten und noch raucherfüllter. Er konnte sich nur schwer orientieren und hatte schon bald keinen Überblick mehr, wo er überhaupt war. Er musste husten von all dem Rauch, versuchte aber trotzdem, sich in die Richtung vorzutasten, in der seiner Meinung nach das Schlafzimmer war. Auf dem Boden lag Gerümpel verstreut, und er stolperte über einige lose Dielenhölzer, stürzte und schrammte sich die Hände auf, kam aber sofort wieder auf die Beine. Er spürte, wie ihm die Zeit davonlief.

Wie er dabei war, sie zu verlieren.

Er rannte die letzten Schritte und betrat das Zimmer.

Stieß im Türrahmen fast mit einer Gestalt zusammen. Erschrocken machte er einen Satz nach hinten. Vor ihm stand der Einsatzleiter.

»Was zum Teufel machen Sie hier?«

»Wo ist sie?!«

Der Einsatzleiter schüttelte resigniert den Kopf.

»Das Zimmer ist auch leer. Hier ist niemand.«

Sebastian starrte ihn ungläubig an.

»Was haben Sie gesagt?«

»Hier ist niemand. Weit und breit niemand.«

Sie hatten die Einsatzwagen geholt und vorm Haus eine schnelle Nachbesprechung abgehalten. Torkel stand zusammen mit dem Einsatzleiter vor den anderen Polizisten. Sie hatten das Haus insgesamt dreimal durchsucht. Ergebnislos. Sebastian war selbst noch einmal in den Raum unter der Treppe gegangen. Schaudernd war er an diesen Ort zurückgekehrt. Er hatte sich von einem der Polizisten eine Taschenlampe geliehen, um ein wenig Licht zu haben. Drinnen roch es genau wie damals, eigentlich fast schlimmer. Aber der Raum war leer. Kein Proviant, nichts. Das war für Sebastian Beweis genug. Dieses Detail hätte Hinde niemals ausgelassen. Das versteckte Essen war die einzige Sicherheit, die er kannte. Letzten Endes gab ihm das den Mut, seine Tat auszuführen. Dort, wo Vanja sich jetzt befand, war Essen in einem kleinen, abschließbaren Raum aufgestellt, davon war Sebastian überzeugt. Und dort würde es bis zu dem Tag stehenbleiben, an dem sie sie fanden.

Vermutlich tot.

Jedenfalls wenn die Suche im selben Tempo weiterging wie bisher.

Sebastian wollte so schnell wie möglich zum Präsidium zurück und von vorn anfangen. Ralph hatte gelogen. Diesmal würde Sebastian auf den Smalltalk verzichten und zusehen, dass er sofort die richtige Antwort bekam.

Frustriert blickte er zu Torkel und den Polizisten hinüber. Er verstand nicht, warum sie so lange brauchten. Sie mussten doch schnellstens weiterkommen.

Endlich schienen sie ihre Besprechung beendet zu haben.

Torkel kam ihm mit dem Telefon am Ohr entgegen. »Billy«, mimte er in Sebastians Richtung, bevor er bejahend brummte. Dann sah er zu Sebastian auf und schüttelte den Kopf.

»Er hat auch nichts gefunden.«

»Darf ich mit ihm sprechen?«

Torkel hielt Sebastian den Hörer hin. Billy klang angestrengt und resigniert.

»Wie ich schon gesagt habe. In dem Haus in Midsommarkransen wohnt jetzt eine Familie. Sie hatten gerade ein großes Familienfest mit Oma und Opa und der ganzen Mischpoke. Keine Chance, dass er da ist.«

»Okay. Und nun?«

»Ich bin gerade wieder auf dem Rückweg ins Büro. Ich will Ralphs Computer durchsuchen. So kann ich mich wohl am ehesten nützlich machen.«

Billy legte auf, ohne sich zu verabschieden. Für solche Höflichkeitsfloskeln blieb jetzt keine Zeit mehr. Sebastian gab Torkel das Handy zurück und ging zum Leitfahrzeug, um sich auf seinen Platz zu setzen, doch als er einsteigen wollte, hielt ihn der Einsatzleiter zurück. Nach seinem Verhalten während des Zugriffs musste er hinten mit den anderen mitfahren. Sebastian hatte keine Lust zu streiten. Er schüttelte nur müde den Kopf über diese disziplinarische Scheißstrafe und ging zum nächsten Auto. Diese Leute schienen immerzu falsche Prioritäten zu setzen. Er hasste sie. Er stieg hinten ein, keiner setzte sich neben ihn, aber es war ihm egal. Er wollte sich sowieso nicht unterhalten.

Als sie einige Minuten gefahren und nun wieder auf der größeren Straße waren, vibrierte plötzlich sein Handy. Nach dem Zugriff hatte er den Ton nicht wieder eingeschaltet. Er holte es heraus und sah, dass er zum ersten Mal in seinem Leben eine MMS bekommen hatte. Von einer ihm unbekannten Nummer. Er atmete tief ein und spürte, wie er vor Aufregung ein Ziehen im Magen und einen trockenen Hals bekam. Die Mitteilung würde schmerzhaft sein, das wusste er. Er holte tief Luft und öffnete sie.

Es war ein Bild mit einem kurzen Text. Das Bild ließ das letzte bisschen Farbe aus Sebastians Gesicht weichen. Eine nackte Vanja, die mit einem Nachthemd auf den Knien dasaß. Sie blickte flehend in die Kamera. Er erkannte das Motiv von Ralphs Fotowand wieder. Die Gottesperspektive, die nackte Haut und die Furcht. Er musste aus dem Fenster sehen, um die Fassung zu wahren. Versuchte, sein Gehirn von dem Bild zu befreien. Als er das Gefühl hatte, sich wieder halbwegs unter Kontrolle zu haben, las er den kleinen Text unter dem Foto.

»Das erste meiner sechsunddreißig Fotos. Wo bist du?«

Schnell klickte er das Bild weg und sah wieder hinaus. Ihm war übel, aber er versuchte, es nicht zu zeigen.

Jetzt lag es an ihm. Nicht an den Uniformierten um ihn herum.

Hinde wollte es so.

Also sollte er es auch bekommen.

Ralph lag vollkommen still auf seiner Pritsche in der kleinen Zelle und starrte an die Decke, als er draußen auf dem Flur schnelle Schritte hörte. Sie hielten vor seiner Tür inne, die Klappe wurde geöffnet und gleichzeitig ein Schlüssel ins Schloss geschoben.

»Wollen Sie mich etwa an der Nase herumführen?«, schrie Sebastian schon von draußen. Kein höfliches Geplauder. Diese Zeit blieb ihm nicht mehr. »Ich dachte, Sie kennen Edward? Aber das war anscheinend nur leeres Geschwätz!«

Ralph setzte sich auf, und seine Miene hellte sich auf, als er Sebastians Gesicht in der kleinen Öffnung erblickte.

»War er denn nicht da?«

Die Tür ging auf, und Sebastian stürmte an dem Wachmann vorbei in die Zelle. Sein Blick war Antwort genug.

»Wohin sind Sie denn gefahren?«

»Nach Märsta.«

Ralph grinste breit und schüttelte den Kopf, als würde der Ortsname alles erklären. »Dort hat es nicht angefangen.«

»Edward ist unberechenbar. Für ihn kann es doch überall ›begonnen‹ haben, wie es ihm gerade passt.«

»So ist es aber nicht. Ich weiß, wo er ist.«

Genau das hatte Sebastian hören wollen. Dort wollte er hin. Er hatte darauf gehofft, dass es sich lohnte, sein Scheitern einzuräumen und Ralph eine Chance zu geben, ein wenig zu glänzen, mehr zu wissen. Aber dies war der reinste Rekord. Jetzt galt es nur noch, den Sack zuzumachen.

»Wo? Wo ist er?«

»Das kann ich Ihnen zeigen.«

Sebastian runzelte besorgt die Stirn. Etwas an Ralphs Stimme verriet ihm, dass Ralph damit nicht meinte, es ihm auf einer Karte zu zeigen.

»Es mir wie zeigen?«

»Ich fahre mit Ihnen mit.«

»Nein.«

Vielleicht war er zu hart gewesen. Er sah, wie Ralphs Enthusiasmus ein wenig schwand, aber es hatte keinen Sinn, geradewegs in eine Sackgasse hineinzudonnern, Ralph irgendwohin mitzunehmen war undenkbar.

»Sie haben gesagt, ich wäre genau wie Edward«, erinnerte ihn Ralph und stand auf. Seine Stimme hatte plötzlich einen harten Klang, der vorher nicht da gewesen war. »Oder sogar besser. Aber er würde nie helfen, ohne dafür eine Gegenleistung zu bekommen. Ich muss dabei sein.«

»Wenn wir ihn fassen?«

Ralph zeigte mit seinem dünnen Zeigefinger auf Sebastian. »Sie werden ihn fassen.« Er deutete auf sich selbst. »Ich werde meine fünfte Frau bekommen. Ich werde größer sein als er. Ich werde der Größte sein!«

Das Letzte sagte er mit einer verträumten Stimme und einem fernen Blick. Sebastian dachte zunächst, er hätte sich verhört. Jetzt überstieg sein Wahnsinn alle Grenzen. Glaubte Ralph tatsächlich, er könnte mitkommen und morden?

Ralph fixierte Sebastian erneut. »Sie sind nicht der Einzige, der gewinnen wird.«

Anscheinend war es so. Das hatte Sebastian befürchtet. Jetzt waren sowohl er als auch Hinde zu Gegenspielern geworden. Alle waren Ralphs Gegenspieler.

Sebastians Handy piepste.

Eine MMS.

Bild Nummer zwei.

Sebastian starrte vor sich hin. Holte tief Luft. Dachte

nach. Kam erstaunlich schnell zu dem Ergebnis, dass es in diesem Fall nicht viel nachzudenken gab, und rief den Gefängniswärter zu sich, der draußen im Korridor wartete.

»Er muss mitkommen.« Sebastian machte eine Kopfbewegung zu Ralph, der siegesgewiss und erwartungsvoll grinste. Der Aufseher kam in die Zelle, und Ralph drehte sich gehorsam mit den Händen auf dem Rücken um. Der Wärter legte ihm Handschellen an, führte ihn durch den Korridor und übergab Ralph und die Schlüssel an Sebastian. Zusammen liefen sie den langen Gang entlang.

Ralph täuschte sich.

Sebastian war der Einzige, der gewinnen würde.

Um jeden Preis.

Sie fuhren mit dem Aufzug nach unten. Beide schwiegen sie, es gab nicht viel zu sagen. Ralph sah immer noch unverschämt zufrieden aus, als Sebastian ihn aus dem Fahrstuhl schob und eine kleine, lilafarbene Metalltür öffnete. Vor ihnen lag ein langer unterirdischer Gang. An der Decke verliefen Rohre mit gelben und grünen Flicken darauf. Bis auf die weißen, halbkugelförmigen Lampen, die alle fünf Meter an der Wand hingen, waren die Wände kahl. Sebastian stieß Ralph in den Tunnel und ging hinterher. Ihre Schritte hallten auf dem blanken Betonboden.

»Wohin gehen wir?«, fragte Ralph.

»Zur Garage.«

Nach zwanzig Metern hielt Sebastian vor einer weiß lackierten Tür mit zwei großen stählernen Hebeln, die nach links zeigten. Mitten auf die Tür war mit einer Schablone das Wort »Schutzraum« aufgemalt worden, und darunter gab ein Plastikschild Auskunft darüber, dass sich hinter dieser Tür höchstens sechzig Personen aufhalten durften.

»Warten Sie ...«

Ralph blieb stehen, aber Sebastian drehte die Metallstangen nach rechts und öffnete die Tür, deren Scharniere quietschten. Er tastete an der Wand entlang, bis er die Schalter fand, schaltete das Licht ein und zerrte an Ralphs Arm.

»Was tun Sie da? Was sollen wir hier?«

Ralph sträubte sich, aber Sebastian schleifte ihn mit sich in den Raum bis zu einem Heizkörper, der gegenüber der Tür an der Wand festgeschraubt war, und holte die Schlüssel für die Handschellen aus der Hosentasche. Er machte Ralphs eine Hand los, drehte ihn um fünfundvierzig Grad und befestigte die freie Handschelle an dem Heizkörper.

»Was tun Sie da?«

»Edward ist gut. Aber er hat vierzehn Jahre in Lövhaga gesessen, weil ich ihn dort hingebracht habe ...«

Sebastian drehte sich um, ging zur Tür zurück und verließ den Schutzraum. Ralph sah sich nervös um. Draußen konnte er Sebastians Schritte in dem unterirdischen Gang widerhallen hören. Der Raum war blendend weiß. An der Längsseite waren zwei Bänke an der Wand befestigt. Davon abgesehen war er leer. Sebastian tauchte wieder in der Tür auf, er hielt einen alten Holzstuhl in der Hand.

»... also bin ich besser«, vollendete er seinen Satz.

Er stellte den Stuhl direkt neben der Tür ab. »Es kann schon sein, dass du besser bist als Edward, aber jetzt bist du an eine Heizung festgekettet ...«

Sebastian drehte sich um und zog die Tür zu. Der kahle Raum verstärkte das Geräusch der schweren Metalltür, als sie ins Schloss fiel, und Sebastian drehte die beiden Hebel an der Innenseite zu. Ralph schluckte. Sie waren eingeschlossen. Das gefiel ihm gar nicht.

»Also bin ich der Beste.«

Sebastian hatte keine Eile, sondern ging mit ruhigen Schritten quer durch den Raum auf Ralph zu. Er stellte sich ganz dicht vor ihn hin. Ralph hatte Schwierigkeiten, ihn anzusehen. Er hatte kein gutes Gefühl bei dieser Sache. Ganz und gar nicht.

»Aber weißt du, was ich nicht bin?« Sebastian wartete Ralphs Antwort gar nicht erst ab. »Ich bin kein Polizist. Also kann ich das hier einfach tun ...«

Plötzlich und ohne Vorwarnung verpasste er Ralph eine Kopfnuss. Sie saß perfekt, Sebastians Stirn traf direkt auf Ralphs Nase. Es knirschte, und das Blut schoss aus beiden Nasenlöchern. Ralph schrie auf und ging zu Boden. Sebastian begab sich mit ruhigen Schritten zu seinem Stuhl zurück und setzte sich. Er sah auf Ralph hinab, der sich mit seiner freien Hand über die Nase wischte und dann das Blut darauf mit einer Miene betrachtete, als könnte er nicht verstehen, dass es sein eigenes war. Es verschaffte Sebastian keinerlei Befriedigung, Ralph zu schlagen, sondern war lediglich ein schnelles und effektives Mittel, um ihn begreifen zu lassen, dass Sebastian zu allem fähig war. Es schien zu wirken. Ralph starrte noch immer schockiert auf das Blut und hatte Tränen in den Augen. Sebastian beugte sich vor, stützte die Unterarme auf die Beine und verschränkte seine Hände.

»Ich kann mir ziemlich gut ein Bild von jemandem machen, indem ich sehe, wie er wohnt. Und ich war bei dir zu Hause.«

Ralph hatte den Kopf in den Nacken gelegt und atmete in kurzen, schnellen Zügen durch die Nase, um den Blutstrom zu stoppen, was dazu führte, dass er das Blut schlucken musste. Er atmete schwer. Kämpfte. Er wollte wirklich nicht verlieren. Man hatte ihm die Macht übergeben, und Sebastian durfte sie ihm nicht wieder wegnehmen. Er hatte nicht vor, das zuzulassen. Er war stärker denn je.

»Es geht darum, Muster aufzuspüren«, fuhr Sebastian fort. »In den kleinen Dingen. Die Zusammenhänge zu erkennen. An deinen Fenstern gab es weder Gardinen noch Rollläden. Auch nicht im Schlafzimmer. Du hattest eine Taschenlampe auf der Toilette und eine neben deinem Bett. In jedem Zimmer eine. Eine Schublade mit Batterien und Ersatzlampen.«

Er machte eine kleine Kunstpause.

»Wenn du mich fragst, magst du die Dunkelheit nicht.«

Der Blick, den Ralph ihm zuwarf, verriet, wie recht er hatte.

»Was passiert in der Dunkelheit, Ralph? Was kommt dann? Wovor hast du so große Angst?«

»Nichts«, flüsterte der kaum hörbar.

»Also macht es dir auch nichts aus, wenn ich hier mal kurz das Licht ausknipse?«

Sebastian richtete sich auf und drehte sich zu dem doppelten Lichtschalter an der Wand um. Ralph antwortete nicht. Er schluckte schwer. Sein Blick flackerte. Sebastian glaubte beobachten zu können, wie Ralph der Schweiß auf die Stirn trat. Dabei war es hier keineswegs warm.

»Bitte! Ich weiß, wo er ist!«, bettelte Ralph mit flehender Stimme.

»Das glaube ich dir gern. Aber wie ich schon zu Edward gesagt habe: Ich habe keine Lust mehr, mit Psychopathen Spielchen zu spielen.«

»Ich habe nicht vor zu spielen.«

»Das Risiko kann ich nicht eingehen.«

Sebastian drückte auf einen der beiden Lichtschalter, und die erste Lampenreihe erlosch. Ralph schrie auf.

»Hier drinnen wird es so dunkel, dass man nicht mal

mehr weiß, ob man die Augen geöffnet hat oder geschlossen.«

Genau wie dort, dachte Ralph. Wie in dem Keller. Genau wie mit ihnen.

Er zitterte und zerrte an der Kette. Begann zu hyperventilieren.

Sebastian zögerte. Ralphs Reaktion war weitaus heftiger, als er es erwartet hatte. Anscheinend stand er furchtbare Ängste aus. Aber Sebastian war gezwungen weiterzumachen. Er war gezwungen, alle nur denkbaren Mittel anzuwenden, alles andere würde er sich selbst nie verzeihen. Sebastian rief sich ein Bild von Annette Willén ins Gedächtnis. Sollte das nicht reichen, hatte er immer noch das Foto von Vanja in seinem Handy.

Es reichte.

Er schaltete das Licht aus.

Ralph stöhnte und hielt die Luft an. Er drückte sich gegen die Wand und rollte sich zusammen, so weit er konnte. Er versuchte, keinen Ton von sich zu geben, aber beim Ausatmen stieß er ein hilfloses Wimmern hervor. Sah er wirklich einen Streifen Licht, oder spielte ihm sein überfordertes Gehirn nur einen Streich, indem es die Erinnerungen heraufbeschwor? Wurde die Tür geöffnet? Ja, so war es. Sie schlichen hinein. Nackt. Sie hatten ihn gefunden. Die Menschen mit den Tiermasken. Die Bestien in Menschengestalt. Sie atmeten. Sie wisperten.

»Schalten Sie das Licht an. Bitte ... schalten Sie das Licht an!«

Ein kleiner Lichtstrahl traf ihn direkt im Gesicht. Die Lampe von Sebastians Handy. Ralph wandte sich dorthin und versuchte, so viel Licht wie möglich aufzunehmen. Er konnte sehen, wie die Tiermenschen in den Schatten um ihn herum lauerten. Sich hin und her wiegten. Mit merkwürdigen, lautlosen Schritten tanzten. Darauf warteten, dass ihn die Dunkelheit erneut verschluckte und sie sich nähern konnten.

Überall sein konnten.

Um ihn herum. Auf ihm. In ihm.

»Wo ist Edward?«, fragte Sebastian, der hinter dem Licht nicht zu erkennen war.

Er machte das Licht am Handy aus.

»Aus.«

Die Dunkelheit. Sie stürzte sich auf ihn.

»An.«

Das Licht kehrte zurück.

»Aus.«

Verschwand wieder.

»An. Wie hast du es lieber?«

Ralph konnte nicht antworten, nur noch keuchen.

»Aus.«

Ralph hielt erneut den Atem an. In der Dunkelheit war es totenstill. Bis auf das Flüstern. Die lautlosen Schritte. Die Bewegung der Körper. Er war nicht allein. Niemals allein.

»Sebastian …«

Keine Antwort. Jemand packte sein Bein. Ralph stieß ein Brüllen aus.

Er wurde zurückgeworfen. In die damalige Zeit.

Zu ihnen.

Es traf ihn mit voller Kraft. Mehr als eine Erinnerung. Er nahm den Geruch war. Den Geschmack. Er hörte die Geräusche. Sie waren hier. Sie packten ihn. Sie waren wild. Es war lange her, doch es würde nie aufhören. Er versuchte, sie abzuschütteln. Warf sich herum, wand sich und strampelte. Er spürte ein Brennen, als die Haut an seinem Handgelenk wundgescheuert wurde. Er schlug seinen Kopf gegen die Heizung. Zerrte erneut an der Handschelle, bis irgendetwas in seinem Handgelenk zerriss. Es spielte keine Rolle. Er konnte sowieso nicht mehr schreien.

Das Licht ging an.

Er badete darin. Gleißendes, erlösendes Deckenlicht. Sebastian kam auf ihn zu. Ralph lächelte ihn dankbar an.

»Wo fing es an, Ralph? Wo sind sie?«

Er wollte es erzählen. Er wollte es herausschreien. Aber er brachte nur ein abgehacktes Stammeln heraus. Sebastian beugte sich vor.

»Åk-er-s-st...«

Sebastian bückte sich noch weiter zu ihm herunter. Spürte Ralphs warmen Atem in kleinen Stößen an seinem Ohr. Jetzt war es nur noch ein tonloses Flüstern. Er lauschte und richtete sich auf.

»Danke.«

Was sollte er sonst sagen? Dies war nicht gerade seine persönliche Glanzstunde. Aber wie oft hatte er gedacht, dass er alles dafür tun würde, um seine Tochter wieder zurückzubekommen. Und dasselbe galt auch, wenn es darum ging, nicht noch eine Tochter zu verlieren.

Er ging wieder zur Tür. Legte den Hebel um und öffnete sie. Dann drehte er sich ein letztes Mal um und sah Ralph auf dem Boden sitzen. Mit Blut, das ihm vom Gesicht rann und die Arme hinab, das Haar an der Stirn festgeklebt, die Augen leer vor sich hin starrend.

Sebastians Handy piepste erneut.

Das dritte Bild.

Er schaltete das Licht aus und verließ den Raum.

Nichts. Nichts. Nichts.

Als sie aus Märsta zurückgekommen waren, hatte Torkel auch zu den anderen drei Tatorten aus den Neunzigern Wagen geschickt, nur um auf der sicheren Seite zu sein. Wie auch immer diese Sache ausging, niemand, und am wenigsten er selbst, sollte sagen können, dass er nicht alles versucht hätte. Deshalb hatte er auch Streifenwagen nach Bromma, Nynäshamn, Tumba und Liljeholmen beordert, den letzten vier Tatorten. Eigentlich glaubte er nicht, dass es Hinde dort hinzog, es waren Ralphs Orte, Hinde besaß keinerlei persönliche Verbindung zu ihnen, aber Torkel hätte Streifenwagen in die ganze Welt hinausgeschickt, wenn er geglaubt hätte, Vanja auf diese Weise retten zu können. Eine Polizistin, die von einem geflüchteten Serienmörder mit einer sexualneurotischen Störung gekidnappt worden war. Niemand würde erwarten, dass er dies wie eine normale Flucht und einen ganz normalen Vermisstenfall behandelte, und das tat er auch nicht. Er forderte so viel Personal an, wie er es für nötig hielt, und darüber hinaus hatten sich viele Kollegen freiwillig zum Dienst gemeldet und gefragt, ob sie helfen könnten. Der Arbeitseinsatz war gewaltig, aber bisher hatte er noch zu nichts geführt. Alle Streifen, die sie losgeschickt hatten, meldeten ein negatives Ergebnis.

Nichts. Nichts. Nichts.

Nirgends.

Torkel dachte über den nächsten Schritt nach. Am naheliegendsten war trotz allem Ralph. Und es spielte keine

Rolle, was er wollte. Er musste mit Ralph sprechen. Wenn er etwas wusste, würde Torkel es aus ihm herausbekommen. Er verließ sein Büro und eilte zum Untersuchungsgefängnis hinüber, doch Ralphs Zelle war leer. Er ging zu einem der Aufseher.

»Können Sie mir sagen, wo Ralph Svensson ist?«

»Ja, Ihr Kollege hat ihn vor ungefähr einer Stunde abgeholt.«

Torkel brauchte gar nicht erst zu fragen, welcher Kollege. Seit sie zum Präsidium zurückgekehrt waren, hatte er Sebastian nicht mehr gesehen. Er war sofort aus dem Auto gestürzt und verschwunden. Vor ungefähr einer Stunde. Torkel holte sein Handy hervor, und Sebastian meldete sich sofort.

»Ja?«

»Wo zum Teufel ist Ralph?«

»Immer mit der Ruhe. Er ist in einem Schutzraum unten im Tunnel. Du kannst gerne zu ihm gehen und ihm das Licht anmachen.«

Torkel atmete aus. Er war selbst dazu bereit, weit zu gehen, um an die Informationen zu kommen, die Ralph möglicherweise besaß, aber er wusste, dass Sebastian noch weiter gehen würde. Vermutlich sogar zu weit.

Für einen kurzen Moment hatte Torkel befürchtet, dass Sebastian den vermeintlichen Serienmörder mit aus dem Präsidium genommen hatte.

»Wo bist du jetzt?«, fragte er, mehr aus Neugier.

Das kurze Schweigen, das darauf folgte, verriet ihm allerdings, dass ihm die Antwort nicht gefallen würde.

»Das kann ich jetzt nicht sagen.«

Er hatte richtig vermutet. Und seine Unruhe kehrte zurück. Ralph war anscheinend in irgendeinem Luftschutzkeller eingesperrt, und Sebastian hatte sich davongeschlichen, ohne zu sagen wohin. Das konnte nur eines bedeuten. Er war dabei, mehr als nur ein bisschen zu weit zu gehen.

»Du weißt, wo Hinde ist«, stellte Torkel müde fest.

»Ja.«

»Gib mir eine Adresse. Bleib, wo du bist, und warte auf uns.«

»Nein.«

»Sebastian, verdammt noch mal! Tu, was ich dir sage!«

»Nein, diesmal nicht.«

Diesmal, dachte Torkel. Als ob er sich je daran gehalten hätte, was Torkel sagte. Oder sonst irgendjemand. Befehle entgegenzunehmen, gehörte nicht zu Sebastian Bergmans Stärken. Wie so vieles andere.

»Du kannst nicht allein zu ihm fahren.« Torkel machte einen letzten Versuch, ihn zu überzeugen. Den richtigen Knopf zu finden, auf den er drücken musste. Zu ihm vorzudringen. »Kann sein, dass du suizidal veranlagt bist, aber denk bitte auch an Vanja.«

»Genau das tue ich ja.«

Mehr sagte Sebastian nicht. Torkel hatte keine Ahnung, was er noch tun sollte. Betteln, bitten, brüllen. Nichts davon würde irgendeine Wirkung zeigen.

»Es tut mir leid, Torkel, aber jetzt geht es nur noch um Hinde und mich.«

Damit legte Sebastian auf.

Die Scheinwerfer des Autos erhellten das Schild von Åkers styckebruk und einen Pfeil, der nach rechts zeigte. Sebastian setzte den Blinker und bog ab.

Was auch immer passieren würde, es wäre bald vorbei.

Torkel musste sich beherrschen, damit er sein Handy nicht auf den Boden schmetterte. Verdammter Idiot. Er meinte natürlich Sebastian, aber auch sich selbst. Er hätte Sebastian nie zu diesem Fall hinzuziehen dürfen. Nicht schon wieder. Nie. Dass er es aber auch nie lernte.

Ehe er das Untersuchungsgefängnis verließ, erzählte er den Aufsehern, wo sie Ralph Svensson finden konnten. Sie sollten ihn abholen und in einen Verhörraum bringen. Er würde in fünf Minuten nachkommen. Erst aber musste er alle Leute, die ihm zur Verfügung standen, darauf ansetzen, Sebastian zu finden. Der musste sich irgendein Auto geliehen haben. Im Idealfall eines, das sie orten konnten. Wenn nicht, konnte er auf jeden Fall herausfinden, wessen Auto es war, und Marke, Modell und Nummernschild zur Fahndung ausschreiben. In der ganzen Region. Einer der Aufseher aus dem Untersuchungsgefängnis rief genau im selben Moment an, als Torkel sein Büro betrat. Sie hätten Ralph Svensson gefunden, aber er sei nicht vernehmungsfähig. Als sie in den Schutzraum gekommen seien, sei er kaum noch ansprechbar gewesen und hätte weder auf Ansprache noch auf Berührung reagiert. Er sei verletzt worden oder habe sich selbst verletzt. Wunden an Kopf und Gesicht. Ein gebrochenes Handgelenk. Jetzt war er auf dem Weg ins Krankenhaus.

Torkel fluchte in sich hinein. Was hatte Sebastian bloß getan? Einen Verdächtigen misshandeln. Damit würde er nicht einfach so davonkommen. Dafür würde Torkel persönlich sorgen.

»Torkel«, hörte er Billys Stimme von der Tür her.

Er fuhr herum.

»Was ist denn jetzt schon wieder?«

»Ich habe etwas gefunden. In Ralphs Computer.«

Seit Billy von dem Haus in Midsommarkransen zurückgekehrt war, hatte er konzentriert gearbeitet. Einerseits, weil er wirklich etwas beitragen wollte. Andererseits, weil die Arbeit ihn von dem Gedanken ablenkte, wie der Abend ausgesehen hätte, wenn er mit Vanja zusammen joggen gegangen wäre. Wenn er ja gesagt hätte. Der Freund gewesen wäre, der er sein sollte. Torkel hatte ihn beiseitegenommen und versucht, ihn davon zu überzeugen, dass er jetzt vermutlich nicht mehr am Leben wäre, wenn er mit Vanja im Lill-Jans-Wald laufen gegangen wäre. Oder dass sie nun stattdessen zwei entführte Polizisten hätten, um die sie sich sorgen müssten. Billy hatte genickt. Das klang ja einleuchtend. Aber es konnte genauso gut sein, dass er und Vanja jetzt hier sitzen würden, wenn er sich mit ihr verabredet hätte. Und dass sie Hinde gefasst hätten. So zu denken war falsch und kontraproduktiv, das wusste er, aber er fühlte sich trotzdem schuldig. Er war ganz einfach gezwungen, alles zu tun, um Vanja zu finden, bevor es zu spät war. Alle, die an diesem Fall arbeiteten, wussten, dass sie sonst sterben würde, aber niemand sprach es offen aus. Die Frage war nur, wie viel Zeit ihnen noch blieb. Schlimmstenfalls war es bereits zu spät. Genau diese Art von Gedanken musste er mithilfe von Arbeit verjagen. Sie lähmten ihn nur. Also hatte er sich in die beschädigte Festplatte von Ralphs Computer vertieft – und dabei tatsächlich Ergebnisse zutage gefördert.

Torkel folgte ihm zu seinem Platz, wo Billy sich auf seinen Stuhl setzte. Torkel beugte sich zum Bildschirm vor.

»Sie haben mit einem Chatprogramm über diese Homepage namens Fyghor kommuniziert. Es ist mir gelungen, Teile ihres Schriftverkehrs zu rekonstruieren.«

»Bitte, komm zur Sache.« Torkel war ungeduldig. Das Wie war ihm egal, ihn interessierte nur das Was.

Billy zeigte auf den Bildschirm. »Guck mal hier ... Ralph erzählt ihm von irgendeinem Ferienhaus draußen im Wald, in das er immer gemeinsam mit seinem Opa gefahren ist. Irgendetwas Unzusammenhängendes mit Menschen, die wie Tiere sind und ...«

»Okay, gut. Und da sind sie jetzt, oder was?« Torkel trieb Billy an.

»Nein, aber Edward hat ihm darauf geantwortet. Es ist ein ziemlich langer Beitrag darüber, wie wichtig es ist, nicht zu vergessen. Er erzählt von irgendeinem Onkel, bei dem er und seine Mutter die Ferien verbrachten, als er klein war. Anscheinend hat dieser Onkel Hinde nie angerührt, aber seine Mutter ziemlich schwer misshandelt. Das verbindet er mit seinen eigenen Erlebnissen. Dass man sie verletzt hat. Schau mal hier.«

Billy zeigte weiter nach unten.

»Ich glaube, dass dort alles anfing.«

»Wissen wir, wo das ist?«

»Ich habe nach Hindes Mutter gesucht und auch ihren Bruder gefunden. Er wohnte in Åkers styckebruk. Inzwischen ist er tot.«

»Hast du eine Adresse?«

»Klar.«

Es wäre einfacher gewesen, wenn Billy ihm schlichtweg ein Post-it mit der Adresse gegeben hätte, dachte Torkel, aber er verstand, was seinen jungen Kollegen angetrieben hatte. Er wollte seine Schuld begleichen. Zeigen, dass er hart gearbeitet hatte. Alles in seiner Macht Stehende getan hatte. Torkel verstand sein Bemühen absolut und klopfte Billy auf die Schulter.

»Gute Arbeit.«

Noch ehe sie das Büro verließen, hatte Torkel die Einsatzgruppe alarmiert.

Erst hatte sie nicht begriffen, was er da tat, als er mit dem Handy in der Hand vor ihr gestanden hatte. Es war so schnell gegangen. Doch als er das Telefon senkte, sie anlächelte und sie bat, das Nachthemd anzuziehen, wurde ihr klar, dass er die Kamera benutzt hatte.

Sie war außer sich geraten vor Wut. Sie hätte es gleich kapieren müssen. Der Zusammenhang war ihr nur deshalb entgangen, weil es ein Handy war und keine normale Kamera. Sie starrte ihn wütend an. Er würde gezwungen sein, ihr das Nachthemd selbst anzuziehen. Nichts konnte sie dazu bringen, das freiwillig zu tun. Sie wusste, dass die Fotoserie Teil seiner Fantasie war, und die Reihen, die sie bei Ralph gesehen hatten, begannen alle auf dieselbe Art und Weise. Zuerst saß die Frau nackt und ausgeliefert da, genau wie sie selbst gerade dagesessen hatte. Auf dem nächsten Bild musste sie das Nachthemd tragen. Das wusste sie.

Dieses Bild zu machen, würde ihn einiges an Zeit kosten. Dafür würde sie schon sorgen.

Statt einer Antwort schüttelte sie den Kopf und versuchte, sich ihm zu entwinden. Er drückte sie gewaltsam auf die Matratze und drohte ihr sowohl mit dem Messer als auch mit der Elektroschockpistole. Sie versuchte, sich so zu wehren, dass sie das Geschehen in die Länge ziehen konnte, ohne dass er eine seiner beiden Waffen benutzen würde. Es war ein schwerer Balanceakt, sich so effektiv zu wehren wie möglich und ihm gleichzeitig das Gefühl zu geben, dass er sein Ziel bald erreicht hätte, dass er siegen würde, ohne sie schlagen zu müssen.

Alles nur, um Zeit zu gewinnen.

In diesem Moment spürte sie es plötzlich. Etwas Hartes und Scharfkantiges ragte neben der Matratze aus der rechten Seite des Bettes und stach ihr in die Hand. Mittlerweile hatte Hinde begonnen, ihr das Nachthemd gegen das Gesicht zu drücken, und sie hatte sich so weit nach rechts geworfen, wie es nur ging, um ihm zu entkommen. Jetzt schielte sie nach dem scharfkantigen Gegenstand, wollte erkennen, was es war. Von ihrer Position aus gelang es ihr jedoch nicht, und außerdem bedeckte das Nachthemd ihre Augen fast komplett. Also versuchte sie, ihn stattdessen mit der Hand zu ertasten, fand ihn jedoch nicht mehr, da sie nicht weiter nach rechts rücken konnte. Sie entschied sich, den Kampf wiederaufzunehmen, diesmal jedoch mit dem Ziel, den scharfen Gegenstand zu erreichen. Sie begann mit einem stummen Brett, stemmte sich mit den Beinen hoch, bäumte sich auf und machte sich hart wie ein Brett, was Hinde für eine Sekunde aus der Fassung zu bringen schien. Dann warf sie sich erneut nach rechts und spürte, dass ihre Hand nun weiter reichte. Ihre Finger tasteten über den Rand der Matratze hinweg und suchten fieberhaft nach dem scharfkantigen Ding. Sie hoffte, dass es lose saß.

Hinde drückte sie wieder brutal nach unten und versuchte, die Kontrolle zurückzuerlangen. Sie ließ ihn gewähren, klammerte sich jedoch am Bettrahmen fest. Es funktionierte. Sie ließ zu, dass er ihr das Nachthemd ein Stückchen weiter überzog, und tastete gleichzeitig mit ihren Fingern. Sie spürte, wie er am Nachthemd zerrte, um es über ihren Kopf zu bekommen, und kämpfte mit dem linken Arm dagegen an. Der rechte suchte weiter, und plötzlich fand sie den Gegenstand wieder. Etwas Metallisches, hart und scharf. Im Gefecht ließ sie es wieder los, aber nun wusste sie ungefähr, wo es war, und hatte es schon bald wieder gepackt. Anscheinend war es eine Feder im Lattenrost, die locker saß. Sie zerrte mit Zeigefinger und Daumen daran, um sie loszubekommen, doch das funktionierte nicht. Also änderte sie ihre Taktik und bog sie vor und zurück, um sie allmählich aus ihrer Halterung zu drehen. Mehrmals, so schnell sie konnte. Vor und zurück.

Schließlich brach sie tatsächlich ab, und Vanja verbarg die Feder blitzschnell in ihrer Hand.

Sie ertrug, dass Hinde ihr das Nachthemd über den Kopf zog, damit er sich voll und ganz darauf konzentrierte, und der Plan ging auf. Er starrte sie aggressiv an. Hob erneut das Messer.

»Ich tue es«, sagte er.

Sie nickte resigniert. Ließ ihn gewinnen. Ergab sich. Sie setzte sich auf und zog sich das Nachthemd ganz über, wobei sie die abgebrochene Sprungfeder in ihrer rechten Faust versteckte. Als sie das Nachthemd nach unten zog, ließ sie die Feder unbemerkt zwischen ihre Beine fallen und verbarg sie unter dem Stoff. Das Metallstück zwischen ihren Oberschenkeln fühlte sich kalt, scharf und unbehaglich an. Aber es war das Gegenteil. Es war ihre Hoffnung.

Hinde fotografierte sie noch einmal mit dem Handy. Dann trat er vor und schnitt den Kabelbinder auf, mit dem ihr linkes Bein ans Bett gefesselt war.

»Dreh dich um!«

Vanja wusste, was jetzt folgte. Sie sollte sich auf den Bauch legen. Erst hatte sie vor, es ihm schwerzumachen, doch dann wurde ihr klar, dass es einfacher wäre, die Feder mitzunehmen, wenn sie sich selbst umdrehte. Sie legte ihr linkes Bein über das rechte, presste ihre Oberschenkel um die Feder und folgte der Bewegung mit dem Oberkörper. Als sich der Kabelbinder an ihrem rechten Bein in die Haut schnitt, schrie sie vor Schmerz auf, aber sie spürte, wie die abgebrochene Feder ihrer Drehung folgte, bis sie schließlich auf dem Bauch lag.

Hinde setzte sich rittlings auf ihre Beine und fesselte ihre Hände mit den Nylonstrümpfen auf den Rücken. Es schien, als hätte er sein Tempo ein wenig gedrosselt, jetzt, wo sie so dalag, bereit für die nächste Phase. Er stand auf und stellte sich ans Bettende. Dann nahm er ihren linken Fuß und spreizte ihr Bein nach außen, ehe er den Fuß mit einem weiteren Nylonstrumpf am Bettgestell festband. Anschließend fesselte er auch ihren rechten Fuß an das Bett, ehe er den Kabelbinder durchschnitt. Mit seiner Arbeit zufrieden, ging er zum Karton. Sie konnte sehen, wie er sich hinabbeugte und die einzelnen Verpackungen der Reihe nach herausnahm. Sie erkannte die Gegenstände wieder. Der Proviant.

Hinde verließ das Zimmer mit den Waren in der Hand. Er musste einen kleinen, abschließbaren Raum finden.

Mit ihren gefesselten Händen schob Vanja mühsam das Nachthemd nach oben, um die kleine Feder zu fassen zu bekommen, die sie nur schwer erreichen konnte.

Sie hoffte, dass Hinde eine Weile weg sein würde. Sie brauchte Zeit.

Der Kiesweg, auf dem er sich befand, war offenbar wenig befahren und daher ziemlich zugewachsen. Er schlängelte sich durch den Wald, der nach einer Weile von offenen Wiesen auf beiden Seiten abgelöst wurde. Ein Stück entfernt erkannte er etwas, das ein Haus sein konnte. Die Scheinwerfer erleuchteten die langen Halme vor der Windschutzscheibe, und es sah aus, als würde er durch ein Meer von trockenem gelbem Gras fahren. Das Licht wurde reflektiert und blendete ihn, er konnte nur dunkle Umrisse von dem Haus erkennen.

Schon bald kam er zu einem Zaun, der wohl so etwas wie einen provisorischen Wendehammer darstellte. Er hielt an, stellte den Motor ab, stieg aus und wartete kurz, bis sich seine Augen an die Dunkelheit gewöhnt hatten. Dann nahm er das Haus genau in Augenschein. Es sah vollkommen verlassen aus, und innen schien kein Licht zu brennen.

Vorsichtig kletterte er über den Zaun. Das Gebäude, das sich vor dem Nachthimmel erhob, trat immer deutlicher hervor. Es war etwa hundert Meter entfernt und wirkte groß, aber keinesfalls einladend. Der Mond tauchte die Dachpfannen und die Fassade in ein bläuliches Licht, und nach einer Weile konnte Sebastian die dunklen Fensteröffnungen erkennen. Er ging darauf zu. In einigen Fenstern sah er den schwach flackernden Schein von Kerzen. Es war, als nähme das Schwarze dort drinnen hier und da einen orangefarbenen Ton an, als bewegten sich unmerkliche Schatten über Fensterrahmen und Wände. Jetzt wusste er, dass er richtig war.

Er setzte seinen Weg fort.

Das hohe Gras raschelte mit jedem Schritt, den er auf sein Schicksal zuging.

Im besten Fall würde er sein Leben gegen ihres eintauschen können. Im schlimmsten Fall würden ihrer beider Leben in dieser Nacht enden.

Vanja war es gelungen, das Nachthemd nach oben zu ziehen und ihren Rücken so weit nach hinten zu biegen, dass sie mit ihren gefesselten Händen zwischen ihre Beine greifen konnte und die Feder erneut zu fassen bekam. Sie versteckte sie in ihrer rechten Faust. Allerdings konnte sie die Nylonstrümpfe nur anritzen, wenn Hinde nicht im Zimmer war, und das war er viel zu selten. Vor einer Weile war er kurz hinausgegangen, um Kerzen anzuzünden. Ansonsten hielt er sich bei ihr auf. Er schien auf jemanden zu warten. Es schien, als wäre das Ritual, auf das er bisher so großen Wert gelegt hatte, mit einem Mal nebensächlich geworden. Die meiste Zeit ging er abwartend auf und ab.

Vanja hatte das Gefühl, dass sie nicht länger die Hauptperson war. Offenbar lag sie hier aus einem anderen Grund, als sie zunächst gedacht hatte. Damit konnte sie gut leben. Sie spürte das spitze Ende der Feder in ihrer Handfläche und wartete nur darauf, dass Hinde endlich verschwand, damit sie sich um die Nylonstrümpfe kümmern konnte. Bisher waren ihre Hände noch genauso stramm gefesselt wie zuvor, und obendrein wurden sie durch die begrenzte Blutzufuhr allmählich kalt. Am meisten beunruhigte sie allerdings, dass ihre Muskeln immer mehr erschlafften. Es war fraglich, wie lange sie noch durchhalten würde.

Wenn er doch nur aus dem Raum gehen würde.

Aber er stand immer noch da. Nun vollkommen reglos.

Sebastian spähte durch das zerbrochene Fenster neben der Haustür in einen Raum hinein, der allem Anschein nach einmal die Küche des Hauses gewesen war. Es war schmutzig dort drinnen, und die Wände waren bekritzelt. Jemand hatte die Spüle aus der Wand gerissen, in einer Ecke stand ein alter Holzfeuerofen vom Beginn des vorigen Jahrhunderts und wurde vom Mondlicht beschienen. Ein Stück entfernt erahnte Sebastian den Schein einer Kerze, die wahrscheinlich im Zimmer nebenan stand. Er lauschte angestrengt, konnte jedoch nichts hören. Schlich zu der Eingangstür, die nur angelehnt war. Davor lagen Glassplitter. Er richtete sich auf.

Es war an der Zeit, sich bemerkbar zu machen.

Die Tür knarrte laut, als er sie aufzog und in den kleinen dunklen Flur trat.

»Ich bin jetzt da«, rief er und blieb stehen, um die Reaktion abzuwarten. Es kam keine. Das Haus lag genauso still da wie zuvor.

Anscheinend war Hinde noch nicht bereit, sich zu zeigen.

Sebastian ging nach links und gelangte in die Küche, die er von außen gesehen hatte. Der halbe Fußboden war eingebrochen, und er musste um das schwarze Loch in der Mitte des Raums herumgehen. Es roch muffig und schimmelig, und er bewegte sich auf das flackernde Licht im Zimmer nebenan zu. Es war groß und pompös, vermutlich hatte sich hier einst der Speisesaal des Hauses befunden. Ein großer dunkler Abdruck auf dem bleichen Holzboden ließ erkennen, wo einmal ein Teppich gelegen hatte, und die Tapeten waren von der Last der Zeit gewellt und lösten sich in Streifen ab. Es sah aus, als hätten die Wände Arme, die sich ihm entgegenstreckten. Auf einem alten zierlichen Heizkörper aus Metall stand eine einsame Kerze, die nur mit einigen Tropfen Wachs befestigt war.

Von dem Raum aus konnte Sebastian in zwei Richtungen weitergehen. Direkt vor ihm lag noch ein großes Zimmer, und rechts führte ein anderer Korridor weiter ins Haus hinein. Von dort konnte er ebenfalls eine Kerze flackern sehen. Vielleicht wollte Hinde, dass er den Kerzen folgte.

Das tat er jedenfalls.

Sie hörte die Stimme. Erst konnte sie sie nicht einordnen. Oder besser: Sie konnte die Stimme nicht mit der Situation in Einklang bringen.

Mühsam drehte sie sich zu Hinde um und begriff, dass sie richtig gehört hatte. Sein Gesicht leuchtete vor Erwartung.

Er sah Vanja mit einem hochkonzentrierten Gesichtsausdruck an. Dies war die Stimme, auf die er gewartet hatte. Lange, lange Zeit.

Hinde nahm das Messer und schlich sich durch die Tür. Sie sah ihm nach und vergaß für einen Moment die Feder in ihrer Hand.

Was tat Sebastian hier? Und warum warnte er Hinde, bevor er ins Haus ging?

Das konnte doch nicht sein. Sebastian tat niemals etwas für jemand anderen als sich selbst. So funktionierte er. Das wusste sie ja.

Und trotzdem war er hier.

Sebastian war mit dem Untergeschoss durch. Bis auf einige weitere Kerzen und etwas altes Gerümpel war es leer. Er ging zurück zu der Treppe, die nach oben führte und an der er beim Suchen mehrmals vorbeigekommen war. Jetzt sah er vorsichtig hinauf und lauschte. Rief erneut.

»Hallo.«

Aber wieder bekam er keine Antwort.

Er stieg die Treppe hoch und sah auf halber Höhe eine weitere Kerze. Allmählich war er das Spielchen leid.

Er rief erneut. Noch lauter: »Edward, ich weiß, dass du hier bist.«

Er ging weiter nach oben. Einige Stufen waren so verwittert, dass er über sie hinwegsteigen musste.

Oben angekommen, befand er sich in einem weiteren Flur. Auf beiden Seiten gingen Türen ab, und ganz am Ende befand sich noch eine. Alle verschlossen.

Sebastian ging auf die erste Tür zu und öffnete sie. Verrammelte Fenster, alles pechschwarz. Er öffnete die Tür ganz, damit das wenige Licht aus dem Flur hineindrang, und betrat das Zimmer. Es wirkte leer. Schräg in einer Ecke stand ein alter Schreibtisch. Sonst nichts.

Er wollte gerade wieder hinausgehen, als er ein leises Geräusch hinter sich in der Dunkelheit wahrnahm. Er drehte sich blitzschnell um. Zu spät. Schon spürte er Hindes Atem im Gesicht und das Messer an seiner Kehle. Er versuchte, ganz ruhig zu bleiben, und ließ sich von Hinde an die stinkende, feuchte Wand drücken.

»Auf diesen Moment habe ich gewartet«, zischte Hinde.

Er kam Sebastian so nahe, dass der Hindes Erregung förmlich spüren konnte. Er hielt still. Das Messer war scharf. Wenn Hinde nur ein wenig stärker drückte, würde es direkt durch Sebastians Haut gleiten.

»Ich habe auf dich gewartet, aber jetzt müssen wir anfangen.«

Sebastian blickte Hinde in die Augen. Trotz der spärlichen Beleuchtung konnte er sie funkeln sehen.

Sie lebte. Vanja lebte noch.

»Lass sie frei. Ich bin doch jetzt da.« Sebastian versuchte, so überzeugend wie möglich zu klingen. »Das ist eine Sache zwischen dir und mir.«

Hinde lächelte ihn an. Sein Blick sagte alles. Und sein Kopfschütteln bestätigte Sebastians schlimmste Befürchtungen.

»Nein. Ich möchte, dass du zusiehst. Dir gefällt es doch so sehr, mich zu studieren. Ich dachte, du solltest die Gelegenheit bekommen, es aus nächster Nähe zu tun.«

Sebastian versuchte, die Ruhe zu bewahren. Aber das war schwer. »Lass sie frei. Nimm mich stattdessen.«

»Stattdessen? Niemals. Dazu, das vielleicht.«

Mit einem Ruck drehte er Sebastian um, sodass er nun hinter ihm stand. Das Messer hielt er ihm noch immer an die Kehle.

Er stieß Sebastian aus dem Zimmer in den Flur hinaus.

»Jetzt bestimme ich«, sagte er.

Als wollte er das unterstreichen, drückte er das Messer so fest an Sebastians Hals, dass der kaum noch Luft bekam. Hinde schob ihn vor sich her bis zum Ende des Korridors. Die Tür kam immer näher, und Sebastian begriff, dass es hier passieren sollte. Der Raum hinter der letzten Tür war das Ziel.

Obwohl er wusste, dass es zwecklos war, konnte er nicht anders. Er flehte.

Er durfte sie nicht verlieren.

»Bitte, nimm mich stattdessen. Bitte!«

»Wie heroisch von dir. Aber dafür hast du ja auch gute Gründe«, spottete Hinde.

Sie hatten die Tür erreicht.

Hinde riss sie mit der freien Hand auf.

»Wir sind jetzt da!«, rief er spöttisch.

Es dauerte einige Sekunden, bis Sebastian und Hinde die Konsequenzen dessen begriffen, was sie sahen.

Das Bett war leer. Dort, wo Vanja vorher gefesselt gewesen war, lagen jetzt nur noch zwei zerrissene Nylonstrümpfe. Überrascht ließ Hinde Sebastian los.

Der reagierte blitzschnell, drückte die Hand mit dem Messer von seinem Hals weg und konnte sich befreien. Er drehte sich zu Hinde um, der noch immer verblüfft dastand.

»Lief das nicht wie geplant?«

Enttäuscht und rasend vor Wut begann Hinde, ihn mit dem Messer zu attackieren. Sebastian wich zurück, auf das Bett zu. Obwohl er wusste, dass er sich in einer ziemlich ausweglosen Lage befand, freute er sich auch ein wenig. Es schien, als wäre Vanja entkommen. Und das war das Wichtigste. Er war bereit gewesen, sich für sie zu opfern, als er das Haus betreten hatte. Das war er immer noch.

Hinde schwang erneut das Messer in seine Richtung, und Sebastian wich in eine Ecke des Zimmers zurück. Bald wäre er gefangen. Er suchte fieberhaft nach etwas, mit dem er sich schützen konnte, sah jedoch nichts. Je länger er durchhielt, desto mehr Vorsprung bekam Vanja. Er versuchte, rückwärts auf das Bett zu steigen, stolperte jedoch und fiel darauf. Blitzschnell war Hinde über ihm, und obwohl Sebastian sich mit Tritten wehrte, gelang es Hinde, ihm das Messer in die Wade zu jagen. Es schmerzte fürchterlich. Sebastian zog sich mit beiden Händen am Bettgestell hoch und versuchte, von Hinde wegzukommen. Er sah, wie das Blut aus der Wunde in seinem Bein hervorsprudelte.

Hinde blieb stehen und beobachtete wortlos Sebastian, der sich in die Ecke zurückzog, das Bein hinter sich herziehend. Nun ließ er sich plötzlich wieder Zeit.

»Es lief vielleicht nicht ganz so, wie ich es wollte. Aber immerhin habe ich dich bekommen.« Langsam ging er auf Sebastian zu. Die eiskalte Ruhe in seinem Blick war wieder da, als er auf den blutenden Mann in der Ecke hinabsah. Er hob das Messer.

Sebastian sah ihn an. Ihm blieben keine Fluchtmöglichkeiten mehr. Er bereitete sich auf das vor, was nun folgen würde.

Er sah das Messer aufblitzen und durch die Luft schnellen. Dann spürte er einen irrsinnigen Schmerz im Bauch. Hinde zog das Messer heraus und hob es erneut an. Diesmal zielte er höher.

»Weißt du was? Du bekommst einen Stich für jedes Jahr, das ich in Lövhaga sitzen musste. Bleiben also noch zwölf.«

Sebastian spürte, wie er allmählich das Bewusstsein verlor, aber er kämpfte, um wach zu bleiben, und es gelang ihm, eine Antwort hervorzustoßen. »Vanja hat es geschafft«, sagte er mit einem letzten Lächeln. Hinde sah ihn wütend an und hob erneut das Messer.

In diesem Moment entdeckte Sebastian sie plötzlich. Sie kam mit irgendetwas in der Hand durch die Tür gesprungen.

Sie, die doch unbedingt hätte wegrennen sollen. Sie, die nicht mehr hätte hier sein sollen.

Nein!

Hinde nahm die Bewegung hinter sich im letzten Moment wahr und drehte sich um. Er sah die Elektroschockpistole in Vanjas Hand und konnte sich rechtzeitig ducken, als sie damit auf ihn losging. Im Gegenzug drehte er das Messer in seiner Hand und verpasste ihr mit der Rückseite der Klinge einen brutalen Schlag gegen den Kopf. Vanja ließ die Elektroschockpistole fallen und sank zu Boden. Hinde warf sich über sie. Sie wehrte sich, doch es gelang ihm, ihr erneut einen Schlag zu verpassen. Dann hielt er inne und starrte auf ihren regungslosen Körper.

Er lächelte Sebastian an. »Das nenne ich wahre Liebe. Dass sie zurückgekommen ist.«

Mit letzter Kraft kroch Sebastian auf Vanja zu. Sein Hemd, seine Hosen, alles war blutig. Auch das Bein zog er in einer Blutspur nach.

»Tu es nicht. Bitte tu es nicht!«

Hinde betrachtete ihn zufrieden.

»Du mögest mir verzeihen, aber ich werde direkt zum Finale übergehen.« Er blickte auf Vanja herab, packte sie am Haar, bog ihren Kopf zurück und entblößte so ihren Hals.

»Schau es dir genau an, Sebastian. Das ist das Letzte, was du in deinem Leben sehen wirst.«

Sebastian spürte keinen Schmerz mehr. Fühlte gar nichts mehr. Er kroch immer weiter, aber er hatte das Gefühl, nur wenige Millimeter vorwärtszukommen.

Es würde jeden Moment vorbei sein.

Hinde hob das Messer, als plötzlich eine Stimme von der Tür her zu hören war.

Irgendwie sah die verschwommene Gestalt dort aus wie Billy, dachte Sebastian träge.

Billy. Was machte der hier?

Er hörte einen Schuss und sah, wie Hinde nach hinten umfiel.

Dann wurde alles schwarz.

Sebastian hatte keinerlei Erinnerung an die Fahrt mit dem Rettungswagen, die Ankunft im Krankenhaus oder die Operationsvorbereitung. Nichts. Das Erste, was er bewusst wieder wahrnahm, nachdem er Hinde hatte zusammensacken sehen, war der Aufwachraum, in dem er seine Augen aufschlug. Die genähte Bauchwunde spannte und schmerzte höllisch, und ein sehr enthusiastischer Arzt erklärte ihm, dass er unglaubliches Glück gehabt und welche Verletzungen er davongetragen habe, und welche – viel ernsteren – Verletzungen er hätte davontragen können.

Sebastian hörte nicht mehr zu. Er lebte, und er würde wieder gesund werden, alles andere interessierte ihn nicht.

Die Ärzte nahmen einige Proben und führten Tests durch. Dann kamen Vanja und Torkel herein. Sie erkundigten sich, wie es ihm ging. Füllten die Erinnerungslücken zwischen Hindes Messerattacken und jetzt.

»Hast du viel Ärger bekommen?«, fragte Sebastian an Torkel gerichtet, der ziemlich müde aussah. Vermutlich hatte er gar nicht geschlafen.

»Noch nicht, aber der Tag hat ja auch gerade erst angefangen.«

»Das tut mir leid.«

»Ich werde es überleben.« Torkel zuckte mit den Schultern. »Vanja geht es gut, wir haben sowohl Ralph Svensson als auch Roland Johansson gefasst, und Hinde ist tot. Du kennst doch unseren Verein. Der Weg zählt nichts. Das Ziel ist alles.«

»Ihr habt auch Roland gefasst?«

»Ja, er war in einem anderen gestohlenen Auto auf dem Weg nach Göteborg.« Torkel schwieg für einen kurzen Moment, er schien zu überlegen, ob er weiterreden sollte. »Und du erinnerst dich ja sicher noch an Trolle Hermansson«, sagte er dann mit gedämpfter Stimme.

Sebastian richtete sich ein wenig in seinem Bett auf. Er hatte nicht damit gerechnet, Trolles Namen zu hören. Nicht jetzt. Wo alles vorbei war. Wo er in Sicherheit war. Und Torkel klang so ernst.

»Ja ...?«

»Wir haben ihn tot aufgefunden. In dem Toyota.«

»Oh, Scheiße.«

Torkel schüttelte resigniert den Kopf.

»Er muss irgendwelche privaten Ermittlungen angestellt haben. Wahrscheinlich hat er nicht begriffen, in was er sich da hineinbegeben hat.«

Sebastian nickte schwach. Das stimmte wohl. Trolle hatte nicht begriffen, auf was er sich einließ, als er beschlossen hatte, Sebastian zu helfen.

»Armer Teufel.«

»Ja ...«

Mehr gab es dazu nicht zu sagen. Der Fall war abgeschlossen. Und er war alles, was sie noch miteinander zu tun hatten. Vermutlich würden sie sich lange nicht wiedersehen. Das wussten sie beide.

»Ich muss ins Büro und die Berichte unterschreiben«, erklärte Torkel mit einer kleinen Geste zur Tür hin, um zu signalisieren, dass er jetzt gehen wollte. Er wandte sich Vanja zu: »Soll ich dich mitnehmen?«

»Nein danke, ich bleibe noch kurz.«

»Okay. Gute Besserung, Sebastian. Wir sehen uns.«

Eine Standardphrase, die nichts zu bedeuten hatte.

Torkel verließ das Zimmer, und die Tür glitt lautlos hinter

ihm zu. Vanja ging mit ruhigen Schritten durch das Zimmer und trug einen Stuhl heran, der neben einem der anderen Betten gestanden hatte. Sebastian folgte ihr neugierig mit dem Blick, als sie sich neben sein Kopfende setzte.

»Ich wollte mich bei dir bedanken.«

»Ist schon in Ordnung.«

»Ich habe dich gehört, draußen in diesem Hausflur. Du hast angeboten, er solle dich nehmen statt mich. Warum?«

Sebastian zuckte mit den Schultern. Sogar das bereitete ihm Schmerzen, und er verzog das Gesicht. »Weil ich eben gerne zur Rettung herbeistürme wie ein verdammter Ritter.«

Vanja lächelte ihn an und stand auf. Sie beugte sich vor und umarmte ihn. »Danke«, flüsterte sie.

Sebastian konnte nicht antworten und wollte es auch nicht. Er wollte diesen Augenblick festhalten, die Zeit anhalten. Vanja umarmte ihn. Bedachte ihn mit Zärtlichkeit. Nach der er sich so gesehnt hatte. Monatelang. Eigentlich noch länger, wenn er ehrlich war. Wie lange war es her, dass ihm gegenüber jemand echte Zuneigung gezeigt hatte. Ellinor natürlich, aber sie war eben nur ... Ellinor.

Er erwiderte die Umarmung. Ein wenig zu lang, Vanja schien aber nicht misstrauisch zu werden.

Sie lächelte ihn erneut an, als sie sich wieder auf den Stuhl setzte.

Sebastian atmete so vorsichtig aus, wie er nur konnte. Die Umarmung hatte irrsinnig geschmerzt, aber sie war es wert gewesen.

»Und, was hast du jetzt vor?«, fragte Vanja.

»Hast du diese kleine Krankenschwester gesehen, die hier ...«

Sie knuffte ihn scherzhaft. Auch das tat weh. Er fragte

sich, ob er überhaupt noch irgendetwas machen konnte, was nicht schmerzhaft war.

»Ich meinte arbeitsmäßig.«

»Ich weiß es nicht.«

Vanja nickte und sah kurz auf ihre Hände herab, die auf ihren Knien lagen, ehe sie wieder den Kopf hob und ihm ehrlich in die Augen sah.

»Ich könnte mir vorstellen, wieder mit dir zu arbeiten.«

»Wirklich?«

»Ja.«

»Das bedeutet mir viel.«

Er hielt ihren Blick fest und hoffte, sie würde sehen, dass er es wirklich ernst meinte. Keine Phrase. Keine Ironie und kein Zynismus. Echtheit.

Im nächsten Moment klingelte Vanjas Handy. Der besondere Augenblick – falls es ihn wirklich gegeben hatte – war vorbei. Sie nahm das Telefon aus der Tasche und schaute aufs Display.

»Oh, da muss ich rangehen.«

Sie wandte sich vom Bett ab und antwortete. »Hallo, Papa. ... Nein, ich bin im Krankenhaus. Bei Sebastian ... Ja, genau dem Sebastian.«

Sie warf ihm ein kurzes Lächeln zu. Er lächelte zurück. Zumindest hoffte er, dass es ihm gelang. Er hatte mit so vielen Gefühlen zu kämpfen.

Freude, Trauer, Stolz, Schmerz.

»Ja, ich war dabei«, fuhr Vanja fort. »Aber das ist eine lange Geschichte. Kann ich dich nachher zurückrufen? ... Okay. Ich liebe dich auch.«

Sie beendete das Telefonat und steckte das Handy wieder ein.

»Das war mein Vater. Er hat im Internet von Hinde gelesen.«

»Er weiß nicht, was passiert ist?«

»Nein, und ich bin mir nicht sicher, wie viel ich ihm wirklich erzählen soll. Er macht sich immer solche Sorgen. Eigentlich würde ich ihn lieber davor bewahren. Und Anna.«

Das war anscheinend ein Familiencharakterzug, dachte Sebastian. Die anderen vor unangenehmen Wahrheiten zu bewahren. Vor so einer, wie er es war.

»Ich muss jetzt los«, erklärte Vanja und stand auf. »Dann kannst du dich endlich ein bisschen ausruhen.«

Sie nahm den Stuhl und trug ihn wieder zurück an seinen Platz.

»Er kann froh sein, dass er dich hat. Dein Vater«, sagte Sebastian zu ihrem Rücken.

»Ich bin froh, dass ich ihn habe. Er ist großartig.«

»Ja, das ist er bestimmt.«

Vanja stellte den Stuhl ab und ging zur Tür. Aber sie blieb mit der Hand auf der Klinke stehen. Als würde sie den Raum nur widerstrebend verlassen.

»Okay, dann gehe ich mal. Pass auf dich auf.«

»Du auch.«

Er sah sie davongehen. Nicht im Zorn. Nicht nach einem heftigen Wortgefecht. Nicht nach einem Kampf. Und Sebastian traf einen Entschluss. Was auch immer es war, das Trolle über Valdemar herausgefunden hatte – er würde es niemals gegen ihn verwenden. Dessen war er sich jetzt vollkommen sicher. Verletzte er Valdemar, verletzte er auch Vanja. Dieser Schluss war glasklar und selbstverständlich, aber bisher war er verblendet gewesen. Das war nun vorbei. Er würde sich nicht einmal ansehen, was Valdemar getan hatte. Sobald er nach Hause kam, würde er den Inhalt der Tüte verbrennen. Trolle sollte Valdemars Geheimnis mit ins Grab nehmen.

Er drehte sich ein wenig im Bett, was natürlich weh tat.

Dann ließ er seinen Blick aus dem Fenster schweifen. Es war noch früh am Morgen, aber die Sonne wärmte bereits. Es würde ein schöner Tag werden.

Was er vorhätte, hatte sie ihn gefragt.

Immerhin wusste er jetzt, was er nicht vorhatte.

Er würde nicht ihr Vater werden. Niemals. Er würde aufhören, sich darum zu bemühen. Wenn er klug vorging, würde er trotzdem in ihrer Nähe sein dürfen. Von ihr akzeptiert werden. Nicht geliebt, aber vielleicht wenigstens ein bisschen geschätzt.

Und das war gut.

Da es in seinem Leben nicht viele Dinge gab, die gut waren, wäre es dumm, dieses eine wegzuwerfen.

Das würde sich schon lösen.

Das spürte er.

Alles würde sich lösen.

Billy kam früh zur Arbeit. Er war als Erster da. My hatte bei sich zu Hause geschlafen, weshalb es keinen echten Grund gegeben hatte, länger im Bett liegen zu bleiben. Er hatte sowieso nur so vor sich hin gedöst, außerstande, in einen echten Schlaf zu fallen.

Er hatte einen Mann erschossen.

Ihn getötet.

Er hatte keine Wahl gehabt, das musste ihm niemand versichern, obwohl Vanja und Torkel es direkt im Anschluss getan hatten. Billy war sich hundertprozentig sicher, dass Hinde Vanja umgebracht hätte, wenn Billy nicht geschossen hätte. Aber hätte er ihn töten müssen? Das war unmöglich zu sagen. Selbst ein verletzter Hinde hätte Vanja innerhalb von Sekunden Schaden zufügen können. Sogar tödlichen. Billy hatte es ganz einfach nicht gewagt, dieses Risiko einzugehen.

Vanja und er hatten anschließend kurz miteinander geredet, während sie auf den zweiten Krankenwagen warteten, nachdem der erste Sebastian abgeholt hatte.

Sie hatten sich wieder vertragen.

Kidnapping und Todesschüsse hatten sich als gute Konfliktlösung erwiesen.

Alles andere wirkte dagegen plötzlich ziemlich nichtig.

Unwichtig und überwindbar.

Er setzte sich an den Computer und überlegte kurz, ob er duschen gehen sollte. Aber zum einen war er nicht sehr verschwitzt, er war in gemütlichem Tempo zum Präsidium geradelt und hatte das nahezu leergefegte, sommerliche

Stockholm genossen, zum anderen musste er die Chance zum Arbeiten nutzen, solange er noch arbeiten durfte. Es würde eine interne Untersuchung geben. Er hatte nicht nur seine Waffe gezogen und geschossen, sondern auch einen tödlichen Schuss abgegeben. Wahrscheinlich würde er überprüft und am Ende entlastet werden, davon war er überzeugt. Also konnte er auch noch duschen, wenn die internen Ermittler kamen und ihn abholten.

Er fuhr Ralphs beschädigte Festplatte hoch. Das war zwar nicht dringend nötig, denn sie hatten alles, was sie von Ralph Svensson brauchten. Fingerabdrücke, DNA, Blutspuren von seinen Opfern, die Nylonstrümpfe, seine Sammlung Zeitungsausschnitte und nicht zuletzt ein Geständnis. Niemand würde noch nach dem Inhalt des rekonstruierten Computers fragen, um Ralph zu überführen.

Billy tat es nicht für die Ermittlungen, sondern einfach für sich selbst.

Genau wie gestern, als er sich um Vanja gesorgt hatte, half ihm die Arbeit auch jetzt, die unwillkommenen Gedanken zu verscheuchen. Über den Schuss. Und darüber, dass er ein Menschenleben auf dem Gewissen hatte. Außerdem waren es genau diese Tätigkeiten, in denen er gut war und die ihm Spaß machten. Genau hier lag für ihn die Herausforderung. Hier brachte er Ergebnisse. My konnte sagen, was sie wollte. Seine »alten« Aufgaben hatten ihn zu Hinde geführt. Und Vanja gerettet.

Mittlerweile war Billy bei jenem Teil ihrer Konversation angelangt, in dem Hinde Ralph erklärte, dass es nun an der Zeit wäre, die Fantasien hinter sich zu lassen und zur Tat zu schreiten. Hinde wählte ihm die Opfer aus. Eine Frau nach der anderen. Maria Lie, Jeanette Jansson Nyberg, Katharina Granlund. Gab ihm Namen und Adressen.

Gleichzeitig lieferte Ralph regelmäßig Berichte darüber

ab, mit welchen neuen Frauen Sebastian Sex gehabt hatte. Unter anderem mit Annette Willén. Hier war Hindes Antwort nahezu direkt gekommen. Sie sollte noch am selben Tag sterben. Damit die Verbindung zu Sebastian unmissverständlich deutlich wurde. Es war ein merkwürdiges Gefühl, diese kurzen und korrekten Zeilen zu lesen und zu wissen, dass sie zum Tod der vier Frauen geführt hatten.

Billy las weiter.

Einen der Namen kannte er.

Anna Eriksson.

War das nicht ...?

In Västerås hatte Sebastian Billy gebeten, ihm beim Aufspüren einer Adresse behilflich zu sein. Von einer gewissen Anna Eriksson. Derselbe Name. Er war zwar ziemlich gewöhnlich, aber dies schien doch etwas zu viel des Zufalls. Billy hatte Sebastian dabei geholfen, die Adresse zu finden. Was hatte das zu bedeuten?

Er verkleinerte das Fenster mit dem Inhalt von Ralphs Festplatte und öffnete den Ordner mit dem Titel »Västerås« auf seinem Desktop. In ihm klickte er eine Datei an, die »Alles Mögliche« hieß und genau das enthielt. Lose Fährten und anderes, das während der Ermittlung aufgetaucht war und das er mit nichts Konkretem verknüpfen konnte. Darunter die Adresse.

Storskärsgatan 12.

Er gab Namen und Adresse im Internet ins Telefonbuch ein. Es stimmte. Dort wohnte Anna Eriksson zusammen mit einem Valdemar Lithner.

Lithner.

Moment mal.

Vanjas Mutter hieß Anna.

War Sebastians Anna Eriksson etwa Vanjas Mutter?

Alle Puzzleteile lagen vor ihm, aber er konnte sie nicht

zusammensetzen. Also ging er jetzt methodisch vor. Fing ganz von vorn an.

Sebastian suchte nach einer Anna Eriksson.

Wie sich herausstellte, wohnte sie in der Storskärsgatan.

Sie war Vanjas Mutter.

Ralph erstattete Hinde Bericht über eine Anna Eriksson in der Storskärsgatan 12 als mögliches Opfer.

Bedeutete das etwa, dass Sebastian mit ihr geschlafen hatte? So musste es gewesen sein. Irgendwann einmal jedenfalls.

Sebastian und Vanjas Mutter.

Konnte Vanja Sebastian deshalb nicht ausstehen?

Billy lehnte sich zurück. Vielleicht steckte mehr dahinter. Warum hatte Sebastian in Västerås nach einer Anna gesucht? Hätte er gewusst, dass sie Vanjas Mutter war, hätte er ja genauso gut Vanja nach ihr fragen können. Aber das hatte er nicht getan. Was hatte das zu bedeuten? Hatte er es nicht gewusst, oder hatte er sie nicht fragen wollen?

Instinktiv spürte Billy, dass er an dieser Stelle besser aufhören sollte nachzugrübeln. Vielleicht sogar die Angaben über Anna Eriksson löschen, die er gerade erneut geöffnet hatte. Diese Informationen konnte ohnehin niemand gebrauchen. Trotzdem grübelte er noch eine Weile. Am Ende siegte seine Neugier doch, aber das musste ja niemand wissen. Er löschte den Verlauf seines Computers und die betreffenden Daten von Ralphs Festplatte.

Dies würde sein eigenes kleines Projekt werden.

Wie es so schön hieß, im Internet konnte man alles finden. Billy wusste, dass das stimmte. Und während der internen Untersuchung hätte er alle Zeit der Welt, um dieser Sache nachzugehen.

Ellinor wachte um kurz vor sechs auf. Sebastian war nicht zu Hause. Es sah so aus, als wäre er die ganze Nacht über weg gewesen. Seine Decke und sein Kissen waren unberührt. Ellinor blieb liegen. Eigentlich brauchte sie auch nicht aufzustehen, sie hatte sich die ganze Woche freigenommen, und niemand wartete auf sie.

Aber sie wartete auf jemanden.

Sie reckte sich nach dem Telefon auf dem Nachttisch und wählte Sebastians Handynummer. Er ging nicht ran. Genau wie gestern Abend. Das letzte Mal hatte sie es um kurz nach eins versucht. Wo steckte er bloß? Was tat er? Sie konnte unmöglich wieder einschlafen, also stand sie auf, zog sich eines seiner Hemden über und ging in die Küche. Sie füllte den Wasserkocher und stellte ihn an. Während das Wasser heiß wurde, schmierte sie sich zwei Brote mit Frischkäse und belegte sie mit Tomaten. Sie machte sich einen Tee und holte die Zeitung aus dem Flur, bevor sie zu frühstücken begann. Ihr Blick wanderte zum Fenster und verharrte an dem Fallrohr des gegenüberliegenden Hauses. Sie kannte Sebastian zwar noch nicht lange, aber er schien nicht der Typ zu sein, der die ganze Nacht durcharbeitete. Also, wo war er? Warum war er nicht an sein Handy gegangen oder hatte zurückgerufen?

War er ihr untreu?

Er hatte bei dem Telefonat gestern Abend irgendetwas über einen oder eine Hinde gesagt, bevor er verschwunden war. Oder mit einem oder einer Hinde. War das ein Nachname? War es eine Frau?

Brauchte hier etwa jemand ein freundliches und klärendes Gespräch darüber, wer zu wem gehörte und was falsch daran war, etwas stehlen zu wollen, das jemand anderem gehörte? Ihr früherer Mann hatte sie betrogen. Sie verlassen.

Jetzt war er tot.

Aber wenn sie an die letzten Tage zurückdachte, schien ihr dieser Verdacht eher unbegründet. Sebastian war sehr anhänglich gewesen. Er hatte wirklich darum gekämpft, sie zu sich zu holen. Da würde er sie doch wohl kaum betrügen, sobald sie eingezogen war, sobald er bekommen hatte, was er wollte. Bisher war er immer nur liebevoll zu ihr gewesen.

Der perfekte Mann.

Sie hatte ihn zu schnell verurteilt und schämte sich ein wenig. Also beschloss sie, das wiedergutzumachen, wenn er zurückkam. Sein schnelles Verschwinden und sein nächtliches Fortbleiben konnten andere Gründe haben. Mussten andere Gründe haben. Sie ging in Gedanken den gestrigen Tag durch, während der Tee in ihrer Tasse kalt wurde. Er hatte gestresst gewirkt, als er gegangen war. Irgendwelche Probleme vielleicht. Beruflicher oder privater Natur. Natürlich hätte sie sich gewünscht, dass er mit ihr redete, wenn ihn etwas bedrückte, aber manche Männer mussten eben stur sein und alles mit sich selbst ausmachen. Es fiel ihnen wahnsinnig schwer, andere um Hilfe zu bitten. Doch Ellinor musste er nicht bitten. Sie würde ihm auch so helfen. Sie musste nur wissen, wie.

Systematisch überlegte sie, was sie gestern zusammen getan hatten. Ob es irgendwann einen Moment gegeben hatte, in dem er anders reagiert hatte. Etwas zu verbergen versucht hatte.

Bei der Erinnerung an diese Ica-Tüte hielt sie inne. Anscheinend waren wichtige Papiere darin, und als sie ihn danach gefragt hatte, war er verstummt. Und hatte eine Weile geschwiegen, wie ihr jetzt wieder einfiel. Er hatte grüblerisch dreingeschaut und fast ein wenig traurig ausgesehen. Als bedeutete der Inhalt der Tüte eine Last für ihn, und er dachte darüber nach, ob er sie mit ihr teilen sollte. Als hätte er überlegt, ob es ihm zustand, sie in seine Probleme mit hineinzuziehen, dann aber beschlossen, sie nicht damit zu belasten. Er hatte sie gebeten, den Inhalt der Tüte wegzuwerfen. Mit einer aufgesetzt sorglosen Stimme. Als würde er ihm nichts bedeuten. Rein gar nichts. Aber das war eine Fassade, die sie durchschaute. Er wollte sie schützen. Darüber sollten sie unbedingt sprechen, wenn er zurückkam. Sie musste nicht beschützt werden. Sie vertrug mehr, als er glaubte. Dennoch gefiel ihr, dass er es versucht hatte.

Mit einem kleinen Lächeln auf den Lippen ging sie ins Schlafzimmer und zog die Tüte hervor. Sie schob das Frühstück beiseite und begann, den Inhalt der Tüte auf dem Tisch auszubreiten.

Fünfundvierzig Minuten später hatte sie alles gelesen.
Ganze zwei Mal.
Alle Papiere handelten von einem gewissen Valdemar Lithner. Er hatte ziemlich viele Dummheiten begangen. Illegale Machenschaften, soweit sie verstanden hatte. Das konnte stimmen, denn Sebastian hatte von sich erzählt, dass er ab und zu mit der Polizei kooperierte. War dieser Mann jemand, dem sie auf die Schliche kommen wollten? Jemand, den sie im Visier gehabt hatten, und nun hatten sie Sebastian das Material aus den Ermittlungen übergeben, damit er die entsprechende Person psychologisch auswertete? Ein Profil erstellte? Das war gut möglich.

Doch warum sollte er sie dann bitten, den Inhalt der Tüte zu entsorgen, und was hatte Sebastian daran so sehr belastet? Warum hatte er nicht einfach die Wahrheit gesagt? Erklärt, worum es ging und warum man die Unterlagen nicht mehr aufzuheben brauchte?

Nein, das passte nicht zusammen. Ellinor hatte zwar keine juristische Ausbildung, aber dennoch war sie ziemlich sicher, dass das Material vor ihr ausreichen würde, um diesen Valdemar für eine geraume Zeit hinter Schloss und Riegel zu bringen.

Also musste etwas anderes dahinterstecken.

Wusste Lithner, in was für einer misslichen Lage er sich befand? Hatte er Sebastian und die anderen Polizisten bedroht, damit sie die Ermittlungen einstellten? Sie hatte sich eingebildet, dass Sebastian gestern am Telefon »Hinde« gesagt hatte. Aber es konnte genauso gut »Lithner« gewesen sein. Die Namen klangen ähnlich, und sie hatte nicht genau hingehört. Was, wenn Sebastian etwas zugestoßen war? Wenn er deshalb nicht nach Hause gekommen war? Sie stand auf.

Ellinor Bergkvist war keine Person, die sich nur auf ihre Fantasie verließ. Zwischen den Materialien lag ein Zettel mit einem Namen und einer Handynummer. Vermutlich von dem Mann, der die Papiere zusammengestellt hatte. Sie griff zum Telefon. Es konnte nicht schaden, ein bisschen mehr zu erfahren. Tatsachen würden sie ein wenig beruhigen. Nach dem dritten Klingeln meldete sich ein Mann.

»Ja ...?«

»Hallo«, sagte Ellinor. »Ich würde gern mit Trolle Hermansson sprechen.«

»Wer ist denn da?«, fragte der Mann.

»Mein Name ist Bergkvist, ich arbeite bei Åhléns. Die Waren, die Sie bestellt haben, sind jetzt eingetroffen.«

Sie konnte sich ein kleines Lächeln nicht verkneifen. Die Sache war spannend. Sebastian würde stolz auf sie sein. Sie kam sich fast vor wie eine richtige Polizistin.

Im Hörer war es still.

»Hallo? Mit wem spreche ich denn?«, fragte Ellinor.

»Mit der Polizei.«

»Ist denn Herr Hermansson zu sprechen?«

Erneutes Schweigen. Sie glaubte zu hören, wie der Mann am anderen Ende zögerte und schließlich eine Entscheidung traf.

»Er ist tot.«

Damit hatte sie nicht gerechnet.

»Ach so ... wann ist er denn gestorben?«

»Vor einigen Tagen. Jedenfalls glaube ich nicht, dass jemand kommen wird, um seine Bestellungen abzuholen.«

»Nein, das verstehe ich. Ja dann, vielen Dank. Herzliches Beileid«, fügte sie schnell noch hinzu und legte auf. Anschließend setzte sie sich wieder an den Küchentisch. Sie war ganz und gar nicht beruhigt. Im Gegenteil. Der Mann, der große Teile dieses Materials zusammengestellt hatte, war tot. Und jetzt sollte es vernichtet werden. Offenbar würde Valdemar Lithner für seine Sünden nie zur Verantwortung gezogen werden. Es sei denn, sie half Sebastian ein wenig.

Wenn Valdemar Lithner ihren Mann bedrohte, war sie zum Handeln gezwungen.

Das war das mindeste, was sie tun konnte.

Unser Dank

geht an Norstedts: An Eva, Linda, Sara und alle anderen, die auf unterschiedliche Weise mit uns und unseren Büchern arbeiten. Wir fühlen uns immer gut aufgehoben und willkommen. Besonders danken möchten wir Susanna Romanus und Peter Karlsson – für eure große Unterstützung und eure beharrliche Ermunterung.

Dank auch an Doktor Anders Lindberg, der sich voller Lust und Elan all unserer merkwürdigen Fragen annimmt und sie nicht nur beantwortet, sondern auch Vorschläge und Ideen beisteuert. Alles, was in diesem Roman medizinisch richtig ist, ist dein Verdienst, und sollte etwas falsch sein, ist es unsere Schuld.

Ein ganz besonderer Dank geht auch an Rolf Lassgård – für deine Hilfe und Inspiration bei der Erschaffung von Sebastian Bergman. Du hast uns den ganzen Weg über begleitet, Rolf, in jeglicher Hinsicht.

Und dann möchten wir uns natürlich bei unseren Familien bedanken, die es ertragen haben, dass wir zeitweise mehr Zeit mit Sebastian verbracht haben als mit ihnen.

Michael möchte Caesar, William, Vanessa und seiner geliebten Astrid für all die Liebe danken und auch für ein bisschen Ordnung hier und da. Danke, ihr bedeutet mir alles.

Hans möchte Lotta danken, ich bin so froh, dich zu haben. Sixten, Alice und Ebba, ihr macht mich jeden Tag stolz und glücklich. Ihr seid einfach die Besten, und ich liebe euch!